天獄。怨

魚館幽話之三

瞌睡魚游走——著

作者序

青蘿染塵香委地，白璃淬火色凜天

《天獄怨》是魚館幽話系列第一部長篇小說，以夢川帝女魘璃跌宕起伏的人生軌跡為引線，輾轉多地，展開一副大構架的史詩畫卷。它一脈相承，因循著魚館幽話系列的主線，借由魚姬和眾人的館聚閒聊來展開故事，熔江山美人、天族戰爭、宮廷權謀、奇遇歷險、愛恨情仇為一爐。然而在剝離了這些更容易讓人著迷的元素之後，細心的讀者會發現，它其實是關於女性的故事，關於逆境之中的掙扎，關於抉擇，關於主動的成長或被動的嬗變，關於勇氣與力量，也關於慾望與邪惡。

我們的社會對於女性並不寬容，除了所有人類皆通用的法律和道德準則之外，還有一套桎梏是單獨強加在女性身上的。她們被有意無意地模糊面容，貼上標籤，約定俗成的道德尺度，把原本複雜立體、血肉豐滿的女性人格，人為地分割為兩個對立的陣營——「GOOD GIRL」和「BAD GIRL」，甚至進一步刻板地認定GOOD GIRL不會有BAD GIRL「越軌」的思想和行為，而BAD GIRL也不配得到GOOD GIRL的所謂「禮遇」和「優待」。女性困於這個人為強加的尺度之內，做每一件事情，都會不由自主地把自己丈量一次，被裁判也自我裁判，這既可笑又悲哀。這不過是虛偽的世俗，為奴役女性所設置的桎梏，目的是把女性束縛為不完全的半人，一面用GOOD GIRL把女性供上神壇，以母職、妻職加成，塑造為無慾無求的奉獻者、無私者和利他者；一面用BAD GIRL將女性踩進泥潭，以毒婦、蕩婦之名羞辱，用以威嚇打壓其他女性不得越雷池一步。女性背著幾千年的枷鎖，戰戰兢兢，又尷尷尬尬，直到人們進入現代文明社會之後，女性的覺醒和社會的開明進步，總算讓絕大多數人明白，女性就和男性一樣，是活生生、有血有肉、有思想和慾望的人。因為事實上，並沒有真正澈底貫徹始終的GOOD GIRL與BAD GIRL，同一個人身上會具備善與惡兩種特質，只是對應特定的事與人，表象不同。

就好像故事中的沅蘿，她出身高貴但命運坎坷，美貌、溫柔、簡單、知情識趣、柔弱無害，算是傳統意義上的GOOD GIRL，仿若定身打造的準賢妻良母。她從不被期待有所建樹，無論是周圍環境，還是自我認知，終其一生都是在自我弱化和被動之中隨波逐流。在藤州，她是柔弱的小公主，托庇於父兄，她不用具備力量，只需要可愛就好，結果她成了被送去風郡，必要時可棄的質子；在風郡，她是國破家亡的落魄王孫，她不敢也無力反抗，只能逆來順受，向同樣身陷囹圄的魘璃尋求保護；在夢川，她已經得到了力量，卻總是用來錦上添花，取悅於人；甚至遭劫之後，她也盲目地迷信著肚子裡的夢川皇室血脈，指望靠它翻本……從頭到尾，她的心裡都沒有「靠自己」這三個字，即使她藤州帝女的身分依然能策動人數眾多的部族遺民，她所掌握的知識能興農立業大利於天道復甦，這兩張舉足輕重的底牌，完全可以作為亂世的立身之本，可是她並沒有善加利用，反而將一切壓在了情愛上。

沅蘿對於情愛的投入是唯一主動的舉動，就好像是她探索世界獨有的方式。如果不是被形勢一步一步逼得走投無路，她應該是童話中高塔之上，等待勇士戰勝惡龍，拯救她免於驚怖的公主，最終以愛之名被妥帖收藏。然而她的情感隱祕、複雜且矛盾，看似豐富，實則虛無。信任輕易就能被打碎，鷹隼、魘暝甚至魘璃對她而言，除了親厚程度之外並無什麼不同，不過都是青蘿耐以為生所攀附的喬木。很多時候她的所作所為並非主觀上的大奸大惡，但背棄的都是信賴她的人。打碎琉璃燈，掏空大雪山，尚屬為人所逼，為勢所迫，身不由己。直到置病骨支離的魘暝於險地，終於暴露了令人齒冷的自私嘴臉。更為諷刺的是，最後她面對得悉她背叛的魘璃，有愧，有懼，卻並不設防，反而天真地想要得到對方的原諒。這樣不切實際的表現其實跟她的遭遇和性格密不可分。沅蘿是不幸的，她的不幸在於徹頭徹尾地接受了那一套對於女性的桎梏，把依附他人當成了自己唯一的出路。她習慣以柔弱、美貌和別人的眷顧為安身立命之本，無力承擔一切，無論是情感，還是錯誤，只能憑「被愛」的幻覺和楚楚可憐的姿態活在他人的寬容和羽翼之下。如果要概括沅蘿的一生，最為精闢的莫過於「哀其不幸，怒其不爭」。

與沅蘿共生於逆境的魘璃，算是傳統意義上的BAD GIRL。她狡詐、不擇手段、極端、暴戾、凶狠、有野心、睚眥必報……這樣的女子似乎並不可愛，然而致命的外殼之內，卻是圓熟通透的智慧、敢作敢為的勇氣、百折不撓的堅韌共同構築的強大內心，在包裹著屬於她的那份柔軟與真摯。魘璃是個性情中人。她長於孤寂之中，於是對自己能觸碰到的溫暖分外看重，與魘暝的手足情深，與沅蘿的生死相依，對鄉的關愛看顧，甚至因蒯肅的舐犢情深而收斂殺心，都是由此而來。她的人生有幾個重要的轉折點，是人格逐漸完善的成長點。

第一個轉折是忘淵之行，在那之前，她的願望只是能回歸故土，托庇於兄長，自卑、消極、極端而狹隘，出身是她最大的痛點，兄長的不離不棄是她唯一的救命稻草。然而在她憑一腔孤勇和卓越的口才，說服鉞帝結盟的同時，整個天道的局勢開始從她手中逆轉。以夢川皇室之血簽下的盟書，是她第一次坦然行使夢川帝女的權力，打碎了低微出身給她設置的桎梏，開始於縱橫捭闔中躊躇滿志，感覺廣闊天地大有可為。

第二個轉折是六部戮原上的戰爭洗禮，她意識到人命的寶貴與和平的重要。在兄長的影響下，開始關注民間疾苦。民眾的歡呼接納造就了她的戾氣消散和責任增長，於是鷹隼眼中的荊棘毒花，成了皎潔的夢川明月。她從廣場的狂歡中看到各部和平共處的可能，於是脫離了種族的桎梏，理解了兄長看似不切實際的政治抱負，並轉化為她內心的宏願，走上政治舞臺。這個階段也是她與鷹隼的熱戀期，愛得放肆而清醒，既不扭捏作態，困守於禮法和政治聯姻的脅迫；也不依附盲從，坐等情人的救贖。

第三個轉折是平亂南蜉州，兄弟鬩牆導致魘暝受創，魘璃身繫三城，輔佐兄長諸多籌謀，興起北冥城。這個時候她已經嘗到權力的滋味，百年經營，贏得民心與聲望的同時，也實質性地掃清障礙。與璐王的那一番談話很坦誠，她不否認權力的誘惑，有爭霸之心，有決勝之力。女性需遠離權力的性別桎梏對她而言早已經不屑一顧。然而魘璃並未因此迷失於權力的遊戲，她給自己的定位是造王者，清醒而務實，皆因最為重視的手足之情凌駕於慾望與野心之上。

第四個轉折是魘暝的病入膏肓，兄長的生死成了她最大的難題，仿若困鬥獸，又將她逼回了從前那個風郡宮囚。她發動民間和朝堂，軟硬皆施地求過；也怒闖聖地豁出性命去搏過。當一切無果之後絕望失控，鷹隼的出現是一絲留住她的希望，於是輪迴池的「金風玉露一相逢」，演變為臨時起意奪取血虎符，統帥百官，調動軍隊，冒天下之大不韙，發動政變，試圖以這樣的方式曲線救兄……這次她劍指的是皇權至高無上的權威。

魘璃一直是桎梏的破壞者，走的每一步都是獨立自主的抉擇，審時度勢的謹慎和孤注一擲的冒險在她身上共存，也一直很坦然地承擔相應的後果。從風郡宮囚到明昭帝姬，從流放下界到夢川女帝，雖有背後的翻雲覆雨手，但每一步都是憑自己的勇氣和智慧，於天道亂世和命運的夾縫中砥礪前行。朝上走的路從來不輕鬆，但比隨波逐流要踏實太多。於是與其他坐等勇士拯救的公主不同，魘璃為了守護她重要的人和事，拿起了劍，斬殺惡龍，推倒禁錮她的高塔，成為了屠龍勇士本人。

因為不同的抉擇和秉性，魘璃與沅蘿彼此的人生軌跡漸行漸遠，就好比原本開在同一叢荊棘中的花兒，隨風而起，各自蹁躚。於是一個隨波逐流淪落為蒙塵的枯敗蔓藤，一個歷經磨難淬火為光耀奪目的琉璃。

自古以來，有無數文人編織的英雄夢，女性多是搵英雄淚的紅巾翠袖，或是隨風飄零的亂世柳絮。那是受限於當時的社會現狀，以及男尊女卑的腐朽規則。事實上，即便是古代，有抱負的，各有專長的傑出女性依舊層出不窮，即使被人為地隱藏湮沒，但仍然會從歷史的遺蹟和野史傳說中折射出炫目的光芒。她們都擁有同一種特質，那就是都突破了世俗所強加的桎梏，活出了自己的精彩。現代女性的幸運在於不用再背負太多的桎梏，她不必一定是誰的妻子，也不必一定是誰的母親，不必讓渡自己的權利去依附於任何人。她可以有自己的理想，她只需要做她自己，奮發向上，掌握人生的主動權，朝著更高更遠的方向走。

《魚館幽話之三》的正式書名為《天獄怨》，它唱和了《魚館幽話之一》的第一個故事〈相思藤〉，完成了魚館系列的一個輪迴。沅蘿墮天，原本純潔的天道帝女淪為〈相思藤〉中以色相迷人的藤妖，不可謂不悲。而從沅蘿到決絕斬斷可悲宿命的沙蔓，其中的心路歷程，盡在不言中。而魘璃和鷹隼，在魚館幽話系列後面的故事中，還會有他們的傳說。在故事的最後，三皮和龍涯這對難兄難弟已經闖入了輪迴之境，將開啟一段新的冒險，想知道他們會在怎樣神奇的地方，遇上什麼神奇的人和事嗎？敬請期待《魚館幽話之四》，咱們傾城魚館裡繼續說故事。：）

謹以此書獻給父親楊德友先生、母親陶平女士、外婆雷瑤先女士。

二〇一八年十一月十六日，於重慶巴南

目次

目次

楔子

大宋政和八年。

七月十五，中元。

中元俗稱鬼節，傳說每年的這個時候都是鬼門關大開，各路陰魂遊鬼遊歷人間。有家有戶的得孝子賢孫點燈引路，歸家享用祭品香火；縱然是遊魂野鬼，也可托得這個機緣，出入民間的道場佛會，尋求施捨與超度。一年一度，風雨不改，所以中元節之前幾日，市井中賣冥器靴鞋、幞頭帽子、金犀假帶、五綵衣服等物事的商販便早早擺出了行頭，遠遠望去，汴京街頭便是琳瑯滿目，好不熱鬧。

入夜之後，人們要麼是聚在汴河之畔放燈祝禱，要麼是在家中焚香祭祖，當然，也有不少好事的人，在城外城隍廟前搭起彩戲檯子，所演的劇目通常是「目連救母」。

往年這個時候，魚姬也會暫時歇業一天，和明顏三皮一道去城隍廟前聽戲湊湊熱鬧，只是這一次卻頗為例外。

明顏瞅著店外的人群遊走，心早就飛去了城外的戲臺邊，然而見魚姬仍在不緊不慢地撥著算盤，半點要出門的意思也沒有，不由得幾分躁動，在魚館櫃檯邊轉來轉去，好半天終於忍不住腆著臉上去開口言道：「掌櫃的，這會子也沒有什麼人上門了，不如……。」

魚姬抬起頭來微微一笑：「不如什麼？」

明顏眨巴眨巴眼睛：「聽說今個擺檯子的戲班子是『喜相逢』，午間便聽得酒客們言語，說今天要連唱三場『目連救母』，這會兒大概該上第二場了……。」

「嗯，那又如何？」魚姬依舊埋頭算帳，只急得明顏在一邊抓耳撓腮：「那個……班子裡的紅伶蕭玉郎又有俏目連之稱，最擅扮目連僧，真個莊嚴寶相，不去看看，可惜了。」

話音剛落，一個異常爽朗的笑聲傳來：「看蕭玉郎還不如看洒家。」而後兩道飛揚的眉毛映入明顏眼簾之中，卻是常來這酒館中光顧的京城第一名捕龍涯。龍涯倚在櫃檯面，瞅著魚姬滿眼俱是笑意，笑得好像八月間的石榴。

明顏見得他這般神情，不由自主地打了個冷顫，習慣性地做了個嘔吐的動作，心想這傢伙果真是越來越露骨了。

「是了是了，龍捕頭玉樹臨風、丰神俊朗，也無怪如此自負。」魚姬掩口一笑嗔道，「可美得你！」

「不是我自負，」龍涯歎了口氣道，「只是你們現在去，也只看得到腫得像豬頭一樣的蕭玉郎。剛剛聽得小的們通報，說城隍廟那邊被人搗亂，戲臺都讓砸得稀爛，而那個以俊俏見稱的蕭玉郎，估計得休養三五個月才可出來見人。所以還不如留在這裡看酒家，豈不來得更為清爽適宜？」說罷，兩道眉毛又揚了揚，倒把魚姬、明顏逗得同時笑出聲來。

魚姬極力忍住笑，開口問道：「『喜相逢』名聲在外，怎會惹來這等橫禍？」

龍涯搖搖頭：「這個就不得而知了，只聽說砸場子的是個年輕女子。『目連救母』剛開鑼，蕭玉郎才出來唱了句『天下無不是之父母』，就被那女子一拂袖子掀下臺去，摔得頭破血流，而後十幾個武生上去，都如風捲殘花一般摔將下來，最後連臺子都塌掉了，那女子也不知所蹤，在場之人皆道是今晚鬼門關開，『喜相逢』不知衝撞了何方惡煞，才遇上這等倒楣事。」

魚姬聞言微微思量，而後言道：「還真是無妄之災。不過事已至此，咱們也不用去那邊了，今個中元節便在魚館飲酒作樂，豈不更好？」說罷揚聲吩咐明顏將龍涯引到酒座邊，一面轉入廚房親自準備杯盞酒菜。

龍涯一邊坐下，一邊四下張望，卻不見三皮，於是叫住明顏問道：「怎麼不見三皮那小子？」

明顏「噓」了一聲，朝著廚房努努嘴，而後手指朝後院指了指，一臉的無可奈何。

龍涯心念一動面露促狹之色，悄聲道：「那小子不會還吊在那裡吧？」說罷起身穿過酒廊直奔後院而去，不多時便聽得後院傳來一陣哈哈大笑，異常爽朗。

原來龍涯一到後院，便見得三皮被魚姬的捆龍索五花大綁，倒懸在後院的老榆樹上。原本俊俏白皙的臉憋得通紅，好似灌了十罈八罈離喉燒。看到這廝哼哼唧唧，眼淚漣漣的可憐模樣，龍涯不由得捧腹大笑，許久方才勉強止住笑，直起腰身來說道：「被倒吊一天一夜的滋味如何？」

三皮有氣無力地哼哼道：「沒義氣的東西！你也來試試就知道了。」

龍涯嘖嘖咂舌，圍著三皮轉了一圈：「那也是你活該，誰叫你嘴饞偷吃，惹惱了魚姬姑娘。」

三皮咧咧嘴哼哼道：「誰知道她那麼小氣，不就是個破糖人嗎？缺胳膊斷腿的，還巴巴地拿個無比光鮮的盒子裝了小心收藏，我便以為又是什麼吃了大有裨益的寶貝……也不知道是不是放久了不新鮮，搞得我肚子也隱隱作痛。」

明顏轉了出來伸手在三皮頭上拍了一記：「你還敢咋咋呼呼，想多吊兩晚不成？」

龍涯歎了口氣，自袖子裡掏出一個小布包：「你也別說做兄弟的不管你死活，今個我去東水門城根下尋著專做糖宜娘的唐記，給倒了一個一模一樣的，你便拿去好好地給你家掌櫃的賠個不是。」說罷展開手裡的布包，只見裡面裹了一個四寸高的糖人，手工精妙，剔透的糖色甚是溫潤。

三皮哼哼道：「想想這些年來被她這般折騰，稍不如意就要捆要吊，分明是故意針對，我很懷疑這糖人管不管用，哎哎……有總比沒有強……。」

話音剛落就聽得前廳裡魚姬的聲音：「咦，人呢？」言語之間已經朝後院走來。

三皮忙使眼色，龍涯識相地將糖人收好藏回袖中，轉過身來笑道：「咱們都在這裡。魚姬姑娘，三皮再有不是，也已經吃了苦頭知道錯了，不如把他先放下來，也多個人跑腿招呼啊。」

魚姬見龍涯為三皮求情，又見得三皮一副要死不活的可憐模樣，也不好再硬著心腸，手裡捏了個『鬆』字訣，那捆龍索已然倏的一聲放鬆開來，鑽進她的衣袖。

三皮的身子頓時失了依憑，朝地上撞去。好在龍涯眼明手快，順手接了去，不然三皮頭上少不得再多一個大包。

三皮腳一落地，就覺得雙腿發軟，忙一把勾住龍涯的肩膀哼哼道：「吊了那麼久，兩條腿子怕是不中用了……哥……哥……再扶兄弟一把……。」

龍涯最煩這潑皮狐狸毫不忌諱地貼上身來，只是將肩膀一斜，三皮頓時搭了個空，啊呀一聲撲倒在地上，一雙碧眼似有千般委屈，斜斜上挑望向龍涯：「你……好狠心啊……。」

魚姬瞄了瞄三皮，如何不知他又在作怪，於是乾咳一聲：「先去將那紅泥酒爐生好。一炷香時間做不好，就自己把自己吊回去吧。」

此言一出，三皮頓時腳步如飛，身形閃動，快手快腳地自柴房搬出木炭、爐子等雜物，雙手架著爐子，頭上頂著個裝滿木炭的簸箕，一步三晃玩雜耍一般朝廳堂裡挪。他很清楚魚姬說的不是玩笑話，就從剛才耍寶那一段都沒逗出魚姬的笑臉來看，糖人的事還沒完。

明顏搖了搖頭，正要跟去幫三皮，卻被魚姬叫住：「那點活計倒是難不倒那小潑皮，明顏，酒廊上最下面一層有一只青石甕，等爐子生好便煨上。」

明顏不解道：「這大熱天，還喝熱酒不成？再說了，燙燙就好，也不必直接上爐煮啊，酒氣不是全跑光了嗎？」

魚姬笑道：「你這丫頭，倒是學了些門道。不錯，我便是要讓酒氣消散一些，免得飲來太過相衝，反而不美。對了，就直接擺門外烹煮吧，免得熱氣惱人。」

龍涯笑笑輕聲言道：「看來掌櫃的定是另有一番用意了。」

魚姬笑而不言，將龍涯引到前廳，只見堂中龍涯常坐的座頭上已然擺上了杯盞和幾色菜餚，還有一瓶龍涯最為喜好的離喉燒。兩人入座，魚姬添酒相敬，和龍涯對飲了三杯。

三皮早將爐子生好，搬去大門外，明顏也取出酒甕放在爐上，扯過一把蒲扇，賣力搧著酒爐中的爐火。不多時，那青石甕中的酒水已然微微作響，緊窄的甕口冒出些許白色的水氣，帶出一股馥郁的香氣，頓時瀰漫於街市之中，唯獨不朝魚館裡飄。說也奇怪，街市之中本有不少夜遊的人，聞到這等香氣無不面露微笑，行路蹣跚，不多時居然一一醉倒在地酣然睡去，只是那輕鬆釋然的微笑神情依然浮現在面目之上，似乎一個個都沉醉在美夢之中一般。

龍涯微微一笑：「這青石甕中的佳釀果然與眾不同，不知道又是什麼門道？」

魚姬抬頭看看那犖犖水氣四下瀰漫，滿意地點點頭，轉頭對龍涯笑道：「這酒名叫『浮生若夢』。其實也是用五穀蒸釀所得，只不過用的水不同。」

「啊？」明顏耳朵甚是靈便，聽得魚姬言語，好奇心頓起，將扇子塞在杵在一旁的三皮手裡，人早湊將過來，「掌櫃的，這水有什麼不同？」

魚姬淡淡一笑正要言語，只見得街市上一陣風起，將街角處人們焚香化帛留下的紙錢灰捲得不停打旋！

三皮眼明手快，早取過蓋子蓋住青石甕的甕口，卻不想被飛灰迷了眼睛，好不容易揉去眼中的灰塵睜開眼來，卻發現面前三步以外出現了一名年輕女子。

那女子容貌甚是標緻，只是眉目之間卻帶幾分落寞，似乎心事重重，神情抑鬱，頭頂高髻簪花，高腰襦裙隨風飄蕩，一段雪白的脖頸上掛了一把玉鎖，半露酥胸，看其打扮形容甚是考究，頗有昔日隋唐風韻，絕非時下宋人女子的拘謹打扮。

三皮先是一呆，鼻子微微抽動嗅了嗅，忽然嚎的一聲竄起身來奔進魚館：「點子扎手，風緊扯呼！」

「閉嘴！少給大夥兒丟人！」見得他這般慌亂神情，明顏早已看不下去，手裡的酒勺一掄，已經重重落在三皮頭上，頓時將他敲得暈了過去，館裡立刻清淨了下來。而後被明顏一路拖拽，扔在酒廊之上。

龍涯哭笑不得，心想這貓丫頭下手當真沒輕重，幸虧得三皮這小潑皮的皮糙肉厚抗得住。

那女子似乎對魚館裡的一切置若罔聞，只是呆呆立於酒爐邊，看著從甕口和蓋子的縫隙中飄出的白色水氣，似乎心有所繫，直到魚姬起身揚聲招呼，方才回過神來。

魚姬見狀只是再次重複了一聲：「客官裡面請。」

那女子上上下下將魚姬打量了一番，最後把目光放在魚姬臉上，許久方才徐步走進魚館，就著門邊的座頭坐下。魚姬早已吩咐明顏取過酒爐之上的青石甕，為那女子淺淺地斟了一杯。

那女子轉眼看看明顏，再看看一旁的龍涯：「你這店中當真是品流複雜，妖也有，人也有。」而後對魚姬說道：「適才想必就是你故意引我來此，究竟意欲何為？」

魚姬微微一笑，側身坐下：「客官何出此言？小店打開門做生意，來的自然都是客人，客人要來便來，要走便走，皆是隨心所欲，客官現在坐在這裡也是你自己決定，又何來的企圖？」

那女子不由啞然，而後目光落在桌上的那杯酒中：「這夢川之水，你如何得來？」

魚姬掩口一笑：「客人倒是識貨，不過卻是十分地不通世務，想這酒水釀造的訣竅，原料採集皆是不傳之祕，如何可以隨便宣之於口？若是讓同行剽竊了去，豈不是無妄之災。便如那平白挨了頓打，玉郎變豬頭的伶人一般，情何以堪啊？」

龍涯明顏聞言對望一眼，心想原來砸了戲臺，打傷伶人的便是這個美貌女子，當真是人不可貌相。

那女子眉峰一皺，忽而卻又舒展開來，面露幾分譏諷之色：「怎麼，你這算是來勸戒於我不成？」

「不敢，就事論事而已。」魚姬淡淡一笑，倒是沒有把那女子的言語神情往心裡去，「客人來我這魚館，只為飲酒作樂，於我等而言有進帳即可，其他的也沒人想理會。這甕『浮生若夢』須得萬金，客人若是喜歡，大可獨享。」

那女子譏誚一笑，自懷中摸出一枚拇指肚般大小的夜明珠扔在桌子上：「夠了嗎？」

「夠了。」魚姬伸手捏住夜明珠，起身回到龍涯桌邊，揚聲吩咐明顏為那女子備上菜餚，而後便與明顏龍涯談笑飲酒，把玩那顆珠子，也不再去看那女子一眼。

那女子倒是頗為意外，只是猶豫地端起杯子，輕輕嗅了嗅，確認無任何異狀，方才淺淺地酌了一口，酒水入喉甘醇無比，更別有一番滋味在心頭縈繞不去，不知不覺，早溼了雙眼。舉杯凝望杯中之物，神情甚是茫然。

寧靜的街角此刻徐徐傳來一陣輕輕的叩擊之聲，到了近處，卻是一個佝僂的布衣老者，手持一隻細拄杖，雙目緊閉乾涸，眉心皺紋糾結，另一隻手裡執了一張旗旛，上寫「摸骨神算」四個大字，是一個看似很尋常、走江湖摸骨算命的瞎眼老漢。

說也奇怪，滿街的人都聞到酒香熟睡入夢，那老漢卻無任何異狀，非但如此，還徑直朝傾城魚館而來，沙啞蒼老的嗓音猶在吆喝：「瞎子摸骨，鐵口神算！」

龍涯也覺蹊蹺，但好奇心卻更重，於是揚聲吆喝道：「先生這邊請。」

那盲眼老者聽得言語，已然緩緩行來。明顏見他年老眼盲，心生憐憫，伸手將他扶到桌邊坐定，攙扶之間，那老者突然握住明顏手臂，上下摸索一番，而後喃喃歎息道：「姑娘的骨相甚是奇怪，絕非常人之骨相，柔韌輕靈，乃是人間異相！」明顏被他這麼一說，慌忙抽出手來，退到一邊，心想這瞎子倒是有點本事，居然隨手一握便知底細。

龍涯哈哈大笑，早明白了幾分，只是伸出手來言道：「先生不妨幫洒家看看。」

那盲眼老者伸手握住龍涯手掌，來回摸索至肩臂，而後開口言道：「這位爺臺骨骼方正內含剛毅，應是公門中人，秉性剛直，前半生仕途通達扶搖直上，唯獨是在三十六歲本命之年有一波折，吉凶參半，而之後的命數卻是瞎子無法算到的。」

龍涯聞言心中一凜，心想這瞎子確有幾分手段，倒非尋常信口開河之輩，只是如果真如其言，而今已然三十有四，那波折想來不遠，卻不知是何境遇。而後忽而釋然，心想既然禍福早定，那也無需耿耿於懷，繼而哈哈大笑：「先生所言未免太過空泛，其實洒家最想知道的是何時可以成家立室。」雖說是在向盲眼老者發問，但目光灼灼，卻是帶著詢問的神情看著魚姬。魚姬莞爾一笑，卻不言語。

明顏聽得此言早笑得東倒西歪，「龍捕頭，你這不是為難人家嗎。常言道命裡有時終須有，命裡無時莫強求，你叫人家怎麼說呢？」

那盲眼老者神情肅然，搖了搖頭：「既然官爺三六本命之後的命數瞎子算不出來，那自然也不得而知。」

龍涯聞言頗為意興闌珊，轉眼看看魚姬，而後笑道：「既然洒家和明顏妹子都算過了，掌櫃的不如也來算上一算，也就圖個樂子。」

魚姬搖頭笑道：「既然命數天定，提前預知也無補於事，我也就不必算了。」

那盲眼老者苦笑一聲：「瞎子眼瞎但心不瞎，有骨尚可摸骨直判，虧得姑娘不算，否則瞎子的招牌只怕不保……。」

魚姬只是笑笑不置可否，又聽得那盲眼老者言道：「瞎子向來算無遺漏，從不厚此薄彼，算不出的且不論，這廳堂裡還有一人未嘗算過。」

先前那年輕女子原本一直坐在一邊不言不語，聽得此言不由得面露譏誚之色冷笑道：「既然你話說得這樣滿，不妨也替我算上一算。」

那盲眼老者聞言早顫顫巍巍站了起來，循著聲音來到桌邊扶著條凳坐定，伸手在桌面摸索，直到觸碰到那年輕女子的手掌，方才細細摩挲，而後長長地歎了口氣：「從掌相來看，姑娘隻身漂泊在外，父母緣淺，但從骨相來看，卻是貴不可言，姑娘，你出身帝王家……。」

那年輕女子聞言目光驀然一寒，早將手掌抽了出去，而後冷笑道：「好個鷹隼，這些年倒是學會裝神弄鬼了！」

那盲眼老者苦笑一聲，已然顫顫巍巍地起身拜伏於地：「想不到帝姬還識得鷹隼，當真是鷹隼之大幸。」

龍涯、明顏對望一眼，心想那老者既然尊稱其為帝姬，地位尊崇想必不假，只是不知是何方的帝姬。唯獨魚姬一旁冷眼旁觀，依舊是不言不語，只是順手為桌上空出的幾隻酒杯斟上酒漿。

那年輕女子掃了那名為鷹隼的瞎眼老者一眼，而後冷聲說道：「什麼帝姬不帝姬，休要再提。你不好好留在夢川侍奉你的帝王，跑到這人間來弄成這等形容，究竟意欲何為？」

鷹隼神色凝重，許久之後方才澀聲道：「寐莊大帝已然病入膏肓，鷹隼來這人間道乃是奉旨尋覓帝姬回夢川接掌帝位……。」

那年輕女子目光猛然一縮，眼神之中悲慼驚訝交織，難以言喻，但很快又是一副全然事不關己的神情：「生死有命，盛極必衰。更何況夢川早有儲君，你身為軍機重臣，自當盡力輔佐才是，為何還要託詞跑來這人世廝混？」

鷹隼搖搖頭，滿頭白髮凌亂無狀，臉色頗為抑鬱，而後沉聲道：「昔日儲君魘桀謀反作亂，已遭格斃……鷹隼這番人世之行，確實是寐莊大帝密令，訪尋帝姬蹤跡。」

那年輕女子聞言一呆，繼而哈哈大笑，只是滿眼神色悲憤：「我還當他只是對我這女兒無情，想不到便是對他最為疼惜的紫金帝嗣魘桀，也同樣下手無情。看來只是將我流放下界三百年，也算頗具父女情分了！」

鷹隼見她神情激憤，自是對當年之事耿耿於懷，於是開口言道：「帝姬切莫心存怨懟，當年形勢所定，寐莊大帝也是迫不得已。而今能掌夢川社稷的僅餘帝姬一人，夢川乃至於天道存亡全在帝姬一念之間……。」

「閉嘴！」那年輕女子心中恨極，面如嚴霜，噌的一聲站將起來，「倘若你那寐莊大帝當真顧念親情，也不會如此待我。你們在夢川是逍遙自在，可曾想過這三百年我是如何打熬過來的？當年錯入餓鬼道之時，便一早將前事拋下，你夢川之事再與我無關。我只是魘璃，再不是什麼帝姬！」

龍涯聽得此言，心想這就難怪，那戲班子唱的「目連救母」原是宣揚孝道，這叫做魘璃的帝姬對父親心懷怨恨，暴戾之氣上來，砸了場子也不奇怪。只可憐了那伶人，無端端挨了頓打。

這個時候，一直默默無語的魚姬突然開了口：「好端端的節氣，就這麼乾坐著喝酒也未免有些煞風景，不如循例來說說故事，也好打發時間。」

明顏拍手笑道：「好也，好也，我最喜歡聽故事了。」

龍涯聽得魚姬所言，心中已有計較，只是微微一笑：「不知道魚姬姑娘打算說個什麼樣的故事？」

他們三人的對話無疑是沖淡了鷹隼和魘璃之間極不和諧的氣氛，魘璃雖心中氣憤難平，這個時候卻不由自主地轉過頭來，只見得魚姬淡淡一笑，接著柔聲說道：「這是一個關於天道的故事……從哪裡開始呢？就從四百年前風郡的瓊琿宮說起吧。」

魘璃聞言心頭一顫，眼前桌上那一甕酒水的香氣卻越見濃郁起來，心思浮沉之間，彷彿被那無形的酒氣帶回四百年前的歲月，天界紀年一千六百年，那一年，她將滿一千二百歲。

第一話

天獄怨

宮囚

「魔璃，魔璃，天族凡裔；非我族類，其心必異！……」

無數個無情且帶嘲諷的聲音在不停地重複著這十六個字，有的聲音蒼老，有的聲音稚嫩，間或帶起一片譏諷的笑聲，聲聲刺耳。

幽暗之中，眼前似乎黑影幢幢，有無數無形的影子在搖晃著雙手，一如失控的火焰般招搖。她尖叫著逃避、躲閃，卻偏偏避無可避！

遠處有一條長長的通道，透出巴掌大小的一片明媚陽光，晃耀著湛藍色的波光。

「夢川……夢川……。」她如同趨光的飛蛾，掙扎著甩開那些不斷撲上來、沒有實體的影子的糾纏，朝那片迷人的波光奔跑。離通道口越近，那片光線就越亮、越大。她可以很清晰地看見整片蔚藍的大洋，以及圍合大洋、晶瑩剔透的冰山。遙遠的，背靠雪山，懸浮於遠洋中，奢華而壯觀的白色宮殿。還有那密密麻麻、散在岸邊，規矩整列的無數雪白營帳。一隻碩大無朋的白色圓帳駐紮在無數營帳中央，高高的營帳頂端豎立著那面寫著「北冥」二個字的白色大旗，字間是一尾銀紫色的鯤鵬軍徽。大旗隨著遠洋拂過帶著一絲鹹味的清風緩緩地招展，似乎已然近在咫尺！

然而，身後那些陰暗的影子卻更加不依不饒地撲了上來，撕扯著她的頭髮，糾纏著她的四肢，任她如何掙扎，也無法再向前一步。

「放開我！放開我！我要回家！我要回家！」她嘶聲呼喊著，卻只能立於光線之外的陰影中，無法前進一步。迫切張開的手指根本無法觸及那一片她無數次魂牽夢縈的故土。

忽然間，一切加諸在身的阻礙瞬間煙消雲散。她重重地摔跌在那片帶著陽光溫度的地上，而後一陣緊密而冷冽的簌簌聲鋪天蓋地而來！無數閃著幽幽藍光的鋒利弩箭從她背後洞穿而過。

「啊！」魘璃淒厲地尖叫著撐起身來，卻見眼前高床軟枕，紗幕低垂，幕外那個碩大的圓形水池依舊是幽幽地反射著波光，而在水池另一邊的房門口，立著兩隻半人高的奢華琉璃燈也提醒了她，剛才的一切只是再次重複了那個七百年來每晚都會做的惡夢。

雖然只是夢，但夢醒之後，卻感到身體乏力，冷汗涔涔而下，就連呼吸都不由自主地變得困難起來，就像一條因為離水而窒息的魚。這跟夢沒關係，只是身體在提醒她，又到了體力衰竭的時候。她吃力地站起身來，走到房中間那個偌大的圓池邊，將身一躍跳入池中。微溫的池水瞬間沒過她的頭頂，身體的每一個毛孔都貪婪地吸收著水氣，之前氣竭乏力的身體也隨之緩和，慢慢恢復過來。

石頭雕刻的龍形浮雕圍合著整個圓池，龍口裡汩汩地流淌著清冽的泉水，溫吞卻又永不停息。魘璃伸展雙臂在水中緩緩劃過，就像一條游魚，從水池這一邊靈動地滑向另一邊，最後靠在龍頭下的池壁上，仰起頭任由泉水順著臉龐髮絲流淌。是的，這七百年來，她跟一條豢養於華美魚缸裡的魚沒有分別，一樣依賴於這個突兀占據了寢宮一半面積的水池，一樣沒有自由。

因為質子是沒有自由的，無論是在什麼時代，什麼國度，甚至是在六道之中福報最大的天道，也是一樣。

這裡不是她那充斥著水之靈氣的故鄉夢川，而是風的國度——風郡。

夢川與風郡同屬天道六部，與其餘的忘淵、藤州、赤鄴、沙幕等四部一道，圍合著廣袤無垠的六部戮原，從而構成天道的主體。天道六部屬性不同，夢川屬水，風郡屬風，忘淵屬金，藤州屬木，赤鄴屬火，沙幕屬土，由各部的皇室執掌，各有所主。然而六部疆域毗鄰，參差糾結，難免會有利益之爭，為避免不必要的刀兵之禍，歷來就有互派帝裔為人質，彼此牽制避免戰事的慣例。

六部的帝裔與尋常天人不同，皇室血脈並不僅僅意味著他們相對於尋常天人，擁有天差地別的強大靈力和尊貴身分，也意味著他們在天道之中所受的約束力更大。除了在天道中央的六部戮原和自己的國度，帝裔們的靈力總會因為所在地結界的不同程度壓制，而衰減消磨。不幸的是，這種消磨對於魘璃而言，卻有可能造成生命危險。

「天族凡裔……。」魘璃甩了甩頭，將印在心頭的那一抹悲憤強行拋到一邊，閉著雙眼在水下的石壁上摸索，感知著那些隱在水下的淺淺劃痕，心中默數著：「一、二、三……。」一直數到十五，才緩緩移開，伸手抹了抹臉上的水痕，雙手按著水池邊將身一縱，穩穩地落在池邊，臉上露出一絲欣慰之色。上一次進池中續命已然是十五天前的事，也就是說，她已經可以在異族的領地上離水半月還可行動自如。比起七百年前離開夢川故土，初來到這風郡璸琿宮中為質子時，已然不可同日而語。然而出水之後，那種無形的重量又突兀地附上身來，那是風郡結界的力量。當她體力充沛的時候，受到的制約更大，當年初到此地的時候，不諳其道，曾經被這無形的結界壓得動彈不得。

魘璃緩緩地吸了口氣，移動步子走到靠近窗戶的妝臺邊，伸手推開那扇交疊著金絲銀線、攢繡著花鳥的紗窗，從開啟的那一線空隙審視著這座名為上賓之所，實為樊籠的奢華宮殿——璸琿宮。這是風郡皇城內最西面的宮苑，處於低窪之地，形似一朵怒放的五瓣桃花，每一片花瓣的位置便是一座雅緻的小院，由中間碩大的圓形花園維繫，這裡是其餘五部之中，委派而來的皇子帝女，所居之處。

院中奇花異草數不勝數，時時都暈染著沁人心脾的幽香。住在這裡的人也和風郡的皇室子弟一樣供養豐厚、生活安逸，只是進得這華美宮苑的人，都如同金絲鳥籠中的雀鳥一般。高高的宮牆阻斷了外面的世界，牆上一圈密集林立的箭陣傾斜向下，直指宮苑，無數淬過劇毒的箭頭閃著幽幽的藍光。在那之上是高高矗立的瞭望塔，侍衛們居高臨下監視著宮苑的一切，如果有需要，只待一聲令下，瓊琿宮中的一切，便被萬箭齊發的箭頭射得支離破碎。這是她惡夢的由來，沒有任何人能在致命毒箭的環伺之下還能無動於衷。

唯一可以出入這座囚宮的通道是那條碩長的門廊。門廊連通瓊琿宮中央的御花園。無論是瓊琿宮高高宮牆外的重重守軍，還是遊走在庭院內的宮娥，一張張貌似謙卑的笑臉背後，也還閃爍著一雙雙窺視的眼睛，監視著這裡的一舉一動，不時會向謀臣們匯報異族皇子帝女的動向，用以揣度其他幾部可能採取的策略和可能的動向。

她的居所只是五座小院的其中之一，名喚夢川別院。其餘的四所別院依次為藤州別院、忘淵別院、沙幕別院和赤鄴別院。不過赤鄴、沙幕兩座別苑荒廢已久，只剩暗夜之中兩處毫無半點光亮的所在，透過精雕細琢的鏤空花窗可以看到苑內雜草叢生。傳說一千七百年前的六道浩劫致使火靈尊炎啻與土靈尊雩笙身亡，連帶造成火靈近侍赤鄴和土靈近侍沙幕兩部的覆滅，這兩座別苑便空了起來，任由歲月侵蝕荒蕪。剩下的兩座別院裡分別囚居著藤州的帝女沅蘿和忘淵的小皇子鎯。此時此刻，夜深人靜，那兩座別院籠罩在柔和靜謐的光線中，是魘璃目光所及之處，兩個帶著溫暖的所在。

夜間的宮苑很寧靜，影壁外的碩大宮門緊閉，將那條唯一聯繫外界的長廊一分為二，透過花園密集的樹叢花枝，依稀可以看到外面長廊的燈火從影壁外射進來。只有在夜幕之下，囚居瓊琿宮裡的人們，身邊才沒有那麼多眼線貼身監視。

這倒不是風郡皇室的疏忽或仁慈，而是對風郡中人而言，這所華美宮苑一入夜就會透出幾分不詳的意味。風傳是昔日暴斃於赤鄴和沙幕兩座別院的帝裔亡靈作祟，幾百年來，但凡有夜間滯留宮苑且落單的侍衛宮娥，均會遭致亡靈的報復，起初只是驚嚇暈倒，到近百年來更是越演越烈，多是橫死園中。風郡皇室曾數次搜查，卻查不出什麼蛛絲馬跡來。久而久之，這宮中已然形成了一條不成文的規矩，宮娥與侍衛都留守長廊等待召喚，偌大的宮苑內只剩魘璃、沅蘿和鄧三人，總算可得一絲自由。

在確認沒有人窺視之後，魘璃合上了窗扇，坐在妝臺旁邊對著那面銅鏡摘下懸在脖頸的掛鏈。那是五顆渾圓的明珠並排串成掛墜，紅如蔻丹珠光流轉。下一刻她的左手指甲已經劃開了右手的手腕，在一股熟悉的疼痛襲來的同時，雪白皓腕上一縷殷紅的血痕緩緩滴下，落在那串血紅的珠子上。一瞬間，那五顆珠子如同有生命的活物一樣，發出絲絲的輕響，騰起一團血色霧氣，包裹住那些滴落在珠子上的鮮血。下一刻，那股黏稠的血液開始很快地融入那五顆珠子，毫無障礙地滲透，繼而揉合成一股血色光華，在幾顆珠子裡緩緩流淌，就像曾經在她血管裡流淌一樣。

魘璃任由鮮血不停地融入那紅得有些妖異的掛墜，就好像一個慳吝的窮鬼在積攢手裡的每一分錢，直到開始發暈方才將掛墜移開滴血的手腕，而後注視著手腕上殘留的血跡如同有生命的物事一樣緩緩移回創口，繼而創口生肌很快癒合，就連一絲痕跡都不曾留下。只要沒有危及性命，都能迅速癒合創口，這是夢川皇室血脈的本能。可能只有在這種本能出現的時候，她才更像一個夢川帝裔。

魘璃看著鏡中的自己，悲哀地笑笑，將掛鏈掛回脖頸之上，嘗試站起身來。雖然大量失血帶來的頭暈和輕微的作嘔感讓她有些不適，但比起剛才，結界的壓制力無疑是化解了不少。

這是一個很微妙的平衡。當她虛弱的時候，可以少受結界的壓制，但若是虛弱過頭，卻有可能沒命。好在這七百年的反覆試驗，已經讓她學會如何掌握這個度，如何在那跗骨之蛆一樣的結界下獲得最大的活動能力。

待到魘璃適應了這樣微微眩暈又有些輕飄飄的狀態，便稍稍曲了曲膝蓋，開始調動內息，緩緩移動步伐。她雖少小之時便去國離家來風郡為質子，但無論如何艱難，也不曾停止過自身的修持。隨著步伐的加快，一股熱力也自她百骸之中緩緩溢出，進而融會貫通，先前的那種無力感已然削減不少。她的身影越來越快，寢宮之中低垂的紗簾也隨她行動帶起的勁風而猛烈地鼓噪，就連那一池溫湯也隨之洶湧激盪，雖錮於池中，卻翻騰不休，猶如驚濤拍岸！無數水花飛濺，一旦觸及她身畔一丈之內，便瞬間化為細小的冰渣激射開去，只聽得一串細密的咄咄聲，寢宮頂部的華麗藻頂上又新添了無數芝麻大小的坑洞。雖然數量不可計量，但因為藻頂高深且背光，加上坑洞細密，如不細看，也無人知曉那華美雕飾密布的藻頂早已經千瘡百孔。

魘璃的身形戛然而止，將身一縱，已然穩穩當當地落在那張臥榻之上，盤膝而坐，細細吐納片刻，緩緩睜開眼睛，因為她聽到了一個聲音，從遙遠的西面呼嘯而來，就好似無數狂暴的野獸同時高聲咆哮怒吼。這七百年來，每到月末那晚的亥時就會聽到這樣的聲音，持續的時間不過一個時辰，這是位於風郡西面的藤州傳來的聲音。

魘璃歎了口氣，站起身來踱到門口，打開了寢宮的門扉。外面夜涼如水，花影婆娑之中傳來一陣細微而倉皇的腳步聲，不久，一個纖弱的身影出現在前來夢川別院的青石徑上，淺綠色的絲質睡袍下露出一雙纖巧瘦削的美足。披散的長髮，蒼白羸弱的娟麗面龐上，一雙妙目含淚將落未落，眼中盡是驚恐淒苦之色，就如同一頭被獵人圍獵的小鹿。當她看到魘璃立在開啟的寢宮門邊，不由得一呆，停下了疾奔而來的步伐，就這麼怔怔地立在那裡，原本掛在眼眶的珠淚終究還是滾滾而下。

「傻瓜，還不快進來暖暖，赤腳立在寒地，明兒怕是又要咳嗽了。」魘璃低聲言道，走上前去伸手拉住她的手掌將她引進房中，順手掩上房門。這是她唯一也是最好的朋友，藤州的帝女沅蘿。

這七百年來，同囚此地，朝夕相處，情同姐妹，沅蘿知道魘璃的心結，而魘璃也明白沅蘿的惶恐悲傷。

痛莫過於國破家亡。

自六道浩劫之後，天道損失最為慘重。天道六部只剩其四，沙幕早成不祥的無人之境，除了萬里黃沙之外，再無其他事物在此間停留。更在位於沙幕和藤州之間的境地產生了一片被稱作異域的土地。但凡陷入異域的事物皆變得異常凶險邪惡，不時滋擾周邊。昔日守護藤州的木靈敷和發下宏願，散去自身靈氣歸於六道，以維繫六道生機，不在其位，自然無法及時鎮住隨著時間推移而不斷蠶食藤州的異域。所以藤州日漸沒落，也終於在天道紀元九百年不可避免地被異域同化覆滅。藤州皇族盡數蒙難，藤州名存實亡，殘餘部眾就已經流亡分散在夢川、風郡和忘淵三地，已無立國之地。天道的平衡再一次被打亂，可以維持天道不至於傾覆便只剩下風郡、夢川和忘淵三部皇室中人與生俱來的靈力，從此鼎足而三，缺一不可。

沅蘿是天道紀元四百年入風郡為質子，一千二百年來都被囚居風郡，因此逃過大劫。但一個亡國的帝女，早已無所依憑，便是自身安危也得仰仗他人的心情。昔日山清水秀的藤州也成為可怕的異域魔境。無數魔藤自地面蜿蜒而出，覆蓋整個藤州大地，但凡有人或動物不慎闖入，就會被緊緊纏住，吸盡每一滴鮮血。

為了防止異域再度擴張，其時已然掌控三界六道的風靈提桓自封天君，用玄天弓射出穿山石定住異化的藤州，並埋下御風的神器，每月定時淨化異域。這七百年來，沅蘿那片被異化的故土一次又一次地被天君的御風輪淨化，原本蔓延而出的可怕魔藤被颶風摧毀，那片土地再度一片狼藉，寸草不生。當然，這樣的狀態不會維持很久，因為魔藤會在颶風過後再度生長出來，覆蓋整個藤州大地。

雖然這已是所有人都知道的事實，但那裡到底是沅蘿的故土，每到月末的亥時，遠方傳來那種恐怖咆哮的時候，沅蘿總是不可避免地心悸驚醒，這種無法壓抑的痛，就好比把原本已經結痂的創口再扒開一次一樣殘酷。

聽得魘璃的言語，沅蘿心頭的悲切就如同開閘的洪流一樣洶湧而出，伸臂攬住魘璃的肩膀，埋首抽泣，也顧不得魘璃身上那件軟甲上的稜刺如何冷硬扎人。

魘璃伸手在沅蘿背心輕拍：「又做惡夢了？」

沅蘿微微頷首，抬起淚眼：「不是……我根本就睡不著……璃兒，我很害怕……。」

「這樣的境地，誰都會覺得害怕。」魘璃歎了口氣，嘗試著掰開沅蘿緊緊糾纏的手臂，「抱那麼緊，我的軟甲會刺傷你的。」隨後牽著沅蘿的手繞過寢宮中央的水池走到那紗幕低垂的榻邊，「今晚就在這邊睡吧，有我在，好好安歇吧。」

沅蘿低低地嗯了一聲，蜷著身子伏在榻上，只是纖細的手指還是無助地抓著魘璃的手掌，就好像一個快淹死的人，抓著一根救命稻草。魘璃放低身體，側躺在沅蘿身邊，與其相對而臥。只見沅蘿極力閉合雙目，但手中傳來的力道卻有增無減。魘璃默默看了她一會，喃喃言道：「這樣不是辦法……。」

沅蘿緩緩睜開眼睛，低低應了一聲：「我知道……只是……我控制不住。只要一想到，有一天你我會落得如同昔日囚居在那兩所廢院裡的人一樣的下場，就不由得不寒而慄。」說到此處，她不由自主地微微發顫。魘璃歎了口氣，她能理解沅蘿的恐懼，雖然沅蘿只比她大三百五十歲，但在這樊籠中受煎熬的時間卻足足一千二百年之久。當恐懼成為一種慣性的時候，沒有人能去指責隨之共生的軟弱。她伸手拭去沅蘿眼角的淚痕，柔聲道：「不會的，總有一天，我們會活著離開這個鬼地方。」

沅蘿怔怔看著魘璃近在咫尺的面容，擠出一絲苦笑：「你跟我不一樣，像我這樣一無是處、一無所有的廢人，希望早就是奢侈品了。」

「你又何必妄自菲薄？」魘璃低聲歎道。

沅蘿神情黯然：「自己什麼狀況自己清楚。自小就體弱多病，習不得藤州皇室中人的修行法門，比之尋常天人尚且不如。原本被送來此處總算可為藤州做點事，誰料浩劫驟生，連藤州都滅亡了，如何不是一無是處、一無所有？」

魘璃搖了搖頭：「如果堂堂藤州帝裔是一無是處，那我呢？我只知道你有的東西，我這一輩子都不可能有。」她下意識摸了摸頭頂，那裡除了一頭緞子一樣柔滑的髮絲外，空無一物。

沅蘿如何不明白她的介懷，只是伸出手去輕輕梳理魘璃披散的髮絲：「既是無法改變的，你又何必如此自尋煩惱？」

「是自尋煩惱吧……那些已經注定的東西。」魔璃淡淡一笑，「你呢？又何嘗不是？雖然咱們現在身陷虎口，命懸一線，但只要他們還沒對咱們下毒手，咱們就是安全的。既然戰戰兢兢是一天，輕輕鬆鬆也是一天，為什麼不讓自己好過一點呢？」

沅蘿沉默許久方才言道：「還是你豁達。可能我在這個鬼地方待得太久，除了惶恐不安之外，已經不知道如何自處了……。」

魔璃笑了笑：「不是我豁達，而是我知道，如果不存著一份希望，根本無法支撐自己等到離開這裡的那一天。七百年前，在離開夢川邊境的時候，我和他約好了，他一定會來接我回家。所以，無論幾百年也好，幾千年也好，我都會懷著希望等待下去，絕對不讓自己沉淪於絕望之中。」

「他？」沅蘿心念一動，隨即會意，「又是你那位英明神武、丰神俊朗的大皇兄魔暝嗎？」她不止一次聽過魔璃說起過這個約定，每次看到魔璃流露出那樣崇敬的神情，總不由自主地浮起幾分自憐自傷。她也曾是被諸位皇兄疼愛的小妹，然而國破家亡之後，那些溫暖都不復存在。

「是啊，暝哥哥。」魔璃嘴角露出幾分微笑，「雖然非一母所出，但手足情深。以往他答應我的事，從來沒有做不到的。」

沅蘿淡淡一笑，每每說起魔暝，魔璃就像一個孩子。儘管在她看來，七百年前的一個約定興許不能代表什麼。能被送到敵國為質子的，也有被當做棄子的覺悟。她是如此，魔璃也不例外。想到此處，沅蘿的眼神又黯淡了下去。

留意到沅蘿的神情，魔璃輕輕握住沅蘿的手悄聲道：「明天……明天興許會有點新的消息也不一定。」

沅蘿一呆：「明天？」

魘璃點點頭：「你忘了，明個又是立春。每年這個時候，總有夢川使臣前來風郡朝見風郡國君……。」

只有在這個時候，她才會得到允許，在大批風郡侍衛和宮娥的簇擁下前去風郡皇宮的大殿，出席風郡帝王為夢川來使所設的盛宴，從來使與風郡皇室晦澀圓滑的外交辭令中捕捉來自故土的訊息。

沅蘿忽然抖了一下，眼中滿是恐懼之色：「明天，你……又要出去嗎？」

魘璃如何不知沅蘿在怕些什麼，而今見得她面孔發白、嘴脣微顫早已心中不忍：「我只去一小會，很快就回來。」

然而這句話並沒能安撫沅蘿的忐忑不安，她只是咬著下脣，伸出手臂抱住魘璃，閉上雙眼，把又將蔓延而出的淚水關在微微顫抖的眼皮下。

魘璃輕輕歎了口氣，也伸臂擁住沅蘿。她不知道該說什麼才能寬慰沅蘿，或者，對於一個極度不安恐懼的人而言，一個擁抱比任何言語都來得安心。就如同七百年前，自己初到此地之時，思鄉情切又虛弱不堪差點死去時一樣。那時的沅蘿也曾這般溫暖相擁，對她說著歸國的希望。兩個弱小的孩子相互依靠，在這冰冷險惡的虎口樊籠中相互取暖。

這時候，門外傳來幾聲怯怯的敲門聲，一個稚嫩的聲音在門外怯怯地響起：「璃姐姐……你睡了嗎……？」

魘璃的思緒從昔日的記憶中抽離，笑著對沅蘿說道：「看來鋣也來了。」

沅蘿起初被敲門聲嚇了一跳，而後釋然，伸手抹去臉上的淚痕柔聲道：「那孩子……怕也是被那風聲嚇醒了。」

魘璃輕輕嗯了一聲，起身走到門口將門打開半扇，一個小小的身影閃了進來，抱著個小繡枕，披散著一頭細細的黑色髮辮，粉妝玉琢的小臉上一雙烏溜溜的大圓眼還帶著驚慌的神情，正是忘淵的小皇子鋣。

「這孩子。」魘璃伸手揉了一把鋣的頭，「慌慌張張的，怕啥呢？」這孩子和她一樣小小年紀就去國離鄉來此險地，同命相憐，早就當他是自己的親弟一般。

鋣進了屋定定神，低聲道：「我……我怕廢園裡的……亡靈……。」

沅蘿也走了過來，聞言心中一寬，而後抬眼看了看魘璃，見她一臉似笑非笑的神情，也把先前的不安拋了開去，躬身輕輕捏了捏鋣的臉蛋柔聲道：「鋣不用怕，那些……亡靈……只會對付外面那些壞人，不會來驚擾你的。」

魘璃會意一笑，的確，亡靈之說自那兩座院子荒廢之日就有，但誰也沒有見過。而近幾百年來暴斃於這座囚宮裡的宮娥衛士，死因卻沒有人比她更清楚。

鎁畢竟只是個不甚懂事的孩童，自然不明白魘璃和沅蘿關於此事的默契，只是抱著枕頭有些扭捏：「我不想獨自待在忘淵別院……。」

魘璃寵溺地用手指刮了刮鎁的鼻子：「膽子這麼小，將來怎麼做忘淵的帝王？」

鎁是忘淵新王鉞帝的長子，雖說而今陷在此處為質子，如無意外，也是日後繼承大統的首選。然而孩子終究是孩子，聽到魘璃這句揶揄，鎁嘟嘟嘴：「等我長大了，膽子就大了。」

「是了，是了，」沅蘿笑道，「日後鎁必定是個有為的帝王……現在，鎁帝陛下，該就寢了。」

這幾句話鎁很受用，挺挺小身板，極力作出一副威嚴的神情，大搖大擺地踱了兩步，然後又一溜煙跑到魘璃身邊，伸出小手拉了拉魘璃軟甲的下襬：「鎁要挨著璃姐姐睡。」

「小毛孩。」魘璃笑了笑，「挨著我可以，但不准睡到半夜尿床，否則就一腳踢你出去。」

鎁紅著臉爭辯道：「哪有？」

魘璃哈哈大笑：「若是沒有，前天宮女在忘淵別院裡晾的被褥是誰的？」

這話一出，鎁的臉更紅了，又羞又臊地沒了言語。

魘璃冷不丁地將鎁拎了起來，一邊朝床榻去，一邊笑道：「好了，好了，不逗你了，這麼晚也該休息了。」

此時遠處傳來的風聲已經漸漸消停，沅蘿長長地舒了口氣，心頭也放鬆許多，回到榻邊挨著魘璃睡下，偌大一張床榻，三人相依也不過只占去了一半的位置。儘管還有很多寬裕，但她們依舊挨得很近很近，似乎靠的越近，彼此的心就更安定。

鋣很快就進入了夢鄉，小手還緊緊地摟著魘璃的手臂。而沉蘿就靠在魘璃的身側，輕柔的呼吸隨著舒緩的心跳，也沒了之前的不安惶恐，至少在此刻的夢中，她是安全的。

折騰了大半夜，魘璃也有些困乏，遠處門邊的琉璃燈也開始漸漸黯淡。就在這時候，她聽到了一串細碎的腳步聲，就好像幽暗水潭中浮現的漣漪，明明靜謐，卻又顯得突兀。她猛地睜開眼，只覺得眼前一片幽暗，而這時候，那陣腳步聲卻越來越近，似乎就在她的耳邊！

魘璃暗自心驚，想要坐起身來，然而此時此刻，身體卻半點不受控制。從未試過如此的感受，似乎冥冥之中，有股似曾相識的強大力量悄然而至，遠比她每日都會感知的風郡結界之力更來得巨大。

魘璃驚詫地睜圓了雙眼，卻連眼珠都無法轉動，只有眼角餘光看到了一雙綴著白色絨球的小繡鞋停在了她的旁邊。然後她聽到一個女孩的聲音：「還有一個月……你準備好了嗎？」聲音清脆稚嫩，但語氣卻很沉穩，最恐怖的是，這聲音既像是從耳邊傳來，又像是在她腦中迴蕩，虛虛實實早已分不清究竟。

魘璃心頭狂跳，她雖不明白對方所指，但這重兵把守，固若金湯的囚宮，外面的人不可能輕易進得來。莫非……她心頭忽然浮起那個關於廢園亡靈的無稽傳說。

但很快，這個疑慮打消了，因為那個聲音已經很簡短地回答了她無法說出口的疑問：「不是。你不必胡思亂想，我不會害你，只是想你知道你這七百年來一直心心念念的事，目前已經有了契機。但希望只給有準備的人，你準備好了嗎？」

魘璃錯愕地睜著眼睛，她心心念念的事便是如何逃離這樊籠囚宮，回到夢川，回到大皇兄主事的北冥大營。這個不知是亡魂還是什麼的女孩居然連這個都知道。她究竟是誰？出現在這裡又是為什麼？這種熟悉的威懾感是什麼？

一系列疑問在魘璃腦海中湧動，起初的驚駭早已蕩然無存。很簡單，如果對方帶著惡意，此刻自己早已成了這囚宮中的又一條亡魂。

那個女孩輕輕笑了一聲：「果然聰明，看來我沒看錯人。」說罷已然逕自從她身邊走了過去，緩緩朝著門的方向而去，一邊言道：「我知道你有很多疑問，但現在還不是時候。將來……咱們還會再見面的，到時候一定還你個明白。」

魘璃看著那還未長成身形的白色身影飄然遠去，最後消失在幽暗之中，忽而抽了口氣，發現那種無形的壓制力已然蕩然無存。她忙撐起身來追將出去，卻不知腳下絆著什麼東西，猛地摔在地上。然而，卻發現眼前大亮，卻是紗幕圍合的床頂在紗窗外透進的晨曦裡微微發亮。

鎯和沅蘿依舊一左一右臥在她身邊熟睡未醒，很明顯，她根本就沒有起過床，那神祕莫測的一切都只是夢。

魘璃皺了皺眉頭，那種太真實的感覺不像是夢，而且那種感覺，更是隱隱有些印象，她不記得在什麼時候、什麼地點見過那個白衣女孩，但可以肯定的是：那個女孩一定和自己頗有淵源。尤其是她說的那些話，似乎頗有深意。既然如此，那麼……莫非真的有契機？

天已經亮了，花園外的門廊傳來咋咋的悶響，那是那通往外界的宮門開啟的聲音。

這意味著這一夜的自由又一次到了盡頭。很快，一連串輕巧又有序的腳步聲遠遠傳來，驚起園中早起的飛禽，灑落一地婉轉清啼。那是這囚宮的執事宮娥們端著洗漱用的蘭湯、面巾、早點之類的物事魚貫而入，到了園中，有序地分為三隊，分別朝夢川、藤州和忘淵三座別院而來。

魘璃靜靜聽著那些連串的輕盈腳步到了門外，而後一切又靜了下來。而後又是兩隊宮娥從遠處的藤州、忘淵兩所別院朝這邊移動，想來是已經發現沅蘿與鎁都不在自個房中。不過腳步聲到了門口，又很有默契地停了下來。

魘璃冷冷一笑，她知道外面的人在忌憚什麼，整座囚宮只有她的夢川別院，是外面那一群看似謙卑，其實奸詐世故的眼線們不敢自出自入的所在。不僅僅是因為現今殘存的風郡、夢川和忘淵這三部中，風郡和夢川國力不相伯仲，而她這個夢川帝女既不似鎁一般年幼可欺，也不似已然孑然一身的沅蘿一般無所依憑。有了這份底氣，平素裡已然刻意在這囚宮裡肅立威嚴，此刻就算她倒頭再睡個日上三竿，那班奸險的奴才也只得端著洗漱的物事在外候著，而不敢越雷池半步。

只不過，今天卻不是時候。魘璃還記得今日要前去大殿會見使臣，於是輕輕推醒沅蘿與鎁，而後揚聲喝道：「來人啊！」

那兩扇門扉應聲而開，一群身著鵝黃宮裝，頭梳雙環髻的宮女們娉婷而入，各自捧著手裡的物事並列三行，躬身齊聲道：「恭請魘璃帝女金安！」

魘璃冷哼一聲：「這裡的帝裔只有本宮一個嗎？」

那群宮女也都是些伶俐人，眼見魘璃臉色不善，只怕是頃刻之間便要發難，連忙又躬身道：「恭請沅蘿帝女、皇子鄉金安。」

鄉睡眼惺忪地揉了揉眼，又將身一倒臥在榻上翻身繼續睡，而沅蘿倒不好如此託大，只是伸手輕輕拉了拉魘璃的手，低聲道：「算了……。」

魘璃雙眼猶如兩道冷電，在眼前的宮女們臉上一一掃過，見得她們一個個面色發白，額頭微微起汗，方才冷冷地揮揮手：「罷了。若非本宮還要前去大殿接見來使，今個便代爾等的主子教教你們，何為待客之道！」說罷起身走到妝臺邊坐下：「還愣著作甚？莫不是連怎麼伺候人也要本宮提點？」

那些宮娥們聽得此言如蒙大赦，早已各自行動，已有人過來伺候魘璃洗漱。負責伺候沅蘿的還算好過，而專職照料鄉卻只有等他自己起來才能上前伺候，於是一個個呆若木雞地杵在那裡，進也不是，退也不是。

魘璃淡淡一笑，心想讓鄉為難一下這班小人也好，也就懶得去搭理那一列候著的宮女，只是站起身來展開雙臂，等待宮女為自己套上那一身專為朝見風郡國君而準備的華美朝服。

那襲朝服垂展於床榻後面的衣架之上，由兩名宮女抬到魘璃面前，上品雪蠶絲織就，靛藍底色，繡滿了白色雲紋。反覆交疊八重，再配上同樣品色的披肩，綴上無數晶瑩剔透的晶石。雖華貴，卻顯得累贅。這朝服從造型到品色都不是夢川的款式，也非風郡的朝服，而是風郡專為質子而造。

魘璃很討厭這樣一身可笑的衣服，穿上之後就好比一個包裹得很精緻的木偶，會讓她覺得自己的一舉一動都被人拿捏在手裡。然而，卻不能不穿。

不過，嫌惡的情緒很快被打斷，因為一個負責更衣的宮女將手放在了她身上穿戴的軟甲腰帶上，想要卸下這身軟甲。

魘璃將身一側，眉頭一沉：「你是新來的？」

那宮女收手不及被魘璃軟甲的稜刺扎了一記，顧不得疼痛，早拜服於地：「奴婢不識好歹，衝撞了帝女，請帝女息怒。」

旁邊的宮女忙躬身道：「帝女息怒，她確是新撥來的，不知道帝女的習慣。」而後轉頭對拜服在地的那個宮女說道：「帝女這身軟甲除沐浴之外從不離身，你只需將朝服穿戴在外就好。」

魘璃冷哼一聲：「夠了，你家主子只是讓你們來試探本宮的底線，可沒讓你們來做這蹩腳戲。他想知道的，本宮也不怕讓他知道，就算再困本宮七百年，也休想磨滅本宮的意志。一日甲在身，一日心不滅。卸甲臣服？哈哈，就憑他？」

那一班宮女被魘璃說破，早已驚得面無人色，一個個退後兩步，齊齊拜伏在地，不敢言語。

沅蘿已然收拾停當，見得此景，也不由得一驚，心想私下璃兒性情本不是如此暴戾，然而一旦有風郡之人在前，就活脫脫變了一個人，陰晴不定，就好比那一點就著的炮仗。想到此處忙快步上前，自衣架上取下那身朝服，低聲對魘璃道：「璃兒，這裡到底是風郡的地盤，何必把事情鬧大？若是激怒了那……。」話到此處，卻停下話頭改口道：「你不是還要前去接見使臣嗎，再不裝扮，可就誤了正事。」

「放心吧，誤不了。」魘璃接過那身華麗朝服一展披上身，轉眼對那一班跪在地上的宮女言道：「也跪夠了，都起來吧，若是誤了時辰，今個本宮在大殿上當著使節的面挑剔一二，想來風郡國君的臉面也掛不住。」

此言一出，宮女們慌忙起身圍了過來，戰戰兢兢地為魘璃整理穿戴，梳妝打扮，最後將一頂綴滿五彩晶石的華冠罩在魘璃的高髻之上。

魘璃微微眯縫雙眼看著鏡中的自己，這身穿戴華貴絢麗、光耀奪目，卻又沉甸甸地壓在身上，就好像無時無刻在提醒她質子的身分，厭惡，卻又完全無法擺脫……這就是風郡定製這身服飾的用意。她曾觀摩過風郡馴養的戰象，那樣的龐然大物看似兇猛無匹，但僅僅一條細繩，一根木樁就可以拴住它們，只是因為在它們年幼之時便習慣了那樣的束縛，所以就算現在有能力將繩索扯斷、撞倒木樁，也一樣只會乖乖地任由束縛。

此刻沅蘿就立在她的身後，欲言又止的表情也浮現在她眼前的鏡中，糾結而揪心。魘璃不願想太多，是怕不知不覺間被那種無力感吞噬，就好像現在的沅蘿一樣。她緩緩地吐了口氣，轉過身對沅蘿道：「我這就要去了。」

沅蘿肩膀微微一顫，低低地言道：「去吧……早去早回，我……哎，沒事，你放心。」

魘璃點點頭，走到榻邊把還在賴床的鎁拎了起來：「別睡了。」

「嗯……，」鎁揉揉惺忪睡眼，卻見魘璃一臉的嚴肅神情，不由得嚇了一跳，「璃姐姐……。」

魘璃躬身扶住鎁的肩膀沉聲道：「鎁，璃姐姐要出去一陣子，這段時間你可得好好保護你的蘿姐姐，一步都不要離開！」

鎁轉眼看看沅蘿，見她下意識地摀住嘴脣，瞬間淚如泉湧的模樣，雖然不明白為何如此，也鄭重地拍拍胸膛：「璃姐姐放心，鎁是男孩子，一定不會讓任何人欺負蘿姐姐！」

魘璃伸手讚許地揉揉鎁的頭，起身對隨侍沅蘿和鎁的宮女們厲聲喝道：「爾等且好生伺候皇子鎁與沅蘿帝女，若有閃失，本宮眼中可揉不得半顆沙子！」說罷手一揚，指間飛出一物，就如同強弓硬弩激射而出的箭矢一般，自列隊而立的一排宮娥耳際呼嘯而過，「哆」的一聲釘入遠在數丈之外的門扇之上，卻是一粒五彩晶石，乃是自那一身累贅的華服之上揪下來的。就在同時，十餘粒玉珠齊齊落地，滾落一片清脆之聲，而那一排宮娥右耳的耳環全都沒了墜子，只覺得耳際猶如被利刃劃過一般，瞬間泛起一股寒意，一個個不由自主地發出一聲恐懼的低呼。而後那一干宮娥皆點頭如搗蒜，只盼早早送走眼前這個混世魔王，免得再吃苦頭。

魘璃威懾眾人之後冷哼一聲拂袖而去，那一隊專司伺候魘璃的宮女只得戰戰兢兢地尾隨其後，一步也不敢落下。

一行人浩浩蕩蕩地穿過那雅緻幽靜的皇家園林，灑下一串連貫整齊的腳步聲，無形中帶著股肅殺之氣，就連立於宮牆之上的衛兵也不由自主地握緊了手中的兵器，目送這囚宮中行進的人群。

朝堂

宮門咋咋開啟，門外的長廊左右已經各自排列著手執鉞斧，身著鎧甲金翎的禁衛軍，一個個矯健肅然，頭盔上的面罩放下，全然看不見臉。這是風郡皇城中最精銳的部隊金翎衛，直接受命於風郡太子時羈。

魘璃仰著頭自隊列中央的走廊穿行而過，眼角的餘光掃過兩旁如雕塑般矗立的金翎衛，這樣的陣勢，每次出宮之時都是如此，只是人數似乎比往年增加了一倍！

為何會如此反常？難道……。

魘璃心念一動，正所謂無風不起浪，很明顯是發生了什麼事，才會使得風郡加派了看守囚宮的人手，想來今日應是不虛此行。就在她心中盤算之時，背後一個張狂又帶著三分戲虐的聲音說道：「看看這是誰來了？如此光耀奪目，莫不是夢川飛來的藍鳳凰？」

魘璃心頭驀然騰起一股怒火，但很快壓下來回過頭去。她知道那是誰。

一個長身玉立的身影抄手而立，金冠聳立，寶甲鎏光，一襲大氅加身，腰懸三尺寶劍，即使藏於那鏤金劍鞘之中，也掩飾不住那劍的凜冽殺氣。或者，這殺氣更多是來自佩這把劍的人。這人的容貌很是俊俏，只是眉目之間瀰漫著著一股暴戾張狂之氣，暴戾來自久歷沙場，真正見過血的人獨有的沉澱；而張狂卻是寫在他眼中的每一個浮光之中的。就算是坐擁風郡天下的國君，也不曾有這樣的眼神。

這就是金翎衛的主人，風郡的太子時羈。

時羈臉上帶著嘲弄的微笑看著臉上隱隱浮動著怒氣的魘璃，就好像一個頑劣的惡童在注視著籠子裡的小鳥。關在籠子裡的鳥越氣急敗壞，也就越好玩。若只是瑟瑟發抖，反而索然無味。

魘璃身邊的宮娥們紛紛躬身行禮，面對這麼一個暴戾張狂的主子，稍有不慎就可能為自己招來殺身之禍。

魘璃冷冷一笑：「原來是太子殿下，貴國太重禮數了，竟然偏勞太子殿下專程前來。」

時羈打了個哈哈：「這是必然的，越是珍禽異獸，就越不放心假手於人，若是不小心傷到那身漂亮羽毛，豈不可惜？」

魘璃歎了口氣：「事事親為是好，但若不慎讓鳥兒啄瞎了眼睛，也只能歎一句自作自受，與人無尤。」聲音雖不大，但言語之間自有一股傲氣。

「有意思……。」時羈微微眯縫眼睛，眼前這個夢川帝女是唯一一個膽敢和他針鋒相對的宮囚。似乎在這個女子的腦子裡根本沒有戰戰兢兢這四個字。何況她的狂傲並非只是逞口舌之快，在過去數百年中的多次衝突中，已經用她的實際行動詮釋了什麼叫不計後果、以卵擊石。雖然次次敗北，但很快又會捲土重來，骨子裡那股執拗就像是一柄折不斷的劍，有著華麗精緻的劍鞘，也有著犀利冰冷的劍鋒。

魘璃不無嘲弄意味地露出三分笑意：「是嗎？太子殿下，本宮不介意在此耽擱，只是讓貴國國君久候，興許也不是那麼有意思。」

時羈瞳孔猛地一縮，伸手重重地扣住魘璃的手腕，沉聲道：「好大的膽子！你知道膽敢拿國君來壓本座的人有什麼樣的下場？」

魘璃手腕吃痛，卻半點也不掙扎，只是冷冷笑道：「太子殿下的太傅為此丟了一截舌頭。怎麼？莫非太子殿下也想割掉本宮的舌頭嗎？」

時羈頓時氣結，對於不馴的質子雖可懲戒，卻不可有大的損傷，否則風郡派去夢川的質子勢必難逃報復的厄運，不巧的是，那個質子正是他同母所出的弟弟，風郡的二皇子翊。雖然他的父皇膝下有不少皇子，但與他同脈連枝的，就只有翊一個。很明顯，眼前這個膽大妄為的女子很懂得拿捏他的這塊軟肋。

時羈目光灼灼盯著魘璃清冷的雙眼，又是惱怒又是莫名的興奮，就連他自己都分不清這是種什麼樣的情緒。就這麼僵持許久，時羈鬆開了手掌，揚聲喝道：「都愣著作甚？送魘璃帝女去正德寶殿！」

周圍的宮娥們如夢初醒，紛紛簇擁魘璃沿長廊行進。而時羈與其近身的一隊金翎衛就緊隨其後，一致的步伐使得盔甲的磨礪聲錚錚作響，整齊劃一。

魘璃雖不曾回頭，卻也能感知身後那兩道含怒而專注的目光。雖然有些毛骨悚然，但一切都在她意料之內。那個暴戾的男人就像是一種瘋狂的野獸，有著凶殘的秉性，也有著敏銳而多疑的嗅覺。若是她露出一絲膽怯，興許會招來更大的麻煩。而韜光養晦、謹言慎行，也不過讓他疑心更重。而今的局勢雖不明朗，但很明顯是發生了什麼事，才會使得這座囚宮加派了人手，若是再讓他有其他想法，反倒不利於將來脫困。還不如大鳴大放，讓他以為自己是個不識時務，只會端著夢川帝女架子的魯莽女子，如此錯覺才會使得他掉以輕心。這戲都演了幾百年了，早已駕輕就熟。

長廊的盡頭是一片寬闊的廣場，黑玉為磚，烏木築樓，遠處的亭臺樓閣看似一層層精緻的墨色剪影，在初春的陽光下隱隱發亮。一座墨色的輦車停在長廊之外，垂掛的紗幔如同影影綽綽的輕煙，而輦車前還有十八個挽車的力士躬身而立。一個宮女一溜小跑奔了過去，撩開紗幔，從輦車上端下來一個紫檀踏蹬。

魘璃在身旁兩個宮娥的攙扶下踩著踏蹬走上輦車，眼角餘光見得有一個金翎衛士小心地牽過一頭碩大、牛身人面、虎齒人爪、腋下生目的怪獸，只見一對碩長彎曲長角泛起青白品色，隱在一大捧張揚的青色鬃毛之中。張牙舞爪之間發出如同嬰兒哭泣一樣的鳴叫，震耳欲聾。

那時羈將身一縱，穩穩當當地落在那怪獸背上，雙腿一夾，那怪獸頓時失了先前的氣焰，老老實實地邁步前行，行到輦車之前低下頭來看看正注視著自己的魘璃，眼神既無禮又張狂。

魘璃如何不知這眼神的意味，只是順勢翻了白眼，伸手拉下輦車的紗幔。傳說中，這個叫時羈的男人跨騎著鯨吞萬物的凶獸饕餮，在一場又一場征戰廝殺中成就了風郡第一勇士的名號，並在十數個皇裔中脫穎而出，成為風郡的太子。可想而知，這是個很危險很難纏的敵人。

時羈也不去理會魘璃的反應，只是抬起手擺了擺，跨承那碩大的怪獸緩緩朝遠處的宮殿行去。身旁早有心腹會意，曼聲喊道：「起駕！」

力士們躬身拉動輦車緊隨其後，金翎衛和宮女們擁著輦車而行，裡三層外三層，魘璃目光所及，除了數丈之外跨騎怪獸的時羈外，盡是黑壓壓的人頭，無形中帶起一股強烈的壓迫感，甚至隱隱有些作嘔的不適感。

她知道，時羈是故意的。

無論是她身上這一套可笑的朝服，這麼人頭攢動的押送過程，都是他刻意安排。

別說是人，就算是饕餮那樣的凶獸，被壓得久了，就會不由自主地彎下腰來。顯然他是個中高手。想來在他看來世間萬物只有兩種，一種是馴服的，另一種是尚待馴服的，而她，在他眼裡無疑是後者。

正德寶殿位於風郡皇城的正中央，殿高十丈，烏黑發亮的原木精心雕琢，層巒疊嶂一般的勾簷斗角下，懸著無數金光閃閃的編鐘，每當風穿過簷下的時候，便發出整齊劃一的叮咚之聲，萬鐘齊鳴，自有一番莊嚴肅穆。一道寬約十丈的高高臺階連接著高處的殿堂和下方的廣場，輦車到了此處自然是無法再攀升而上，簇擁輦車的侍衛、宮女以及挽車的力士紛紛列隊而立，神情肅然。

時羈翻身跳下饕餮，轉頭看了輦車一眼，逕自舉步拾階而上。專司照管饕餮的侍衛早躬身將饕餮牽到一邊，而後兩隊近身的金翎衛快步前行，緊跟時羈身後。那一片金色戰甲在陽光下顯得分外刺眼。

魘璃微微眯縫眼睛，看著那兩列金翎衛和時羈的背影，心想起初只顧著對付那時羈，倒是沒留意到此事。才不過一年，時羈手下的金翎衛戰甲似乎又換了新的。風郡雖地大物博，但於金屬之物卻所藏不豐，料想又是從忘淵獲得。兵不離甲，既然連戰甲都更新了，想來也進了大批新兵器。金翎衛專司皇城內安，少有交戰損耗，連他們都換了兵器戰甲，恐怕外面的大批軍隊也自然不會落下。窮兵黷武可見一斑，這可不是什麼好兆頭。

就在魘璃心念急轉之時，輦車旁邊隨侍的宮女挽起紗幔，安放踏蹬，躬身道：「請魘璃帝女下輦。」

魘璃也不言語，只是微微抬手，任由宮女誠惶誠恐地將自己攙下輦車引向寶殿高梯，一步一步緩緩而上。心想當年天道大劫以來，雖說夢川、風郡和忘淵三部沒有直接損失，但今日之天道早已非昔日那萬物滋生的天道。昔日奇花異果遍地，任人予取予求，而今滿目荒涼，尋常天人就算是最簡單的果腹，也得如同下界的凡人一般刻苦鑽營。風郡後疆廣袤，又用季風與夢川交換雨水，農耕所得頗豐；夢川坐擁汪洋，有豐富的漁獲可養活一部子民；倒是忘淵處於深谷，不利耕作，唯有以地底出產的金屬與夢川、風郡兩部交換漁獲農作物，如此也正是忘淵國力不及夢川、風郡兩部的原因之一。既然風郡能掐著忘淵的脖子，那麼這樣大規模的備戰自然不是針對忘淵！想到此處，魘璃倒抽了一口冷氣，而後又定定神，心想興許是自己想得太過，事情可能不會那麼糟糕。

不知不覺，已然到了階梯頂端，走過一片八丈寬的平臺之後，正德寶殿的大門已然在魘璃正前方，一聲悠長洪亮的聲音打斷了她的思索：「夢川帝女魘璃覲見！」

魘璃等司禮官呼聲落平，方才整整衣冠，仰首步入正德寶殿，目不斜視行到大殿中央，微微躬身施了一禮，曼聲道：「夢川魘璃見駕，願風郡國主福壽康寧。」

高高在上的風郡國君身材魁梧，卻已然鬚髮皆白，雖然是一副老態，但一雙眼睛還算清明，只是哈哈一笑抬了抬手：「帝女平身，賜座。」

「謝國主。」魘璃微微欠身，而後由身旁的侍女攙扶，引到右首的第一張案几後坐定，方才轉眼看看周圍。只見偌大的殿堂兩側排列著數十隻烏木案几，羅列著豐美的佳餚美酒。在她左邊的一張案几空著，應該是留給夢川的使臣。而其他在列的都是風郡皇族及群臣，一個個正襟危坐，神情肅然。唯有左首的第一張案几後坐著先進殿的風郡太子時羈，這案几位於御階之上，高於殿堂中所有案几，唯獨比風郡國主的寶座低上那麼一點點。就是這點高低之差，已然有卓爾不群之感，在廳堂裡展示著一人之下萬人之上的權勢。

時羈正從身後把盞的宮女手中接過一隻綠瑩瑩、盛滿酒漿的玉斗。感應到魘璃的目光，只是端起玉斗一飲而盡，而後一雙眼角微微上揚的雙眼落在魘璃身上，既陰翳，又有些癲狂之態。

魘璃暗自打了個冷顫，移開了目光，心想這時候夢川使臣未到，主人倒是先喝上了，此人果真是無禮之至。就在此時，便聽得殿外的司禮官揚聲喊道：「夢川使節夜亭山覲見！」

魘璃心念一動，這夜亭山她是知道的，甚至可以說是較為熟悉。這七百年來，夢川每每有新進的官員，必定會有出使風郡和忘淵的一段歷練。而這夜亭山出使風郡，已然是第八次。還有一個最要緊的原因，夜亭山是大皇兄魘暝的左膀右臂，曾是北冥大營的左都尉。這對她的意義絕對不僅僅是一個武將出身的文官，而是一個訊號。

就在此時，一隊身著白色錦袍的使臣魚貫而入，各自小心地捧著五色漆盤，盤裡供奉著各色珍寶，一時間正德寶殿之內星芒點點，流光溢彩。為首的手持玉節，峨冠博帶，面容清瘦，雙目有神，正是那位多次出使風郡的夜亭山。

待到夜亭山循例向風郡國君及太子問安，奉上夢川國主贈送的各色禮物之後，方才來到魘璃面前躬身叩拜。魘璃微微頷首，示意他起身敘話，卻見得夜亭山自袖中掏出一個細長的錦盒。雖然心知這盒中之物必定是給自己的禮物，但一時間也猜不出是什麼。以往有來自故土的禮物，皆是隨後奉上，然後經風郡中人檢視之後，才會由宮女送入囚宮，就是唯恐有什麼妨害之物流入。而這樣一個敏感的時期，只若是有什麼特別的物事必定是會好生收藏，或藏於暗格之內送到她手上方才合理。就這麼當著所有風郡君臣的面奉上，難道是她想多了？

疑惑之間，已有宮女上前，雙手接過錦盒，捧到魘璃面前。周圍人的目光都集中在這只精緻的盒子上，所思所想都與魘璃一般無二，人人都在揣測這盒中之物，然而當魘璃打開盒子的時候，都是面露驚訝之色。

盒子一開，一道淺紫色的柔光已然自盒子裡透了出來。那是一隻晶瑩剔透的長釵，長約尺許，釵頭鏤空雕飾，華美紛繁，無數細紋貫穿釵身，就好像是流動的水流，美不勝收。

風郡君臣自是見多識廣，知道這不是尋常美玉，而是萬年玉髓石精，質地堅硬賽過玄鐵，通常是用來製作傳國玉璽寶鑑之類的名貴器物，卻不料只是琢磨成這麼一支釵，雖說是瑰麗無匹，但無疑是大材小用。

「此釵名喚『流蘇』，乃是大殿下物色上好的紫晶玉髓，再著能工巧匠專為帝女而做，以賀帝女一千二百歲華誕，希望帝女無憂無愁，永享安樂。」夜亭山躬身言道。

魘璃微微頷首：「大皇兄國事繁忙還不忘魘璃的生辰，魘璃心中感動。煩請使節回國之後代為轉達。就說魘璃在風郡一切都好，望皇兄不必掛心。」言畢將「流蘇」插在高髻之上。

時羈冷冷看著魘璃頭上的玉釵，見玉釵晶瑩剔透，似乎並無什麼不妥，繼而將目光落在魘璃案頭的那隻錦盒上，心想那玉釵雖小，卻是可遇不可求的寶物，小小一件首飾的風頭卻蓋過了之前贈送的那些奇珍異寶。紫晶玉髓可遇不可求，可為傳國之器，用其做首飾，又這麼堂而皇之地展露於正德寶殿，不外乎是有意炫耀夢川的財力，財雄則勢大，於軍費方面也自然不會不捨得投入。之前以糧食與忘淵交易兵器盔甲之時，忘淵比約定的時限晚了半月，其中的蹊蹺少不得與夢川有關。忘淵以製造兵甲為主，幾乎傾舉國之力，斷無延誤的可能，除非忘淵又接了大筆的買賣，而這個買主，只可能是夢川。

舌戰

篤定了之前的揣測，時羈抬眼與高高在上的國君交換了一下眼色，懶懶言道：「好一支『流蘇』，可見貴國對魘璃帝女的看重。只是……近來本座聽聞貴國頻頻作動，既自忘淵進了大批兵器，還對滯留貴國境內的流民大肆收編入伍，如此這般，恐怕又有些置帝女的安危於不顧的意味了。」

夜亭山原本已於魘璃下首的空位坐定，見時羈開門見山地提及此事，只是微微一笑起身拱手到：「太子殿下這個玩笑可開得過了。敝國的確是更新了一批兵器，但也只是循例替換舊的兵器，敝國向來重視與其餘部族的和平，豈有異動？而收編流民……自打當年的天道大劫以來，赤鄴、沙幕、藤州三部相繼覆滅，殘餘的族人不得已流亡異地，不僅敝國有，貴國與忘淵都有。昔日天君也曾認可各部收容流民，妥善管理，以免生亂。蓋因流入夢川的流民數量過大，唯有收編入伍，才可安一方太平。」

「好個巧言令色之輩！你以為招募一批烏合之眾，就能對抗我風郡百萬大軍嗎？」一個凜冽的聲音驟然而出，緊靠時羈下首的座位上，一人拍案而起，卻是風郡國君的第四子時翔。

魘璃眉毛微揚，饒有興趣地打量著面色陰沉的時翔，心想早聽說風郡四皇子久歷軍中，秉性尚武好戰，可比起那時羈來，到底還是沉不住氣。何況國君與身為太子的時羈都還沒發話，就這麼直接地拿兵力要挾一方使節，頗有僭越之嫌。想來是在儲君爭鬥中敗於時羈，多少是有些不忿的。所以在群臣面前，刻意立上這麼一桿主戰的旗幟。如此看來，這風郡也非抱作一團。

時羈冷哼一聲：「四皇弟慎言！夢川與我風郡本是兄弟之邦，就算有什麼罅隙，只要解除誤會，還不至於妄動刀兵！父皇尚未發話，你急什麼！」

時翔雖不忿，但攝於國君的眼光，也不敢在大殿之上與時羈針鋒相對，唯有忍氣吞聲，順勢坐下，抬手灌下一大盞酒。

夜亭山依舊是循禮拱手道：「太子殿下所言甚是，萬事皆以和為貴。」

時羈微微一笑：「和與不和，還得看使節能否給我們一個可以信服的解釋。」

夜亭山微微頷首：「流民之事，實是無奈。嚴格來說，流民並非我國國民，只是客居，以徭役換取滯留資格，這在貴國和忘淵都是如此。」

時羈「嘖嘖」兩聲打斷了夜亭山的話：「但風郡也好，忘淵也好，一向都是一戶兩丁抽取流民入伍，唯獨夢川採納一戶一丁以耕補役制，這難道不是流民大量流入夢川的根源？」

夜亭山一時語塞，卻聽得魘璃笑道：「一戶一丁以耕補役制是當年水靈尊定下，乃是限定一戶至少抽調一丁入伍，而其餘可以耕作收穫補償傜役，意在減輕夢川境內流民的負擔，至今已然實施了接近一千五百年，以往天君尚且贊同，為何今日太子殿下會以此來興問罪之師呢？」

時羈轉眼看看魔璃，嘴角浮起幾絲冷笑：「然而這些年來夢川流民數量大增卻是不可爭辯的事實。以往夢川以漁獲為生，而今逐步轉為農耕，更鼓勵生育，想來不出百年，本國國民人數也會暴增。如此循環，真能如使節所言以和為貴嗎？」

魔璃歎了口氣：「這些都屬夢川內政，太子殿下未免操心過頭了。就算日後夢川如何壯大，也依舊會自給自足，難不成還會興兵起亂不成？昔日天道大劫便是因戰亂而起，余以為當今世上不會有人願意重蹈覆轍。」

時羈目光炯炯，落在魔璃臉上：「沒錯，何況帝女還駐留敝國，若是什麼風吹草動驚了帝女芳駕，可不太妙。」

魔璃微微一笑，露出一溜潔白的牙齒，一字一頓地輕聲言道：「這魔璃倒不擔心，只要風郡國主顧念兩部的友邦之情，夢川方面又有二皇子斡旋，自然是天下太平。」

時羈不再言語，只是眯縫雙眼看著魔璃，有些恨得牙癢，卻無處抓撓的感覺。而此刻一直沒有言語的風郡國主終於開了口：「這些事也不急於一時，使節挾厚禮遠道而來，想必舟車勞頓。且先入座，進些酒食。」說罷拍拍手掌，早有兩列樂官魚貫而入，一時間絲竹聲起，悠揚悅耳，卻是夢川的傳統曲目，恰如高山流水。十數個美貌舞姬踏著樂曲的節拍飄然而入，翩翩起舞，一時間寶殿上鶯歌燕舞，無限旖旎，全無先前劍拔弩張的緊張氣氛。

夜亭山拱手為禮，回位坐下，繼而舉杯相敬風郡君臣，以答謝款待。而後對風郡國主言道：「尊敬的陛下，您的盛情款待本使銘記於心，只是此番前來，還有一件要緊的事，希望陛下能夠應允。」

風郡國主奇道：「不知是何事？」

夜亭山言道：「此事與貴國二皇子時翙有關。二殿下到夢川七百年，雖生活安逸，但不免思鄉情切……是以我主命我前來風郡，向國主求取風郡獨有的金蜀黍種子回夢川栽種，以慰藉二殿下的思鄉之情。」

此言一出，原本神情自若的風郡國主頓時臉色大變，就連那神情傲慢的時羈也瞬時間面色鐵青！而夜亭山倒是眉目之間露出幾分鎮定自若。

魘璃很敏銳地捕捉到這一瞬間的不尋常，心念急轉之下，一個猜想驀然浮入她的腦海之中。金蜀黍的種子雖是風郡獨有，但並非什麼名貴的物事，若是夜亭山要取，著人去市井間就可以買到，犯不著在這朝堂之上提這樣的小事。很明顯，重點不在種子，而是在那身處夢川的二皇子身上。以風郡國君與時羈的表情來看，似乎懊惱不甘居多，似乎是什麼要緊的事情事敗……莫非是時翙策劃出逃，已被擒下另行關押。若是如此，目前一連串的事也就完全串聯起來了。雖說四皇子時翔的態度不能代表風郡國主的意向，但風郡在計劃撤回質子，很明顯是為了避免開戰之時會投鼠忌器；正因為有這個計畫，所以才會增加囚宮的守衛，可惜的是做足了功夫，卻偏偏失敗了，夜亭山來得快，所以風郡並不知道夢川發生的事，這個時候拋出這個消息，無異於掐住了風郡發兵計畫的脈門。只要風郡還顧念著時翙的性命，就不會發兵。而夢川……看來夢裡那個白衣小女孩的話沒錯，這就是轉機！

想通其中的關隘，魘璃緩緩吐了口氣，嘴角浮起幾分欣喜，一抬眼正迎上時羈一雙陰翳的眼睛。但很明顯，這個打擊不小，時羈幾乎快要氣瘋了。今日一行，可謂收穫不淺。

不過事情的發展依舊是有喜有憂，畢竟日漸強盛的夢川，與一直鼎盛的風郡，還是有一定差距的。而且真到了那一天，夢川要面對的不僅僅是風郡，還有背後的天君。天君本就是風郡皇族膜拜的尊主，昔日的風靈尊提桓。而今雖然坐擁六道，但親疏有別卻是必然的。否則風郡也不會跋扈至此。

一段不短的時間裡，正德寶殿裡鴉雀無聲，儘管風郡群臣未必都能從那隻字半語的晦澀辭令裡探知局勢的發展，但那一段難堪的冷場卻使得在場的每一個人都不由自主地暗自屏住呼吸。

風郡國主到底還是老成持重，在穩住心頭的懊惱之後，哈哈笑道：「這有何難？著人挑選上佳的金蜀黍種子，待使節回國之時一併帶回便是。」

夜亭山拱手為禮：「如此便多謝陛下厚賜了。」言畢舉杯相敬風郡君臣，正德寶殿裡總算稍稍緩和氣氛。

魘璃也起身祝酒，而後放下杯子對夜亭山問道：「使節遠道而來，不知會在風郡停留多久？」

夜亭山躬身應道：「回帝女，下官此番前來會停留足月。」

「如此甚好。」魘璃頓了頓，「本宮正好有些禮物要勞煩你帶給大皇兄，待下個月你啟程之時，還得勞煩你入宮一趟。」

「有什麼寶貝物事，今日不可交付使節的？」時羈的語調頗有些耐人尋味。

「也不是什麼要緊的物事。大皇兄軍務繁忙，還能記得魘璃生辰，魘璃身在異鄉，或許終其一生都無緣再見兄長尊面，也唯有親手繡製一個香包送給兄長，聊表心意。」魘璃淡淡一笑，「不是這樣的小事也得勞煩太子殿下煩心吧。」

時羈冷笑一聲，不置可否，心中卻想他日交接之時廣布眼線，就算你有什麼古怪，也一樣無所遁形。

既然早有準備，時羈自然懶得再在此事上糾纏，於是開口對夜亭山言道：「自古以來天道諸部都是兄弟之邦，貿易互通，也算繁榮昌盛。然而近幾年來貴國私下降低了與忘淵的交易籌碼，也未免壞了規矩。適逢使節到來，也該為此有所解釋才是。」

夜亭山笑道：「這些年來夢川漁獲頗豐，如不及時消化，只怕也只能腐壞庫中，折價交易也是情非得已。再說，貴國與我夢川的交易又何嘗不是如此？昔日貴國出產的風螺，只要一枚便可驅風鼓帆，助我夢川一艘漁船乘風破浪，但而今卻得兩枚才可驅動帆船，難道就不是同出一轍嗎？」

時羈笑道：「自天道大劫以來，天界生機衰減，風螺御風之力減弱又有什麼奇怪的。」

而後眉毛微揚：「莫非使節以為這也是我風郡刻意所為不成？」他有心刁難，自然不放過任何一個可以借題發揮的機會。

魘璃這七百年來，已然與其打過無數次交道，如何不知時羈心頭的盤算，於是開口笑道：「方才國主才言道使節遠道而來，舟車勞頓，且先不提政事，先盡地主之誼。太子殿下未免著急了一點，如此置國主金言於何地呢？」

時羈憋了口氣，雖說明知魘璃是當眾拿國君壓自己，但在風郡群臣面前，總不能將國君的話當耳邊風，也只有乾笑一聲：「本座不過是隨口一提，帝女未免也太過認真了。」

魘璃笑道：「魘璃識淺，總是分不清何為詰問，何為玩笑。此後還得多跟太子殿下請教請教，方不至於失禮人前，如此就自罰一杯吧。」說罷舉杯一飲而盡。

時羈怎會聽不出魘璃的弦外之音，一番自貶之言實際卻是在指桑罵槐。奈何那一席話說得滴水不漏，倒叫他不好發作。於是暗自咬牙硬嚥下那一肚子氣，舉杯回敬一杯，酒過三巡之後便以酒醉為由，躬身拜別國君，離席而去。行過魘璃座前，眼角餘光掃過魘璃臉上，說不出的陰冷。

魘璃不由自主地打了個寒顫，但很快，理智又在提醒她，就算那廝對她恨之入骨，這樣的形勢下，也不可能對她有什麼實質性的傷害。畢竟夢川手裡還捏著那隻風郡暫時不捨得捨棄的棋子，只要他們投鼠忌器，她也自然是安全的。雖是如此，目送時羈離開寶殿，心頭卻不免有些不安，一面說服自己這廝先行退走，倒不是壞事；一面又覺得心頭七上八下，好像有什麼不好的事情會發生。

這種直覺就好比一條毒蛇在魘璃心頭糾纏，而且隨著時間的推移，就越發的明晰。眼前飲宴的風郡群臣觥籌交錯，大殿中央的舞姬鶯歌燕語，一切交織的熱鬧，都不及時羈離開前的那個冰冷眼神懾人。以他那睚眥必報，唯我獨尊的個性，怎麼可能就這麼算了？

忽然間，一個可怕的念頭浮現在她的腦海裡，一時間，背心竟然全是冷汗，就連手裡的酒杯也砰地一聲落在案几之上！

原本熱鬧的酒局忽然凝滯了一樣，所有人都轉過頭來看著魘璃。

魘璃深深吸了口氣，躬身對高高在上的風郡國君言道：「魘璃不勝酒力，失禮於國主，還望見諒。」

那國君哈哈大笑：「魘璃帝女到底是女兒之身，隨意就好，不必勉強。」

魘璃笑笑：「委實是勉強不得，再喝一滴，只怕就連站都站不穩了，風郡的美酒果然名不虛傳。」而後扶額醺醺然道：「而今酒醉困乏，再無法陪國主暢飲，唯有先行退下了。」

風郡國君見狀，也不好強留，唯有揚手道：「帝女請自便。」

魘璃起身拜別風郡國君，又與使節夜亭山告別，隨後在一群宮娥的簇擁下離開正德寶殿。

待到走下那一長列臺階，回到廣場上時，只見先前押解她前來的金翎衛皆列隊而立，圍在那座輦車周圍，靜靜等待她的回歸。而之前被牽到一旁的凶獸饕餮已不知去向，很明顯是被那時羈騎走。

看到此景，魘璃心頭那個不好的預感越發明晰，不敢再耽擱半分，眼見那些挽輦的力士紛紛歸位，也不廢話，只是飛快地上了輦車，便催促著回宮。於是，龐大的人群開始緩緩地有序移動，就跟來時一樣有條不紊地朝瓊琿宮而去。

魘璃坐在輦車之上，心卻越來越亂，奈何輦車速度緩慢，外面負責押送的金翎衛也不可能放她飛奔而去，如此兩難，也只能是憂心如焚。

劫數

魘璃在輦車中坐立難安，而押送輦車的人群依舊是不緊不慢，午後的陽光已經變得分外刺眼，她記得早上出了囚宮，乘輦車去正德寶殿，原本半個時辰的路程足足折騰了一個時辰。而此番回程，卻比來時還慢了許多。無論她如何催促，那班金翎衛也依舊是按照預設好的行程緩慢前行。很顯然，金翎衛士是時羈的人，時羈不希望她太快回去，囚宮裡一定有事！

待到輦車回到囚宮之前，押車的金翎衛分列兩隊，結成兩道密集的人牆，那條原本已經異常狹長的長廊頓時顯得更加壓抑。魘璃等不及宮女移來踏蹬，早已飛身躍下輦車，快步奔那座她深惡痛絕的囚宮而去。隨行的金翎衛也沒有阻攔，只是沉默地緊跟其後。門廊兩邊的守軍似乎又新增了不少，魘璃快步走過他們身邊，全然無視那一雙雙眼睛投射在自己身上的警惕，一邊走，一邊卸去那身為朝見風郡國君而加諸在身、奢華而沉重的朝服。

固定頭冠的大大小小釵子被沿路拋落在地，身後的宮娥們小心地跟在後面拾取，根本無法跟上她的步伐。

直到她走到門廊的盡頭，隨著那兩扇沉重的巨門咋咋開啟，那頂華貴而沉甸甸的頭冠已然拋在了門廊邊守軍的長槍上。魘璃晃晃腦袋，原本高聳的發髻頓時如流瀑一般傾瀉而下，黑色緞子一樣的髮絲在她手裡很快地扭結成俐落的馬尾，繼而挽成簡單的頭髻，只餘下不多的幾個小小簪子。

轉到影壁的背後，一直跟隨在她身後的盔甲磨礪聲停了下來，那是因為尾隨身後的侍衛都停住了腳步，加入了門廊左右的守軍。魇璃一把扯下那身鑲嵌無數珠寶飾物的華美衣衫，拋在花園，露出一身輕巧的軟甲戎裝來，隨後轉身飛快地奔向花園西面的藤州別苑。

「沅蘿，沅蘿，你可千萬不能有事……。」魇璃一面飛奔，一面自我安慰似地默念，「不怕，不怕，還有鎯在……。」

可是鎯始終只是個小孩子。

當魇璃轉過囚宮中央的花園，看到鎯被掛在高枝上，已經嚎得嘶啞、滿面通紅的時候，一股無力感油然而生。遠處藤州別院門口杵著兩個金翎侍衛，一左一右將苑門堵了個嚴實。那是時羈的近身侍衛，那個畜生果然來了這裡！

魇璃發現自己真是天真得可以，居然以為憑鎯的忘淵皇子身分就可以讓那個畜生有所忌憚，想不到那個狂妄的畜生居然就這麼把鎯掛在了樹上。時羈生性好色放浪，風郡皇宮之中人盡皆知，以往在外漁色本是常事。適才在大殿宴席之上早早離場，便已然讓魇璃心中生疑，匆匆趕回便見著時羈的人堵住藤州別院的門口，自然是做不出什麼好事來！

鎯見得魇璃快步而來，猶如溺水之人抓住了一根救命稻草，劃拉著四肢掙扎著嘶聲喊道：「璃姐姐，快救蘿姐姐，他……他把蘿姐姐拖進去了！」

魇璃將身一縱，攀住樹幹將鎯抱了下來，轉眼看去，只見那兩名堵住藤州別院的金翎衛起了警覺，也不指望能夠順利潛入。她躬身放下鎯，一雙眼幾乎冒出火來，右手中指下意識地掐入掌心，才在刺痛凸顯的一刻，忽而警醒。若是像以往以亡靈之名獵殺夜間入宮的侍衛一樣，使出化血為錐、入體催心的壓箱底本事，只需要衝著那兩個傢伙的鼻孔或耳孔裡來上一記，自然可以頃刻斃掉這兩個孔武有力的金翎衛。但這麼一來，豈不是暴露了長久以來隱藏的實力？

想到此處，魘璃鬆開緊握的手掌，從頭上摘下兩枚簪子快步奔藤州別院而去。鎯一面抹著臉上的淚痕，一面咬著牙緊跟著魘璃向前衝。

那兩名金翎侍衛乃是時羈心腹，自是伸出手臂將她二人攔住，僵持不下。

魘璃見得苑內的廂房大門緊閉，隱隱傳來哀求抽泣之聲，心知形勢危急，眼前的金翎侍衛也非泛泛之輩，若是硬闖只怕耽擱時間，忽而眼珠一轉計上心頭，揚聲衝著院內斥道：「時羈！看你做的好事！」

那兩名金甲侍衛一時不查，只當主子已然完事出來，下意識地同時側身行禮。卻不料剛一彎身，就見得眼前一花，隨後劇痛襲來，卻是魘璃從兩人中間的縫隙一滑而過，同時將兩隻簪子重重地扎進了兩人的眼眶！

一時間哀嚎聲起，兩個金翎衛捂著各自被廢掉的眼睛，鮮血蔓延而出。但很快，嚎聲戛然而止，因為就在兩人吃痛捂眼的同時，魘璃已經一躍而起，重重一腿掃在兩人的頭上。她力氣有限，但這一腿已然拼盡全力，那兩名金翎衛頓時腦子裡嗡的一聲，飛跌出去雙雙倒地不省人事！

魘璃翻身落在地上，啐了一口，隨後重重在其中一人的背上踢了一腳洩憤。

鎯本是孩童心性，平日裡也受了不少閒氣，見得魘璃放倒這兩名金翎侍衛，自是不肯放過這個機會，連跳帶踹，踩得那兩名侍衛一身腳印。

魘璃無心在此浪費時間，腳下生風，人已經掠到那緊閉的廂房門口，旋身一腳，那精雕細琢的房扇已然「匡當」一聲飛了出去，摔在房內頓時裂為幾塊。待到她閃進屋內，只聽得一個帶著粗重喘息的聲音道：「此番……你……倒是……啊……回來得挺快……。」

魘璃循聲望去，只見滿屋凌亂，地上散落著一些撕碎的織物，一襲金色大氅胡亂拋棄於地，那柄殺氣四溢的金翎劍就靠在門口的花几旁。屋內紗簾低垂，層層疊嶂。雖然紗簾之後影影綽綽看不真切，但也可見那裡的書案上交疊著兩個律動的人形。

如果說時羈在戰場上廝殺的時候是一個嗜血的魔鬼。那麼在床笫之間，他便是一頭最冷血、最凶殘、最原始的野獸。他不會去在意被壓在身下的女人的痛苦，只會放縱自己的慾望，在女人柔弱的身體裡攻城略地。

沅蘿身上的衣裙已被撕成無法蔽體的碎條，糾纏在亂髮和布滿淤青血痕的肢體之間。纖弱的身體隨著時羈的挺動，在書案上撞擊。原本光潔的脊背在時羈身前的盔甲稜刺上刮得血肉模糊。

然而體外的傷害遠遠不及來自下體，最直接的侵犯，就好像在一塊沒有生命的木頭上釘入一枚碩大的木釘，簡單而粗暴。

時羈一手反剪著沅蘿的手臂，肆無忌憚地發洩著獸慾。一手不悅地扯著沅蘿的頭髮嘶聲歎道：「怎麼……她一進來，你就不吭聲了……繼續叫，繼續求饒啊……啊……！」

沅蘿咬緊牙關，緊緊閉上雙眼，就像是死去了一樣。這樣的羞辱蹂躪，已經不是第一次，但這麼赤裸裸地暴露在魘璃眼前，她已經不知道還有什麼舉動可以維繫那被踐踏得像地上泥一樣的自尊。

「住手！住手！」魘璃在最初的驚愕之後回過神來，伸手抓起身邊的一只雕花圓凳，重重地朝著紗簾那一邊的金甲身影擲了過去！

時羈鬆開扯著沅蘿頭髮的手，反手一劈，將攜著勁風呼嘯而來的圓凳砸得支離破碎，隨後一聲低吼，猛地抽離沅蘿的身體，將一股白濁噴射在沅蘿傷痕纍纍的股背之上。沅蘿終於無法自持，發出一聲哀鳴癱倒在書案之上，鮮血從撕裂的密處蜿蜒而出，順著雪白的大腿緩緩流淌。

時羈仰首閉目，長長吸了口氣，而後澈底鬆開了對沅蘿的禁錮，繫上了褲頭。而後發現盔甲的下襬上沾滿了沅蘿的鮮血，於是嫌惡地扯過一副紗幔揩去那一片赤紅，對著紗幔另一邊，因為悲憤氣惱而渾身發抖的魘璃懶懶言道：「反正她跟本座也不是頭一遭……你又何必如此緊張？」

沅蘿無力地滑下書案，就像一隻被鐵杵碾傷的蠶蟲，一點一點地蜷縮成一團。

魘璃見得眼前的情形，心中又恨又痛，厲聲喝道：「沅蘿到底是藤州帝女，你好歹也得顧及自己風郡太子的身分，為什麼……。」

時羈哈哈大笑：「什麼帝女，現在還有藤州嗎？倘若藤州仍在，就算國弱族微，或許本座也會考慮給她一個半個子嗣，留個名分。可惜……可惜，她現在不過就是個無根無底的玩物，空長了一副漂亮的無用皮囊，也只有可堪受用這一點好處。」說著他扯開層層紗帳，出現在魘璃眼前，因為慾念而浮動著血色渾濁的雙眼嵌在那張原本甚是俊朗的臉上，顯得分外下作，眼光中既是挑釁又是不屑：「剛才你在正德寶殿，不是很得意嗎？怎生成了這副德行？」

魘璃睚眥俱裂，嘶吼道：「我跟你拼了！」話音未絕，已然右手成爪襲向時羈咽喉！

時羈哈哈大笑，一手拿住魘璃右臂勁力乍吐，魘璃頓時雙足離地，被重重摜向門口。

魘璃在空中翻了個身，穩穩地落在地上，抬眼看去，時羈高大的身形帶著一股壓迫性的氣勢緩緩而來，臉上滿是嘲弄的笑意：「這點力道，沒吃飯嗎？」說罷將身一縱，如同餓鷹撲兔一樣朝著魘璃襲來。

魘璃將身一側及時閃開，兩人鬥在一處，廂房內只見人影翻飛，勁風激盪。

時羈素有風郡第一勇士之稱，此時雖只是徒手搏鬥未使用兵器，也不曾使用法力，但對魘璃而言，遠比外面的金翎侍衛難纏許多。其力千鈞，難以匹敵，唯有仗著身形靈動，避其鋒芒，迂迴反擊，好容易偷得一個破綻，翻身跳出戰團落在門邊。眼見時羈的隨身金翎劍就靠在花几上，便探手一扣，只聽得「嗆啷」一聲，劍鋒出鞘，寒氣大盛。

魘璃一聲清叱，手裡的劍已然飛快刺出，直取正在逼近的時羈，轉眼間兩人已然拆解了十數招，魘璃身隨劍走步步緊逼，時羈卻好整以暇見招拆招，渾然不把眼前的少女放在眼裡，果然不久就見魘璃身法慢了不少，似乎是體力不支，便更是存心戲耍，不時偷空在魘璃臉上摸一把，就如惡貓戲鼠一般，自然也不似先前一般謹慎，正要開口揶揄一番卻見得魘璃瞳孔猛地一縮，劍尖急吐快如閃電，驀然胸前一寒，倉皇之間背生雙翼，拍打之間身形暴退！

魘璃的致命一劍未能刺進時羈的胸膛，反而如同撞上了一堵無形的氣牆，轉瞬之間，時羈那兩隻強健而覆蓋銅羽的翅膀已然交疊而下，將魘璃手裡的劍撞了開去！

就在同時，時羈臉色鐵青，十指箕張交錯之間，一道黑色旋風已然席捲而出！

魘璃手中緊握的寶劍早已被捲入旋風之中，驀然身子一輕，已被一股巨力拋甩而出，撞在牙床之上。還未起身，已然眼前一花，時羈早已欺上前來將她雙手牢牢按住，時羈背後翅膀上的銅羽尖利如刀，噌一聲扎入厚實的床板，將魘璃困在羽翼之下全無反抗之力！

時羈臉上的表情自是愜意：「你為她也前前後後和本太子打了好幾場，可有哪次占過上風？是因為離開夢川太久，靈力虛耗太大，還是……。」話沒說完，魘璃已然一頭狠狠撞向他的面門，一時間只覺得鼻梁生疼，眼冒金星，兩道血線自鼻下蜿蜒而出，說不出的狼狽。

魘璃原本白皙的額頭一片血肉模糊，眼中卻全無痛楚之色：「沒錯，我是沒占過上風，但你也不見得舒坦。要是你再打沉蘿的主意，我絕不放過你！」

時羈臉色有幾分驚詫，轉眼間卻笑起來：「你怎麼不放過我？就憑你夢川皇室血統獨有靈角的法力？可是你的角呢？」

魘璃的眼神瞬間變得癲狂起來，時羈也感覺到，那已被牢牢制住的身軀，激起更大的力道想要脫離他的掌控，於是譏笑著使出更大的力氣將魘璃狠狠壓制，繼續開口揶揄：「對了，你和其他夢川皇族的人不一樣，一生來就是沒有靈角的殘廢。本太子差點忘了，風傳夢川帝女魘璃乃是寐莊與下界卑微的凡女所生，所謂天族凡裔，也就是個低賤的雜種而已。當年若非寐莊膝下子嗣單薄，我風郡也不會接受讓你這廢物來作質子。就這副苟延殘喘的皮囊，又何必為他人強出頭？」

言語之間見得魘璃臉上細細的血痕緩緩而下，雪肌赤痕，帶起一絲妖異的冶豔，時羈嘖嘖咂舌道：「你原本也是個嬌俏人兒，偏生不知道愛惜羽毛，非要逼得本太子辣手摧花……看吧，又傷到臉了，好生叫人憐惜。」說罷埋首探出舌頭，在魘璃受傷的額頭不無挑逗意味地緩緩舔過。

就在此時，忽而聽得背後風響，一個小小的身影撲上前來抱住時羈的大腿，而後重重地一口咬在時羈的後臀上，卻是鎁見時羈撲倒魘璃，也顧不上害怕撲了上來。

時羈吃痛，騰出一隻手扯開鎁，將他摜向地面，一腳踏住。饒是暴怒，他也總算留手，否則小小孩兒早被他摔死在地。

「鎁！」魘璃生怕他傷了鎁，想要掙扎而起，卻被時羈再次捏著脖子壓倒在床榻上，而後一股溼潤的鼻息噴到耳畔，時羈在她耳邊桀桀笑道：「想不到忘淵的小崽子也敢反本座，看來不給你們一個教訓，你們就不知道誰才是這裡的主人！」

「怎麼？你這麼快就準備好同時和夢川、忘淵兩部開戰了？」魘璃心中憤恨，卻全無反抗之力，忽而靈機一動大聲喊道，「虧你還有心思做這樣的事，莫非是忘了自己同胞手足目前的處境？」

時羈聞得此言，笑意瞬間隱去：「本太子想要的東西從來沒試過得不到。你別以為仗著夢川帝女的身分，本太子就不敢動你！遲早有一天，你也和她一樣，不過只是本太子床笫之間的一件玩物而已！」

「我會怕你這大王八？」魘璃眼中露出嘲諷之色，「要是你以為你那二皇弟還能潛逃回風郡，從此打破三部相互箝制的局面，你便可以為所欲為的話，也未免太天真了！」

時羈聞言心念一動，早明白了幾分，見得眼前少女臉上的譏諷神色，不由得惡向膽邊生，原本扣住魘璃脖子的鐵掌自然加重了力道：「你們敢對我二弟怎樣，小心本太子要你的性命！」

魘璃脖子吃痛，氣息不繼，雙手扳住時羈的手掌，卻面無痛楚之色專注地盯著時羈的雙眼，冷冷發笑。

時羈咬牙切齒道：「你好大的膽子，看來你還不太明白自己的身分！」

魘璃面露譏諷之色，憋紅臉，吃力地低語道：「……你錯了……我只是……太……太過明白自己的身分……一個人質……只在還活著的時候……才有用，若死了……便什麼用處也沒有。」

時羈怒火中燒，卻拿眼前的魘璃沒有半點辦法，唯有鬆開手掌，重重地一拳捶在魘璃耳畔的床板上，一雙銅翼早已收回體內不露半點痕跡，一腳踢開鎁，順手抓起佩劍揚長而去，就連散在地上的大氅也懶得理會。

魘璃捂著鮮血淋漓的額頭撐起身來，見伏在地上的鎁不再動彈，不由得心頭一寒，連忙撲到鎁的身邊，將他翻過身來，只見鎁雙目緊閉，似乎是氣息全無。魘璃連忙伸手在鎁的胸口推拿片刻，鎁總算猛抽一口氣，哇地哭出聲來。魘璃見鎁緩過氣來，總算稍稍放下心來，摟著鎁，伸手拉開他的衣襟。只見鎁胸膛上與生俱來的一層牙黃色硬甲已然龜裂開來，可想而知時羈暴怒之下的那一腳是如何地不留餘地！

時羈早已去得遠了，魘璃頭上的創口已癒合，只留下薄薄一層血漬。傷口的疼痛已經消失，但心頭的憤懣卻有增無減。沅蘿所受的凌辱、鄒所受的傷害，以及被時羈猥褻所帶來的屈辱，一樁樁一件件，就像是一群狂躁的野獸，在她心頭撕咬咆哮。如果可以，她已經將那畜生斬殺千次萬次，可惜實力的懸殊，境況的被動不利，偏偏使得她拿時羈一點辦法也沒有，只能咬緊牙關，暗暗地對自己起誓：「今日之辱，有朝一日必定加倍奉還！」

鄒捂著胸口被震裂的甲片，蜷在魘璃懷中冷汗直冒，就連哭號也會牽扯胸口的疼痛。魘璃一面柔聲撫慰，一面心中卻心念急轉。今日一役，足見風郡對忘淵的態度比之從前已然大不相同。當年她剛入風郡不久，就風聞金靈尊師礦離奇失蹤，雖不知究竟，但今日時羈能對鄒下手，也就表示風郡與忘淵的關係遠非昔日一般牢靠。換言之，在這座萬惡的囚宮中，就連鄒都不再安全。

直到鄒哭聲漸停，人也漸漸緩和過來，魘璃方才伸手擦擦鄒臉上的淚水道：「那畜生已經去得遠了。下次鄒可得小心一點，別和他離得太近。」言畢轉眼看看蜷縮在紗幕後、書案下的沅蘿，心頭越發沉痛。她不願鄒看到沅蘿的狼狽，於是輕聲吩咐鄒去門外守候，而後從床榻上拾起一塊薄毯，掀開紗幕走到沅蘿身邊，將那張薄毯覆蓋在沅蘿傷痕纍纍的身子上。

沅蘿的眼睛直直盯著地面，依舊蜷縮著身子，只是慘白的臉上淚水簌簌地往下掉，嘴角微微嚅動，聲音嘶啞而無力：「……我……本不該活下來。如果……藤州亡時便殉國……也就……也就不用受這等折磨……活該……活該……。」

「不是！」魘璃伸手捧著沅蘿的臉強迫她看著自己，「那不是你的錯。你忘了嗎？我們要一起出去，一起離開這座樊籠，離開這個鬼地方的。」

沅蘿慘然一笑：「我不像你，背後還有個強盛的夢川作為依靠……遇上此等劫數，也只有任人魚肉的分兒……可能……這就是我的命數……以宮為囚尚有脫困之日，以命為囚卻是無望……。」

「不是，不是。」魘璃伸臂摟住沅蘿連連搖頭，「沒有人命該如此！你一定要振作。」

而後她自頭上的發髻中抽出那支「流蘇」，壓低聲音道：「我想……已經是時候了。」說罷手握釵頭，將釵尾重重地磕向地面，只聽得斷石分金的一聲脆響，釵尾的圓頭已然一分為五，分離出四片尖葉也是的細小玉片後，那隻原本溫潤的流蘇赫然已經成了一隻纖細卻異常尖銳的十字長錐。原本隱在釵身的暗紋盡是一道道細密的溝槽，流利地引向錐尖。

沅蘿錯愕地看著魘璃手裡的「流蘇」，她並不明白魘璃的用意。

魘璃端詳著手裡的「流蘇」，目光遊走在鋒利的錐尖和細密的溝槽上：「暝哥哥以質地堅硬的紫晶玉髓所製成的長釵，並不只是普通的飾物。裡面暗磨了鋒口，更加了無數血槽。被流蘇刺中的傷口會因為力道和方位而造成不規則的撕裂，密布的血槽更會使得血流不止。囚居樊籠用不上此等利器，暝哥哥把它給我，就是告訴我，離開的時候到了。這等虎狼之地，多留一刻就多一刻的危險，一旦時間成熟，你、我、還有鄒。我們三個一起走。

而且……，」而後她小心觸碰流蘇的十字鋒口，眯縫的雙眼中寒氣四溢：「總有一天，我要用這只『流蘇』扎進那個畜生的心窩裡！」

魘璃的話一直在沅蘿心中轉來轉去，近一個月來一直未曾停歇，即使是夜深人靜，也依舊輾轉反側。

雖說在她看來，一起逃出這重兵守衛的奢華樊籠是一件不可思議的事情，但以多年來她對魘璃的瞭解，卻又不得不相信此事。魘璃心思縝密，若非有十足的把握，也不會如此肯定。倘若能夠離開這該死的鬼地方，就不會再被時羈恣意欺凌。一想到時羈，沅蘿就不由得打了個冷顫，往昔一幕幕惡夢一般的往事浮上心頭，羞憤交加，哪裡還可入眠？唯有起身開門出去，在花園中走走，方不致於如此難受。

鎁所住的忘淵別院燈火黯淡，想來這孩子已經入眠，而另一面魘璃所住的夢川別院卻依舊亮著燈，紗窗上映出不斷迅速閃動的影子，又是魘璃在房中修練武藝。

又是月末尾夜的亥時，遙遠西面那如同猛獸咆哮一般的風聲又在肆虐，她已經無法想像那一片曾經的樂土，此時此刻是什麼模樣。遠處的颶風還在席捲，連帶這宮苑之中的風都在朝西呼嘯，將沅蘿身上的衣裙髮絲捲得上下翻飛。

忽然間她覺得臉上撒過一片冰涼，定眼看去，卻是一片銀白色的雨絲，交織在夢川別院的門口，而其他的地方卻不漏半點！

沅蘿面露驚訝之色，她沒忘記這裡是風郡，一年四季都充斥著風，如果不是獲得允許，根本不可能會有雨雲可以突破風的封鎖進到這塊隸屬於風靈的土地，更別說是高高宮牆圍困的這裡。但很快，她的眼睛睜得更大，因為她看到眼前雨簾中出現了一個高大挺拔的身影！

那是一個男人，遍體黝黑皮革輕甲，腰間懸著一把同樣黑亮的佩劍，一塊銀色的鋼鑄鷹面面具覆蓋著半張臉，在那銳利尖喙下露出下半張臉來，威嚴的下顎，線條冷峻的嘴脣，如同鷹眼一般懾人的雙目，種種皆顯得這個男人氣勢非凡。只見他伸手一招，那片雨霧頓時收斂，轉眼間化為一枚閃著幽暗藍光的珠子落入他掌心，而原本溼漉漉的地上也不見半點水痕！

沅蘿呆立在那裡看著眼前這個乍然而現的男人，一時間居然忘記了躲避。

就在此時，那個男人也發現了她，下一刻，他已經掠到了她身邊，一把鎖住她，用有力的手掌緊緊地摀住了她的嘴。

然後沅蘿聽得一個低沉的聲音：「別出聲，否則要你的命！」聽清這話沅蘿如夢初醒，心知此人必有來由，自己落在他手裡也是吉凶難料！雖然她自幼體弱不諳武藝，但平日裡也見過魘璃的身法，這人的身法遠比魘璃更快！

沅蘿連連點頭，卻聽得那人低聲問道：「夢川帝女魘璃在何處？」

沅蘿心中驚懼，不敢作偽，只是伸手指指魘璃的房門，卻發現房內的燈火已然熄滅，心頭不由得一喜，心想必定是魘璃發覺有異，故意滅掉了房中燈火。既然魘璃有了準備，引他進去自然可趁機脫身。

那人自是不知道她的心思，只是抽出寶劍架在沅蘿脖子上，示意她前面帶路。

沅蘿只覺得脖子上的寶劍寒氣四溢，心中不由得狂跳不已，但這等情況下也只得強打精神朝魘璃房間走去，到得門口，伸手輕推，那房門緩緩開啟，屋內一片黑暗，也不知道魘璃藏身何處。

就在此時，架在沅蘿脖子上的劍輕輕在她肩頭壓了壓，沅蘿只好領著那人繼續朝裡走，直到完全進入屋內，忽而聽得背後風聲，一襲紫芒閃將出來，帶起一股鋒利無匹的寒氣，直取那人握劍的右手。

魘璃旨在救人，是以出手狠辣，本以為可一擊刺傷來人右臂，不料卻忽然失了準頭，「流蘇」釵尖撞上一柄鋒利的長劍，在黑暗中撞出幾粒火星。

就在這電光火石之間，魘璃將身一擰，已然欺上前去，空出的左手成爪緊緊地鎖住了來人的咽喉。然而就在同時，那柄寒氣四溢的長劍已然架在了她的脖子上，而那人空著的手卻也鎖住了沅蘿的咽喉！

屋子裡頓時靜了下來，魘璃聽得來人低聲問道：「可是夢川帝女魘璃？」

魘璃開口言道：「我是魘璃，你既是衝我來的，就先放了她。」

來人聽得此話，早已鬆開了鎖住沅蘿的手，更撤回長劍，魘璃見其並無惡意，於是緩緩鬆開了手問道：「你是何人？」

那人退後幾步，單膝跪地低聲言道：「臣鷹隼叩見帝女。」

魘璃見得他俯首稱臣，不由心念一動，忙掠到門邊，查看周圍見無異常，便將門關上轉過頭來：「你是夢川中人？」

鷹隼低聲道：「微臣乃是寐莊大帝座下戰將鷹隼，而今奉命來營救帝女。」

魘璃聞言微微沉吟，揮袖引燃房內門口兩盞半人高的琉璃燈，屋子裡頓時明亮起來，將屋子中央那個碩大的圓形水池照得發亮，粼粼浮光微蕩，將屋內三人的面龐映得忽明忽暗。魘璃上下打量著參拜在地的鷹隼，而後言道：「就連真面目也不可示人，我為什麼要相信你？摘下你的面具來！」

生機

鷹隼俯首回道：「請恕微臣難以從命。此面具乃臣之封印，若非因緣際會，不能摘下。倘若帝女執意如此，也只好請帝女先取了微臣性命。」

魘璃見他說得鄭重，便開口道：「好吧，我也不難為你，但憑空讓我信你也是不可能的事。」

鷹隼言道：「有大皇子信物為證。」說罷自腰間摘下一枚魚形的玉符奉上。

魘璃將信將疑地取來仔細一看，探手自懷中摸出一枚同樣的魚形玉符兩相比映，只見玉質通透，雕工一體，就連玉體中的紋路也絲絲相應，正是相扣的一對。她喃喃言道：「不錯，這是大皇兄的信物。鷹隼……。」隨後沉吟片刻道：「天道紀元九百年入夢川，躋身夢川皇室近衛軍龍禁衛，三百年後晉陞為龍禁衛大將軍，近年更破例晉陞為鎮川上卿，為父皇心腹愛將，難道就是你嗎？」

鷹隼拱手道：「有勞帝女過問，微臣只是聖上眾多臣子中的一個，唯有忠心以報天恩，不敢當心腹愛將這四個字。其實當年帝女被遣至風郡之時，微臣也在護送帝女的近衛之列，只是帝女未嘗注意而已。」

魘璃上下打量鷹隼而後言道：「區區數百年就可攀至龍禁衛之首，為父王心腹，如我那兩位皇兄一般執掌夢川三分之一兵力，想必自有過人之處。你是怎麼避過風郡禁衛的視線潛進來的？」

鷹隼垂首回話：「適才臣趁藤州境內的御風輪啟動，一度攪亂了風郡上空的風向，才藉著行雲珠招來雨雲，再以雨幕遁身法潛進風郡皇宮，請帝女移步外面園中，微臣可帶帝女離開。」

魘璃微微頷首忽而心念一動，那行雲珠乃是昔日水靈霽悠傳下的密寶，雖說布雲行雨之效比之平常與風郡交易風螺的雨幡強不了多少，但勝在可以悄無聲息侵入它部的國土而不觸發對方的結界，所以一直是夢川皇室不傳之祕，就算是她，也只是有所耳聞而無緣親見。為了營救她，不僅出動了鷹隼這個鎮川上卿，還動用了行雲珠，縱然是大皇兄，也不見得有這個權限……想到此處，她開口問道：「你此番前來，究竟是我父皇的意思，還是我大皇兄的意思？」

鷹隼抬頭言道：「時間緊迫，請帝女隨臣出去。大皇子而今正在宮外接應，有話不妨出去再說。」說罷站起身來收劍回鞘。

魘璃澀聲言道：「你的意思，只是大皇兄要你來的，而父皇……父皇他……？」言語之間，神情頗為苦澀。大皇兄對她的關愛早在意料之中，然而她心中所想的卻是究竟自己在父親心中占有什麼樣的分量，而今得知鷹隼前來並非父親的意思，自是滿腹抑鬱。

沅蘿心想這當口還問這個幹什麼，若是外面的風向變了，將雨雲吹走，豈不是一個都走不掉。心下急道：「這些事兒不如逃出去再說吧。」

魘璃雖心中抑鬱，也明白此時說這些不太合適，於是開口言道：「也好，你先帶沅蘿出去，我去忘淵別院找鎁，我們一起走。」

鷹隼聞言一驚：「行雲珠可操控的雨雲甚小，微臣只能帶帝女一人離開，其他人委實愛莫能助。」

沅蘿心頭一涼，心想如此一來豈不是走不掉，日後沒有魘璃一起，不知道還要受多少欺凌。就在慌亂之間聽得魘璃言道：「不成，我們早有約定，要走一起走。」

鷹隼心中焦急，見得魘璃這般神情，心知她自是不願，道聲得罪便欺上前來一把扣住魘璃手腕。

魘璃哪肯就犯？只是鷹隼手掌如鐵夾一般，全然掙不開去。這般情狀心中自是惱怒，抬腿踢向鷹隼腰腹，本想將其逼退。不料鷹隼眼明手快，一把扣住魘璃腿彎，拖拽之下，魘璃身體頓時失去平衡，斜斜地跌向鷹隼懷中！

下一刻，鷹隼道聲得罪，原本鎖住魘璃手腕的鐵臂已經牢牢扣住了魘璃的腰肢，將她挾在脅下，另一隻手捣住魘璃的嘴，以防她張口呼叫，轉身朝門外快步走去，任憑魘璃如何拍打掙扎，也是無濟於事。

沅蘿眼見魘璃被鷹隼制住，一顆心頓時如同沉入谷底，心想魘璃隨他這一去，從此這璸琿宮中便只剩自己一人，那惡魔一般的時羈自是更無顧忌，當真是生不如死。思慮之間已然顧不上許多，快步上前一把拉住鷹隼的胳膊。

鷹隼下意識地轉過頭去，只見沅蘿神情慌亂，滿面乞求之色，心中也頗為惻然，然而形勢緊急，也不容許節外生枝，於是狠下心腸將沅蘿手臂甩開。

沅蘿心中慌亂，腳下一絆跌向門邊，心想此刻萬萬不可任他們離去，眼見那琉璃燈就在眼前，於是也顧不上其他，順手一掃，只聽得「嘩啦」一聲脆響，那晶瑩剔透的琉璃燈已然砸落在地，瞬間裂為萬千碎片，還猶自在堅實的地面滑動作響！

魘璃與鷹隼臉色皆是一變，只聽得遠處腳步聲響，心知早已驚動了外間門廊上的守衛！

沅蘿頓時呆若木雞，此舉就連她自己都覺得很意外。她並不想引來侍衛橫生枝節，但是在那一瞬間，腦海裡卻沒有其他的念想，待到砸了琉璃燈，心頭已然大悔。

鷹隼銳利的目光在神情驚慌的沅蘿臉上一掃，冷哼一聲放開魘璃，將身一縱躍上橫梁，隱入高深晦暗的藻頂之中。那藻頂層層疊疊，疊影重重，乃是這屋內最不易被人發現的所在。

魘璃明白此刻的凶險，若是被侍衛發現鷹隼潛入璸琿宮中，只怕守衛更加嚴密，此後再難脫身。轉念之間快步奔向門口，一把抓起門口另一側的那隻琉璃燈狠狠地朝外砸去，口裡怒道：「我好歹也是堂堂夢川帝女，不過是要些熱茶點心，嗓子都喊啞了居然也沒人理會。待得我渴死餓死，看你們怎麼和我父皇交代！」

喝罵之間，手上自然不停，屋裡的器物也被接連拋摔出去，苑中散落得隨處可見。

外間的侍衛見得這等陣仗，只道又是這位被軟禁的帝女刁蠻脾氣發作，循例進來巡視一番便很快退了開去。不多時，宮中的侍女相繼而來，在門外嘘寒問暖，將小苑匆匆打掃一番，少時自有熱茶點心奉上。

魘璃見無人起疑，也就見好即收，讓侍女將熱茶點心送進屋內就將一干人等打發下去休息，待到外間都靜了下來，方才鬆了口氣，暗道一聲好險，幸好急中生智胡鬧搪塞過去，總算是虛驚一場。

此刻沅蘿方才回過神來喃喃道：「適才只怪我站立不穩，險些壞了大事……。」

鷹隼早一躍而下，轉眼看看沅蘿，眉頭微皺：「究竟是無意還是有心，也是難說。」言語之間一雙銳利的鷹眼在沅蘿臉上轉來轉去，只覺得眼前這看似嬌滴滴的女子似乎別有用心。

沅蘿被他目光一掃，自是不由自主地心虛起來，轉臉對魘璃道：「璃兒，我……我真的不是……。」

魘璃見沅蘿滿面委屈，百口莫辯的可憐模樣，不由得心頭一軟：「夠了，我信她。阿蘿絕對不會故意引來侍衛，這麼做對她沒有任何好處。」

鷹隼面色微沉，也無意再為此事與魘璃起爭執，只是側耳傾聽片刻，歎了口氣：「現在說這些也沒用了，這一番折騰下來，御風輪將近停止，此刻風郡上空的風向又漸漸變得紛亂難測起來，就算招來雨雲，也根本不可能再用行雲珠遁身離開此地了。」

魘璃心念一動：「你的意思是只有等下個月？」

鷹隼微微頷首，神情頗為不快：「那是自然。原本微臣可帶帝女離開這龍潭虎穴，而今再等上一個月，也不知道這一個月內會有什麼樣的變故。」

魘璃不由分說將手一攤：「你的行雲珠呢？給我。」

鷹隼見魘璃態度強硬，也不好逆她的意，自懷中摸出行雲珠送到魘璃手上。魘璃拿著行雲珠把玩一番，喃喃言道：「果然是這個寶貝。」說罷自袖子裡掏出一小塊絹布飛快地繫在行雲珠上。

鷹隼奇道：「帝女此舉不知何意？」

魘璃冷言道：「我得趁著風郡上空的風之結界完全恢復之前，給大皇兄一個口訊。」說罷捏了個口訣，那枚行雲珠已然倏的一聲自門縫裡穿了出去！

鷹隼大驚失色，卻早已來不及阻止，推門看去只見一道幽暗藍光瞬間消失在漆黑夜空，不由得連連歎息：「微臣只得這一枚行雲珠，如今被帝女放了出去，以後還怎麼帶帝女離開這龍潭虎穴？」

魘璃不以為然道：「言下之意，你便是在怪我了？」

鷹隼歎了口氣：「微臣不敢。只是帝女行事的確過於任性隨意，不分輕重。」

魘璃瞪了他一眼：「我知道你想說什麼，也懶得和你做口舌之爭。總之就算是再過一個月，我的意願依舊不會改變。要走，必須帶上沅蘿和鎁，缺一不可！」

沅蘿聞言心中感動，兩眼淚水汩汩而出，如同斷線的珠子。

鷹隼見得眼前的情形，不由得連連搖頭：「恕微臣直言，帝女身繫夢川局勢，國家大事豈可因個人私交而受影響。現在咱們可是一個也走不了。」

「我道你是憂心什麼，原來是擔心走不了。」魘璃轉眼看看鷹隼，不怒反笑，「你怎知道我不顧夢川局勢？自打我進得這瓊琿宮來，便日夜盤算著如何全身而退，之所以堅持帶上沅蘿和小鎁，也不全是為了個人私交。適才用行雲珠將早已擬好的策略傳給大皇兄，就是希望時機成熟，可以裡應外合。」

鷹隼聞言心念一動：「願聞其詳。」

魘璃搖搖頭：「現在還不是說這些的時候，你有功夫還是好好琢磨琢磨怎麼在風郡眾人的眼皮子下躲過這一個月吧。」

鷹隼笑笑：「這個不勞帝女費心。」說罷抬眼看看橫梁。

魘璃歎了口氣：「做梁上君子，也不失為辦法。入夜之後此地倒是安全，只是白天人多眼雜，但願你真有傳說中一般機警，可別露出馬腳誤了我的大事。」

沅蘿聽得這番言語，見魘璃言之鑿鑿，想來是早有計較，心中稍安：「想來你們還有要緊的事要商議，我也不便打攪，且先回去了。」

魘璃將沅蘿送出門外，關上房門轉眼看看鷹隼，一邊走向水池另一頭的床榻，一邊言道：「鬧了一宿，也該休息了，你自便，別吵到我歇息便好。」

鷹隼將身一縱躍上房梁，背對魘璃的床榻倚在橫梁之上，沉聲道：「帝女放心，微臣尚知君臣之儀，不敢冒犯。不過有句話卻如鯁在喉，不吐不快。」

魘璃放下帷帳，將身靠在床榻之上，懶懶說道：「你想說什麼？」

鷹隼道：「微臣只是很奇怪，適才沅蘿的舉動有異，為何帝女不懷疑她包藏禍心？」

魘璃聞言一呆，許久方才喃喃言道：「你和她才認識多久？我和她在這牢獄中相識相知已有七百年，縱然剛才她行事有失常態，我也知道那是驚慌之下才會如此，並非有意算計於我。當初才到風郡之時，因不適應這方水土而衰弱不堪，若非得她看顧，只怕也活不到今天。所謂飲水思源，我又豈可在這個時候棄她不顧？」說罷將身一翻背對鷹隼，也不再言語。

鷹隼見她說到這個分上，自然也不好多口，於是將眼一閉，靜心休養。

緣生

對於鷹隼而言，在夢川別院藏身不是件容易的事情。雖然夜間無宮娥侍衛在宮苑內逗留，但白天有不少人來來往往。於是蟄伏於藻頂之中便成了常態。好在風郡中人都只是如眾星捧月一般跟定魘璃不放。為避免鷹隼露出馬腳，魘璃自是盡量呆在宮苑的花園之中，那些名為伺候，實為監視的侍女們不免亦步亦趨，如此一來，鷹隼總算可以下來活動活動，一晃已然半月有餘。

鷹隼少年得志，躋身朝堂為國之重臣，也算是閱人無數。只是在他看來，這位庶出的帝女是個看不明白的人物。除了派人通知夢川使節夜亭山香包尚未完工，要他多留一個月外，似乎這半個月來，她並未有其他的實質行動，反而荒唐胡鬧之舉層出不窮。不是砸毀花園中的涼亭，便是拿宮娥做箭靶，不時驚動高牆之上的守衛，然後便一臉快意地看著一大群人收拾殘局。按理說越接近出逃的時日，原本應該越低調才是，她卻反其道而行之，全無半點在圖謀出逃的謹慎。

她在想什麼，鷹隼全然不知。即便是夜深人靜，所有侍女都退守宮外，夢川別院裡只有他們兩人之時，她依舊不曾透露過半點口風，甚至，連話都很少。如不是在調息打坐，便是在看著那一池溫湯發呆。動時天翻地覆，靜時卻像一座美到極致的雕像。

魘璃微微轉了轉眼，眼角餘光劃過頂上的橫梁，長久以來的警覺已經讓她能敏銳地感知到落在自己身上的視線：「你不是說你懂得何為君臣之儀嗎？身為臣子，這麼直勾勾地看著自己的主子，不覺得有欺君之嫌嗎？」

鷹隼縱身落在魘璃面前，低應一聲：「微臣不敢，只是而今已過半月，帝女的計畫究竟是什麼，微臣還不得而知。」

魘璃淡淡一笑，將目光移向那水池中的波光，喃喃言道：「還不是時候，時機成熟了，你自然會知道。」

鷹隼默然，雖說這位帝女並非像其他夢川帝裔一樣頭頂靈角，尊貴雍容不可逼視，但那沉穩氣度倒是與大殿下如出一轍。她有心不說，他也自然不得而知。

室內只有溫吞的水聲，許久之後，方才聽得魘璃低聲說道：「其實，這些天來，我有個問題一直想問你。暝哥哥……大皇兄本執掌北冥大營重兵，駐守六部戮原舉足輕重，怎可親自前來風郡？何況他頭頂雙岐靈角光耀奪目，怎麼可能避過風郡諸多關口的重兵盤查，來到這皇城之外的？」

鷹隼沉聲道：「帝女冰雪聰明，早已猜到又何必再問？當初風郡質子圖謀逃逸，被捉回之後暴露了風郡意欲發兵的意圖。倘若當真開戰，帝女的安危自然難測，所以大殿下執意前來風郡營救帝女，卻為一眾皇室宗親所阻。無奈之下只好在御前將北冥大營重兵兵符暫交二殿下，並親自率十二親兵將領長途跋涉而來，那雙岐靈角……是被大殿下親手斬斷……。」

魘璃聞言身軀一顫，兩行清淚毫無徵兆地流淌而下，喃喃言道：「暝哥哥，到底是璃兒連累你了……。」而後用手背拭去臉上的淚水，長長地吸了口氣：「如此說來，鷹隼你實際上是被父皇派來保護大皇兄的，不是嗎？」

鷹隼垂首而立，沉默片刻方才沉聲言道：「大殿下的靈角待回夢川後得水氣滋養，假以時日還會再長出來，而今大殿下頭上創傷早癒，帝女不必太過掛心。」

魘璃搖搖頭，心中傷感：「你也不必瞞我，我雖囚居此地七百年，但朝中之事也時有耳聞。父皇在位已兩千載，依慣歷早該立定儲君。大皇兄仁愛英明，且為皇族長子，我與二皇兄魘暝還未出世，他便已經執掌北冥大營安邦定國，為百官擁戴，按理應是接掌帝位的不二人選；無奈那魘……二皇兄乃是為水靈尊所眷顧，頭頂紫金靈角降世的紫金帝嗣，雖說而今尊主已不在世，皇族中人依舊認定他會接掌帝位，又因為捨長立幼有違倫常，且魘……二皇兄少不經事，時有劣跡尚需歷練，父皇無奈才將立嗣之事拖到如今。為免厚此薄彼，兩派起爭執，故而將兵權一分為二。大皇兄掌北冥大營，魘……二皇兄掌南川大營，而拜你為鎮川上卿，實際上是直接受命於父皇，維持兩個派系平衡。而今大皇兄顧惜兄妹骨肉之情，念著昔日約定決意以身犯險來風郡救我，將兵符交予魘……。」她每每提及二皇兄魘桀都不由自主地直呼其名，隨即循禮尊稱二皇兄，如此反覆幾次，煩躁心起也就懶得再改口，繼續言道：「他心心念念只為夢川國主之位，而今拿到大皇兄手上的兵權豈會輕易交還？倘若真與風郡開戰，自會藉著戰事將北冥大營肆意損耗，或是將軍中頭領盡數撤換為自己心腹。大皇兄交出兵符，實際上是交出了錦繡江山……都是我……都是我害了他……。」魘璃心神激盪之下陡然氣息急促，冷汗涔涔而下，那種熟悉的乏力感來得毫無徵兆，她雖悲憤激動，但卻不曾忘記距離上次入水續命也有半月有餘。

鷹隼也發現她神情有異，忙伸手扶住她即將癱倒的身子：「帝女，你……。」

魘璃不欲最脆弱之時展露人前，只是伸手拍開鷹隼的手：「……不要你管！本宮命你轉過頭去，不得……回頭！」

鷹隼見魘璃雙眼灼灼，雖然氣息虛弱，但言語之間卻有一種無法拂逆的氣度。他先是一呆，而後歎了口氣，鬆開手轉過頭去，這位帝女比他想像中還要倔強。入宮之時，大殿下曾對他提過這風郡皇城之地的結界對她的影響，但這樣瞬息之間便會衰弱氣竭的狀況遠比他想像的還要嚴重。他無法想像這囚居的七百年中，她曾經多少次掙扎於生死之間。也難怪大殿下會不惜代價定下這次風郡之行。

就在鷹隼背過身去心念急轉之時，魘璃艱難地支起身子爬到池邊，順著栽倒之勢滑入水中。

約莫過了半炷香時間，水中傳來一聲嘩啦裂響，鷹隼剛想轉身，卻聽得魘璃沉聲喝道：「本宮說過，不得回頭！」

鷹隼暗自搖頭，只得抄手而立，聽得魘璃攀著池沿離開水面，隨後緩緩的從他身後蹣跚而過。雖說生死危機已解，但從虛浮的腳步聲可知她並非完全恢復如常。這樣的情況下，她寧願自己一步一步地挪回床榻，也不願他施以援手，這樣拒人於千里之外的態度也表示這位帝女並非百分百地信賴自己。

也對，在這樣環境下撐過來的人，原本就不可能輕易信人。

就在此時，一股淺淺淡淡的血腥味突如其來，若是尋常人，或許不易覺察，但鷹隼的嗅覺遠比尋常人靈敏許多。他倒抽一口涼氣，也顧不上魘璃之前的命令，猛地回過頭去，只見魘璃匍匐在床榻之上，挽起的袖子下露出一段雪白的藕臂，一道狹長的創口正鮮血淋漓，而一片血紅的霧氣正包裹著一串珠光逆轉的赤色珠子，將溢出的鮮血一滴不剩地吸納進去！

「帝女！」鷹隼早已飛身而起，落在床榻邊伸臂挽住魘璃的身體，將她拖離了那串會吸血的珠串，滿臉的不可思議。雖然他沒見過這樣的物事，只是本能地感知那珠串頗有些詭異。低頭看去，只見魘璃原本蒼白的臉上浮起一片怒意。隨後她伸手甩開他的手臂，一把將那串詭異的赤色珠串抓在手中，怒道：「你幹什麼！」

鷹隼能感知魘璃手臂傳來的力量，於是順勢鬆開手臂沉聲道：「帝女為何自殘身體？」

「自殘？這副皮囊雖無用，本宮倒還是知道珍惜的。」魘璃冷笑一聲抬起那隻劃傷的玉臂，只見創口已然迅速癒合，只留下一道淺淺的血痕，「我不知道風郡皇室頂禮膜拜的風靈殿離這裡有多近，只知道在這個該死的鬼地方結界很重，我如不削弱氣血，就跟帶重枷沒什麼兩樣。那珠串不過是一個容器，總不能讓夢川皇室的靈血就這麼白白消耗掉。遲早有一天能派上用場。」

鷹隼澀聲道：「莫非……這七百年來，帝女都是……！」

魘璃冷冷言道：「很奇怪嗎？他們為了防止這囚宮裡的人出逃，從建造這宮殿的那天開始，就動了手腳。進來的人除了像沅蘿那樣天生體質孱弱的不會受太大的干擾外，即使是鄒那樣的小孩子也靈力銳減、身體困頓。而我……拜這副無用的皮囊所賜，也只能適當削減氣血，換取行動如常。不過，這似乎也不是什麼值得上心的事，除了大皇兄外，也不會有人在意。」

鷹隼看著她用冰冷的口吻說著自己的事，就好像是在談論一個完全不相干的人。然而言語之間的怨尤之氣卻是顯而易見。鷹隼突然明白了那日她為何會問他是奉何人之命而來。

所謂質子，亦隨時會成為棄子。也就是說，她是一開始就被犧牲的那個。儘管擺出這樣一副無所謂的面孔，可事實上不可能真正地無動於衷，其中的悲哀委屈可想而知。細細想來，這位庶出的帝女也可謂命途坎坷。

魘璃抬眼看看鷹隼，讀出他眼中的複雜意味，一時間就如同被火炙了一下：「你的眼神很討厭，似乎是在可憐我……鷹隼，你可別忘了本宮是什麼人，若是再讓本宮看到這樣的眼神，你這對招子就別要了！」說罷拂袖一揮，床榻上的紗幔已然飄然落下，將她與鷹隼隔開。

鷹隼暗歎一聲，低聲言道：「帝女氣血有虧，還是休息調養為上，微臣不敢打擾，暫且告退。」說罷將身一縱，已然翻身上了橫梁。

魘璃緊咬下唇，看著鷹隼的身影消失在藻頂的陰影之中，心頭又是氣惱又是不忿，更夾雜幾分悲哀。就好似藏得很深的傷口被他窺見一般，若是沒有那一道輕煙也似的紗幔，她根本不知道該如何去掩飾。

整間宮室再度回到靜謐之中，除了溫吞的水聲，和浮現在四壁藻頂的水紋波光外，就好似空無一人一樣的寂寥。鷹隼仰躺在藻頂的寬大凹槽之中，著眼之處只剩那一片微蕩的波光浮影。若是沒有今晚之事，他只會覺得下面那位帝女任性乖張、意氣用事，而此刻，似乎又有了些不一樣的認知。

第二話

樊籠破

魚館的酒氣越發醇厚，可魚姬的故事卻突然停了下來，因為一把鋒利的劍已經朝著她的脖子削了下來！

龍涯見機極快，來不及拔刀，便連刀帶鞘揮出一隔，只聽得「格朗」一聲，火花四濺，刀鞘就像拍碎的豆腐一樣四分五裂，裡面的刀鋒也被生生削為兩段！

龍涯面色微變，心想這長刀也算是千錘百煉，當世利器，居然如此不堪一擊。抬眼見握劍的人正是那名為魘璃的女子，便揚聲道：「縱使有什麼言語得罪，也不用下殺手吧。」

魘璃冷笑一聲：「區區一個凡夫俗子，居然也有能耐接我一劍，倒是小瞧了你。」隨後只見她柳眉倒豎，咬牙對魚姬喝道：「你究竟是誰？為什麼知道這些事情？」

龍涯見她臉色不善，早起身擋在魚姬身前，手握斷刀沉聲道：「有什麼不自在，就衝我來。」

魘璃斜眼瞟了龍涯一眼：「就憑你？」

明顏一擼袖子：「怎麼？想動手本姑娘奉陪！欺負個肉體凡胎算什麼本事。」

鷹隼雖是老態龍鍾，但動作卻不慢，早已橫過竹棒攔住了魘璃，沉聲道：「帝女不可造次。」

魚姬咯咯笑道：「這位客官也未免戾氣太重，咱們只是說說故事解解悶，就算故事裡的人跟你同名同姓，也不必如此著惱。美酒難得，還是坐下再飲幾杯吧。」

魘璃正要發難，然而看到魚姬的笑臉，突然心頭一顫，不由自主地順勢坐下，握劍的手微微發顫，心頭大駭。這種感覺她並不陌生，就跟那晚在囚宮的異夢中一樣。她驚訝地睜大了眼睛，看著魚姬朱脣輕啟繼續說道：「還是繼續說故事吧。」

美人計

日子就這麼一天天過去，距離月末也越來越近。

在魘璃將所有侍女調離夢川別院之時，鷹隼時常藏身門後，自門縫朝外觀望，可見沉蘿時時心不在焉，有意無意地朝他所在這邊觀望，顯然是心中憂慮難以自持。而魘璃總是追逐著皇子鄒在花園中嬉戲玩樂，青絲飛揚，原本精緻的容顏如同一朵怒放的花，開得肆無忌憚。

就在鷹隼藏身房裡打量魘璃的同時，高高宮牆之上也有一雙陰沉而犀利的目光在審視著這個笑得最大聲的女子。

宮牆的守軍又加了一撥，天界明媚的陽光將圍合宮苑的箭陣照得發亮，而一片密如繁星的耀眼光斑中，總是參雜著一點金光，那是太子時羈頂冠所反射的光芒，每到午時，他會循例在宮牆上巡視一番，只是停留的時間卻越來越長。

事實上，自從當日在藤州別院被魘璃激走之後，時羈的激怒與不忿就未嘗停歇。她和沉蘿不一樣，雖然同樣是一副不堪一擊的脆弱皮囊，但那股子狠勁顯得異常突兀，似乎隨時會張牙舞爪地反咬一口。

一想到這個，時羈的激怒在心頭縈繞的同時，另一種衝動卻不知不覺地在心頭蔓延，他在等待有朝一日不再有所忌諱，狠狠剪去她的爪牙，磨礪她的秉性，將其馴化，在自己面前俯首稱臣。

時羈的暢想沒能持續很久，因為他看到一個金燦燦的東西在眼前招搖，那是一件金色的披風，緞面反射著金光，似乎還沾上了不少墨跡。被魘璃糊上了竹篾骨架，如同紙鳶一般被放上天空。一望之下卻覺得無比眼熟，微微思索，發現正是當日在藤洲別院遺下的衣物，只是兜兜轉轉間看不清衣衫上所畫的是什麼物事。

時羈冷哼一聲，喚左右奉上弓箭，打算將那招搖的玩意射下來，敗敗那不知死活的女子的興致，剛拉開弓弦，就見得魘璃面露挑釁的笑意，一把扯斷了手裡的線。

那衣衫沒了線的牽引，被風郡上空無定向的風捲得滴溜溜直轉，晃晃蕩蕩地飄向遠處的宮牆，最後掛在了另一端的瞭望塔上。

時羈見又被魘璃擺了一道，心中自然不忿，一面吩咐身邊的侍衛前去拾回衣袍，一面轉眼看看宮牆下的魘璃等人，卻發現沉蘿領著鄒早匆匆退開去，魘璃立在園中眼神之中盡是不屑，而後轉身朝夢川別院而去，只餘下些個宮女在園中收拾殘局，一時間原本鬧哄哄的宮苑靜了下來。

時羈心中早憋了一肚子火，不多時前去拾取衣物的侍衛飛奔而回，待到看清那袍子上所畫的物事，時羈早已火冒三丈，狂暴到了極點。

衣服上畫的是一隻王八，王八頭上還頂著副頂冠，就和他頭上戴的一般無二。

時羈還記得上次在藤州別院被魘璃斥為王八，而今見得這畫，自是難以抑制心頭怒火，隨後轉身下了城牆，奔宮苑長廊而去。

他也不明白這世上怎麼會有這樣的女人，明知不敵，自己都還命懸他手，居然還敢撩撥於他。

究竟是膽大包天，還是生性蠢鈍不知進退？

雖然現在還不可動她，但明目張膽地上門挑釁，若是不給她點教訓，也未免顯得他這個風郡太子落了威風。

時羈走得很快，身後的侍衛們自然是緊跟其後，盔甲磨礪錚錚作響，整齊而聲沉，自帶幾分殺氣。一進入殯琿宮內，早驚得侍女們花容失色、噤若寒蟬。

時羈陰沉的目光鎖定夢川別院內那一排緊閉的門扉，走將上去便是一腳，破碎的門扇飛摔出去，撞倒一道輕紗繡屏，同時驚起幾聲女人的尖叫。

只見七八個侍女散在那偌大的圓形水池邊，一個個嚇得臉色蒼白，手邊的竹籃早傾覆在地，散落出不少香花馥蕊。而那圍合在兩條石雕巨龍中間的水池裡，卻飄著厚厚一層花瓣，隨著水波微微動盪，浸潤出滿室的香氣。

時羈一時愣在門口，原本以為一上來就會與那不知死活的女人動武，讓她吃點苦口，不料卻是這般情形，一腔狂怒不知不覺間早已拋到九霄雲外。

他揮手示意侍衛們留在別院之外，隨後跨過門檻走了進去，對侍女們使使眼色，受驚的侍女們如蒙大赦，忙躬身退了出去，偌大的屋子裡頓時靜了下來，只有兩隻龍頭口裡流淌的水流汨汨作響，即溫吞又曖昧。

滿屋不見魘璃的身影，時羈的目光自然落在那一池飄著花瓣的香湯上，只見對面池邊那隻龍頭下的水面浮起一張精緻的面孔，烏黑髮亮的溼髮纏繞著白皙的脖頸，緊貼著圓潤的肩膀和纖細的鎖骨，泛著銀光的白緞抹胸包裹著世間最美的弧度，纖細的脖頸懸著一串異常顯眼的掛鏈。掛鏈的墜子由五顆渾圓的明珠並排串成，珠光流轉紅如蔻丹，越發襯得肌膚勝雪。而後一雙明眸睜開，一時間滿池的香花都黯然失色。

當魘璃那張明豔動人的面孔轉向時羈的時候，原本的愜意神情自然轉成了驚怒：「時羈，誰讓你進來的？」

時羈臉上露出幾分玩味的神色：「難道不是你處心積慮地引本太子來的嗎？」他踱到池邊，蹲身撈起一朵香花在鼻尖輕輕一嗅：「如此香豔的美人計，莫不是想誘本太子下水？若是你以為在水裡，就可與本太子抗衡，也未免太天真了。」言語之間稍稍捻弄，花瓣碎裂，溢出些滑膩的透明黏液來，香氣更盛。

魘璃臉色早憋得通紅，咬牙道：「像你這樣的王八蛋也沒那個膽子下水。」

「嘖嘖，美人計不成便使激將法了，如此拙劣的把戲，還真當本太子和你一般蠢笨。」時羈搖頭歎了一口氣，「看來本太子還是過於高估了你的頭腦，要耍美人計，還是你上來比較好玩。」說罷將手一招，指尖乍現一股一尺來高的旋風，待到拋甩而出已然化為一股颶風朝魘璃席捲而去！

魘璃早捏了個法訣，只見那一池香湯瞬間上拔為一道厚厚的水牆，與颶風相撞頓時相互抵消，在半空驟然散開，如同疾風暴雨一般，無數花瓣夾雜其中，四下紛飛，而漫天花雨中早不見了時羈的身影！

倉皇之間魘璃只覺得右臂一緊，卻是時羈不知何時已然到了她身後緊靠的池邊，一把扣住她的右臂想要將她拉出水面！

魘璃自然不會順從，一手緊緊扣住池邊的龍頭，一邊冷笑道：「有本事你下來，區區一池水都怕成這樣，好一個無膽匪類！」

時羈心中早憋了一團火，尤其是見得魘璃袒露的臂膀肩胛更是難以自控，呼吸愈加粗重起來：「等會本太子包管你知道什麼叫怕！」言語之間卻發現此刻魘璃的力道遠比以往大出許多來，想是置身水中，靈氣得以持續，所以比以往更為難纏，於是加大了力道。

兩廂角力，拉鋸之間旗鼓相當，一時間誰也奈何不了誰。

突然間魘璃緊扣龍頭的手一鬆，整個人已被拉出了水面。時羈自不防備她突然鬆手，一時用力過猛跌倒在地，一個溫軟溼漉的身體撞進懷中，繼而滾落於地，軟軟地支楞起身子。但見柔滑的白鍛蔽體，難掩妙曼身形，一雙妙目中盡是輕蔑之態。一隻柔若無骨的手有意無意之間拂過胸前那一串血色的珠掛，就好像指尖迸發出一小團炙人的火。

時羈早已染紅了眼，血脈賁張之時哪裡經得這般撩撥？一聲虎吼撲倒魘璃，右手箍住魘璃雙腕死死壓在地上，空出的左手已然急不可耐地探出去撕扯她脖頸之間連繫抹胸的掛鏈。只是還未碰到那如血色一般紅豔的掛墜，就聽得魘璃一陣輕笑，暢快非常。

時羈的目光從她胸前那一抹灼人的豔紅轉向魘璃那肆無忌憚的笑臉，雖為慾念所煎熬，卻不得不尋思這個女人的反常舉動，沉聲問道：「你笑什麼？」

魘璃好不容易才止住笑，抬眼看看眼前這個眼泛紅絲的男人：「我笑你，身為風郡太子，便是如此禮待我夢川皇室的嗎？」

時羈嗤笑一聲：「你以為這麼一而再、再而三地挑戰本太子的耐性，本太子還會任你脫身？」

魘璃歎了口氣：「那倒沒有，我只是在想，明日夢川使節回國之前，循例求見拜別的時候，要是發現他們的帝女受辱自盡身亡，不知道你們風郡皇室會如何交代。是軟禁使節，還是索性斬殺使節，立即向我夢川宣戰？不過，不知道你們部署好了沒有。哈哈……我這卑賤凡女所生的帝女也可以挑起天道大戰，也不虧。」

魘璃的言語雖不大聲，卻一字一句地敲在時羈心頭，就如同在火堆上澆上一大盆冰水。

的確，揮軍夢川，掠奪夢川外疆，進而把持諸部之間的資源交易，一統天道六部，這一切早在計畫之中。只是還未完全部署妥當，若是這個時候倉促起事，難保不會影響大局，何況皇弟還在夢川，若是魘璃這個時候死了，也自然送掉了他的性命，實在不值，也難怪這刁頑女人如此有恃無恐。

「我就不信你真不要性命！」時羈心有顧忌，口上雖不示弱，原本緊緊扣住魘璃雙腕的右手倒是撤了開來。

魘璃的右手如同滑溜的水蛇一樣從時羈指縫中溜了出來，繼而攀上時羈的脖頸，將兩人的距離拉得更近，含笑帶諷地低聲言道：「不妨一試。」

時羈與魘璃對視片刻，一腔慾念早轉為滿腹懲悶。被那女子這般戲耍，軟玉在懷卻偏偏動不得，自是心有不甘、憤恨難消，抬手一巴掌重重地摑在魘璃臉上，起身轉身憤然離去，怎奈身後那女子滿是譏誚的笑聲不絕於耳。

魘璃看得時羈去得遠了，方才止住笑，輕撫發痛的面頰，伸手擦去嘴角溢出的鮮血坐起身來，手掌揮處，原本大開的房門已然啪嗒一聲關閉，隨後抬眼看看頂上橫梁冷聲道：「下來！」

鷹隼矯健的身形已然自梁上翻了下來，劍鞘挑起一襲紗縵蓋在魘璃身上：「適才帝女在水中與那時羈角力，莫不是想將其拉下水去，將其俘獲，再借他來脅迫風郡放我們安然離去？那時羈乃是軍中猛將，武技法力都非比尋常，更何況在這風靈所屬之地，憑帝女一人之力哪裡是他的對手？倘若帝女有何閃失，微臣如何向聖上交代？」

「我的死活他早不放心上，又何需你去交代？」魘璃冷冷言道，「你猜對了一半，我是打算靠時羈脫身。今日一試，那時羈雖狂妄淫逸，但也非色令智昏之輩。適才頗為小心提防著我會借水之靈力對付他，看來功夫必須做足才成……。」

鷹隼聽得魘璃言語，不由歎了口氣：「帝女拿自己來做誘餌，未免賭得太大了。為何帝女還特命鷹隼按兵不動？適才那時羈若是不為帝女言語所動，豈不危險。」

魘璃吡笑一聲：「時羈性情暴躁易怒，卻不是魯莽之輩。他能在風郡一干帝裔中出類拔萃，躋身儲君，絕不只是靠著武力震懾天下，其心智頭腦也是不弱。便是再激怒衝動也會留一分理智來審時度勢。他既然顧著大局，也惜著皇子翱的性命，就不敢真的在這個時候對我無禮。這七百年來我的一舉一動都在風郡皇室的監視之下，而那時羈的性情舉動也一樣盡在我的眼中，若非知己知彼，我也不會去招惹他。」

言至於此魘璃沉吟片刻繼續說道：「要是你我二人聯手自然可將其擒住，但一番激鬥必定動靜不小，外面的守軍數量眾多，就算挾持時羈只怕也難走得出這瓊琿宮的宮牆，倘若外面箭陣發動，時羈有銅翼護身，咱們的性命反倒是危險了。今天所為只是引他入局，重要的還在明天。」

鷹隼聽得魘璃言語微微思索：「今日帝女鬧出這等動靜，只怕已然打草驚蛇，明日之事難免會有阻滯。」

魘璃搖頭笑笑：「自我囚居此地七百年來，一直動靜不小，與時羈真刀真槍開打也有好幾次，次次都是我不敵慘敗，而傷癒又捲土重來。所以包括時羈在內的所有人皆以為是我莽撞好強不顧後果，就算動靜鬧得再大，也沒人會疑心我另有算計。況且一直以來都是時羈手下敗將，那廝心性狂妄，自然不把我放在眼裡。只要引得那廝下水，此事也就有了六成把握。」

鷹隼心念一動，心想難怪這些天來她故意鬧出這許多事端，這般鬧騰風郡中人也無行動，想來是已對她的瘋狂之舉習以為常，所以無人起疑。如今看來，這帝女果然心思縝密，想她才入風郡之時尚是幼童，居然已然有此計較，竟瞞過七百年來風郡皇室的密切監視，這份智謀已不在當朝兩位皇子之下，更非那一干皇室宗親可比。聖上膝下三子八女，大殿下早為國之肱骨；二殿下雖年輕，但生為紫金帝嗣，一身靈力出類拔萃；留守忘淵為人質的三殿下年幼且體弱多病，能否健康長大成人都是個問題，委實難擔大任；朝中另有七位帝女，卻又皆是資質平庸之輩。聖上向來英明，有女如此理應留在身邊善加調教，委以重任，為何還會將其送到風郡飽受磨難，日日朝不保夕。難道聖上當真也如世人一般只看重血統嫡庶不成？

鷹隼思慮之間魘璃已然轉身步入寢榻的紗幔之中，開始卸去覆蓋身上的紗幔和早已溼透的抹胸。這一個月來，她對鷹隼的性情早已了然於胸，知道他心中頗重君臣之禮，也不怕他眼睛不規矩。

鷹隼倒不防備她毫不避忌，忙背過身去，耳後猶如火燒一般，頗為尷尬，不多時聽得腳步輕響，魘璃已然從紗幔後轉了出來，換上了平日的軟甲穿戴，唯有溼漉漉的長髮披在身後，還垂掛著晶瑩的水珠，越發襯得肌膚勝雪，眉目如畫，叫人不可逼視。

魘璃與鷹隼四目相交，卻發現鷹隼隱藏在面具下的眼神頗為侷促，心中自是明白，繼而冷聲言道：「我要是你，就把今天看到的全都忘了，別把心思耗在一些無聊的事上。」

「是。」鷹隼應了一聲，尷尬之餘卻有些奇怪，「今日那時羈被帝女譏誚戲耍都未上當，明日怎會輕易下水？」

魘璃眼睛望著那一池香花，喃喃言道：「我雖不願出此下策，今日所見卻是只有這條路走……。」言語之間眉峰緊鎖，頗有些為難不忍之意，許久方才言道：「幸好那廝還有狂妄和好色這兩個致命的缺點，否則那廝才是真的可怕！」

魘璃雖未言明，但看這般情狀鷹隼早已猜中八分：「難道帝女想……？」

魘璃歎了口氣，湊近鷹隼耳邊細細吩咐一番，末了沉聲言道：「成敗生死皆在明日，除了辦好剛才我要你辦的事外，還有一件事……求你無論如何也要保全沅蘿的性命等我回來。」說罷已然轉身開門出去，轉過夢川別院的院門，見一干侍女們遠遠聚在園中，都在朝這邊觀望，便將臉色一沉快步行去。那些侍女們也不是沒吃過魘璃的苦頭，哪裡敢在她氣頭上還去招惹於她，一個個立刻雞飛狗走，頃刻之間散了開去，避走到宮門處的長廊上，唯恐殃及池魚。

魘璃心知那群眼線各自惜命，不敢這個時候貼上身來，便徑直進了沅蘿的藤州別院。只見房門虛掩，鄉臥在沅蘿床頭沉沉入睡，沅蘿一人呆坐在床邊似是滿腹心事，便輕輕乾咳一聲，推門走了進去。

沅蘿乍然見得魘璃進來，眉宇之間愁雲頓消，起身迎上前來：「適才見得那時羈奔夢川別院而去，我便捏著把冷汗，他……可有為難你？」

魘璃笑笑：「那畜生是來囉唣一番，好歹還是把他打發了。」

沅蘿鬆了口氣：「可是……明日不是……這般鬧上一場也不知道會不會有影響。」

「你放心，一切都在計畫之中。」魘璃將沅蘿牽到花几邊坐下，「只是明日午時我得出宮一趟……。」話一出口，便覺得沅蘿的手驟然收緊，顯然十分緊張，於是握住沅蘿的手掌柔聲道，「我必須去見一見使節，安排明晚脫身之事。這一去只怕得好幾個時辰，鷹隼躲在我夢川別院倒是多了幾分風險，萬一被風郡中人識破行蹤，反倒麻煩。」

沅蘿聞言忙道：「這倒無妨，你且去，明日便由我與鎁在園中守著，尋些由頭牽制那些侍女，不教她們靠近夢川別院便是。」

魘璃歎了口氣：「鎁還太小，只怕反而誤事，還是讓他留在忘淵別院的好，明日便煩勞你了。」說罷自懷中摸出一方錦帕，打開來卻是包著些深紅色的粉塊。

她取了一枚留下，其餘的盡數塞在沅蘿手中：「這熏香是我從風郡皇室上供用以安神的陀羅香提煉而得，七百年下來也只攢了這麼幾塊，點燃散出的白煙可瞬間致人昏睡半月。明日你出門前便將你房裡幾個香爐都點上一些，然後關好門窗，就別再進屋。」

沅蘿下意識地點點頭，心想難怪這七百年來魘璃房中都無半點熏香味道，原來那麼早之前她便在偷偷準備，只是沒想到連我也被瞞了過去，也不知還有多少事是我不知道的……。

就在沅蘿思量之間，魘璃從脖子上摘下那串血色珠掛來戴在沅蘿脖子上：「讓你留在外面我也有些擔心，這是我護身之物，你且貼身藏了。若一切相安無事也就罷了，要有人與你為難，便躲進夢川別院去。退一萬步有鷹隼在，必定可保你周全。」

沅蘿怔怔看著胸前的血色珠掛，心想她連護身的寶貝都給了我，可見待我極誠，剛才也不該生懷疑心。遂低頭看看胸前的珠掛低聲言道：「你把護身的寶貝給了我，要是遇上什麼危險你怎麼辦？」

魘璃搖搖頭：「我只是循例出去，應該不會有什麼風險。」言至於此她抬眼看看沅蘿，躊躇許久方才低聲問道：「明日之事事關生死，倘若……倘若事敗，只怕咱們都難逃一死。當真落到那等境地……你可會怪我？」

沅蘿心念微動，與魘璃相處七百年來從未見過她這等為難，心想莫非明日之事當真兇險異常不成。她雖惴惴不安，口裡柔聲說道：「留在這鬼地方已然是萬劫不復，若是能逃出生天，冒些風險也是必然。你為我們的事圖謀勞碌，我也幫不上什麼忙，就算事敗，大家同生共死便是，我又怎會怪你？」

魘璃聞言心中酸楚，將頭轉向一邊平定心情，而後沉聲言道：「有你這話我也就心安了。」說罷走到床邊輕輕搖醒鎁：「鎁，且起來，璃姐姐先送你回去。」

鎁睡眼惺忪地爬起身來，聽話地任魘璃牽著，兩人走到門口，魘璃停下腳步轉頭看看跟在後面的沅蘿柔聲道：「你也早點歇息吧，養足精神以便明日行事。」末了仍不厭其煩地重複了一句：「明日若有危險，務必去夢川別院，切記切記。」

沅蘿見她說得慎重，自是格外留心：「你放心吧，我明白。」目送魘璃與鎁轉出小院去，思前想後忐忑難安，竟是一夜無眠。

連環局

卻說魘璃將鎁送回忘淵別院，再刻意陪鎁玩了兩個時辰，有宮人送來晚膳，也就在忘淵別院將就吃了些許。此時天色漸暮，鄒午間睡過，是以並無睏意。魘璃哄他睡下，再將留下的那塊熏香放進了鄒屋裡的香爐，待得香燃，升起寥寥青煙，便屏住呼吸，替鄒掖上被角。藥效發揮很快，鄒轉眼間便沉沉睡去，用上那種提純的香料，總算可以保證這孩子不會在關鍵時刻出來壞事，明日的顧慮便去了一分。魘璃轉身走出房間，關好房門，眼見宮女們正準備退出囚宮，便叫住個領頭的吩咐道：「皇子鄒今個玩得乏了，明天會起得很晚，你們也不用前來候著。」那班宮女忙連聲稱是，頃刻間走了個乾淨。

魘璃緩緩地踱回夢川別院，見屋中無人，心知鷹隼是擔心被人撞見，已然回到藻頂之上。之前與時羈爭鬥，弄得一地的水痕碎花，也早被宮人清理乾淨。魘璃吁了口氣，心想明日之事至關重要，任何可能影響計畫的細節都不可以出錯。於是逕自走到大櫃邊，拉開櫃子，將裡面收納的，用於沐浴的香花全都翻了出來，在池子裡浸了浸，再在房中四處拋灑，頓時花香襲人，馥郁滿室。雖然與之前的景象不全一致，但總算有八分相似。

忙碌了半響，魘璃總算停了下來，走到臥榻邊躺下，閉目休息。明日的事，已是開弓沒有回頭箭，她必須讓自己好好休息，才有足夠的精力去應對。

鷹隼側臥在藻頂的凹槽裡，支楞起胳膊，正好可以看到臥榻上的魘璃。雖說這樣多多少少有些不妥，但屋裡的花香縈繞不散，加上溫吞的水聲，很容易影響人的情緒。其實這些天來同處一室，他已經不記得曾多少次這樣凝望她的睡顏，只是從沒像此刻一般，清晰讀出這張精緻容顏背後隱藏的東西。眉心的微微糾結，眼皮的徐徐跳動，而後驟然睜眼，警惕地環視四周，接著再度閉上雙眼強迫自己休息。她能在七百年的漫長歲月裡欺騙所有的敵人，心機百轉，無畏無懼，卻無法在入睡之後掩飾自己的脆弱。

鷹隼心頭浮起幾分說不清道不明的情愫，稍微挪動一下手臂，手掌觸碰到藻頂的側面，那布滿密集細孔的飾面就好像是粗糙的磨石，將那些莫名其妙的念頭全都抹去。

從他第一次藏身在此，就已然發現了藻頂飾面的異常。雖說這是座囚宮，但宮中的物事無一不是奢華名貴之物。這藻頂的構造雕飾也是渾然一體、異常考究，那些密集而深邃的針樣細孔，很明顯是後天造就，以痕跡的新舊程度可見，始作俑者必定是魘璃，不作第二人想。但是何等兵器能造成這樣的痕跡呢？針？很明顯那些密集的孔隙裡並沒有殘留的鋼針，何況任何兵器入木寸許再拔出來，勢必會對這些孔隙產生逆向的摩擦甚至破壞。而今看來孔隙完好，可見造成這些孔隙的兵器被打進來，就沒有再拔出。難道她除了那把流蘇，還有一件無形的利器不成？……鷹隼的目光落在下面蕩漾著波光與香花的一池溫湯上，心念急轉。

如果那些犀利而又自行消失的是水化的冰針，這一切也就合理了。

但一個更大的疑問已經占據了鷹隼的思維。化水為冰，且操縱如此密密麻麻的冰針，若是打在人身上，只怕血肉之軀頓成蜂窩。

夢川皇室世代為水靈近侍，皇室中人或強或弱皆有操縱水流的靈力，其中最為霸道的法門卻是「冰封之術」，即以最為精純的靈力化水為冰，練到爐火純青之境界，可瞬間化汪洋為冰原，結波濤為凍丘。

歷代的夢川帝王便是以此術鎮住四處肆虐的天道洪流，使之化為闔合六部戮原的巨大天柱。也正是因為這個緣故，就算水靈亡故，夢川也不至於像失去木靈庇佑的藤州一樣衰落。而此術需要強大的靈力方可施為，所以夢川皇室之中，能精通此術的也只有當今國君和魘暝、魘桀兩位殿下，便是德高望重的璐王也只是粗通此道，更枉論一干皇室宗親。這位凡女所出的帝女，怎麼可能也有這樣的能力？

鷹隼晃晃腦袋，極力想要理清頭緒，但卻無法想通其中的關隘。明明不可能的事，偏偏又讓他發現了一些蛛絲馬跡。想要印證，卻又是無解。他看著魘璃的眼光驀然平添幾許疑惑防備。

這種感覺很奇怪，越靠近她，瞭解她，就越發看不透她。他一向自傲的洞察力，在她面前似乎失去了原有的犀利，反而在不斷地否定著自己的判斷。記得當日奉皇命保護大殿下離開夢川，聖上也有密詔，要他暗中留意這位打小就被遣送異鄉的帝女。起初他只是以為，聖上是出於掌控全局的初衷，而今看來，事情沒有他想像的簡單。

這是平靜，又不尋常的一夜，鷹隼糾結在紛亂的思緒之中難以成眠，而另一邊，遠在藤州別院的沅蘿亦是輾轉反側，期待和憂患交織，只看著房中的紗窗由幽暗到透出光亮，不覺已是天光。

沅蘿依魘璃昨日所言，將那些熏香投在香爐裡，再蓋上一層檀香點燃，料想再過一個把時辰檀香焚盡自然會引燃下面的熏香，遂門窗關嚴，平常隨身的侍女早在外伺候，於是便招呼眾人一道去花園。進了花園果然不見鄒，只有魘璃在指使那些侍女們撲蝶捉鳥，盡挑些刁鑽的由頭，將一干人等折騰得上氣不接下氣。

沅蘿見狀自是明白其中用意，於是也依葫蘆畫瓢，讓自己身邊的侍女也忙活起來，只見園中人影翩飛，鶯聲燕語不斷，人人都顧著應付沅蘿、魘璃兩人，更無半個再去留心藤州和夢川兩座別院有什麼不妥。

巳時剛到，宮外便來了禮官，接魘璃出宮送別夢川使節，但一請二請三請，魘璃都權當沒聽見一般，只顧與眾人嬉鬧，直到時近正午方才停下，對沅蘿言道：「我也差不多該去了，等送走使節我便回來。」言語之間在沅蘿臂膀上拍了拍，又不著痕跡的瞟了瞟夢川別院。

沅蘿知她此舉乃是提醒自己，倘若遇險便去夢川別院尋鷹隼求救，於是點點頭：「你且去，早去早回，咱們再一處玩樂。」

魘璃應了一聲，轉身對那一干侍女言道：「待我回來，須得見到同色彩蝶十對，比翼花雀五雙，你們可仔細了！」說罷揚長而去。撲蝶捕鳥本非難事，只是短短時間要湊齊同色比翼的，卻是難如登天，魘璃唯恐自己離開後沅蘿無法把剩下數十個侍女全留在園中，故而派下這等刁鑽差事，便是讓她們一個個忙著撲蝶捉鳥自顧不暇。

原本近身侍奉魘璃的十數個侍女紛紛鬆了口氣快步跟上，個個心中思量，好在需隨那混世魔王出宮，刁鑽差事自是落在那些留在宮裡的人身上，回頭這混世魔王追究起來，自也犯不到自個兒身上。倒是剩下的數十個侍女一個個面面相覷，如喪考妣。

沅蘿看著魘璃被一大群人簇擁著離去，看著遠處影壁上方露出的半截宮門緩緩開啟又緩緩關閉，一顆心就如同懸在半空一般惴惴不安，一面想著藤州別院裡早已釋放了一嗅便致人昏睡的熏香，生怕不小心被人撞進去露了痕跡，一面又憂心魘璃遲遲不歸，時間長了約束不住眼前這數十個眼線。

魘璃出了宮門，卻刻意放慢了步伐。一眾侍衛侍女禮官自也不敢催促，只好亦步亦趨地跟著，一大群人走了許久，也只過了璸琿宮外長廊一半的行程。

直到長廊的另一頭傳來齊整的鏗鏘之聲，魔璃嘴角浮起一絲不易察覺的釋然，加快了腳步。很快，一隊威風凌厲的金翎近衛軍出現在前方的轉角處，為首的正是昨日被她激走的風郡太子時羈，只見金冠聳立，寶甲鎏光，一襲大氅加身，便如尋常一般冠冕堂皇，威風凜凜，只是冠玉也似的臉上暗藏暴戾之氣。

時羈臉色陰霾，特別是看到迎面而來魔璃，自是不可避免地想起昨日的事來，原本還未散盡的懣悶呼啦一下全從心頭冒了出來，只是這個時候再心頭氣結也於事無補，何況還有巡宮的公務在身，就算恨得牙發癢也只好權當沒看見一般擦身而過。

「時羈！」魔璃沒打算就此放他過去，忽地轉身喊道，「你別以為我不在就可以再去和沅蘿為難，我會很快回來，要是你再敢造次，我就和你拼了！」

周圍的侍女雖早知魔璃與時羈不合，但沒想到她膽敢對著當今太子如此大呼小叫，想那太子殿下素來暴躁，說不得就此出手了結這不知死活的女子性命，搞不好遷怒旁人，這裡的人都會一併遭殃，一個個自然下意識地閃開道來。

倒是一眾侍衛呼啦一聲紛紛寶刀出鞘攔在魔璃前面，以免她驟然出手襲擊太子時羈。

時羈也沒想到魔璃會口出威嚇之言，心頭的怒火猛地竄上腦門，但昨日之事卻在時時提醒他不可怒火攻心失了理智。那女子百般挑釁，甚至不惜以色相相誘，以性命相博，說到底也是有恃無恐。她一條性命死不足惜，但此刻卻極其微妙，若是圖一時之快中了她的詭計，打亂風郡出兵夢川的全盤計畫，倒是大大地不值。

思慮至此，時羈強壓下心頭怒火，斷喝一聲：「走！」說罷頭也不回地邁步繼續前行，一干金翎侍衛倒是沒想到太子殿下居然忍得這般氣，忙收刀還鞘快步跟了上去。

魘璃早料到時羈有此反應，轉身繼續朝長廊的另一頭走去，形勢發展皆在意料之中，網已經張開，餌食也已投下，以時羈的性情，進網只是遲早的事情。而魘璃心中的隱憂到這一刻才真正浮現在眉宇之間，千頭萬緒俱在心頭翻滾，只攪得心中如火如荼，難受非常，嘴角微微翕動，默唸著：「沅蘿，沅蘿，你可千萬不能有事……。」

那些禮官侍女和侍衛如夢初醒，無不偷偷鬆了口氣，心想天可憐見，太子殿下居然不和那混世魔王一般見識，一干人等也免去池魚之殃。見魘璃快步前行忙一窩蜂跟了上去，就和起初從瓊琿宮出來時一般前呼後擁。

而時羈走到瓊琿宮外，順著宮門邊的臺階而上，登上牆頭，面色陰沉得幾乎可以滴下水來，適才那女子的威嚇之言言猶在耳，心頭的怒意就如同燒沸的粥一般，滾了一遭又一遭。剛巡到瞭望塔處，就聽得高牆下的宮苑中一片嘈雜，定眼一看，只見數十個宮娥在花園中追逐彩蝶花鳥，一個個折騰得髮釵散亂，大汗淋漓，狼狽不堪。唯獨沅蘿一人立於園中，顧盼之間自有一番柔弱婉約之氣，就像是枝頭的孱弱花蕊，稍有不慎就被風雨侵襲零落香塵一般。

時羈居高臨下注視著沅蘿許久，心想這沅蘿是很美，只是過於柔順無害卻難免有些無趣，與其要樂是興之所至，若非那不知死活的女人時刻防範，如母雞護雛一般死死護著，也非如何地叫人惦記。

不知不覺間一抹冷笑浮現在時羈的脣邊，他眯縫著雙眼看著園中的沅蘿，喃喃言道：「你越是護著的，我便越是要毀給你看看，不然你還不知道在這風郡皇宮之中，究竟誰才是主人！」而後轉身奔臺階而去，近身隨侍的金翎侍衛們自是緊跟不放。

卻說沅蘿立在園中心中忐忑，一雙妙目時不時地盯著遠處的宮門，雙手下意識地攥緊羅裙，自魘璃出宮到而今也不過才一個時辰，但感覺上卻像過了幾百年這麼久。

忽而見得遠處的宮門緩緩開啟，心想魘璃去了許久總算是回來了，心下一安，正想迎上前去，卻見自影壁後轉出的人是時羈，驚懼之下驀然出了一身冷汗，一顆心如墮深淵！

滿園的侍女們見得時羈到來，自是立即放下手裡的事拜伏於地接駕。時羈順手摘下大氅拋在最近的一個侍衛手上，沉聲喝道：「都給我在外面候著，等那個女人回來，記得提醒她來看好戲！」

園中所有人都是一呆，繼而唯唯諾諾地躬身退了出去，只餘下相隔數十丈遠對立的時羈與沅蘿兩人。

沅蘿面對時羈，就如同置身猛禽獵食範圍中的小兔一般，全身顫抖頭皮發麻，居然一時忘了逃走，眼見時羈優哉游哉地緩緩走過來，驚嚇過度而發硬的臉上不由自主地擠出一個比哭還難看的笑容來。

時羈見狀搖頭笑笑：「你那好姐妹總疑心本太子會與你為難，而今你笑臉相迎，倒不見半分為難。可笑可笑……。」言語之間抄手越走越近。

沅蘿聽得時羈提及魘璃，方才驀然想起魘璃臨行前的囑咐來，下意識地想要逃去夢川別院，然而雙腿重如灌鉛，哪裡還聽使喚，才跑開十來步，就腳下一絆摔倒在地，轉眼看去，時羈雖尚在遠處緩緩而來，但那一臉譏諷笑意卻越見清晰！

沅蘿早已顧不上許多，腳上無力便手腳並用地朝前爬去，耳中聽得時羈歎了口氣：

「今個礙事的人一時半會是回不來的，不急不急，你慢慢爬，我們有的是時間。」

沅蘿早驚得魂飛天外，也不知哪裡來的力氣猛地撐起身來邁步奔進夢川別院，推開魘璃的房門闖了進去，只見地上和水池裡都散落了不少香花殘蕊，隱隱暗香浮動，和昔日裡的清簡大不相同。裡間幕幃低垂，輕紗隨風而動，滿室空蕩並無半個人影！

沅蘿驚慌失措下早左右顧盼哀泣色變，繼而抬頭在梁上尋找鷹隼蹤跡，忽而腳下一麻，身體頓時失去平衡一頭栽進水池之中。冰涼的池水瞬間沒過沅蘿頭頂，撲騰之間已然嗆了好幾口水！

「救我……救我……。」沅蘿水性只是粗通，慌亂之下一開口呼救就不免氣息錯亂身體下沉，浮浮沉沉之間見得時羈滿臉嬉笑將雙手撐在門邊，貪婪地吸了一口室內的香氣，懶懶言道：「你若開口求本太子，本太子就過來救你一救。」

這是她的閨房，房中的氣息就和昨日一模一樣。花香寥落，從踏進這房間開始，就纏纏綿綿地糾結在肺腑之間，讓人不由自主地綺念叢生。昨日此地的那抹香豔，這一夜來已經無數次在他腦海裡翻起波濤，但都不如這般聲勢浩大地呼嘯而來。念想中的青絲皓腕、煙視媚行，還有那串像火一樣懸在雪色肌膚之上珠掛……一切妄想肆無忌憚地泉湧而出，灼燒著他的慾望，雖然他的理智依舊在稱職地提醒他：同樣的芙蓉如面，同樣的冰肌玉骨，只是在水中撲騰的是毫無半點威脅的沅蘿，而不是昨日那個一下了水就如虎添翼的魘璃。

時羈有些遺憾地歎了口氣，小心避開地上散得到處都是又因為泡過水而分外滑膩的香花，走到水池邊蹲下，細細打量著在水中掙扎的沅蘿，卻因為她的滿臉驚懼而有些索然無味。腦海中浮起昨日那張面帶譏諷笑意的明豔面孔，喃喃言道：「不是她……不是她……。」

沅蘿在水中撲騰許久終於漸漸習慣，划動手腳總算可以勉強浮在水面，轉眼看去見時羈近在咫尺，於是連忙游到遠處顫聲道：「你……你不要過來……。」

時羈聽得沅蘿言語，心想那不知死活的女人有恃無恐也就罷了，居然連這一向任自己欲取欲求的沅蘿也敢對自己說個「不」字，自然心頭火起，冷笑一聲：「本太子便過來了，你又如何？」說罷將身一躍跳入水中，一時水花四濺。

沅蘿大驚失色，四下環顧，卻不見時羈浮出水面，早嚇得魂不附體，驀然腰上一緊，背心緊緊地抵上了時羈冰涼的鎧甲！

時羈的右臂鎖住沅蘿，空出的左手牢牢地捏住了沅蘿的香腮，將頭埋在沅蘿貼著溼髮的肩膀上，如同歎息一般喃喃道：「你逃不了了。」言語之間自是上下其手越發不規矩起來。

沅蘿本已無望，卻心念一動忽然想起魘璃提過的護身珠掛來，索性將心一橫，雙手扭轉朝時羈臉上狠狠抓了下去！

時羈不料沅蘿居然敢反抗，避閃不及臉上吃痛，忙鬆開沅蘿探手一抹，只見溼漉漉的指間散開一絲血痕，想來雙頰之上早已掛彩。

這點痛楚本不算什麼，只是沒想到這個向來柔順的沅蘿，也如同那不知死活的女人一般，膽敢冒犯於他，昨日強壓下的怒火早已不由控制地爆發出來！

轉眼看去，只見沅蘿面色慘白，而散亂的領口卻露出一抹似曾相識的光華來，時羈看得分明，竟是昨日魘璃脖子上掛的那一串早已炙疼他慾望的血色珠掛！

此時此刻，時羈只覺得血往上衝，一把揪住那串血色珠掛用力一扯，珠掛啪的一聲碎裂開來，頓時血光驟滅，瞬時融入水中不見蹤影！

就在同時，原本平靜的水面頓時如同流轉不定的漩渦一般飛速旋轉起來，沅蘿時羈兩人就如同毫無重量的飄萍一般被席捲進去！

時羈自知著了道兒，早將身一躍勉力跳出水面，一雙巨大的銅翼瞬間展開，拍打過處颶風乍然而現，攜著時羈朝屋頂飛去！

就在此時，只見一片雪亮的劍光如同一張巨網一般自上而下地籠罩下來，寒氣四溢避無可避！時羈躲閃不及只好雙翼一曲，將那柄透露無盡肅殺之氣的寶劍牢牢架住，還未看清來人的面容，就見得那一池的水皆隨著颶風上拔而來，轉眼間已然再度將他全身罩住，頓時遍體惡寒，卻是那水流瞬間化為寒冰，將他緊緊地嵌在厚厚的冰層之中！

鷹隼以劍網封住時羈飛逃之勢，便見得那颶風瞬間冰化，忙將身一縱閃避開去，繼而落在水池邊，抬眼看去也是一驚，只見偌大一個如同颶風一般形狀的淺藍色巨型冰塊將時羈困住，立在早已乾涸的水池之中，只因颶風的形狀而顯得上大下小，似乎隨時會砸將下來一般。只是早凍得嚴嚴實實渾然一體，就連原本拍著翅膀尋求脫困的時羈也如同被嵌在琥珀中的小蟲一般，瞠目結舌，驚訝恐懼的神情猶在面上，看起來既恐怖又滑稽。

「冰封之術！」鷹隼臉上的震撼並不比凍在冰颶風裡的時羈少，昨日魘璃只吩咐他將沅蘿打下水作餌，引時羈下水，且無論發生什麼事，都務必將時羈困在水中，卻沒想到會是這等結果。此事遠遠出乎他意料之外，雖然他早懷疑魘璃有可能修習這一夢川皇室的終風、風靈屬地、郡皇城，有結界壓身，便是大殿下要在這塊土地上施展冰封之術也不是易事。以她那天族凡裔的孱弱身體，怎麼可能有這樣強大持續的靈力，以至於將那時羈瞬間冰封？而況，她現在人並不在場。

但很快他的目光落在池底的沅蘿身上，只見沅蘿倒在池底，身上已然淺淺地結了一層薄冰，就連原本飄在水面無限嬌柔的香花此刻也凍成冰花緊緊地貼服在她的身上！雖說時羈的掙扎逃逸捲走了池水，因而直接承受了全部的冰封之術，但沅蘿也不可避免地遭受波及。難怪昨日魘璃囑咐他要千方百計保住沅蘿，便是怕發生此事。以沅蘿的孱弱體質，說不得就送了她的性命。

鷹隼忙收劍還鞘轉身關上房門，飛身掠了過去落在沅蘿身邊，徒手清理她身上的冰塊，順手將其自池子裡抱了出來，送到魘璃榻上盤膝坐下，而後雙掌抵住沅蘿背心催動真氣在其奇經八脈流轉，初時沅蘿氣息脈搏全無，渾身冷若凍屍，如此救治半個時辰之後總算有了些許微弱的心跳，雙眼微張轉頭看了鷹隼一眼繼而又失了神智。

鷹隼舒了口氣，心想保住沅蘿性命，總算不負魘璃所托，只是不知魘璃何時才會回來，不解冰封之術，只怕沅蘿體弱，時間長了也撐不下去。有此顧慮，自是以真氣護住沅蘿心脈一刻也不敢鬆手！

時間一點一點流逝，從門縫裡透進來的光線也漸漸黯淡起來，很明顯已近黃昏繼而入夜。鷹隼轉眼看看房中的漏壺，發現水滴已滴過酉時，魘璃還遲遲不回，忽而聽得一陣腳步散亂，似是有一大群人在遠處疾走，雖說不是奔此處而來，也難免有些憂心那些時羈身邊的侍衛許久不見時羈回去而進宮來搜尋。

說也奇怪，那陣響動之後外面便歸於沉寂，顯得無比蹊蹺，約莫一炷香時間，鷹隼聽得一串細碎的腳步聲朝夢川別院而來，不多時門一開，卻是魘璃渾身浴血出現在門口，雙臂之中還抱著沉睡的忘淵小皇子鎁。

鷹隼見得魘璃回來不由心中一寬，然而見得魘璃遍體血汙也不由得大吃一驚：「帝女可無恙？」

魘璃搖搖頭，進得門來用腳掩過門扇，將鎁小心放在一邊的地上，看了一眼被凍在冰塊中的時羈，方才舒了口氣：「放心，這些也不是我的血。」而後快步奔上前來：「沅蘿如何？」

鷹隼言道：「微臣依帝女所言，護住她的心脈，所以沅蘿雖受冰封之術波及，也一息尚存。」

魘璃此時此刻方才放下心來，走到榻邊檢視沅蘿脈搏，喃喃言道：「謝天謝地，咱們總算都熬過了這一關……。」說罷盤膝坐下將指一挽，捏了個法訣頂在沅蘿膻中穴運氣催動，只見沅蘿原本僵直的身體開始微微起伏動彈，陣陣寒氣自她身上溢出，凝結在床榻四周，瞬間罩上一層薄冰，沅蘿原本青白的臉色也漸漸恢復紅潤。

魘璃滿頭大汗，待到收了法術人早已體力不支歪倒在榻上，面色發白喘息不勻。鷹隼忙伸手相扶，觸到魘璃肩胛，才發現她背脊肩頭臂膀的衣甲上，橫豎有三五條刀痕，早將護身的軟甲斬裂，雖說衣甲下的肌膚已然癒合如初，但衣甲上那些裂開的刀痕依舊是觸目驚心。

「看來帝女傷得不輕。」鷹隼小心將魘璃扶正，暫時靠在自己胸膛，探手在懷中摸出一隻玉瓶，倒出幾顆藥丸來，「這些俱是養血療傷的靈藥，帝女且服下，也可補缺失。」

魘璃有氣無力地抬眼看看鷹隼，雖為面具所蔽無法看到他臉上的表情，但雙眼中流露的關切之色卻顯而易見，不由得心念一動，見藥丸送到嘴邊，也就張口服下，坐正身體調息片刻，漸漸恢復了精神開口言道：「只是皮肉輕傷，就算不管它也會癒合。」

鷹隼見她言語間氣息流暢方才放下心來：「帝女怎會傷成這樣？」

魘璃歎了口氣：「剛才回來的時候那一大群侍女侍衛皆候在外面，生怕我去尋時羈晦氣，我便假作大怒直闖藤州別院將那些混蛋都引了進去。本以為早已布下的迷煙可以一次性放倒所有人，不想熏香分量還是不夠，想來是由於昨晚挪了一顆給鎯用，以至於剩下幾個侍衛見機出逃。我怕放走他們驚動了外面的大批人馬，便拼著挨上幾下將他們盡數截在藤州別院，一一斃命。總算不至於打草驚蛇，壞了整盤計畫。」說罷站起身來走到水池邊抬頭看看凍在寒冰之中的時羈，面露欣慰之色：「能夠不驚動外面的人將這畜生擒下，咱們的事總算是成了一半。」

鷹隼歎了口氣：「當初若聽微臣所言早早離去，帝女也不至於平白受這許多苦楚。」

魘璃搖搖頭：「我說過了不會丟下沅蘿和鄒，此事以後休要再提。」

鷹隼言道：「為保那沅蘿，帝女已是煞費苦心。然而即使料敵先機計劃周詳，凡事難保萬一。倘若那時羈不中計下水，帝女豈不是一樣保不住她？」

魘璃喃喃道：「謀事在人成事在天，世上本無絕對不出意外的計畫。倘若沅蘿真落在他手裡，他自是會逗留在這瓊琿宮中，等著我回來也好耀武揚威。今日之計尚有後著，一旦發動也就無可挽回，成則可脫樊籠逃出生天，敗則玉石俱焚盡數覆滅，我也沒打算留後路，無論是對時羈，還是對我自己。」

鷹隼聞言不由暗自驚心，心想這帝女果然是個狠角色，幸好一切順利，不然也不知道她會用何等激烈的手段，拉上這時羈陪葬。思量片刻開口問道：「不知帝女的後著是什麼？」

魘璃淡淡一笑：「時辰到了你會知道的。所幸不必真走到那一步，不然倒是會連累你也丟了性命。」

鷹隼搖搖頭沉聲道：「微臣既然進得這龍潭虎穴之地，自然早把生死置之度外，談得上什麼連累。」

魘璃轉眼看看鷹隼微微頷首，繞著水池走了幾步：「不過還好，這場賭局我們已經拿到了最厚的籌碼，此後的走向自是全看我們。當初我之所以不肯跟你離去，一方面是難捨沅蘿和小鄒，另一方面也是因為夢川、風郡兩部局勢看似風平浪靜，其實早已潛流暗湧，稍有不慎，一場大戰在所難免。就算你把我安全地帶了出去，解除風郡對我夢川的制約，但也授人話柄，會直接引發風郡出兵開戰。我們手裡只有一個皇子翾，坦白來說，也算不得什麼不得了的後著。」說罷臉上露出幾分似笑非笑的神情：「要靠時翾來牽制蠢蠢欲動的風郡自是有些勉強，不知道加上一個時羈又會如何？」

鷹隼不由得一驚：「原來帝女生擒時羈並非只為逃生，而是想左右夢川與風郡的戰事。」話一出口，不由得心念一動，心想這魘璃帝女果然縱觀局勢想得深遠。想那風郡皇室皇子有九，除時羈、皇子翾、在忘淵為人質的老三皇子羽以及老四皇子翔外，其餘皆是才出生不久的黃毛小兒，千年間也不成氣候。老二皇子翾雖與時羈俱為皇后所出，卻是四個之中最不得皇族重視的一個，就算客死夢川，也不會對風郡的形勢有什麼大的影響。說到底，也只是一枚必要時候可棄的棋子。老四皇子翔乃庶出，自幼隨軍歷練，與嫡系皇族歷來不合，雖為一員猛將也算不得什麼帥才。一旦帝女離開風郡，風郡便可以此為由發兵，領兵之人自然非太子時羈莫屬。而今還未開戰，帝女便不費一兵一卒擒下風郡主帥，此消彼長之下，就算戰爭在所難免，自然也打亂了風郡布防，待到重新立下主帥，再調兵遣將也難免事倍功半。只是時羈乃風郡第一勇士，想生擒他自然是千難萬難，也難怪她會如此步步為營。

魘璃聽得鷹隼言語，只是言道：「說什麼左右戰事，夢川與風郡兩部實力均衡，戰火一起，我夢川中人也難免有所折損。這仗非打不可嗎？昔日天道大禍連滅兩部，我雖後生幸未得見，但種種禍事皆是由戰亂而起，能夠不開戰而打破現今的局勢，對天道眾生才是良策。」

鷹隼越聽越驚，震撼之餘肅然起敬，只覺之前種種，皆是小瞧了她，遂拱手言道：「帝女才智過人、心懷天下，微臣衷心欽佩，帝女即有心平息戰亂之虞，微臣願助帝女一臂之力成就大業，萬死不辭！」

魘璃擺擺手歎了口氣：「你也看到了，像我這樣的出身哪有什麼大業可言？能回歸故土，托庇於大皇兄了此殘生已是天大的造化。」言至於此，她眉宇之間泛出些許幽怨愁雲。

鷹隼見狀沉默片刻言道：「帝女可是為大殿下放下兵權一事自責難安？此事雖不利，但也是大殿下的抉擇，帝女生擒時羈，興許這場兵禍也會消於無形，只要這仗打不成，大殿下還可以名正言順地從二殿下手裡取回兵權，而今微臣以為還是準備突圍而出比較實際。」

魘璃聞言抬頭看看冰封於寒冰之中的時羈，喃喃言道：「你說得沒錯，於公於私我都絕對不能讓這場仗打起來。」說罷轉身走到榻邊，彎腰鑽到榻下，拔下頭上的流蘇撬開榻下的一塊石板，翻出一個包裹來拋給鷹隼：「先把這副盔甲換上，等一道出去的時候，你便假作時羈身邊的金翎侍衛押送我等便可，想來形勢慌亂之下，外面的人也不可能留意到你。」

鷹隼打開包裹，果然是一套金翎侍衛所獨有的鎧甲，待到穿上身才發現肩膀手臂比較緊窄，而腰帶卻比較鬆，頭盔倒是挺大。鷹隼心想這副盔甲想來也是這帝女從不同身形的侍衛身上剝下，好不容易湊成的一副，難怪上身後會如此不當。就在思慮之間，魘璃已經從床上的薄單上撕下好幾塊來，就著鷹隼身形填塞在他衣甲內寬裕空蕩的位置：「這裡的金翎侍衛俱是百裡挑一的人物，裝束得體緊雋，若是讓人見得你腰間空蕩，莫不是教人生疑。」

鷹隼站定任魘璃調適鎧甲，低頭看去只見房中的燈光照在魘璃近在咫尺的白皙臉龐上，兩道彎彎的睫毛在眼下映出淺淺的陰影，不由得有些失神。直到一隻冰涼柔滑的手觸到他臉上的鷹形面具，鷹隼驀然一驚，早一把扣住了魘璃的手掌：「別動。」

魘璃不提防鷹隼反應如此之大，也吃了一驚：「你幹什麼？」

鷹隼忙鬆手退開一步垂首道：「微臣無意冒犯帝女，只是微臣的面具不可以摘下，還是讓微臣自己來吧。」

魘璃看看鷹隼，心想這麼個破面具有什麼了不起的，護得跟什麼似的，於是撇撇嘴，將手裡的布料扔給鷹隼：「不碰就不碰，我才不想知道你長什麼模樣。」嘴裡雖如此說，心裡也免不了有幾分好奇，心想看他形貌也頗為俊朗，難不成他面具遮住的臉上全是慘不忍睹的傷疤不成。現在且不和他計較，等回去了，早晚尋個機會摘下他的面具來看看廬山真面目。

魘璃思慮之間轉眼看看漏壺，見戌時過半隨即眉毛一揚：「時候差不多了。」說罷手裡捏了個法訣對準那碩大的冰旋風輕叱一聲：「融！」

只見那堅硬如鐵的寒冰瞬間改變了形態，就如同旋轉的水流一般往來迴旋回到水池之中，但見一池香湯微蕩，而僵硬的時羈依舊保持著那個姿勢徐徐地沉入水底。

魘璃將身一縱躍入池中，就如同一條游魚，穿透水面半點水花不濺，只是衣甲上沾染的血漬已然化了開來，在水中暈染出一圈又一圈緋色的水紋。魘璃游向時羈，一手攬住時羈的胳膊，將他拉出水面。鷹隼早在池邊搭手將時羈拖出水去，轉眼見魘璃浮在水中撩水清洗殘留在衣甲髮鬢上的血跡，但見黑髮如絲，紅顏如玉，只是眉梢殘留的一絲憂慮如故，不由得微微動容，卻見魘璃抬起眼來，眼神交匯不知為何窘迫起來，忙轉開眼去。

「你在看我？」魘璃嘴角揚起幾分淺笑，鷹隼此刻的生澀和他一貫的沉穩不相符。

「微臣不敢。」鷹隼垂首應道，他自是言不由衷，但立即話鋒一轉，把話題帶了開去，「微臣只是想問問帝女，打算怎麼處置時羈。」

魘璃也不是凡事都咬著不放的人，將手撐在水池邊飛身躍上岸來：「這廝雖中了冰封術，但這廝甚是厲害，可不能就此放過他。」說罷解開時羈的盔甲，袒露出那片堅實的胸膛來，順手拔出流蘇，狠狠地刺進時羈的胸膛！

這一刺已然用盡全力，流蘇穿胸而過，就連身下的地面也被捅開一道口子，隨後攪了攪，只是時羈渾身冰封，就連心臟中的血液也已成冰，是以並無半點噴濺。雖然胸膛上只留下了一個細小創口，但體內的創口卻因為流蘇的攪動切割而不規則撕裂，亂得一塌糊塗。絲絲寒氣從創口升騰，就像是無害的白煙。

鷹隼大吃一驚：「帝女不是打算用他脫身嗎？怎麼就這麼殺了他？」

魘璃喃喃言道：「我對沉蘿起過誓，遲早會用這把流蘇插進這個畜生心窩裡……。」

說罷倒轉流蘇在自己手心裡劃上一記，瞬間赤色的鮮血流淌而出，她攥緊拳頭，將鮮血盡數滴在時羈胸口的創口上，只見帶著熱氣的血液灌滿時羈那道貫穿前胸後背的劍傷，瞬間凝結成一道硃砂也似的痕跡，創口就和魘璃手心的傷口一樣瞬間癒合如初。隨後魘璃乾指頂在時羈膻中穴運氣一激，只見霎時間寒氣四溢，在地上凝成一層薄冰，再過了半炷香功夫，時羈原本呆滯的眼珠驀然動了一下。隨後長嘶一聲緩過氣來，雖面目青白卻已然一把扣住了近在咫尺的魔璃手腕：「好個不知死活的女人！」

鷹隼的劍已然出鞘架在時羈脖頸之上厲聲喝道：「究竟是誰不知死活？」

時羈錯愕地看著身著金翎侍衛盔甲的鷹隼，猛然醒過神來：「你是何人？怎麼進來的？」

魔璃從時羈手掌裡抽出手來笑道：「我要是你，就沒功夫關心這些無謂的事情。」

時羈冷笑道：「是嗎？」言語之間將頭一偏避過鷹隼劍鋒，雙翅一拍，一股颶風自地而起，然而還未成形便戛然而止，因為就在同時，時羈的心臟就如同被一隻無形的鐵手緊緊攥住一般，劇烈的疼痛之下，那裡還有御風之力？原本張開的雙翅早已收回體內，健碩的身軀彎得像蝦米一樣，瞬時汗流浹背。

忽而痛楚乍停，時羈抬眼看去，只見魔璃嘴角露出一絲笑意，纖纖素手捏就一個法訣，早已明白過來，澀聲道：「原……原來是你在搗鬼……。」言語之間鐵臂在地上一撐，便朝魔璃撲將過去！

可惜還未觸到魔璃的衣角，就已被她旋身避了開去，下一刻，那股要命的劇痛又一次直襲心頭！

魔璃故意如此反覆了好幾次，將時羈折騰得氣若游絲，方才收了法訣蹲下身去緩緩言道：「我勸你還是把尾巴夾緊點，也少吃些苦頭。」

時羈此時此刻方才真正體會到何為恐懼，顫聲問道：「你究竟對我做過什麼？」

魔璃笑笑：「也沒什麼，只不過先讓你嘗嘗冰封之術的滋味，再在你胸口開了道口子，又用血禁咒替你修補續命，若是你乖乖聽話，自然相安無事，倘若你再無狀，我的耐心也是有限，撤去血禁咒任你自生自滅也是你活該。可別忘了，你胸前那個洞可是致命的。」

「血禁咒？」鷹隼和時羈皆是一驚，聞所未聞。

「夢川皇室之所以能有飛速的癒合力，是因為我們的血本身就是活的，就算離開我們的身體，只要保持靈力不散，就跟在體內流淌的沒有什麼區別。不過，還有一件事，恐怕是我父皇也不知道的。那就是夢川靈血並非只能治癒，只要操控得法，也一樣是克敵利器。」魘璃笑得很殘忍，「你們風郡中人不是很奇怪，為什麼近百餘年來，總有侍衛暴斃在這囚宮之中，亡靈之說越演越烈嗎？因為我就是那個亡靈！」她歪著頭抬起白皙的右手，專注地打量著自己的手掌，就像在欣賞一件肅殺的兵器，「解決你手下的金翎衛，只需要我的一滴血就可以。化血為錐，入體摧心，事後散去靈氣，也就不露半點痕跡。這個法門雖有損自身，但用來殺人或是折磨人，可以說是相當管用。比如……剛才滋味如何？」

時羈驚怒交加，出手快如閃電一把扣住魘璃的咽喉：「我殺了你！」

魘璃也不閃避，任時羈鎖住自己咽喉，只是再次撚指催動血禁咒，時羈頓時手捂胸口蜷縮於地，就連喘息也是不能！

「對了，我忘了告訴你，這血禁咒乃是以我自身靈血煉就，若是我死了，殘留在你體內的血液自然會腐朽為毒，你的結局會比我撤回血禁咒痛苦百倍。」魘璃伸手捏住時羈的腮幫強迫他把頭抬起來，一雙犀利眼眸將時羈眼中的恐懼一覽無餘，「你不是很奇怪為什麼我時常會變得虛弱不堪嗎？原因很簡單，只是為了對付你這畜生所做的功夫，冰封之術也好，血禁咒也罷，都是刺取自身靈血累積淬煉，而今看來滋味不錯。」

鷹隼吃了一驚，心想數百年間積聚的血氣一遭用盡，難怪帝女可以使出如此霸道的冰封之術來。而今雖掌控局面，但她之前所付出的代價也未免太大。

時羈睜大了雙眼，氣息流轉想將體內的異物逼將出去，誰知卻徒勞無功，折騰許久方才恨恨言道：「你這陰險女人使這等下三濫手段，有本事便明刀明槍鬥上一場……。」

魔藤

「啪！」話未說完，時羈便覺得右臉上一片火辣，魔璃的一巴掌力道不大，卻剛好打掉他的氣焰。

「對付下三濫的貨色，自然使下三濫的手段。」魔璃冷笑道，「我在你風郡煎熬七百年，靈力虛耗多時，也虧你臉皮夠厚，說得出『明刀明槍』這四個字來。」

時羈盯著魔璃雙眼冒火，半晌才漸漸平息怒氣：「既然落在你手裡，多說無益。要殺要剮，只管放馬過來，休想變著法子折辱於我！」

魔璃歎了口氣：「沒那閒功夫，只不過想煩勞太子殿下送我等出宮而已，至於你這條命，我也不是非要不可的。」

時羈聞言思量片刻反倒笑了起來：「做你的春秋大夢，本太子豈會任你擺布？而今早已入夜，我若徹夜不歸，明早外邊的侍衛自會警覺。就算你挾持本太子，也一樣走不出外面的重兵把守。咱們且在這裡耗著，看看誰耗得過誰。」

魘璃滿不在乎地笑笑：「那就耗吧，現今戌時將盡，等亥時一到，倘若咱們走不出這宮苑，大不了大家一起死在這裡，有堂堂風郡太子陪葬，實在是與有榮焉。」

「你說什麼？」時羈怒極咆哮一聲，「你這話是什麼意思？」

魘璃起身踱到榻邊輕輕搖撼沅蘿，將之喚醒，一面緩緩言道：「太子殿下的銅羽雙翅是挺堅固，不知道能不能防得住異化的藤州魔藤？」

此言一出，房中眾人皆是一驚。

鷹隼心念一動，驀然想到月前魘璃借行雲珠送出的那副布條來，想來定是叫大皇子亥時拔出定於藤州風郡邊界之上的穿山石，放出魔藤來風郡為禍，製造混亂脫身。只是風郡極大，那魔藤怎會直接來這璚琿宮中？

思量之間魘璃已然走到門邊打開房門：「魔藤嗜血如命，尤其是對生人鮮血尤為喜好，而今在藤州別院的那幾十號睡得像死豬一樣的混蛋就是最好的餌食，我回來之前已經在他們身上劃了許多條口子，確保血流不止又不傷性命。等亥時藤州境內的御風輪啟動，自會使得風郡境內風向西行，那些為避過御風輪清洗的魔藤沒了穿山石的限制，自會蜂擁而出，一旦感應到風中傳來的血腥味……。」言之於此魘璃幽幽地歎了口氣：「我等無所謂，倒是太子殿下你莫名其妙地將命送在這裡，想來明日你那庶出又尚在軍中歷練的四皇弟就可托得這個機緣。榮繼太子之位，日後身登大寶為一方霸主，想必又是一番局面。我想他等這個機會也等了很久了。」

時羈恨得牙關作響，卻無半點辦法，眼前這個看似不堪一擊的弱女子遠比他想像的可怕百倍，回想前情，倒是她一早布下陷阱，隻言片語便令自己一步一步地泥足深陷，落到現今這個騎虎難下的局面。許久方才悻悻言道：「本太子真是瞎了眼了，居然看不出你的城府居然如此之深……。」

魘璃嗤笑一聲：「誰叫你既狂妄又好色，落到現今的地步怨不得旁人。」沅蘿剛剛恢復神智倚在榻邊休養體力，驀然聽得此言不由心頭一涼，心想原來她一早就打算拿我做餌，若非鷹隼救我，只怕早已死在她那些古怪法門之下。

鷹隼伸臂將伏在地上的時羈提了起來：「事到如今也不必再浪費時間，還不快快帶我等出宮？」

時羈憤憤甩開鷹隼的手臂道：「我就不信你們果真連自己的性命都不要。」言語之間遙遙聽得西方藤州所在的位置傳來一陣如同咆哮一般的風聲，這等聲音每個月的這個時候都會聽到，只是沒有任何一次像這次一樣令人心驚膽顫。沒多久，只覺得地面微微震動，似乎有什麼巨物在腳下厚厚的土地深處穿行一般。

魘璃招呼鷹隼抱好鎁，順手拉了沅蘿奔屋外而去，臨行前轉過頭來對時羈言道：「魔藤已經過來了，你要是想和我賭到底，不妨繼續留在這裡，再遲一刻，就算你想走也走不掉了。」

時羈感應到腳下的震動加劇，自是知道魘璃所言不虛，也顧不上做意氣之爭，惱怒之餘咬牙道：「算你狠！」

眾人快步奔出夢川別院，尋花園小徑朝宮門奔去，才跑了一半，只聽得一聲巨響，便見原本精緻的藤州別院已然化為廢墟，連帶兩邊的夢川別院與忘淵別院都各自塌了一半，堆積如山的瓦礫之中乍然冒出無數蜿蜒扭動、布滿尖刺的藤蔓，包裹著那些昏睡在藤州別院的侍女侍衛們的軀體，拖拽之間早撕扯得四分五裂，鮮血四濺，得血氣滋養，又有新生的魔藤破土而出！

眾人來到宮門口，城牆上的侍衛早發現了宮苑中的異象，只見瞭望塔上一道雪亮的光芒直射天際，「啪」的一聲碎裂為萬千光斑，卻是侍衛點燃焰火，招呼支援。

時羈眼見那些魔藤已開始調轉方向奔宮門而來，忙揚聲喚道：「魔藤犯境，速速開門護駕！」

宮門應聲而開，魘璃等人早已閃身出門，在門外的一千侍衛看來，只見時羈押著魘璃，一金翎侍衛一手攬著鄧一手攬著沅蘿，只道是時羈押著一干帝裔撤離險地，紛紛讓開道來。

「都愣著幹嘛？還不快關門死守，不可讓裡面的鬼東西出來！」時羈呼喝一聲，「調集人手嚴防死守，速調東西兩門諸將前來將魔藤焚燬剿滅，萬不可任其四處蔓延。」

一干侍衛得令自是一個個奔走忙碌，將宮門緊閉，一個個劍拔弩張，異常緊張。

魘璃閃進時羈懷中，扯過時羈臂膀鎖在自己頸項，實際上卻暗自捏著血禁咒使得時羈無力反抗，拖拽之間奔長廊而去，鷹隼自是攜了鄧與沅蘿埋頭緊跟其後。

時羈胸口吃疼，加上心知身體受制留在此地也頗為危險，也就未加反抗，任魘璃拉扯。四周一片混亂，一路上無數兵將接到焰火示警奔此處支援，短時間內也沒人來注意這一行人有何不妥，更無人想到堂堂風郡第一勇士已落入他人之手。

待到遠離璸琿宮，魘璃扯了時羈尋偏僻的宮苑穿行，奔皇城南門而去，時羈雖不得不亦步亦趨，心中卻暗自偷笑。

須知皇城分東南西北及暗河水門五門。

暗河水門乃是與他國通商運載貨物的商船之用，歷來有五萬重兵鎮守，絕非區區數人能闖。

西門外的疆域毗鄰藤州，就算闖出城去，也得橫跨半個藤州，再經沙幕、忘淵接壤之地轉六部戮原，才能回到夢川。僅歷三國之地就須得大半月行程，何況藤州早成異域，便是犯境的魔藤都已經如此彪悍，想要活著通過也不現實。

而北門稍遠，且駐兵數萬，就算她有萬夫莫敵之勇，也不可能直闖北門，何況皇城外還有重重關卡封鎖。雖說取道六部戮原回夢川乃是所有行程中最近的一條，卻也是必死無疑的一條路。所以那女子想逃出城去只會在東南兩門擇其一，出城後經數千里風郡東南疆域，自風郡和赤鄴交界的赤風關出關，再橫跨疆域數萬里，晝夜溫差極大，猛獸橫行，且早成荒蕪死地的整個赤鄴，才能逃回夢川，其間少說也得花上兩個月時間。所經之地一馬平川一覽無餘，是以易追難逃，能否順利逃掉全看最初逃走的這些時辰，越早出關自然風險越少，而赤風關離東門就遠比南門更近。他之所以下令調動東西兩門守軍去璸琿宮對付魔藤，一是就近，二來自然也使得那女子不敢奔這時節路上人流極多的東方走，而被迫選離得更遠的南門，捨近求遠也就是失了先機。

而南門尚且駐軍五千，就算讓他們走到城下，也一樣闖不出去，何況，她二人還帶著沅蘿和那小鬼，這兩個沒用的包袱，一旦驚動守軍，團團圍困之下自己倒是更有機會脫身。

這一路疾奔，沅蘿早跑得上氣不接下氣，到後來便如鄒一般被鷹隼攬住奔走，在暗夜中雙足懸空，晃蕩著抬眼看看緊追著魘璃、時羈身影的鷹隼，心想他果然是我的救星。

忽然間，前面的魘璃停住了腳步，將時羈推到暗處抵在牆角，轉眼朝前方看去。卻是在百餘丈外乍現一座連繫無盡高厚城牆的城樓，飛簷陡峭，巍峨壯麗，燈火通明，正是通往皇城之外的五門之一——南門。

魘璃注視著那城樓，見城門下人影密集有序，少說也有駐兵數千，眉目之間頗有些憂慮。

時羈見狀冷笑一聲，低下頭靠近魘璃耳邊輕聲道：「我風郡軍紀嚴明，縱使那邊亂作一鍋粥，你們也休想從這南門逃出城去。」

魘璃眉梢一揚，一手掩住時羈的嘴巴，一手捻訣抵在時羈胸膛低聲斥道：「你得意什麼？好戲還在後頭。」

言語之間，只見東方大亮，一朵無比打眼的焰火綻放天際。

時羈心頭一涼，那是東門遇襲的訊號。東門守軍被調去瓊琿宮剿滅魔藤，必定防守空虛，此時遇襲必定是眼前這女子的詭計。北門駐兵最多，卻得與城外關口守望相助堅守六部戮原，以防外來侵犯。東門告急，自然會調遣南門守軍前去支援，如此一來，這南門可就成了最為薄弱的一環！他本以為她是逼於無奈才走南門，而今看來，南門一開始就是她鎖定的目標。本以為料敵先機，實際上卻是又輸給了這女子一仗！

想到此處，眼前的駐軍已然列隊開赴東門，時羈自然不甘心，也不管血禁咒的厲害苦楚，掙扎著想要驚動正疾奔而過的守軍。

時羈力量奇大，魘璃哪裡按得住他，眼看就要被他甩開身去，卻見得時羈悶哼一聲軟倒在鷹隼臂間。

鷹隼砸暈時羈，小心將其放倒，低聲言道：「這廝料定此刻帝女不會真的傷他性命，已然豁出去了。」

魘璃抹了把汗，稍稍舒了口氣，心想好在有鷹隼在，好不容易才逃出那該死的璸琿宮，若是驚動了大批守軍，也一樣會被困在此處無法脫身。這時羈果然厲害，轉瞬之間已然覺察了她的計畫。此時使節夜亭山正依計領人攻打東門，等北門守衛前去增援自然會盡早退去，若是無法調開北門守軍，這裡的人衝不出城去自是吉凶難料，若是東門守軍回防，只怕也會累得夜亭山等人送了性命。

外間的守軍已然疾奔而過，只餘下城牆之上的弓箭手與城門邊百餘軍士。

沉蘿扶牆立住身形，心想就算調開大部分守軍，那高高城牆上的弓箭手與城下的百餘軍士也不是好相與的，但見魘璃貼牆隱在陰影中，似乎還在等待什麼。

不久，忽而聽得一陣低沉的呼嘯之聲，只見那城牆之外驀然升起一條身長數十丈的巨龍，被城樓上的燈光一照，居然成琥珀一般的色澤，異常通透，卻是一股聚合的水流！

鷹隼喃喃言道：「御水之術，看來大殿下已經到了。」

眾守軍早驚得目瞪口呆，還沒反應過來那水龍已然呼嘯越牆直衝而下，撞上城牆地面便瞬間化為洪流，就連那些高居城樓之上的弓箭手也被席捲而下，連帶地上的一干守軍沖得七零八落。城牆上的燈火已然熄滅，冷月白光照在飛簷上，卻又多出十三條人影來，清一色黑衣黑袍身披黑色大氅！

為首的一個身形高挑，手執一把隱隱泛著磷光的寶劍，劍長三尺，柳葉為形，刃面鋒利異常，唯獨是靠近劍柄的位置緊纏著龍形鑄雕，看起來既犀利非常又自有一番雍容之氣。

那人劍指城下一揮，他身後那十二名黑衣人已然飛身躍下城樓，手中清一色玄色長鞭，還未落地已然朝地上那些還未爬起身來的守軍招呼過去，一個個行動敏捷，下手乾脆俐落，一時間城樓下的守軍已然折損了一半。

剩下的倉促迎戰，無奈來人皆有以一當百之勇，那些早已心驚膽顫的守軍自然不是他們的對手，不久城牆下已然是屍橫遍野，無一不是頸項折斷，不見半點血腥。

魘璃在看到水龍襲城之時早已喜出望外，而今遠遠看著立在城樓上督戰的黑衣首領，自是再難壓抑心中的歡喜，早奔將出去高聲喚道：「暝哥哥！」

那立在高高飛簷上的人揭開蓋在頭頂的大氅露出臉來，正是掌管北冥大營的夢川大皇子、魔璃的長兄魔暝！只見眉目清朗，風神俊秀，雖只是草草綰了髮髻顯得有些頽散，但整個人就和他手中那把盤龍劍一樣，顯得異常雍容。唯獨一雙幽暗如深邃大洋底的眸子，似乎藏了沉沉心事，無盡哀傷。眉間淺淺的「川」字紋亦是掛滿憂慮。他低頭看看遠處奔來的魔璃，自城頭飛身而下落在城下的廣場之上，手中寶劍已然還鞘，張開臂膀迎上飛奔而來的魔璃，原本憂鬱的雙眼流露出幾分燦爛的神采。

魔璃縱體入懷，伸臂攬在魔暝腰間，心中酸楚難當，早已滾滾淚下，哽咽難言。

魔暝摟著魔璃伸手輕輕撫慰魔璃背心，柔聲說道：「一別七百年，璃兒都已經長成大姑娘了，怎麼還跟幼時一樣是個愛哭鬼。」

「誰……誰是愛哭鬼……。」魔璃抬起頭來，淚眼婆娑中見得魔暝眼中的溫暖笑意，心中一片溫暖，嘴上雖不認，但這七百年來的委屈與牽掛卻隨著淚水止不住地往下淌。

魔暝伸手拭去魔璃臉上的淚痕，順手從懷裡掏出那塊魔璃借行雲珠送出的布條微笑道：「當年在風郡邊界上哭哭啼啼扯著暝哥哥的袖子不放，最後連袖子都撕下一塊來，還說不是愛哭鬼？」思量之間伸手摸摸魔璃的頭歎了口氣：「這些年可苦了你了，咱們一起回家，以後暝哥哥再也不會讓你受半點委屈。」

那十二名黑衣隨從早已單膝叩首向魔璃見禮，齊聲道：「臣等叩見魔璃帝女！」

魔璃抹抹眼淚，且揮手讓他們起來，轉眼看去，只見那十二人皆是身材魁梧，形貌威嚴，想來就是鷹隼所說，皇兄離開北冥大營時帶出來的親兵將領，於是微微頷首道：「為魔璃一人勞動各位將軍，實在汗顏。魔璃且在此謝過。」

眾將領自是躬身還禮。

魘璃轉眼怔怔的看著魘暝，目光落在他頭頂亂髮上，心想他一改以往典雅雍容，原本光耀奪目的雙岐靈角也不見蹤影。果然還是暝哥哥待我最好，始終不離不棄，牢記著當年的約定，不僅以身犯險，甚至就連兵權江山也可放下，這等深情厚誼恐怕是一生一世都還不了的。

鷹隼早已架著時羈拎著鎁趕了上來，見得魘璃垂淚情狀，心想這帝女膽略過人、心計深沉，然行事手段極端，可敬可佩之餘卻不免有些可怕，不想真情流露卻與尋常女孩無異。思量之間放下時羈與鎁向魘暝見禮。

魘暝微微頷首：「上卿不必拘禮，全仗你甘冒奇險代我入瓊琿宮營救帝女，我兄妹二人才有這見面的機會。待回朝之後，自當稟明父皇大加封賞，以酬謝上卿的英勇。」

鷹隼垂首道：「微臣並沒幫上什麼忙，全耐帝女智擒風郡太子時羈，才總算得以逃出生天。」

魘暝聞言看清地上昏迷不醒的時羈面容，不由又驚又喜：「果然是傳說中的風郡第一勇士。此人甚是神勇，你們究竟是如何將他擒下的？」

魘璃開口言道：「這些事咱們還是離開再說吧，此地尚屬險境……。」言語之間突然想起沅蘿來：「阿蘿呢？」

轉頭望去，只見沅蘿才奔到近處，腳步虛浮不由自主地一絆，「哎呀」一聲摔在地上。

魘璃知曉她素來沉靜少動，今晚這般搏命奔走只怕比以往幾天的體力消耗更大，也難怪這個時候會體力不支，於是快步過去將她攙起來引到眾人面前：「這位是藤州帝女沅蘿，是與我相依為命的好姐妹。」

沅蘿乍然見得這許多生人難免有些膽小，怯生生地與眾人見禮，抬眼見得魘暝不由得一呆，心想難怪魘璃總把這位皇兄掛在嘴邊，原來是如此雍容的人物。她少小離開藤州囚居瓊琿宮，除侍衛之外所接觸過的男子也只有時羈、鷹隼兩人。

時羈俊朗神氣但狂暴下作，就如同摧毀萬物的颶風，叫人避之唯恐不及，所帶來的記憶叫人不堪回首；鷹隼氣勢不凡少言寡語，就像是一把深藏鞘中的寶劍，僅在危難之時才識鋒芒。而眼前這位夢川大皇子魘暝，雖然有著一雙憂鬱的眼睛，卻無疑是溫和的。和魘璃幾分相似的輪廓，更是帶來幾分莫名的親厚感，就像陽春裡的江水，灩灩隨波千萬里，泛著宜人的溫暖氣息。

魘暝見得沅蘿臉上怯生生的神情，不由得微微一笑，心想這位沅蘿帝女倒是位羸弱文靜到極致的美人，既是璃兒的好姐妹，自要好生看待。於是開口言道：「沅蘿帝女既然是璃兒的好友，便屈尊與我等一起回夢川盤桓。而今時候不早了，城外備了馬匹，咱們立即取道赤風關回夢川去。」

魘璃聞言道：「暝哥哥，咱們不可以走赤風關。」

鷹隼微微頷首：「帝女所言不差，適才東門的煙火通天徹地，自然也已警示了遠處的赤風關。從此處繞行至赤風關，至少也得兩日行程，只怕咱們還未到那裡，就已經被追兵截下。」

魘璃言道：「我已命夜亭山帥死士亥時攻城，堅守半個時辰便帥部眾假作退走赤風關，實則分散藏匿隱於市井，待日後再設法回國。」

魘暝微微沉吟：「原來你是想冒險取道風藤關，自藤州過界。」

西面的風聲還未停止，魘璃側耳傾聽片刻點點頭：「風藤關乃風郡藤州交界關口，地處風郡西南疆域，距此地不過三百里。因藤州失陷為異域繼而被天君封印，所以那裡的守軍極少，相比起遠處已然戒嚴的赤風關來，可以說近似無人之地。咱們一行人就算闖關而過，也不是什麼難事。風郡的追兵也斷然不會想到咱們會挑這樣一條路來走。而今亥時還未盡，藤州御風輪尚在運轉，早將藤州地表的魔藤清掃一空，其餘的也已被瓊琿宮裡的大量生人血氣引了去，而今這皇城正西面疆域至瓊琿宮之間才是異常危險的所在，藤州境內此時倒比風郡西疆安全多了。縱使還有深藏地底未發出的藤蔓，要成氣候也得數天，咱們只要不沾血氣，不為其所感知自然可以從藤州地界安然通過。何況藤州、沙幕地界均有昔日通商用的水門聯繫地下航道，只要找到航道，咱們就可以順水路回夢川，自是比長途跋涉陸地逃亡多了幾分勝算。」

魘暝聞言微微思索，心想所有人都認定藤州乃是死路，自然不會第一時間就在這個方向上設防追截，等到風郡追兵在赤風關一帶撲了個空，再在風郡疆域內搜索不得的時候，才知道他們是從藤州出逃，恐怕那已是七八天之後。那個時候新生的魔藤早已彌漫整個藤州大地，縱然是想尾隨而來，卻也是不可能了。想到此處，便開口言道：「璃兒之計險中求生，倒是此間最為妥當的辦法。事不宜遲，咱們立即出發。」

魘璃對那十二名親兵將領說道：「各位將軍適才奮戰殺敵，雖都有意避免沾染血腥引來魔藤，但唯恐有所遺漏，還是小心檢視才好。等我們進入藤州境內更是要多加小心。咱們才可避開那些嗜血如命的魔藤。」

眾將領相互對望一眼，隨後同時扯下身上罩著的大氅，只見大氅下清一色的黑色皮甲，黝黑髮亮，不見半點血痕。

魘暝笑笑：「因為事前去藤州邊境上破結界，下，以大量活馬鮮血將魔藤引致皇城之下，事先便做了防禦。」

魘璃點點頭，蹲身抱起小鄒對魘暝說道：「鄒與我情同姐弟，加上他這忘淵皇子的身分特殊，對於當今天道局勢而言不容有失。這一路逃亡只怕尚有無數險情，煩請暝哥哥代為照料。」

魘暝聞言點點頭，伸手將鄒接了過去，對魘璃說道：「皇子鄒的安危璃兒不必勞心，為兄自會小心在意。」

鷹隼心想這帝女執意帶上鄒原來是打這個主意，難怪當初執意不肯隨自己出逃，而是選擇冒這許多風險。起初見她將藤州別院裡的幾十號活人當做餌食吸引魔藤，手段頗為狠辣，原來用意並非只是為了迫使時羈放眾人出宮躲避，而是為藤州之行削減風險。聲東擊西遣走重兵，又刻意安排大皇子在臨近運河的南門接應，終憑著大皇子的御水之術力挫守軍逃出生天。擒時羈，為掣肘風郡；救鄒，也為拉攏忘淵，用意全在大局，而今棄赤風關而取道藤州絕境更是出人意表。看她年紀雖輕，卻大有運籌帷幄之能，難怪連大皇子也對她言聽計從。思慮之間俯身去提橫在地上的時羈，卻被魘璃叫住：「且慢，這廝由我來押解，你只管保護好阿蘿便可。」卻是深知沅蘿纖纖弱質不諳半點護身之法，要在險境長途跋涉，少不得一個威武謹慎的人物貼身護衛。這些時日朝夕相對，早知曉鷹隼行事小心謹慎，且在場諸多將領皆是初識，相對而言自然最信得過他。

鷹隼因琉璃燈之事對沅蘿心有芥蒂，聽得魘璃之言不由心想這帝女真是好關照，明知自己不願理會那麻煩女人，卻偏偏派下這等差事。於是開口言道：「這廝雖中了帝女的血禁咒，但絕非等閒之輩，只怕……。」

魘璃不以為然道：「且取了繩索將其捆了。待到進了藤州地界，他身上的靈力自會被藤州的結界壓制削減大半，自然也玩不出什麼花樣來。」說罷拉了沅蘿交到鷹隼手上：「總之，阿蘿就拜託你了。」

沅蘿聽得魘璃安排鷹隼保護自己，不由得心念一動，心想雖然她曾拿我做餌引時羈入局，而今倒也非全然不顧我的生死。現在有鷹隼保護，這一路就算有何等艱險，也必定可以平安度過。從今開始，我這一千二百年來任人魚肉的惡夢，也算是到盡頭了。

言語之間，眾將領已然推開了城門。隨著高聳厚重的城門咋咋開啟，城外的沉沉夜色中露出一片微微移動的影子來，卻是十餘匹高頭大馬，無一不是軀幹壯實而四肢修長，皆是上好的腳力。一旁早有一人架了時羈拖到馬匹旁邊，魘璃自是跟了過去，只見他自馬鞍下的褡褳中取出繩索，熟練地挽過幾個繩結，將昏迷的時羈五花大綁，打橫縛在馬背之上。

魘璃心想這人倒是個弄繩的好手，自是不免多看他兩眼，只見其身材魁梧而面容卻顯枯瘦，相對於其他將領來說，年紀較長，細細看來倒有些眼熟，於是開口問道：「這位將軍好生眼熟，是否曾在夢川見過？」

那人忙拱手應道：「帝女好記性，微臣蒯肅，乃大殿下麾下北冥大營參將，帝女幼時客居北冥大營曾見過幾次。」

魘璃微微沉吟，開口言道：「原來是蒯將軍。」隨後將身一縱落在馬背之上，轉眼看著身後被綁得像粽子一樣的時羈，心想大皇兄為救我而拋下的兵權，還得著落在你的身上才能取回。

沅蘿跟著鷹隼走到近處，聽得蒯肅與魘璃的言語，不由心念一動，心想她來風郡之時還是幼女，身為帝女自是養在深宮，由專門照料帝裔的帝裔司撫養照料，養尊處優，怎會小小年紀客居軍中，可以說是相當不合常理。想到此處自是腳步遲緩，便聽得鷹隼言道：「請沅蘿帝女上馬。」

沅蘿猛醒，只見一匹鬃毛飛揚的大馬近在咫尺，忽而「灰兒」一聲打了個響鼻，一股食草動物獨有的難聞氣息發散開來，頓時叫她嚇了一大跳。待到尋到馬鐙，卻死活也爬不上去。

鷹隼無奈，只得伸臂將沅蘿抱上馬背，隨後飛身落在沅蘿身前，跨騎馬背之上，沉聲言道：「一路顛簸，請帝女抱緊在下。」

沅蘿嚶嚀一聲，伸臂鎖住鷹隼腰間，將早已酡紅發燒的臉貼在鷹隼冷硬的盔甲之上，一顆心如小鹿亂撞，卻又覺安全無比，心想便是再顛簸，有他在也是無恙。那晚他如天神一般降臨在瓊琿宮中，更從那如虎似狼的時羈手裡救下了她的性命，一切的一切，似乎冥冥之中自有天意。

鷹隼聽得背後的沅蘿心跳如雷，心想這等柔弱女子自是膽子小了一些，轉眼看看魘璃的背影，見得她背上皮甲刀痕破口處隱隱露出幾道肌膚，在冷月下顯得分外皎潔，自是不免想起那幾道刀痕的由來，尋思這帝女負傷回來隻字未提，第一句便是問詢沅蘿的安危，再見得適才與大皇子重逢情狀，可見她對一切都豁得出去，唯獨是對大皇子和這沅蘿無比在意，對親厚之人的執念大約也是因長久的孤寂而起。而今冒險生擒時羈，或許真可以使得即將到來的天道大戰消於無形，倘若再起變故而致使大皇子拿不回那隻執掌北冥大營的兵符，又不知道這位帝女會做出什麼樣的瘋狂舉動來。

眾將皆已上馬，圍定魘暝、魘璃及鷹隼的坐騎，一行十五騎奔西南方而去。鎁還在魘暝臂彎沉沉熟睡，沉蘿擁著鷹隼忍耐著策馬馳騁而帶來的顛簸，而魘璃卻在飛馳之中不由自主地回頭看了一眼那一片隱在夜色中，漸漸遙不可見的巍峨城池。

只一眼，那個如同金絲鳥籠一樣禁錮她七百年的險惡之地、那些閃現著惡意的窺視眼光、那一片數之不盡時時威脅著她性命的箭陣……一切不堪回首都被她遠遠地拋在了身後。

第三話

藤州亂

魚姬說完這段發生在天界囚宮之中的險惡爭鬥之後，又停了下來，自杯中抿了一口水酒。

桌旁環坐的明顏和龍涯皆是目瞪口呆，半晌之後龍涯猛地一叩掌：「精彩！好個智勇雙全的帝女！龍某生平也算閱人無數，如此奇女子可謂聞所未聞，見所未見！」

「你才活了多久？見過幾個人？」明顏也回過神來，習慣性地嗆了龍涯一句，便急急地追問道，「他們跑出那個該死的風郡了，可以平平安安地回歸夢川了吧？」

魚姬搖頭歎息一聲：「倘若這般順利，可就不會留下太多憾事了。」

聽得「憾事」二字，坐在另一張桌邊的魘璃，身子猛地一顫，喃喃言道：「若是能選擇，我想那位帝女寧願老死囚宮，也不願……。」

鷹隼苦笑一聲，摸索著將手輕輕覆在魘璃的手背上，魘璃微微掙扎了一下，沒有甩開，只是話到嘴邊卻說不下去。抬眼看看對面那位白髮蒼蒼，雙目傴僂的故人，舊事重溫，心也不復起初的剛直，怨氣退卻，唯有輕輕歎了口氣，將頭扭到一邊。

龍涯與明顏會意地交換了一下眼神，心道聽魚姬的故事，在囚宮相對的那一個月，這兩人雖有些情愫萌發，但此刻看來，卻非那麼簡單。一定是後面還發生了什麼事，以至於弄成現在的境況。遂好奇心起，異口同聲地追問道：「後來呢？」

鷹隼開口言道：「後來……後來的故事就由瞎子繼續說下去吧。」

廢都行

一路疾奔，西面隆隆作響的風聲漸漸消停，而魘暝一行人也離風藤關越來越近。正如魘璃所預計的一樣，昔日的邊境雄關在鄰國被封印數百年後，早已荒廢，城下野草瘋長，就連燈火也只是一星半點。

守軍象徵性地留下了百餘老弱殘兵。對付這些個無用兵卒，魘暝手下的將領們自是輕而易舉，兵不血刃。

不到一炷香功夫早將守軍料理停當，待到合力推開那兩扇高大而封閉數百年的城門，無數日積月累、堵塞在門縫裡的枯枝敗葉和塵灰蕭蕭而下，混成一片令人窒息的煙塵。

等到塵埃落定，風藤關外塵封數百年的藤州終於展現在人們面前，就和傳說中一樣，御風輪清洗之後的藤州空無一物，沒有遍布荊刺的可怕魔藤，被風颳成碎片的殘枝敗葉厚厚地覆蓋了整個大地，在月色中露出一片昏黃的混沌狀態，毫無半點生機。

沅蘿努力想要回想起昔日故土的青蔥森林，絲絨般點綴無數鮮花的草地，潺潺溫吞的溪流以及林間悅耳的鳥鳴，可是眼前這片死一般寂寥的土地卻如一把無情的剪刀，將一切關於故土的美好回憶攪成齏粉。她本以為自己又會和以往一樣嚶嚶而泣，可是很奇怪，迎著藤州刮來的蕭瑟冷風，國破家亡的悲哀一如泥沼的淤泥般，滿滿地填塞在她心頭，卻一滴淚也流不下來。

魘璃雖早知歷經無數次御風輪清洗的藤州會是一片廣袤的死地，待到真的見到，也不由自主地被那種極度的荒涼所震懾，繼而轉眼看看沅蘿，見她眼神空洞面目凝滯，自是傷心到了極點，於是伸出手去摸摸沅蘿的肩膀。

沅蘿回頭看看魘璃，見她滿眼關切之色，心中微暖，臉上勉強擠出一絲苦笑來：「一切皆是定局，你放心，我沒事。」說罷只是將臉埋在鷹隼的後背上，柔韌的髮絲掩蓋住了露在在外面的半張臉。

轉瞬之間，馬匹已然越過城門進入到藤州境內，依舊是十二將領將魘暝、魘璃、鷹隼三騎護在中央，因地上堆積的枯葉殘枝都是蓬鬆的累積，厚逾數尺，已沒馬腿。看起來就像是十五隻小舟在無邊的大海穿行一樣，枝葉與馬腹摩擦而發出細碎的簌簌聲，總算使得這片死一般沉寂的土地帶上了一些生氣。

所有人的神經都繃得很緊，小心留意著四周的事物，靜靜地在枯葉中徐徐前行。時間一點一點過去，時羈中途甦醒又被魘璃敲暈過去幾次，總算沒有在這樣的情形下添亂。

在第三天的破曉時分，一座曾經恢弘的城池遺址出現在所有人面前，那是藤州的皇城——巒都。

巒都高聳在一片蒼茫之中，古樸的城牆在拂曉的晨光中泛著幽幽的青光。層層的枯枝敗葉掩蓋不住層巒疊嶂的亭臺樓閣，雖然那裡只剩下青玉的基石和殘損的玉砌雕欄，但那樣龐大的規模，依舊讓人不禁揣測，在這一切榮光都還在的時候，這座不亞於風郡皇城的都城是何等的輝煌。

馬匹載著人們順著平緩的青石坡道而上，巒都的城門早已蕩然無存，於是可以很順當地進入這座數百年都不曾有人踏足的死城，馬蹄踏在青玉地面上，被馬蹄碾碎的枯葉發出乾脆的嚓嚓聲，在城牆的甬道裡迴蕩。

連接地下航道的水門在東南方，只是不知為何不像其餘的城門一樣隔很遠都可以一目瞭然。好不容易遠遠看見，又生出些不妥來。除了沉蘿之外，所有人都覺得像是被什麼很沉重的事物壓制著一般，舉手投足之間比平時費力許多，尤其是魘璃，行到此間就覺得渾身乏力，搖晃之間身子一歪，已然從馬背上滑了下去！

沉蘿見得魘璃墮馬，心急之下也顧不得其他，伸手相扶，無奈手臂纖弱無力，倒被連帶著滑下馬背，眼看就要雙雙摔到地上。

鷹隼眼明手快，早已雙腿夾住馬背，反過右手托住沅蘿，探出左手攬住魘璃，見她面色慘白，就連呼吸也甚是急促，忙從旁扶持讓她回到馬背之上，暫時抱住馬的脖子，穩住身形。

沅蘿虛驚一場，早已出了一身冷汗，轉眼見魘璃神情委頓，更是驚惶，開口問道：「璃兒你怎麼了？」

魘璃吃力地言道：「不知為什麼。走到這裡，就很難受……。」

魘暝早扯過馬頭，退到魘璃身邊，四下環顧，直到抬眼看到右邊廢棄高臺上顯露的一角翠綠飛簷，隨即心念一轉：「難怪會有這麼大的阻力，那樓臺之上便是木靈殿，其結界極強，非藤州之人到了此處或多或少都會受其影響，何況璃兒你……。」話到此處卻停了下來，而後言道：「且趕快過了這段路，也就沒事了。」說罷伸手扶穩魘璃，緩緩促馬前行。

沅蘿聽得魘暝的言語，只是怔怔地看著那木靈殿的飛簷，心想倘若仍得木靈庇護，整個藤州又何至於面目全非？而自己，斷然不會落得如斯田地。而今整個巒都都毀於一旦，唯獨這木靈殿還完好無損，著實是天大的諷刺。

鷹隼探手攬住魘璃坐騎的轡繩，一路牽引奔前方而去。不時轉眼看看無力伏在馬背上，卻依舊固執抓著馬匹轡頭的魘璃，心想所有具靈性的六道眾生中，唯人的軀體最為脆弱，這帝女有一半凡人血統，難怪會在這天道最強的結界下如此虛弱。

所幸果然如魘暝所言，一旦遠離木靈殿周圍，那種壓制之力便大減，眾人皆是鬆了口氣，魘璃總算可以直起脊梁勒緊轡繩，回望已被拋在身後的木靈殿，心想暝哥哥絕口不提血統之事也是顧及她的感受，只是不想這一半凡人的身體如此不濟，僅在天道靈殿附近繞行就如此虛弱，只怕靠得再近一些就會性命不保。這樣的身體投生在天道，也不知究竟是幸還是不幸。隨後轉眼看看鷹隼，見他滿眼關切之色，不由心念一動：原來他也那樣關心我。

鷹隼的眼光與魘璃一對上，便立即收了回去，隱藏在那張鷹臉面具之後，不留半點痕跡。

行不多時水門已然近在眼前，人們才發現水門是被毀壞得最徹底的一處。環城甬道上方連接上一層樓臺的青石飛橋早已斷裂，只留下長約三丈的一段懸在半空，另一段砸在下面的水門城樓上，使得整個城門完全坍塌，大大小小的碎石完全阻塞了通往地下航道的甬道。

魘暝將鎁轉交在身邊一位將領手上，繼而翻身下馬走到甬道口檢視片刻道：「雖然甬道被碎石堵了，相信還是可以清理出一條道來下去。」

其餘人早翻身下馬，奔那一堆碎石而去，開始徒手清理石堆的亂石，經過一天的忙碌，黃昏時分總算勉強移開表面的碎石，露出下面的甬道一角來，卻是兩塊數丈長的牆體相互交疊封住洞口，只餘下長約三丈，寬卻不到二尺的縫隙來，總算是可以勉強通過。

時羈再一次甦醒過來，看著眼前忙碌的眾人，嘴角露出一絲不易察覺的訕笑，直到發現魘璃注視自己，也就將笑意隱去，將頭轉向了另一邊。

魘璃心裡泛起嘀咕，心想這廝明知落在我等手裡，為何還笑得出來，莫非另有內情？

鷹隼自馬匹的褡褳中取出火把點燃，在洞口一照，開口言道：「看來這個甬道和咱們夢川水門的內部構造是完全一樣的，下面還有一長串臺階，之後是一個巨大的葫蘆形地下大廳連接地下航道。」

「那下面應該沒什麼危險。」魘暝微微沉吟道，「據我所知，航道大廳的洞壁皆是由密實堅硬的碳石砌成，就算深處地下，也無半點覆土可供魔藤生長。」

鷹隼言道：「雖是如此，請讓微臣先行。」說罷將身一縱自縫隙裡跳了下去，約莫過了半炷香時間，便聽得鷹隼在下面喊道：「大殿下，這裡有些東西，且進來看看。」

魘暝聞言翻身躍了進去，魘璃轉頭又見時羈將頭一歪，露出一絲了然於胸的笑意，自是擔心起魘暝與鷹隼兩人的安危來，於是自褡褳下再取出一圈繩索，挽了個圈套在時羈脖頸上，喚過蒯肅言道：「我且下去看看，你等就地戒嚴，要是那廝敢有何等舉動，便用這繩索結果了他的性命！」

時羈眯縫著雙眼看著魘璃，臉上的表情越發耐人尋味，哈哈乾笑兩聲也不言語。魘璃也懶得理會，將身一縱穿過那縫隙落在下面的甬道裡，一進去便覺得一股難言的腐朽氣息撲面而來，待到追隨著火光走到臺階盡頭，便被眼前的景象深深震撼！

那是一個巨大的廳堂，從牆壁到拱形的頂棚都綴滿了琥珀色的碳石，無數晶瑩剔透的切面反射著鷹隼手裡的火炬光芒，將整個廳堂映得一片光芒。

青石地面上散亂著百餘具白骨，雖然肌膚內臟早化了個乾淨，但看骨骼纖細，且有釵鐶等配飾散落其中，想來大多都是女眷或未成年的孩童，那些衣服倒是還殘留了下來，看服飾頗為考究，絕非平民之物。

看樣子這些人起碼已死了數百年，說不得就是藤州被異化之時殞命的藤州貴族。

鷹隼蹲在屍骨堆邊審視許久，長長地歎了口氣：「看來幾百年前的藤州慘劇不是災難，而是屠殺！」

魘璃心頭一寒，轉眼看去，只見那些屍骨大多完整，且均有被利器砍剁的痕跡，若是被肆虐的魔藤所殺，大多如同那晚藤州別院中的侍衛侍女一般被扯得四分五裂。很明顯，這些人是被刀劍所殺。

既為藤州貴胄，怎麼可能會這樣悲慘地死於這地下廳堂之中？看情形，她們似乎是為了從此處逃生才紛紛匯聚到地下航道的入口，可是究竟又是誰要殺他們？

魘璃的目光落在遠處的航道上，只見那個通往遠方的航道口閃現著別樣的光芒，再定眼一看，居然是偌大一片鏽跡斑駁的銅牆鐵壁，將通往外界的巷道口堵得嚴絲合縫，別說是人，就算是隻蒼蠅也別想越過！

「沒錯，的確是屠殺！」魘暝皺眉沉聲道。

魘璃心念急轉，隨即豁然開朗，難怪時羈這廝臉上會是那等表情，他早知這地下航道已被堵死，根本就不可能循水路去夢川！想到此處魘璃自是不免思慮更多。偌大的藤州雖為異域所擾，但毀於頃刻也不太可能。恐怕正是有人在鑾都大開殺戒將異域的魔藤引來，才造就藤州的淪陷，而後御風輪的淨化自然將一切證據毀滅殆盡，除了深藏在地底航道大廳的百餘死者之外，其餘的早已屍骨不存。種種跡象表明，這些藤州貴族是在選擇從地下航道出逃時被人堵住了逃生之門，而後被人屠殺殆盡。此地乃是藤州皇城，能用這麼大的銅牆神不知鬼不覺地封住地下航道，自然是掌管天下金屬的金靈尊司礦。外面的城門皆是用青石堆砌，能夠將整個城樓摧毀、把甬道封閉的，也只有風靈尊提桓的法寶御風輪。

藤州本為木靈部屬，木靈尊早在平定六道浩劫之時就已經不在位，距今已有一千七百多年，而水靈尊也在天道紀元五百年傳出死訊，從那之後這六道自是由師礦和提桓聯手把持，對非己屬的部族趕盡殺絕也不是什麼難事。藤州覆滅於天道紀元九百年，彼時早已勢弱，且被異域所侵擾，自是遠比強盛的夢川要好對付得多。記得當初鄒初到風郡之時頗得風郡皇室中人重視，然而世易時移，金靈尊數百年不見蹤影，下落不明。僅是看近些年風郡眾人對鄒態度的轉變便知當今局勢。風靈獨大，也難怪風郡眾人會有心逐鹿天道，打上夢川的主意。卻是逐個擊破，有意一統天道！想到此處，魘璃喃喃言道：「好個天君，果然好手段，好毒辣！」

既然已知誰是這等巨變最大的受益者，自然不免想到一千七百年前造成六道紊亂的土靈與火靈之戰。據稱謀害火靈尊炎啻，又被師礦與提桓聯手擊殺的土靈尊雩笙說不定便是這一千七百年來最冤的冤大頭。六道重創總得有人修補，木靈尊一去，藤州自然沒了靠山。而後是水靈尊過世，提桓與師礦自然毫無壓力地對藤州痛下殺手，待到事成，已為六道之首的風靈尊提桓也就不再需要與師礦合作，只可歎金靈尊師礦一番勞碌，也只為他人作嫁衣裳。若非當今天道局勢，須得三部掌權者共存才可勉強維持平衡，天君才沒有如清洗藤州一般對付夢川與忘淵，而選擇循序漸進，坐大風郡，靠征戰逐步向外擴張。所以自己和鄒才不至於像瓊琿宮中赤鄴、沙幕兩所別院的主人一樣橫死異鄉，終得以殘存至今。而沉蘿，也是因為這樣弄得國破家亡孑然一身。

想到此處魘璃早轉身奔洞口而去，將身一縱落在被綁成粽子一樣的時羈面前，只見時羈滿眼得意，更是心如火燒，抬手一巴掌搧在時羈臉上，順手揪住時羈脖子上的繩索咬牙道：「你這混蛋一早就知道下面的航道被堵是不是？因為當年就是你領兵屠城的，是也不是？」

這一巴掌乃是激怒之下所為，自是不曾留手，時羈原本俊美的臉上頓時浮起五道指痕來，像饅頭一樣腫的老高，在夕陽最後一絲餘光的照射下紅澄發亮，腫脹得像祭祀用的豬頭，髮髻散亂，看起來甚是狼狽。

沅蘿聽得魘璃的言語不由一愣，這些年來從未見過魘璃這等激怒神情，驀然心頭一寒，伸手拉住魘璃問道：「屠城？屠什麼城？」

魘璃轉眼看著沅蘿，不知應如何開口告訴她藤州覆滅的真相，卻聽得一陣低沉的笑聲，轉眼看去，腫著半張臉的時羈眼中盡是嘲諷之意：「我要是你們，也沒時間去管那些死了幾百年的人。這個時候不妨多想想你們自己接下來的命運。你們從風藤關到這裡已然花了三天時間，而今水路不通，只得改走陸路，要麼花上兩天時間從連接六部戮原的藤關出關，一出去就被我駐守在六部戮原的守軍截住；要麼就再花上七天行程跨越半個藤州自藤州、沙幕邊境的藤沙關出去，不過很可惜，這裡的魔藤恐怕不到七天就會長得很茂盛，你們這群人只怕是一個也無法活著出關。不如早早原路返迴風郡，頂多本太子不傷爾等性命便是。」

魘璃深知時羈所言非虛，之前之所以冒險走藤州，便是知曉這幾天之內不會為魔藤所擾，萬萬沒想到地下航道早在數百年前就已經變成死路，真的行陸路橫跨藤州卻是千難萬險，想到此處自不由得惡向膽邊生，咬牙道：「我殺了你這個畜生！」

時羈聞言面無懼色，反而將臉湊得更近，在魘璃耳邊低語道：「你曾經說過，一個人質只在還活著的時候才有用，若死了，便什麼用處也沒有。原來果然有些道理。」可偏偏卻奈何他不得，只是身子發顫難以言語。

魔璃聞言一呆，轉眼逼視時羈有恃無恐的笑臉，只恨不得立刻一刀宰了他，可偏偏卻奈何他不得，只是身子發顫難以言語。

就在此時，時羈健碩的身軀猛地撞了過來，魔璃下意識地一把推開沅蘿，卻躲閃不及，頓時被撞翻在地，周圍的將領們紛紛發喊上前按住時羈，不料時羈背上忽然冒出兩隻巨大的銅翼，拍打之間早將眾人摔了開去。

魔璃還未爬起身來，已然被兩隻有力的胳膊緊緊鎖住，轉頭看去，只見時羈的臉近在咫尺，卻是不知如何脫困而出！

魔璃大驚失色，心想這畜生被綁得如此嚴實，怎麼可能瞬間脫身？只是形勢緊急已不容她細想，連忙捏訣想要催動血禁咒。

時羈如何肯讓她有機會結咒？早抱緊魔璃重重地壓在地上，兩隻銅翼張了開來，就如同兩隻巨大的盾牌將自己和魔璃緊緊地罩住，任憑一干將領如何刀剁劍斬，也只是在那張開的銅翼上撞出一連串火星而已。

魔璃拚命掙扎，雖然同在藤州力量被制約，但她的反擊之力在時羈眼中卻是微不足道，就在兩隻銅翼圍合的三角形空間下，時羈如同老鷹抓小雞一樣，將魔璃按在地上雙手背剪，繼而扯過繩子將魔璃雙臂捆緊，且纏了一圈又一圈，就連指尖也緊緊地纏在手臂之上，再也無法結咒！

魔璃驚聲呼喚魔暝、鷹隼，轉眼卻見原本繫在時羈脖頸的繩索仍在，不由心中大駭，心想若是這畜生掙斷繩子脫身，那現在綁著自己的這條繩索又是如何得來？就在此時時羈已然伸臂鎖著她的脖頸在她耳邊歎息一般地言道：「那樣重兵把守的璛琿宮都出得來，也算你好本事。只是沒想到你居然會如此託大，拿活結來綁我這風郡第一勇士。當真以為本太子是蠢狗木豬不成？」

魘璃聞言一驚，心想那晚明明見著蒯肅將這畜生綁了一圈又一圈，怎會成了一拉就開的活結？倘若時羈之言屬實，莫非真是蒯肅故意做出這等事來！蒯肅一直在兄長的北冥大營服役，這次兄長也將他帶來，按理應是得兄長信任的親隨才對。怎會如此包藏禍心？

就在思慮之間，時羈已然伸手在魘璃面龐上輕撫而過，眼睛微微眯縫：「你一共搧了本座兩巴掌，若是換得旁人，本座早已捏爆她的頭顱。不過本座喜歡聰明而強悍的女人，因為只有這樣的女人，才能為本座生下優秀的子嗣……現在……你是本座的了。待到回去風郡，本座便廢掉你的雙手雙足，再給你準備一個最精美華麗的大魚缸……。」

魘璃聞得此言，昔日沅蘿慘遭蹂躪的景象驀然浮現眼前，頓時渾身惡寒，心想倘若真有一天落在這個惡魔手裡，還不如自我了斷……思慮之間，已被時羈扯著直起身來。

時羈單手扣住魘璃咽喉，另一手將魘璃先前套在自己脖頸的繩索揭下扔在一邊，一面警惕地盯著面前眾人，順手拔出懸在魘璃腰間的金翎劍。此劍本就是時羈之物，繞了一個圈又回到了他手上，就在同時，那對銅翅已然收回體內，在這藤州境內，他的翅膀雖是無堅不摧，可卻無法像在風郡一樣展翅飛翔，在地上作戰反而誤事。否則早擄了魘璃飛回風郡，也不必如此提防眼前這群刀劍在手的對頭。而今寶劍在手，微微揮動便聽得風聲隱隱，犀利非常。

鷹隼與魘暝在地道中聽得眾人呼叫，忙飛快地奔了出來，見得眼前情景也不由得大驚，然魔璃命懸他手，卻是投鼠忌器，不敢異動，唯有招呼眾人圍住時羈、魔璃兩人，伺機營救。

國之殤

就在此時，一旁的沅蘿突然爆發出一聲驚懼交加的尖叫，眾人順著她的視線看去，只見上方懸吊的半截石橋下不知何時開始倒懸著一個人，或者說，已經不能算是一個人。

那東西有著人的形態，卻顯示出猶如老樹一般的枯涸色澤，就連肌膚表面也像龜裂的老樹皮一樣，只是局部部位還泛著青苔一樣的色澤。與石橋相連的部位已經看不出人腿的形態，反而像一捆糾結的粗實藤條將斷橋緊緊裹住。一頭亂髮乾枯得像晒了很多天的蒽鬚，在隨風晃蕩。軀體手臂驚人地乾癟，像是被餓了很久才死掉的餓殍，可一雙血紅的眼睛卻在淺淡的暮色中顯得異常突兀，就在眾人都抬頭注視它的同時，那怪異恐怖的軀體已經朝著下面的人群撞了下來，枯藤老樹也似的身軀瞬間化為一張密集的藤網當頭罩下！

原本只注意著鷹隼、魔暝等人的時羈自然也嚇了一跳，連忙攜著魔璃將身一縱，遠遠地閃避開來。

那物事碰的一聲撞在青石地面上，就像是一大碗酒水猛地傾覆一樣，瞬間向四面八方飛濺開來，只不過飛濺而出的，是那如亂藤一般糾結，全然不成人形的肢體。

在眾人看來，這物事比之先前倒懸在斷橋之上的時候起碼大了兩倍有餘，而且每一部分都透露著危險的氣息！

一個將領躲閃不及，頓時被那物事衍生出的藤狀觸鬚緊緊纏住脖頸，只聽得「咔嚓」一聲，這位身經百戰都可全身而退的猛將已被擰斷了脖子，一滴血都不曾流出就當場斃命！

魘暝臉色微變，一邊提醒眾人小心閃避，一面拔劍出鞘朝招搖而來的藤狀觸鬚斬去，劍刃犀利無匹，冷光閃爍之間已將那藤狀觸鬚逼退幾步，忽而猛醒：「這東西原來還是怕兵刃的！布盤龍陣！」

眾將領得令早已兵刃護身舞得密不透風，腳下腳步迅捷，轉眼間已將那物事圍在中央，手裡的兵刃早一股腦兒地狠狠招呼過去！

那物事也確實忌諱著刀劍的厲害，飛快地扭轉閃避，揮舞的觸鬚像是數十條長蛇起伏晃蕩，只因體積過於龐大，魘暝等十二人的圍困始終無法將其所有行動封住，左衝右突之間，時不時被那物事闖出包圍圈來。

起初那名將領被勒斃乃是事出突然來不及提防，而今眾人都早有準備，加上深諳陣法嚴防死守，轉眼間已然移動方位將其重新圍困，但見藤蔓飛甩砸得地面碎石亂飛，寶刀寶劍寒光四起，驚破暮色一片，眾人未能傷到那物事，卻也不曾讓它走脫，只是往來相鬥之間，那物事的體積漸縮，行動卻更為凶暴。

時羈見得眼前情形也不由得暗自驚歎，心想夢川的軍力果然非同凡響，在一上來就莫名其妙折損人手的劣勢之下，居然還可瞬間集結出此等戰陣來抗衡那詭異的怪物。雖連魘暝在內只是區區十二人，由小見大也可揣測操控千軍萬馬行軍布陣的實力。若真是在戰場之上，與風郡一決雌雄，勝負只怕也無人可算。

就在時羈心念沉浮之時，忽然見得寒光撲面而來，慌忙舉劍相迎，只聽得「鏗」一聲，兩柄寶劍相撞，時羈只覺對方勁力奇大，自己單手御劍雖不曾被震掉手中的寶劍，卻也覺得臂膀發麻，然而就在轉瞬之間，那柄無比剛猛的寶劍已然快速地連連斬下，一次比一次快，一次比一次狠，劍鋒交錯之處火花四濺！

時羈心念電轉，知道遇上了用劍的好手，若是依舊一手抓著魘璃，單手與之抗衡，再撞上幾下，只怕手裡的金翎劍也會吃不消，倉皇之間將魘璃朝旁邊一推，雙手握劍迎上了鷹隼手裡那把咄咄逼人的劍，一時間勁風大作，寒光疾閃，鏗鏘之聲不絕於耳！

鷹隼與時羈本在伯仲之間，先前在夢川別院力壓時羈也是得益於先機，而今真真正正地較上勁，卻是旗鼓相當，劍氣充斥早在地上劃出無數道劍痕。

魘璃倒地之時已然就地滾開，好不容易穩住身形轉眼看去，只見鷹隼、時羈身法閃爍劍鋒犀利，也不由得歎為觀止，心想之前雖和這兩人都交過手，所見的竟然並非他們的完全實力，倘若如這般以命相搏，以目前自己的實力，恐怕擋不了他們十招！

然而此刻卻不是讚歎的時候，因為魘璃發現自己之所以穩住身形，是因為正好滾進了一條淺淺的凹槽裡，這凹槽應該是來自御風輪的肆虐，斜斜地陷入青石地面。此刻她的雙腿正好滑進了凹槽深處，而這凹槽的深度卻不足以蔽身，所以大半個身子都還露在地表。

魘璃勉強動了動腿，發現連膝蓋都被困在地縫之中，無法伸展也就無法借力。當她意識到這點的時候，早不由自主地出了一身冷汗。近處鷹隼與那時羈戰得正酣，罡風劍氣越來越盛，就好比一隻無形、不斷擴張的巨型球體，隨時都有碾壓過來的危險！

沅蘿雖驚懼交加，但見魘璃倒臥在戰團之側，身陷地縫之中，隨時都有可能折在鷹隼與時羈相鬥的劍氣之下。而遠處魘暝等人在全力鏖戰那怪物，根本無暇它顧。心想她雖拿我作餌，險些害了我的性命，但也是不得已為之，總算也救我脫困。這七百年來相依為命，總不能只記得她的壞處，不記得她的好處。而今她命在旦夕，我也不能棄她不顧。想到此處將心一橫，顧不上害怕，奔上前來抱住魘璃，費力的將她拖出地縫，又退到兩丈之外，便去解魘璃手臂上的繩索。

魘璃忙言道：「快走，快走，這裡也不安全！」話音未落一片劍光閃爍，兩人具被削掉一大叢髮絲。

鷹隼在戰團中聽得魘璃與沅蘿同時發出一聲驚呼，辨明她二人的方位不免稍稍分心，時羈已經趁勢猛攻。鷹隼虛晃一招，身形暴退，奔遠離魘璃和沅蘿的方向而去。時羈許久不見這等旗鼓相當的對手，戰意勃發，早舉步追出，緊咬不放。

鷹隼引走時羈，魘璃與沅蘿總算脫險，兩人相互依存，遠離鷹隼時羈激戰之所，又到了遠離魘暝等人困住那怪物的所在十數丈之遠的地方才停了下來。

沅蘿伸手去拆時羈結下的繩結，只是那繩結綁得甚是精妙，委實不知從何入手。魘璃轉眼看看沅蘿，見她面色蒼白，驚懼顫慄，心想她素來膽小，這般深入險地救我，當真不易。

就在此時，突然聽得身後一聲巨響，眾人皆高呼小心，轉眼看去，只見身後的青石地面乍然裂了開來，幾段碩長粗韌的藤狀物已然猛地從地下冒了出來！

沅蘿還來不及呼救，已然被那許多藤條緊緊縛住，就像一隻碩大的紡錘一樣，只露了個頭在外面，而殘餘的一根藤條也纏住了魘璃，接著那詭異的怪物已然從地下鑽了出來，身形和最初襲擊人群時一般大小，下一刻，已然拖著魘璃與沅蘿兩人奔旁邊的高臺石壁而去，蔓延而生的藤蔓就像是無數雙手，攀附在垂直的石壁之上不斷上拔，就算下面吊著兩個人，也不曾減慢速度。

魘暝等人原本圍住那怪物不放，卻不料地上突然塌陷出一個大洞，那怪物早已倏的一聲消失在洞內，下一刻便見得從魘璃、沅蘿身後冒出來，雖立刻示警，到底還是遲了一步，即使是立刻奔石壁而來，也因相隔太遠已然慢了一拍。

鷹隼與時羈戰得正酣，見得此等異變忙揮劍逼開時羈，飛身追了上去，奔到中途收劍還鞘，矯健身軀瞬間化為一頭身長數丈的黑色巨虎，遍體暗紅色條紋，就如同一片片招搖的火焰，四肢蒼勁有力，身形快如閃電，四爪著地之處，只見碎石亂飛。繼而一聲震天動地的長嘯，那健碩的身體已然猛地躥上了垂直的石壁，並飛快地直奔了上去！

魘璃雖被一路拖拽，卻不曾漏掉這段奇景，心想這鷹隼來自下界，想來也是出自妖屬，而今看來卻是如此神武，恐怕並非一般的虎精、虎怪之類。尤其是見得鷹隼化身的巨虎頭上依舊帶著那個雪亮的鷹面，更是顯得異常突兀，想那面具也不是一般的物事，否則早在鷹隼變身之時就被擠得裂成好幾塊。

心念急轉之間，鷹隼化身的巨虎已然自她身旁疾奔而過，伴隨著一聲咆哮，兩隻前爪已然將拖拽魘璃的那股藤蔓扣住，兩隻粗壯的後腿深深嵌入石壁之中。魘璃、沅蘿被拖拽之勢頓漸，再下一刻，一隻堅實的臂膀已經緊緊地攬在了魘璃的腰間。鷹隼瞬間化為人形，雙腿蹬著筆直的石壁，一手抱住魘璃，另一隻手臂緊緊攥住那股綁著魘璃的粗藤蔓大喝一聲。藤蔓頓時被扯離石壁，就像一段被拉開的弓弦一樣，微微發顫。只是無論鷹隼如何拉扯也無法將之扯斷，另一隻手抱著魘璃也無法拔刀，唯有如此僵持在石壁之上。

魘璃不為藤蔓拖拽，心中的驚懼頓消，抬頭見得沅蘿遍體被藤蔓包裹倒懸在一邊，唯一露在外面的臉上盡是驚惶絕望，卻被越扯越高。

沅蘿一頭秀髮早亂作一團，原先疊成髻的幾根髮辮就在她眼前飄蕩，魘璃忙一口叼住最近的一根，只覺得髮辮傳遞來的拉力奇大，心想若是讓那怪物把沅蘿拖了去，只怕是九死一生！

須臾之間聽得沅蘿一聲慘叫，卻是那根髮辮已然被生生扯斷！

魘璃心知凶險，高聲叫道：「阿蘿，救阿蘿……！」

鷹隼見狀只得抱緊魘璃向上躥了幾步，順勢伸臂攬住包裹沅蘿的那一大股藤蔓，只覺得那藤蔓的力道比之先前大出一倍來！就算是他雙足深插石壁之內，也無法阻止那等巨大的拉力，轉眼之間三人已被那股巨力扯得一道朝上滑去！石壁上瞬間留下兩道長而深的劃痕，卻是鷹隼的雙腳使然，一時間碎裂的青石簌簌而下，砸向剛趕到石壁之下的魘暝等人。

魘暝等人見得碎石滾滾而下，自是下意識地閃身避開，抬眼間去，只見鷹隼等三人已被拉上了十餘丈高的高臺，由於角度的關係，早已不見蹤影！

沅蘿的髮辮被魘璃拉斷之時，早已嚇得魂飛魄散，待到鷹隼飛身阻截，總算稍稍回過神來，只覺得身子猛地一震停止了滑動，眼前的景緻已不是倒懸的狀態，只見天幕漸濃，忽而猛醒此刻已在高臺之上，轉眼看去，卻發現自己正貼在鷹隼的背上，只見他一手摟著魘璃，另一隻臂膀緊緊挽住緊縛自己的那一大叢藤條，雙足抵在青石地面之上，身體向後傾斜，正與那朝前爬行的怪物角力！

那怪物此刻已然不再是之前一窩亂藤的那般模樣，不斷朝前撲爬的身體已然恢復了人的形態，只是下半身依舊是藤狀，緊緊捲住魘璃與沅蘿不放，不停地朝前猛竄。

鷹隼被動地朝前滑行幾步之後，恰好旁邊的地面上突起一個方圓一丈來寬、兩尺高、類似井臺的八角形石階，鷹隼心頭一喜，索性順勢拋甩過去，雙足抵在此處已站穩了身形，不再像在之前一樣無處著力，是以那怪物要想拖走鷹隼等三人也變得異常困難起來。

可是很快，那怪物也改變了策略，不再僵持原地，而是老樹一般的臂爪在地上抓撓，不斷前行，那藤蔓一樣的身體也被越拉越長！

魘璃懸在鷹隼臂彎，低頭只見下方果然是一口深井，隱隱寒氣森森，在夜色中露出些動盪的白色漣漪來，很明顯井水直通地下水，是以數百年間被御風輪捲起的殘枝敗葉覆蓋也未嘗填塞枯竭。再勉力抬眼看去，見得那怪物爬行的方向矗立著一座高簷飛角的古樸神殿，正是先前路過時見過的木靈殿，而今距此間也不過百丈。看到這些魘璃自然不由得心念一動，尋思那裡莫非就是那怪的巢穴不成？天道六部皆有這樣一座供奉各部尊主的靈殿，雖然看似古樸簡單，卻各自布下了天道最為霸道的結界。能出入靈殿的，除了尊主本人，便只有每部的現任國主及下一任國主繼承人。木靈殿當然也不例外。想那木靈殿的結界何等強大，便是從附近過路也會受其所擾，那怪居然不怕，莫非與藤州皇室淵源極深不成？

想到這一層，魘璃心裡更將大膽的揣測前推了一層：那怪物半人半藤，說不定便是藤州皇室中人為異域所侵而生異變！

傳說被異域異化的人或動物都難在陽光下生存，只能潛身黑暗之中。難怪起初進巒都之時都未嘗見過任何異樣，那怪也是天黑之後才出來。既然那怪物可碎石穿壁，可見是無堅不摧，這等近身相搏大可順勢將他三人撕成碎片，然而卻只是用力拖拽，而未有進一步的舉動，倒顯得相當不合理。再回想起初折損的將領也是被勒斃不見半點血跡。想來那怪也是忌諱著這藤州境內的嗜血魔藤，生怕丁點血腥便將魔藤引來。在起初的劇鬥中始終躲避著刀劍鋒芒，想來也是由於其自身仍是血肉之軀的緣故。如此一來，就算拔劍在手，也不可拿寶劍對付它了，否則招來魔藤，情況只會比現在糟上一百倍！

就在魘璃思慮之間，那怪物的身軀不斷拉伸延長，雙手爬行速度驚人，轉眼間距木靈殿不過二十丈遠！

鷹隼驀然眉頭一沉，只覺得那怪物的氣力似乎正在迅速增大，尤其是那一大股緊緊縛住沅蘿的蔓藤，傳來的拉力更是奇大，很明顯，它的目標主要是沅蘿！在那樣可怕的巨力之下，只聽啪啪作響，鷹隼腳下緊抵的井臺已開始碎裂開來，為避免一腳踏進深井，鷹隼只好朝旁邊挪移，這一動也自然無法站穩，又被拖得不由自主地朝木靈殿滑了丈許！

這等狀態糟糕之極，鷹隼沒忘記木靈殿強大結界的威脅，要是被那怪拉進木靈殿去，沅蘿或許會因為藤州皇室血統而倖免於難，而自己和魘璃卻是難逃灰飛煙滅的厄運！最糟糕的是，當他意識到這一點的時候，那怪物已經爬進了木靈殿，藤蔓傳遞而來的拉力更是加倍驚人。鷹隼明白越接近木靈殿，結界的影響也就越大，所以咬緊牙關勉勵支持，希望等到魘暝等援兵到來。然而一切發生得太快，從他緊追而來到在此角力也不過轉瞬之間的光景，想此刻魘暝等人還正在飛速朝石壁之上攀爬。而怪物的蠻力卻與時俱進，任憑他如何勉勵支持，也只能減緩被拖行的速度而已。

而今木靈殿就在前方數十丈遠，這分分秒秒之間，凶險都在快速加劇！

魘璃心知形勢危急，然而手臂被繩索綁住，更被藤蔓纏身，也只能高聲呼叫魘暝等人，然而到了此刻卻忽然沒了聲音。

鷹隼低頭看去，見魘璃臉色慘白呼吸急促，心知是為木靈殿結界所困開始迅速衰弱，看這陣勢，只怕還沒等到魘暝等人趕來，就會折在這無形的結界之下！

這一認知浮現在鷹隼腦海之中，只是不由自主地捏了把冷汗，轉頭看去，只見魘暝的身影剛翻上七八十丈外的石壁，出現在高臺之上，卻是遠水救不了近火！

就在此時離木靈殿已近十丈，魘璃臉上露出痛苦的表情，身體痙攣作動。她體質特殊，根本就受不了如此強大的天道結界。

鷹隼轉眼看去，只見魘璃臉上的肌膚開始冒起一陣白煙，似乎正被無形的火焰灼燒一般！而後便不再動彈，繼而瞳孔開始放大。

鷹隼心知這裡已然是她能承受的極限，再朝前滑一步，等待她的便是死亡！

沅蘿被怪物渾身緊縛，要是能夠脫困而出也就早已脫困，事到如今已經希望全無，而魘璃也不可能再支持下去。此時此刻權衡輕重，鷹隼再也沒有別的辦法，只得狠下心腸鬆開那隻緊緊挽住沅蘿的臂膀！

鬆開沅蘿，那股拉力便卸開了一大半，被藤蔓層層包裹的沅蘿就像被繩子挽住的紡錘一樣被扯得拋甩而出，發出一聲短暫而絕望的慘叫，消失在木靈殿洞開的大門之內。

鷹隼雙臂抱緊魘璃扯著藤蔓朝遠離木靈殿的方向猛衝數丈，忽然間聽得背後風聲呼嘯，那許多藤蔓已然從木靈殿中拋甩而出，瞬間纏上鷹隼的臂膀，鷹隼的步伐頓時慢了下來，雖依舊頑強地朝前邁步，卻一步一步，如有千斤之重，與那樣強大的拉力抗衡，雖不至於像先前那將領一般被藤蔓絞殺，但抗衡之下也不免骨骼格格作響，渾身汗如雨下。

此刻魘暝已然趕到，生怕那怪蠻力爆發勒斃鷹隼、魘璃兩人，自是雙臂抱住那一大捆藤蔓，與鷹隼一道發力拉扯。那藤蔓也不是好相與的，自然也順勢纏上魘暝。無奈魘暝、鷹隼兩人都非尋常天人，縱使被藤蔓纏身，也依舊神勇非凡。不知不覺之間合兩人之力，已遠離木靈殿三十丈遠。

一遠離木靈殿，魘璃瞬時緩過氣來，雖只是轉瞬之間，卻是由生入死又由死入生，驀然出了一身冷汗，眼見鷹隼、魘暝兩人青筋爆出，汗如雨下地與那怪抗衡，不由心念一動，心想生死一線，他都不曾逃走自保，原來這世上在意我生死的人不止暝哥哥一個。

此時蒯肅等人已然搶到近處，紛紛揮劍朝那條纏著魘璃的藤蔓斬去！魘璃心知傷了那怪必定引來嗜血魔藤，忙高聲喊道：「斬不得！見血會把魔藤招來！」

一干將領聽得魘璃言語，劍勢戛然而止，唯獨蒯肅出劍未有收勢，眼看那雪亮劍鋒就要撞上那捆糾結的藤蔓，旁邊忽然閃出一道劍光來，只聽嗆啷一聲，蒯肅手中的劍已脫手而出，在半空晃了一周落在地上，劍鋒直插地面直至沒柄！

魘璃看得分明，很明顯這一劍蒯肅是用盡全力，若非被來人一劍攔開，只怕會將那怪物斬做兩段。蒯肅久在沙場，反應自然不會比其餘將領慢，沒道理依舊如此一劍劈下，這等行為，分明是想趁亂引來魔藤！想到這一點，魘璃心念急轉，尋思看這蒯肅也無過人之處，倘若引來魔藤，也不見得可以全身而退。既然明知凶險還如此作為，想必是鐵了心要讓大家都死在這異域絕地，他所針對的究竟是誰？

鷹隼見得蒯肅的劍被震開，也不由心頭一寬，哪知轉眼看去卻發現來人是時羈，不由得一驚，尋思眾人都忙著救人無暇去理會這廝，按理說他應該乘機逃走才是，怎會來相助救人？

此刻時羈已然一把扯住藤蔓轉眼看看神情驚愣的魘璃，一面拚命拉扯藤蔓，一面咬牙道：「本太子可不是為了救你，你若死了，誰給本太子解血禁咒！」

鷹隼猛醒，心想難怪這廝沒有趁亂逃走，原來還記著血禁咒之事，這廂心念起伏，便聽得魘暝喊道：「全都來幫忙，把那怪扯出來！」將領們一擁而上，早已環住那捆蔓藤一起發力朝遠離木靈殿的所在拖行。

起初魘暝、鷹隼兩人合力與那怪抗衡已占上風，而今得了時羈和十一名將領的助力，自是如虎添翼，在一陣呼吼之中，那半人半藤的怪物已然被眾人自木靈殿中硬拖了出來，只見雙臂不斷在地上抓撓，發出一陣刺耳的吱吱聲，青石地面上留下一大片深深的抓痕，如同刀斧開鑿的一般！

那怪物也覺察了魘暝等人的意圖，此刻只想逃逸，於是藤稍一鬆，已經放開魘璃、鷹隼和魘暝三人想要縮回木靈殿中，然而眾人自然不會讓它輕易逃了去。

魘暝、鷹隼一脫身，自是各自發力扯住那怪物的藤狀觸鬚發力拉扯，只聽得魘暝一聲令下，眾人各自扯著一根藤蔓呈發散狀散開，那怪多方受制已處劣勢，更被扯離地面，再也無處著力，夜色中只看到兩點紅光倉皇閃現，卻是怪物的雙眼閃爍，可見驚惶到了極致。

魘璃落在地上就地滾開，見蒯肅的劍還插在地上，於是叼住劍柄使力將其拔出少許，背過身子將綁在手上的繩子在劍鋒上磨礪，忽而手上一鬆，雙臂重獲自由。她站起身來轉眼望去，見那怪物已被眾人制住，也不由得鬆了口氣，繼而目光落在時羈身上，見其正立在近處手挽藤蔓，不由心念一動，尋思這廝此時雖和我等站在同一陣線，然而終究也是個威脅，何不乘機將其制住，以免再生枝節。想到此處，自是悄沒聲息地靠了過去，趁時羈不備，捻訣催動血禁咒。

時羈已然覺察魘璃近身，還未來得及躲開，便覺得胸腔奇痛，百骸之中再無力氣，唯有苦笑一聲仰天倒地，立刻昏厥過去，原本緊拽的那段藤蔓也脫手而出。

魘璃已然順勢挽住那段藤蔓，補上了時羈的位置高聲喝道：「此地離木靈殿太近，速速遠離此地，以免再起風波！」

眾人聽得號令，立即同時邁步朝遠處奔去，步伐一致，是以個人所在位置均未轉變。那怪發出嘶嘶怪叫，卻對此無可奈何，眼看已然遠離木靈殿百丈，再無半點助力，就連掙扎之力也削減過半，眾人皆是鬆了口氣。

忽然間夜色中那怪物雙眼紅光盡散，眾人皆是吃了一驚，濃墨一般的夜色之中，除了手裡的粗壯藤條還在傳來拖拽之力，也只能確定那怪物的大概所在。

魘璃正在奇怪，忽然眼前紅光大盛，卻是手裡拖拽的粗藤上忽然冒出一個可怕的頭顱來，只見亂髮披散，眼冒紅光，一張血盆大口裡露出兩排密如梳齒一樣的尖牙來！

魔璃吃了一驚，那頭顱已然順著粗藤滑移到了近處，向魔璃手臂張口就咬！

魔璃連忙縮手朝後退去，只覺得腳下一絆，頓時那張滿是尖牙的大嘴已然到了近處，此時此刻突然閃出一個人影來，伸臂扼住那怪物的咽喉，卻是魔瞑就在附近見得魔璃遇險飛身縱了上來。

魔瞑鐵臂千鈞之力，自然使得那怪無法傷及魔璃，然而那怪的脖子此刻卻像是長蛇一般，猛地暴長一尺，扭轉方向一口咬在魔瞑的右肩之上，只聽得啪嚓一聲，便是鋼鐵鑄造的護肩也被瞬間咬碎，魔瞑只覺得劇痛襲來，左手成拳猛地連擊那怪的頭顱。

那怪也甚是硬朗，一連吃了魔瞑十拳都死死咬住魔瞑肩膀不放。

魔璃早已撲上去，雙手扯住住那怪的亂髮喊道：「瞑哥哥，那邊井下有水，用冰封之術！」

魔瞑轉眼看去，果然見得先前被鷹隼踩裂的井臺就在數丈開外，於是右手成爪扣向地面，只聽得一聲巨響，那地面已然裂開三丈來長的一條口子，猛地冒起一道五丈來高的水牆來！

那怪見得此景自然害怕，忙鬆開口來，甩開魔璃、魔瞑兩人想要逃逸，然而已經遲了，那水牆已然鋪天蓋地朝那怪壓了下來，撞上那怪畸形的身體，已然瞬間化為堅冰，將那怪沉沉包裹！

鷹隼等人見得水牆來襲，紛紛鬆開手裡的藤條閃避開去，那怪的所有觸手全被波及，紛紛凍作冰棒，在暗夜中隱隱發出寒光！

一切總算是塵埃落定，魔璃擔心魔暝的傷勢開口問道：「暝哥哥，你覺得怎樣？」

魔暝伸手按住右肩，只因夢川皇室中人的血肉癒合力驚人，是以早已無任何皮損血漬，只是摸上去微微覺得有些僵硬發麻，雖有些不妥，但在這樣的情況下已然算是幸運，於是應道：「只有一些不適，沒什麼大問題。」

鷹隼也到了近處，點燃火摺子照在魔暝肩膀檢視後眉頭微皺：「只怕不妥，大殿下肩上肌膚雖復原，卻留下一個墨綠色的牙印深嵌肌理之中。微臣擔心那怪牙齒有毒，只怕……。」

魔暝笑笑：「能夠不驚動魔藤將這怪制住已是天大的幸事，其餘的唯有等回夢川再作打算。」說罷乾指一挑，一股細流已從地下冒起匯入他左掌之中，瞬間化為冰片。魔暝抽了口冷氣，忍住疼痛將冰片抵在肩頭傷處運氣一逼，那冰片早融入肌膚，將那齒印層層包裹，而後鬆了口氣：「我已用冰封之術將傷勢鎮住，想來可支持好些時日。只是要如何離開藤州，倒是件難事。」

魔璃心中難過，心想若不是為了救自己，也不會連累暝哥哥被困在此地，更不會被那怪物所傷。而今見他說得稀鬆平常，其實也是不想她心中難安而已。想到此處，自是心頭酸楚難當，雙手抱著魔暝的胳膊，默默垂淚。

魔暝與魔璃兄妹連心，如何不知她心中所想，見狀伸臂攬住魔璃柔聲道：「暝哥哥當真沒事，至於怎麼走出藤州，總會想到辦法的。」而後轉頭對一眾將領言道：「已然忙碌了許久，且就地戒嚴，輪班休息，一切等天亮了再做打算。」

眾人得令而去，就附近撿來乾枝為柴點起篝火。鷹隼已取過繩索將昏厥的時覊五花大綁，確保再無紕漏，繼而命人回到高臺之下將還在沉睡的皇子鄒抱了上來，至於馬匹，倒是依舊留在地下水門之外。

魘璃見得鄒，忽然想起許久不見沅蘿，一顆心已然懸在半空：「阿蘿……阿蘿去哪裡了？」

鷹隼心知適才生死一線之際她已失了神智，故而沒看到沅蘿被拖進木靈殿之事，而後與那怪物角力自然也忘了，而今突然問起卻不知如何回應，許久才沉聲道：「沅蘿帝女不幸被拖進木靈殿，只怕已經……。」

魘璃聞言只覺遍體惡寒，飛奔向木靈殿，在距離木靈殿數十丈外卻不得不停住腳步，唯有高聲呼喚沅蘿的名字，希望天可憐見她還在生。可惜任她喊得聲音嘶啞，也全無半點回應，空空的廢城裡只餘下魘璃的喊聲在迴響。她心中傷痛，緩緩跌坐於地，肩頭微微聳動。

鷹隼知她心裡難過，本想上前一步寬慰於她，卻突然想到，若是讓她知道自己無奈放開沅蘿任她被怪物拖走是為保全她的性命，只怕她會更加自責難過。這一遲疑，見魘暝已經走上前去，便生生停住了腳步。

魘暝蹲下身去扳過魘璃肩頭，見魘璃滿臉淚痕，也不由得歎了口氣：「事已至此，你再傷心也無補於事。若是沅蘿帝女有靈，也不希望你如此難過才是。」

此時此刻魘璃再也無法壓抑心中的悲痛，轉投兄長懷中，淚水涔涔而下，將魘暝的衣甲染得一片潮溼。魘暝輕拍魘璃肩膀，就如幼時一般任她靠在懷中哭泣，柔聲言道：「萬事都有暝哥哥在，想哭就哭吧。」

鷹隼立在遠處看著，心頭也不平靜。昔日的魘璃在殺機四伏的瓊琿宮中都可遊刃有餘，城府深手段狠，不想大皇子與那沅蘿卻是她的軟肋。若是適才緊緊抓著沅蘿再拚死支撐片刻，或許也不會弄成如斯地步，只是生死一線之際，作此等取捨卻是無可奈何之事。

魘璃伏在兄長懷中哭得乏了，方才漸漸消停，然而自責之意卻在心中如浪潮翻滾難以平息。兄長負傷不知將來會如何，沅蘿被怪物拖進木靈殿已經了無生機，兩個至親之人都是因為她而遭此厄運，倘若當初她乖乖聽話，和鷹隼一早離去，至少現在沅蘿還在瓊琿宮中活著。

自怨自艾之間藉著火光看到蒯肅從地上拔出寶劍收回鞘中，若無其事地與一干將領圍坐一處，聽他們談論剛才的驚險經歷，自始至終眼光都不曾朝這邊瞟過一眼。

魘璃早已對之見疑，此刻只恨不得將其斬作數段，然而身在險地為免節外生枝，也唯有暫不發難。心中卻在尋思此人究竟什麼來路，既是包藏禍心，所針對的又是誰？

很明顯，蒯肅的舉動是想拉上所有人陪葬，自然非尋常私仇可比。當時被纏住的是她、兄長以及鷹隼三人，若是斬殺怪物引來魔藤，自己三人必定濺上鮮血，為魔藤所追逐必死無疑。如此一來，這個目標圈子自然縮小了不少。

鷹隼雖掌夢川三分之一兵馬，但職責卻在鎮守都城及平衡南川北冥大營兵力，和蒯肅無直接利害關係，蒯肅針對他的可能性自然最小。

而自己，一早就被遣往夢川，手裡既無實權，且血統不純出身卑賤，除了得兄長一人憐惜愛護，可謂一無所有，蒯肅也犯不著賠上性命來和她過不去。

而今唯一的可能便是衝兄長而來，很明顯是有人不希望兄長可以活著回去夢川！

想通這一節，魔璃不由得打了個冷顫，當今形勢她早已心知肚明，夢川朝堂上的潛流暗湧，幾處重兵的相互制約……種種在心頭縈繞，倘若兄長不幸蒙難，誰又會是最大的受益人？一切早已呼之欲出！

魔璃眼中透出幾分肅殺之意，雖未宣之於口，心裡卻在暗暗發誓，若是有幸可回夢川，今後自然拚死保護兄長周全，無論是任何人或任何事，都不可傷害兄長分毫，就算是身為紫金帝嗣、無上尊崇的二皇兄魔桀也不例外！

鷹隼見得魔璃眼中的神情由悲傷變為激憤繼而淡化為刀鋒一般的冷然，也不由得心頭一顫。這一個月的朝夕相對，他早已不由自主地在捕捉她的一切情緒，雖然這帝女心中究竟在想些什麼他無法看透，但他感覺得出來，她是下定決心要做什麼事。她不是一般人，智謀、魄力、堅忍無一或缺，有這三樣其中的一樣都注定不平凡，三者兼有所造就的行動力恐怕只能用「可怕」二字來形容。

眾人各懷心事一夜無話，只有篝火燃得噼噼啪啪，不知不覺之間四周漸漸開始亮起來，卻是日夜更替，天邊泛起幾分魚白。

在霞光之下眾人的視線也自然明晰起來，只見厚逾數丈的冰牆之中嵌著那怪物，藤蔓一般的身軀糾結扭曲，唯獨頭顱還保留著猙獰的表情，梳齒一般細密的尖牙閃著藍幽幽的寒光。

魔暝伸手摸摸右肩那一片麻木硬塊，也不由得有些不安。

但很快，他吃驚地睜大了眼睛，因為在初升的旭日照耀下，那厚厚的冰牆內開始湧現著陣陣白煙，雖然不能逸到外面來，可已經將那怪物完全掩蓋！

眾人見得此景，都下意識地避到遠處，約莫過了一炷香功夫，白煙消散，那厚厚的冰牆內出現了一個異形的封閉冰窟窿，晶瑩剔透的冰面內外，折射的陽光甚是耀眼。

原本封在堅冰之中的詭異怪物已經消失無蹤，取而代之的是一個普通的人形！只是一頭亂髮枯黃如乾草，肚腹乾癟，四肢異常枯瘦，垂掛的破敗布條勉強蓋住羞處。脖子上還懸著一塊殘破的白玉牌，渾身褐色的舊傷痕觸目驚心，無力歪著的臉上只剩下一層緊貼骨骼的皮，雙眼瞳孔擴散，已無半點生機。

當魔暝的眼光落在那塊玉牌上的時候，不由得臉色一變。這玉牌他見過，這是曾經在這裡君臨天下的藤州帝王歷代相傳的傳國寶璐！當他進一步端詳那人容貌的時候，便已經證實了心中的猜想，被冰封在堅冰之中的，果真是傳聞已然在數百年前蒙難的藤州國君檀帝！

想是當年隻身避進木靈殿內逃過浩劫，卻因為被異域所侵身體異化難見天日，所以被迫與那些魔藤一道被困在此地，數百年來都只能等每月御風輪清洗之後的幾個夜晚才可外出覓食，難怪身形如此枯瘦。

堂堂一代帝王，居然落得這般田地，著實可悲可憐。

想到此處，魔暝心存萬一之念力圖施救，便唸訣解了冰封之術，只見冰牆瞬間化水，將檀帝已經僵硬的身體沖到眾人眼前。

鷹隼蹲身檢視一番轉過頭來對魔暝搖了搖頭：「他已經死了。」

魘暝長歎一聲，摘下身上的大氅蓋在檀帝的屍身之上：「藤州與夢川素來交好，魘暝與檀帝陛下也有數面之緣，昨夜魘暝使出冰封之術也只為自保，不想卻……。」

魘璃吃了一驚，心想之前曾懷疑過怪物是藤州皇族中人，不想卻是傳聞早已蒙難的檀帝，如此說來，便是沅蘿的父親。只可惜他在異域所受磨難太重，心智全無，不然也不至於送掉自己和沅蘿的性命。想這天道大禍當真是遺毒無窮……。

思慮之間卻聽得鷹隼言道：「大殿下不必自責，檀帝並非死在殿下的冰封之術之下。他血管乾癟，四肢如棉，似乎是虛耗過度衰竭而死……想來這數百年的非人生活早已將他折磨得油盡燈枯。」

眾人聞言皆是唏噓不已，卻聽得一聲虛弱的呼喊，齊齊聞聲望去，只見遠處木靈殿的臺階上已然滾下一個人來。翻滾了數丈就不再動彈了，只見長髮散亂，身軀單薄，正是沅蘿！

魘璃本以為沅蘿已無生還之望，而今見得她依然在生，不由得一掃心底陰霾，早飛步奔將過去，哪知距木靈殿二十丈遠，又渾身乏力，一頭向地上撞去。眼看就要撞個頭破血流，卻被隨後跟來的鷹隼伸臂攬住，繼而聽到他沉聲道：「帝女稍安勿躁，再朝前走就危險了。」

魘璃忽然猛醒，忙站穩身形朝後退了幾步，連連推鷹隼：「快，快去救沅蘿。」

言語之間魘暝已經縱身過去，忍耐著木靈殿結界帶來的不適，伸手將沅蘿抱在臂彎，直到退到遠離木靈殿結界範圍的所在才將她放下，只見沅蘿面色慘白，氣若游絲，只微微抬起淚眼看了他一眼，就頭一歪軟倒在他的懷中不省人事，驚恐的神情猶在眉梢眼角，臉上滿是淚痕。

魘暝看著沅蘿楚楚可憐的面龐心中百般不是滋味，檀帝之死雖非他之過，但並非全無關係，眼前的沅蘿更是孤苦無依，境遇堪憐，就在他尋思當如何補償之時，魘璃早已奔了過來，輕拍沅蘿面頰，想要喚醒她，然而卻徒勞無功。

魘暝探探沅蘿脈門後說道：「沅蘿帝女雖身體羸弱，而脈象並無大礙，似乎只是受驚過度所至，待得歇息片刻也就好了。」

聽得魘暝言語，魘璃總算放下心來，伸手理了理沅蘿臉上的亂髮，心想沅蘿命運多桀，向來體弱，現今總算逃得性命，恐怕再也受不了刺激。她既然以為自己父親數百年前就已經蒙難，而今就算讓她親眼看到自己父親如此悲慘落魄的死去，也只是徒增悲痛而已，思前想後決定瞞過此事，趁沅蘿昏迷不醒，便命一干將領搬過碎石將檀帝的屍身就地安葬。

待到安葬好檀帝，天色已然大亮，魘璃站在高臺之上極目遠眺，只見蒼蒼茫茫的灰黃荒原之中已經開始零零星星散布著一些綠色，雖然不多，但看到此景，她自然不免憂心起來，很明顯，耽擱了一晚，魘藤生長的速度遠比她估計的快。這樣的狀況下，他們最多可以像來時一樣安全地在荒原上走兩天，誰知道兩天之後那些深逾馬腿的枯枝敗葉下會隱藏著什麼？

思慮之間聽得身後一陣細碎腳步聲，轉頭一看卻是鷹隼立在身後，心中的憂慮沒來由地緩了緩，開口問道：「他們怎麼樣？」

鷹隼言道：「大殿下的傷暫時沒什麼變化，沅蘿帝女還在昏迷，那時羈倒是醒了，而今有大殿下和眾將看著也鬧不出什麼亂子來。倒是皇子鄀，這一路上都睡得沉實。」

魘璃笑笑：「那晚給他用了一粒熏香，至少得睡上半個月，不然這一路上的驚險只怕要嚇著他。」

鷹隼見她雖是在笑，但眉宇之間依舊浮動著憂慮，同處困境又如何不知她心中所想：「帝女想好下一步怎麼走了嗎？」

魘璃歎了口氣，半晌才道：「你怎麼看？」

鷹隼沉吟道：「水路不通唯有行陸路，可惜藤沙關離得太遠，魔藤生長速度極快，如此一來，藤沙關是去不了了，可取道連接六部戮原的藤關就等於自己撞進風郡重軍的勢力範圍。自打當年藤州覆滅之後，藤關之外原屬藤州的千里餘疆域已被風郡所占，騎兵巡視範圍甚至染指原沙幕、赤鄴國境邊界，也就是說取道六部戮原，就意味著有數千里路程會在數十萬風郡鐵騎的圍剿之下，想要安然通過，更是不可能。」說罷手指藤關方向道：「微臣以為可去藤關避過魔藤滋擾，但並不出關。」

「你的意思是……？」魘璃的目光望向遠處嵌在冰雪覆蓋、高聳入雲的天脈群峰之間的藤關，依稀可見高聳的壁壘，繼而聽得鷹隼說道：「其實那裡還有一條路可以同時避過魔藤和重兵，就在高聳入雲的天脈群峰之上。傳說在六道浩劫遺禍天道之前，這天道由金木水火土風六靈輪流主事，奉為天君，那天脈群峰之上有歷代天君巡視天道所留的天徑，每每天君出巡，便有五色神鳥蜂擁而至，在若干冰峰之間架起凌空的鳥橋，供天君及侍從行走。咱們若是能上得峰頂，雖無法召喚神鳥架橋，但用繩索也可在相距不過數十丈的冰峰之間往來，即使冒些風險，總算能避開魔藤和六部戮原上的重兵威脅。只要離開藤州地界進入沙幕邊境，沙幕境內的地下運河水門就在緊鄰六部戮原的沙關之內，那裡倒是暢行無阻，絕對安全。」

魘璃心念一動，覺得鷹隼所言乃是唯一一條出路，但很快又搖了搖頭：「那天脈群峰雖緊密相連圍合整個六部戮原，但高逾千丈常年冰雪覆蓋，就如同無數頂天立地滑不留手的冰柱，稍不留意摔將下來便會粉身碎骨。咱們一群人傷的傷，暈的暈，還帶著個稍不留意就會發難的時羈，只怕上不去。」

鷹隼早已沉聲道：「微臣願先行開路！」

魘璃抬眼看看鷹隼的堅定眼神，心想昨日見他化身巨虎在垂直的石壁上飛奔，的確爆發力驚人，但那冰峰可比石壁光滑許多，且中途無有可停歇的所在，就算他神勇過人，也怕有所閃失，摔將下來一樣九死一生。

「上卿之計可行。」魘暝已然走到鷹隼二人身後，「若是將此處的地下水流引向藤關，便可以用冰封之術在冰峰之上造出可容人下腳之處，層層接力，便可造出天梯登臨峰頂。」

魘璃轉眼看看魘暝，很是擔心：「此地離藤關有兩日行程，長途御水甚是耗費體力，再加上要施展甚是消耗靈力的冰封之術，暝哥哥你有傷在身，只怕太過勉強。偏偏我遠離故土太久，靈力虛耗過重，也幫不上什麼忙……。」

魘暝沉聲道：「而今形勢危急，多留一刻，就多一分危險，既有可行之法，自然要試上一試。為兄說過會將你安全帶回家去，好不容易走到此處，豈有放棄之理。」隨後笑笑伸手摸摸魘璃的腦袋：「放心，你的暝哥哥又不是紙糊的。」

魘璃低低「嗯」了一聲，但心中始終忐忑，而魘暝已下令一千將領準備出發，只是為防再出亂子，稍稍調換了一下，鷹隼馬後載著時羈，而昏迷不醒的沉蘿則縛在那名已經犧牲掉的將領留下的馬匹背上，繩索捏在魘璃手中，而鄒則是交由兩名將領輪番看顧。

一切準備停當，魘暝早已施展御水之術將深藏地下的水流調了出來，只見銀波滾滾匯成一條晶瑩剔透的碩長水龍呼嘯而出，頓時在厚逾馬腿的枯枝敗葉中衝出一條寬約三丈的道來，就好像在偌大的荒原之上新開了一條運河，而水流呼嘯卻是奔連接六部戮原的藤闕而去！

十五騎踏上那條水流沖刷而出的道路，策馬飛奔，人人都知道這個地方已經遠沒有幾天前那樣安全了，能夠早一步趕到藤闕，也就不用多擔一分風險。

魘璃一面控制著馬匹飛奔，一面注視著前方御水開路的魘暝，心想兄長的靈力果然出類拔萃，即使是被藤州這片土地所削減，也可長時間施展御水之術，然後內心深處卻不免在擔心他的傷勢，暗自尋思若是自己血統純正，就算不能達到兄長的境界，也至少可以為他分擔一些，不至於如此勞累。隨後卻不由得歎了口氣，心想倘若自己是血統純正的夢川皇族，就算不得父皇歡心，也不至於小小年紀就被遣去風郡飽受磨難，更不至於像現在一樣，僅僅是平安回歸故里都顯得如此艱難。

有水龍開路，眾人的行程自然是快了很多，第二天入夜，他們已然來到了藤闕之下。

藤關巍峨聳立，處於連綿冰峰圍合的峽谷中，遠比風郡、藤州交界的風藤關雄偉數倍，畢竟關外便是自古以來各部征戰殺戮的戰場——六部戮原。

魘暝用冰封之術將水流凍結成一圈碩大的圍合冰牆暫作掩體，而後下令就地戒嚴，休息一晚，只等天亮便朝藤關旁邊高聳入雲的冰峰進發。

魘璃命人拾來枯枝點燃篝火，見魘暝在閉目打坐連閒話也沒有一句，想來已經很是疲憊，這樣長時間施展御水之術極傷元氣，這等情況之下，魘璃自也不敢去打擾他吐納養氣，觀望一陣便轉身到了沅蘿身邊，近處篝火搖曳之下，沅蘿蒼白的面孔忽明忽暗，卻依舊是雙目緊閉未曾甦醒。

魘璃歎了口氣，就近坐下伸手探了探沅蘿的脈門，忽然間見得沅蘿眉宇之間微微發顫，似乎即將甦醒，於是伸手在沅蘿肩頭輕推喚道：「阿蘿……阿蘿……。」

果然，沅蘿緩緩睜開了眼睛，目光呆滯地停留在魘璃臉上，遲遲不應聲，許久才如夢初醒一般回過神來，伸臂攬住魘璃泣道：「璃兒……怎麼你也死了……。」

魘璃見得沅蘿出聲，心知其已無恙，驟然聽得沅蘿之言，也不由得一呆，繼而伸臂摟住沅蘿輕拍她的後背柔聲道：「我沒死，你也沒死，咱們又一起挨過一關了。」

沅蘿面露不可置信之色：「我記得……有怪物……有怪物！」她心有餘悸，頭腦混沌，言語之間慌亂的四下看看，許久方才止住抽泣定定神，聽得魘璃言道：「咱們早已經離開巒都，這裡是藤關，那怪物……那怪物已經跑掉了，不會再來傷害你了。」

沅蘿怔怔地看著魘璃的臉，心頭的怯意漸消，才舒了口氣：「謝天謝地，咱們都逃過一劫。」

魘璃見她相信，也鬆了口氣，心想不必用檀帝的死訊再傷沅蘿一次也算是萬幸，隨後伸手自懷中摸出一物來交到沅蘿手上：「這個……是我在巒都的廢墟裡撿到的，暝哥哥說這是你們藤州皇室歷代相傳的傳國寶璐，雖說早已經殘破不堪，但我想應該給你留著。」

沅蘿看著手裡的傳國寶璐，摩挲那塊殘玉上的一筆一劃，許久方才抹了抹淚水，徐徐歎了口氣：「現今已無藤州故國，傳國寶璐也再無意義，留下也只能是徒增傷心……。」說罷就地用手撥開地面的浮土，慢慢地將那塊經歷無數腥風血雨的殘玉埋了進去。

魘璃見她言語之間甚是心灰意冷，也不由得心有戚戚：「你也別太難過了，過去的事再傷心也是無益，不如想想將來。你知道嗎，暝哥哥的北冥大營就駐紮在夢川的外疆，比鄰大洋，氣候宜人，風景優美，乃是休養生息的大好樂土。咱們可以永遠在那裡逍遙自在，忘掉所有不愉快的事。」

沅蘿含淚伸手挽住魘璃的手臂道：「要不是有你，現在我還在瓊琿宮中受盡屈辱苦楚，哪裡想得到還有那樣美好的將來……。」

魘璃搖了搖頭：「你我七百年的情誼，說這些言語倒顯得生分了。」言語之間便聽得腳步聲響，卻是鷹隼已經將時羈安頓妥當，從她們身邊走過。

沅蘿抬頭看看鷹隼，驀然想起當日他放手任自己被怪物擒去的事，自不免心頭傷痛。細細想來，他本就為營救璃兒而來，關鍵時刻放棄自己，保護璃兒也是他分內之事。之前種種，只不過是自己的痴心妄想而已，一個亡國的帝女，萬劫之身，憑什麼能得他眷顧憐惜？多經變故之後，這點哀傷還不及國破家亡之痛的萬一。人浮於世，皆是天命。能苟活偷生，已是大幸。

鷹隼見得沅蘿眼中流露一絲幽怨之意，但很快化為滿眼的落寞，心中不免有愧，轉過臉去，就聽得遠處傳來一陣咳嗽，轉眼看去，卻是魘暝盤坐垂首，背心微微聳動。

魘璃見狀忙起身奔了過去：「暝哥哥，你怎麼樣？」

「可能是這兩天累著了，居然會岔氣。」魘暝抬起頭來苦笑一聲。

魘璃心頭一沉，心想吐納養氣乃是恢復元氣最基本的行功指法，以兄長的造化又怎會如此不濟？說不得還是被檀帝咬的那一口在作祟。思慮至此，不顧魘暝阻攔，伸出手去拉開他衣領檢視他右肩的咬痕，見那嵌於肌膚之中的墨綠色牙印如故，只是周邊出現一些細小的墨綠色網狀紋路，看起來似乎比兩天前大了一圈，再仔細一看，竟然是細微的血管被咬痕侵潤而致！

魘璃驀然出了一身冷汗，顫聲道：「那咬痕在侵蝕暝哥哥的身體！」說罷，手一翻亮出手裡的金翎劍：「暝哥哥你忍著點，待我剜除這塊皮肉，以免遺毒無窮。」

魘暝一把握住魘璃持劍的右臂搖搖頭：「不行！現在還在藤州境內，這些時日周圍的魔藤已然初具規模，別說剜肉，就是流幾滴血也會把那些成群的魔藤引來。要剜，也得等明日咱們上了冰峰之頂再說。」

魘璃聽得魘暝言語，驀然心念一動，原來兄長一早就知道那咬傷的禍害，一直按捺不提便是在顧全大局苦苦支撐。早知會累及兄長，她寧願自己沒有逃出瓊琿宮，就算在風郡日夜忍受禁錮煎熬，也好過現在眼睜睜看著至親受苦而束手無策……。

鷹隼見得魘璃面色慘白，如何不知她心中自責難安，伸手將魘璃的金翎劍收回鞘中道：「大殿下言之有理，眼前最要緊的是登臨峰頂，到了千丈冰峰之上也就不必顧忌藤州魔藤。帝女且放心，大殿下靈力精湛、福緣深厚，必定可以攬過此劫化險為夷。」

魔璃雖知魔暝的決定甚是妥當，而鷹隼的話也很有道理，只是心中始終惴惴不安，此時聽得沅蘿怯生生地言道：「事已至此，咱們就別再打擾大殿下休息，讓他養好精神，明日才可登臨峰頂。」

魔璃無可奈何，跺跺腳長歎一聲奔天脈冰峰而去。鷹隼雖知她心中難受只是走走散心，但此地尚在險境實在不放心她一個人遠離團體，只是轉眼看看魔暝。

魔暝搖頭苦笑一聲：「這孩子……上卿，你替本座看著她吧。」

鷹隼點頭飛身追了上去，魔暝看著兩人的身影被篝火的火光映得長長的，落在遠處那一片光潔發白的冰峰之上，突然發現自己的吩咐有些多餘，鷹隼追逐著魔璃，就如同影子緊跟著本體，始終保持著那樣一段既近又遠的距離。

魔暝笑笑搖了搖頭，牽動右肩的創口，說不出的脹痛不適，不由自主地輕哼了一聲，想要伸手合好之前被魔璃拉開的衣襟，卻覺著手臂乏力，稍稍抬了抬，又垂在了身側。他苦笑一聲，心想沒想到自己也有這般不濟的時候，正想再做嘗試，旁邊已然探過一雙纖纖素手，輕輕拉過他敞開的衣襟。而後便聽得一個萬般溫柔的聲音：「大殿下好好休息，沅蘿就在左近，有什麼開口吩咐便是。」

魔暝看著近在咫尺的溫婉面孔上那雙如同小鹿一般溫柔的眼睛，不由得一呆，心想世間竟有如此溫婉可人的女子。

沅蘿對上魔暝的痴痴眼神，不由得微微側首，眉目之間盡是女兒家的羞澀嬌態。此刻魔暝方才發現了自己的失態，忙低咳一聲，轉過眼去看著篝火，耳朵卻不由自主地紅了起來。

篝火微微撩動，顯得溫吞而曖昧……。

次日天剛亮，眾人將坐騎撇下，齊集冰峰之下，抬眼看去只見一片銀裝素裹，光滑的冰面在晨曦之下反射著白光。

鷹隼與魘暝交換了一下眼神，便將身一晃化身為巨虎，長嘯一聲已然順著垂直光滑的冰壁一路飛奔而上，利爪過處，如同巨斧一般在堅實的冰壁上鑿出間隔丈許，吊桶般大小，深逾尺許的冰窟窿！

然而在冰壁上飛奔究竟是艱難，鷹隼在距離地面約五十丈的所在便已然無法繼續上升，唯有現出人形緊緊扣住之前開出的冰窟窿，懸在冰壁之上。

魘璃見得此景，也不由得捏了把冷汗，轉眼看去，只見魘暝已然循著鷹隼開出的冰窟窿飛縱而上，幾起幾落之間已然與鷹隼會合。雖說冰峰本身便是天道洪流凍結而成，但此刻魘暝真氣有虧，也不敢貿然對冰峰解術，以免中途出紕漏，於是只能在穩住身形之後，催動法訣，將地上凍為堅冰的水流部分化為水龍，一路牽引直上，匯聚到他與鷹隼腳下。

很快那水流如攤開的麵糰一般伸展開去，在魘暝冰封之術下頃刻化為四丈來寬的一個圓形冰臺，牢牢地與垂直的冰壁緊緊契合，遠遠望上去就好像冰壁之上突然長出一大片冰葉一般。

鷹隼、魘暝稍稍鬆了口氣，落在新造的冰臺之上，稍事休息便再次朝峰頂進發，循環接力，硬是在高逾千丈的天脈冰峰之上造出若干休息平臺來。

魘璃抬頭看著鷹隼和魘暝的身影漸漸消失在縈繞冰峰的流雲之中，一顆心也如同與他二人一起懸在了那高不可及的冰壁之上。

雖然最近的冰臺離地面不過五十丈，有鷹隼留下的一串冰窟窿並非不可攀上去，鄒身小體輕，由人背負即可，但要將全身被繩索綁得不能動彈的時羈和嬌弱無力的沅蘿也弄上去倒是個問題。

魘璃冷眼旁觀蒯肅的動靜，見他面色從容，倒沒有任何異動，想來是知道兄長的毒傷嚴重，所以沒有再節外生枝。於是她吩咐周圍的將領將所有能用的繩索結成一條約百餘丈長的長繩準備登峰。

蒯肅上前請命先行，魘璃心想怎可讓你這包藏禍心之人先上去，萬一就此收了繩索，甚至破壞冰臺，這餘下的十幾個人豈不是要生生困在這裡。

於是開口言道：「蒯將軍，大皇兄與上卿都在冰壁之上吉凶難料，你可得留下保我周全，萬一有什麼凶險，可得仰仗你了。」說罷揮揮手示意兩名將領攜帶繩索先行。

蒯肅也是一呆，魘璃身為帝女，自然也不可違背，於是退到一邊擔任警戒之職。那兩名將領身手敏捷，不多時已然到了冰臺之上，而後將繩索拋下。

魘璃再命其餘將領依次而上，順道把鄒背了上去，等到冰臺之上已有六人，方才將時羈綁在繩索之上叫上面的將領將其吊了上去。時羈全身無法動彈，就連嘴裡也被魘璃塞上一塊布料，也只得聽之任之。

待到沅蘿之時，雖然繩索結實，又有將領隨身護衛，可懸於半空，也不免嚇得花容失色，緊閉雙眼。直到踏上冰臺的實地方才鬆了口氣，朝下看去，見魘璃與蒯肅等人依次順著冰壁朝上攀爬，可謂驚險非常，自是暗自捏著一把冷汗。

大約一炷香時間，所有人都上了冰臺，極目遠眺，只見遠處被撇下的十餘匹駿馬依舊矗立原地，看上去比一把花生粒大不了多少。

稍作休息之後，魘璃便安排眾人按之前的順序朝上面一層冰臺進發。經過這些日來的歷險，一干將領早已看出魘璃並非尋常嬌生慣養的皇家女兒，機智魄力不在他們一心追隨的大皇子之下。此間魘暝不在，自是唯魘璃馬首是瞻，一個個盡心竭力。唯獨是蒯肅，時刻被魘璃絆在身邊，雖表面上不動聲色，也難免有些隱隱不安。

一行人在這千丈冰壁上緩緩上行，行到高處，四周全是稀薄的流雲霞靄，一輪紅日也隨著時間的推移逐漸攀升。

一大群人的行動自然跟不上鷹隼與魘暝的步伐，所以也不知道上面的狀況如何。一路行來，魘璃發現越往高處走魘暝留下的冰臺便越小，想來定是多次使用這樣霸道的法術，體力開始衰竭的緣故，想到此處，心頭自是更加不安。

過午之後，她們已經攀到距離地面七八百丈高的所在，正下方的藤州大地早已被層層流雲所屏蔽，遠遠望出去，可見遠處的巒都已然隱在一片蒼翠之中，很明顯，那片廢墟又一次被生長神速的魔藤所掩蓋，完全可以預料馬匹留在冰峰之下的淒慘結局。最值得慶幸的是，大家都避過了最大的威脅。

就在此時，鷹隼的身影乍現，沿著排列至頂峰的若干冰臺飛身而下，起落之間猶如山間矯健的飛鷹，在晶瑩剔透的冰層上一沾即走，直到輕飄飄地落在魘璃身邊，雪亮的面具在天際明豔的陽光下閃著光芒。

「暝哥哥怎樣？」魘璃最為緊張的便是這個問題。

鷹隼開口言道：「帝女放心，大殿下只是太累了，而今在峰頂歇息養氣，故遣微臣來接應帝女。」

魘璃心頭的大石總算落地，轉頭對身後一干人道：「大家再堅持堅持，很快就到峰頂了。」眾人雖疲憊，但聽得此言也是精神一震，繼續朝峰頂進發，終於在黃昏時分，所有人都攀上了天脈冰峰。

只見方圓數里都是冰雪覆蓋，暮色中之可見長空、落日、流雲、暮靄和或遠或近如天之玉柱般林立的大小冰峰，最神奇的是無論大小，皆是一般高低，藤闕之內的藤州也罷，藤闕之外廣袤無垠的六部戮原也罷，全都隱在一片寂寥暮色之中。只有夕陽的餘暉斜斜照射在這些平頂的冰峰之上，跳出一抹燦爛的亮色。

情生孽起

魘璃心懸兄長的傷勢，哪裡有心思細看那片罕見的美景，見魘暝閉目盤腿坐地便快步奔了過去：「暝哥哥，你覺得如何？」

魘暝睜開眼歎了口氣，俊朗面容之上盡是密集的汗珠。他伸手將衣襟扯開露出右肩那片墨綠色的咬痕來，只見那痕跡比昨夜看到的又大了一圈，約莫兩寸來寬，周邊被侵染成墨綠色的血管範圍已然蔓延至整個肩部。

魘璃心中一痛，伸指觸碰魘暝肩頭，只覺那片墨綠色的物事深藏肌膚之下硬得出奇，觸手冰冷卻是魘暝一直用冰封之術鎮住傷勢的緣故。若非如此，那傷勢只怕早已蔓延至全身。

鷹隼早已走上前來：「大殿下，而今形勢危急，微臣只好得罪了，你忍著點。」說罷自腰間抽出一把寒光四溢的匕首來。

魘暝點點頭，將頭轉向一邊，只覺得一冷硬的物事在麻木的右肩遊走，耳中傳來鏗鏗之聲，創口登時冒出一股如同腐木一般的難聞氣息。

鷹隼動作很快，轉眼間已將那墨綠色的物事剜了下來扔在一邊，只見是碗口大一個肉塊，滾落在冰雪覆蓋的地上還在微微悸動，就好像是有生命一般。

魘暝的肩膀上已然血如泉湧，初時還是發綠的汙血。隨著汙血排出，他的右肩漸漸恢復了知覺，灼燒般的劇痛襲來，頓時讓他不由自主地渾身發顫，緊咬的牙關咯咯作響，而後臉色發白已然昏厥過去。

魘璃心痛如絞，卻無半點辦法，只有眼睜睜看著兄長肩頭血如泉湧，就這麼過了一陣子，血色漸漸恢復正常。可那碗口大的創口卻無法像從前一般瞬間癒合，依舊是血流不止！

「好厲害的毒！」鷹隼喃喃言道，伸手連點魘暝後背幾處穴位想要止住血流，然而效果卻並不顯著。

魘璃見得此景早已抽出腰間的金翎劍在自己腕上重重一劃，白藕也似的玉臂上頓時一片殷紅。血液滴落在魘暝肩頭的創口之上，傷口的血肉開始癒合，但很明顯癒合速度很慢，還沒等癒合過半，魘璃手腕上的傷口已然完全消失。

魘璃再次劃傷手臂，以自身靈血為魘暝修補傷口，直至魘暝肩頭創口完全消失不見，伸手探探魘暝脈門發覺他雖脈搏微弱，但氣息卻開始順暢起來，方才放下心來。於是收劍還鞘站起身，開口吩咐眾人就地戒嚴輪流休息。眾人原本都圍在周圍甚是擔心，聽得她的吩咐自是散了開去，各司其職。她舒了口氣，忽而覺得眼前一黑，人已然朝地面軟倒。

沅蘿立在身後，倉皇之間想要將她扶住，忽而眼前一花，卻見鷹隼已然伸臂攬住魘璃的腰肢，神情甚是緊張。沅蘿心頭就如同被什麼刺了一下似的，隨後默默地收手退到一邊，轉眼就被再度圍攏的將領們擠到一邊，只聽到七嘴八舌的聞訊呼喚之聲。

魘璃歪倒在鷹隼懷中，只聽得周圍一片嘲雜，片刻之後晃晃腦袋總算看清眼中盡是擔憂憐惜之色的眼前人，自不由得心念一動，低低叫了聲：「鷹隼……。」

鷹隼雖知她是失血過多所致，並無危險，但關心則亂，而今聽得她開口說話自是欣喜若狂：「你怎樣？可還覺得頭暈目眩？」言語之間早從懷中摸出療傷養血的藥丸來送到她脣邊：「先把藥吃了，好好歇息一晚。」

魘璃聽話地服下藥丸，轉眼看看周圍的將領，有氣無力地言道：「我沒事了，明天的行程也不簡單，大家都各自歇息去吧。」眾人依言散去，各司其職。

鷹隼將魘璃扶正靠在一塊冰岩之上，一手輕輕搭住她的脈門仔細檢查，發現她的脈搏開始漸漸有力起來，方才放下心來，抬眼見魘璃一雙妙目盯著自己不放，忽然覺得有些不妥，忙收回了眼神。耳邊卻聽得魘璃低聲言道：「上卿，你不是受命保護我大皇兄的嗎？

而今似乎有瀆職之嫌啊。」言畢精緻面容之上露出幾分揶揄之色。

鷹隼乾咳一聲，極力從這微妙的氣氛之中抽離，早將眼轉了開去，低聲言道：「微臣……微臣乃是受大殿下所托照看帝女……何況大殿下此刻劇毒已去，理應無恙……微臣……。」話到此處就連他自己都覺得難以自圓其說，倉皇之間眼光再次落在魘璃臉上，見魘璃滿眼盡是得意的笑意，一張明豔面孔在夕陽的亮彩下顯得異常驚豔，教他的眼光再也移不開去。

接下來這張美麗的面孔忽然湊了上來，兩片輕柔的嘴唇輕輕在他的面頰上碰了碰，而後聽到她在他耳邊喃喃言道：「我知道……你心裡有我。」

雖只是喃喃低語，但在鷹隼聽來卻如黃鐘大呂一般響徹心間，一時間胸膛發熱，面紅耳赤，只是呆呆地杵在那裡，看著始作俑者退回原來的位置，滿臉若無其事的神情，似乎害得他心神大亂的言語舉動通通不是她所為，而只是他的幻覺一般。

一眾將領都忙著自己的事，自然沒看到這段，唯獨是遠處被綁得像粽子一樣扔地上的時羈哈哈大笑：「你這個女人簡直是壞透了！」雖是在笑，但兩眼微眯，盡是挑釁之色。

魘璃見他這等神情，沒來由地心頭火氣，也不管是否還是頭暈目眩，早扶著冰岩站起身來走到時羈身邊，抬手一巴掌甩在時羈的臉上！

不知是魘璃失血體弱，還是時羈皮糙肉厚，吃了這一巴掌他反倒越笑越大聲，而後衝著鷹隼道：「這樣的悍馬你是降不了的，趁早收拾心情該幹嘛幹嘛去……。」話沒說完就聽得腦門上轟的一聲，已然昏厥過去，卻是被魘璃惱怒之下一腳踹在腦門上。

鷹隼忙上來扶開魘璃，彎腰監視時羈的情況，見只是昏厥也鬆了口氣：「帝女何必為這廝動氣？若是一時沒了輕重將他打死，帝女所圖之時豈不盡歸泡影。」

魘璃氣猶未平，沉聲言道：「這畜生皮糙肉厚嘴又賤，臉皮厚過城牆拐，想他死都難，怎會如此不濟……。」

卻說沅蘿被人群擠開之後，轉眼看看隱於暮色之中的藤州大地，胸中百味交雜難以言喻，冰峰之上的雪風帶來一陣寒涼，她抱定手臂搓了搓，只覺得自己的存在全是多餘，即便是這七百年來相依為命的魘璃，突然之間也變得那麼遙遠，似乎再難觸碰。這蒼茫世間無人在意自己，也無人再需要自己，就像一株被剝離了籬笆的藤蔓，再無任何依憑。就這麼呆立了許久，偶然間轉過眼來見盤腿端坐的魘暝就在一旁，半邊身子都是血汗，便走將過去，從懷中取出手帕小心擦拭他肩背胸膛上的血痕，擦拭之時卻發現那片癒合的肌膚雖色澤如常，但依舊留有一小塊淺綠色的印記，如不細看也不易發現，想來適才一番辛苦，也無法將他體內的毒血全部排盡，只怕後患無窮。

沅蘿幽幽歎了口氣，就連自己都分不出來是為誰而歎息，抬起眼來正好見得魘璃與鷹隼的親暱舉動，就如同被燙到了一般，身軀微微一顫，垂下頭去兩顆珠淚滾滾而下，滴落在剛才擦拭乾淨的魘暝臂膀之上，蜿蜒出一道淺淺的水痕。

忽而一隻大手輕輕地覆在她的手掌之上，沅蘿抬起眼來卻見魘暝不知何時已然睜開了眼睛，自不由得吃了一驚，原本懸在眼眶的淚水又一次灑落在魘暝的手背之上。

得益於夢川皇室獨有的靈力，儘管魘暝身遭重創，仍然很快地甦醒過來，睜眼見沅蘿正小心地料理自己，眉宇之間盡是憂愁之色，自不由得心念一動，尋思自己與她不過才相處幾日，她便對自己的傷勢如此上心，不免心中感動，而今見得她垂淚，便如同心頭被人重重敲了一記似的，不由自主地伸出手去輕輕拭乾沅蘿臉上的淚痕，而後微微一笑：「魘暝已無恙，帝女不必為此傷心。」

沅蘿見得魘暝臉上的溫柔表情，就如同倦鳥覓到一處可供歇息的枝頭一樣，儘管清醒地知道那不是自己的巢，也不由自主地想要停靠。相對凝視片刻之後，沅蘿緩緩靠在了魘暝的肩頭，任由魘暝輕輕梳理她微亂的髮絲。

暮色漸漸深沉，這孤絕的冰峰也漸漸沉寂，融入夜色之中。這連日來的搏命奔走，早已使得這一群人疲憊不堪，好不容易身處安全之所，也自然輕鬆許多。除了守夜警戒的人外，大多數人都已經各自依靠著，勉強入夢。

魘暝枕著沅蘿的膝蓋，早已沉沉睡去，雖說身受重創，但蒼白的臉龐卻泛起幾分甜蜜笑意，就連一直糾結的眉間，也不知不覺舒緩許多。他年少之時便統軍戍邊，不是輾轉於軍務國事，便是疲於儲君之位的爭鬥，於情愛幾乎無緣。而今在這孤絕冰峰之上，傷痛病弱之中，得到可心之人的溫柔慰藉，無疑是一味減淡痛楚的良藥。

沅蘿的眼光從依偎在自己身側摟著鄉閉目歇息的魘璃，緩緩移向遠處拄劍而立，擔任警戒之職的鷹隼。那偉岸的身影過於遙遠，就好像一個乍然而醒的夢，雖驚心動魄卻虛無縹緲，遠不如壓在腿上，帶著暖暖溫度的重量來得真實。在經歷太多變遷之後，她很害怕變遷，所以很自然地嚮往著早已熟知的事物。安臥在她懷中的男人，那俊美的容貌依稀有著魘璃的影子，這種潛移默化的親厚感無疑是沖淡了不少不安，甚至是一種根鬚糾結於土地的踏實。這個男人俊朗溫柔、英明不凡，且為夢川皇族長子，權傾朝野，或許將來便是夢川霸主，得他眷顧乃是天大的幸事。沅蘿慢慢合上雙眼，心想：興許，這就是她的命數。

鷹隼矗立在冰峰邊沿，凜冽的冷風順著面具的縫隙朝他的眼角灌，這種不適感可以讓他清醒。他眉頭微皺，將目光從魘璃的臉上移開。這一切來得太快，讓人措手不及，意料之外的時間，意料不到的地點，以及那個美麗而危險的女子。

魘璃的眼皮微微浮動，身體的疲憊深入骨髓，失血的無力感也始終揮之不去，但這樣的疲累卻無法入睡。只要一天沒有回到那片故土，她的心就始終像是懸浮於鋒芒之上。即使這片刻的安寧，也無法撫慰內心深處的不安。鷹隼的守護，沅蘿和鄒的陪伴固然可令她安心，但大皇兄的傷卻是壓在她心頭最重的一塊石頭。那怪物一般異化的檀帝，那從大皇兄肩頭剜除還在突突跳動的詭異肉塊，還有大皇兄血流不止無法自動癒合的創口，這些都是超出她認知之外的事，每每想起，就不由自主地萌生出一種不可名狀的恐懼。

夜已深沉，冰峰的極寒無孔不入，但那呼嘯的風卻不知不覺平息了。

魘璃心頭一凜，猛地睜開雙眼，卻發現眼前一片茫茫白霧，無論是遠處守夜的鷹隼也好，身邊依靠的沅蘿、魘暝也好，還有那些或坐或臥的將領，全都如同凝固一般，一動不動。當這一認知浮現在她腦海裡的時候，她發現自己的身體也一樣無法動彈，就連喉頭，似乎都被鎖住一樣無法發聲。就好像那一晚，在那囚宮之中所作的怪夢。

茫茫霧氣中漸漸顯現出一個小小的白影，從虛無縹緲到完全顯現。這次魘璃終於看清了，那是一張稚嫩孩子的臉，約莫十一、二歲，只是眉宇之間的神情完全不像一個孩子。

魘璃放棄了掙扎，只是靜靜看著那個白衣女童走近。那個女童曾說過會再見面，但她沒想到，會來得這麼快。

那女童走到近處，在魘暝身邊蹲下身，伸手搭搭魘暝的脈門，對魘璃低聲說道：「你覺得很意外，其實我也沒想到這麼快又見面了。看來世事如棋局局新，從你逃出風郡的那一刻起，一切事都變得難以預計了。」

魘璃抽了口氣，發現喉頭不再覺得壓迫，能發出聲音：「別碰他！」

那女童淡淡一笑：「如果不碰他，怎會知道他的情況有多糟？」言語之間伸手罩在魘瞑的右肩，只見那小小手掌周邊泛起一片銀光，籠罩在魘瞑曾被咬傷的位置，不多時幾絲若有若無的綠氣從魘瞑肩頭蒸騰而起，在她掌下漸漸凝結成一顆小小的綠色冰晶。

魘璃露出幾分驚詫，她本以為之前剜肉排毒已經把魘瞑體內的毒清除乾淨，不想還有殘餘。

那女童把玩著手裡的冰晶踱到冰峰邊沿，一揚手將冰晶拋向那片隱在夜幕中的藤州大地：「現在他暫時沒事了，不過不代表以後也能安然無恙。這種毒最厲害的地方不是毒性的兇猛，而是它那如跗骨之蛆一般的秉性，會逐漸蠶食傷者的靈力。雖然這個過程會很長，但到最後他會真正失去夢川皇族所特有的癒合力。到那個時候，即使是一點小傷也會導致他血流不止而最終……。」

魘璃的心一點一點地沉下去，忽而猶如抓住一根救命稻草一般急促地說道：「你一定有救他的辦法！」

那女童歎了口氣：「以我現在的能耐，委實是心有餘而力不足，不過也絕非無從著手。夢川的水靈殿中紫旃果成熟已久，食之可靈力大幅度提升，最重要的是紫旃果有汰舊換新、脫胎換骨的神效。」

魘璃眼前一亮，隨即心頭一沉，在皇城後面的大雪山之中的確有那麼一座神殿，相傳是昔日夢川皇族所供奉的水靈尊府邸。水靈殿之中有一株兩千年才開花結果一次的紫旃果。歷任太子都是得到君王的認可和扶持，通過水靈殿結界的認可，才能進入水靈殿。借紫旃果的靈力脫胎換骨提升功力之後，方真正成為臣民認可的儲君。也就是說，要得到紫旃果，也就必須先成為夢川儲君！父皇在位已然逾兩千載，雖然大皇兄賢名在外，得百官擁戴，然而儲君之位依舊懸而未決，可見父皇對於二皇兄紫金帝嗣的身分以及一干站在二皇兄身後的皇親意願也頗為看重。以往儲君之爭只是皇權爭霸，可而今，已然事關大皇兄生死。

「個人生死相對於國祚傳承而言，委實算不得什麼。」那女童看穿了魘璃心頭的顧慮，一句話點穿了其中的關隘，「大皇子的長處是他的仁慈重情，但他的缺點也是太仁慈重情，除非大皇子能解決夢川面臨的內外大患，到那時舉國歸心，夢川國主自然無所顧忌，立他為太子。你可知這內外大患是什麼？」

魘璃沉吟片刻：「外有風郡威脅，天君壓制，舉步維艱。至於這個內……想必是境內流民日增，雖為夢川所用，但與夢川國人終究等級有別，久而久之積怨日深，遲早生亂。」

那女童走到魘璃面前，定定地端詳了她好一陣，方才面露欣慰之色：「果然冰雪聰明。」

魘璃直視那女童雙目：「你告訴我這些，究竟意欲何為？」

那女童笑了笑指著魘璃懷裡的鎁說道：「我想怎樣不重要，重要的是你打算怎樣。從你自風郡囚宮中救走這孩子開始，這天道的局勢已無任何人可以預料。這孩子和那個被你生擒的風郡太子就是你手裡最厚的兩張底牌，我想你早已知道該怎麼用。將來的種種變故可謂波譎雲詭，你所期盼之事也非輕易能成就，中間勢必經歷無數腥風血雨。只是希望你凡事心頭多留一分慈憫，將來可以惠人惠己。」說罷轉身走向那片白色霧氣，頃刻之間消逝無形，那片清潤的霧氣也在漸漸淡化，直至完全消逝。

冰峰頂上的朔風繼續呼嘯，捲得人們的衣甲微微作響，遠處的鷹隼依舊保持著原有的姿勢拄劍而立。很明顯，那個白衣女童的到訪只有她一人感知。

魘璃動了動手指，發現自己已能動彈，便輕輕放下鎁，靠近熟睡於沅蘿膝蓋上的魘暝，見他神情安詳，臉上也恢復了血色，不由自主地鬆了口氣，喃喃言道：「管他什麼外憂內患，我只要暝哥哥安穩。就算是千難萬難，我也一定輔佐暝哥哥坐上儲君的位置，取到那顆救命的紫旃果……。」

黎明的曙光將這個世界再度喚醒。經過一夜的休整，人們都已經恢復了體力，包括昨日還臉色慘白的魘暝、魘璃兩兄妹。

相對於一眾平頂冰峰動輒延綿十數里的巨大而言，冰峰之間的距離也就顯得有些微不足道。相距最遠的也才六、七十丈遠，只需用箭將長繩射到對面，再由魘暝施展冰封之術循著繩索在冰峰之間造出一尺來寬的堅固冰橋，便可連通對面的雪峰供人行走，雖說頂峰的雪風偶爾會很激烈，也無可扶持的所在，朝下望去可見雲霧茫茫，若是尋常人立於此間難免心驚膽顫。但對於慣於征戰、武藝超群的一千將領而言，有了那狹窄的冰橋，也就通行無阻，如履平地了。

魘暝一行人在這遠離地面逾千丈的冰峰之上一路前行，雖只是沿著藤州國境的邊沿行走，但也離遠方的故土越來越近。七日之後，他們已經離開了遍布魘藤的藤州，進入到沙幕國界的沙關附近。

沙幕毀於兵禍，早在千餘年前就再無人居於此地，昔日大片綠洲已被萬里黃沙所吞沒，極目之處全是一片灼眼的黃。沙關緊接六部戮原，比鄰忘淵，雖說風郡的鐵騎偶爾會過界來此間溜躂，但也不得不忌諱著六部戮原上駐紮的忘淵軍隊。所以行到此處，就不用再忌諱追兵，只等下了冰峰，就可直接取道沙關附近的水門，經地下航道回歸夢川。

魘璃立於冰峰之側遙望故土方向，只看到遠在天邊、一汪似有還無的藍色亮光，那是夢川的大洋。雖然還是那麼遙不可及，但這些天來的種種險況總算到了盡頭。

鷹隼看著魘璃怔怔眺望遠方的模樣，完全可以感知她心中的那份欣喜和對故土的眷戀，只是沉聲道：「恭喜帝女，而今總算心願達成。」

魘璃聞言轉過頭來微微一笑，正要言語，忽然聽得遠處傳來一陣隆隆的鼓聲，就如驚破天幕的驚雷，卻緊密有致，到後來聲音忽然拔高，帶起一聲驚天動地如同龍吟一般的高亢嘯聲，與此同時夢川方向帶起一陣龍形的氣流直指風郡，就如同一支巨型的飛箭在茫茫長空劃出一道不祥的陰影！

聽得這一陣化為龍吟的鼓聲，眾人皆是一驚，就連鷹隼也心頭一沉：「那是龍吟鼓的聲音！」

魘璃睜大了眼睛，她雖從沒聽過龍吟鼓的聲響，但她知道那代表了什麼。

自天道伊始有六部之分以來，每一部都有一面巨大的戰鼓，當戰鼓敲響也就意味著宣戰，而那龍形氣流所指的便是宣戰的部族所要挑戰的部族。

一千七百餘年前赤鄴敲響的龍吟鼓帶來了赤鄴、沙幕兩部的大火拚，也直接造就了兩個偉大部族的覆滅。前車之鑑可謂鮮血淋漓，所以一直以來各部的龍吟鼓都未曾再敲響過。即便是一直蠢蠢欲動的風郡，在沒有完全部署好一切之前，都未曾走到真正宣戰這一步。而今夢川的龍吟鼓響起，鋒頭直指風郡，也就意味著夢川正式向風郡宣戰！

魘暝臉色鐵青，死死盯著長空之中還未淡去的龍形陰影，喃喃言道：「說好的三月為限，他居然如此的急不可耐！」

魘璃聞言自是心頭豁亮，她曾聽鷹隼提過，兄長在御前交出兵權冒險去風郡營救自己的事，自然明白兄長的計畫是偷偷救出自己後便取道赤鄴的荒原之地，前後至少須得三月行程方才能回歸夢川，所以在軍中部署好一切準備應付風郡可能做出的一切舉動也是理所當然。可此時距離兄長離開夢川之時也不到兩月，若是一切如兄長先前的計畫，現在眾人尚且在赤鄴的荒原之地疲於奔命。追兵一旦見了龍鳴鼓宣戰的訊號自然更加緊咬不放，想要活著躲過重兵狙擊就更是痴人說夢，在這個時候敲響龍鳴鼓向風郡宣戰無異於借刀殺人！

她之前不惜以性命做賭注擒下時羈，便是希望延遲甚至阻止夢川與風郡之間的戰事，而今夢川如此明目張膽地宣戰，就算國力再衰微的小部族也必然會在數日之內擂鼓回應，更何況是風郡這樣強盛的部族，隨後一場大戰自是在所難免。可是向風郡宣戰這麼大的事，若非得到父皇的認可，也沒人敢造次。看來正如那白衣女童所說，以後的局勢可謂禍福難料。

「哈哈哈，」時羈的笑聲在此時顯得異常刺耳，「看來有人不想你們活著回去！」他雖像根木頭一般被兩名將領扛在肩頭，但依舊是快意非常，幸災樂禍之意不言而喻。

就在此時，那般震天動地的鼓聲再度響起，卻是風郡方向發出，一道龍形氣流直衝天際，將長空流雲再次攪得支離破碎！

魘璃原本被時羈激怒，見到此景卻不由得冷笑一聲：「太子殿下的性命似乎也沒有你想像的一般矜貴，明知你落在我等手上還立即應戰，看來有人也一樣不想你活著回去。」

時羈聽得此言，就如同被重重地甩了一巴掌在臉上一般，滔天的氣焰頓時被打散了去。他心裡明白，下令擂響龍鳴鼓回應的必定是四皇弟時翔。

以往他在軍中坐鎮，老四雖有異動卻顧忌良多，而今自己落在魘璃手裡十幾日，朝裡那班嫡系皇族自然鎮不住場面，兵權落到了老四手上也是意料之中。只是天道六部皇族受封太子者皆有入靈殿接受過各部尊主考驗的慣例，且只有通過考驗才可獲得尊主賜予靈殿之中兩千年才開花結果一次的紫旃果。借紫旃果的靈力脫胎換骨提升功力之後，才可真正成為臣民認可的儲君。老四就算想取而代之，也必須待他死了之後才算名正言順。倘若他可活著逃迴風郡，自然民心所向，兵權也一樣會回到他的手中。所以在風郡之時老四始終奈他不何，而今他命懸他人之手，那野心勃勃的老四哪有放過這個機會的道理？他若死在夢川中人手中，老四時翔便可藉機大做文章，借與夢川一戰的機會建立威望收羅人心，到那時，只需再等上千餘年紫旃果成熟，老四便可堂而皇之地繼任風郡霸主之位。意識到這樣的險惡之後，時羈非但是笑不出來，若不是被綁得像只粽子一樣，簡直是想跳起來給自己幾個大巴掌。只因一時不查中了那女人的奸計，而今落得這個地步也是與人無尤。

魘暝歎了口氣：「為今之計，咱們還是趕緊回夢川，事已至此，沙場相見便是，反正夢川、風郡終有一戰，不可避免。」言語之間盡是無奈。

鷹隼搖搖頭，心想既然雙方戰鼓擂響，恐怕不出半月就會集結於六部戮原中央開戰，此時只怕二皇子魘桀早已領兵出師，就算循水路飛速趕回夢川，也一樣阻止不了二皇子拿原本隸屬於大皇子的北冥大營將士打頭陣。以今時今日兩國的國力，就算打上數月，也不見的有誰可以完全壓倒誰，反倒是大皇子的北冥大營必定遭受莫大損失。二皇子之所以將戰事提前，除將大皇子一行人置於險境之外，目的全在於此。大皇子就算臨陣取回兵權，戰事所致也不可能臨陣將北冥大營將士調開，最後結局也是一樣。無論這場仗是夢川贏或是風郡取勝，軍力受損的大皇子，在這場潛流暗湧的帝裔之爭中，都會是輸家，也難怪大皇子會是這般神情。那一心為大皇子捨下兵權之事耿耿於懷的帝女，恐怕會為此自責自怨、難受非常……想到此處鷹隼不由自主地轉眼看看魘璃，見她眉宇之間愁雲密布，想來也是為此頭疼。

就如起初登臨峰頂一般，魘暝以冰封之術在絕壁之上造出冰臺。眾人也依次用長繩垂吊接力，朝冰峰之下進發。由於龍鳴鼓之事弄得人人都心生煩惱，所以很少有人再言語，氣氛甚是凝重。

魘璃一路下行，而心中的念頭卻此起彼伏，這個意外來的太突然，早將她的計畫統統打亂，魘暝、鷹隼想到的，她早已豁然於心。見眼前眾人皆是一片惶然，尤其是那蒯肅面如死灰，神情加倍難看，自是不由自主地多加留心，心中卻想這廝既是魘桀派來的細作，為何見得大戰將至會是這樣一幅嘴臉？似乎他比這裡的任何一個人都不希望打仗一般。

自發現蒯肅有鬼之後，魘璃心頭已經萌動殺機，只是考慮到未離險境所以暗自按捺。眼見到了沙關境地，便打算等蒯肅自冰峰攀爬下行的時候將他打發掉，以免後患，而今看來似乎另有別情，蒯肅這條命可得暫時留著，等盤問清楚再做處置，以免另有危機而茫然不知。

一行人兜兜轉轉總算全部安全到達冰峰之下，踏上沙幕的黃沙之地，雄壯的沙關近在眼前，沙關旁邊的地下水門雖然有一半被黃沙掩埋，但門洞甬道卻分毫未損。當所有人進到地下水門內連接航道的大廳之時，只見水流潺潺，幾艘古舊卻依舊很扎實的大船靜靜停靠在航道之內，被洞壁無數碳石反射的光映襯得猶如罩上了一層毛茸茸的光暈。

鷹隼領了兩個將領上了那些舊船仔細檢視，餘下的眾人皆留在入口的甬道休息。

魘璃心事重重，不由自主地來回踱步，沒提防踩到沙堆裡一樣堅硬的物事，差點摔上一跤，下意識地轉頭看去，只見細密的沙粒中露出一個黃黃白白的圓形物事，雖有幾絲裂紋倒甚是光滑，於是用劍鞘刨開一看，自不由得一呆。

沅蘿好奇心起湊上來一看，冷不丁嚇了一跳，尖叫一聲扎進魘暝懷中瑟瑟發抖。

魘璃手上的是一個骷髏頭，也不知道經歷了多少歲月侵蝕，只剩下上半個光禿禿的頭顱骨，與眾不同的是眉心處比尋常人多出一個渾圓光潔的窟窿來。

魘暝見了不由得歎了口：「這個想必是當年遠征沙幕的赤鄴皇族所留下的遺體。赤鄴乃是火靈所屬，皇族中人額心都有第三隻眼睛，在施展靈力之時，這隻眼睛可噴出甚是霸道的天火，乃是天道六部皇族之中最勇猛善戰的一支。而今落得這等下場也是戰禍所致，著實可憐可歎。」

魘璃默默將那半邊骷髏頭埋回沙中，她出生之時已是天道紀元四百年，乃是天道大禍發生的五百年之後，所以對於已覆滅的沙幕、赤鄴兩部知之甚少，而今聽得兄長之言，不免有幾分兔死狐悲之意。尋思戰禍一起，也不知道有多少人會和這位不知名的皇裔一般埋骨他鄉。

思慮之間鷹隼已然巡視回來言道：「微臣已小心看過，最靠近航道的那艘船是保存得最為完好的，可以載我等安全回歸夢川。」

魘暝點點頭，便安排眾人上船，忽然見魘璃依舊立在原地發呆，便走上前來問道：「你在想什麼？怎麼不上船呢？」

魘璃深深地吸口氣，抬起頭來：「暝哥哥，戰事危急你們先回去吧。我想先把鄉送回忘淵再說。」

鷹隼心念一動，以他對魘璃的瞭解早已猜到了幾分，於是將身一縱落在魘璃身邊：「微臣願護送帝女前往。」

魘璃笑笑：「上卿似乎忘了自己此行的目的了。大皇兄重傷初癒便要趕赴戰場，一切凶險還望上卿多加留心。」

鷹隼不由語塞，只是轉眼看看魘暝，希望他可以打消魘璃的念頭。

魘暝心想而今局勢如此，自己回去夢川也是緊接著趕赴沙場，無論是對風郡的戰事，還是與二弟魘桀的軍權之爭，都注定是一場硬仗，以魘璃的性格必定不肯平安留在夢川，若是跟去沙場之上，少不得捲入紛爭深陷險境。倘若她可以避開戰事，自己也可少一分顧慮。如此思考片刻言道：「這樣也好，不過忘淵與我國並無很深的淵源，璃兒你把鄉送到忘淵境內便讓他自己回去，無謂再深入險地。」

魘璃笑笑：「那是當然，你妹妹又不是傻子，我把鄉送回去就立刻回夢川。」言畢朗聲喚道：「蒯將軍，你與我同行！」

蒯肅本埋頭上船，忽然聽得魘璃的言語自不由得一呆，轉過頭來只見魘璃微微一笑繼續言道：「這一路來多得蒯將軍照顧周全，是以忘淵之行也少不得要麻煩你。」

蒯肅低低應了一聲，伸臂從另一個將領手中接過鎯，走回魘璃身邊。

魘暝歎了口氣，伸手摸摸魘璃的頭：「還是多帶兩個人吧。我不放心。」

魘璃笑笑搖頭道：「不行啊，我把鎯送過邊境就回頭，要是人多了反而容易橫生枝節，要是和忘淵有什麼誤會就不好了。」

沅蘿在一旁聽得眾人言語，只是拉著魘璃言道：「那你可得多加小心才是。」

魘璃點點頭：「阿蘿你和暝哥哥他們先回去，去了夢川自然有人會好好照顧你。我很快就跟上來，不必擔心。」

眾人依依話別，魘璃看著魘暝等人登上大船，再揮手道別之後已然施展御水之術將船啟動，只剩鷹隼還立在船尾，眼中盡是憂慮之色。只是大船漸行漸遠順水而去，很快便兩兩相望不可及，直到消失在那航道之中，整個大廳再次寂寥下來。

第四話

說鉞帝

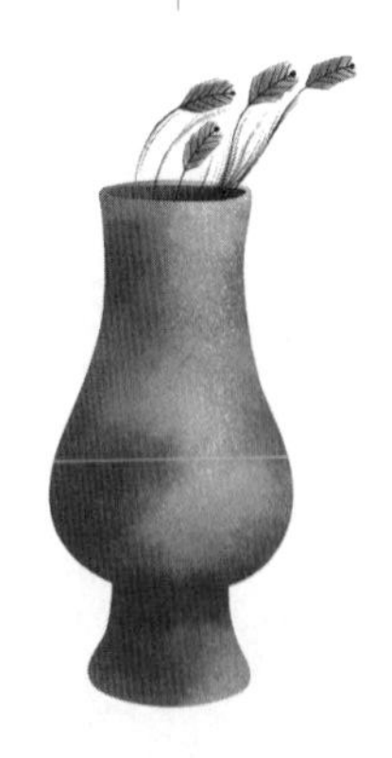

一陣夏夜的熏風颸過，傾城魚館裡的燈光微微有些晃蕩黯淡，原本在緩緩敘述著舊事的鷹隼忽然停了下來，他雖然雙目已盲，但對於周圍環境的變化卻異常敏感。熏風溫熱，一如此刻相攜之故人的溫潤掌心。

魘璃幽幽歎了口氣，雖然時隔數百年，當年他立於船尾的眼神依舊刻骨銘心。除了兄長，她從未感知過這樣的牽掛。

魚姬用簪子挑了挑酒桌上油燈的燈芯，再罩上一隻秋香色的宣紙燈罩，原本於風中搖曳的燈火頓時安穩下來。她抬眼看看魘璃，淡淡一笑：「人心肉做，便有千般怨尤，只要心意相通，也一樣可以捂暖了。」

「怎麼不再說下去了？」魘璃的聲音早不復之前的冷硬。明顏早已聽得入迷，忙不迭地追問道：「是啊，繼續說啊。帝女去了忘淵又會發生什麼事？那位上卿真能放心她僅帶一人，就這麼去嗎？」

龍涯沉吟道：「天道大戰在即，那帝女執意護送鄧回國，想來正如那白衣女童所言，是打算善加利用這一張好底牌。將那蒯肅絆住，無非也是為了避免其繼續遺禍兄長。想來忘淵之險，也不下於風郡、藤州、天脈冰峰。」

魚姬微微頷首：「沒錯，不過再難再險，也攔不住那位勇敢的帝女。更何況，還有一位為紅顏奮不顧身的有情郎……。」

鎏金城

魘璃轉眼看看身後的蒯肅言道：「時候不早了，咱們也該啟程了。」說罷轉身朝甬道而去，蒯肅抱著還在沉睡的鄧緊緊跟在身後，只是偶爾看到走在前方的少女背影，覺得她的心思遠比魘暝更難揣度，做賊心虛之餘難免有些不安。

沙幕與忘淵交界的沙忘關離沙關也不過三天路程，魘璃與蒯肅在黃沙之地日夜兼程，兩天後發覺地勢走向很明顯地逐漸降低，而周圍也漸漸有了些行人。通過陸路在各部之間運送貨物雖比地下航道來得麻煩，但也免去了不少通關稅收，所以許多小商販往往是選擇陸路通商。

魘璃與蒯肅在路遇的馬販手裡買下兩匹快馬，也自然加快了腳程，趕在第三天入夜之前自沙忘關出關，只見眼前出現大片大片的農田和零星分布的農舍，遠處一個被群山包圍的偌大峽谷，這就是金靈的屬地——忘淵。

此刻已是上燈時分，峽谷高聳而光滑的岩壁上反射著谷內繽紛的燈火，露出金屬的光澤。峽谷毗鄰的巨型冰山成了忘淵與夢川之間的巨大屏障，冰山高聳白雪皚皚，就如同張揚的巨大冰凌延展至忘淵的上空。峽谷的走向逕自引向地下，在那裡有一個繁榮的地下王國，以及這個王國最尊崇的皇族所居住的鎏金城。

和死寂的巒都不同，這座鎏金城城如其名，流光溢彩異常奢華，依岩壁而建，似乎是從碩大的金屬岩壁之中生長而出，一半空懸於忘淵上空，規模與巒都相若，只是亭臺樓閣皆是黃金打造，更是顯得光耀奪目，異常考究。

而鎏金城下寬闊的街道蜿蜒，錯綜複雜如同繁密的蛛網，街頭人聲鼎沸、燈火通明。很多店鋪都是經營金屬器物的，所以明晃晃的器物隨處可見。不同地方口音的商人在討價還價，用各部的特產換取忘淵的金屬器物。

「這才是名符其實的鎏金城……。」魘璃在峽谷外觀望許久喃喃言道，伸手拍拍馬脖，馬匹開始慢條斯理地朝鎏金城而去。

蒯肅抱著鑼，見魘璃這般行徑不由得吃了一驚：「帝女，咱們不是不進去嗎？」

「難得到此一遊，不進去豈不可惜？」魘璃言道，隨後轉頭笑笑，「蒯將軍不是害怕吧？」

蒯肅不敢多口，只是低聲言道：「微臣只是擔心帝女的安全。」

「那就行了。」魔璃輕描淡寫地言道，隨後便不再言語。兩騎一前一後地到了忘淵都城城門口，魔璃頭頂沒有夢川皇室象徵的雙角，看起來就和尋常人無異。這城中每天都有無數外來商賈出入，所以門口的守軍也只是象徵性地盤查了一陣，就放他們進城。在繁華的市井街道上徐徐前行，那黃金打造的空中樓閣也越來越近。到了懸空的鎏金城之下，喧囂的市井也就進入了尾聲，取而代之的是若干園林，修剪得異常雅緻，而園林較為低矮之處露出的卻是皇城守軍的營房。

魔璃繞著園林由西往東行，到了東邊園林盡頭遠離守軍之地，就遠遠看到一座黃金麒麟像矗立在園林之中。她面露喜色，輕聲言道：「是這裡了。」說罷翻身下馬奔入林中。蒯肅抱了鉚緊跟其後，卻不知她有何用意。

大約跑了一炷香時間，那座巨大的麒麟像已然近在眼前，魔璃繞行雕像一圈後將目光落在麒麟右前掌的指甲之上，隨後伸手在那隻前掌五指上由右至左點按一次，接著在中指上一扳。只聽得一陣細微的咋咋聲，雕像前的空地上已經露出一個三尺寬五尺長的方洞來，一溜古舊的石階通向地下。

蒯肅看看那石階問道：「帝女怎會知道這個機關？不知這石階通向何地。」

魔璃言道：「這是忘淵皇城的密道，當然是通向那鎏金城了。鉚以前常從這裡偷跑出來玩耍，聽他說過很多次，自然是記住了。」接著言道：「下面機關複雜，尤其是有一段路對經過者的體重有限制。蒯將軍你身形高大，若是再帶上鉚只怕會觸動機關，還是由我來抱鎁比較安全。」言語之間已經將鎁從蒯肅手裡接了過來，接著沿石階而下。

蒯肅緊跟在魘璃後面，待到朝下走了十餘步，頭頂上方又響起一陣細微的咋咋聲，密道裡頓時黯淡了下來，卻是洞口已然在他們身後關閉，嚴絲合縫。就在此時，密道裡卻開始浮起無數幽幽的冷光，仔細看去兩壁之上密布著無數小坑洞，內藏雪亮而尖銳的箭頭，當真是殺機四伏。頂棚之上零星綴著些閃光的晶石，在地上映出星星點點的光斑，使得通道變得明亮起來，而每個光斑之間恰好正是一步之遙。

「只能踏著光斑前行，否則機關發動，咱們都會成為箭靶子。」魘璃喃喃言道，將身一縱輕輕巧巧地落在最近的一片光斑之上，果然如她所言，一切安好。

蒯肅小心跟隨著魘璃的腳步，兩人在這似乎無窮無盡的甬道裡走了一個時辰，甬道走向上拔，想來是已經進入到鎏金城的範圍。一路行來，魘璃一言不發，只是四下打量，腳步也比先前慢出許多。甬道之中只有兩人的腳步聲，顯得氣氛頗為詭異，越是如此，蒯肅心中越發不安，但也只得硬著頭皮跟在魘璃後面。

此時的甬道已然到了一處轉角，魘璃的腳步忽然加快，身形一閃已然消失在蒯肅視線範圍之外！

蒯肅大驚失色，忙加快腳步跟了上去，只見眼前一條空蕩蕩的長廊，哪裡還有魘璃與鎁的身影？這一驚當真是非同小可，他一直在擔心魘璃會對付自己，不想會是在這樣的情況之下，如此沒著沒落，也不知接下來等著自己的是什麼。

蒯肅也不是蠢鈍之人，第一時間的反應便是轉頭奔來時路而去，只是沒想到才奔出幾十步，原本一直落在地上的光斑驟然消失，四周的一切頓時黯淡下來！沒有光斑指路，若是踏錯一步，也難逃橫死箭雨之下的厄運，蒯肅額頭上的汗水不由自主地流了下來，只能立在原地，耳邊只有聽到自己因為恐懼而跳得特別快的心跳聲。之後，他聽到一聲輕笑，轉頭看去，卻見數十丈外的轉角處又亮了起來，魘璃抱著沉睡的鄹立在那裡，嘴角微微上揚，笑容中透出幾絲寒意。

「帝女……這是何意？」蒯肅極力讓自己鎮定下來，開口問道。

魘璃歎了口氣：「蒯將軍，你又何必故作不知？從你在風郡皇城之外用活結捆綁時羈開始，就應該想得到會有什麼樣的後果。」

蒯肅啞然，許久方才言道：「原來帝女早就知道。」

魘璃冷聲道：「我何止是知道這些，我還知道你是受命於二皇兄魘桀。只是不明白，你一直在大皇兄麾下頗受重用，為何還會背叛他？魘桀給了你什麼好處！」

蒯肅聽得魘璃這一聲斷喝，不由自主地顫了一下：「帝女明鑑，微臣沒有……。」

魘璃早料到他會矢口否認，只是幽幽地歎了口氣：「本來我還想問清楚你是否有隱衷，如今看來，是我想多了。」說罷將手放在牆角處一小塊凸起的獸雕之上輕輕摩挲，而後用力朝上一扳，只聽得一陣機簧摩擦之聲，而後蒯肅所處的甬道驀然變得狹窄起來。卻是兩面牆壁開始緩緩朝中間移動！

兩面牆壁合攏之後，夾在中間的蒯肅也不免被碾為肉醬。倘若地上的光斑猶在，他還可以趁著甬道合攏之前逃出去，可如今卻是寸步難行，只能眼睜睜看著兩面牆壁越來越近。到這一刻他才恍然大悟，原來先前魘璃刻意放慢腳步就是在觀察四周的動向尋找機關法門，想來是那忘淵的小皇子曾經跟她說過，所以從一開始，她便是在盤算著用密道裡的機關來對付自己！

想到這點，蒯肅不由暗自心驚，一面張開手臂撐住兩面牆壁，一面抬眼看去，只見魘璃微微側目，眉宇之間自有一番威嚴氣勢。蒯肅此刻再也無法自控，瞬間變了臉色，慘聲喊道：「事到如今，微臣也不敢隱瞞帝女。微臣的確是受命於二殿下，但一切並非微臣所願！」

「哦？」魘璃冷笑一聲，「那不妨說說看，你有多不情願。」

兩面牆壁的高壓使得蒯肅撐開的雙臂微微發顫，驚懼交加之下更是滿身大汗，顫聲道：「微臣……微臣一向為大殿下效力，也頗受重用，若非事關小兒生死，微臣就是粉身碎骨，也不願背叛大殿下。小兒長轅在北冥大營擔任虎賁尉，執掌先鋒營戰車，只因一時疏忽，導致十數輛戰車焚燬。為免責罰，就挪用軍費私下尋工匠打造戰車填補，本以為此事天衣無縫，不知為何卻被璐王知曉……。」言至於此，兩面牆壁早已將他夾在一尺半寬的縫隙之中難以動彈。

「璐王？你是說皇叔寐璐？」魘璃心念一動，伸手扣住機關，暫時止住兩面牆壁的移動，蒯肅如蒙大赦，只覺得雙腿發軟，早已撲通一聲跪在了地上，汗流浹背、氣喘如牛。

魘璃喃喃言道：「璐王一向是二皇兄魘桀的智囊，背後便是整個夢川皇室派系和魘桀的南川大營，一向與大皇兄統領的百官及北冥大營分庭抗禮。他老人家向來是滴水不漏，你兒子被他抓到痛腳，想來你若是不聽他號令，便會把焚燬戰車，挪用軍費之事捅到檯面上來。那個時候，別說大皇兄一向嚴明，不可能一味護短，就算他願意，事情鬧大了也一樣壓不住。橫豎你兒子都是死路一條，所以你才會投向二皇兄陣營，是不是？」

蒯肅稍稍平復，沉聲言道：「帝女英明。微臣一念之差鑄下大錯，實無顏面求帝女寬恕，只求帝女可以在大殿下面前為小兒求懇，放他一條生路……。」

魘璃歎了口氣：「此時此刻你不為自己乞命，還惦記著沙場上的兒子，足見舐犢情深，只可惜你站錯了隊。而今大戰將至，魘桀既然有心拿北冥大營做踏腳石，先鋒營的戰車自然先行，你兒子既為虎賁尉，恐怕要從戰亂中全身而退也是千難萬難。」言罷搖搖頭，抱著鎁轉身朝密道的另一頭走去，一邊走一邊言道：「你的性命暫且記下，若是我這一去可以達成所願，與許你兒子的命也可一併保全。至於你，暫且留在這裡好好想想，今後應該站在哪一邊。」

蒯肅聽得魘璃的言語，原本心如死灰的心境中驀然浮起一絲希望，只是拜伏於地哀泣道：「多謝帝女活命之恩……。」

魘璃踏著光斑前行，甬道裡傳來蒯肅的聲音，聽來頗教人心酸，因為密道的曲折，回音陣陣早已聽不清楚，但那種發自內心的感念卻是顯而易見。

起初在藤州境內，她每天都在琢磨著如何除掉蒯肅，而今明明已經有機會將其置於死地，卻反倒將他放過了。有一個她自己都不願承認的理由，對著這樣一個眼見性命不保還在在為兒子乞命的父親，她的心情很複雜，是豔羨也罷，是憐憫也罷，總之是無法下手了。

何況到如今，蒯肅活著比死了更有用，只要掌控住蒯肅最為重視的物事，也自然可以將蒯肅留為己用。既然魘桀與璐王滿心以為蒯肅為己方所用，若是再把蒯肅放回去，也就等於在二皇兄的陣營中埋下一根隱藏的芒刺，遲早是派得上用場的。

甬道已經走到了盡頭，面前是兩扇閉合的石門，嚴絲合縫，少說也有數千斤重。

魘璃找到牆壁上可操控石門的扳手稍稍旋動，只聽得一陣如同悶雷一樣的聲響，面前的石門已經緩緩開啟，由無到有，又從細到寬的門縫外透出一道異常耀眼的光線來，魘璃在密道裡待得久了，突然看到亮光自然有些不適應，下意識地閉眼別過臉去，待到再度睜開眼的時候，身前已經排布了一圈尖銳的長槍，就好像一把撐開的摺扇，只是雪亮槍頭聚攏而匯成的扇骨距離她的身體不過半分。

這樣被無數利器針對的感覺魘璃並不陌生，恍惚之間似乎再一次回到了可怕的瓊琿宮。很快，魘璃已經鎮定下來轉眼看了看四周，只看到無數身著銅甲的侍衛，一個個面如嚴霜殺氣騰騰。

她吁了口氣笑了笑：「不用那麼緊張，我只是把你們的小皇子鄒送回來了。」說罷微微調整了一下手臂，讓沉睡的孩子臉朝向眾人。

只聽到一陣唏噓之聲，繼而槍陣一分為二，走出一個異常壯實威武的中年人來，虎目濃眉，一圈絡腮鬍子濃密卻修剪得甚是整齊，看其盔甲服飾，理當在這鎏金城中身居要職。

他走到上前來，低頭審視魘璃手裡的孩子，發現果真是早已被送去風郡作質子的皇子鄒，不由得一驚，沉聲問道：「你怎會把皇子鄒帶回此處！」

魘璃將鄒遞給那人：「我想求見貴國聖上，煩請引薦。」

那人伸臂接過鄒，卻只是皺眉審視魘璃，許久方才言道：「聖上金面豈是你想見就能見的？你究竟是何人？速速報上名！」

魘璃歎了口氣，伸手抽出腰間的金翎劍，周圍眾人皆是一片嘩然，紛紛挺槍便刺，卻被那為首的將領喝住，隨後轉頭對魘璃沉聲喝道：「雖說你救回了皇子鄒，但擅闖鎏金城乃是死罪。本王再給你一次機會。你究竟何人，報上名來或可免你一死。」

「本王？」魘璃心念一動，「早聽過忘淵有位剋王虎目虯髯、威武過人，想必便是這位王爺了。」

那人眯縫雙眼注視著眼前這個毫無懼色的少女，微微頷首：「不錯，正是本王。你倒是精乖，究竟是何來路？」

魘璃笑笑也不言語，只是伸手在金翎劍劍鋒上一抹，隨後收劍還鞘，向前一步走到剋王面前攤開手掌，只見白皙的左掌上，一條細長的傷口正鮮血淋淋！

剋王一呆，一時也不清楚她葫蘆裡到底賣什麼藥，然後他的眼睛睜得更大，因為他看到一個很奇異的現象，原本在魘璃掌間流淌的鮮血就像是有生命一樣開始朝那條傷口裡倒灌，而創口也在迅速地變淺！

還沒等剋王看清楚，魘璃已經攥緊了手掌，將正在飛速癒合的創口藏在了手心，隨後笑笑：「我想現在我有資格覲見貴國的鉞帝了吧。」

由於角度的關係，之前種種只有剋王一人見到，一干侍衛不明就裡，只是見剋王呆立不動，也不知究竟發生了何事。

而剋王心頭的驚訝並不比剛才發現魘璃手裡的孩子是鄒少。眼前的少女看似並無任何異常，雖然她頭頂沒有光耀奪目的靈角，但很明顯，那樣神速的癒合力已然表明了她的身分和血統。他意味深長地看著魘璃的面孔，許久方才沉聲道：「你跟本王來！」說完轉身朝人群走去。

人群已然自動讓出一條道來，魘璃緊跟著剋王，遊走在無數侍衛鋼槍構築的人牆之中，抬眼望去只見黃橙橙的一片人牆，無數人的眼光充滿懷疑和驚訝，也自然帶來一種令人窒息的壓抑感，伴著魘璃一步一步前行。一路行來，穿過好幾個宮苑，鎏金城雖為黃金造就，但也非一味浮誇奢華。宮苑之中流泉清池假山水榭隨處可見，更有奇花異草點綴其中，顯得異常雅緻，頗有幾分通幽的意味。

魘璃感覺這一路行來並非是朝鎏金城中最巍峨的正殿而去，反而越走越高，而周圍的景緻也越發雅緻，似乎是直接奔內宮而去。魘璃適才只是隱晦地在剋王一人面前表明身分，便是不希望有太多人知道，而今見得剋王引路的走向，自然了然於胸。此刻已然遠離了先前的人群簇擁。除了尾隨剋王的十數名近身侍衛之外，只可遠遠看到分布在宮牆之上的守軍，地面上不時反射的寒光是守軍的兵刃。很明顯，鎏金城守衛森嚴，比之當初的風郡皇城而言，可以說是有過之而無不及。若非此刻有剋王領路只怕是寸步難行。

約莫行了一個時辰，只見一段懸於半空的廊橋，一眼望下去，先前縱馬而過的街道民居就像是一片金燦燦的大棋盤，種種喧囂都已經杳不可聞。一座深棕色的殿堂聳立在迴廊的另一頭，飛簷斗角隱在山石之間，地處絕壁，相對於鎏金城其他地方而言，反倒不是那麼顯眼。殿外的迴廊上立了不少侍衛，一眼望去虎虎生威，比之先前見到的又要顯得剽悍許多。

剋王身後的侍衛都停在廊橋的橋頭不再向前，唯獨是抱著鎁的剋王邁步繼續前行。

魘璃跟在他身後，只可以看到他那寬大的披風在絕壁的勁風下飛揚拖曳，於是也緊緊地跟了上去，直到過了廊橋，到了那座大殿前，早有兩個內侍打扮的少年迎了上來，垂首為剋王掌燈引路。

「你且先在此間稍候片刻。」剋王對魘璃言道，而後邁步拾階而上。

魘璃負手靠在欄杆邊，抬眼見大殿的門緩緩開啟，剋王高大的身影消失在殿內，而殿內的光華卻從洞開的門裡投射到了她的腳下，那大殿裡便是忘淵的國君，傳說中老謀深算且喜怒無常的鉞帝。

她雖為覲見鉞帝而來，但到了此間卻不由自主地有些怯意。便是身為皇子的鎁說起自己的父皇，也是一臉的敬畏，更何況關於鉞帝的傳聞她聽過不少，而大多數並非什麼好事。比如朝堂之上的言官一時失言，便立即毫無徵兆地被百刃穿身喋血當場之類的傳聞更是屢見不鮮。當初的時羈雖暴戾，但長期的觀察試探早已將他的心性摸得一清二楚，刨個坑等他跳也沒多少難度。而鉞帝卻是從未謀面，倘若真如傳聞一般喜怒無常，倒是比時羈要難對付得多。想到此處，難免有點與虎謀皮的感覺。

力說鉞帝

她的躊躇沒能持續多久，因為很快一名內侍從殿內出來傳召她入內覲見。事到臨頭多想也是無益，魘璃只得深深吸了口氣，隨他拾階而上，到了門口就覺得寒氣森森。

大殿嵌在山壁之內，殿內別有洞天，方圓百餘丈，殿高十餘丈，頂上交錯的橫梁皆是黃金鑄就，起伏著無數繁瑣的紋樣，或珍禽異獸，或威武軍士。地面也不知道是什麼金屬鑄就，光滑如鏡卻黑黝黝的，走在上面可以清晰照出自己的容貌來，晃眼看去就好像是處於兩個正反相接，又全然一樣的離奇世界之中。唯獨大殿正中央直徑三丈的圓形地花跳出了黃金的質感，看起來就像是規則閉合的茶花花瓣，每一瓣都微微起伏圓潤，就好像是偌大一朵奇花平嵌在碩大的黑鏡之上，顯得異常典雅。而地花正上方的圓形穹頂層疊上拔，露出高遠的一片星空，從下往上看就像是身處一口深邃寬闊的井中。

百丈之外正對大門的是一串寬闊而考究的金陛，將魘璃的視線引向梯步盡頭的高臺，只見一道雀屏一般的巨型屏風，十數丈高，頂天立地，金光燦燦教人無法正視。屏風前的高臺上立著一張碩大的御案，御案後的龍椅與屏風渾然一體，鏤刻著無數糾纏的蟜龍。一人身著金絲黃袍端坐在龍椅之上，懷裡抱著沉睡的鄒，由於相隔太遠，看不清容貌，只可以看到他頭上寶冠鑲嵌的寶石在灼灼生輝。

剅王立在金陛之下垂首而立，另有數十個內侍隨侍在側，一個個都顯得甚是謙恭。

魘璃心知龍椅之上的必定是忘淵國君鉞帝，自然也不敢失禮，只是躬身行禮朗聲言道：「夢川帝女魘璃拜見鉞帝陛下，願陛下萬壽康寧！」

大殿空曠，是以聲音可以很清晰地傳遞百餘丈遠，不過很奇特的是並無回音擾亂視聽，魘璃正在奇怪，便聽得一個低沉的男子聲音言道：「既是夢川帝女，且上前敘話。」聽起來感覺倒不是如何年邁。

魘璃垂首碎步前行，到了大殿中央的黃金地花處就覺得無形之中似乎有一股力量在阻擋自己前行，就如同當初在巒都的木靈殿附近一般，轉念之間已然偷眼見得前方的碩大屏風之後另有洞天，透過鏤空的碩大網眼依稀可見幾角飛簷聳立，看起來就和當初在巒都見過的木靈殿一般無二。想來那屏風之後的建築就是傳說中的金靈殿。

魘璃並不吃驚，天道六部皆有各自敬奉的尊主，所以也必然會有這麼一座靈殿存在。只是有天界最強的結界在此，魘璃不得不停住了腳步，垂首言道：「只因魘璃體質特殊，倘若再前行只怕會失禮於陛下，是以請陛下允許魘璃暫留此間敘話。」

鉞帝微微沉吟道：「罷了，且抬起頭來。」

魘璃依言而行，站直身子和高高在上的鉞帝對視，卻發現那鉞帝的年紀與剋王相若，比想像中年輕許多，五官俊逸，美髯長垂，細長眉眼與鎁頗為神似，只是看起來面色青白，唯獨是眉心一片金赤。

鉞帝仔細打量魘璃，隨後開口言道：「朕曾聽說夢川有位凡女所出的帝女，一直留在風郡為質子，而今看來想必就是你了。風郡守衛甚嚴，你是如何離開風郡？」

魘璃笑笑：「那就是一段很長的故事了，而今最重要的是鎁也得以平安回歸故土，權當是魘璃為陛下獻上的見面禮吧。」

鉞帝意味深長地看了看魘璃：「見面禮？恐怕這見面禮收得並不安穩。而今龍鳴鼓響，大戰在即，忘淵、夢川雖比鄰，但並無多少深交，如無所圖，你也不會冒險將鎁帶回來。」隨後開門見山的說道：「說吧，你想要什麼？」

魘璃拱手道：「既然陛下如此直接，魘璃也不再拐彎抹角，此番冒昧前來，除了護送皇子鎁回國之外，乃是奉父皇之命，為陛下獻上一份大禮。」

「哦？」鉞帝的眉毛微微一揚，「不知帝女所說的大禮是何物？」

魘璃嘴邊露出一絲微笑：「就是六部戮原之中原屬沙幕的大片外疆。」

鉞帝哈哈大笑，許久方才言道：「原來帝女還很會說笑話。沙關之外的疆域自從沙幕覆滅之後就無人主理，近千年來已為風郡騎兵巡遊之地。不知帝女憑什麼把那片土地送予朕？」

魘璃朗聲言道：「沙幕覆滅多年，沙關之內乃黃沙死地已是無可奈何，但沙關之外那片土地卻頗有可為，何況並無任何金科玉律規定其為風郡所有，因循地利，歸陛下版圖亦無不可！天道六部而今雖只剩其三，但風郡歷來有一統天道的野心，對夢川、忘淵皆是不利。今魘璃前來，希望夢川、忘淵可以結為同盟，共同對付風郡。戰事得力，便可一改風郡駐兵雄霸半壁六部戮原的局面。到那個時候，夢川、忘淵兩部皆可得利，陛下可駐兵沙關擴充版圖，而我夢川也可取赤鄴外疆，從此三分六部戮原，與風郡分庭抗禮。如此合作可謂雙贏！」她字字鏗鏘，言語之間也在小心留意鉞帝的神情，雖然鉞帝不動聲色，但提到三分六部戮原之時，鉞帝眼中乍現的一抹興奮之色卻瞞不過她的眼睛。即使他掩飾得很好，也看得出來他對此很感興趣。

魘璃心想，既然他對此感興趣，此事總算有了一成把握，想到此處，心中微微一寬，卻聽得鉞帝一聲冷笑：「這就是帝女的厚禮？」繼而臉色一變目露凶光：「好個不知天高地厚的小丫頭！居然把如意算盤打到朕的頭上！我忘淵與風郡歷代交好，豈會被你三言兩語挑撥離間！」

魘璃心頭一顫，心想此人果然喜怒無常，於是拱手言道：「陛下息怒，魘璃並無挑撥離間之意，只是希望在陛下面前擺清利害。縱然昔日忘淵與風郡交好，但時移世易，早已是另一番局面。陛下身處忘淵，或許未能覺察他人的險惡用心，而魘璃與鄊一道被囚瓊琿宮中多年，所見所聞絕非如此……。」

「閉嘴！」鉞帝大喝一聲，雙目之中盡是肅殺之意，「朕已經說過不會再聽你賣弄口舌之利！看在你將鄊救回的分上，朕不追究你私闖鎏金城之罪，速速回夢川去吧。」說罷示意剋王領魘璃出去。

剋王見鉞帝動怒，心下也頗為後悔將魘璃引來，於是走上前來沉聲道：「聖上有命，請帝女離開！」

魘璃見狀也不由心頭不安，但一想到這是唯一的契機，便將一切豁了出去，繼續言道：「最初風郡皇室對鄊的確禮遇有加，然則自藤州覆滅之後……準確來說，自金靈尊行蹤不明之後，他們對鄊的態度已經全然不同。尤其是風郡太子時羈，更是處處為難，鄊雖貴為忘淵皇子，處境卻極是艱難，倘若陛下不信，大可等鄊醒了，一問便知！」

鉞帝的面色愈加難看，沉著臉揮袖命人將魘璃架出去，兩名隨侍階下的內侍早快步奔了上來，不由分說一人挾住魘璃一隻臂膀，便要將魘璃拖出殿去！

魘璃一面掙扎一面繼續喊道：「昔日藤州覆滅的真相我想陛下應該比魘璃更清楚，誰人基於何等目的對喪失尊主庇佑的部族痛下殺手？而今藤州外疆落入誰人掌中便可見端倪！現在忘淵與夢川境遇相同，皆是已無依憑……。」言語之間她已被內侍拖行數十丈遠。

魘璃心中焦急，早已顧不上其他，雙臂扣住兩個內侍臂膀一扯，兩個內侍的腦袋早重重地撞在一起，頓時啊呀兩聲栽倒在地，半響爬不起來。

魘璃一得自由，忙飛奔回大殿中央拜服於地，繼續言道：「風郡對忘淵的故舊之情早已被拋到九霄雲外，陛下明知而不早作打算，難道是想坐以待斃？」

「大膽！」鉞帝的一聲怒喝帶起一陣類似雷鳴的回音，在大殿之中轟鳴，休說是一干內侍，就連身分尊崇的剋王也變了臉色，蹭一聲拔劍出鞘架在魘璃頸項，對暴怒的鉞帝垂首言道：「微臣已將這不知死活的女子押下，請陛下息怒！」

魘璃直覺頸上利刃寒氣逼人，如何不知拂逆龍鱗生死只在一線間，但此時此刻卻不容她有絲毫退縮，只是用更大的聲音言道：「魘璃所求並非只為夢川，所謂脣亡齒寒，只怕一旦夢川戰事失利，風郡下一個要對付的也必然是忘淵。到那時陛下必定是孤掌難鳴！」

鉞帝重重一掌拍在御案之上，面目愈加青白，雙目盯著魘璃，眉宇之間殺機已現，只是咬牙道：「依你所言，朕豈不是要感激你？」

魘璃應道：「魘璃絕無此意，只是希望陛下明白，而今的局勢所定，擺在陛下面前的只有兩條路，一是和夢川結盟強國擴疆，二是以千秋國祚換苟安一時，陛下英明，當知如何抉擇！」

鉞帝盛怒的臉上反而露出一絲冷笑：「你說這麼多不外乎就是想拉朕下水，若是朕當真與夢川結盟，少不得會得罪天君，為忘淵惹來無妄之災。」

「與其說是怕為忘淵惹來無妄之災，還不如說是陛下擔心為自己惹來殺身之禍吧？」

魘璃伸手緊緊扣住剋王架在脖子上的長劍，鮮血從指縫間蔓延而出，但臉上卻無半點痛楚之色，「魘璃入忘淵之時，見得郊野桑田零落，忘淵泱泱大國，國民何止百萬？然土地多為礦藏，就憑郊野那些零零星星的農田，根本不能養活全國的子民。若得昔日沙幕外疆，則可解果腹之困，減輕對商貿的依賴。這些年來，貴國的兵器生意雖可支撐國計，但子民生計卻被牢牢握在他國手中。長此以往，也不過淪為他國的傀儡，一直被扼住咽喉不得伸展。陛下真願意這般任人擺布嗎？」

剋王暗自心驚，考慮到魘璃夢川帝女的身分，也不敢真的發力，只得被動地抬高劍鋒任由魘璃從地上爬起身來。

鉞帝見眼前的少女目光灼灼，惱怒之餘也不由得心念一動，尋思夢川皇族果然非同凡響，就連區區一個女子都如此膽色過人，雄辯滔滔。此女所言雖無理卻也不無道理，而今天道殘存三部之中數忘淵最弱，倘若夢川與風郡一戰落敗，則六部戮原中的夢川外疆只怕也會落入風郡之手，如此一來，忘淵豈非是腹背受敵，遲早也會連忘關之外的疆土也被風郡占了去，此後更是被風郡箝制予取予求。反之，若是真如這女子所言，得以三分六部戮原，昔日沙幕外疆可墾為良田無數，足以養活全國子民，這的確是擺脫天道大劫以來忘淵所處困境的唯一辦法。可是，與夢川結盟，也就等於站在了風郡的對立面，而風郡背後的天君的確是開罪不起。

鉞帝的遲疑，也就給了魘璃繼續遊說的機會：「魘璃本以為陛下是一位英明的君主，不想卻是個只知偏安的懦夫！自天道浩劫之後，六部只剩其三，天道全靠三部君主靈力維持平衡，就如同三足巨鼎，缺一足而不可，所以就算如何征戰廝殺，所爭奪的只是領土。只要三部君王安在就不會再出現天道崩潰的亂象。試問巨鼎三足而立，若是殘足傾覆，究竟是鼎足的損失大，還是擁有巨鼎的人損失大？陛下正當盛年，接任也不過數百載，膝下皇子尚且年幼，還不足以擔起執掌江山的重責，更何況陛下身後的金靈殿中，用以提升儲君靈力的紫旃果再度成長也須得千餘年時間，是以在那之前就算陛下如何令天君不快，也不會危及性命！陛下又何必畏首畏尾？」

魘璃一口氣將話說完，伸手推開剋王的長劍旋身移到一旁，剛才那番言語頗重，旨在令鉞帝驚怒氣憤之餘還有機會把該說的話說到位。而鉞帝的心性難以琢磨，倘若暴起發難，被剋王長劍制肘的自己便無半點生機，而今遠離剋王，也就少了分顧慮，接下來就得聽天由命，賭一賭鉞帝的心胸和氣魄了。畢竟能坐上那個位置的人，少不得審時度勢的能耐。倘若鉞帝依舊不敢開罪天君，自己這條命也只好送在這鎏金城中了。想到此處，一顆汗珠已然不由自主地順著魘璃耳際的髮縷而下，滴落在肩頭的軟甲之上。

鉞帝心頭怒火中燒，雖然眼前的少女所言不無道理，但那種直斥其面的張狂態度無益是一種難以容忍的冒犯，倘若不給她一點教訓，堂堂忘淵鉞帝的臉面只怕無處放。更何況這大殿之中耳目眾多，她堂而皇之地說出忤逆天君的言語，若是聽之任之，也就表示忘淵已然站在了天君的對立面，此事事關重大，且不論將來結盟之事如何，現在都不是表態的時候，唯有先將她擒下再作思量。於是鉞帝仰頭深深吸了口氣，閉目沉聲言道：「拿下！」

魘璃聽得此言，早已縱身朝大殿門口退去，剛衝出十餘步，就聽得背後風向，似有許多利器破空而來。她腳步未停，只是順勢拔出腰間的金翎劍舞做一團朵劍花，只聽得鐺鐺作響，無數金燦燦的物事被劍鋒飛撞開去插在黑鏡也似的地上，定眼看去盡是黃金打造的雀鳥，最離奇的是，這些金鳥都是活的！

魘璃吃了一驚，眼前一大片金光呼嘯而來，唯有下意識地彎膝仰身避過。再看去卻是數之不盡的金鳥從頂棚的浮雕上剝離而出，往來翩飛匯成一股，蜿蜒迂迴地將她困在大殿之中，再也無法朝門口逃離！

魘璃暗自心驚，見鳥群又呼嘯而來，忙就地滾開，還未站起身來就聽得兩聲巨響，抬眼看去，只見兩丈開外乍現兩個身高丈許的金甲力士，皆是肌肉糾結，手持巨大戰斧殺氣騰騰，只是這兩個巨人似乎也和那些雀鳥一樣，皆是黃金造就的活物。

魘璃面對著兩個巨大的黃金力士，心中不免有些害怕，正調轉方向退開，又聽得兩聲巨響，只見又有兩個同樣巨大的黃金力士從天而降，攔住了她的去路，再抬眼看去，只見原本黃金鑲嵌的巨大橫梁倒是露出了不少木質本色，魘璃心念一轉，突然醒過神來，那些力士就和鳥群一樣，原本就是這大殿頂上的黃金浮雕！

四個巨大的黃金力士步伐沉實，移動之間已經將魘璃圍住，只聽得一聲大吼，一把戰斧猛地斬將下來！

只是魘璃早有防備，沒等斧子劈下就已然將身一縱落在其中一個黃金力士的肩頭之上，正要縱身離開，卻又見得一片金光襲面而來，卻是適才盤旋開的金鳥群又撲騰了上來，唯有飛身撲出勾住另一個黃金力士的臂膀將身一拋，穩穩當當地落在那黃金力士的背上。

這些黃金力士雖身體龐大，但動作卻不遲緩，魘璃剛落在那力士肩頭，兩把戰斧就同時劈了下來！

魘璃來不及躲避，就順著力士的脊背滑下，只聽一聲巨響，兩把鋒利的巨斧落在那力士的雙肩，頓時將那力士的上身分作三片，發出沉悶的金屬撞擊聲。就在同時，被砍中的力士身體也猛地一震，這一震之力非同小可，魘璃只覺得手臂一麻，再難扣住那力士的肢體，「啪嗒」一聲跌在地上，就地滾開卻發現那被砍中的力士身上，斧痕已然飛速地恢復如初，就連一絲裂紋都沒留下！

魘璃沒有時間驚訝，因為轉眼間幾把戰斧再次向她劈了下來，饒是她身手靈敏，也被逼得險象環生，連連敗退。忽而腳後跟絆在地面一樣凸起的物事之上，頓時身體失衡仰天摔倒，此時方才發現自己又被逼回了大殿中央的地花之上。而這個時候已被那四名黃金力士封住了四方去路，寸步難行，稍一遲疑，四把鋒利而沉重的巨斧已經再度揚起，而四周無數細小而帶著鋒利尖喙的金鳥正從力士腿間腰際的空隙呼嘯而來，鋪天蓋地！

魘璃心頭一沉，心想此番無幸，恐怕當真是性命不保，除非是能臂生雙翅從上方的穹頂飛出去！

就在電光火石之際，只聽得一聲震耳欲聾的咆哮，一個黑黝黝的巨物從圓形地花上空的穹頂上落了下來，帶起一股異常炙熱的氣流！

魘璃下意識地抱住頭部捲起身體，只見到四隻粗壯而黝黑的獸爪落在地花之上，而後四周一片紅光，卻是驀然間出現一圈炙熱的火牆將她與那突如其來的巨獸團團圍住！

一看到那片刺眼的火光，魘璃瞬間失去了一貫的冷靜，不由自主地緊閉雙眼，發出一聲撕心裂肺的尖叫！

被困在這樣的火牆之中，即使並沒燒到肌膚毛髮，但無邊的恐懼已經填滿了心頭。她害怕火焰閃爍的張揚，也怕高溫灼傷肌膚的痛楚，雖然她的身體有著極強的復原力，根本就不必畏懼火焰帶來的傷害，但對她而言，火焰遠比刀鋒箭矢來得可怕，這樣通天徹地的一片火光足以勾起她深埋記憶之中最痛苦的經歷，每每觸及都心悸不已。

魘璃叫聲未絕，那股令她窒息的熱浪已經蕩然無存。接下來一隻有力的臂膀已經挾在她腰間，將她帶離了地面。她下意識地睜眼看去，只見幾根修長而骨節清晰的手指將一張雪亮的鷹形面具扣在一張男人的臉上，雖然角度的關係她只能看到面具合下前一瞬間露出耳際濃密而整齊的鬢角，來人正是鷹隼！

魘璃本以為必死無疑，不想受驚之餘卻發現本應遠在夢川的鷹隼乍然出現在此地，下一刻，她已經伸臂摟住了他的脖頸顫聲道：「你……你怎會來此？」

「微臣救駕來遲，讓帝女受驚……。」鷹隼沉聲言道，左臂環緊魘璃，腳下一挑已將魘璃遺在地上的金翎劍緊握右臂，一雙鷹眼環視四周。

四周的火牆早已消失，只有無數被燒融的金鳥化為滾燙的液體滴落在黑鏡也似的地面上，而那四個巨大的黃金力士此刻也看不出人形，只有四團半融狀態的軀幹還在扭動，但一無半點攻擊性。

大殿中的所有人皆是呆若木雞，就連高高在上的鉞帝，此刻也變了臉色。雖然一切發生得太快，就連他也沒看清楚，但可以肯定的是，能瞬間融掉力士和金鳥的火焰絕非尋常，乃是絕跡天道一千七百年的天火！

天火再現，也就表示傳說中早已滅絕的赤鄴皇族還後繼有人，換句話說，大殿中央一手摟著夢川帝女，一手持劍傲立的黑甲武士正是可操控天火的赤鄴皇裔！

「你……究竟是什麼人？」鉞帝面色越發青白，人也不由自主地從寶座之上站立而起，加重了呼吸，眼中既是驚訝，又是激動。

鷹隼持劍而立，與高高在上的鉞帝對視片刻冷聲說道：「在下乃是夢川之臣，只為迎接魘璃帝女而來，無心冒犯陛下尊前。若有不周之處，煩請陛下多多包涵。」

鉞帝陰笑一聲：「就憑你一句話，就想帶這不知天高地厚的女子離開。你當我這鎏金城是什麼地方！來人吶！」

鉞帝的心性鷹隼早有耳聞，見鉞帝召喚侍衛，心知接下來會是一場惡戰，於是將身一縱，挾著魘璃朝穹頂躍去。然而還未觸及穹頂，那片直通外界的穹頂已然起了變化，一片金光耀眼直衝而下，卻是穹頂之上鑲嵌的金飾瞬間化為飛鳥成群結隊壓了下來，將原本空曠的穹頂填得水洩不通。

鷹隼無奈只好中途變了身法，朝大殿門口突圍，行至中途忽而閃出一道寒光，卻是一旁的剋王發動了攻勢！

剋王的劍快而沉，雖都被鷹隼見招拆招一一化解，可也拖住了他突圍的速度，只聽得一陣發喊，眾多虎背熊腰的侍衛已經闖入大殿，將鷹隼的去路攔住。一時間只見得刀光劍影亂閃，兵刃撞擊發出的鏗鏘聲不絕於耳，而後兵器四處亂飛，卻是侍衛們手中的刀劍被鷹隼連連重擊震得脫手而出！

饒是身經百戰的剋王也不由得暗自心驚，心想眼前這黑甲武士當真是千餘年間都不曾見過的厲害人物。一手攜著一人，還能一面應付自己的窮追猛打，一面在眾多皇家近衛的圍攻之下闖出一條路來，若是待他兩手都空出來，只怕更是難纏。

就在此時，剋王忽而眼前一花，腦袋嗡的一聲悶響，整個人已然飛甩出去，重重跌在地面上，半晌做聲不得！

就在同時，圍困鷹隼、魘璃兩人的一干侍衛也慘叫連連，紛紛倒摔出去，就好像一團乍開的繁花。卻是魘璃緊握鷹隼手掌借力飛身而起，雙腿連環踢出，腳法既快又狠，饒是剅王也不防他二人有如此默契，轉眼間被踢得倒飛出去，更不用說一干侍衛，頓時將緊圍的人群掃倒一大片。轉眼之間，鷹隼早已攬住飛旋而回的魘璃腰肢朝門外衝去，剩下的侍衛哪裡是他的對手？

眼看就要越過大殿的門檻，忽而前方冒起無數黑亮而反射著無數光影的象牙狀巨齒，就好像是乍然從地下冒出一般，幾個靠近門邊的侍衛不查，頓時被巨齒穿身而過，爆發出一陣慘叫！

鷹隼乍然停住腳步，卻發現攔在前方的黑亮巨齒居然和黑鏡一般的地面渾然一體，心想必定是那鉞帝搞鬼，當下毫不客氣地揮劍連斬，只見得火星亂閃，被斬斷的巨齒四下紛飛，然而就在同時，又有無數的巨齒從地下冒出來，生生攔住鷹隼與魘璃的去路。

就在此時，鷹隼忽然覺得腳下有異，低頭一看卻見原本平滑的黑色地面乍然換成了一大團微微凹凸的黃金地花，而後不由得一驚，心想這地花不是在大殿中間嗎？何時移到此處？

說時遲那時快，那黃金地花閉合的花瓣忽而怒放開來，中央露出一個寬餘丈許的圓形黑洞來，一時間寒氣四溢。鷹隼來不及躍開，只覺腳下一空，頓時身體失衡，與魘璃一道墜入那巨大的黑洞之中！

那怒放的地花瞬間閉合，鷹隼與魘璃已然被地面吞沒，剅王爬起身來抹了一把冷汗，心想這兩個年輕人當真是後生可畏，居然逼得聖上親自出手，用分金之術將他二人困住，總算平息一場騷亂。抬眼看去，只見鉞帝緩緩移到御桌之前，青白面頰微微抖動，臉上的神情既驚訝又惱怒，但眼光灼灼卻是滿眼的躍躍欲試。尅王已然許久沒有在鉞帝眼中看到過這樣的神情，細細想來，上一次看到乃是當年還是皇子的鉞帝被冊封為太子之時。

天眼火族

卻說魘璃與鷹隼墜入那黑洞之中，只覺得耳際勁風呼嘯，雖然頭頂洞口的閉合使得外界光線無法進入而眼前一片幽暗，但很明顯，他們在急速下墜！而這個寒氣森森的黑洞也不知道究竟有多深。

鷹隼心念急轉，手中的金翎劍早朝前斬了下去，劍鋒嵌入洞壁閃出一連串火星，靠著這把鋒利無匹的寶劍，總算生生止住了兩人的下墜之勢，勉強懸在半空中穩住身形。雖只是轉瞬之間，已然出了一身冷汗。

魘璃一手攬住鷹隼脖頸，一手在洞壁上摩挲，只覺得觸手冰涼滑不留手，很明顯那洞壁也全是金屬鑄就，直到她摸到一處如圓棍一般的金屬凸起物方才心中稍安，便緊緊扣住不放將另一隻手搭上去，而後言道：「謝天謝地，咱們總不至於摔成肉醬了。」

鷹隼言道：「雖說暫時安全，但被困在此地也不是長久之計。」說罷轉眼看看四周，落入洞中一陣，眼睛適應了洞內的微弱光線也只能看清相聚一丈之物，只見一條長不見頭遠不見尾的垂直井道，寬度大約八尺有餘。而魘璃扣住的圓棍出牆約半尺，間隔一尺遠便有那麼一個，剛好繞洞壁連成一圈。

魘璃也看清了那些突出的金屬棍，不由有些奇怪：「這些東西……究竟有什麼用處？那鉞帝若是有心坑殺咱們，怎會有些棍子的存在？」言語之間聽得一陣咋咋作響，而手裡緊握的棍子卻開始朝洞壁回縮。那棍子本就不長，再漸漸回縮也就再難握住！

「糟了！」魘璃驚叫一聲，手裡早已抓了個空，整個人再次朝洞底墜去！

鷹隼反應極快，早鬆開緊握金翎劍的手臂一把攬住魘璃的腰身，下墜過程中自然翻了個身將魘璃護在胸前，而後瞬時化身為巨虎把八尺寬的井道堵了個水洩不通，而後恢復人形，張開臂膀雙足牢牢撐緊四周井壁，讓自己得以穩定地懸於無底深洞之上。

魘璃伸臂抱緊鷹隼穩住身形，才發現自己正伏在鷹隼胸膛之上，回想剛才的凶險，也難免心有餘悸：「適才……還好有你，不然我這條性命當真要送在這裡了。算算行程，你應該才回夢川不久，怎會這麼快趕來此間？」

鷹隼見魘璃的絕美容顏近在咫尺，不由得心念一動，繼而猛醒此刻不是胡思亂想的時候，忙將眼轉了開去沉聲道：「保護帝女乃是微臣分內之事，帝女不必記在心上。當日一別，大殿下前思後想，始終不放心帝女的安全，一進夢川國境就遣微臣前來接應。託大殿下洪福，微臣總算不辱使命。」

魘璃心念一動，想那夢川到此間何止萬里，你能在短短幾日之間趕來，想來路上是一刻都不曾歇息。思慮之間歎了口氣：「好一句『微臣分內之事』，鷹隼，你倒是推得一乾二淨了。這鎏金城乃是龍潭虎穴，便是我自己也是抱著有來無回的念頭才走到此處，你能闖進來難道只是因為我是夢川帝女嗎？」

鷹隼如何不知她話中之意，只是沉默許久才言道：「既然帝女早知這是龍潭虎穴之地，又何必以身犯險力說鉞帝？鉞帝喜怒無常最是難以捉摸，帝女此舉無異於與虎謀皮，著實賭得大了點。」

魘璃微微一笑：「是賭得大，但贏的話便可以一改天道局面，就是輸，頂多只是丟一條性命，絕對值得一賭。」

鷹隼歎了口氣：「這是微臣第二次看到帝女拿自己的性命做賭注。而今大殿下雖遇上了困難，但也不見得必定會一敗塗地，他拋下一切才救回帝女，倘若帝女又為此事有什麼閃失，且讓大殿下如何自處？」

魘璃聽鷹隼提及長兄，也不由一呆，繼而緩緩言道：「就是因為暝哥哥連最重視的兵權也拋下，還踏進了小人的陷阱，我就更不可以坐視不理。魘璃一生命薄，也唯有暝哥哥對我呵護備至，便是肝腦塗地也難報答……再說鉞帝也不是魯莽之人，我開出的條件對他頗有吸引力，所差的只是一點勇氣……不過，你的到來，想來可以幫他下決心了……。」

言語之間，她的手指緩緩地沿著鷹隼的肩膀滑向他的面龐，輕輕觸及已使得鷹隼不由自主地心頭微顫，綺念叢生。若是平時早就閃身避了開去，偏偏此刻四肢撐住四周岩壁，維持兩人的體重，自然也不可拉開兩人的距離，只能被動地看著魘璃的臉越來越近，一雙妙目帶著五分透徹三分魅惑和兩分近似於孩童惡作劇一樣的意味。

鷹隼心如鼓擂，大氣也不敢出，只是澀聲道：「微……微臣不知帝女所指為……？」

魘璃的左手覆住了鷹隼的嘴脣，將那個「何」字堵在了他的嘴裡，而後在他耳邊輕輕噓了一聲：「別裝模作樣了，你明明知道我說什麼……人都說赤鄴皇族早已湮滅，不想卻一直潛伏在我夢川國境，鷹隼、鷹隼，你也未免藏得太深……。」言語之間魘璃的右手已經緩緩掀開了鷹隼臉上的面具。

面具下是一張輪廓分明的俊美面孔，鬢若刀裁，眉如墨畫，深邃修長的雙目在幽暗中灼灼生輝。挺拔的鼻梁引向眉心一道如新月一般細長彎曲的暗紅色印記，越發顯得非比尋常。儘管這張臉上露出幾分身不由己的窘迫意味，但絲毫無半點違和感。反而因此帶上幾分少年人獨有的彆扭意境，與帶上面具之後的沉穩冷峻大相逕庭。魘璃曾經多次臆測過鷹隼的廬山真面目，所料的皆是與長兄年紀相若的英偉男子，不想面具揭開後，這位統領夢川皇室近衛軍的鎮川上卿竟然是一名年紀比她大不了多少的美少年！

魘璃呆呆捏著鷹隼的面具，原本有不少盤問的言語，此刻卻被拋到九霄雲外，直到鷹隼眉心的印記微微動了動，繼而緩緩張開，整個幽暗的地洞頓時蒙上了一層暖光。那新月形的印記竟然是一隻眼睛，便是最璀璨的瑪瑙也不過如此！

最初在大殿中看到天火焚燬黃金力士和鳥群之時，魘璃心有恐懼一時未嘗深究，而今稍安則自然而然地想起此事來，如果真如她設想的一樣，鷹隼身為夢川重臣，且是赤鄴皇室後裔，也就表示在即將到來的大戰之中，赤鄴與夢川是站在同一陣線，有著天道最強的部族助陣，贏面自然更大，對於那左右搖擺不定的鉞帝而言，自然是一劑猛藥。此消彼長之下，鉞帝心中的天平自然會向結盟的方向傾斜……只是她雖早猜到鷹隼的面具就是用來遮擋這可操控天火的第三隻眼睛，當真見到了，也不免嚇了一跳，下意識地摀住了鷹隼的眉心，於是紅光銳減，只在魘璃的指縫間流出，洞壁上頓時泛起零零星星的光澤。

魘璃抬眼朝洞壁上看去，自不由得一呆，卻聽得鷹隼苦笑一聲：「到底還是瞞不過帝女。微臣的父親便是當年留在夢川為質子的赤鄴皇子燧。」

「傳說天道紀年元年暴斃於夢川如歸宮的皇子燧？」魘璃雖少小就不在宮中，但也對此有所耳聞，在天道浩劫之後的百年內，幾乎殘存的每個部族，皇宮之中都發生了質子暴斃的慘案，其中緣由祕不外宣，但有心之人都可推知一二。而客居如歸宮的皇子燧，其死因就和那許多說不清道不明的陰謀殺戮一樣，早已掩蓋在時間的浮塵之下。

鷹隼點點頭：「當年有刺客潛入宮中將先父重創，但幸而救治及時留得性命。寐莊大帝為防刺客再來，便對外宣稱先父蒙難，借助水靈尊庇佑讓先父經水靈殿外的輪迴池逃下界去，才神不知鬼不覺地阻斷了那一系列謀殺，保住我赤鄴一脈終不至於盡數覆滅。先父下界之後與身為終南山神的虎玄君成婚，方才有微臣出世。」

魘璃暗自心驚，心想原來這背後還有這許多自己不知道的事情。水靈殿地處夢川皇城背後的大雪山之巔的水靈洞天，殿外傳說是有一個可連通下界的輪迴池，不過僅僅用於處治夢川皇族宗室之中犯下重罪之人。尋常時候，那輪迴池都只是冰雪圍成了一片至清至淨的水域，唯每日午時輪迴池開啟之時，會變得凶險莫測，經輪迴池墮入塵寰之人不是魂魄不齊渾渾噩噩，就是肢體不齊聾啞盲昏，而未能帶走的肢體也罷、魂魄也罷，都被凝固在水靈洞天之外的雪山之巔的萬載寒冰之中，經萬古而不得周全。魘璃從未踏足過大雪山，一切也只是耳聞，但心中總覺得那處聖地頗為可怕，不覺心念一轉：「那輪迴池能奪人魂魄，壞人軀體，你父親怎麼能安然逃到下界？又怎麼能不被發現？」

鷹隼言道：「是水靈尊霽悠相贈了一把輪迴鎖和我臉上的這副鷹面，在午時輪迴池連通下界之時，帶上輪迴鎖可自由進出輪迴池，而不會被輪迴池所傷。先父能在下界偷生求存，靠的則是這個可以封印天族靈力的鷹面。」

魘璃也看到了他領口露出的一段黑色細索，伸手拽出來一看，卻是塊看似平平無奇的玉鎖，上面鐫刻了一些看不懂的文字符號。她喃喃言道：「就是這個嗎？」言語之間輕輕摩挲那塊玉鎖，突然間摸到玉鎖兩端兩個活動的突起，不由得奇道：「這是做什麼的？」

「不要。」鷹隼剛一開口，卻是遲了，魘璃已經下意識地一按，那玉鎖咔嚓一聲，竟然一分為二，好像是開啟的兩片貝殼，中間漫出一片藍光，顯出一個正在梳妝的美婦人影像。只見一雙美目眼角上揚，高聳的發髻上綴滿各色珠寶釵簪，好像是恨不得把所有首飾都一起戴上，美固然是美得富貴逼人，但看起來也無比浮誇。

魘璃與那美婦人面對面，大眼瞪小眼，都是面露驚訝之色。然後聽到浮光之中那個美婦人連珠炮問道：「你誰啊？青天白日的壓著我兒想幹嘛？隼兒，你在做什麼？現在的年輕人怎生如此荒唐……。」

魘璃下意識地將張開的輪迴鎖啪地合攏，一時間浮光沒了，美婦人也沒了。豎井裡只有撐著洞壁的鷹隼和她。

鷹隼費力地嚥了一口唾沫：「那是……我阿娘……。」

「終南山神虎玄君嗎？」魘璃一下子反應過來，「你可以用這個輪迴鎖和下界聯繫？」

鷹隼面露尷尬之色：「當年先父通過輪迴池下界的時候，不慎遺失了輪迴鎖的鎖扣，鎖扣掉入終南山中的浣心湖，而浣心湖就是阿娘的妝鏡，當年先父第一次打開輪迴鎖，看到的就跟你剛才看到的一樣，是正在梳妝的阿娘。」

魘璃聽鷹隼說起父母初識之事，驀然一呆，隨後轉念一想，喃喃言道：「原來你和我一樣，只有一半的天人血統……。」言語之間，不免有些自憐之意。

鷹隼歎了口氣：「想要滅絕赤鄴皇族的人，便是想一統天道之人。當初阿娘讓我一直帶著這面具，就是為了掩飾我額頭上的第三隻眼睛，以免再引來殺身之禍。也得益於不屬於天道的另一半血統，所以無人得知我的真正身分。」

魘璃心想此話不假，難怪他雖有駕馭天火的本事，藤州遇險之時也寧願力取而未動用這霸道至極的御火之術，便是不想驚動神通廣大的天君。當年眾多皇裔在守衛森嚴的禁宮之中尚且被陰謀刺殺，便是因為落到了明處，防不勝防。倘若他是血統純正的天道皇裔，只怕早就引起注意，死無葬身之地了。也難怪幼時父皇總把身為紫金帝嗣的魘桀帶在身邊，想來也是為了防備天君的刺客，倒也非一味偏心。想到此處，魘璃忽而心念一動，嘴角露出一絲狡黠的笑意來：「那為何你今日又使出這御火之術來？難道就不怕被人識破身分，惹來殺身之禍嗎？」

「啊？」鷹隼不由語塞。剛才破例使出御火之術，也就等於在人前表明了自己的身分，自是非他所願。但那時候見魘璃情況危急生死一線也就顧不上許多，此時被魘璃問起，倒是不知如何回應了，許久方才沉聲道：「微臣重責在身，帝女安危要緊，其他的也顧不得了。」

魘璃歎了口氣：「鷹隼，你可不可以用些新鮮的託詞搪塞於我？你既是赤鄴皇族後裔，又何來的君臣之分？」

鷹隼喃喃言道：「赤鄴早已湮沒，鷹隼不敢再以帝裔自居。唯獨是先父亡故之前念念不忘寐莊大帝活命之恩，加上得水靈尊點化，是以命我重投天道，以臣子的身分輔佐夢川國主……。」

「如此說來我父皇是知道的？」魘璃沉吟片刻問道，見鷹隼點頭，又繼續問道，「其他人呢？」

鷹隼搖搖頭：「除了聖上，便只有帝女和適才殿上的忘淵君臣見過微臣使用御火之術，不過想來很快這就不再是祕密了。」

魘璃微微一笑：「你放心，我猜你的身分以後也不會有太多人知道。」言語之間捂著鷹隼眉心的手掌緩緩移到鷹隼臉上，纖巧的手指輕輕描著鷹隼的眉際：「從我把鄒送回國的那一刻起，忘淵和風郡的關係就不可能回到昔日的光景了。鄒回忘淵，也就等於鬆掉了風郡箍在鉞帝脖子上的繩子，除非他甘心再讓風郡掐著自己的脖子，選擇把鄒送迴風郡……相對而言，夢川和忘淵的局面並未改變，所以依舊可維持相互制約的安全距離。鈇帝老謀深算，自然也深諳遊戲規則，敵人的敵人便是朋友。既然知道了你的身分，權衡之下會覺得與夢川聯盟更划算一些，也自然樂意給風郡多留一個使絆兒的狠角色，所以絕對不會把你的身分張揚出來。」

魘璃的手指在鷹隼眉際帶起一陣難言的酥麻，他本是血氣方剛，加上對魘璃早有愛慕之意，如此親暱曖昧的舉動，怎不讓他心猿意馬？奈何而今懸身深井之上，心癢難耐，卻是半點動憚不得，唯有澀聲討饒：「帝女休要戲耍……若是失手摔將下去，只怕……。」言語之間，自不由得面紅耳赤，頭頂冒汗。

魘璃暗自偷笑，俯首在鷹隼鼻尖之上輕輕地啄了一下，懶懶言道：「你不是口口聲聲以微臣自居嗎？為人臣者自然以我這帝女的性命為重，想來也不會鬆手摔死我吧。」

鷹隼無言以對，心知魘璃是在惱他總是以君臣之禮刻意迴避才故意如此，一時間百感交集，喜憂參半。忽而一股輕柔的鼻息在耳際輕拂而過，不由得心癢難耐，唯有死死撐住井壁，徒勞地喘息道：「帝女……而今身在險境，不……不太合適……。」言語之間兩個眼珠因為注視著魘璃的面龐越來越近，而不自然地擠到了貼近鼻梁的眼角處，看起來又是窘迫又是滑稽。

魘璃看到他這般天人交戰的模樣，不由得笑出聲來：「而今不太合適又有什麼時候合適？你看看周圍，若是鉞帝有心要我們的性命，咱倆早變成馬蜂窩了。」

鷹隼心念一動，轉眼看去，只見周圍井壁上露出無數密密麻麻的孔洞，隱約可見犀利的箭頭暗藏其中，只是適才他全副心思都落在了魘璃身上，不曾仔細留意。倒是魘璃藉著他額心的天眼泛光一早發現，所以才會絲毫不緊張地故意戲要於他。虧他一向冷靜，而今軟玉在懷居然沒了平日的洞察力。

就在鷹隼面如火燒之時聽得一陣咋咋作響，眼前忽而大亮，鷹隼頭頂處的岩壁已然緩緩開啟，露出一人寬的一個長方洞來，洞外金光燦燦，很是寬廣。

金燦燦的亮光照亮了魘璃姣好的面容，鷹隼看著她嘴角露出一抹躊躇滿志的笑意，耳邊聽得她喃喃言道：「看吧，遊戲才剛剛開始……。」

第五話

熄烽煙

魚姬的故事說到這裡，搖了搖手裡的酒壺，在自己面前的空杯裡又斟了一杯酒水，拾起杯子走到欄邊朝天一傾，一陣細密的雨絲就悄然而至，將夏夜的暑熱一掃而空。魚館中的眾人方才從剛才的故事裡回過神來。

龍涯鼓掌歎道：「果然精彩。」

明顏倒是沒有聽懂其中的關隘，不解地問道：「這位帝女怎麼能確定自己一定能說動鉞帝出兵呢？若是鉞帝按兵不動，豈不……？」

魘璃笑了笑：「她沒有十足的把握，只是知道一個道理。狼終是要吃肉的，就算它裝狗裝得多像，它都無法遏制自己的本性。居高位者多多少少是有些狼性的，就算上面還壓

著更恐怖的東西，也不可能完全斷絕對於利益的渴望。何況這利益原本就與他休戚相關，他差的只是一個機會，以及一個足以信任的盟友。」

龍涯言道：「帝女當初執意從風郡救出的小皇子鏰，就是夢川納給忘淵的投名狀。」

魚姬微微點頭：「其實天道僅存的三部都需要借一場戰爭，來結束當時各自的困境。風郡想獨大，夢川想崛起，而忘淵期盼的是自保。而各自陣營內部的權力爭鬥也需要一個釋放口，由此達到一個可以長期穩定的新格局。人總說『英雄造時勢』，亦或是『時勢造英雄』，其實這兩個說法都沒錯，只不過是個人觀棋，能看穿眼前之局的不算聰明人，能窺見未現的局勢，方才是聰明人。然而能與天對賭者，又在聰明人之上了。」

明顏似懂非懂地愣了片刻，繼續追問道：「那麼這場仗真的打起來了嗎？」

鷹隼微微側首，沉聲言道：「是的，這一戰避無可避。」

蠻烏城

且說魘暝等人還未趕上大軍，夢川大軍已然越過天柱的界限，直逼風郡外疆邊境上一處喚作蠻烏城的所在。那蠻烏城距天柱百里，雖只是一方土堡，但因循地利卻是一處視野遼闊的高地，又有若干掩體連綿數百里，乃是易守難攻之地。

時至正午，夢川大營中軍的瞭望車上已然立了一個少年。

只見身高七尺，脣紅齒白，鳳眼羽眉，俊美之餘眉眼之中另帶幾分張揚之氣，一對紫金雙岐長角在頭頂灼灼生輝。三叉銀紗冠，插一對雪白的長翎，只因紫金角光彩奪目，而暈染得紗冠長翎一片亮紫。著一身雪甲，嵌一條蟒紋玉帶。懷抱紫金鐗，腰插幾面調軍遣將的令旗，殷紅的披風就和他身後那面赤色「桀」字旗一般隨風張揚。

此人正是夢川二皇子魘桀。

魘桀藉著極目鏡打量蠻烏城許久，見城頭旗幟昭彰，乃是一個「翔」字旗，心想風郡主帥何時由太子時羈變成了老四時翔？不過也無所謂，他只想借風郡軍力削減北冥大營勢力，對手是誰皆不在他考量之類。只需要使得北冥大營有所折損，最好是士氣低落，就算敗給時翔，他也有南川大營的兵力可挽回戰局，到那時父皇自然也不會怪罪，而大皇兄的勢力也必然大受打擊。

想到此處，魘桀嘴角露出一絲陰翳的笑容，揮舞手中錦旗，著三千輕騎兵、三千戰車出戰。

蠻烏城城頭上的風郡主帥時翔以極目鏡窺視夢川陣營，見得帥旗下的魘桀也是奇怪，本以為來人乃是慣於征戰的夢川大皇子魘暝，不想卻是這麼個少年。他既有心借戰事將時羈取而代之，自然是有備而來。見夢川陣營一開，奔出數千輕騎兵來，吃驚之餘也是喜上眉梢，尋思莫非是天要助我建功？於是一面以五百鐵甲戰象迎戰，一面調集五千弓箭手在蠻烏城上接應。

那些戰象皆是身高四丈的龐然大物，腿如殿柱，數丈長的長牙利如斬刀，皮糙肉厚且身披錐子甲，刀槍箭矢皆不入。三千戰車既無法阻擋戰象的驍勇，又無法快速應對，幾個回合下來，出戰戰車被戰象踩作木碎，駕車的軍士幾乎全軍覆沒。

夢川的輕騎兵雖行動迅捷，但對上如此凶蠻之物也是束手無策。那些長鼻揮出均有千鈞之力，稍有擦掛也勢必皮開肉綻、筋斷骨折。更何況戰象兇猛，一路衝撞踐踏，早把三千輕騎兵衝得七零八落。再加上蠻烏城上箭雨如織，於戰象無損，對輕甲的騎兵卻是極端要命的殺招！

雖然騎兵們傾盡全力以死相搏，卻無力回天，半日下來盡數覆滅！時翔雖想乘勝追擊，但見夢川陣營中既無輔佐，又無後援，任憑出戰的軍士死傷殆盡也未有任何動作，恐是夢川誘敵之計，眼見日暮西垂，便鳴金收兵。風郡的戰象除了倒斃的數十頭象屍外，盡數回歸風郡陣營。

魘暝雖日夜兼程，趕到之時只見蠻烏城下已是一片狼藉，有風過處帶起一股濃濃血腥。可憐數千男兒還未建得功業，就被一干蠻獸飛翎結果了性命！

魘桀見得魘暝與一干親兵趕來，倒是有些吃驚，他本以為魘暝此刻尚在赤鄴疲於奔命，所以才會肆無忌憚地拿北冥大營開刀，不想戰事一起，魘暝便到了此處，倒是他始料未及的。而今見得魘暝乘怒而來，也不免慌起神來。

魘暝一向愛惜營中將士性命，而今見得首次交戰，夢川三千輕騎、三千戰車便死傷殆盡，三軍士氣頹靡，自然甚是氣惱，上來就是重重一拳落在魘桀臉上：「你肆意挑起戰事之事本座姑且不提，北冥將士雖非你麾下，但也是我夢川子民。便是你有何等盤算，也不該拿他們的性命來兒戲！」而後冷聲喝道：「左右，且將二皇子押下！」

大帳之內魔暝、魔桀雙方親兵數量相若，此刻早一個個刀劍出鞘，劍拔弩張。

魔桀不防備魔暝會突然動手，自不曾避了開去。一拳下來頓時覺得口鼻麻漲，吃痛在口邊一抹，只見一片殷紅之色，自不免心頭火氣想和魔暝拚個你死我活，卻忽然想起臨行前璐王的叮囑來，於是按住身後隨從的兵刃懶懶笑道：「皇兄真會說笑，皇弟敲響龍鳴鼓也是怕皇兄失利，有意分散風郡注意，為何皇兄脫險而歸反倒怪起皇弟來……何況戰場之上，自然有死有傷，那些騎兵為國戰死，從重撫卹犒賞便是，怎生連這個也拿來說事？看來皇兄對皇弟的誤會不小啊。只是而今大敵當前，咱兩兄弟還同室操戈，這……合適嗎？」

魔暝氣得渾身發抖，乾指斥道：「也罷，而今戰事告急，本座且不與你一般見識，他日班師回朝。父皇面前，本座自然要為屈死的將士討個公道！本座既回，你也該將北冥大營兵符交還了。」

魔桀冷笑一聲，從懷裡摸出一枚四寸長的青銅魚符來，遞到魔暝眼前晃了晃：「兵符在此，皇弟也樂於交還皇兄，省得再生誤會。」

魔暝取回兵符，冷眼白了魔桀一眼，牙縫裡蹦出一個「滾」字。

魔桀打了個哈哈，轉身離開主帥大帳。他已然遂了心願，心想便是魔暝回來，也勢必無法挽回如此低落的士氣，無謂再做糾纏。此處乃是北冥大營，十萬軍士皆是他的人，若是激怒了魔暝火拚起來，反而自己會吃虧。此時理當退出，等南川大營重兵到了再作打算。

魔桀離了大帳，卻見帳後魔暝幾名親隨正守著一隻精鋼獸籠，只是幕圍低垂，寒氣森森，也不知道其中關了什麼猛獸。魘桀暗自留心，就在左近看看，見那些個親兵看得嚴實也就離了開去，尋思皇叔暫領的南川大營兵馬應有三日行程才到，於是跨上坐騎金毛犼奔夢川方向而去。

魘暝看著魘桀離去，臉上的表情稍稍緩和，剛才故意擺出那副架勢就想趁魘桀心慌意亂之際收回兵符，以免與他再做糾纏貽誤戰機。這鑾烏城下至天柱之間皆是一馬平川，又屬風郡屬地。而今即將入夜，倘若風郡趁夜偷營，只怕在這毫無屏障之地北冥大營會再受損失。而今取回兵符，就得趁夜將大軍調離此地，免得再受損失。

魘暝打定主意，火速換上平日軍中穿戴，而後下令換下「桀」字旗，重立北冥大旗。將士見得主帥回營，先前的哀傷頹靡消散不少。

魘暝身邊的親隨將領也各自回歸本職，就大帳之中聽憑魘暝調遣。

隨後大軍自後開始拔營，唯獨是陣前的營帳皆棄在原地不動，以免被風郡看出端倪。先是虎賁營殘餘戰車押送投石車、衝城車等行動遲緩的隊伍先行撤離，繼而是前軍先鋒營掩護後軍工兵緊隨，步兵、騎兵、弓箭手等中軍呈連續方陣押後，數萬大軍趁著夜色悄悄起行。唯獨魘暝親率六千銀甲重騎並三千弓箭輕騎留守殿後，且命騎兵們策馬在營內來回奔走，盡可能鬧出大的動靜來。

鑾烏城上的時翔首戰告捷本有乘夜偷營之意，不料卻見得夢川陣營帥旗易幟，心想行軍打仗哪裡會如此兒戲，自是不免泛起了嘀咕。再加上見營帳之中燈火通明，而陣營之內也隨處可見篝火閃現，人影幢幢，看上去似乎比之戰前還要士氣高漲。

尤其是見得帥旗之下督軍的魘暝，就連時翔也自不由得暗自驚歎。只見魘暝跨騎一頭渾身瑩白的麒麟神獸，頭頂三叉赤金冠猩紅長翎，身披鎖子銀甲，足蹬流雲鷹爪靴，銀白色的披風在夜色之中尤為矚目，雖然沒了傳說中那一對銀光奪目的雙岐靈角，但一眼望去盡是王者風範。

時翔見得此景，心想夢川大皇子果然名不虛傳，難怪連那不可一世的時羈也會折在他手上。而今看來，魘暝一到，夢川士氣大振，此刻再貿然前去，自然是討不了好處，如此一來唯有暫時作罷。

魘暝一直以極目鏡遠窺鑾烏城，直到四更天也未見異動，心知對方已然中計，不敢趁夜前來。且算算時間，大軍已然過了天柱進入夢川外疆，總算是安全無虞了，他方才跨上坐騎吹雪麒領兵撤離。除留下一小隊輕騎兵做探子，就地隱藏偵查軍情隨時匯報外，魘暝帶領其餘騎兵連夜追上大軍，之後繼續前行至夢川外疆邊境的龍隱澤紮營，再作圖謀。

回想這一夜之間退軍兩百里有餘，可以說是他統兵以來從未有過之事。所幸北冥大營上下齊心，總算未損士氣。而今背靠蓄水五十里的龍隱澤，就等同於擁有了一道無形的屏障，就算萬不得已，也可御水而戰，遠比陷在那鑾烏城下來得安全。

卻說那時翔次日清晨登上城頭，卻見對面的夢川大營變得異常寂寥，也不由得奇怪。於是派出探子一探究竟，才發現早已人去營空。聽得探子回報，時翔不由得暗叫失策，心想只怪自己過於多疑，居然被那魘暝朦混過去，而今想必夢川大軍已經退出風郡地界，鑾烏城的地利頓時化為泡影。此番他擂鼓應戰，身邊帶了二十萬精兵，在入得夢川大軍留下的空營中巡視之後發現原來對方軍力似乎懸殊過半，也難怪對方一夜之間調走大軍。想那夢川主動挑起戰事，卻只帶十萬兵馬前來，且陣前易幟，說不得是起了內訌。倘若早知虛實，昨日就應當傾巢而出，二十萬對十萬可以說是輕而易舉。而今戰機一失，又得再作考量，說來說去也是自己過於小心了。

而後轉念一想，又尋思夢川首戰大敗，加上退軍逃逸，只怕早無士氣，倘若乘勝追擊，倒不失為一個建功立業的大好機會。於是暫留兩萬兵馬鎮守鑾烏城，其餘十八萬兵馬盡數列隊出城，以一千戰象偕同三千戰車打頭陣，輔以重騎兵及弓箭手，結成若干方陣，就如同一層又一層固若金湯的銅牆鐵壁一般，朝夢川方向緩緩行進。

魘暝留下的探子早已飛馬奔龍隱澤而去，將所探訊息皆屬報予魘暝。

魘暝心中早有計較，心想北冥大營總共三十萬兵馬，除了應付風郡的十萬精兵之外，其餘二十萬分別駐紮在夢川外疆與忘淵、赤鄴兩地交界之處。駐守在夢川與忘淵交界之處的十萬大軍，要應對忘淵可能的舉動，這一支固然是動不得。而守在赤鄴邊界的十萬大軍也得提防風郡調兵繞赤鄴國境前來進犯，自然也不可多調，頂多挪移三萬過來增援，雖來此之前已著人取調令牌連夜趕去，算算時間也得一兩日才到。來時路上雖見得璐王押著十萬南川大營兵馬，但魘桀既有心拖垮北冥大營，自然是一路慢行，少不得還要從中作梗，拖個兩三天才到。除非是風郡兵馬越過龍隱澤與他們狹路相逢了，才會加入戰團，故而那一支目前也指望不上多少。只是龍隱澤萬萬丟不得，雖說為了避免當初赤鄴、沙幕一戰的慘況再度發生，天道諸部早已有約在先，不再以金木水火土風之強大破壞力相鬥。但而今只怕風郡臨陣毀約，祭起御風法器席捲六部戮原。有龍隱澤在前，自然可以防著這一手。若是讓風郡大軍越過龍隱澤，此後的數千里外疆多是平原，而少丘陵河流，對夢川大軍倒是頗為不利。只希望回國之時遣人遞上的摺子可獲得父皇批下，下旨命魘桀的南川大營火速增援，有聖旨在，魘桀也不敢拖延。只是聖旨下到南川大營，路上也需要一兩天。這等算來幾日內終始少不得死守龍隱澤，硬碰硬地與風郡鬥上一場，當下招來諸將細細部署。

風郡的軍隊越過天柱界限之後很明顯放慢步伐，那集結成陣的兵馬拉開一字戰線，就像是一把巨大的鋼鐵梳子，朝著龍隱澤而來。行軍激起地面沙塵滾滾，戰象的腳步聲和戰車的轂轆聲響徹大地！

龍隱戰

兩軍相距十里，時翔登上瞭望車以極目鏡遠眺夢川陣營，只見一片黑壓壓的軍隊一字排開，最前頭的是一排精鋼高盾，高盾之上露出一層又一層密集的長矛，不由得冷冷一笑，心想精鋼高盾雖堅固，又豈能敵過戰象的連番衝撞？常聽人說這夢川大皇子是個不可多得的帥才，斷然不會做出這等螳臂當車的行為來。他連夜退兵是因為兵力不足，這會定是故布疑陣，想迷惑自己不敢貿然進犯，從而拖延時間等待援兵。十八萬對上不足十萬，又是在這樣的平原作戰，用腳趾頭想也知道會是什麼樣的結果。昨日已然上了他的當，今個豈可再重蹈覆轍？而今不乘此時機將眼前的夢川軍隊一舉殲滅，還更待何時。

時翔打定主意，於陣前調集一千戰象組成錐形陣為先頭部隊，三里之後接五萬重裝騎兵，並三萬弓箭手接應。只待戰象的錐形陣撞破夢川的精鋼高盾，騎兵便可攻入夢川陣營大肆殺戮。

只聽得一陣響徹天際的號角聲，風郡的戰像已然尖嘯狂奔，朝夢川陣營飛奔而來。密集而沉實的腳步踏得地面微微顫抖，激起的沙塵將戰象組成的錐形陣隱在一片昏黃之中，只餘下奔在最前方、那頭最為龐大的頭象，只見幾丈長的巨齒彎曲突兀，若被這群蠻獸撞上，別說是精鋼高盾，就算是石頭山只怕也會被撞個粉碎！

眼見象群距夢川陣營不到三里，夢川的高盾陣驀然露出十數個缺口，數百隻身長五尺，而身高卻不到三尺的花斑獸匯成十數條洪流飛奔而出，只見四肢修長，身形似貓般輕盈，背脊上清一色的金色鬃毛隨風起舞，四爪騰空在地上一沾即走，行動快如閃電！

時翔遠遠見得夢川陣營中迎出的獸群也不由得吃了一驚，心想那不是昔日赤鄴境內才有的猛獸金鬃豹嗎？此物速度極快，彈跳力也很是驚人，四肢皆有可伸縮入掌的尖爪，最長的可達五寸，利如鋼刀。本以為此物早已隨赤鄴一併覆滅，不想卻被夢川豢養出這許多來。然而此物雖勇猛，卻一樣不可能戰勝戰象那樣的龐然大物。魘暝也非蠢人，怎會派這個來打頭陣？

就在時翔百思不得其解之時，兩軍的獸陣已然撞到了一處，只見煙塵四起，獸鳴連連，不時見得有金鬃豹被戰象的長牙長鼻甩上高空，跌將下來也自然是血肉模糊一灘肉泥。

時翔面露得意之色，眼見塵囂距離夢川陣營不到一里，便揮舞令旗，命尾隨戰象的重裝騎兵開始衝鋒，黑壓壓的騎兵收到信息，自然一個個呼喝吶喊朝夢川陣營疾奔而去！

就在此時，忽然間滾滾沙塵之中爆發出一聲接一聲的淒厲長嘶來！卻是那頭最前面的巨象頹然倒地不起，連帶撞倒了後面排陣衝鋒的象群，頓時象陣亂作一團。

時翔心頭一涼，心知前方必定出了大的變故，只見無數巨石自夢川陣營中飛射而出，每一顆都重達數百斤！加上投石機的拋擲之力。落在紛亂的戰象群裡，頓時悲鳴聲四起，聲聲泣血在六部戮原上空迴旋！

那些戰象本都是皮糙肉厚的龐然大物，又有錐子甲護身，自然是刀槍劍戟都不可傷它們分毫。無奈夢川派出的金鬃豹行動敏捷，專挑戰象裸露在外的雙目下手，戰像一盲，則自然陣不成陣，再被那密如雨點一般的巨石輪番襲擊，就更是死傷無數。龐大的象屍堆積在沙場之上，鮮血如洪流一般四溢！

時翔瞬間醒悟，早出了一身冷汗，連忙鳴金，想要召回緊追而去的騎兵，卻到底是慢了一步，衝鋒中的騎兵哪裡那麼容易收住勢頭？奔在前頭的騎兵頓時身陷戰象踩出的煙塵之中，亂了方向，有些撞上了前面的象屍，有些則被後面的騎兵撞下馬背來，加上無數馬蹄踐踏，倒是折損了不少。雖然大部分得以抽身回頭，但夢川陣營之中也變了陣型。

風郡的重騎兵只聽得一陣密集的簌簌聲接踵而來，卻是夢川陣營中無數連弩齊發，密如飛蝗一般的長箭破空而來，倉皇之間又有無數人被射下馬背，能全身而退的，也不過半數！

風郡騎兵倉皇逃回營中，而夢川大營又恢復了原來的樣子，依舊是精鋼高盾林立，戰場之上僥倖生存的金鬃豹們皆飛快地退回了營中，偌大的沙場之上只餘下那許多被擊斃的戰象、騎兵和戰馬，或將死未死奄奄一息，或是肢體傷殘又動彈不得，慘呼呻吟聲不絕於耳。

時翔見這一戰未嘗撼動夢川陣營分毫，倒還賠進去了一萬多兵馬，只恨得鋼牙咬碎，卻又不敢再有異動，心想那夢川大皇子果然是個狠角色。

魘暝見得風郡退兵也不由得鬆了口氣，心想此番重創風郡，倒是可為援軍多贏得一些時間，等到父皇的聖旨到了魘桀手裡，他便是再不願意也勢必得出兵，到那時，自然可解眼前的困局。思慮之間，忽見風郡陣營前冉冉升起一片黑色煙塵，初時尚在數丈的低空匯聚，待到形成一片黑雲之時，便豁然風起，將那一片不詳的黑雲飛快地刮向夢川陣營！

魘暝心知那雲霧必定有毒，自然不會坐以待斃，於是從瞭望車上飛身而起，腳尖在營中林立的長槍尖頭一沾即走，幾起幾落之間已然到了龍隱澤畔，而後將身一縱躍入那一片深澤之中。

只聽得隱隱水聲仿若龍嘯，那五十里龍隱澤原本平靜的水面頓時波浪翻滾，繼而一股龐大水流飛昇而起，化為一條巨大的水龍盤旋而上，在戰場中央與那一片黑雲狹路相逢。

只聽得一陣汩汩聲，那原本清亮通透的水龍瞬間被染作墨汁一樣的顏色，繼而如瀑布一般飛流直下，黑色水流撞擊在地面，頓時四下飛濺，原本血流成河的沙場頓時化為一大片不斷翻滾著白泡的濃黑泥沼。沙場上空已然一片清朗，只可憐那些倒在沙場之上的傷兵，爆發出更為淒厲的慘叫聲，卻是被黑雲汙染的水流一沾上那些傷亡軍士的傷口，便借傷入體，沿著傷處一路腐蝕，不出一炷香時間，屍積如山的沙場上只剩下陷在烏黑泥沼中的皚皚白骨，除了那一千戰象的巨大骨架如同白色巨籠一般森森林立之外，早已看不出其他亡者曾經存在的痕跡。

此變一生，兩軍皆是嘩然。

魘暝的身影已然自龍隱澤中飛昇而起，落在陣前高高的瞭望車上，北暝大旗迎風招展，將魘暝的銀甲襯得光耀奪目，原本溫文的眼角眉宇之間盡是王者霸氣。夢川陣營中盡是他的親兵，見得此景自是無比拜服，前些時候戰敗的頹靡之氣一掃而空，繼而高呼「大殿下威武」，歡呼聲聲震九霄！

時翔本想以御風驅使毒煙取勝，卻不料魘暝如此了得。上次交戰雖賺夢川數千兵馬，今日一役卻吃了大虧，而今軍中士氣大受打擊，再貿然進攻也無多少勝算，況且兩軍之間的戰場被劇毒所汙且被戰象骨架所阻，正面進攻也不利於衝鋒陷陣，唯有下令退軍至天柱邊界之上再作打算。

魘暝眼見風郡大軍退走，總算稍稍鬆了口氣，適才使用御水之術，以龍隱澤之水抵擋風郡的毒煙，大軍背後的龍隱澤已然乾涸見底，雖下接地下水，要再度蓄滿也需要時間。幸虧今日對上的是那優柔寡斷的時翔，如果領兵的是那慣於征戰的風郡太子時羈，必定會再以風力施放毒煙強攻，如此一來，眼前這不足十萬的夢川將士必定是在劫難逃。幸好那時羈早被璃兒擒下，才總算避免那等慘狀。一想到魘璃，魘暝自不由得有些懸心，尋思鷹隼去了這些時日，也不知道是否與魘璃會面。雖然這個妹妹機智過人，可到底也只得一半天人血統，一般人與她為難倒是不怕，就怕在送鄒回國的時候橫生枝節，再落入險境之中……思慮之間，魘暝已然下令戒嚴，兵卒輪班休息，一面派出探子追蹤風郡大軍的去向虛實。

旁邊早有將領將金鬃豹的傷亡狀況報了上來，原本八百豹營，現今只剩下十餘頭，雖說折損數百金鬃豹就可除去風郡萬餘軍士，更將善於衝鋒陷陣的戰象營連根拔起，可以說是相當漂亮的一仗，但魘暝一向愛護麾下兵將，難免痛心，於是著人在龍隱澤畔的巨石之上刻下「夢川北冥八百豹營」八字，以示哀悼。

眼前軍務處理完畢，魘暝便隱隱覺得眼前有幾分模糊，將頭晃晃，眼前一切又恢復了正常，只是身體困乏，他自沒放在心上，心想定是施展御水之術靈力消耗過大所致，於是就大帳裡坐下歇息了兩三個時辰，不覺日已黃昏。

不多時派出追蹤風郡大軍的探子也回來回話，說是風郡大軍已於天柱下紮營，高盾閉合，只是隱隱聽到營內車馬之聲頻頻，也不知道是在作何等調度。

魘暝微微頷首，揮手命探子再探，起身走到大帳中央的沙盤邊，將代表風郡軍隊的小旗插在沙盤上的天柱位置，心想今日重創風郡，想來這一兩天對方都不會來犯，待從夢川、赤鄴邊境上調來的三萬援軍到了，兩軍的實力差異總算可以縮小一些。

不多時又有一人入得帳內，卻是前晚派去接引南川大營的一員偏將，聽得他回話，魘暝自不由得搖頭歎息，原來魘桀與璐王統率的十萬南川大軍已駐紮在距龍隱澤三百里的落虎丘兩日。落虎丘地處夢川與忘淵外疆接壤處，與橫貫沙幕、藤州、風郡三部外疆的懷古道相連，那懷古道地勢低凹，就好比是一道環繞著六部戮原正中天柱而行的寬闊凹槽，兩邊的地勢可以盡數遮擋懷古道，倘若魘桀有心相助，昨日戰時就已然自懷古道神不知鬼不覺地繞行至風郡大營背後，兩面夾擊，那風郡大軍哪還有機會退避回去？

魘暝想到此處，忽然心念一動，開口問道：「不知朝中的聖旨是否已經下到南川大營？」

那偏將囁嚅許久方才回道：「向來在聖上身側隨侍的中書令，確實在南川大營之中，只是……。」

「只是什麼？」魘暝心頭一沉，心想那魘桀就算再狂妄自負，總不至於連父皇的諭旨都不遵守了。

那偏將回到：「只是末將明明親眼見中書令入二皇子大帳，但不久就被兩名軍士攙扶而出，看上去面紅耳赤昏昏沉沉，似乎宿醉未醒，那諭旨還在中書令懷中……。」

「好賊子！」魘暝怒不可歇，一拳重重落在案頭之上，魘桀不願出兵在他意料之中，只是沒想到他會如此大膽。能頃刻之間使人醉倒的，莫過於夢川皇族才有殊榮享用的美酒「浮生若夢」。那「浮生若夢」的釀酒法乃是昔日水靈尊傳下，酒味醇香自是不說，靈力稍微不濟的人別說飲下，就算是湊近了聞上一聞，也必定醉倒當場。以往重大歡慶節日，只需要在偌大的廣場上高架火烹一罈，也能使數萬人同醉狂歡。想必是魘桀一早就在帳中烹酒，那中書令只是尋常天人，自然是不夠斤兩，一聞便醉也就來不及宣旨。既然聖旨未宣，他就算拒絕出兵，也不算抗旨，就算日後父皇追究起來，責任也在那倒楣的中書令身上。而今看來就算明日三萬援軍到了，也唯有繼續以寡敵眾。倘若風郡增兵，這場仗的勝算也就更是難說……。

魘暝眉頭微皺，打發那偏將下去歇息，又起身在沙盤邊觀望片刻，忽然又有人來報，卻是風郡方向似有異動！

魘暝快步走出營房，登上瞭望車一看，只見夕陽之下一個小黑點自風郡方向飛馳而來，取來極目鏡一望，卻是黑黝黝的一騎飛馳而來，雖相隔甚遠看不清楚，但體型遠比風郡的戰馬要大出許多，奔馳的速度更是驚人。

魘暝心中奇怪，心想那片戰場已被毒水化為毒沼，所以才阻斷了風郡繼續用兵，而今派出這區區一騎也不知道是何道理。思慮之間那一騎已然到了毒沼之側，驀然騰空而起，龐大的身軀在毒沼中林立的戰象骨架上一沾即走，朝夢川大營的方向快速迂迴飛躍！

魘暝心念一動，面露幾分喜色，早將身一縱落在坐騎吹雪麒背上一聲呵斥，那雪丘也似的神獸麒麟已然發足飛奔朝著來者迎了上去。

到了近處，魘暝看得分明，只見一頭黑色巨虎背上跨騎著一個身穿輕甲的少女，瀑布一般的黑髮隨著巨虎的飛躍而上下飄飛，精緻的容顏被夕陽的餘光鑲上一道柔和而明亮的金邊，正是魘璃！

魘暝見得魘璃歸來，心頭大石總算落地，將身一縱，已然從高大威武的吹雪麒背上輕飄飄地落在地上。

轉眼間，巨虎已經馱著魘璃到了近處。魘璃翻身下了虎背，朝魘暝奔了過來，伸臂攬住魘暝的脖頸道：「暝哥哥，璃兒回來了。」

魘暝含笑摟著魘璃：「回來便好，你去這幾日，倒是讓為兄心頭難安。」而後轉頭對那巨虎言道：「上卿辛苦了。」

言語之間見得那巨虎將身一蹲，身形瞬間縮小，而後便只見身著黑甲的鷹隼半跪於地，朗聲言道：「微臣幸不辱命，總算將帝女平安帶回交還大殿下。」

魘暝復身將鷹隼攙扶起來，沉聲言道：「有勞上卿，快快請起。」

鷹隼起身立於一旁，見魘璃在魘暝面前的歡喜情狀，心想自打認識她以來，總覺得她時而可怕，時而教人捉摸不定又偏偏能蠱惑人心，真正露出這樣單純的情狀似乎也只在這大殿下面前。想到此處心頭隱隱閃過一絲說不清道不明的酸楚來，卻聽得魔瞑問道：「你二人既然自忘淵而來，怎麼會出現在這個方向？」

魔璃笑道：「我們從這方來，是為了送給瞑哥哥一份厚禮。」

魔瞑心念一動，低頭見魔璃臉上似笑非笑的神色，只覺得又是狡黠又是頑皮，卻偏偏有一份篤定的意味，哪裡猜得到她的心思？於是笑笑道：「你能平安回來就已經是給為兄一份天大的厚禮了，其他的為兄倒也不敢奢求。」

魔璃咯咯笑道：「那倒是，不過就算是附帶的禮物吧。璃兒要把風郡的鑾烏城送給瞑哥哥！」

魔瞑深知她不會拿這等事說笑，有此說法必然是成竹在胸，於是面露喜色：「你有何良策？」

魔璃微微一笑蹲下身去，在地上撿了個石塊便在地上勾畫起來。

魔瞑垂首細看，發現魔璃勾畫的正是龍隱澤周圍近千里範圍，大致標出了龍隱澤、天柱、鑾烏城等地之後便以鑾烏城為起點，繞天柱勾勒了一個圓弧，而後抬眼笑道：「瞑哥哥應該知道這是什麼地方。」

魔瞑心念一動：「那是橫貫沙幕、藤州、風郡三部外疆的懷古道！」

魔璃笑笑：「其實昨日我已經到了天柱附近，見瞑哥哥用兵狠挫風郡銳氣，加上沙場被毒沼所阻，那十幾萬大軍不得不退回邊界之上，短期內自然無法正面攻過來。以時翔的為人勢必不會就此作罷，他有心做出些驚天動地的事來取代時羈，自然會不擇手段打贏這場仗。所以我和鷹隼才沒有立刻回來，而是潛伏在天柱附近觀察。發現那營中雖然沙塵飛舞，人聲喧囂，但營內卻分營列陣，集結的皆是行動迅速的輕重騎兵及騎射，看來像是要再度出戰的樣子。我便懷疑時翔是想取道地勢極低的懷古道，神不知鬼不覺地從側面突襲龍隱澤。結果三個時辰前果然見得營中有十數前鋒營輕騎乘快馬奔懷古道而去，想來是先行探路的。」

鷹隼沉聲言道：「不止是普通探路的騎兵，其中還有一騎身揣軍令旗。」

魘暝眉頭微皺：「先行探路的十數人何須軍令旗？」

魘璃點點頭，用石頭在懷古道靠近巒烏城處勾勒了一條線引向藤州方向：「據我所知藤州外疆有風郡駐兵約二十萬，那位令官在這個三岔路口就和前鋒營的騎兵分道揚鑣，直奔藤州方向去了。」

魘暝恍然大悟：「他是想把藤州外疆那二十萬兵力調來一起對付我們。」隨後微微思索：「如此說來今晚風郡大軍便會出發，估計最遲便會在明日正午與藤州外疆調來的軍隊在懷古道集結，懷古道本身有近千里長，待到大軍繞行再度進入我夢川外疆，差不多就在大後天！那可是三十幾萬的精兵，就算明日我調集的三萬軍力到了此處，再加上而今駐紮在落虎丘的南川大營兵馬，兵力懸殊也太大了。若是讓他們出了懷古道，只怕再難與之抗衡。」

「所以……不給他們機會出懷古道不就行了。」魘璃微微一笑，「時翔以為有毒沼攔路，再加上營中動靜連連就可以瞞過我等。這廂虛張聲勢，那廂調集可以迅速突擊游戰的主力騎兵，是想借懷古道出奇制勝。可惜他留在營中的大都是行動遲緩的攻城車、投石車之類，雖有部分守衛，但對於暝哥哥手裡的兵力而言，可以說是毫無半點威脅。暝哥哥只需以騎兵火速攻下天柱附近的風郡軍營，便可盡得其營中的攻城武器。有了那些玩意，我們的十萬兵馬要取區區數萬人駐守的鑾烏城，那還不是易如反掌？」

鷹隼開口言道：「若是大殿下攻下鑾烏城，則可以逸待勞。一方面用重兵封鎖懷古道，斷了風郡大軍的退路，另一方面鑾烏城地勢特殊，取下此地也可掐斷風郡疆域增兵補給的要道，如此一來，風郡大軍則成無根之木無源之水，便是再勇猛也禁不住久耗。」

魘暝心念一動，繼而言道：「只是那接近四十萬的風郡大軍也不容小覷，雖說懷古道的地勢易守難攻，但若是他們撤入藤州外疆，只怕也拿他們沒辦法。」

「只怕他們已經退無可退！」魘璃掩口一笑，言語之間從懷裡摸出一個玉捲來塞到魘暝手上。「此刻忘淵剋王已率二十萬大軍潛伏在沙幕外疆，原本是約定等我焰火為號，便攻打駐守在藤州外疆的風郡軍營。而今時翔既然自動調走那二十萬大軍，忘淵大軍自然更是毫無阻力，端掉藤州外疆的風郡軍營之後，便可發兵懷古道，與我北冥南川兩大陣營合力將風郡的軍隊困住。到那時，就算風郡再勇猛，也一樣是困在籠子裡的野獸而已。」

魘暝聞言不由得又驚又喜，展開玉卷一看，只見上面果然鐫刻著忘淵、夢川兩國結盟的若干事宜條款，最後是忘淵國君的國璽印記，深約半哩，只是印痕中色如珊瑚之豔，靈光流轉，竟是夢川皇室的靈血染就。魘璃給他的居然是一份盟書！

到了此時魘暝方才明白當初她執意去忘淵的用心，心想忘淵自古以來都是和風郡一個鼻孔出氣，就算而今時移世易，也不會輕易介入夢川與風郡的矛盾。以往也曾派過使臣前去忘淵，均無功而返，卻不料而今大敵當前，她竟然可以說服鉞帝，促成忘淵與夢川結盟的大事！扭轉眼前的戰局是小，最重要的是天道三部形勢從此逆轉，今後自有一番新局面。想到此處魘暝驚喜交加，百感交集，仔細端詳盟書玉捲上的字句，發現除了約定忘淵出兵共同對付風郡之外，還擬定了若干條互惠互利的條款。尤其是關於戰後六部戮原上勢力分割的約定，可謂影響深遠，就算風郡背後有天君撐腰，也無法扭轉日後天道三部鼎立平衡的局面。平衡則止戰，止戰則可持續繁榮。日後天道若有幸回歸浩劫之前的共榮盛世，皆由這小小的玉卷而起！

魘暝抬眼看看眼前的魘璃，再尋思這份謀略膽識滿朝無出其右者，不由得滿面欣慰之色，伸臂拍拍魘璃的肩膀：「看來是我看走眼了，飽經七百年憂患之後的璃兒早已不再是當初那個愛哭的孱弱妹子，已經可以獨當一面，堪為兄長的左膀右臂了！」

魘璃心頭尚有其他顧慮，雖得兄長誇讚也只是露出一絲苦笑：「璃兒若真是如此有用，也不會連累暝哥哥為小人所害。」

魘暝如何不知她是指他當初放下兵權之事，雖陣前奪帥重掌兵權，但當初的選擇，所造成後果的嚴重性他自然也明白，唯有歎了口氣沉聲道：「事已至此，便是再介懷也是於事無補。而今為兄只想打贏這場仗，停止這場本不應該挑起的征戰殺戮，其他的也只得隨緣。」而後言道：「攻打蠻烏城的最佳時機在明晚，那時風郡大軍已經過了懷古道中路，就算收到蠻烏城被攻的訊息也來不及回防。只是要繞過眼前的毒沼且避開留守風郡大營的眼哨也須得時間，少不得現在就回去部署，趁夜發兵。你二人連番奔波已是辛苦，且隨我回營歇息。」

魘璃搖搖頭：「大戰未止，還不是歇的時候。這三路夾擊之計須得配合時機，只是現駐紮在落虎丘的南川大營那裡還少不得要費點心思。」她抬眼看看天色：「不如暝哥哥修書一封，由我送去落虎丘交予二皇兄，而今天色漸晚，若是再耽擱時間，只怕會誤了軍情。」

魘暝也覺她言之有理，於是攜他二人回營，一面調兵遣將，一面著人備下快馬，再寫好信件交予魘璃，唯獨是臨行之時特意囑咐鷹隼一路隨行，保護魘璃安全。之後送出十餘里地，目送鷹隼與魘璃兩騎飛馳而去，漸漸消失在暮色之中，方才回營領兵趁夜朝天柱進發。

前塵舊事

鷹隼與魘璃一路飛馳，雖四野茫茫，所幸滿天星斗可指方向，待到天色由暗轉亮，再由清晨逐漸轉為黃昏，終於到了落虎丘地界，遠遠望去，一道寬闊的峽谷臥在夢川、忘淵邊界的高崖之間，正是那橫貫多部的懷古道。而緊挨懷古道的廣袤平原之上，則緊密有序地排列著大片大片的白色營房，南川大營帥旗立於夕陽之下隨風起舞，遠在十餘里之外。

魘璃一挽轠繩，胯下的駿馬自然也停住了腳步。到了此處，原本高聳入雲、異常巍峨的天柱也只是乍隱乍現地藏在暮靄之中，因為遙遠而顯得不是那麼顯眼。

鷹隼見她遙望天柱方向，如何不知她心中所想，於是一勒韁繩促馬到了魘璃身側沉聲言道：「大殿下慣於征戰，留在風郡營房的那點兵力自然不在話下，帝女不必擔心，還是即刻入南川大營面見二殿下要緊。」

魘璃聞言沉默片刻，反而翻身下馬走到一塊大石頭邊坐下，只是喃喃言道：「又何必急在這一刻？」

鷹隼翻身下馬走到魘璃身側，卻發現她的視線游離在懷古道口。眉目之間頗有些糾結之態，不由得心念一動：「帝女莫非是想……。」

話沒說完，一隻纖巧的手掌已經扣住了他的手指，魘璃轉過眼來微微一笑：「這裡的風景不錯，我只是想靜靜地看一會兒。你陪我。」

鷹隼的心像是被一隻無形的手輕輕捻了一把，不由自主地任她牽引著並肩坐下，而後肩頭微沉，卻是魘璃很自然地將頭靠在了他的肩上。髮絲隨風而動，輕輕掃著他的面龐，帶起幾分隱隱的輕癢。

鷹隼有些緊張，所以身體繃得有些僵硬，兩手很不自然地放在膝蓋之上，然而心中卻是雜念叢生，一方面貪戀兩人相依的親暱，一方面又尋思魘璃心中在轉的念頭，就這般沉默許久方才沉聲道：「難道……帝女不打算通知二皇子？」

魘璃抬眼看看鷹隼：「你也聽我大皇兄說過魘桀用『浮生若夢』放倒中書令，有意延誤宣旨的事了。他是打定了主意袖手旁觀，就算我現在入營告訴他三路圍堵風郡大軍的策略，只怕他也是依舊推三阻四。倘若他斗膽將軍隊調離落虎丘，那豈不是給風郡大軍大開方便之門？不如等大皇兄取下蠻烏城之後再通知魘桀，到那時風郡大軍不日便到，他也來不及拔營撤離，唯有堅守懷古道，與大皇兄共同對敵。」

鷹隼眉頭微皺：「在這樣的平原作戰主要靠兵力，而並無地利可循。若是放走了風郡大軍，他帶出的十萬南川大軍只怕也一樣擋不住兵力超出數倍的風郡騎兵。二皇子身為皇裔，又是南川統帥，豈會如此荒唐短視？」

魘璃冷笑一聲：「你可別把他看得太高，這事他絕對做得出來。對魘桀而言，挑起這場仗的目的就是為了削減大皇兄的勢力，以備來日儲君之爭。就算吃了敗仗，大不了丟棄眼前這一片自古充作戰場的荒蕪外疆。風郡軍隊再厲害，也不可能冒著天道洪流失控，玉石俱焚的危險入侵我夢川國地，因而對夢川主體暫時無直接損害。他的眼睛只盯著儲君之位，他的敵人也只有大皇兄一個，否則他也不用挑起這場戰事了。」

鷹隼轉眼看看魘璃，見她眼中盡是憤慨之意，於是沉聲道：「看來你很恨他。」

魘璃長長吐了一口氣，喃喃言道：「不是恨他，只是太清楚他的為人。他的性情是想要什麼就必須得到，無論是拂逆他的心意，或是擋他的路，就會不計後果地將其剪除，即便是骨肉至親也毫不例外。」言語之間下意識地拽緊了鷹隼的手臂。

「難道你曾經拂逆過他？」鷹隼心念一動，「他對你做過什麼？」

據他所知，魘璃被派去風郡為質子之前，乃是寄住在大皇子的北冥大營。而不是和其餘皇裔一起由宮中帝裔司照管。雖說血統不純，但畢竟也是當今聖上親女，又年紀尚幼，如此安排有悖律例，夢川皇室一直以來似乎都在刻意迴避她的存在。若非當年他也有護送她遠赴風郡，只怕還不知道有這麼個凡女所出的帝女。

魘璃看著遠處的南川大營出神，許久才開口言道：「你既是父皇身邊的重臣，想必經常出入父皇下朝後處理政務的天安殿，自是見過天安殿御階下的暖香池。」

鷹隼微微頷首：「那倒不曾親見，我在天安殿出入之時，那個池子早已被填平，覆上了白玉磚面。只是聽聞之前確實有這麼個池子，裡面灌滿天香脂，常年燃燒，致使香氛瀰漫整個天安殿，可助聖上提神醒腦。」

魘璃悵然一笑：「原來那池子早被填平了，也難怪，出了那麼大的事，是該填起來。記得那天在鎏金城裡遇險，你用天火融掉那些黃金力士的時候……我很害怕。」言語之間身子微微發顫，將臉轉到一邊繼續說道：「因為我小時候曾經掉進那烈焰熊熊的暖香池，被燒得體無完膚。而推我下去的人便是二皇兄魘桀！」

鷹隼暗自心驚：「怎會鬧到那個地步？」

魘璃深深的吸了口氣：「那時候我和他都還小，在宮中由帝裔司照管。你也知道我的出身來歷，除了大皇兄之外，其餘的皇室中人沒人當我是自己人，即便是父皇，也很少拿正眼看我。一個沒有靈角的夢川帝女，說好聽一點是天族凡裔，難聽一點就是混種，杵在一群頭頂靈角的皇家子弟中間總是顯得異常突兀，更時時在提醒著眾人，尊貴的天族血統曾被卑微的凡人血統所玷汙。」說到這裡她抬眼看看鷹隼：「其實你我有些地方很相似，皆非血統純正的天族，只是你繼承了赤鄴皇族的天眼，且為絕無僅有的一個皇室後裔，即便有人知曉你的身世，也不會有人因為血統而蔑視你。」

鷹隼心生憐意，伸臂攬住她的身體歎了口氣：「那時候……你一定吃了不少苦。」

魘璃慘然一笑：「相對於父輩的漠視冷遇，來自同輩的孤立和厭惡更為明顯些。因為大家都還年幼，不懂得大人的寬容或虛偽，所以好惡之類的情緒也總是赤裸裸地表現出來，絲毫不加掩飾。在他們眼中，我只是個沒有角的怪物，就算是欺凌折辱，也不算什麼過分的事情。而和我一般年紀的魘桀總是領頭的那個，他是頭頂紫金角降世的紫金帝嗣，生來就尊崇無比，和我有天淵之別，不由得讓我自慚形穢，唯有避居內室很少外出玩樂。後來大皇兄知道我沒有靈角羞於見人，於是特地用盤龍木雕了一對犄角送我，我本以為頂著木犄角他們就會當我是自己人，結果換來的卻是冷嘲熱諷。而我受了閒氣也只會一個人躲著哭泣，心想若是自己和他一樣頭頂紫金角，斷然不會落到那種地步。於是突發奇想找來油漆，將那對木犄角漆成倒紅不紫的模樣，以為這樣子他們便會對我改觀，誰知道這個幼稚的想法差點要了我的小命。」

鷹隼心頭一寒：「就算你將角漆成紫色，無意中冒犯了二皇子身為紫金帝嗣的尊嚴，但畢竟也只是孩童的兒戲，總不至於搭上性命。怎會……？」

魘璃搖搖頭：「就因為是孩童，所以才會殘忍得很直白。魘桀領著一干皇家子弟搶走了我頭上的木犄角，我一路追趕哀求他們把角還給我，但他們並不為所動。那個時候父皇尚在昊天殿的朝會上處理政務，而帝裔司的人見起頭的是魘桀，也不敢阻攔，我被他們引進了天安殿，然後魘桀把我的木犄角拋進了暖香池中。我怕池裡的火焚燬那對木犄角，也顧不上火焰炙人，趴在池邊伸手去撈，就覺得背上讓人重重推了一把，整個人跌進了暖香池！」

鷹隼心頭一顫，心想那池中灌滿天香脂，烈焰熊熊，溫度何等驚人。小小孩兒掉了進去，只怕頃刻之間便被燒得體無完膚。就算她是夢川皇族，有著驚人的自癒能力，但皮肉焦灼的痛苦卻是一分不少。想那二皇子那時雖是幼童，這等行為只怕也不是不知輕重這麼簡單。

魘璃閉上眼睛，眉宇之間露出些許痛楚之色：「我在暖香池中哀嚎慘叫，好不容易攀住池邊想要爬出火海，又被他一腳踹了下去。當時原本看熱鬧的那些皇家子弟都嚇呆了，唯有他臉上還帶著笑，那種笑臉我一輩子都記得……雖然當時渾身被烈焰所炙，可心裡卻冷如冰窟。那時候他是真的想我死，原因只是因為我的一個愚蠢過失冒犯了他身為紫金帝嗣的無上尊嚴……。」

鷹隼無言以對，只是緊緊擁住魘璃的身體，心想難怪她一提起二皇子便是那般神情。小小年紀就如此狠毒，當真是聞所未聞。倘若只是小小過失便會招致殺身之禍，那對於可直接威脅到他登上儲君之位的大皇子，自然更是不擇手段，也難怪魘璃會對他如此顧慮。

魘璃靠在鷹隼懷中，身軀猶在瑟瑟發抖，兒時的惡夢雖過去一千年，但種種驚悚卻揮之不去。

直到夜色緩緩降臨，南川大營的白色營帳早已掩蓋在一片濃黑之中，她才繼續緩緩言道：「有兩次我只差一點就可以爬出暖香池，但都是被他一腳踩了下去，直到他第三次抬起腳。我知道他不打算放我一條生路，於是鬆開了攀在池邊的雙手，一把抱住他懸空的腿腳，用盡全身力氣把他拉進了暖香池！」說到此處，她面露幾分譏諷之色：「沒想到他叫的比我還慘，什麼紫金帝嗣？也一樣是血肉之軀，知道疼知道怕，除了那對光耀奪目的紫金角，燒得體無完膚的模樣和我也沒有什麼不同。那個時候我血往上衝，也不知哪來的力氣與膽量，雙手扣住他頭頂的那對紫金角，用盡全力一扳，就聽得咔嚓兩聲，竟將他那對紫金角齊齊折斷，他發出一聲撕心裂肺的慘叫，頓時不再掙扎動彈！」

鷹隼暗自心驚，心想時常見她發起狠來就連自個性命也不當一回事，想來皆是由此事而起。相傳紫金帝嗣每隔幾代才會出現，皆是夢川皇族之中頭號出類拔萃的人物。昔日二皇子尚未出世，大皇子就已然立下無數功績，本是立為儲君的不二人選，也正是因為紫金帝嗣的出世，才會使得原本應歸大皇子的儲君之位至今空懸未決。只是不想她竟然有能力折斷二皇子的紫金角，雖說那時二皇子年紀尚小，體內的靈力尚未覺醒，但她這一擊也是非同小可。如今看來，這一半凡人血統的帝女並非池中之物，當初施展冰封之術生擒風郡第一勇士時羈也絕非偶然。他日大皇子與二皇子的儲君之爭只怕會因為她的介入而生出無數的變數。然而自古以來皇權之爭無不是同室操戈腥風血雨，有這樣的本事對她而言，則未必是一件幸事。想到此處，鷹隼開口問道：「那你們究竟是怎麼脫險的？」

魘璃搖搖頭：「折斷魘桀的紫金角後，我也失去了知覺，等到甦醒之時早已遠離皇城，身在暝哥哥的北冥大營。從那之後我就再也沒有回過皇城，一直由暝哥哥悉心照料，與其餘的皇室貴冑再無半點交集。那三百年的時間恐怕是有生以來最為幸福快樂的時間。直到七百年前，原本在風郡為質子的皇叔病故，依律要以在位君主的子女補上，後來的事，我想你也知道了。」

鷹隼歎了口氣：「難怪帝女唯獨與大皇子親厚，甚至甘冒奇險去忘淵遊說鉞帝。但是帝女故意延誤軍情，逼二皇子作戰，恐怕南川大營此役會損失不小。」

魘璃喃喃言道：「倘若魘桀不是存著私心，早就與北冥大營匯合，也不會把軍隊駐紮在這個地方。我也不否認另有私心，想借風郡削減魘桀勢力，但風郡敵軍近四十萬，無論誰碰上，都不可能絲毫無損。國難當頭，身為夢川將士，為保疆土而拚死作戰也是分內之事。既然開戰終有犧牲，就得讓他們犧牲得有價值。暝哥哥仁愛英明，原本就是儲君之位的不二人選，若是因為我而害他為小人所乘，失去儲君之位，便是萬死莫贖。要是能因為這一戰而奠定夢川將來數千年的國祚，我不介意做這個壞人。」

鷹隼聽得魘璃言語，深知這是贏得這場戰役唯一的辦法，但也覺過於殘忍。尤其是見得她輕描淡寫地判定那十萬南川軍士的生死，心頭不由隱隱發寒。他雖為皇族後裔，但家國湮沒已久，僅僅以夢川臣子的身分冷眼旁觀，也覺得眼前的帝女比那小小年紀就惡毒如斯的二皇子魘桀要來得可怕……。

南川大營

魘璃留意到鷹隼的沉默，抬眼看看他眼中複雜的神情，淡淡一笑又垂下了眼簾：「我沒有你想的那麼可怕，而今也是形勢如此，不得已而為之。倘若你執意要現在去南川大營報訊，我也不會攔你。若是魘桀臨陣脫逃，放走風郡大軍，讓咱們失去這個反制風郡一改天道局勢的機會，我想又會回到當初互換質子尚且難求偏安的局面了……。」

鷹隼回想起當初在璸琿宮中那段短暫而險惡的時光，自不由得歎了口氣，摟住魘璃的雙臂不由自主地收緊了一些：「那是萬萬不能的！」

魘璃伏在鷹隼懷中喃喃言道：「若是可以選擇，我寧願沒有出逃，就算永囚風郡禁宮，也好過看到征戰殺戮血流成河。只是……若是那般，我也不可能認識你……。」話到此處，便閉上雙眼不再言語，不多時聽得她鼻息輕柔，已經酣然入夢。

長夜漫漫，星光如織，鷹隼的手指輕撫魘璃滑順黝黑的髮絲，垂首看著伏在自己懷中，此刻溫順如小貓一般的女子，疑懼參差，卻又愛憐交織，正是百味交雜，千頭萬緒早成了一股解不開斬不斷的亂麻……。

黎明時分，天柱方向陡然大亮，一朵絢爛的煙花綻放於天際，鷹隼輕輕搖醒魘璃：「是大皇子的訊號，鑾鳥城已經取下了。」

魘璃凝視那片焰火片刻，伸手自懷中摸出一枚穿雲箭遙指天際，只聽得一聲刺耳的鳴響，一道金光直飛天際，順勢化為一片耀目的火花，將他們頭上這一片幽暗的天際照得異常絢爛。不多時，藤州方向也升起了同樣惹人注目的火花，兩相輝映，將還籠罩在黎明黑暗中的六部戮原照得亮如白晝。

「看來藤州外疆也已盡在剋王掌握之中了。」魘璃面露喜色，將目光轉向十餘里外的南川大營，只見那裡已然人頭攢動，燈火紛繁，想來都被穿雲箭驚動。很快便見營中飛馳而出一大片黑壓壓的騎兵，朝她與鷹隼所在的方向而來！

魘璃抄手而立，見騎兵隊由遠及近，最初是以雁行陣疾奔，到了離此間二三里處便陣型一變，化作包抄之勢，等到了眼前，早已把她與鷹隼團團圍住，只見寒芒若織，卻是無數利箭在弦，夾雜著馬群的嘶吼踢踏聲，放眼看去卻是五六百人之多，不多時，一個武將縱馬出列，暴喝一聲：「爾等是何許人？膽敢在南川大營附近窺視，莫不是細作？」

鷹隼上前一步將魘璃護在身後厲聲喝道：「大膽！魘璃帝女在此，豈有爾等大呼小叫的餘地？」

那武將冷笑一聲：「什麼魘璃帝女，沒聽說過！」促馬到了近處看清鷹隼，方才臉色一變，連忙滾鞍下馬單膝跪地：「不知是鎮川上卿在此，末將多有得罪，請上卿勿怪！」言語之間甚是忐忑。

鷹隼怒道：「一群不知死活的東西！還不快放下武器，迎帝女入營？如此怠慢，莫不是想掉腦袋！」

那一千軍士將領聽得此言，早驚得三魂不見七魄，紛紛下馬見禮，齊聲道：「小人不知帝女駕臨，有失遠迎，煩請帝女恕罪！」

魘璃歎了口氣：「不知者不罪，吾雖為帝女，但少小便遠赴異邦為質子，也難怪你等不知，都起來吧。吾有緊急軍情要上陳二皇兄，無謂在繁文縟節上浪費時間。」說罷牽過坐騎翻身上馬。

那一千軍士將領忙躬身讓出條道來，鷹隼翻身上馬，緊跟魘璃朝南川大營而去，數百軍士列隊相隨，一時間蹄聲頻頻，沙塵四起。另有專人快馬加鞭奔回營中告知魘桀與璐王。

魘璃與鷹隼到了南川大營之外，便聽得號角聲聲，無數將士整裝而立，鎧甲構築成一片整齊有序的鋼鐵壁壘，而中間讓出一丈開外的空道，筆直地引向百丈之外、大營中最為龐大的白色主帳。帳頂的帥旗上書「南川」二字，兩個字中間是一團圓形的黑色印記，形如蚪龍，這是南川大營的軍徽。

兩側的軍士們雖貌似謙卑地垂首而立，但一個個目光灼灼，如臨大敵，數百把青銅戈自空道兩邊的陣營裡探出，在空中交疊出一連串平行的夾角，凸露的啄口寒光閃閃，叫人莫可逼視。

魘璃與鷹隼所騎的戰馬雖是北冥大營中的良駒，見慣陣仗，可惜被戈上的寒光閃花了眼，長嘶陣陣，卻無法前行。而那些青銅戈所架的高度，也根本不容許人騎馬而過。早有一名將領自大營緩緩而出，迎上前來：「恭請帝女下馬再行入營。」言語之間貌似謙恭，但神情卻頗為輕狂。旁邊的地上已經蹲跪了一名軍士，供魘璃踏腳之用。

鷹隼見狀促馬向前，對魘璃言道：「且讓微臣為帝女開路。」

「不必。」魘璃橫掃一眼眼前的南川大營精兵，嘴角露出一絲冷笑，「下馬威嗎？我倒想看看究竟是誰會比較害怕。」言畢拔出腰間的金翎劍，只見一陣極快的劍花閃過，那名將領所披的大氅也已被裁下一大塊捲在魘璃劍尖，列陣的軍士都不由得倒抽一口冷氣。

那將領本是奉命一挫魘璃銳氣，不想眼前這嬌滴滴的帝女說動手就動手，劍光閃爍之中自是不敢動彈，大驚失色之餘卻覺著頭頂一涼，卻是原本罩在頭部的頭盔乍然一分為二，咣噹落地。緊束的發髻頓時散了開來，若干斷髮飄零，顯得異常狼狽。

魘璃的劍尖挑著布片送到那呆若木雞的將領鼻子跟前，冷冷言道：「把馬眼睛蒙上。」聲音雖輕，卻自有一番氣度，半點讓人違逆不得，那將領只好取了布片，手忙腳亂地將魘璃坐騎雙眼矇住，而後慌忙躬身退了開去。

魘璃早已收劍還鞘，神色冷峻促馬前行，朝著那層層交疊的長戈而去，似乎對那一系列明晃晃的利器全然視若無睹。任由矇住雙眼的戰馬載著緩緩前行，離最前排的長戈越來越近。

持戈的軍士早已驚出一身冷汗，眼見魘璃雪白的脖頸就要撞上那鋒利的青銅戈，慌忙將長戈收回，放她通過，只見百丈長的戈陣緩緩瓦解。

魘璃不緊不慢地朝大帳而去，鷹隼如影隨形，偶爾將眼角的餘光掃向兩旁的將士，只覺此刻看來這些南川大營的威武將士，神情驚異敬畏交織。自不由得微微一笑，心想二皇子向來跋扈，如今對上這魘璃帝女，恐怕是棋逢對手。

魘璃促馬緩緩行至主帳外，才翻身下馬，那被她挑散髮髻的將領早已躬身上前，面帶惶恐之色拉開主帳的帷幕，恭送魘璃與鷹隼入內。

那主帳極大，方圓十丈，高六丈，頂上懸著一圈明光耀眼的琉璃燈。

營帳中間是一個巨大的沙盤，羅列的皆是六部戮原的地勢據點。遠處一道高約一丈的屏風將主帳隔成兩個區域，屏風前安置著高出數階的主帥席位，階下兩邊還羅列著幾張椅子，最靠近主帥交椅的椅子上坐著一個頭頂銀白色雙角、長鬚美髯、面容清瘦的老者。

而主帥交椅上偌大一張雪白的獅子皮由椅背一直鋪到幾步階梯之下的地上，這把象徵著南川大營最高權威的交椅上坐著一個身穿雪甲，頭頂紫金角，冠插長翎，與她年紀相若的俊美少年，眉梢眼角頗有些飛揚的驕傲顏色。

魘璃立在那裡微微端詳，心想一千年不見，這魘桀原來長成這個模樣，半點兒時的影子也不見，雖說與暝哥哥一母所出，卻不怎麼相像。那眉眼倒是有幾分熟識，只是一時半會也想不起在哪裡見過。而階下那老者卻是被封為璐王的皇叔寐璐無疑，只是一千年前要年輕許多。

就在魔璃打量璐王與魔桀之時，璐王與魔桀也在打量魔璃。

魔桀幼時吃過魔璃的大虧，素來無兄妹情誼，而今知道她回來，且是與大皇兄為伍，自然是容她不下，所以之前故意擺下陣勢想給魔璃一個下馬威，不想卻見派去的將領狼狽不堪地立在外面，自是吃了一驚，再將目光落在魔璃身上，見她一身戎裝，目光清冷，臉上盡是氣定神閒之態，全無半點謙恭之色，尋思著千年不見，此女雖稚氣盡去，出落得亭亭玉立，但骨子裡對他這紫金帝嗣的輕慢卻有增無減，不免臉色陰沉。

璐王之前見得三處綻放於不同方向的焰火，便知是有人在互通消息，是以當有快馬回報是帝女魔璃駕臨之時，便在疑心是北冥大營的戰事有變。有這個顧慮，便不太贊成魔桀在這個時候節外生枝，奈何魔桀性情剛愎自用，且戈陣已然擺下，也有心看看這魔璃是何等人物，不想卻成了這麼個結果，見那倒楣的將領灰頭土臉地杵在帳外，難免覺得魔桀此舉有幾分自取其辱的味道。而長幼有序，魔璃不尊上命，可見是來者不善。

鷹隼如何不知此時氣氛詭異，於是上前一步躬身向魔桀與璐王行禮：「微臣鷹隼拜見二殿下與璐王。」

魔桀微微頷首，將手指抬了抬：「上卿不必多禮。」隨後歎了口氣：「不是說本座的皇妹魔璃到了嗎？怎不見人？」

魔璃心頭冷笑，心知這魔桀是有意要擺一擺皇兄的架子，挽回剛才被剝下的面子，於是上前循禮盈盈下拜，口裡道：「魔璃拜見二皇兄與璐皇叔，一別千載，見二位風采依舊，魔璃心中喜不自勝。」

魔桀轉眼看看魔璃，懶懶言道：「原來皇妹在此，為兄怠於軍務，幾乎忘了皇妹乃是天族凡裔，故而沒能一下子認出來，倒是有些貽笑大方了。」

魘璃平生最恨有人拿自己的出身說事，而今見魘桀如此自是明白他是想藉機羞辱自己，此地乃是他的管轄範圍，倘若自己忍不住氣，必定被他栽上個以下犯上的名頭。雖不用怕他，但若是因一時之氣誤了促使他出兵圍堵風郡大軍的正事，倒是得不償失。想到此處只是微笑應道：「皇兄貴人事多，魘璃哪敢讓皇兄勞神？魘璃此行乃是為大皇兄作信使，邀約二皇兄率南川大營虎將圍獵懷古道，若能將風郡大軍困死在峽谷之中，也可解夢川之困，安父皇之心。」

魘桀心念一動，尋思魘暝所帶的兵馬已在首戰之時有所折損，加上獨力對抗風郡大軍更無多少贏面，怎會形勢逆轉至此？隨後轉眼看看一旁的璐王，見璐王皺眉微微點頭，於是開口言道：「據我所知，皇兄手上的兵馬已然不足十萬，然而風郡大軍足有二十萬之多，若是皇兄抗不住大軍壓境需要我南川大營出兵增援，大可向我明言，又何必讓皇妹撒謊誆騙？」雖是如此言語，卻並未讓魘璃免禮起身。

魘璃心想好你個兩面三刀的東西，只是保持著膝蓋微彎的姿勢微微一笑：「二皇兄貴人事忙，駐軍此地太久，消息也不甚靈通。數日之前，大皇兄已與忘淵結盟，適才大皇兄的焰火明示已然取下風郡的鑾烏城，將風郡大軍的增援補給全部掐斷。而忘淵剋王的二十萬大軍也已經端掉了藤洲外疆的風郡軍營，估計再過兩個時辰就會與大皇兄順利會師。只是……此時正沿懷古道奔襲而來的風郡大軍並非二十萬，而是聚合了藤洲外疆的駐兵，總共接近四十萬之眾，算算時間，約在午時便會趕到此地。」

魘桀與璐王雙雙色變，魘暝與忘淵結盟一事遠在他們料想之外，這倒還罷了。只是魘冥與剋王的盟軍軍力近三十萬，對此刻懷古道中被阻斷退路的風郡敵軍而言自然不會回頭與盟軍相鬥，而是盡快逃出身處峽谷地帶的懷古道才能重整旗鼓放手一搏，是以只會將兵力集中在有可能突圍而出的落虎丘。想風郡兵馬比他此番帶出來的人馬多出四倍，倘若真是午時便到，此刻就算立刻拔營撤離，只怕跑不了多遠便會被對方追上，這一片平原地帶沒有什麼地勢屏障，手裡這十萬大軍只怕會被對方一口吃掉，連渣都不吐！本以為可以負手等風郡重創魘冥的勢力，不想數日之間卻形勢逆轉，自己倒成了懸在猛獸嘴邊的鮮肉！

想到此處，魘桀不由得坐如針氈。卻聽得魘璃繼續說道：「二皇兄向來重視手足情誼，且殫精竭慮，總把江山社稷放在頭一位，若是大皇兄需要增援，自然不作第二人想。是以才會委託魘璃前來傳信，望二皇兄當機立斷，早作準備，若能助大皇兄困住風郡大軍，則日後天道三部則可鼎足而立，三分六部戮原。待到目前在二皇兄營中休憩的中書令大人回朝覆命之時，在父皇面前二皇兄也算大功一件。」說罷自懷中摸出魘冥的信件，很自然地站起身來，走到主帥席位的階下將信託向魘桀。

魘桀又急又氣，牙關咯咯作響，只是死死盯著魘璃卻不伸手來接，一旁的璐王早將信取了過去一邊細看，一邊偷眼打量魘璃，心想此女之言雖彬彬有禮，卻又是異常尖酸。分明是在暗諷二皇子為奪儲君之位，不顧手足之情從中作梗。尤其是最後一句，更是話中有話，威脅之意溢於言表。而今世易時移，魘冥取下蠻烏城，且與剋王一起截斷敵軍退路，已然立下兩件大功，倘若二皇子依舊撤軍遠遁，就算不被風郡追兵截住損失慘重，也一樣會因為臨陣脫逃及放倒中書令延誤接旨之事而被魘冥參上一本。此消彼長，勢必在儲君之爭之中落於下風。為今之計，也唯有以十萬南川大軍力敵風郡四十萬軍力，支撐到魘冥與剋王盟軍趕到，完全困住風郡大軍為止。想那大皇子一向誤於迂腐仁義，從未耍過如此陰險的手段，搞得二皇子如今騎虎難下。此番風郡之行，短短不到兩個月時間，竟如脫胎換骨一般，只怕日後更加難以對付。

魘璃見魘桀與璐王都是神情複雜，心知自己那幾句話算是說到了位，於是開口言道：「大皇兄的信件已然送到，魘璃須回去覆命了。」說罷便要退開。

卻不料魘桀猛地竄起身來，右手扣住了她的手臂，面色異常陰沉：「你早就到了此地，故意拖延到現在才來見我，是也不是？」

魘璃面露驚慌之色：「二皇兄說到哪裡去了，魘璃怎會如此？若不是在帳外的戈陣耽誤許久時間，也早已將大皇兄的信件交給二皇兄了。啊喲……皇兄神力過人，能否輕一些，魘璃只是個沒用的天族凡裔，再多片刻，這手可就讓皇兄給廢了……啊喲……。」

一旁的鷹隼雖明知魘璃連風郡第一勇士時羈也敢對陣，斷不會畏懼眼前的魘桀，只是一聽到她呼痛求饒，就不由得血往上衝，也顧不上君臣尊卑之儀，伸手扣住了魘桀右腕脈門，口裡言道：「帝女身嬌體弱，還請二殿下手下留情！」

魘桀只覺得右臂發麻，轉眼怒視鷹隼：「鷹隼，你敢以下犯上？」

鷹隼冷言道：「微臣不敢，只是微臣受大殿下所托保護帝女安全，若是帝女有所損傷，大殿下面前微臣固然無法交差，就是日後面見聖上，也是無法交代。就算帝女有什麼不周之處，還請二殿下顧全手足情誼。」

璐王見魘桀面帶殺氣，魘璃軟語告饒，鷹隼又態度強硬，也怕魘桀一怒之下真傷了魘璃，日後又會成為一個影響魘桀聲望的話柄。於是乾咳一聲笑道：「帝女休要驚慌，上卿也不必緊張，二殿下不過是開個玩笑。」

魘桀見得璐王出面，自然要給他幾分薄面，於是悻悻地鬆開魘璃。鷹隼也自然鬆手，順勢上前一步將魘璃護在身後，遂即躬身賠禮：「微臣一時情急，多有得罪，還請二殿下海涵。」

魘桀氣結於胸，卻見璐王連連搖頭，也不好發作，只是冷哼一身，轉身回座，眼看著鷹隼與魘璃躬身退了出去，翻身上馬，頃刻之間便去得遠了。

魘桀猶在氣頭上，見璐王望著魘璃兩人去的方向撚鬚沉吟，自不免負氣言道：「都沒影了，皇叔還在看什麼？」

「二殿下也未免太心浮氣躁了。」璐王歎了口氣，「本王只是慶幸適才殿下沒有再授人以柄。而今軍情緊急，追究其他也是徒勞，還是早作準備抵禦強敵才是正經。若是成功截住風郡大軍，就算兵力折損十之八九，也算是抗敵有功，扳回局面；若是放跑了敵軍，就算這十萬將士僥倖逃脫，在聖上那裡可是會輸得一敗塗地。若是再傷了魘璃，只怕會雪上加霜。況且剛才的形勢殿下沒注意到嗎？那鷹隼乃是聖上心腹愛將，如此維護魘璃，也說不清楚究竟是不是出於聖上授意。現在這個節骨眼上，還是謹慎一些的好。」

魘桀聽得璐王一席話猶如醍醐灌頂，喃喃言道：「皇叔言之有理。我一見那怪物便有氣，被她含沙射影譏諷一番就失了方寸，幸虧有皇叔提點才不至於誤事。細細想來，我堂堂紫金帝嗣，原不該和個卑賤的怪物一般見識。」

璐王微微頷首：「殿下有這計較，本王總算安心一些。只是本王冷眼旁觀，覺得那魘璃恐怕也不簡單。就算那些言語是大皇子教的，適才在帳外的事可是她自個做出來的。如此倨傲果敢，可是在咱們南川大營將士面前擺足了架子，給大皇子撐夠了場面，可殿下發難之時卻一味示弱服軟，引得殿下與鷹隼起衝突，忽強忽弱，也不知究竟如何。本王閱人無數，卻一直無法看透此女的底細，日後還得多加小心才是。而今還是速速備戰要緊。」

魘桀長歎一聲：「時間緊迫，且兵力懸殊如此之大，怎麼準備也一樣損失慘重，此等危機只怕難捱！」

璐王搖搖頭：「事已至此，損兵折將在所難免，既然無法保存實力，便放手一搏，要日後國民想起此役來，都不可抹殺我南川大營的犧牲與功績！聖上那裡也自然有數，所謂危機危機，有危，也有機，這其實也是我們扭轉劣勢的一個機會，至於將士……只要南川大營帥旗不倒，很快就可以再度擴充，現在可不是吝嗇人命之時……。」

懷古道

魘璃與鷹隼離了南川大營，直奔懷古道而去，到了懷古道所處的峽谷口便棄了馬匹沿岩壁而上。那岩壁雖有五六丈高，但對他二人而言，卻不算是什麼，幾起幾落之間已經攀上山崖，轉身看去，遠處的南川大營人頭攢動，已然開始調兵遣將。

魘璃立在崖邊凝望片刻，忽然笑了起來：「鷹隼，你剛才不是真要和魘桀動手吧？」

鷹隼沒想到她會突然這麼問，不由得一呆，許久方才正色道：「微臣是受命於大殿下……。」

魔璃伸手掩住鷹隼的嘴歎了口氣：「又是這些陳詞濫調，我可不愛聽。你就不能說是因為心裡有我，所以容不得我受半點委屈嗎？」

鷹隼垂首看著魔璃臉上的期待神情，心頭似乎被什麼揉了一下，只好無可奈何地點點頭，而後問道：「可是帝女故意在二皇子面前示弱，只是想證明這個，還是……？」

魔璃淡淡一笑，只是伸臂挽住鷹隼言道：「我的心思總是瞞不過你，魔桀還記著兒時的仇怨呢，要是我再和他硬碰硬，在這裡鬧起來豈不誤了戰事？何況璐王老謀深算，那雙眼睛好像能看透人心似的，我可不希望他老是提防著我。再說有你在，總不能真讓我吃苦頭，在紫金帝嗣面前示一示弱也不算丟人。」言語之間已經挽著鷹隼沿懷古道的走向而去。

鷹隼任由魔璃挽著手臂，只是暗自歎了口氣。她總是能想到那樣合乎邏輯的藉口，來迴避問題的實質。在她不遺餘力打擊二皇子勢力的時候，二皇子是否記仇，璐王是否留心，都不能算是什麼大事。她刻意示弱無非是明知他會出手。而他身為鎮川上卿，乃是直屬於聖上之下的第一重臣。他的一舉一動在大多時候也是代表了聖意，尤其是在二皇子與大皇子的儲君之爭到了如今地步的時候，他的出手阻撓在二皇子眼裡只會是一個嚴重的警告訊號，等於是將已經非常被動的二皇子逼到窮途末路之地，說不得又要生出些事來。這等皇族內鬥，往往慘被波及的總是底層的無辜，是以以往他都能自我約束，不介入任何一方勢力，奈何而今卻因為一脈私情而失了偏頗。而她與他的這份感情似乎來得也太快，太讓他措手不及，並非他疑心太重，只是這些天的相處下來，越發覺得她的心太大，絕非他一個鷹隼就可以填滿的。

魘璃抬頭看看鷹隼，見他不自然地轉過臉去，也不由得心念一動開口言道：「你怎麼又成了悶葫蘆？」

鷹隼搖搖頭：「帝女八面玲瓏，微臣無話可說。」

魘璃咬咬嘴唇，鬆開原本纏住鷹隼臂膀的雙臂，面色微沉：「你覺得我是在利用你這鎮川上卿是不是？」

鷹隼默然，許久方才言道：「微臣不敢。」

「不敢，不敢，你心裡早已把我想成一個滿腹詭計的女人，這會倒是不敢了。」魘璃喃喃言道，一雙眼圈早不知不覺地紅了，而後跺跺腳，甩開鷹隼加快步伐朝前奔去。

鷹隼見她這般情狀，心頭已然大悔，尋思她若有此心，這些天來自然會處處隱瞞，斷不會把一切都坦然相告。明明是自己情難自禁，終不可將過失歸在她頭上。於是快步趕上，伸手拉住魘璃的右臂。

魘璃掙了掙，見無法擺脫便冷冷言道：「你都已經認定了我是什麼樣的人，還拉著我做什麼。」

鷹隼低聲言道：「這些時日發生事情太多，便不由得胡思亂想，原本是我不好。」

魘璃轉眼看看鷹隼，開口言道：「你有什麼不好？」

鷹隼歎了口氣：「我只是在擔心一些事，擔心過頭也就不免想太多。歷來皇權爭霸，皆是同室操戈，備受荼毒的除了朝中官員、軍中將士，甚至是朝野之外的無辜百姓也未必可以置身事外。聖上為了避免朝中兩派爭鬥，是以將立嗣之事一拖再拖，便是希望假以時日，以二位皇子的功業論高下，既可順民心，也可依天策。你為助大皇子建功立業，介入大皇子與二皇子的儲君之爭，甚至毫不留手地將二皇子逼到絕境，只怕會打亂聖上的部署，使得平穩過渡的期望成為泡影，之後的派系爭鬥，腥風血雨可想而知。」

魘璃悵然一笑：「就算我不介入，你覺得魘桀會與暝哥哥公平競爭嗎？敲響龍鳴鼓挑起戰事、刻意折損北冥大營將士、延誤接旨拒不出兵……這一樁樁一件件哪裡又公平了？何況歷來皇權更替，有幾個是不沾半點血腥就可促成的？倘若能一氣扳倒魘桀，暝哥哥順利接任儲君之位，這才是夢川得以長治久安的辦法。不然，你覺得像魘桀那樣的小人，難道會比暝哥哥更能勝任未來夢川國君嗎？」

鷹隼搖了搖頭：「你的想法有你的考量，可這些原本不該我們去判定。你有沒有想過，若是繼續泥足深陷，你的敵人會不只是二皇子、璐王……。」

魘璃心頭一顫，抬眼看看鷹隼，見他眼中盡是憂慮之色。四目相交之處，早已心領神會，細細想來不由得打了個冷顫，低聲言道：「你的意思是……父皇……。」

鷹隼微微頷首，低聲言道：「聖上雖英明仁愛，但他首先是一位帝君，然後才是你的父親，無論何時何地，放在第一位的都只會是國祚安定。若是你介入了這場決定夢川未來數千年國運的角力，將結果引向他不想看到的局面，我不覺得他會坐視不理。」

魘璃望著天際的雲霞，反覆咀嚼著鷹隼的忠告，許久方才喃喃言道：「你說的沒錯，這本就是我一早就該心知肚明的。」說到此處抬眼凝視鷹隼低低問道：「倘若……倘若有一天我與父皇真站到了對立的位置上，你會如何？」

鷹隼暗自心驚，雙手緊緊握住魘璃的臂膀嘶聲道：「趕快打消這樣危險的念頭！別把自己推到萬劫不復的境地！」

魘璃怔怔看著鷹隼臉上的緊張神情，心中悵然，而後淡淡一笑：「原來就連你也先是父皇的鎮川上卿，然後才是心裡有我的鷹隼……你放心，我不過是開個玩笑，何必嚇成這樣？我是父皇的親女，也是夢川的帝女，就算再有腹誹，也不會真跟父皇作對，更不會危害夢川國祚。」

鷹隼如何聽不出她話裡的幽怨口吻，然而言至於此卻是無可奈何，只能低聲言道：「昔日先父受聖上活命之恩，方才有鷹隼今日，飲水思源，自是不敢辜負聖恩。而今你已然成功逼迫二皇子參戰，只要此戰告捷，以往對大皇子不利的局面便可挽回，不如就此收手，安安樂樂地作夢川帝女豈不甚好？」

魘璃咬咬嘴脣，喃喃言道：「說到底，你還是在怪我利用你。」

鷹隼歎了口氣：「我不介意你利用我，只是我不願見到你有一絲一毫損傷。那不堪回首的質子生涯已經結束了，別把血腥爭鬥、陰謀算計再延續到將來的歲月裡。如此殫精竭慮，謀算人心無所不用其極，你又哪裡快活了？」說罷伸出手指輕捻魘璃眉心，緩緩言道：「知道嗎，我看見你的第一眼，就覺得你心裡很多委屈，很不開心。可世事無法盡如人意，也唯有看淡一些，才不用把自己逼得喘不過氣來。」

魘璃抬眼看著鷹隼，只覺他的眼神蘊涵深情，卻又滿是無可奈何的了悟，心想原來他早看透了自己，知道有些事情她會不惜一切地去做，所以才在回國之前對自己說出這番話來，希望自己有所顧忌。以他對父皇的忠誠，說出之前的言語來，已屬不易，若是自己還一意孤行，倒是負了他一番苦心。想到此處幽幽地歎了口氣，偎入鷹隼懷中低聲言道：「你已把話說到這個分上，我若再一意孤行，倒是我不識好歹了。今日我便應承你兩件事，第一，我不會再利用你做任何事；第二，只要魘桀不再加害暝哥哥，我便不再插手他與暝哥哥的儲君之爭。你可安心了？」

「帝女之諾，微臣之幸。」鷹隼心中滿是欣慰之意。只要她不再蹚這趟渾水，此後自會一切安好，他也自然不用提心吊膽。

魘璃輕輕歎了一聲：「我不愛聽你叫我帝女，也不愛聽你自稱微臣。」她摟住鷹隼的脖子不依不饒：「以後沒有旁人在，就和暝哥哥一樣，叫我璃兒吧。」

「璃兒……。」鷹隼低低喃呢一聲，伸臂環住魘璃的身體。六部戮原上空雲卷雲舒皆隨清風而起，偌大一片荒蕪戰場在他二人心中竟如妙曼仙境一般，兩人相依相偎，再無言語，也不知過了多久。

忽然間，遠處傳來一陣隱隱雷聲。魘璃鬆開環著鷹隼的手臂站起身來舉目一望，只見那寬闊峽谷之中，遠遠地出現一幕鋪天蓋地的沙塵，朝這邊奔襲而來。雖還隔著十數里，但山谷也在為之震動！

「來得好快！」鷹隼喃喃言道，緩緩站起身來走到魘璃身後：「也不知二殿下是否已經做好部署。」

魘璃凝望那飛速而來的沙塵，只見黃沙飛揚之間另有三股暗紅的旋風隱隱其中，驀然一驚：「不好！定是時翔已然覺察大軍被我等盟軍阻斷後路，又怕前有伏兵，所以祭出了天尊傳下的御風珠！」

「御風珠？」鷹隼心念一動，「莫不是天尊用以提拔下界妖仙入天界封神而特製的祕寶？」

魘璃微微頷首：「正是此物。那時翔雖驍勇，但御風之力遠不及已經受封太子，且已入風靈殿獲賜紫旃果的時羈。所以在龍隱澤與暝哥哥對陣之時才沒有再次御風放毒。想來此刻生死攸關，就犧牲了幾名來自下界的得力助手，以他們體內的御風珠開路……雖說御風珠一旦發動只能使用一次，但威力奇大，只怕魘桀布下的絆索、短刺樁、弩箭等防禦會被颶風一掃而空……。」言語之間那漫天沙塵包裹著颶風已然到了近處。鷹隼眼明手快，早攬住魘璃伏低身體，只聽得刺耳的風聲轉瞬而過，之後便是無數馬嘶鐵蹄錚錚！

鷹隼抬眼望去，只見風郡大旗飛揚，一片黑壓壓的鐵甲騎兵奔襲而至。颶風奔懷古道口而去，漫天黃沙也看不清那邊的情形，不由得憂心忡忡：「二殿下那邊必定傷亡慘重，而風郡大軍緊跟而來，南川大營倉促之間怎麼可能瞬間再度集結戰陣？如此多的騎兵蜂擁而至，一旦失守只怕是會潰不成軍！」他久在軍中，自然明白其中的厲害關係。

魘璃拍拍身上的沙塵，歎了口氣：「倒不用擔心他，以魘桀的為人，怎麼可能吃這樣的大虧？」言語之間，只聽得轟隆一聲巨響，原本迅速奔騰的風郡騎兵隊驟然被截斷，卻是懷古道的地面毫無徵兆塌陷。百餘騎兵瞬間被大地吞沒，一時哀嚎聲不斷！原本一路奔襲的大軍就如同一條飛速遊走的巨大的黑蟒，突然被人斬斷蛇首，自然亂了方寸。前面的好容易才勒住韁繩，不至於跟著撞進坍塌的坑洞，而後面的已然撞了上來，一時間人仰馬翻！

就在此時，懷古道的地面再度開始塌陷，無數裂紋在地面出現，更多的戰馬失蹄栽倒，連帶背上的騎士一併摔個脖斷頸折。然而這只是一個開始，鬆動的地下突然冒出一隻隻尖銳的長矛，轉眼間已有數十匹戰馬被長矛洞穿腹部，頓時嘶聲倒地，血如泉湧，瞬間染紅了一大片地面！

「那是……沙幕遺民！」鷹隼忽然明白過來。

能以土為戰的自然是昔日天道六部之一的沙幕。雖然當年的浩劫導致沙幕等國傾覆，但也有很少一部分遺民流落在外。故土面目全非，無法再讓人休養生息，唯有客居他國。為防流民生事，就以天尊定下的一戶兩丁制抽丁入伍，以服兵役來換取家小滯留他國休養生息的權利。因為夢川相對於其餘兩部而言總算是更加善待流民，所以久而久之大部分的遺民都流向了夢川。

鷹隼喃喃道：「這群沙幕遺民客居在二殿下的封地之上，也就自然為二殿下所用，被編入流民營，尋常只做些粗重活計，負責開挖工事，不想卻在此時建此奇功。」

魘璃微微頷首，眼露憐憫之色：「這種情形下派他們暫時拖住奔襲的風郡大軍是對的，只不過……。」她搖了搖頭：「但願魘桀重結戰陣之後，會給這些人留一線生機。」她的眼光在戰場上一掃而過，牢牢鎖定了百丈開外的「翔」字帥旗，只見一個身披黑甲頭戴金冠之人跨騎在一頭月白色的三角犀之上，再仔細看看，果然是風郡的四皇子時翔。

魘璃嘴角露出一絲冷笑：「原來這廝已經到這裡了。」

此時統軍的風郡四皇子時翔已然明白過來，勒住轡繩高聲喝道：「地下有埋伏！上面罩！藥師營出列！」令旗揮出，一千騎兵早將頭盔之上所帶的面罩扣下來掩住口鼻，就連所有的坐騎也都瞬間罩上了面罩。就在同時，林立的馬蹄下已然開始瀰漫一片明黃色的煙塵。那煙塵蒸騰瀰漫，卻只在馬腹之下盤桓。地上浸潤的鮮血一碰到煙塵，瞬間化為絳紫色滲入業已鬆動的泥土之中！

頃刻之間，地面的泥土開始劇烈波動，緊接著無數黃褐相間的軀體從土中崩裂而出，一個個身高不足四尺，肌膚黃如松香，雖一個個面目姣好，但此刻滿面殺機，原本就極大的眼睛此刻瞪得猶如銅鈴，背部手臂都覆蓋著一層褐色的堅硬鱗片，手執長矛。一眼望去，雖有數百人之多。只因散在林立的騎兵之中，霎時間就成為眾矢之的！

風郡的騎兵之前吃了這群小矮人的大虧，而今施毒把他們逼出土來，自然不會放過，只見刀光劍影，雙方已然短兵相接！

地面還蒸騰著一層毒煙，對於早已佩戴面罩的風郡騎兵而言，那毒煙並無妨礙，但對於身材矮小的沙幕遺民而言，卻是個致命的威脅！儘管那些沙幕遺民慣於在土中作戰，都深諳閉氣的法門，可是這麼長時間處於毒煙之中與居高臨下的敵人對戰，卻是非常不利。縱然沙幕遺民驍勇善戰，但人數上也與風郡騎兵相差太遠，勉強支撐一陣就落了下風，死傷大半，剩下的百餘人雖然好不容易匯在一處，卻也被騎兵團團包圍。

只見為首的一個青年手握長矛與一干騎兵相鬥，左衝右突，雖未能帶族人衝出重圍，卻也帶領族人逐漸退到未被毒物侵蝕的峽谷岩壁一角。只聽得他一聲呼哨，那百餘名族人已然成扇形排開，矛鋒對外，一層又一層集結扇形戰陣，矛鋒密集展開，就好似一隻碩大的巨型刺蝟。

峽谷雖寬，可谷中人數眾多，儘管騎兵善於衝殺，但對於這樣相對狹小的空間卻無用武之地，反倒是沙幕遺民的刺蝟陣型已然開始緩緩朝外擴張，長矛飛速地層層突襲，竟然再度將峽谷中的騎兵陣型截為兩段。中途被長矛刺傷倒地的馬匹已然滿滿堆了一圈，無形中又成了一道不利騎兵前行的障礙。如此一來，雖然包圍圈裡的沙幕遺民走不出來，但外圍的騎兵一時半會也攻不進去，而突圍中，他們也離開了那片被毒物汙染的土地，總算暫時性命無虞。

鷹隼見得此景也不由得心生敬意：「昔日沙幕雖與赤鄴有滅國之仇，但這區區百餘人居然能阻斷風郡大軍，不得不教人心悅誠服。看來那個領頭的也不是等閒之輩。這樣的人才居然只用來給南川大營做粗重活計，未免太浪費了……。」

魘璃注視著谷中戰況喃喃言道：「不可能的，『非我族類其心必異』，這八個字可是以魘桀為首的皇室宗親最為警惕的。就算他真的能征善戰，也不會真讓他領兵。這個時候把他們派出來，也旨在拖延時間，能否突圍都沒意義，這些人的命早就懸於虎口了。」

話音剛落，忽而聽得一陣簌簌之聲，只見空中乍現無數飛翎長箭，頃刻之間偌大一片戰場上下起了一陣密集而致命的箭雨！就連魘璃與鷹隼所在的藏身之處也在射程之類，一時間避無可避，鷹隼早已將身一晃化為巨虎將魘璃護住，密集的箭頭落在他的肩背之上卻無法穿透那硬如玄鐵的肌肉，紛紛折了箭頭掉落在地。魘璃雖早料到魘桀會以飛翎長箭大面積打擊懷古道這塊戰場，以阻止風郡大軍再度集結奔襲，但這樣密如飛蝗的箭陣給她的震撼也不是一點半點。在最初的驚訝之後，她忽然想起下面的沙幕遺民來，低頭看去，只見下方的戰場上已然屍積如山，被長箭貫穿的風郡騎兵也好，沙幕遺民也罷，無不是鮮血淋漓。雖然仍有不少人在揮舞兵器抵擋飛翎，但箭雨如織，根本就未嘗停歇，死於亂箭之下只是遲早的事。

忽然一聲尖利的哨聲刺破長空，繼而一聲巨響，一朵碩大的赤色煙花綻放在天際，同時風中傳來一陣號角聲。魘璃面露喜色舉目瞭望，心知是兄長與剋王的盟軍已然趕到，正在猛攻風郡大軍尾翼。

時翔腹背受敵，雖然軍中早有盾牌手掩護，但前方的箭陣竟然連綿不絕，加上地面堆積的死傷將士和戰馬，已經形成一大片障礙，騎兵委實無法再向前奔襲，唯有下令退軍，暫避箭陣鋒頭，以免再有更多騎兵折損在此間。風郡大軍的後退雖然讓苦苦抵抗的沙幕遺民稍得喘息，但那密集的箭陣卻是更大的威脅。又有十數人中箭倒地，頃刻之間就被後來而至的長箭扎成刺蝟，血肉模糊！

那名領頭的小矮人雖被一隻長箭貫穿背部，但還在揮舞長矛為身後的族人遮擋箭雨，長箭就插在背上，創口血如泉湧，他也只是嘶吼連連，勇猛作戰。

魘璃心頭一震，卻見他周圍中箭倒地的族人雖多，但整體人數卻比剛才少出許多，再定眼一看，只見靠近岩壁的地上不知何時已然多出一個半大不小的洞來，一個靠近洞口的沙幕遺民，一貓腰消失在洞中，之後又有一人緊跟其後……。

「好個明修棧道，暗渡陳倉，原來他們組成刺蝟陣的真正用意在此。」魘璃鬆了口氣，心想難怪那首領身受重傷還在揮舞長矛，所圖的只是為後面的族人爭取時間脫困！她怔怔看著那首領因為失血而逐漸緩慢的身形，忽然開口言道：「鷹隼，我們不能讓他死！」

鷹隼如何不知魘璃起了愛才之心，不忍見他就此送命，於是張口叼住魘璃的腰帶將身一躍，已然從崖頂跳進屍橫遍野的懷古道戰場。雖然箭雨如織，但有鷹隼以碩大的虎身護住魘璃，總算安全無虞。抬眼看去，只見能走動的沙幕遺民都已經消失在那個洞中，而中箭的首領卻因為失血過多而癱倒在地無力動彈。

魘璃在鷹隼的掩護下接近那沙幕遺民，拔出腰間的金翎劍將插在那人背上的長箭劈斷，而後將他翻過身來順勢拔出箭頭。那人大叫一聲，全身冷汗直冒，赤裸的胸前偌大個血窟窿血流不止！

魘璃見他兩眼翻白，心知再不想辦法，這人只怕是要橫屍當場，也顧不上許多，將手掌在劍鋒上一抹，殷紅的血液隨之溢出，盡數滴落在那人的創口之上。有夢川皇族的靈血滋養，那個貫穿身體的傷口開始飛速癒合。

就在此時，箭雨已然停歇，懷古道口的方向傳來一陣整齊劃一的腳步聲。魘璃抬眼看去，只見四輛高愈兩丈的玄鐵戰車正並排緩緩駛來，南川大營帥旗昭彰，雖然被戰車的高盾所擋看不清後面究竟有多少兵馬，但想來已傾巢而出。

鷹隼將身一晃恢復人形，沉聲道：「大殿下已經發出信號，讓二殿下領兵進攻，形成首尾圍合之勢。」

魘璃低低應了一聲，看看滿地屍骸：「這場戰爭……哎，只希望一切早點結束，盡量少些人命傷亡。」之前她設計魘桀參戰，本是有意藉機削減南川大營勢力，那些兵卒的生死倒不是如何地放在心上。而今親眼見得戰爭的殘酷，心頭不免有些不安。轉眼見躺在地上那沙幕遺民呼吸漸漸順暢，才稍稍減弱些許心頭的愧疚，低低喚了聲鷹隼：「你說要是這天道之中沒有什麼部族紛爭，或者說沒有種族之別，豈不是比現在這樣好太多。」

鷹隼低頭看看魘璃，歎了口氣：「此事談何容易？」

魘璃怔怔言道：「是啊，談何容易……。」

南川大營的軍隊已經到了近處屍橫遍野的所在，那碩大戰車前的鋼鏟像在清理垃圾一樣推動地上的物事，是已經殞命的敵軍也好，是戰死的沙幕遺民也好，甚至還有半死不活的戰馬，都被無情地推動碾壓。殘缺的屍骸填補了先前沙幕遺民造就的大坑，也將被毒物浸染的大地覆蓋

魘桀立於戰車之上，面無表情地環視這片戰場，颶風雖撕裂了南川大營的中軍，死傷不計其數，但眼前折損這數百個外族流民，就能暫時阻止風郡大軍，進而南川大營迅速重組陣型，逼退風郡大軍，已然是不幸中之大幸。他低頭見鷹隼與魘璃立在那仰躺在地的沙幕遺民身邊，以及那人胸口癒合的紅色創口，心知是魘璃用皇室靈血救治那個卑賤的流民，只是鄙夷地冷哼一聲，繼續督師前行。

原本藏身洞中避禍的沙幕遺民見得戰局稍停，方才敢從洞穴中出來，圍到首領身邊。一起出征時是數百人，而今卻只剩這三十來人，又親見族人的遺體被戰車碾壓，首領也昏厥在地，生死未卜，小矮人們已然欲哭無淚，只是唯唯諾諾地不時抬眼偷看魘璃與鷹隼二人，以及眼前川流不息的南川大營軍隊。

魘璃歎了口氣，不敢再去看那些沙幕遺民的哀傷眼神，只是拉拉鷹隼的手臂：「我們還有要緊的事，走吧。」

「等一下……，」一個衰弱的聲音突然冒了出來，地上躺著的沙幕首領睜開了眼睛，「是你救了我的命。」

魘璃轉過頭來看看那人：「你叫什麼？」

「吾乃沙幕部族首領圖巴之子烏攸……，」烏攸吃力地撐起身子，看看胸前那一塊凝

固的血紅，「你是夢川皇室中人？」

魘璃專注地看著眼前這個衰弱的小矮人：「我是魘璃，夢川帝女。」

烏佡咬咬牙：「我的命是你救的，這個恩日後必報，不會拖欠。但是別指望我會感激你夢川皇室……讓我們做馬前卒送死的也是你們夢川皇室！」

「沒錯，」魘璃微微頷首，「烏佡，你的名字我記下了，恰當的時候我會向你索要報酬，所以你也不用念著恩，現在，跟你的族人一起回去好好養傷吧，我們遲早還會再見的。」說罷轉眼看看鷹隼，伸手握住鷹隼的手：「走吧，再耽擱，就追不上時翔了。」

事情進行得很順利，就跟她事前預計的一樣，風郡的大軍被前後夾擊，圍困在這懷古道中，但是這只是暫時的，接下來還有一場硬仗要打。在她前來六部戮原與兄長魘暝會合之前，已經讓蒯肅趕回夢川搬兵增援，然而這個時間上卻未必來得及。倒是兄長自夢川與赤鄴邊界上調過來的三萬兵馬，應該可以及時趕到……。

修羅場

懷古道中，煙塵滾滾。

魘桀的南川大營軍隊以戰車打頭陣，有條不紊地緩緩迫近風郡的軍隊，不時有強弓勁弩自鏟車之上飛襲而來，將正退走的風郡大軍尾陣撕裂得七零八落。

時翔出戰受挫，一心只想突圍而出，撤兵回駐地，也顧不得來自後方的南川大營威脅，只是指揮兵馬朝懷古道的另一頭衝殺。

魘暝的北冥大營與剋王率領的忘淵軍隊雖然已經順利會師，但相對於後方的南川大營而言，盟軍在與風郡軍隊的直接交戰中承受了比較大的壓力。

峽谷內交戰的聲音鼎沸，喊殺聲不絕於耳。這峽谷雖寬，暫時有騰挪的空間，但是風郡軍隊接近四十萬之眾，黑壓壓的一片，一眼望去見不到盡頭，好像是被截流淤塞於溝渠之中的死水。倒是時翔的帥旗在千軍萬馬之中移動得飛快，一騎白犀裹挾在快速奔走的兵馬之中，朝著前方正交戰廝殺的主戰場而去。要突圍返回駐地，從地利之上，那個方位比較近。畢竟短兵相接，狹路相逢，他對自己手裡的兵力頗有信心。

魘璃與鷹隼沿著懷古道高高的山壁，一路追趕時翔的蹤跡，這亂軍之中，苦苦拚殺自然不如從敵軍的元帥下手來得簡單直接。飛奔之中舉目望去，就在對面的山壁之上也煙塵滾滾，人潮湧動，再一看對方的盔甲服飾，正是忘淵的軍隊。想來是剋王派遣的一隊親兵，打算從側翼封鎖困在懷古道中的敵軍。

而今風郡軍隊腹背受敵，右側的圍合戰陣也將形成，而左側這一方山壁雖然有地利天險，但是空門大開，對於能征善戰的軍隊而言，並非無法踰越。時翔初時被前後夾擊，一時間打亂了陣腳，但很快便已經覺察到了現今的不利處境，與其與前方的敵軍硬碰硬，不如另尋脫身的辦法更為實際，畢竟現在突圍已經是當前最為緊要的事。

很快，風郡軍中號角嗚嗚吹響，無數軍士紛紛棄馬離鞍，無數帶鉤的巨大飛爪彈射而出直取崖頂，在扎進岩石之後，機簧啟動，將岩壁緊緊扣住，而後便有無數軍士抓住飛爪尾部所連接絞過牛筋的粗韌長繩，雙手交替拉扯，登著岩壁飛快地朝崖頂爬去。

左側山崖之上的忘淵軍隊自然不會放任他們就如此逃離，於是箭弩齊發，朝著正懸在半空的風郡士兵招呼過去。人在半空，自然避無可避，不少人中箭墜下，但很快又有人跟上，前仆後繼。

忘淵本就以盛產金屬著稱，打造兵器機簧等也是極其擅長。此刻見箭弩只能暫時阻礙敵軍行動，於是一陣刺耳的呼哨聲響起，弓箭手背後轉出一隊善使迴旋刀的刀手，輔助出擊，所瞄準的無不是對面已經固定在山崖之上的飛爪繩索。一時間無數閃著雪亮冷光的彎刀形成無數急速旋轉的圓盤，在懷古道戰場上空飛旋，遮天蔽日。

時翔眼見迴旋刀陣遮天蔽日，廢掉了軍中的飛爪，斷了突圍的路，只恨得鋼牙咬碎。一聲長嘯，聲猶未絕，就見得一大片黑壓壓的物事從大軍之中升騰而起，卻是無數以精鋼加鑄了鋒利長喙的大鳥，撲打翅膀的聲音掩蓋了地上的廝殺聲，紛紛朝著右側山崖上的忘淵軍隊衝了過去，一時間，山崖之上形勢逆轉，風郡軍隊得以喘息，而忘淵軍隊卻不得不疲於應付那些不計其數的大鳥。

就在這時候，一對巨大的銅翼驟然升騰起來，卻是時翔終於親自出戰。一雙刀劍不侵的碩大翅膀在空中急拍，一路展翅疾飛，將那些旋轉的迴旋刀猛地擊飛開去，許多在山崖上等待收回迴旋刀的刀手躲避不及，紛紛被自己的武器所傷，摔入山谷，死傷不可計數。

困於懷古道中的風郡士兵見主帥出馬克敵制勝，紛紛精神大振，與夢川大軍的戰鬥更為激烈。而準備自左翼岩壁突圍的，則開始一層接一層組搭人梯，朝著十餘丈高的山壁壘了上去，數十個三角形的巨大人梯在朝著崖頂延伸，若是讓他們突圍成功，這懷古道一役的形勢必然又有新的變故。

魘璃與鷹隼已經趕到此處，眼見此刻的慘烈戰況，敵軍力圖突圍，而本該封鎖左面山崖的援軍遲遲未到，都不由得心急如焚。此時此刻，最要緊的便是拖住想要突圍的敵軍，等待援軍到來。否則這懷古道之戰，可就不知道鹿死誰手了。

鷹隼沉聲道：「帝女且在山崖之上接應，待微臣先去拆下面的人梯。」說罷將身一晃，現出黑色巨虎的本相來，四隻巨爪在山崖上一蹬，朝著峽谷之中撲了下去。

魘璃喃喃道：「我乃夢川帝女，豈能置身事外？」言語之間長劍出鞘，挽作一片雪亮的劍花。

就在最早組搭的三角形人梯快要越過那高高山壁的時候，一片炫目的劍光乍現，伴隨著幾聲慘叫嘶吼，血肉橫飛之中，巨大的人梯就像塌陷的沙塔一樣分崩離析。

「鷹隼，下面交給你了，絕不能讓人梯搭起來！」魘璃人在半空，揮劍斬殺組搭人梯的敵軍，話音未落，已經沿著山壁飛快地襲擊了不遠之處的另一個人梯，右手長劍揮揚，左手長錐突刺，出手狠辣迅猛。她在山壁之上一沾即走，左衝右突，就如砍菜切瓜一樣。無數風郡士兵殞命其手，甚至來不及看清楚究竟是何人須臾之間取走了自己的性命。

一頭巨大的黑虎驟然出現在懷古道下方的陣營之中，伴隨著震天動地的聲聲咆哮，風郡陣營之中慘叫連連，不時有士兵被拋甩而出，砸向兩旁的岩壁，摔得血肉模糊。鷹隼一路衝殺，直奔前方又一座人梯，直接從人梯的基座上開始攻擊。那些壘在最底下的士兵原本就在勉力承受來自上方的壓力，哪裡還有能耐反抗？紛紛頹然倒地。

人梯在一座接一座地崩塌，無數士兵殞命。在血肉紛飛之中，一人一虎如同兩股死亡的飀風，在被衝殺撕裂的戰陣之中不斷地擴大死傷範圍。於是好不容易連貫如一的風郡軍隊在這數丈寬的峽谷中，又一次被阻斷。風郡軍中雖有無數猛將，無奈被困於狹長蜿蜒的懷古道中，首尾不能相互呼應，遠水不能救近火。風郡的軍隊本是身經百戰之師，可這樣的挫折卻是從未有過，對方不過只有一人一獸，所到之處，血流成河，屍積如山，硬是將這片戰陣撕扯得潰不成軍。

風郡的號角發出短促的聲響，就近的陣營之中跳出兩員大將來，將身一晃，化為兩頭巨大的獅子，鬃毛蓬勃，四肢筋肉糾結，爪子鋒利無匹，看起來的體量與鷹隼化身的黑虎還大了一圈。咆哮嘶吼之中，兩獅一虎已經鬥在一處，山谷之中頓時飛沙走石。

而魘璃也被風郡陣營之中新派出十數個身材分外高大壯實的刀斧手團團圍住。這群刀斧手一個個面目猙獰，下手也凶暴，其力如牛，每每兵刃相交都不免手臂發麻，遠非魘璃之前所碰上的那些普通軍士可比。想要不折在這群厲害角色手裡，只能比他們更快。魘璃咬緊牙關，在戰團中飛速遊走，在快刀鑾斧之間騰挪突擊，瞅準時機便直擊要害。

時翔雖然相距遙遠，但也看得分明，認出那正在亂軍之中屠戮他手下兵馬的，正是昔日宮囚魘璃，也不由得吃了一驚。饒是他見慣沙場，但這樣的狠辣手段，這樣迅捷的身法當真聞所未聞。他軍中的將士都不是等閒之輩，然而在搏鬥中卻比起奪取他們性命的那個可怕女人慢了半拍，刀劍就好像長了眼睛一樣，看似碰到她的身體，都貼著邊滑了過去，就這一瞬之間，她已經閃到前方一兩丈開外，左手的紫色長錐刺入近前一個風郡士兵的咽喉，而剛才揮刀的那個將士卻已經被她手裡的金翎劍一分為二。她置身飛濺的血霧殘肢之中，背後就是屍山血海，而她那一雙眼睛，卻目光灼灼地正看向他這邊！

「金翎劍！……該死的……！」時翔咒罵一聲，再也待不住了，拔出腰間佩劍，銅翼一展，朝著遠處的魘璃撲了過去。那是他那個不可一世的大皇兄，時羈的佩劍，本就是件無可匹敵的神兵利器，而今落在這樣一個快如鬼魅的敵人手裡，就等於是一件加速的殺人機器。他手底下的將士雖然精於戰陣，但對上這樣的敵人，就好比是擺在案板上的肉，只有隨意屠戮的分兒。

魘璃右手的金翎劍也不知斬斷了多少敵軍的人頭臂膀，左手的流蘇也不知道戳穿過多少敵人的胸膛，但懷古道中的敵軍卻是數十萬之多。她的腳下滿是敵軍的屍首，可是在黑壓壓的人群之外，又有無數的人梯在朝著左側的山崖壘了上去。

她無法同時阻止不計其數的敵軍，於是又把目標放在了時翔身上，擒賊先擒王。這一轉向看到了正從空中俯衝而來的時翔，隨後舉劍相迎，提氣大喝一聲：「來得好！」時翔的佩劍挾著飛撲而來的慣性，雖有千鈞之重，卻被魘璃一劍一錐牢牢架住。

這裡是六部戮原，對於天道六部皇室中人而言，這片不祥的殺伐之地是所有人的靈力都不受約束的所在。所以此時此刻的魘璃，已非當初在風郡皇宮被結界壓制之時的舉步維艱。相反地，這一路廝殺好像喚醒了她這七百多年來一直被壓抑的靈力，就連每一絲頭髮都在躍躍欲試。

時翔倒是沒想到她能接下這一招重擊，本以為能就此震斷她手中的兵器，卻不料她人朝後一仰，自己手裡的寶劍頓時失了準頭，隨之眼前一花，已經被重重一腳踹在了右側的面頰上，頓時眼前發黑，頭腦眩暈，一股熱流順著臉就下來了。待到他一把抹去臉上的血潰，卻見魔璃已經落在了兩丈開外，又揮劍斬掉了兩名士兵的頭顱！

時翔大怒，背上的銅翼拍打，一時間無數羽毛飛射開去，猶如密密麻麻的飛刀。魔璃沒打算再硬接這不計其數的飛羽，只是閃身躲到剛剛被她斬去頭顱，還未倒下、體型彪悍的兩具風郡士兵屍身身後，只聽得簌簌連響，兩具龐大的屍體頓時被扎成刺蝟。

時翔一擊不中，正拍打翅膀搶了上去，那兩具龐大的屍體卻朝著他撞了過來，待到他及時閃避開去，寒光四溢的金翎劍已經朝著他的胸膛刺了過來。

魔璃反客為主，一路揮劍快攻，逼得時翔手忙腳亂，連連敗退。

然而四周環視的風郡士兵卻又再圍了上來，就像是炸開的蜂窩一樣。無數的刀槍劍戟圍合成一個不足兩丈的包圍圈，紛紛朝著她招呼過去，兵器相撞之聲不絕於耳，逼得她幾乎喘不過氣來。

時翔一得喘息之機，便撲騰翅膀再次飛到了空中。之前他本打算簡簡單單料理了魔璃，卻不料眼前這對頭甚是扎手，且由雜兵先耗著，對他而言，指揮手下的將士突圍才是頭等大事。於是自腰間拔出令旗揮舞，早有號手得令，於是傳令的號角又嗚嗚地響了起來，一處連著一處，響徹這紛紛亂亂的戰場。無數的人梯再次開始組搭，拚命突圍的風郡士兵也把性命豁了出去，人人心裡明白，若是不能從這裡出去，那擺在面前的就是死路一條。

魔璃被四周的敵軍纏住，暗中叫苦連連。

那三萬援軍呢？怎麼還不到？

若是讓風郡士兵從這裡突圍，那之前的布局豈不白費了？

驀然頭頂一鬆，原本紮緊的髮束已然被背後劈來的刀劍削斷，無數髮絲驟然披散開來，遮住了她的眼睛。

就在此時，一陣刺啦的水聲響起傳來，無數涓涓細流自左側的山崖上噴射下來，隨之一片火光驟現，轉瞬之間熊熊烈焰連成一片。噴射入谷的是油脂，遇火則燃，谷中的風郡士兵慘呼一片，無數人梯瞬間瓦解。一片黑壓壓的軍隊已經迅速彌補了左翼山崖之上布防的空白。

無數招展的白色旗幟上書「北冥」二字，紅髮紅鬚紅眉，在夢川的白色衣甲反襯下顯得異常醒目，卻是北冥大營旗下的赤鄴流民營，赤鄴本是火族，擅火攻，此時憑藉地利，澈底摧毀了風郡的頑強抵抗。

魘暝自赤鄴邊界上調過來的三萬援軍派上了大用場。懷古道四面圍合的「口袋」已經完全收攏，將風郡大軍澈底困住，並在兩翼山崖之上占盡地利的軍隊夾擊之下，又將被魘璃和鷹隼截斷的風郡大軍分割成了若干個無法相互呼應的殘部。

時翔原本一心想憑藉這場戰爭獲取戰功，作為與時羈相爭的資本，卻不想而今落得如此境地。敗相已現，風郡的士氣自然大受打擊，有些人還在拚死抵抗，有些卻已經無心戀戰，然而四面被圍，無處可逃。馬嘶人嚎之中，不少人被自己的同袍撞倒、踐踏，死傷無數。

他心有不甘，拍打翅膀落在右側的山崖之上，將近處遭遇的幾個忘淵弓箭手紛紛打落山谷，眼見遠處又有接應的軍士要圍上前來，轉眼看看山谷之中正與他士兵搏命廝殺的魘璃，驀然惡向膽邊生，彎腰拾起地上的硬弓，將一柄長刀作為箭，瞄準了魘璃的後背。

魘璃一直困於風郡將士的車輪戰中，本不提防有人在自己背後放冷箭，驀然背心一寒，繼而劇痛襲來，一柄長刀自後背穿入，腰間洞出，頓時血流如注！她揮劍架開周圍遞過來的刀槍劍戟，回首抬頭，只見時翔面帶獰笑，不由得心中大恨，將流蘇叼在口中，伸手握住腰間洞出的長刀刀刃，一聲悶哼，已然將那帶血的刀刃齊腰折斷，隨後反手擲出。

那斷刀挾著一股勁力直取時翔的右眼，只聽得一聲慘叫，時翔捂著眼，一個翻身從山崖上摔了下來，原本展開的銅翼來不及收攏，硬生生地撞擊在山石之上，咔嚓一聲，折斷了左翼。

魘璃已然來不及去管時翔的死活，因為她周圍的包圍圈再度收緊，無數敵人趁著她轉身對付時翔，空門大開的時候，又攻了過去，一個個面色猙獰！

魘璃又痛又怒，爆發出一聲撕心裂肺的長嘯，創口噴出一片血霧，瞬間寒氣大盛，血霧化為無數暗紅的冰晶朝四面八方激射開去，只聽得「簌簌」連響，原本圍在魘璃四周正想取她性命的風郡兵將應聲而倒，就好像驟然怒放的層層花瓣，屍體堆積足有五尺之高，方圓十丈之類竟然一個活人都沒有了！

遠處的風郡兵將膽顫心驚，征戰沙場多年，還沒見過這樣迅速而莫名其妙的死法，這一遲疑之間，就見屍堆中央的魘璃身子晃了晃，頹然倒地。

這一倒，無疑是緩解了周圍風郡兵將的恐懼，也不知是誰喊了一聲：「梟其首者，大功一件！」

一瞬間，無數的人影已經飛躍而起，朝著屍堆中央撲了過去！

鷹隼與兩頭巨獅的搏殺同樣凶險，然而在這山谷之中體型越大，反而越是處處掣肘，初時他以一敵二，身處劣勢，然而在他抓緊空隙，以虎尾鞭傷其中一頭獅子的雙目之後，形勢已然逆轉。鷹隼以逸待勞，逐個擊破，方才騰出身來，在亂軍之中搜尋魘璃的蹤跡，驟然聽得遠處傳來一聲魘璃的嘶吼，緊接著一顆心已經沉了下去。

他看到在數百丈之外，無數風郡兵將朝著一片屍體堆成的山丘撲過去，但不知為何，慘呼聲大起，撕心裂肺，聲聲戛然而止，又頻頻響起。原本正朝此處飛撲的風郡士兵在哭喊著試圖逃離那片屍山血海。

那屍體堆成的小山之上慢慢出現了一個人的身影，卻是魘璃披散長髮、雙目泛出紫紅色精光、神情漠然，一劍一錐毫不留情地朝著那些驚慌失措的潰敗敵軍招呼過去，彷彿一尊嗜血的凶神！

她的周圍已經堆積了許多死相恐怖的屍體，無不是缺胳膊斷頭，黏稠的血液濺滿了她身上的皮甲，一柄長刀穿透了她的背部，直至沒柄，而從腰間穿出的部分，已被折斷，流掛著血漿。

劇痛與憤怒之中，她的思緒已然凝固，腦海之中只有一個字——殺！

殺，殺，殺！

試圖負隅頑抗的，殺！

打算逃之夭夭的，殺！

即便是負傷倒地，哀哀告饒的，也殺！

就像是這蒼茫冷酷的六部戮原化身，她就是殺戮，殺戮就是她。

即使是若干年以後，那場戰爭的倖存者回憶起這一幕的時候，仍然會不由自主地心驚膽寒。

鷹隼大吼一聲，巨大的虎軀騰空而起，朝著那片屍山血海奔去，到了近處將身一晃恢復人形，一面呼喊魘璃的名字，一面伸手去阻攔魘璃繼續帶傷追殺敵軍。

不想此刻魘璃傷重，已然失去了神智，就連他也認不得，將身一側甩開他的手臂，接著手裡的兵器直接朝他招呼過來！一招比一招狠，一招比一招快，快得連鷹隼都措手不及！

鷹隼急急閃避，偷得一個破綻劈手奪去魘璃左手的流蘇，再順勢震飛了魘璃右手的金翎劍，隨後閃到魘璃身邊將她一把攬住，卻覺著魘璃此刻力大無窮，可此時她身後還插著那把斷刀，若是觸動斷刀，少不得會加重傷勢。這樣的情況下，他只好選擇劈掌在她後頸一擊，原本在死命掙扎的魘璃不再動彈，就像斷了線的木偶一樣，頹然倒在了他的懷中。

此刻北冥大營的進攻號角聲響起，無數將士士氣如虹，追趕著風郡的殘部，越過鷹隼與魘璃的身邊，朝著懷古道的另一端不斷縮小著包圍圈。

鷹隼也顧不上其他，只是翻過魘璃的身體，小心檢視那柄斷刀的情況。這一刀甚是凶險，創口貫穿後背前腰，即使魘璃體質特殊，也無法保證生命安全。斷刀在體內，雖然堵著傷口，血液不會大幅度噴湧而出，可也會直接影響傷口的癒合，無法止血。

這個時候，無論是拔刀，還是不拔刀，都是凶險。

鷹隼心亂如麻，之前他之所以隻身下谷去與千軍萬馬相搏，就是不想讓魘璃也犯險，不料魘璃並沒有像之前說好的那樣只停留在山崖之上，而是也加入了混戰。而今雖然戰局已定，但若是有個三長兩短……。

他不敢想下去，手懸在斷刀的刀柄之上，微微發抖。猶豫再三，還是小心地握住刀柄，快速地將斷刀拔了出來。刀一離身，頓時血如泉湧，但是很快，血液又開始自動倒灌，沒入創口。

鷹隼稍稍鬆了口氣，撕開身上的戰袍，替魘璃裹好傷處，正準備將她轉移到安全的地方，忽而眼前一黑，四周瞬間沒入一片黑暗之中。

這場戰爭自午時打響，到如今也不過才過去三四個時辰，這天不可能黑得這麼快，而且就算是天黑，也不會是這樣一瞬間就到伸手不見五指的地步。懷古道的喊殺聲很快靜了下來，緊接著北冥大營的方向鳴金收兵。突然陷入一片黑暗之中，再胡亂打下去，唯恐誤傷自己人。何況已經四面圍合困死了風郡的殘部，也沒有必要再冒險追擊。

當魘璃甦醒過來，最早映入眼簾的是一片搖曳昏暗的火光，一隻罐子懸在那堆火上，在火苗的舔舐下發出咕嘟咕嘟的細碎聲響。罐口搖曳的白色熱氣把濃濃的藥味發散到了這座臨時紮就之營帳的每一個角落。她稍稍動了動，試圖撐著床榻坐起來，一陣撕裂的劇痛使得她頓時身體僵化，好半天才「嘶」的一聲抽了口冷氣。她想起來了，自己身上有傷，是那個該死的風郡老四偷襲了她……而後的情況她已經全不記得了。魘璃伸手試探著摸了摸腰間的傷處，發現已經被仔細地包紮過，再扯過蓋在身上的物事一看，是一件銀白色的大氅，是大皇兄的大氅。

這個時候，營帳門口的氈子被拉開了，魘暝與鷹隼一前一後進來，看到魘璃醒了，都是心頭一寬，異口同聲地說道：「璃兒醒了！」喜悅之情溢於言表。

但很快，魘暝轉頭看了看鷹隼，似笑非笑，他早看出自己的妹妹和鷹隼之間不尋常，也樂見其成。鷹隼驟然驚覺失言，卻是一時高興，僭越了君臣之分，然而魘暝那看穿一切意味深長的一眼，卻使得鷹隼沒來由地耳朵一紅。

魔璃見了兄長和鷹隼，也是心中一喜，又要撐著身體坐起來。

魘暝人已經快步到了榻前扶住魔璃的身體：「別亂動。」話是這麼說，人已經順勢坐在榻邊，讓魔璃靠在自己身上：「你這孩子就是不聽話，這次大戰我本不該讓你介入，若是有什麼三長兩短……我……。」魘暝眼圈一紅，說不下去了，起初鷹隼抱著傷重昏迷的妹妹出現在他面前的時候，他真的怕她過不了這一關，幸好天可憐見，總算有驚無險。

魔璃笑笑打起精神說道：「我沒事，外面的情況怎麼樣？」

魘暝臉上露出諱莫如深的表情轉眼看看鷹隼：「你身上有傷，這事你就別再管了，好好養著。」

鷹隼歎了口氣：「大殿下還是告訴帝女吧，無論說不說，她都會為此事勞神。」說著走到火塘邊看看罐子裡熬煮的藥湯，自旁邊的案几上取來一隻碗和調羹，從罐子裡潷了半碗藥湯，端到魔璃榻前：「風郡的軍隊被困在我們的包圍圈中已經三天，只是仗沒法打下去了。」

魔璃心念一動，沉聲問道：「難道……天君已經出面了？」

魘暝搖搖頭：「暫時還沒有，就在我們乘勝追擊的時候，外面的天色瞬間變得一片暗黑，伸手不見五指，戰事不得不停了。」

鷹隼將藥碗送到魘暝面前托著：「天君不可能眼睜睜看著風郡戰敗，所以使神通止戰。原本我們預計他會派使者下來調停，但是這都是第三天了，依舊沒有任何動靜。」

魘暝一手攬著魘璃，一手從碗裡拾起調羹，將滾燙的藥湯緩緩攪動，散散熱氣，才舀了一調羹湯藥，小心吹了吹，送到魘璃脣邊：「以風郡與天君的淵源，他早該出面，只是不知道還在等什麼。」

魘璃聽話地靠在兄長懷中緩緩地喝完藥湯，精神好了許多。她琢磨了一陣子，開口說道：「他是在等一個臺階下，暝哥哥，我想是時候和那個人談一談了。」

問鼎會

北冥大營的陣營中有幾處重兵把守的營帳，皆是帳外五百刀斧手，帳內十數精兵鎮守的。然而其中只有一處是真正看守要犯的重地，其餘的不過是故布疑陣。

魘暝已與剋王商議妥當，一併到了此處。鷹隼摒退帳中橫戈以待的將士，這偌大的營帳頓時顯得寬敞了起來。營帳的正中是一隻一人高的精鋼籠子，四角都被粗如兒臂的鎖鏈固定在巨大的鐵地樁上，地樁深扎入地裡，遍是有九牛二虎之力，也難以撼動。籠子上搭著幾層厚重的氈布，卻掩蓋不住裡面的寒氣森森。淡淡的白霧時不時地從氈布下面溢出來，越靠近，越冷。

鷹隼一把扯開氈布，籠子裡是一整塊巨大的堅冰，冰裡是一個身著金甲，渾身縛滿粗鐵鏈的魁梧男子，正盤腿而坐，閉目垂首。

剋王死死盯住他喃喃言道：「果然是風郡的第一勇士，時羈太子。」

魘暝微微點頭，伸出右手捏了個法訣，輕叱一聲：「融！」那堅冰瞬間分崩離析，分裂成一堆碎冰。

半埋在碎冰之中的時羈渾身還罩著一層白霜，卻緩緩睜開了雙眼，陰翳的眼神從這帳中的三個人一一地滑了過去，隨後微微晃了晃腦袋：「夢川的大殿下，忘淵的剋王，人倒是來得挺整齊的。我猜我那不成器的四皇弟應該已經吃了你們的大虧了吧？」

魘暝冷笑一聲：「沒錯！他帶出來的四十萬兵馬已經折損過半，剩下的全被困在懷古道中。」

時羈歎了口氣：「這個廢物急功近利，手握重兵也不知道善用，自尋死路與人無尤。不過……。」他臉上露出一絲狡黠的神情：「你們這個時候來見我，可不是為了耀武揚威的……想必是這仗再也打不下去了吧？」說罷索性將身朝後一倒，箕踞而坐，神情倨傲無禮。

鷹隼冷聲喝道：「時羈太子，而今你已是階下囚，如此託大對你沒好處。」

時羈轉眼看看鷹隼，繼而哈哈大笑：「我道是誰，原來是你。你挺有本事，不過你還沒資格跟本座說話。」說罷又把眼光移過魘暝和剋王的臉，最後定格在自己的靴子上：「你們二位也一樣。本座知道你們來找本座是想談什麼，不過你們都不夠格。那個女人呢？叫她出來跟本座談。」

剋王拳頭捏得咯咯作響，面色鐵青：「大殿下，看來不讓這廝吃點苦頭，他是不會乖乖聽話的。」說罷只聽得簌簌幾聲，困住時羈的籠子已經長出了無數金鋼尖刺，最長的就離時羈的眼睛不過半分。

魘暝擺擺手，走到籠子邊：「時羈太子到底是風郡儲君，大加折辱也非我夢川待客之道。只是而今貴國的殘部陷於生死之間，難道太子殿下就一點也不以他們的性命為念嗎？」

剋王見魘暝出面，也不能真傷了這風郡太子，只好冷哼一聲，收了神通，那布滿利刺的籠子又恢復了常態。

時羈並不為所動，反而打了個哈哈：「本座為何要以他們的生死為念？老四帶了這幫蠢材來吃這敗仗，損失越大，則過失越大，將來本座挽回頹勢，則自然更能服眾。你們若是能窮追猛打，那就請啊。」

魘暝拍掌冷笑道：「人都說風郡的時羈太子是個心狠手辣的主兒，而今看來果然不虛。只是若是讓你軍中將士知曉你視他們為草芥，恐怕日後會擁戴你、為你效命的人只會有減無增……。」

時羈抬起眼皮看了看魘暝：「大殿下不必枉費唇舌，本座說了，要談，本座只跟那個女人一個人談。」說罷，索性閉上雙目，鼻息粗重，竟然打起呼嚕來，直接把魘暝等人晾在一邊。

「我在這裡。」魘璃掀開了營帳的氈簾。鷹隼見她拿手撐著腰，故作輕鬆，其實手肘微微發抖，心知她必然是強忍疼痛，也不由得心中擔憂，伸手扶了一把她的胳膊。

魘暝見得她突然出現，眉頭微皺，接手把她扶住：「為兄讓你好好歇著，怎麼又到處跑……？」

魘璃對兄長笑笑：「我已經大好了，既然時羈太子想見我，那就恭敬不如從命了。」

籠子裡的時羈睜開了眼睛，露出一絲玩味的冷笑：「很好，你留下，其餘諸位請回吧。」

魘瞑看看時羈，雖知道這廝被困住，威脅不到任何人，但也不放心魘璃一個人去面對，低頭見魘璃一臉的篤定，方才緩緩地鬆開手。與鷹隼和剋王一道退出了營帳。

魘璃走到籠子前，與時羈四目相對片刻，開口說道：「你想說什麼？」

時羈笑了起來：「難道不是你有求於我才對嗎？」他兩腿在地上一撐，站了起來，走到籠子邊，用頭頂住籠子，目光灼灼地看著魘璃。

魘璃笑笑：「我為什麼要求你？而今你的人被困住，我們若是今天高興，今天就把他們一鍋端了，明天高興，明天就能把他們全宰了。就算我們不動他們，只要繼續耗下去，他們一路奔襲，只求速戰速決，所帶的乾糧飲水有限，也注定耗不了多久。」

時羈歎了口氣：「你我都是聰明人，沒必要拿這些無關緊要的來誇誇其談，兜圈子。殺人要是能解決問題，這世上的事可就簡單很多了。別說你們只是困住了我風郡軍隊，就算現在是一人一把刀架在那些廢物的脖子上，你們也不會再砍下去。因為……，」他的雙眼朝著上面翻了翻：「他不答應。」

魘璃饒有興趣地看著時羈，拍拍手：「厲害厲害，太子殿下，你雖困於樊籠之中，倒是目光如炬嘛。」

「沒有你厲害。」時羈搖搖頭，長吁短歎，「這段時間我雖被困，但也沒閒著，思前想後也想明白了好些事。從你設計擒我……不對，應該是你若千年前在宮中和我第一次作對開始，你就在刻意隱藏自己的想法和實力。那日你在池中激我，令我求而不得，心浮氣躁；在迴廊再次激我，是令我氣急敗壞，報復心起；然後以沅蘿那個賤人為餌，引我入局。其目的不僅僅是以我為人質，保你順利回夢川，也是為今日的天道大戰找好下臺的臺階。」

魘璃默然，許久才說道：「太子殿下也太看得起我了，起初我擒你，只是希望止戰，我還打得一手如意算盤，希望沒有你統兵，而風郡也有所顧忌，不會提前開戰。只是人算不如天算，這仗到底還是打起來了。」

時羈目光灼灼看著魘璃：「事到如今你究竟在謀算什麼，不如開門見山地說。」

魘璃一字一頓地說道：「這並非我一人之心，夢川與忘淵兩部結盟所求的只是三分六部戮原，從此邊界之上，再無刀兵，三部共存。」

時羈哈哈大笑：「憑什麼？赤鄴與藤州的外疆早就是我風郡囊中之物，憑你困住的這幾十萬人命，就指望三分六部戮原，讓我風郡把那兩塊疆域吐出來，簡直妙想天開！」

魘璃歎了口氣：「事到如今，事情已經沒有這麼簡單。離懷古道一役已經三天，我夢川業已增兵，屯兵邊界之上。你風郡援兵困於巒烏城之後，還在與我夢川奪下巒烏城的守軍膠著相抗。忘淵的大軍也在趕來的途中，真正的天道大戰一觸即發。而今擺在賭桌上的是我等三部的國運和天道的氣數。你猜高高在上的無上天君會不會容忍一千七百年前玉石俱焚的狀況再次發生？」

時羈啞然，許久才長長呼了口氣：「借天道大戰倒逼天君，果然膽大包天。為了穩定局勢，就算他有翻雲覆雨之手，也不得不就範，果然厲害！」

魘璃只是平靜地看著眼前的時羈：「太子殿下是個聰明人，懂得審時度勢。而今在六部戮原之上的每一個人都是籌碼，和則共榮，不和則玉石俱焚。太子殿下身為風郡儲君，也不希望將來接掌帝位之後，只得一片荒蕪疆土吧？何況自打昔日的天道大戰以來，這六部戮原六分之四疆域雖為風郡一部獨得，但也不過時時派騎兵巡視，而未有進一步發展，算起來每年的軍費支出，也是勞民傷財，得不償失。還不如捨小利而取大義，換一個天道太平。如果太子殿下能想通這一層，我們可以立即釋放太子殿下，回風郡軍中撥亂反正，收回旁落的兵權。」

「你就不怕我出爾反爾，帶領部下反戈一擊嗎？」時羈問道。

魘璃笑笑：「大局已定，現在做的不過只是讓所有人下得了臺。太子殿下當然不會節外生枝。何況就算貴國能維持現狀，擁有這兩塊本就不屬於貴國的外疆，長途跋涉的巡防除了表面風光外，其實並無益處，於軍費的開支也是每年都有大筆損耗。何況靠騎兵或紮營也未必能保證對於這兩塊土地的實際控制權。若是貴國真吃得下去，也就沒有盟軍襲營還懵然不知的事了。得之其實不過是鞭長莫及、尾大不掉，還不如吐出來，這筆帳太子殿下是聰明人，應該不難算的。」

時羈思索許久，方才微微頷首：「這局賭得挺大，幾乎是你贏了。我可以接受你的條件，從中斡旋，但是我也有兩個條件。」

魘璃點點頭：「太子殿下請說。」

時羈沉聲道：「第一個條件，釋放夢川與忘淵宮中的風郡質子，尤其是我的二皇弟時翱。」一直以來，救回一母所出的二皇弟就是他的一塊心病，日後執掌風郡，他很需要這個可以絕對信任的人在身邊。而現在，就是跟夢川談條件的好機會。

魔璃笑笑：「這個條件很合理，只要和談順利，三分六部戮原，三部共存，以往交換質子的做法自然不再合適。儘管說出你的第二個條件。」

時羈的嘴角露出一絲詭詐的笑：「第二個條件是，我要你做我風郡的太子妃，未來的風郡皇后。」

魔璃心頭一寒，皺眉道：「太子殿下何必給自己找不自在？」

時羈臉上的笑容分外快意：「既然要和談，化干戈為玉帛，和親便是最恰當不過。何況我已經看清楚你是何等人物，就算僅僅為風郡著想，也斷然不會讓你長久留在夢川。」

魔璃咬咬嘴脣：「魔璃只是一個小角色，不敢勞太子殿下惦記。」

時羈哈哈大笑：「身為帝裔，穩固江山便是一出生就背在身上的使命。皇子征戰沙場、開疆闢土；帝姬和親敦睦，這不是理所應當的？況且，要讓我重回軍中取回兵權，我必須得有一個妥當的說辭。在天君面前，我也有所交代。還有一點……，」他壓低了聲音，臉上的表情更為狡黠：「別以為我不知道，你心裡喜歡那個帶鳥面的小子，越是如此，我就越不能遂了你的心願……。」

魔璃的心彷彿沉入了寒潭之中，許久方才緩緩說道：「我可以答應你。但是我也有一個條件，大婚必須安排在兩百年之後，給我一些與族人相聚的時間。」

時羈饒有興趣地抬一抬眉頭：「沒問題，不過區區兩百年，我可以等。」

魔璃沉沉道：「一言為定，靜候佳音。」說罷轉身朝門口走去，只聽得身後時羈的笑聲異常暢快淋漓。

帳外的眾人早已聽得分明，此刻見得魘璃出來，心頭可謂各有各的滋味。對於魘暝而言，以皇妹和親那是屈辱之事，而身為兄長，更不忍讓妹妹犧牲自己的終身幸福。但事到如今，如不答應時羈的條件，便無法促成和談，完成三分六部戮原，永息爭端的大業。若是拖得久了，再起了變數，那就世事難料了。

而剋王聽得風郡夢川聯姻，也不得不擔心日後親疏有別，這兩部聯起手來，忘淵便岌岌可危。思前想後喚過一名親隨，耳語一陣。那隨從飛快地退了開去，於軍營之中牽過一匹戰馬，策馬奔忘淵報訊去了。

魘璃與鷹隼四目相對，都沒有說話，許久方才對魘暝說道：「暝哥哥，以後的事就交給你了。」說罷朝著營帳的另一邊緩緩走去。

鷹隼不知道此刻還能說什麼，人雖還杵在當地，心早已經不由自主地跟了過去，恍惚間聽得魘暝說道：「去吧，替本座好好看著她。這事……她心裡苦，卻不能說。」

鷹隼心念一動，聯姻之事非她所願，豈能怨她？思慮之間已經追逐著魘璃的腳步而去。

兩人在軍營中一前一後緩緩行走，出了大營，遠離大營的燈火，墨汁一樣濃厚的黑暗開始若即若離地包裹著一切，縱然有零零星星的火堆在標示著四周的範圍，但四周的一切卻是靜得出奇。

魘璃漫無目的走著，到了懷古道的山崖邊，停住了腳步。她望向風郡軍隊被困的範圍，只見一片暗黑，縱然遠處有燈火，也已經被黑暗疊嶂，就好像前路茫茫，雲深霧罩的將來。

「我的決定，你會不會怨我？」魘璃的聲音很疲憊，她吃力地彎腰曲腿，坐在了山崖的邊上。

鷹隼搖搖頭走到她身邊並肩坐下：「我知道你是逼不得已，我只是為你心疼，日後要以虎狼為伴，步步荊棘。」

魘璃轉頭藉著黑暗之中黯淡的火光，看著鷹隼的臉，只見眼中柔情無限，不由得幾分哽咽，兩行珠淚滴落塵埃，嘴角反而露出一絲苦楚的笑容：「鷹隼……你這個人是不是從來都不會妒忌？」

鷹隼說：「我會，只是留給我們的時間不多了。就像那日我們在冰峰之上，你說你知道我心裡有你一樣，我也是知道的，這就夠了，又何必把時間浪費在沒用的情緒上。」

魘璃將身依偎在鷹隼懷中，喃喃言道：「你說的沒錯，從現在開始，我們在一起的時間可就加倍珍貴了。哪怕只有兩百年，我們也要把它掰成四百年、四千年來過，不然以後的黑暗歲月，可就連可堪回味的記憶都會很少很少了……。」

兩人相互依偎不再說話。濃如墨汁的黑暗中，幾點飄搖的微弱火光，就像是甜蜜又苦澀，糾纏又克制的吻一樣，無力卻偏固執地燃。

而暗黑不見星月的天空之上，一對巨大的銅翼升騰而起，朝著風郡軍隊的方向飛去。

黑暗籠罩在懷古道上空，時間好像凝固了，所有的心都一直懸在一個前途未卜的迷障之中，即使是魘暝、魘桀、剋王。這世上的事就是這樣，即使有著十足的把握，絕對的優勢，事情的發展也未必會按所期盼的方向走，何況上意難測……只有營帳之中的銅漏壺在有條不紊地記錄著時間的流逝。

就在懷古道之戰後的第五天，外面的黑暗迸發出了一絲裂縫，有無數金色的大鳥挾著天光從裂縫中迂迴地飛了下來，整整齊齊地，盤旋著，緩緩朝著地面延伸，就像是一座無比輝煌的天梯。天梯的上端隱於高遠天空中濃墨一樣的黑暗，天梯的下端連接著懷古道中盟軍與風郡軍隊交戰的主戰場，頂天立地，是那片黑暗之中無比炫目的存在。

天梯之上，有絲竹悅耳。十二名身披瓔珞，頭束雙髻，腰繫長裙，綵帶冉冉逆風飛翔的美貌少女分別演奏腰鼓、拍板、長笛、橫簫、蘆笙、琵琶、阮弦、箜篌等樂器，順著天梯旋轉迂迴的弧度緩緩飄飛而下。四周天花旋轉，雲氣飄流。這些少女的面目一般無二，眉眼似開似閉，嘴角似笑非笑，臉上的神情聖潔而凝固，美到了極致，但也冷到了極致。

這是雲天香姬，曾經天道之中專師舞樂的天女，她們生於天道藤州無盡的花海蓮心之中，以花香為食，無羽而能飛，舞能飛花逐月，歌能和仙樂飄飄，活色生香，乃是昔日天道極樂盛境之中最為綺麗的風景。

然而自打天道大劫之後，這樣能凌空飛舞的天女便已經絕了跡。她們跌落於地，泥濘沾身，再也不能乘風而起，只能營營苟且，為了填飽肚子，淪為天道諸部權貴府上的歌姬。並不只是她們，自打天道劫難之後，所有天人都失去了極樂，墮落得與凡人無異。

戰場之上多是少壯，但也不乏曾經見識過最初天道極樂盛景的舊人。此情此景，不由得感慨萬千。

就在這十二天女之後，又出現了一位一身白衣的美豔少婦，順著金色的天梯而下。一段不合時宜的雪白毛裘自右肩滾過，斜斜地收向纖細的腰間，那裡懸著一把赤色彎刀，隱隱流轉著火焰一樣的光澤。一雙微微上挑的美目，微微泛出些碧泠泠的顏色，只是這眼神木然。也和那十二名雲天香姬一樣，美到了極致，但也冷到了極致，叫人不敢接近。

魘璃與鷹隼並肩而立，從緊握的雙手感知到鷹隼心情的微微波動，她轉眼看看鷹隼：「怎麼了？我們不都希望著天君的使者來結束這場戰事嗎？」

鷹隼微微頷首，只是低聲道：「我只是沒想到會在這裡看到炎刀天狐白隱娘。她的刀，是用我父親的遺骨煉成的……。」

魘璃輕輕歎了口氣，靠在鷹隼胸前：「我明白你心裡很難過，只是她而今已經是天君的使者，我們怕是奈何不了她。」

鷹隼伸臂環住魘璃，歎息著搖搖頭：「我不是怨恨她以我父親的遺骨煉刀，其實當年她潛入終南山偷盜我父親的遺骨之時，我母親震怒，本想置她於死地，是我通過輪迴鎖遊說母親放她一條生路的。」

「為什麼？」魘璃不解道。

鷹隼喃喃道：「因為我們的敵人是同一個，雖然路不同，但方向是一致的，只是沒想到最後，她還是落在了天君的手裡……。」

魘璃不再說話，對於天君的可怕，又多了一層認識。反抗天君的白隱娘可以變成天君役使的奴僕，那麼謀算天君，設局逼迫他重立天道格局的自己，怕是也不會有什麼好下場。

此時魘暝的聲音自她身後傳來：「璃兒，你就和鷹隼留在此地，如有什麼情況，便當機立斷。和談之事一切有我。」

魘璃鬆開鷹隼，轉身面對著魘暝：「可是……。」

魘暝伸手拍了拍魘璃的肩膀沉聲道：「你已經為夢川做得夠多，我身為你的兄長，理當擔待。何況為兄身為夢川的大皇子，就算……他也多幾分顧忌。」

「說得這樣大義凜然，大皇兄若是夠斤兩，也就不用再拉上本座了。」魘桀的聲音冷冷地傳來。

魘暝一轉頭，一雙眼睛猶如兩道冷電：「二皇弟慎言，當初如非你一意孤行宣戰，咱們也不用鬧這麼大動靜。而今大事當前，與其做無謂之爭，還不如兄弟同心，了了這件大事。孰高孰低，父皇面前自有定論。」

魘桀哼了一聲，轉身離去，他不痛快是因為促成和談，一旦達成三分六部戮原之事，則魘暝居功甚偉，若是再讓他在父皇面前參上一本，這也不是鬧著玩的。但很快，他又心念一轉，隨之釋然。這個時候出頭，必然招天君記恨，說不得什麼時候就要倒大楣。還不如由他去，槍打出頭鳥。

魘璃目送魘桀走遠，方才對魘暝說道：「當日暝哥哥為救璃兒，已經被這小人所害，吃了大虧。此番前去和談，勢必與天君使者相爭，凶險非常。暝哥哥仁愛英明，日後還要一肩承擔我夢川福祉，萬萬不可以有用之軀，冒此等風險。何況今日之局，璃兒是始作俑者，理當璃兒前去解決此事。」

魘暝歎了口氣，伸手捧住魘璃的臉，將額頭抵住魘璃的額頭：「傻孩子……。」言語之間趁魘璃不備，雙手食指在她耳畔的穴位一按，魘璃只覺眼前一黑，頓時失去知覺。

魘暝扶住魘璃的身體，將她交到鷹隼手中，沉聲說道：「鷹隼，璃兒就交給你了。待和談開始，你再將她救醒，我若不能回來，你就輔佐璃兒執掌北冥大營。她知道接下來該怎麼做。」

鷹隼點頭應道：「諾！」

魘暝、魘桀、剋王各自吩咐完手下的將領穩固好各自的陣營，準備應付可能出現的各種狀況，而後各自只取了各自的坐騎，在眾人的注視下，緩緩朝那天梯而去。在懷古道深處的黑暗中，也有兩騎並轡而來，行到近處，那一束天光照亮了來人，正是風郡太子時羈與四皇子時翔。五人看到了彼此，紛紛停住了坐騎。

時羈面露幾絲玩味：「怎麼是你？」

魘暝沉聲道：「必然是我。」

時羈打了哈哈：「會無好會，冒險且不討好的事，大殿下首當其衝，倒是不計較……佩服佩服。」

十二天女與白隱娘也到了此地，白隱娘拍拍手，幾隻碩大的金色天鳥滑翔而來，在半空之中怦然相撞，頓時化為一片金粉，覆蓋在屍山血海的戰場之上，形成一片約莫八丈寬的金色圓盤來，然後很快地，六副案几座椅已然從圓盤中飛快地生長出來，呈圓環分布。就在同時，金盤疊高為金壇，九階環形臺階將那六副座位環在中央，顯得莊嚴又華麗。

十二天女手中的樂器已然變成了若干鮮果瓊漿，很快地擺布在那六副案几之上，一時間果香酒香交疊瀰漫，又有天女隨侍，原本的屍山血海轉瞬間已經化為了瑤池仙宴。

這個時候白隱娘的雙腳才落在了這八丈金盤之上，走到一張案几前坐下，轉眼看看這三部的皇室成員，緩緩說道：「請諸位登壇赴宴。」

魘暝與魘桀、剋王交換了一下眼色，率先登壇，而時羈也同時邁出了步子，兩人都是朝白隱娘右側首座而去，一時間都到了案几之前，僵持不下。自古以右為尊，坐這個位置的一方更有話語權。

時羈側目道：「一直以來都是我風郡居此位。」

魘暝冷笑道：「此一時彼一時，懷古道一役，我夢川與忘淵盟軍為勝，當以我等居右首。」

剋王已經走到了魘暝身邊，目光灼灼，雖未有言語，但已然表明了立場。

時羈臉色不好看，此戰的確是風郡大敗，他轉眼看看白隱娘，見其面無表情地微微頷首，也就悻悻轉身到其左側的首位坐定。

剋王緊挨魘暝坐下，而後是依次是魘桀。然後才是時翔。此刻時翔已盲一目，臉上偌大一片傷疤，又因戰敗之事被時羈奪了兵權，整個人無比頹喪。

六人座位圍合的圓圈中央，地上開始呈同心圓的階梯狀地陷，在中央最底層的地上開始慢慢生長出一隻沸騰著金汁的巨鼎來，約莫一丈高，與眾人的案几齊平。人人都能看到那鼎中湧動著的金汁時不時變換著微縮的立體形態，時而是騎兵奔騰，時而是兵卒廝殺……。

白隱娘的臉上還是看不出表情，但是卻張口說話了：「各位請酒。」說罷率先端起面前的酒漿，眾人不敢悖逆，於是紛紛端起酒杯，各自飲了三盞以全禮節。

白隱娘放下杯子繼續說道：「無上天君在九十九重天境得知天道三部妄動刀兵，特遣我前來調停。昔年天道大戰導致六部缺其三，僅僅剩下風郡、夢川、忘淵三部，自天道紀元重立之後，已經相安無事一千六百年。此番戰禍再起，究竟是何方挑起戰事？」

時翔在時羈那裡吃了虧，而今見天尊使者追究，自然巴不得早些置身事外：「回尊使，是夢川先擊打龍鳴鼓邀戰，我風郡方才倉促應戰。」

魘暝看了看魘桀，開口說道：「當時局勢緊張，我夢川的龍鳴鼓只是誤鳴，並非有心邀戰。起因在於風郡撕毀質子之約，私自派死士潛入我夢川營救二皇子時翎。而今行事之人俱已擒拿，關押天牢。而風郡厲兵秣馬，動向頻頻，我夢川才不得不屯兵六部戮原。」

時翔冷笑道：「你們又何嘗不是偷偷潛入我風郡，還將夢川、忘淵、藤州三部的質子一併救走，就連我風郡太子也一樣劫了去……。」他雖大勢已去，但心中憤恨，有心在天君使者面前下一下時羈的面子。

「住口！」時羈一聲暴喝，昨日自時翔手裡奪回兵權，便知其不服，只是和談在即，才不得不暫時壓制，等大事之後再作處置。只是沒想到這個不成器的東西在天尊使者面前還敢造次。

時翔心中快意，本欲反脣相譏，不料突然就喉頭一涼，剛才喝下去的酒水就像一塊生硬的金錠從腹中翻起，一下子卡在口中，頓時瞠目結舌，再難說出半句話來，只是鼻子呼哧呼哧地抽氣，一臉恐懼之色。他再傻也明白，尊使的意思是讓他閉嘴，耳邊聽得時羈冷聲道：「四皇弟不勝酒力，醉言醉語不足為信。」

魘暝冷冷言道：「不錯，時羈太子人稱風郡第一勇士，誰能把他劫出皇城？」

時羈臉上發燒，心中雖又羞又窘，但要了結眼前之事也就不得不嚥下這口惡氣，繼續說道：「本座離宮另有原因。以往我天道諸部為保無戰亂，都是以交換質子為免戰之約。

但是如此一來，雖得一時之安，卻種不和之因果。尤其是諸位質子背井離鄉，思念故土，苦不堪言。本座不忍親弟骨肉分離，也不能見客居風郡的三位質子日夜苦惱，經深思熟慮，決定釋放三位質子，以作表率。我天道諸部為兄弟之邦，脣齒相依，理當另尋一個法子來尋求永安之法。」

白隱娘眼皮都沒有抬一下，就像背書一樣慢聲問道：「是什麼法子？」

時羈看了看魘暝：「化干戈為玉帛，以婚盟代替質子。從此也就沒有血親隔離的苦事，而天道諸部也能和樂融融。本座已與夢川帝女魘璃定下婚盟之約，願為其始。」他需要一個體體面面重掌大權的理由，即使失掉兩塊外疆，只需要拿回這個綵頭，也就能風風光光地回去風郡繼續當他的太子。失去這兩塊本不屬於風郡的疆域，再難看也好過失了風郡第一勇士的名頭，一旦失去威信不能服眾，太子之位必然再起風波。別說他不捨得放棄當初好不容易掙到的儲君之位，就算他肯，風郡的皇室可再也經不起一次儲君之爭……雖說這法子挺無恥，但也是能安定風郡的唯一辦法。

魘暝怒火中燒，但要解決眼前的大事，卻不得不應承。這個決定在兩天前放走時羈之時，他就已經知道，且不得不接受。他長長呼了口氣，沉聲說道：「婚盟之事可從長計議，但眼前還有更為重要的事要解決。自古六部戮原為六部共有，而今赤鄴、沙幕、藤州早已湮沒，理當將六部戮原重新分割，以免任何一方依仗兵力搶掠疆土，欺凌其他部族。懷古道之戰已起，三部戰亂已生，要平定戰事，唯有三分六部戮原，使疆域各有其主，方能從此永絕刀兵之禍。」

白隱娘眼中赫然金光暴漲，僵硬地轉頭瞪著魘暝，冷聲喝道：「三分六部戮原？你好大的膽子！」這一句話好像是無數的人聲疊嶂而成，激得中央大鼎之中的金汁驟然噴發三丈之高，天際隱隱滾雷。

天君之怒，天雷已現。

魘暝站起身來，放開聲音喊道：「沒錯，三分六部戮原，三部共存，永絕刀兵！」這聲音洪亮而寬廣，在峽谷中不斷迴響。此時此刻，就算衝撞天君，被天君的天雷當場擊斃，這話他也必須喊出來。

剋王雖然敬畏天君的神力，但這個時候他也不能退避，索性也起身站到了魘暝身邊。從忘淵與夢川結盟之時起，共同進退就是謀求彼此共同利益的必由之路。

時羈抬眼看著魘暝，心想夢川這個大殿下倒也是個人物。

而時翔和魘桀都不由自主地僵住在座位上，心事倒是轉到了一起：若是天君真的痛下殺手，恐怕連自己也必定搭進去了。

遠在山崖之上的魘璃一手抓緊了鷹隼的手，一手握住了北冥大營的帥旗。她本預備了自己去領受天君之怒，但她那可敬的兄長把這個與天君對賭的絕命之局扛在了自己的身上。倘若天雷真的降在那和談之地，她定然將這六部戮原再化為屍山血海。

魘暝的聲音還在峽谷中迴蕩，很快地，四周響起的不再是回聲，而是無數將士的齊聲呼喊，有夢川的，有忘淵的，也有風郡的。沒人願意再打仗，尤其是已經見到這麼多的血腥與殺戮之後。他們喊的是那十四個字：三分六部戮原，三部共存，永絕刀兵！

這是所有人的期盼。他們朝著天空揚聲呼喊著，巨大而整齊的聲浪席捲了整個六部戮原。一千七百年前的大戰，天人失去了極樂，墮落得與凡人無異。一千七百年後的懷古道之戰，屍山血海再度點燃了他們對於和平的想念。怎樣都好，不要再打仗了，已經有那麼多生命無謂地死去，那麼多血白白地流，都已經夠了。

可能是懾於這驚天動地的呼喊，白隱娘眼中的金光漸漸平復，恢復了起初正常的語調：「夠了，若是天君不應又如何？」

魔暝的聲音很平靜：「尊使明鑑，若是此願無法達成，則一千七百年前的天道大劫必然重現於今日。還望天君體恤。」魔暝的提議是解決問題的唯一辦法，只是在天君使者面前這樣不知進退，等同威脅。威脅天君，是大不敬。他比任何一個人都明白這麼做會有什麼下場，但是有些事，不得不為。

問鼎會上沒有人再說話，死一樣的寂靜氛圍，就好像空氣都有著千鈞之重。這與六部戮原之上，如波濤般的呼喊有著鮮明的對比。前者是死水極寒不可捉摸，後者是洶湧澎湃勢不可擋。

時間在流逝，剋王與魔桀的表情越來越不自然，額角的冷汗匯成了溪流。就連時羈、時翔兩兄弟，此時此刻也是大氣不敢出。

魔暝站在那裡，一動不動，眼神堅定而無畏，注視著白隱娘的雙眼，眼皮都不曾動一下。他看不出眼前天君使者凝滯的表情背後有著什麼樣的決定，只能繼續保持這種不妥協的姿態。

過了三盞茶的時間，白隱娘像個木偶一樣點點頭：「既然這是所有天道眾生的心願，天君自然會以其為念。爾等諸部當立即退兵，從此天道不得再起刀兵。」

魔暝等人齊聲應道：「遵命！多謝天君慈悲。」

白隱娘站起身來拍拍手，那拍打翅膀懸浮於半空的無數金色大鳥開始變換著陣型，朝著地面俯衝而來，紛紛匯入中央的金色大鼎裡面。一時之間無數金汁噴湧上浮，瞬間化為一根頂天立地的金色天柱，光耀奪目不可逼視。上面鐫刻著十四個大字：三分六部戮原，三部共存，永絕刀兵。旁邊幾行小字，記載了今日之期，與會人等名錄，也詳細闡述了昔日赤鄴外疆劃歸夢川，藤州外疆劃歸風郡，沙幕外疆劃歸忘淵，從此三部以和為貴，共生共存，改質子之約為婚盟之約等合議。

所有人都如釋重負，只聽得白隱娘言道：「大事已畢，吾等也要回九十九重天境向天君覆命。爾等立刻重整軍陣，速速退兵，回國去吧。」言語之間，那十二天女已經列隊起身，足底生雲，朝著那金色天柱之上垂直地走了上去。天空中的黑暗到此刻才如同破曉逐步清明，霎時間，陽光普照。

白隱娘也垂直地走上了天柱，臨走之時轉頭看了魘暝一眼，隨後漸行漸遠。一行人逐漸沒入雲端，遙不可見。

時羈此刻看魘暝也不似之前一般倨傲，主動拱拱手：「大殿下，大局已定，請速送我二皇弟回國。本座與令妹有兩百年之約，不久當派使者前來求親，以此奠定我兩國交好的首樁婚盟。」

魘桀乾笑兩聲：「不錯，不錯，從此時羈太子就是自家人了。」心裡倒是有喜有憂，喜的是不久就能去掉魘璃這顆眼中釘，這一役足見其不簡單，若是長留魘暝身邊，必然不是好事；憂的卻是魘璃日後成為風郡太子妃，進而為后，若是時日長久，必然為魘暝助臂，若然這兩百年內不解決了魘暝，只怕日久反而讓他占了好處。雖說魘暝硬抗天君，遲早沒有好果子吃，但若是報復來得晚了，儲君已立，紫旃果有主，反倒是不好辦了。

「二皇子不日便會送還，而我夢川與風郡結親，婚事禮儀繁複，理當從長計議。請。」魘暝臉色鐵青地拱了拱手，達成三分六部戮原的大事，解決夢川外憂是大喜事，但要自己的妹妹和親卻始終是他心裡的一個檻。

時羈太子打了個哈哈揚長而去，從頭到尾都沒有理過魘桀。為儲君之位，他也做過不少事，所以無比清楚夢川這兩兄弟之間的微妙。只是他驕傲得很，能入眼的必然是有作為之人，比如魘璃，比如魘暝。畢竟這兩兄妹敢撩天君的虎鬚，還把這全無可能之事做得如此漂亮，不得不敬上幾分，至於其他人，那都只是庸碌蠢材，也就沒有理會的必要。

而灰頭土臉跟在時羈後面的時翔也無比清楚自己的將來，性命無虞，但前途算是完了。

魘璃與鷹隼已經趕來與魘暝匯合，抬眼看到天柱之上鐫刻的金科玉律，心中又是歡喜又是酸楚。魘暝自然明白這對小情人的心情，伸臂抱了抱自己的妹妹，沉聲道：「只要事情還沒發生，那就不是定局。還有兩百年，我們總能想到辦法的……。」

魘璃咬脣點點頭。

魘桀冷笑道：「皇妹與風郡太子的婚事可是當著天君使者的面定下的，還有什麼辦法可想。不過……今日見那時羈太子也是個人物，皇妹這出身……嫁他為妃，他日為后也可謂飛上枝頭變鳳凰，算是一樁好事。」

「住口！」

魘暝暴喝一聲，正欲加以斥責，結果魘桀乾笑兩聲：「住口就住口，皇兄何必動怒？

本座還要回去整頓軍務，就不在此礙眼了。」說完轉身揚長而去，人走出很遠，還聽得笑聲不絕，暢快非常。

魘暝、魘璃與鷹隼對其怒目而視，卻無可奈何。

魘璃目送魘桀消失在遠處那正在打掃戰場的人群中，忽而心念一動，悄聲對魘暝說道：「暝哥哥，我想向你討一個人的命。」說罷附到魘暝耳旁耳語一陣。

魘暝起初面露驚怒之色，隨即眉頭緊縮，思量片刻道：「就按璃兒的意思辦。」

六部戮原之上黑壓壓的人群在有序地匯聚，開始朝著各國的陣營退去。時羈領著懷古道中的殘部撤離了那片折損慘烈的峽谷。剋王在與魘暝等人告別之後，屯兵原來的沙幕外疆。而夢川的北冥大營軍隊也退守龍隱澤與原本屬於赤鄴外疆的土地上，紮營屯兵。南川大營在璐王的率領下重整軍容，於落虎丘紮營屯兵。

大事已了，魘暝安排專人清點傷亡人數造冊，除了留下日常戍邊的兵力，其餘的夢川軍隊都按問鼎會上天君使者的敕令，由魘暝、魘桀二位皇子領軍歸國。

在邊界的荒地上，戰死的將士被火化成灰，骨灰和頭盔會被專人送回故土的親人手中。

烈焰熊熊，白灰渺渺。

蒯肅在那裡抱著尤有餘溫的骨灰罈和兒子長轅的頭盔哭得淒涼。

他拼了性命，不惜背叛魘暝，又隨魘璃走忘淵，還回夢川搬兵，心心念念的就是保住兒子的性命，結果等來的卻是兒子死於鑾烏城下的噩耗，被戰象凌虐得不似人形的屍體和被踩扁的頭盔。

魘璃遠遠看著哭得撕心裂肺的蒯肅，調轉方向，於馬背之上，緊緊跟隨著魘暝。

眼前是如同大河般川流不息的夢川軍隊，馬蹄與鎧甲磨礪之聲鏗鏘入耳，戰爭的硝煙血氣還依稀浮動在無數將士的眼角眉梢，但所有人的眉目都是舒展的，帶著踏實的安詳。一場速戰速決的戰事，帶來的安寧，對於所有人，都是劫後餘生的福祉。

她還記得冰峰之上，那個神祕的白衣女童曾經跟她說過夢川眼前的內憂外患，而今外患已平，阻擋兄長接掌儲君之位的麻煩，就只剩下流民之患了。可是她的時間只有兩百年，真的來得及嗎？

魘璃轉眼看看鷹隼，鷹隼的雙眼也在看她，眼神溫柔而堅定。忽然間，她一點也不煩惱了，嘴角露出一絲笑意，心中一片坦然：「暝哥哥說得對，總會有辦法的。」

第六話

明昭帝姬

鷹隼的故事說完，欄外的夜雨已經停了，風過草木，簌簌作響，就好像是漸漸隱去的馬嘶人聲。那些湮沒於記憶中的肅殺影像，對於人的心智是一種折磨，這個時候，記性太好的人，不免會更痛苦一些。

龍涯取過酒壺，給自己倒了一杯仰頭飲下，方才問道：「以這樣的方式倒逼天君就範，不可謂不絕，但天君高高在上，豈能任人擺布？就算為勢所逼，事後難免秋後算帳……。」

鷹隼苦笑道：「這個是必然的，問鼎會上大殿下衝撞天君使者，力抗天君之威，勢必為天君所不容。這一點明眼人都能明白。所以那兩百年時間對帝女而言，已經是異常緊迫。」

龍涯與明顏都是做聲不得，兩人不由自主地轉頭看了看屁股朝天還暈倒在迴廊上的三皮，面面相覷。他們聽過關於三皮母親白隱娘的故事，但當她以天君傀儡的身分出現在天道的故事之中，其中的悲哀與無奈，實在難以言喻。

魚姬如何不懂他們的心事，只是歎了口氣：「淪為棋子，非她所願。」

魘璃平視魚姬：「誰又不是呢？每個人都以為自己出類拔萃，自有一翻作為，然而也不過是更早之前就布下的另一盤棋局中，一顆小小的棋子，避無可避，身不由己。」

魚姬搖搖頭：「話也不能這麼說，大格局也是靠這一顆一顆棋子連成。他們避不開，但並非身不由己。白隱娘能續天狐一脈留無窮變數，那位帝女能改天道格局，都是了不起的人。而世事如棋局局新，她們的抗爭可並非無用，反而是在為將來留下無限希望，這些努力，可不是虛無縹緲的。接下來的故事，我來接著說吧。」

驚濤城

回歸夢川的行程緩慢有序，川流不息的軍隊就像是流淌在六部戮原上的大川，途經數個驛站和小城的廢墟，無一不是七百年前魘璃被送去風郡為質子，沿途停留過的所在。眼前的景緻滿目荒涼，就跟七百年前一般無二。唯一不同的是，荒原之上開始出現零零星星的田地，不時可見幾個衣衫襤褸的農人在田間勞作，只是那些田地裡的莊稼稀稀拉拉，想來收穫並不豐厚。

魘璃微微皺眉，對魘暝問道：「暝哥哥，這裡的土地……。」

魘暝歎了口氣：「六部戮原的土質除了沙幕外，大部分貧瘠，不適宜種植莊稼。這些人多是昔日沙幕、赤鄴、藤州的遺民，滯留我夢川境內，憑一戶一丁、以耕補役制安身立命。但家中無壯丁可充兵役，又未能繳納田賦，獲取土地耕作餬口的，也只好在這六部戮原之上來開荒闢土。」

魘璃怔怔地看了一會兒：「看這田地莊稼，怕是餬口都成問題……。」

一旁的魘桀冷笑一聲：「賤民而已，早早驅趕出境還乾淨，偏有沽名釣譽的姑息養奸，若有一日餓極生亂，怕又要花力氣翦除。」

魘璃不再言語，伸手拍拍馬脖子，繼續前行。心念百轉，思量要解決夢川流民的問題，還是得從這耕地上入手。

歷經數日的行程，終於抵達夢川國門之外的最後一座關卡——驚濤城。這裡是夢川大皇子魘暝的封地，也是北冥大營駐紮的所在，一片無垠的牧馬草場毗鄰背後的夢川大洋。

驚濤城只是一個地名，並不見真正的城池，相傳過去曾有一座城池，但毀於一千七百年前的天道大劫，之後便沒有重建，但廣袤的原野上密密麻麻分布的雪白軍帳已經構建了一個恢弘尚武的格局。在所有軍帳的中央聳立著一座十餘丈高，數十丈寬的巨大圓帳，那是北冥大營的帥營，是魘暝平日辦公起居的所在，軍中臨時的府邸。風過後，前面翻滾的是綠色草浪，後面是層層疊疊的碧水白浪。

這幾日對於魘璃而言，就像是在一點一點地尋覓自己過往的腳印，一步一步地回到這個闊別已久的所在。這裡是她心心念念想要回來的地方，她的故鄉，她的家。

夢川的主體是沒有邊際的大洋，夢川的國民大部分生活在海上，層層疊疊交接的大船彼此相連，構建出多個流動的城市，分布在更遙遠的海域。然而在驚濤城，卻看不到那些繁華喧囂的城市，也看不到幾個尋常的夢川子民。因為一片連貫鄰國、圍合近海、頂天立地的巨大冰山，簇擁著夢川的皇城澧都，將夢川那些流動的繁華城市屏障在後。而在澧都與驚濤城之間的近海上，也只有些運輸船、漁船在勞作。澧都是夢川的國門，自古天子鎮守，庇護子民。而驚濤城則是澧都的屏障，向來是重兵鎮守之地。

剛入驚濤城地界，鷹隼就接到了寐莊大帝的召回令，於是拜別眾人先行回了澧都覆命。魘桀旗下的南川大營軍隊開始朝著赤鄴的方向分流，回歸南川大營的屬地，尚有一日的行程，而魘桀和璐王則與魘暝、魘璃一道，留在了驚濤城。因為一路上已經派遣過軍士回澧都報訊，也不斷有澧都派出的使者沿路迎接。明日澧都會有一個盛大的宴會，舉國歡慶，以犒賞英勇奮戰，為夢川帶來安寧的勇士們。而勇士們需要做的是好好休整，明日以最英武的姿態展示在天子、百官與子民面前。

魘璃勒住了韁繩，心頭突然翻起一絲近鄉情怯的感覺，這種感覺就像是得償所望，卻又覺得不真實。她與這片土地已經闊別七百年，但那熟悉的營帳竟然絲毫未變，就好像七百年前她剛離去的樣子。然而不同的是，當時她還只是哭哭啼啼的小女孩兒，而今已經靠自己，堂堂正正地打通了回國之路，這七百年的遭遇就好像是一場冗長又滿是憂患的惡夢，到這一刻，總算過去了。

就在夢川大營的將士列隊分流，各自回歸那一片無邊的軍帳之時，最高最大的那頂圓帳處，一個窈窕的身形就像是一隻追逐陽光的蝴蝶，翩翩而來，到了近處，只見眉目如畫，風姿綽約，正是藤州帝女沅蘿。眾人見得萬軍叢中這樣一個妙曼美人翩翩而來，都不由得屏住了呼吸。

魘桀的眼睛落在沅蘿臉上，再也離不開去，驚豔之餘心中尋思這大皇兄向來不近女色，也不知是何時收藏了如此美人。

魘璃發出一聲歡快的尖叫，翻身下馬張開雙臂迎了上去與好友緊緊相擁，隨後手拉手轉了幾圈，上下打量著多日不見的沅蘿，這一細看，才發現沅蘿身上是一件夢川貴族所著的國服，銀紗素裹，雪緞修身，綴以瓔珞珠寶，已非昔日的翠色藤州國服。這一認知，魘璃雖覺有些不妥，但見沅蘿面色紅潤，重逢的喜悅早已把這一認知拋到九霄雲外，歡聲笑道：「多日不見，阿蘿的氣色可大好了。」

沅蘿又是歡喜又是激動，不覺又溼了雙目：「這些天來，都沒有你的消息，我一直很怕你有事，每日向軍中的軍士打聽，也只知道六部戮原之上已然開戰，心裡七上八下的。後來聽說夢川、忘淵盟軍大敗風郡，還在天君使者面前定下三分六部戮原的和約，我才放下心來，天天盼著你們回來。」說到這裡，一雙嫵媚的雙眼越過魘璃，落在了魘暝的臉上，四目交匯片刻，忽而臉上一紅，羞澀地垂下眼去。

魘暝心頭無限喜樂，微笑著朝著沅蘿點點頭。他心知這話不僅是對魘璃說的，也是對他說的，戎馬半生，到現在才知有人牽掛的甜蜜，然而此時此刻，絕非私下相聚之刻，於是開口將沅蘿介紹給眾人：「這位是藤州的沅蘿帝女，我夢川尊貴的客人。」

沅蘿對著眾人微微欠身，盈盈下拜：「沅蘿蒙大殿下福澤，總算脫離樊籠，重獲自由，雖千恩萬謝，不足以報答萬一，不敢以貴客自居。」她言語溫柔，情真意切，越發顯得楚楚可憐，周圍的人見了，莫不生出愛憐之心。別說是一干軍中將領，就算桀驁如魘桀，老成持重如璐王，也不例外。

魘暝趕緊伸手將沅蘿扶了起來：「沅蘿帝女不必如此，藤州與夢川歷代交好，你又是我皇妹的至交好友，若是再如此多禮，可就見外了。」隨後將璐王與魘桀也一一引見給沅蘿，邀眾人赴帥帳中用茶敘話，稍事休息。早有管事安排停當，將眾人一一引至各自下榻的所在。

沅蘿暫居的帳房就在帥帳之後，此刻好不容易可與魘璃獨處，原本就有許多體己話要說。兩人手拉手移步此地，魘璃怔怔看著這頂十丈見方，高約六丈的四方大帳，心中思緒萬千。這頂大帳就跟七百年前一模一樣，這是昔日大皇兄在軍中撫養她的所在，即使這片營房的陣型曾經無數次挪移過，但這頂大帳都不偏不倚地駐紮在大皇兄的帥帳之後。

掀開門簾，最先映入眼簾的是地上那張雪白的獸皮毯，那是幼時隨兄長出獵，她第一次打到的獵物，雖然有歲月的痕跡，但大體還是舊時模樣。帳頂高挑而通透，外面的陽光正溫和地透進來，帳內既明亮又寬敞。臥榻之側的衣箱倒是比之七百年前多了幾個。衣箱邊是一個偌大的妝臺，妝鏡上一丈寬的絞金海棠浮凸紋邊框清晰透徹，是帳中最為惹眼的物事。碩大的描金烏木兵器架上還有許多她幼時使用過的小刀、小劍和短槍，懸著的弓箭是昔日兄長教她騎射用過的。角落一口裝玩意兒的大箱子上，放置著一隻鎦金嵌玉的馬鞍，到近處一看，雖然款式顏色和從前一般無二，但大小已經是成年人使用的尺寸。魘璃撫摸著馬鞍，心頭溫暖，心想暝哥哥想得真周到。

沅蘿柔聲道：「往日你說起你這位皇兄的好來，總是讚不絕口。當時我還不怎麼信，直到我真的到了此地，才發現你的大皇兄真的是一位極好的哥哥，你看看。」她伸手拉開旁邊的帷幕，露出一排專用於安置朝服的大衣架來。約莫有十餘張，每一張都懸掛著一套素錦繡鱗的夢川皇室朝服。只是這些衣服的大小長短依次見長見大，乃是不同年齡段所能穿著的尺寸，居然一件不少地都備得妥帖，只是因為歲月而留下不同程度的陳舊痕跡。可想而知，他的大皇兄是無時無刻不在惦記著她能回歸故土，能夠穿上屬於夢川帝女應有的朝服。只是時間流逝，她在一天天長大，身形也在不停地生長變化。所以也就留下了這十餘套不同年齡段的華美衣裳。

魘璃撫摸著這些她早已無法穿上的朝服，內心又是溫暖又是感動，不由得哽咽著、笑著抹去臉上滾滾的熱淚道：「魘璃何德何能，也不知道應如何報答暝哥哥的這份心……。」

沅蘿篤定笑道：「大殿下可沒有想過要你報答什麼。他只是心裡想著要對你好，也就情不自禁地流露在這些細節之上……可真叫人羨慕……。」說到此處，她的臉上卻有些黯淡下來，卻是感懷身世，心有感感。

魘璃如何不知她的心病，伸手拉著她的手在榻邊坐下，柔聲道：「你也不用再多感傷，從此以後咱們就留在這裡，好好地過日子。我們可以一起去騎馬、打獵，去夢川的淺海中泛舟撒網。自此以後，便天高海闊，任憑咱們逍遙自在了。」

沅蘿歎了口氣：「我很笨的，不會騎馬、不會打獵，也不會泛舟。不過能離開那個鬼地方來到這片樂土，已經是我今生最大的幸運……。」

魘璃拍拍沅蘿的手：「老記著過去的事豈不辜負了而今的美好時光？你不會騎馬、不會打獵都無所謂，我會教你，還有大皇兄……。」一提到兄長，就見沅蘿的臉上驀然浮起兩朵紅雲，魘璃眨眨眼促狹地笑了起來：「我看得出來你們兩個不簡單，剛才眉目傳情的模樣，真是羨煞旁人呢。」

沅蘿言不由衷地否認著，半響才幽幽說道：「其實我也沒有想到事情會發展得這麼快，大殿下溫文爾雅，這世上沒有哪個女孩子能夠拒絕他的好。只是……我不配……。」她的神情逐漸黯淡了下去，後面的話卻是說不出來了。

魘璃如何不知道她內心中的那一根刺？伸手扳過她的臉輕聲說道：「過去的事都忘了吧，你好好的一個姑娘，當然值得暝哥哥對你好。」

沅蘿點點頭，將額頭抵在魘璃的額頭之上，顫聲說道：「謝謝！」兩行清淚劃過面頰，滾落在榻上。

翌日，天剛亮，早有侍從前來伺候洗漱梳妝。魘璃對著那面碩大的妝鏡，看著鏡子裡的自己，夢川朝服尚白，銀紗雪緞，繡滿銀灰色的鱗紋，一對高聳的銀白色犄角木雕在烏黑的秀髮纏繞下固定在頭頂，綴上瓔珞珠網，雍容華貴，不可逼視。

沅蘿呆呆看著鏡中的魘璃，忽然開口道：「璃兒，你現在的模樣看起來很像一個人。」

魘璃奇道：「暝哥哥嗎？」

沅蘿點點頭，又搖搖頭：「是像大殿下，眉眼之間有五六分相似，但現在看來，跟二殿下卻有八九分相似，尤其是加上這一對角之後。」

魘璃啞然，心中如同波濤暗湧。沅蘿只是無心之言，卻一言道破關隘。昔日因為一對木角觸怒魘桀，闖下大禍，究竟是因為她把木角漆成紫色，觸碰到了魘桀身為紫金帝嗣的威嚴；還是因為這副酷似的容貌本身，就是對魘桀的極大冒犯呢？畢竟一個高高在上，一個卻是命賤如泥的天族凡裔，雲泥之別。

沅蘿並不知道魘璃的內心波瀾，在一旁一邊幫魘璃整理妝容，一邊笑道：「這下可算看到帝女魘璃的廬山真面了。以往總是戎裝打扮，和現在比，可是過於樸素了。」

魘璃笑笑，喃喃言道：「可是這並不是我魘璃的本來模樣，不過是衣冠裝飾而已……。」她凝視著鏡中的自己許久，方才伸手拆開好不容易固定的發髻，把那兩隻角拆了下來。

沅蘿在一旁不解道：「好不容易才盤起來的，怎麼好好的又拆了？」

魘璃看著鏡中的自己，低聲說道：「我只是希望以真實的樣貌回去，這角做得再精美，那也不是我的。阿蘿，你幫我挽一個簡單的吧。」

沅蘿歎了口氣：「可是今日是你父王召見，全國歡慶的大日子，太隨便只怕失禮人前，這不太好吧？」雖然話這麼說，手裡的梳子已經輕輕順著魘璃頭上流瀑一樣的烏黑髮絲，一邊琢磨髮式一邊碎碎念：「是梳個靈蛇髻好呢，還是鳳回頭好呢？」

「不如就簡簡單單盤個螺髻吧。」魘璃笑了笑，「的確有些失禮，但這是我必須接受的事實，也是其他人都必須接受的事實。我要回去夢川，回去澧都，就必須坦然面對自己的身分，只有這樣，才能真正為人所接受。這個，是那對精美的裝飾角給不了的。」

沅蘿似懂非懂地點點頭，她的手很巧，即使只是普通的螺髻，也挽得雅緻非常。魘璃在妝臺上的首飾裡看了一遍，搖搖頭，依舊拿起了那隻陪她征戰沙場的紫晶玉髓「流蘇」，將髮髻固定，對著鏡子裡的自己說道：「看來還是這個適合我。」

沅蘿笑道：「雖說仗已經打完了，但璃兒似乎還不能放下征戰之心啊。」

魘璃歎了口氣：「非是我放不下，以後的仗還得繼續打呢。其實我並不想回去澧都。自始至終我想回來的，就是這裡，沒有城的驚濤城。這裡雖然軍威赫赫，但比起澧都來，可謂無憂之地。而澧都……如果不是為了暝哥哥……。」她搖搖頭，轉眼看看鏡子裡的沅蘿：「阿蘿，你跟我們一起去澧都吧，以藤州帝女的身分。」

沅蘿面露難色，躊躇半晌低聲言道：「現在已經沒有藤州了，想來也不會有人在意我這亡國的帝女。但是只要能幫你，能夠幫大殿下，無論需要我做什麼，我都會去做的，就算會招人笑柄也無所謂。」她起身走到一口衣箱邊，打開箱子取出一套翠色衣裙：「我本以為以後都不會再穿這藤州舊裳，不想這麼快又拿出來了。」

魘璃握住沅蘿的手，感激地點點頭：「不會的，阿蘿是暝哥哥的貴客，誰敢笑你，就算暝哥哥饒他，我也不饒他。」

沅蘿低頭一笑：「是啊，有璃兒在，誰敢笑我。」

魘暝的帥帳之外，將要隨魘暝進澧都接受封賞的將領軍士早已集結列隊，威武剛毅，一片肅殺。當魘璃與沅蘿手牽手走過他們面前的時候，就好像是皎潔的月光照亮了刀鋒，然後婉約的青蔓溫柔了歲月。在經歷過殘酷的廝殺戰爭和鮮血的洗禮，再看到如斯美人的時候，人人心底都不約而同地浮起四個字：活著，真好。

帳中三人依舊是戎裝打扮，魘桀與璐王在客位坐定，臉上的神情並不好看，而魘暝的臉上也有幾分隱怒，似乎剛剛有發生過一些不愉快。然而這樣的僵局也被魘璃與沅蘿的到來所打破。

魘桀的眼前一亮，沅蘿的美麗如同一灣春水，立時撫平了他臉上的不快，一雙眼睛落在沅蘿的臉上，再也離不開去。就連老成持重如璐王也不由得暗自讚歎，然而看清魘璃的發髻之後，他的眉頭又沉了下去，撚鬚言道：「帝女這般打扮，怕是有所輕慢吧。」

魘暝見得魘璃與沅蘿雙雙而至，舒心的笑意驅散心頭陰霾，早已迎了上來：「本座的皇妹風華絕代，無論作何打扮，都是難掩尊貴氣度，又何來的輕慢？」兄妹連心，他當然能體會魘璃的良苦用心，微笑上下打量魘璃：「這樣很好，很美，璃兒是我夢川大洋之下最璀璨的珍珠，也是我夢川大洋之上最皎潔的明月。」

魘璃羞澀地笑了笑：「暝哥哥偏愛璃兒，當然溢美之詞不勝枚舉。」

魘桀的嘴角浮起一絲不屑，隨後起身走到沅蘿身邊，笑道：「大皇兄護短也不是一天兩天，倒是讓沅蘿帝女見笑了。自古藤州出美人，沅蘿帝女之美已然集造化鍾靈之神秀，卻是再多的言辭也無法形容的。」言語之間目光灼灼。

沅蘿有些驚慌地朝魘璃身邊靠，一邊尷尬地回應魘桀的讚美：「多謝二殿下抬愛……沅蘿只是普通女子，不敢當這等稱讚……。」自打昨日初次相見，她就能敏銳地覺察到魘桀的眼光，有貪妄，有驚豔，這樣的眼光她並不陌生，就好像當初在瓊琿宮所有覬覦她容貌的男子一樣，不同的是那些人畏懼時羈之威，故而只能停留於眼和意。而眼前的魘桀則更接近於時羈，不僅有貪妄，還有把貪妄化為占有的侵略性，這讓她很不安。

魘璃能感覺到沅蘿手傳遞過來的緊張，只是稍稍挪移了一下位置，順勢將沅蘿推到魘暝身邊，故作促狹地笑道：「阿蘿當然不是普通女子，阿蘿是暝哥哥心頭的珍珠，心頭的月亮。」她一句話挑明沅蘿與魘暝的關係，便是不希望魘桀多作糾纏。

魘暝哈哈大笑，扶住沅蘿，伸手在魘璃鼻子上刮了一下：「人小鬼大。」他與沅蘿早已互通心曲，原本打算帶沅蘿回澧都之後，再尋合適的機會向父皇稟報此事，不想卻被魘璃一語道破，也就不打算再掩飾了：「時候差不多了，大家啟程吧。」

魘桀就好像讓人給抽一悶棍，想要發作，卻沒處發作。倒是璐王眉頭一沉，若有所思。

帥帳之外，魘暝、魘桀、璐王的坐騎都已經備好，另有一輛精雕玉砌的攏紗輦車，珠光寶氣，熠熠生輝。輦車前立著十六名挽輦的力士，一個個身形高大，肌肉糾結，異常神氣。

魘璃與沅蘿上了輦車，放下紗簾，外面的世界便影影綽綽，不甚分明了。魘暝、魘桀與璐王紛紛上了坐騎，並排走在隊伍的最前面，其後緊跟的便是力士拉著的輦車，再後面是有軍階和戰功在身的將士，依次列隊而行。而軍營之中，已經擺開了豪放的酒宴，無數酒罈被搬到了酒宴之中，無數篝火之上炙烤著鮮美的肉食，正為犒賞將士做著最後的準備工作。

魘暝帶領著浩浩蕩蕩的隊伍朝著通往夢川首都的那條大道而去，魘璃與沅蘿坐在輦車之中，看著外面變換的場景，這輦車的車輪滾過白玉鋪砌的道路，伴隨著隨行軍隊整齊有序的步伐，傳遞出肅穆的儀式感。

在與海交接的地方是一片龐大波濤凝固的寒冰，遠遠地引向海中那華美的城池。凝固的巨浪形成一個碩大的碧綠空洞，外面的海水滾滾、波濤翻湧卻不能觸碰這裡分毫。透明的冰壁之外，有無數五彩斑斕的游魚在追逐著行進的隊伍，穿梭在色澤斑斕的海底世界中。陽光透過冰面透射出縷縷光線，就像是行進在一塊碩大的寶石之中，何其壯美。

沅蘿透過紗簾看著這片前所未見的海底世界，驚詫於它的神祕與美麗。

魘璃的心裡卻是另一番滋味。這條道路她是第一次看到，因為上一次是幼時傷了魘桀被送出宮來，昏迷之中全無知覺，一晃眼都是一千年前的舊事。她並不留戀這條冰窟盡頭的地方，但是卻必須得回去……。

約莫走了一個時辰，眼前豁然開闊，一座巍峨的白色城池出現在眼前。無垠的廣場上人頭攢動，悠長的號角聲驀然響起，莊嚴肅穆之外還夾雜著無數人聲。大路兩旁夾道歡迎的夢川國民，一個個臉上洋溢著爽朗的笑意，大戰告捷，這預示著又將會有數千年的安穩平靜，如何不讓人驚喜交加？他們在歡呼著魘暝的名號，讚美、祝福給他們帶來福澤的大殿下。

漫天花雨之中，魘桀與璐王的臉黑得像鍋底一樣。

沅蘿聽到外面的呼聲，又是高興，又是激動，搖著魘璃的手臂：「璃兒，璃兒，你聽，他們都在喊大殿下的名號，他們都愛戴他……。」

魘璃淺淺一笑：「是啊，暝哥哥原本就是民心所歸，因為真正為我夢川子民謀福祉的，只有他。」

沅蘿歪著頭看著魘璃，忽然開口說道：「不是，還有你啊，璃兒。」

魘璃一怔，然後笑著搖搖頭：「我所做的，只為暝哥哥，不為其他人。」

這個時候，輦車停了下來。魘暝翻身自吹雪麒背上躍了下來，高舉著雙手擺了擺，所有人都漸漸安靜了下來，不明就裡地看著他們愛戴的大殿下。

「夢川的子民們，感謝你們的熱情與愛戴。」魘暝的聲音洪亮而沉穩，在這無邊的人海中不停地朝外擴張，響徹天地，「能夠達成三分六部戮原壯舉，帶來天道安寧的，除了我夢川無數犧牲性命，英勇作戰的將士，我們必須得感謝一個人。七百年前，她肩負著夢川的安危，作為質子遠離故土，成為風郡的宮囚。七百年後，她冒險前去忘淵締結盟約，還在戰場之上立下功勳，最終為我夢川帶來了安寧與和平！」

魘暝走到輦車旁邊，掀開紗簾對早已滿面淚痕的魘璃說道：「璃兒，是時候出來見一見你的國民，獲取你身為夢川帝女應有的榮耀。」

魘璃抹抹眼中的淚水，稍稍平復之後，握住兄長伸過來的手臂，自輦車上走了下來，隨著他走到了隊伍的前面。

所有的國民都不明就裡地看著他們，紛紛猜測著這位身著夢川皇室朝服的美貌少女究竟是什麼來頭。

魘桀的臉拉得老長，在他看來，讓這個血統不純的怪物招搖過市，難以容忍。而身旁的璐王卻一把按住了他的肩頭，悄聲道：「小不忍則亂大謀，她的確有軍功在身，他要給她正名以提高聲望也是合情合理，這個時候我們不能阻止，否則必失民心。」

在這個時候魘暝的聲音再次揚了起來：「夢川的子民們，請將你們的愛戴給予寐莊大帝的長女，我的皇妹夢川帝女魘璃吧！」

人們驚愕地看著立在魘暝身側的魘璃，看著她僅有簡單螺髻裝點的頭顱，那裡沒有代表夢川皇室身分的雙歧靈角。許多竊竊私語在人群中窸窸窣窣，傳遞著困惑與狐疑。

一個稚嫩的童音在人群裡響起：「媽媽，帝女為什麼和我們一樣沒有角呢？」孩子遠比大人誠實，童言無忌問出的是所有人的疑問。

「我……沒有角……一生下來就沒有。」魘璃開口說道，「我是夢川皇室之中唯一沒有角的皇室成員，可是我還是夢川的一分子，就跟在場的每一位夢川國民一樣，願意以我的一切，捍衛夢川的安定與榮耀。你們……能接受一個沒有靈角，普普通通的帝女嗎？」

「如果沒有魘璃，這裡的將士估計有一大半不能回歸故土，而是化為六部戮原上的白骨；如果沒有魘璃，我們會因為對抗風郡而孤掌難鳴，失掉我們全部的外疆；如果沒有魘璃，我們會面臨失去疆土之後的難堪窘迫。」魘暝緩緩摘掉了自己頭上的頭盔，露出損折靈角的頭顱來，「現在魘暝也折斷了自己的靈角，難道魘暝就不再是你們的大殿下了嗎？你們敬仰的究竟是能給夢川帶來安定的夢川皇族，還是那一對彰顯權威的角？」

這一聲叩問擊打在所有人的心上，就如同醍醐灌頂。人群裡的聲音開始七嘴八舌地響起：

對啊，有沒有角有那麼重要嗎？

看看帝女的模樣，和兩位殿下長得多像啊！

是她帶來了夢川的安穩，功在社稷……。

能守護夢川太平的，就是我們所敬仰的！

……

魘桀和璐王的臉色越來越難看，彼此交換了一下眼色。

很明顯，民眾對於這個沒有靈角，看起來平平無奇，卻又有著傳奇經歷的夢川帝女，接受程度遠超他們所預計。甚至，沒有那光耀奪目的靈角，她與民眾的距離遠比一干頭頂靈角的其他皇親國戚要來得容易接近。

很快，所有聲音匯成了一個，所有人都在歡呼三個字：「璃殿下！」不是基於長幼之序，而是直接以名相稱。無數的飛花被拋擲向空中，無邊無際的廣場一下子沸騰了起來。夢川國民臉上流露出發自內心的欣喜和認同，已經化作雷動的歡呼聲響徹雲霄。

魘璃看著眼前無數向她揮舞的手臂，心中又是激動，又是傷感。魘暝拋下頭盔，伸臂抱起魘璃，飛身落在了他的坐騎之上。兩人共乘吹雪麒，引導著隊伍繼續朝著澧都前進。

人群之中，無數個聲音在呼喚著大殿下和璃殿下的名號，無數香花構築成滿天花雨迎接著這隊凱旋而來的軍隊。魘璃依偎在兄長胸前，笑著向所有人揮手，雖然笑容燦爛，但臉上的淚珠卻不由自主地滾滾而下。

她從沒想過自己的回歸會是這樣一場聲勢浩大的盛況，就好像一粒長時間被掩埋於幽暗之中的種子，在一瞬間發芽、長葉、開花，綻放於溫暖的陽光之下。

璐王的眉頭皺得能夾死蒼蠅，他當然知道魘暝將魘璃帶到民眾面前的用意，只是他忽略了魘璃的影響力。沒有角的魘璃無疑是離皇室宗親很遠，但她離夢川的平民百姓更近。自古得民心者得天下，魘暝在平民、百官中的威望原本就超過了魘桀，現在再加上一個魘璃，這對於日後的立儲之爭而言，無疑是又多了一塊砝碼。加上都有戰功在身，委實再難掩藏鋒芒。

輦車之中的沅蘿撩開紗簾，看著眼前的熱鬧場景，心中激動萬分，她看到民心所向，也為魘璃與魘暝而高興。魘暝的確是人中龍鳳，能遇到他，是上天賜給她的福氣。

澧都數十丈高的大門早已洞開，悠長的號角聲再次響起，引領著一片威武又節奏感極強的鼓聲。都城內也和廣場上一樣，人頭攢動。無數交織的水道中，彩船相連，船頭有旗手在揮舞著彩色的錦旗，應和鼓聲，舞得滴水不漏。水道兩側是無數交疊又井然有序的樓閣亭臺市井坊間，巍巍數十丈高。許多拱橋懸於半空，鏈接著這些區域，橋下的飛泉流瀑飛流直下，白霧蒸騰，美不勝收，更給澧都帶來怡人的水氣。澧都雖背靠大雪山，又建於大洋之上，卻氣候溫暖適宜。

一踏入澧都，魘璃便發覺自己的身體突然間變得異常舒坦，就連腰背之間那個已然痊癒，但多日還在隱隱作痛的貫穿傷都不再困擾自己，百骸之中似乎有一股氣息在蒸騰。這是水靈之地，不是六部戮原，更不是對她靈力有所壓制的其他部族領土。

啪啪啪……一聲接一聲的脆響在空中響起起，無數在半空綻開的花球帶起又一簾綺麗的花雨，籠罩在隊伍上空，香風撲面。魘璃欣喜地伸手一撈，真氣流轉，待到鬆開掌心，掌中的亮麗花瓣已經包裹在一顆光潤剔透的冰珠之中。

「冰封之術！」魘暝面露欣喜之色，「沒想到璃兒這七百年已有所成。」

魘璃微微點頭：「暝哥哥教的東西，璃兒從不敢忘。」

魘暝笑道：「父皇將在摩雲殿召見我們，覲見之路上會有一段展示我夢川皇族威儀的步淼庭，原本為兄還打算暗中幫你，現在看來卻是不用了。剛才在廣場，你已經得到了民眾的認可，而接下來善用此術，這便是你在父皇、宗親和百官面前展露夢川帝女風範的一次好機會。」

「摩雲殿……難道……？」魘璃面露驚喜之色。摩雲殿乃是夢川部族專用於極為重大典慶的場所。之前所有的夢川帝王，都是登上摩雲殿，受封儲君之位，然後再入大雪山，拜謁水靈尊霽悠，獲取紫旃果，從而完成帝裔到儲君的轉變。此番兄長建功立業，父皇安排在摩雲殿慶功，興許就是要將長時間懸而未決的儲君之位定下來。

魘暝淡淡一笑，微微搖頭：「聖意難測，事情不會那麼簡單，以平常心應對就好。」

魘璃輕輕咬脣，點了點頭，暗自思量應如何表現。誠然，她的聲望越高，自然對兄長的助力越大，然而鋒芒畢露也不是好事……。

上揚的寬闊大道盡頭是一座與雪山渾然一體的白色宮殿，精雕玉琢，斗栱飛簷，交相輝映。十丈高的宮門上懸著一塊巨大而華美的玉匾額，上書「永安門」三個篆字。數百列身著銀甲的少年，護心鏡上澆鑄龍頭紋樣，分別立於永安門兩旁，一個個英氣勃勃，神情剛毅而專注。這是負責守衛澧都的皇家禁軍龍禁衛。

雖然是在萬軍之中，魘璃還是一眼就看到了立於道路右邊首位的鷹隼，銀色的鋼鑄鷹面面具覆蓋著半張臉，威嚴冷峻。此時此刻他也是一身銀甲，和其餘龍禁衛不同的是，懸於腰間、殷紅如血的玉虎符光耀奪目，雪中一點紅。那是鷹隼所掌握，可以調動三十萬龍禁衛的血虎符。

鷹隼也看到了吹雪麒上側坐的魘璃，原本冷峻的臉如同冰融，嘴角的淺笑不經意地流露。這是他第一次看到盛裝的魘璃，自打相識以來，他所見的魘璃便是一身戎裝，時而心狠手辣，時而狡黠詭詐，猶如荊棘中怒放的毒花，而眼前的魘璃，就彷彿一輪初升的明月，舒展的眉宇之間盡是坦然。

兩人相視一笑，彼此交換了眼神，但很快又進入了各自的角色，雖然暫別一夜各生相思，但眼前還有很重要的事要做，還不是兒女情長的時候。

鷹隼舉起了右手，隨之而起的是，無數整齊的劍器擊打著盾牌的聲音，簡短而有力。皇城大門兩邊各有三隻長約三丈的號角，此刻再次嗡嗡地吹響。龍禁衛的列隊開始變換著陣型，將士們舞動著手裡的長戈鉞斧，整齊地騰挪著驍勇彪悍的步伐。一個悠長而高亢的女聲開始吟唱著古樸悠揚的歌謠，歌聲就像穿透雲霄的飛鷹，在灃都的上空飛揚。

「暝哥哥，這歌是說什麼的？」對於歌詞，魘璃一個字也聽不懂，只能從音色的蒼茫，感知歌調的悲壯。

「這是遠古的無憂時代留下的祭歌，是說十萬年前，我夢川部族自發源地浮島碧落州登陸這片土地，並繁衍流長的故事。配合戰舞，用以讚美將士的英勇，撫慰戰士的英靈，使用的是當時夢川的古語。璃兒你生於天道紀元重立之後，又自幼隨為兄混跡於軍旅，所以不曾有系統地學習過夢川的古語，等回宮的日子長了，為兄再慢慢教你。」魘暝翻身下了吹雪麒，又搭了隻手，把魔璃扶了下來。

戰舞已罷，鷹隼揚聲道：「聖上於摩雲殿設宴慶功，欲覽我夢川將士之驍勇氣魄，諸位皆不必解下兵器。」

璐王意味深長地看了看魘桀，之前皇城之中傳出的消息他們早已有所知曉，他也事先提點過魘桀需好好表現，畢竟摩雲殿這個所在，對於夢川的帝裔有著特殊的意義。

一干人以魘暝、魘桀為首，魔璃、璐王為次，其餘將士以軍階次序而定依次羅列，自永安門的正門魚貫而入。唯獨載著沅蘿的輦車則是在力士們的簇擁下，緩緩自永安門側門而入，事前魘暝已有安排，入宮之後先至魘暝所居的暝臺歇息。

沅蘿看著魔璃與魘暝的背影漸行漸遠，外面高呼大殿下，璃殿下的歡呼聲尚在，但此時此刻，卻只剩她一個人了。這一起一伏之間，不免心頭浮起幾絲失落，只是隱隱覺得，從此以後，與魔璃一個尊崇顯貴，一個寂寂無名，這距離不知不覺已經拉得如此之遠……。

夢川新貴

步淼庭是皇城之中唯一連通夢川大洋的所在，占地縱橫數百丈的庭院緊接著一長串步步高陞、雕龍棲鳳的白玉臺階，約有百丈之高，在那之上便是影影綽綽顯現雲端的摩雲殿。步淼庭高屋建瓴之下是幽綠深邃的海底，無數五色斑斕的游魚在平如鏡面的水下游弋，時而躍出水面，靜中有動。圍合這片水域的是一圈迴廊，以供尋常官員行走，迴廊之側無數奇花異草，交相輝映。

步淼庭中間的水域則是夢川皇室子弟行走登殿的專用步道，然而行至此處不是借助於舟船，而是有賴於夢川皇室中人對於冰封之術的領悟，瞬間的冰封造就平地堅冰，然後踏冰前行。所以每一次通過步淼庭登臨摩雲殿，就意味著一次考驗的機會。皇子的表現會被宗親、群臣看在眼中，而在摩雲殿之上，夢川帝王的雙眼也同樣在審視著下面的一切。

步淼庭是個得失之地，這個道理魘暝明白，魘桀明白，璐王明白，魘璃也明白。

魘暝少年之時治理水亂有功，曾有幸在步淼庭走過一遭，得到所有人的認可，然而剛剛登臨摩雲殿，後宮就傳出皇后誕下紫金帝嗣的喜訊。於是原本屬於他的儲君之位，變成了未知之數……時隔一千二百年，他已非昔日的意氣少年，得失榮辱，波瀾不驚，所以只是伸手拍拍魘璃的肩膀，示意她不要過於緊張。

對於璐王，雖然此行也不過是陪同魘桀走一趟，但這裡也可謂一處傷心之處。昔年還是皇子的他就是在此地表現稍遜於皇兄寐莊，無望儲君之位，成為輔佐皇帝的親王。

而對於魘桀而言，此行卻是意義重大。冰封之術是歷代夢川國君用於鎮壓天道洪流的終極法術，乃夢川皇室之根本。以他紫金帝嗣的出身和天生靈力的精純度而言，這並不是什麼難事。若是在戰勝風郡，達成三分六部戮原的壯舉之前，安排這一儀式，他心裡必然是躊躇滿志。只是在魘暝立下大功之後，才有這一出，他難免有些沉不住氣。雖然璐王曾有事先提點，但他打算全力以赴，借這個機會扭轉戰事造就的不利局面之心很是緊迫。

摩雲殿上傳來悠揚的鐘樂，步淼庭兩側的迴廊上，百官武將以朝班序列，在井然有序地行進，而在步淼庭中央的水域，四道冰痕正在朝摩雲殿延伸。

魔暝的步伐沉穩內斂，走出的是一條一丈寬的筆直冰道，就像是在水面平穩地勾勒了一筆，透過清澈的水面可見一片垂直向下蔓延的冰牆。

魔桀造就的冰痕卻是朝著四面八方擴張，連帶璐王腳下的冰痕也被他連成一片。然而撞上魔暝腳下的冰牆，卻不能再行進半分，相互擠壓，冰面形成大片大片的冰裂紋，面積之大包攬了一半步淼庭的水面。觀其厚度，也有三尺之數。而魔暝與魔璃行過的半邊步淼庭雖冰封如鏡，卻一片澄清，於是步淼庭凍結的水面呈現了兩種不同的狀態，異常鮮明。

魔璃神情肅然，委地的裙角劃過冰封的水面，看似平平無奇，但人過之後的冰面便很快消融，露出碧綠的水面來。待到魔璃踏上對岸的白玉階梯，落腳行過之處的水中，卻「啵啵」連連輕響，圈圈漣漪泛起之處，驟然翻出一朵朵冰蓮！碧水冰花相映成趣，再定眼一看，卻是自海底浮起、一簇簇支棱綻放的碩長冰錐，因為重心沉降，翻倒浮出水面。水中魚游翩翩，在露出水面的冰蓮之間繞行，竟然絲毫未受冰封之術影響。百官見得這等奇景，都不由得嘖嘖稱奇，拍手讚歎。

就在四人都踏上御階時，冰痕也瞬間消融，留一池碧波蕩漾。

魔桀臉色很是難看，表面上看，是他的冰封之術剛猛霸道，然而實際上卻是輸於魔暝的沉穩內斂、遊刃有餘，偏偏又讓魔璃的步步生「蓮」給搶去了風頭。他不好當眾人與魔暝相爭，只得拉長臉對魔璃言道：「皇妹當這步淼庭是變戲法的雜戲臺嗎？如此賣弄奇技淫巧，終究是上不得大場面！」

魘璃只是微微一笑：「二皇兄教訓得是。」

魘暝拍手笑道：「璃兒步步生蓮，收放自如，並非賣弄，不過是仁心使然。畢竟水裡的魚兒也是寶貴生命，不可輕易毀傷。」言語之間隨手一指，眾人順眼望去，只見魘桀和璐王之前走過的水域，無數翻了肚子的魚屍浮出水面，卻是不幸被魘桀的冰封之術波及而死去。

魘桀冷哼一聲，繼續拾階而上，倒是璐王走過魘璃身邊，眼神百般複雜。魘暝與魘璃相視一笑，並肩而上，在摩雲殿外的瓊臺處與百官會面，重整列位。

鷹隼早已於摩雲殿外相候，在風郡他早已見過魘璃冰封時羈時所使的冰封之術剛猛霸道，連無形之風尚且能凝固壓制，何況只是一片海水。所以便一直擔心魘璃毫不留手，全力相爭，在百官面前傷了魘桀的體面，從而觸怒聖顏惹下禍事。結果魘璃並未鬥力，而是另闢蹊徑，出奇制勝，贏得眾人青睞。鷹隼心裡的石頭算是落了地，眼見魘璃隨魘暝率百官覲見，正徐徐行來，雙手環拱為禮相迎，在魘璃經過身側之時，偷偷收了收左手大拇指。

魘璃會意，知道他是在暗中稱讚自己處事得宜，心頭歡喜，微微咬唇露出一絲淺笑，而後便與兄長並肩而行，進入了摩雲殿。

摩雲殿四周皆有六十丈寬，白玉為地，冰晶為頂，十餘丈高的殿柱為巨鯨之骨雕砌，光滑的柱面鐫刻著無數山川河流的紋路，泛著微光。摩雲殿的頂部綴滿巨大光潔的珍珠，宛若漫天星斗，瑩瑩發光。正對大門的是夢川君王的寶座，安置於高高的御階之上，頭戴旒冕，身著袞龍袍的夢川帝王寐莊安坐其上，看不清神態表情，只是正襟危坐，恍若神祇。

魘璃偷眼看了看高高在上的夢川國君，她的父親。卻突然發現已經生疏到幾乎忘了他的長相。在風郡的七百年，她曾有怨懟，但此刻，又是百感交集。

兩側的殿壁之上浮凸而出的是無數飛龍綵鳳祥瑞之相，緊接左右殿壁各有一排三丈寬一丈高的白玉瓊臺，其上分別羅列了十餘張案几座位，已有不少王公貴族依次入座，唯獨空著左右接近御階的四個位置，卻是留出給征戰歸來的魘暝等四人。而百官的座次也以官階高低，在瓊臺之下一次羅列，左右各有三層，具已擺放佳餚美酒。

魘暝率眾叩拜，高呼萬歲，於夢川帝王面前先行臣子之禮，待到寐莊大帝抬手示意諸臣子平身，方才起身而立。

君王之側早有禮官展開絹帛，朗聲宣讀詔書：朕聞懷古道一役，諸軍帥戎將眾志成城，拋灑熱血，揚我夢川國威，拓我夢川疆土，立萬世不拔之功。諸將士實夢川之砥柱，國家之干城也……。

魘璃垂首聽旨，偷眼看了看魘暝旁邊的魘桀，見他神情緊張，心想既然詔書之中對尋常將領是官升三級，賜朱戶、珍寶、車馬等殊榮恩物，陣亡的將士也待主帥列出名目，從重撫卹，然而卻不知道會對曾危害北冥大營的魘桀會如何處理。可是聽禮官誦完整幅絹帛，都沒有提及此事。

那禮官收攏絹帛，躬身以退，隨後另一禮官開始宣讀第二道帛書：「皇子魘暝運籌帷幄，開天道長安之局面，身先士卒，驍勇善戰，彰夢川之君威，功在社稷。今授以冊寶，封北冥王，轄龍隱、赤丘千里之地，立北冥之城。賜三萬戶，良駒六千匹，牛羊各三千，絹帛千匹，元珠十斗……朕以國之藩籬相托，期河山之錦繡，疆域之永固。」

魘暝依禮接旨，口呼萬歲。雖說列土封王是大喜事，但就如他事先預料的一樣，解決夢川外患並不能讓他得到儲君之位，父皇對他的考驗並沒有結束。龍隱澤一帶雖說是兵家必爭之地，但土地貧瘠，原屬赤鄴外疆的赤丘也是一樣，別說耕地，就是做草場也不合適，又怎麼能立城，建鎮，進而繁榮興旺呢？

禮官很快開始宣讀第三道帛書：「帝女魘璃困身風郡為質子，七百年風霜憂勞皆為夢川之安寧，此其功一；遠赴忘淵締結盟書，助懷古道之勝，此其功二；身先士卒，奮勇殺敵，重創敵首，此其功三。特授之以冊，封明昭帝姬，轄澧都以東千里海域，采三萬戶，聚琉璃城，賜僕役三千，樂戶五百，寶船百艘，絹帛三千匹，元珠十斗……。」

魘璃聽著禮官報出的一長串珍寶，比之兄長所得的財寶有過之而無不及，俱是奢靡消遣之物，雖人人豔羨，心頭浮起幾絲悵然。若是求適意逍遙，於琉璃城中做個富貴閒人，這些恩賜當然是上上之選。只是這些並非她所欲……然而從見不得光的天族凡裔，到冊封明昭帝姬，總算獲得認可，日後要襄助兄長成就大業，也算名正言順了。

很快，禮官開始宣讀第四道旨：「皇子魘桀，璐王寐璐，懷古道一役因循地利，阻斷敵軍去路，功不可沒。各賜良駒三千，牛羊一千，珍珠六斗。鎮川上卿鷹隼，迎回明昭帝姬，且協戰有功，忠勇無匹，賜無佞劍，行監察之職，如遇奸佞誤國者，無論皇室宗親，或平民百姓，可先斬後奏……。」

鷹隼出列，接過那把光耀奪目的無佞劍，與魘桀、璐王一道接旨謝恩。

魘桀對魘暝封王之事耿耿於懷，但既然聖上沒有因為落虎丘之事降罪，這事也就算過去了。反正列土封王也不過是一片荒地，縱然立城興業，也等同無米之粥。然而讓鷹隼執掌無佞劍倒是個嚴重的警告。

而璐王的思緒卻紛紛煩煩，對於國君的心思無法揣度。

封賞完畢，一干人等各歸其位。國君舉杯以祝禱國運昌隆，酬謝將士赫赫戰功，慶功的盛宴已經拉開了序幕。大殿中仙樂飄飄，舞姬翩翩而至，宴會中人置身極樂之中，觥籌交錯……。

魘璃抬眼看看高高在上的國君，依舊只能看見威儀的身姿，而無法看清他的表情。可能坐在那個位置上的人，原本就不會讓人看清楚他的臉，這樣就不會有人去揣度他的意思。而他卻可以居高臨下，觀察每一個臣子的言行心思。

她一邊想著，一邊將目光移向坐在對面武將席位首位的鷹隼，發現鷹隼也正在看她，於是莞爾一笑，舉杯遙敬，在對飲一杯之後，食指有意無意地在酒盞側面緩緩點了兩下，一雙妙目不著痕跡地瞟了瞟殿外的瓊臺。

鷹隼會意一笑，微微頷首。

皇家盛宴的奢華尊崇，是對將士的犒賞，但並不是可以盡興暢飲的場合，所以這場君臣同樂的宴會在掌燈時分就已經結束，不過，在澧都城門之外的廣場上，真正的飲宴才拉開序幕。將士們混在載歌載舞的人群中，豪飲，狂歡。

魘暝與魘璃先回暝臺稍時休息，就帶著早已等待他們多時的沅蘿，一起去那場所有人都在狂歡的集會。

華燈斑斕，廣場中央聚合著七層塔高的木料，一層層交錯搭建，此刻正燃燒著熊熊火焰，將廣場照得很亮。

人們在圍著這巨大的篝火舞蹈，隨著悠揚的笛聲、琴聲和密集的鼓點，帶著一分醺然醉意。整個廣場瀰漫著怡人的酒香，這裡的酒很多，大大小小的酒罈四處碼放，隨手可及，但能使得數萬人一起醺醺然的，是在火中木架頂上的那一罈酒——浮生若夢。

魘璃意識到這一點的時候，支撐那罈酒的那根木梁已經被燒短，連同酒罈一起跌入火中，隨著酒罈的碎裂，一團藍色的火苗驟然升騰而起，熱浪蒸騰出一片馥郁的酒氣，無疑是點燃了狂歡的高潮。

魘璃從沒有看過這麼多人的歡愉與熱鬧，就好像是世界上所有的快樂全在這裡，這一夜綻放開來。

她看到來自沙幕、松香色皮膚的小矮人在敲打著手鼓；看到來自赤鄴、鬢髮眉皆赤如火焰的力士在武動著火流星；看到來自忘淵的老者抖著綴滿髮辮的細碎鈴鐺，在忘情地吹著銅笛；看到來自藤州的舞女在旋轉著裙襬……。

是夢川子民也好，客居此地的異族人也好，所有人都在為今後的安穩而舉杯歡慶，不分彼此。

魘璃看到這一切，心裡是自豪而篤定的。她的國度開明而安穩，這歡樂屬於這裡的所有人。可能是那罈蒸騰為水氣的「浮生若夢」的影響，她不能自已，又是想哭又是想笑。

就在這時候，原本一直手拉手的沅蘿也嬉笑著鬆開了手，旋轉著裙襬，舞動著柔軟的腰肢和手臂，融入了狂歡的人群。

沅蘿本就善舞，以往同困於風郡皇宮之時，也曾與魘璃一同起舞，魘璃作劍器舞，沅蘿作彩練舞，旁邊是鎯敲打羯鼓，一起排遣寂寞。因為都受到近在咫尺的風靈殿結界制約，沅蘿又體弱多病，所以總未能盡興。而來到夢川之後，沅蘿的身體狀況很明顯地有所改善，甚至能夠使用一些簡單的木靈之力。腳步騰挪之間，無數芊芊芳草自地面漸漸豐茂，繼而無數香花綻放，周圍的人群都緩緩退開，形成一個數丈寬的圈子。沅蘿的舞輕靈如離籠的鳥，她的笑如同暈染開的酒香一樣醉人。香塵逶迤，浮瓣翻飛，端的是無限旖旎。

所有人都如痴如醉地看著沅蘿在花間翩翩起舞，包括魘璃，也包括魘暝。

魘暝雙眸緊緊跟隨著衣帶飄飛的沅蘿，雖然她足未離地，但身姿卻猶如在臨風飛翔，就像他曾在戰場上見過的雲香天姬。然而眉間眼梢的柔情蜜意，卻只為他一人。恍惚間一襲紗練劃過耳際，他下意識地一把攥住，在紗練的另一頭，沅蘿的纖纖素手在緩緩收攏紗練，輕飄飄地，將他不知不覺引到了身邊。

魘璃含笑看著魘暝與沅蘿被舞蹈的人群環在中央，緩緩地退了開去，他們的快樂她不便打擾，而且，她也有要去會的人。

夜空中已經閃過兩巡煙花，仿若漫天綻放的星碎，火樹銀花。

魘璃進皇城之後，便避開值夜的衛兵，朝著摩雲殿而去。那裡是特殊的場所，所以在宴會散了，宮娥收拾好大殿的殘局之後，這裡也就沒人了。她快步順著迴廊和御階上到瓊臺，但是那裡空空蕩蕩，除了海上船隻和遠處都市的繽紛燈火，這裡可以說是一片寂寥。

魘璃立在瓊臺的欄杆邊，遠眺海面，心想鷹隼怎麼還沒到，難道他沒明白我的用意嗎？她歎了口氣，卻聽到一個熟悉的聲音：「你暗示我二更瓊臺相會，我一更就已經上來了。」

魘璃笑著轉過頭去，之間一輪明月浮現於摩雲殿的殿頂飛簷之上，白霜也似的月光照亮了立在飛簷之上一身銀甲的鷹隼。她仰著頭看他，露出一絲篤定的笑意：「你站那麼高幹什麼呀？」

鷹隼從飛簷上縱了下來，嘴角微微上揚：「我在看你啊，看你為什麼還沒上來。然後……就看了一會月亮。」

魘璃心頭甜滋滋的，歪著頭問道：「然後呢？」

「然後你上來了，月亮就沉下去了。」鷹隼繼續說道。

魘璃咯咯笑了起來：「月亮不是還掛在天上嗎？」

鷹隼伸臂將魘璃攬入懷中，低聲喃喃：「可是我的月亮在這裡。璃兒就是我心尖上的月亮。」

魘璃靠在他的胸膛輕笑一聲：「以前我還以為你不會說甜言蜜語，看來是我失察了……。」

鷹隼的手指輕輕撫摸著魘璃的髮絲：「是璃兒說要把兩百年掰成四百年、四千年過的，我算過了，每天一句情話，我們還可以再說七萬句。」

魘璃抬眼看著鷹隼，緩緩喃喃道：「才七萬句，不夠啊。」她踮起腳尖吻了吻鷹隼的嘴脣，卻被懸在他腰間的無佞劍硌了一下。隨後的柔情蜜意便散了：「今天父皇賜你無佞劍，卻封賞了魘桀，並未追究落虎丘之事，似乎也只是嚇唬嚇唬魘桀。」

鷹隼調整了佩劍的位置，歎了口氣：「聖上並非只是警告二殿下。這把無佞劍對所有人都是威懾。」

「也包括我吧。」魘璃鬆開了鷹隼，走到欄杆邊，望著夜色中的夢川大洋，「我就知道，他其實一直都在防我，是不是？雖然他冊封我為明昭帝姬，正了名分，也封賜了琉璃城給我，賞賜豐厚，讓我養尊處優，但他從頭到尾沒有跟我說過一句話，哪怕是正眼都沒看我一眼。」

鷹隼默然，然後說道：「這對你不公平，但是處在聖上的位置，他也有他的苦衷。」

魘璃深深的吸了口氣，把心裡的不忿壓了下去：「或許吧，不過現在我已經不在乎了。我只想在這兩百年裡，幫暝哥哥得到儲君之位。」

鷹隼搖搖頭：「你在懷古道之戰前答應我的兩件事……。」

魘璃心念一動，轉身看看鷹隼，重新偎依在他懷中，低聲道：「答應你的，我永遠記得。」她的眼光移向瓊臺下廣場上的狂歡盛宴，看著被蒸騰的「浮生若夢」酒香籠罩的歡樂人群：「鷹隼，那次在懷古道我們說的，希望諸部之間不要有征戰，不要相互仇視，這其實是可能的。就像我今天在廣場上看到的。今晚很美，我很開心。」

鷹隼輕輕撫摸魘璃的長髮：「其實一直以來，聖上善待流民的舉措，是來自當年水靈尊的授意，就是希望有歸化萬民的一天，只是此事不易。」

魘璃手朝著籠罩在廣場上的酒氣招了招，一片霧氣蒸騰浮了起來，匯聚成一團晶瑩剔透的水珠，飄浮在她掌心上方一寸的虛空之中，酒香寥寥，若有若無地纏繞在心頭：「聽說這浮生若夢的釀造法也是水靈尊傳下，她都已經不在千餘年了，但她還在影響著夢川，她的酒也還在醉著世人。我突然想通了一件事，原來一個人一件事所產生的影響是真真正正可以到達未來的。就好像撒下種子，就算人離開了，種子依舊會發芽，開花，結果。」

鷹隼專注的看著魘璃的眼睛：「璃兒，今天的你與風郡囚宮中的你不一樣了。」

魘璃笑了笑：「經歷了那麼多事，怎麼可能一成不變。你呢，難道還是我在風郡囚宮中見到的那個口口聲聲微臣的鷹隼嗎？」

鷹隼溫柔的歎息一聲：「因為你啊……。」話沒說完，那枚晶瑩剔透的酒水珠子已經浮到了他的嘴邊，接著一雙溫軟的脣已然將酒水推入了他的口中。一個甘美的吻封住了來不及逃逸的酒香，「浮生若夢」的味道糾纏在舌尖心田，其中的旖旎滋味難以言喻。

魘璃喃喃低聲言道：「也因為你……。」

廣場的盛宴持續了三天三夜，直到浮生若夢的酒力散盡，巨大的篝火燃盡熄滅，王公貴族、百官將士、平民百姓才盡興而歸。之後便是大大小小的皇室家宴，魘璃作為皇室新貴，幾乎活躍在每一場盛宴之上，重新締結那些缺失的親情與關係。唯獨是她那捉摸不定的父皇，縱然給予她的賞賜愈加豐厚，禮遇愈加厚待，但卻總有些疏離，彷彿她只是夢川的明昭帝姬，而非他的親女。

琉璃城的建立遠比六部戮原上的北冥城要來得迅速，不需要夯土根基，就跟夢川大洋之上其他繁華鼎盛的城池一樣，幾乎就在一夜之間聚合於海中。寐莊大帝賞賜的百艘寶船構架了琉璃城的框架，三萬水戶的大船小艇充實了琉璃城內的坊間巷陌。無數色彩斑斕的風帆像是無數的琉璃翅膀，簇擁著中央那座正在修建中，富麗堂皇，將會高聳入雲，與澧都的皇城遙相呼應的宮殿——璃臺。

魘暝自北冥大營撥出一批辦事可靠精明，又因傷患，或年長，不適宜繼續留在軍中的將領軍士，薦給魘璃使用。魘璃按其資歷一一安插了職位，令其各司其職。這批人成為琉璃城中璃臺的第一批門客，其中最受重用的，莫過於昔日曾多次出使風郡，與魘璃打過多次交道，又協助她自風郡脫困的夜亭山，因老成持重，又忠勇可靠，於是魘璃便指他做了璃臺長史。從此琉璃城的事務有專人負責，凡事只需要擬定曉事錄，定期垂詢即可。就像國君賜予她琉璃城的初衷那樣，她在這裡的生活優渥安逸，也波瀾不興。璃臺尚未建好，所以更多的時間，魘璃並不在琉璃城，而是居於澧都皇城中的魘暝府邸——北冥王府。她從門客中挑選了一個聰明伶俐，名喚無昔的，作為親隨，專門負責往來琉璃城與澧都之間，傳遞曉事錄。除了應酬宮廷飲宴，就是陪兄長處理軍務，閒暇之餘與兄長一道，帶沅蘿遊歷夢川的山河景緻，或是在澧都的繁華市井消磨時間。

沅蘿有魘璃相伴，又有魘暝悉心照料，人也越發健朗，閒來無事，倒是在魘暝府中培養了不少奇花異草。她本是藤州帝女，為木靈近身的一支，所以對於花草植物原本就信手拈來。不知不覺兩個月過去，也有小成。當日魘暝被封為北冥王，原本的暝臺改做北冥王府之後過於肅穆清冷，而今得沅蘿悉心料理，也成了閬苑仙府，步步生采。就連寐莊大帝也聽聞北冥王府的雅趣，特地移駕王府賞花觀景，讚不絕口，對沅蘿也甚是禮遇。

而魘璃與鷹隼雖然於宮中每日相見，卻也只得幾個眼神交換。留待夜深人靜，摩雲殿外瓊臺之上，才是這對情人互訴相思之地……。

又過了一個月，魘璃對於灃都的瞭解日漸深入。

的確，得益於夢川大洋，漁獲豐厚自給自足，海底珍寶層出不窮，發達的貿易更使得夢川的富庶繁華不容置疑，但也的確存在不小的隱患。因為相對於風郡與忘淵更為寬大的一戶一丁，以耕補役制，越來越多的流民來到夢川尋求庇護。他們不具備夢川部族在海上討生活的能力，首選乃充為軍戶，入伍服役，每家每戶至少一人，如非充為軍戶的人，需得依賴耕種以獲取糧食自足，並以半年一季，每季按人頭繳納補役賦以換取滯留資格，補役賦的繳納方式通常以糧食為主，每人每季一百斤為限，若是從事其他行業的，也可以用等價的其他物品抵扣賦稅。

耕戶主要分布在魘暝和魘桀的封地之上，分別聚於驚濤城周邊與南蜉洲，故而兩處封地均有專門負責收取這些糧食財物的賦府。每季納賦之時，便可見無數流民帶著糧食財物前來賦府之前排隊，以換取下一季可繼續滯留的容留令。

雖然只是一枚來自遠洋深海特有的青色螺殼，只要懸掛脖頸之上，就不會被驅逐出夢川。然而螺殼的顏色會隨時間淡化，衰減時間也不過一季，所以當殼變成白色，那就代表容留令失效，其結果是不能再留在夢川。

這一千七百年來，都是以這套補役賦平衡著流民的休養生息，直到七百年前藤州覆滅，又有不計其數的藤州遺民來到夢川尋求庇護。問題是夢川土地有限，除了要分撥出大片草場用於飼養戰馬，能用於耕種的土地相對於龐大的流民人數而言，實在是僧多粥少，所以田賦由此而生，賦稅為土地產出之兩成，未能繳納田賦，獲取土地耕種權的流民無土可耕。

夢川雖有商貿和手工百業可以分流，只需要繳納相應賦稅既可，但畢竟有手藝有頭腦的人不多，所以許多滯留在夢川的流民，生活可謂慘澹之極，朝不保夕，有的不得不偷雞摸狗，掙扎求存。儘管夢川國策有不可欺壓流民的明令規條，可流於底層，難免遭人輕賤。

魘璃也就此事諮詢過魘暝，得知魘暝不忍驅逐無家可歸的流民，也無法負擔如此龐大的賦稅缺失，於是睜一隻眼閉一隻眼，只將失去滯留資格的流民放逐到外疆，讓他們墾荒勉強餬口，至少在驚濤城方圓數百里之內，無野盜、強梁、猛獸、毒蟲，尚有安身之處。

而被魘桀所放逐的流民則要淒慘得多，會被毫不留情地自赤夢關驅逐至赤鄴的廢土之地。那裡氣候惡劣，猛獸橫行，尋常人無法存身，若是不能盡快從赤關逃入六部戮原，那就是一個死字。

說起此事，魘暝不免犯愁，偏偏此時六部戮原之上的駐軍又送來了月報書函，一是正在建造的北冥城進展情況，二是戰後被留在龍隱澤駐地的蒯肅出了狀況。

魘璃聽聞蒯肅的名字，自然有所留意，原來自從其子長轅戰死之後，所得撫卹豐厚，他本人也因搬兵有功，官進三級，拜驃騎將軍，然而經歷喪子之痛，日夜濫酒，還拿恩恤之物在軍中聚賭，結果觸犯軍法，被平級的將領擒下待斬，故而特地來函報備。

魘璃聽完，淡淡一笑：「這個蒯肅，看來是真的頹廢至極了。」

魘暝歎了口氣：「喪子之痛，難免如此。而今闖下大禍，按律是必斬的。」

魘璃笑著搖搖頭：「那可不能斬，趕緊把他解回來啊，不然這個棋子，可就白費了。」

她翻翻魘暝案頭上那本賦府的帳簿，心念一轉：「是時候把他擺上棋盤了。不如，就讓他去做個賦府小吏吧。」

沅蘿正搬了盆花萼如同緋色煙雲一般縹緲的花兒進來，換下魘暝案几上原來那盆相思蕊。

「堂堂驃騎將軍貶做賦府小吏，這可比殺了他還要折辱。」魘暝沉吟片刻，抬眼看到花兒不由眉頭一舒，「阿蘿，今天又是什麼花兒？」每天那麼多繁瑣事務，也只有看到沅蘿的笑臉，和每天都不一樣的花草才能有所放鬆。

魘璃拍手笑道：「這個我知道，這是赤鄴的軟雲菘。以前阿蘿在我的房間外也種了好多，她還嫌風郡的土性不和，種不了這個花，讓我翻牆去荒廢的赤鄴別院刨了幾袋庭院裡的紅土過來，才把這花兒養活了。這花大片大片開的時候，才叫美呢。」

沅蘿淺淺一笑：「璃兒喜歡的，暝自然也會喜歡，所以上次暝帶我去赤夢關打獵，我看到赤鄴的紅土，就抱著試試看的想法，帶了一些回來，用浮土法培植，結果真的成功了。」她用手輕撫花萼，只見那煙雲一樣的花兒蓬蓬鬆鬆地又茂盛了不少，美不勝收。

「已經不叫大殿下了……。」魘璃眨眨眼一臉的壞笑。

沅蘿面露羞色不依不饒，繞著案几攆著魘璃追了幾圈，卻被魘暝伸臂攬入懷中，她含羞帶臊地別過臉去，耳邊聽得魘暝說道：「璃兒也不是外人，過些日子找機會向父皇言明你我之事，可少不得她幫腔呢。」

魘璃哈哈大笑，忽然想起一事：「阿蘿，既然赤鄴的紅土可以種出軟雲菘來，那麼種五穀是不是也能行？」

沅蘿不解地言道：「可是赤鄴被毀之後，氣候失衡，晝夜溫差極端，種什麼也不行啊。不然也就不會一直是廢土了。」

魘璃很是激動：「但是把赤鄴的土弄到六部戮原上，不就種什麼都可以了？」

魘暝猛醒，伸臂同時摟住沅蘿和魘璃，笑道：「虧得上天把你們二人送到我身邊，這是我魘暝之福，也是我夢川之福。有了阿蘿的浮土法，何愁北冥城不可興旺富庶。」

沅蘿也明白過來，高興之餘不免有些猶豫：「可是要改荒漠為桑田，得花多少人力物力……？」

魘璃躊躇滿志地笑道：「我們會有足夠的人力，那麼多無安身立命之所的流民，誰不想有地可耕，有飯可食。只要他們對暝哥哥歸心，那就是不計其數的人力，既可壯夢川國力，也可解流民苦困。」說罷她用指頭敲了敲那封自軍中傳來的信函，目光灼灼：「這就是轉機！」

金鬃豹案

魘暝要時常去外疆巡視北冥城的建造進度，秉明寐莊之後，便將驚濤城的管轄權暫時交給了魘璃，而沅蘿也自然留在此間與魘璃作伴。

魘璃的遊船就泊在驚濤城邊的海域，每日在這裡宴請一些北冥大營中曾經並肩作戰過的將領或是新蓄的門客。待閒時便接納夜亭山讓無昔從琉璃城送達的曉事錄，一一批示之後，再由無昔送回琉璃城。她留於此間，一方面是替魘暝坐鎮驚濤城，另一方面卻是另有要事。

納賦之季，魘暝封地的賦府直接設在了驚濤城，偌大的草原上大排長龍，一望不見盡頭的流民隊伍，服飾各異，攜帶著各自用於納賦的糧食財物，焦急而又忐忑。能否順利換取滯留資格，得到那枚容留令，是關係到未來半年能否在夢川安身立命的要緊事。

魘璃的極目鏡在時時觀察著賦府與流民隊伍的動向，因為犯了事的蒯肅在那裡。一個滿腔悲慟，日日酗酒，渾渾噩噩度日的削職武將，放在這裡，出紕漏，和流民起衝突，那只是時間的問題。她等的就是這個機會。

對於而今的蒯肅而言，能從外疆的軍營解回澧都，不必身首異處，不是什麼恩典。驃騎將軍貶為賦府小吏的奇恥大辱，也不算什麼不得了的事。自從兒子長轅戰死蠻烏城下，他早已心如死灰，能帶來慰藉的只有酒漿，沒日沒夜，醉生夢死，就算在賦府徵收賦稅的案臺前也是。

反正後面有文書負責造冊，下面又有負責搬搬抬抬秤重的軍士，他也就象徵性地驗收放行，反正多是些五穀、布匹、牛羊馬匹之類，過得去的，就讓人發放一枚容留令，數量不夠，或質量不行的，就讓來人自己抬回去，重新補替達標。這工作說繁瑣也的確繁瑣，但到了蒯肅這裡，簡化成了點頭和揮手兩個舉動，點頭過關，揮手則不過關。剩下的時間就是一罈酒接一罈酒地灌，得過且過。

在無數流民看來，這個酒氣衝天的醉鬼卻是判定生死的判官。能得容留令，自然千恩萬謝，一旦不過關，失去滯留夢川的資格，這也就表示不得不去風郡或忘淵討生活了，風郡的賦稅更重，而忘淵的生活更艱難，要麼就是漂泊於六部戮原之上墾荒，食不果腹。這生死之別，自然戰戰兢兢。

沅蘿拿起魘璃的極目鏡審視那些流民，喃喃言道：「這些天看來，來的大多數是赤髮赤鬚赤眉的赤鄴遺民，以及少部分的沙幕遺民，似乎很少看到來自藤州的。想不到藤州遺民已經凋敝至此……。」

魘璃批示完畢當日的曉事錄，合上冊子遞於立於身側的無昔，開口言道：「那倒不是，藤州與沙幕的遺民大多聚集於魘桀的封地之上，在澧都以西，距離夢川與赤鄴邊界的赤夢關三百里遠的南蛶州，那邊的土質不錯，耕地更多些。當初赤鄴與沙幕成為廢土之後，暝哥哥的北冥大營接收了赤鄴的流民，而沙幕的則分配到了南蛶州，待魘桀成年，也就分封了給他，所以北冥大營中多赤鄴流民，而南川大營中則多沙幕流民。這兩支在兩塊封地上已經客居了一千七百年之久，而藤州卻是在七百年前才……。」她見沅蘿神情落寞，伸手輕拍沅蘿的肩膀：「藤州遺民只是分散在夢川、風郡、忘淵三部，所以才顯得人數少，他們善於調理五穀，在南蛶州的一半耕地都是他們在打理，他日得空，我陪你去那邊走走，見一見你的子民可好？」

沅蘿默然，低頭垂淚，許久方才輕輕問道：「他們在那邊……過得好嗎？」

魘璃歎了口氣：「那邊的賦稅更重些，不過有土可耕，尚能維持。」她倚在欄杆之上看著遠處看不到尾的流民隊伍，輕聲言道：「暝哥哥的想法是希望能讓這些苦難可以少一些，所有人都重拾身為天道部眾的尊嚴。」

沅蘿轉眼看著魘璃，眼淚簌簌而下：「璃兒，你和暝都是做大事的人，而我只是個沒有用的女人，你們在想什麼，我不明白，但只要能使得藤州遺民不再顛沛流離，苦苦煎熬，我什麼都願意做。告訴我，我可以怎麼幫你們，怎麼幫他們。」

魘璃伸臂抱抱沅蘿：「別這樣，你可是藤州的帝女，你當然能幫他們，也能幫我和暝哥哥。只要時機成熟……。」她沒有繼續說下去，反而話鋒一轉，對立於一旁的無昔說道：「今日事宜已了，你先把曉事錄帶回琉璃城給夜總管，再回來伺候吧。」

無昔低應一聲，躬身退出了船艙。

沅蘿拭去臉上的淚痕，看看走遠的無昔，低聲道：「這個無昔不是璃兒的親隨嗎？」

魘璃目送無昔的快舟朝琉璃城方向而去，喃喃言道：「用人不疑，無昔我當然信得過，只是我要做的事，在做成之前，知道的人越少越好，以免節外生枝。」

沅蘿點點頭：「這倒也是，只是我總覺得他有些奇怪……這些時日也見了許多次，他的表情從來沒有變過，話也不多，問一句才應一句，心事重重似的。」

魘璃微微搖頭：「是吧……戰場上下來的人……。」她拾起極目鏡，繼續觀望遠處的賦府和流民隊伍，喃喃言道：「有些後遺症也是難免的。」忽然她放下極目鏡，揉了揉眼睛，再就著極目鏡定眼一看，吃驚的說道：「咦？他怎麼會在這裡？」

沅蘿奇道：「誰啊？」

魘璃眉頭微皺：「他是兵戶，本不用納賦換取容留令的。再說，就算納賦，也不應該在這裡的賦府納……。」她看到的是一個裹在灰氈子斗篷裡，身高不足四尺，肌膚黃如松香，兩眼大得驚人的小矮人，居然是在懷古道戰場上，她救下的那個沙幕遺民首領之子烏佽，此刻正拖著兩麻袋物事，混在流民的隊伍之中。而之前沅蘿看到的那些沙幕遺民，也和烏似一樣，一人拖著這樣兩大麻袋物事，近處的就有五六個。

魘璃放下極目鏡，微微思索：「他們在幹什麼呢？那麻袋裡要是五穀，一麻袋也有百斤，兩袋可以換兩枚容留令。他是軍戶，有軍中發給的赤色螺殼為認記，本就不用再納賦的，他們換這麼多容留令幹什麼呢？阿蘿，我得去看看。」

就在魘璃與沅蘿換乘快舟朝海岸而來的時候，賦府的流民隊伍中起了騷亂，原本喝得面紅耳赤的蒯肅此刻怒目圓睜，正手持長鞭，在鞭撻一個匍匐在地，衣衫襤褸的女孩。

那女孩尚未成年，一雙瘦削卻布滿新舊創口傷痕的胳膊正本能地護住頭面，身子蜷成一團，蓬亂的赤色髮絲上沾了不少塵灰草屑，而那胳膊之上卻有一層淺淺的赤色羽毛，零零星星地分布在她還完好的肌膚之上。旁邊地上一個打翻的竹籃，還有四隻成人拳頭大小的金鬃幼豹，三隻已經被摔斃當場，剩下一隻還在微微動彈，奶聲奶氣地嘶叫著。

周圍的人群戰戰兢兢，也不敢上前制止蒯肅的暴行，只能眼睜睜看著鞭子一鞭接一鞭地落在那女孩的身上，皮開肉綻，血跡斑斑。但那女孩卻只是護住頭面，倔強得連哼都不哼一聲。

一旁的文書怕蒯肅鬧出人命，趕緊使眼色讓幾個軍士上來攔，卻被蒯肅幾鞭子給趕了回去，無奈之下，只敢躲得遠遠地高聲喊道：「蒯肅，你非得打死這孩子不成嗎？」

「孩子？」蒯肅哈哈大笑，面容猙獰，「你們看她這身扁毛，她就是個風郡過來的奸細！」說罷伸手抓著那女孩背心的衣裳「刺啦」一撕，女孩瘦削的背已然暴露人前，只見一片細軟的赤色羽毛覆蓋在她的肩胛之上，與那一頭赤色的亂髮糾結成一片。這果然是風郡部眾所特有的體徵，只是風郡部眾的羽毛為黑白之色，從來沒有這樣鮮豔的毛色。眾人一片嘩然。

「不是！我不是！」那女孩捂著身體帶著哭腔嘶吼出聲，「我是赤鄴之民，我是赤鄴之民！」她抬起頭，因為營養不良而瘦削的臉上果然有著赤鄴之民特有的赤色眉毛。

不知是誰說了一聲：「她……她是個混種……。」

「是風郡部眾與赤鄴部眾所生的混種……。」

「不祥人啊……！」

人群裡七嘴八舌的議論起來。

「風郡的畜生殺我夢川子弟無數，這血海深仇……容你不得！」蒯肅雙眼通紅，咬牙切齒，喪子之痛，加上酗酒多日，一腔憤怨這當口全都湧了出來，手中鞭子一輪，又朝著那個女孩抽了過去！

然而這一鞭，卻沒能落在那女孩身上。一個身高不過四尺的小矮人一把攥住了鞭梢，馬鞭頓時被扯得筆直。蒯肅大怒，奮力奪鞭，但鞭子在那小矮人手中卻像生了根一樣。

蒯肅酒氣衝天，早沒了理智，扔下馬鞭，抽出長劍遙指那小矮人：「你這沙幕來的破落矬子，也敢管本將軍的閒事？報上名來！本將軍劍下不死無名的鬼。」

「不平事，天下人皆管得！」那矮人冷聲言道，「沙幕烏伮雖只是流民，也見不得你荼毒無辜。」

「無辜？這雜種身上流著風郡的血，她無辜？」蒯肅面色猙獰，一字一血地說道，「她若無辜，戰死的夢川子弟豈不是更無辜？今天本將軍大開殺戒，就連你這矬子也一併宰了！」說罷揮劍朝烏伮砍去。

烏敂閃身躲過：「你若對風郡有仇怨，大可在戰場之上了結，在這裡欺負個小女孩，算什麼本事？」他的動作很快，蒯肅酒醉之中，腳步虛浮，根本就趕不上他的速度，跌跌撞撞闖入人群，撞倒了幾個流民，眾人受驚，紛紛四散逃走，而蒯肅爬起身來，又腳步蹣跚地朝著烏敂追砍過去。

「噌」的一聲，一把雪亮的冷鋒呼嘯而來，蒯肅只覺得右手一麻，手中的劍已然脫手而出，在空中旋轉幾圈，一下子插入土地，猶自發顫。蒯肅不可置信地看著自己的空手，歪著頭遲鈍地看了半晌，轉頭看到一張粉面含威帶怒的臉，在認出是魘璃之後，驀然出了一身冷汗，這酒也就醒了幾分：「帝……帝女魘璃……。」

「是明昭帝姬！」遠處的文書趕緊糾正，隨後拜伏在地，「小的見過帝姬。」

「嘩啦」，周圍的人群黑壓壓地跪倒一片，萝川皇室的新貴，功在社稷的明昭帝姬，早已經是坊間的傳奇，誰人不知無人不曉。

魘璃抬手讓眾人起來，冷聲對文書道：「蒯肅醉酒鬧事，先給我綁了，打桶水給潑清醒了再問話。」隨後看看人群中的烏敂，然後將目光落在蜷縮在地，衣不蔽體，渾身是傷的那個女孩身上，這一看，已然明白了七八分。她心頭一緊，伸手解下自己的雪蠶絲鏤金披風，蓋住了那女孩的身體，伸手將她扶了起來。

那女孩早已驚得呆了，只是怔怔地看著魘璃，甚至不知道該怎麼見禮參拜。

旁邊的軍士早已將蒯肅五花大綁，又提了兩桶冷水，從頭澆到腳，這冷水一激，蒯肅的宿醉算是澈底醒了，隱約記起剛才的事，不由得驚駭不已。

魘璃走到賦府的案几前坐定：「到底發生什麼事，誰來告訴我？」

蒯肅被摁在地上，不敢言語，一旁的文書忙開口言道：「回帝姬，適才這女孩帶一籃金鬃幼豹來納賦，按律這幼豹太小，不能換取容留令。蒯將軍讓她拿回去，她便拉著將軍苦苦哀求，不想卻被將軍發現她手臂上有羽毛，是有風郡血統的混種，也不知為何，將軍狂性大發……摔死了她的幼豹，還出手鞭打，若非那個叫烏伮的沙幕遺民，說不得已經鬧出人命，鑄成大錯……。」

魘璃看看地上的蒯肅：「他沒有憑空誣賴你吧？」

蒯肅面如死灰，長長地歎了口氣，閉上眼睛點點頭。

魘璃看看被沅蘿扶著的那個女孩，揚聲對眾人說道：「我的大皇兄，你們的北冥王魘暝，一向以仁治下，而今他才離開驚濤城去巡視北冥城的修建，就有人一不尊軍令，軍中酗酒鬧事，二不尊聖命，無端欺壓流民，這不僅是給北冥大營的錚錚軍紀抹黑，也是陷我夢川於不義，可謂罪大惡極，萬死莫贖！而今皇兄不在，本帝姬只是暫代驚濤城之務，也不好斬殺皇兄手下的臣子。而今只好將這蒯肅重打一百軍棍，貶為刷馬卒，等皇兄回來，再做定奪。蒯肅，你服不服？」

「吾乃今上所封的驃騎將軍，縱然有錯，要殺要剮悉聽尊便，帝姬豈能為了區區賤民折辱於我？蒯肅心中又氣又恨又悔，這刷馬卒算是軍營之中最低等的小卒子，只能侍弄軍馬，骯髒低賤，這等羞辱可比貶為賦府小吏要大得多。他戎馬半生，軍功顯赫，而今落得這等田地，可謂奇恥大辱。

魘璃冷笑一聲：「既然你是我夢川堂堂驃騎將軍，理當遵守皇命軍令。我夢川從未視流民為賤民，但凡按律納賦，又嚴守我夢川律法，安穩度日的，無論是何部遺民，都當一視同仁，與我夢川子民無異。你這個時候還在口口聲聲賤民，可見本帝姬罰你罰得輕了，不讓你牢記這個教訓，就對愧對公道二字。來人，先扒去他身上的盔甲再加一百軍棍，待本座上表今上，褫奪他一切功勛封號，再作處理。」

蒯肅心中一涼，這個時候卻不敢再強項，他跟魘璃打過交道，知道她的手段，若是鬥氣被她斬殺了，也就罷了，就怕又讓她想出什麼羞辱人的法子來……到此刻，他只好長歎一聲，點頭稱是。

旁邊早有軍士提了軍棍過來，幾人摁住他四肢，剝去盔甲，緊接著死沉的棒子就劈里啪啦地落了下來，只打得他皮開肉綻，死去活來。

無數圍觀的流民在旁邊竊竊私語，他們常年寄人籬下，皆試過被人輕賤欺凌的滋味，不想眼前這個無比尊崇的明昭帝姬居然全無貴賤之念，為了一個出身低賤的外族流民，嚴懲軍功在身的夢川將軍，只為公道二字。有的人感激涕零，也有的人心存疑慮，一時間，人群中細碎的議論聲不斷。

劇痛恥辱之中，蒯肅聽得魘璃繼續說道：「本帝姬希望在場的所有人明白，我夢川的國策中有明文約定，無論是王公貴族，還是平民百姓，都不得仗勢欺凌滯留在我夢川境內的流民，只要他們按律納賦，換取容留令，且嚴守我夢川律法，無作姦犯科生亂之事，他們就有資格托庇於我夢川。一直以來，我的皇兄魘暝，便是以此國策，憑仁愛之心，包容所有遵守我夢川法度的流民，讓他們可以休養生息的。而今此事暫時告一段落，現在可以繼續納賦，文書，就暫時由你主理此事吧。」

話音剛落，黑壓壓的流民中爆發出一陣歡呼掌聲，人人皆道這明昭帝姬與北冥王果真是仁義、重承諾之人。唯有烏叙抄手而立，不置可否。

魘璃走到那個被蒯肅打傷的女孩面前問道：「孩子，你叫什麼名字？」

那女孩手裡抱著那隻奄奄一息的幼豹，抬眼看著魘璃，滿眼的崇敬與感激：「我……我的名字是烈琴……。」

魘璃看著烈琴，露出一絲微笑：「難怪你那麼倔，挨打也不求饒，挺有骨氣的。」

烈琴眼中的眼淚滾來滾去，卻又硬憋了回去：「他說我要是承認自己是風郡的奸細，開口求饒，他就放過我。可是我不是，我是赤鄴之民，我若是求饒了，那便是承認了……我不能承認。」

「可是你身上有風郡部眾的羽毛，的確有風郡的血統。」魘璃目光灼灼，看著眼前的女孩。

烈琴面容淒苦，顫聲說道：「我恨這些扁毛，總在拔，可是拔了它還會長出來，背後的，我也搆不著……。」

魘璃歎了口氣，伸手摸摸烈琴的頭，觸手髮絲乾枯蓬亂，可見很長一段時間裡，這孩子都是處於食不果腹的狀態，她心生憐意：「你的家人呢？我派人送你回去。」

烈琴搖搖頭：「阿娘死了，我沒有家人了。」

魘璃搖搖頭：「你阿爹呢？」

烈琴眼中閃過一絲恨意，而後抱緊了懷裡的幼豹：「我沒有阿爹，從來就沒有過。阿娘流落風郡的時候被那裡的壞人欺負了，好不容易才逃到夢川，生下我。我只有阿娘，和阿娘教我養的豹子。」她低頭看著懷裡的幼豹悲從中來：「可現在，也只剩這一隻了，我換不到容留令，很快就會被放逐出去，很快……我也會死了……。」

魘璃伸出手指撥了撥烈琴懷裡的幼豹，長歎一聲：「既然你也沒有地方容身了，不如就跟我去琉璃城。我正想養些豹子玩玩，你就給我做豢豹人吧。」

烈琴的眼淚奪眶而出，整個人撲通一聲，拜伏在地：「烈琴的命是帝女給的，一定為帝女養最兇猛、最有靈性的金鬃豹，以報答帝女的恩情。」

魘璃微微頷首，將烈琴扶了起來：「你身上有傷，先隨我的隨從去我的船上休養吧，等身子大好了，再隨我回琉璃城。」說罷示意近身的侍從，把烈琴先行帶回，一轉頭，卻見烏似拖著兩個麻袋，排在納賦的人群中。

魘璃方才想起此行是為調查烏似等沙幕遺民而來，於是招呼左右給弄了兩椅子，給自己和沅蘿，準備看看烏似等人玩什麼花招。眼看輪到烏似納賦之時，打開麻袋，是滿滿兩包稻米，過秤有兩百斤重。按律，可以換取兩枚容留令。文書一面招呼士兵搬走這兩包粟米，一面取出兩枚容留令，正要遞給烏似，便聽得魘璃一聲：「且慢！」

烏似心中咯噔一聲，下意識地摸了摸胸口，那裡有一個血紅的疤痕，是魘璃用自身靈血修補的創口，他心裡厭惡利用他族人做馬前卒的夢川皇族，剛才看到魘璃懲罰蒯肅，收留烈琴，心裡早認定了她是在收買人心，故而不屑，而今魘璃來找他的麻煩，這可不是鬧著玩的。

魘璃踱步到烏似面前，打量了他一陣子：「如果我沒記錯，你是南川大營的軍戶，本身是有留在夢川的資格，而今你拿這麼多糧食來換兩枚存留令，究竟意欲何為？」

烏似將目光移向一邊：「夢川律法中並沒有不讓軍戶納賦一說。」

魘璃點點頭：「沒錯，不過律法之中卻規定了封地之上的流民，向所在地的賦府納賦，很明顯，你應該去南蜉州，而不是這麼遠把糧食搬來驚濤城。」

烏似語塞，而後恨恨道：「若是南蜉州可正常納賦，我也不會這麼做。你們這些夢川皇室中人，一個個都是言而無信之輩。我等沙幕遺民在懷古道中傷亡慘重，留下許多孤兒寡婦，卻被視為累贅，不僅無半點恩恤，還非得將她們驅逐出赤夢關不可，要把土地留給藤州的體健能耕者，棄這些孤兒寡婦的生死於不顧！」

魘璃眉頭一沉，怒火中燒：「魘……二殿下當真如此待你們？」懷古道一役，南川大營的沙幕遺民戰死多半，原本朝廷也有恩恤發放，不想在南蜉州，魘桀治下卻是這般對待那些戰士遺屬。單純從功利而言，的確是把有限的土地交給善於耕作之人，方能獲得最好的收成，然而這麼幹卻是趕那些可憐人進絕境！

烏似冷笑一聲：「你們一向如此，何必惺惺作態，收買人心。」

旁邊的文書大喝一聲：「大膽！竟敢對帝姬無理！來人，把這個無禮的傢伙綁了！」

魘璃擺擺手，示意周圍的人不必為難烏似，開口說道：「叫你的那些族人都不必躲躲藏藏的了，光明正大的來兌就是。」

烏似錯愕地看著魘璃，卻聽得魘璃對文書道：「從現在開始，只要按納賦標準交齊賦稅的，便兌換存留令給他們，不必問來處。就算有什麼事，自有本帝姬與北冥王為你們擔待！」說罷憤憤然轉身離去，沅蘿與大群隨從立刻跟了過去。

沅蘿悄聲對魘璃言道：「這麼做會不會得罪二殿下……？」

魘璃咬牙道：「我竟不知他幹出這等事來，簡直喪心病狂，若讓他這樣搞下去，只怕禍起南蜉洲。此事我得迅速通知暝哥哥，然後一起去父皇面前參他一本。」

烏似捏著手裡的兩枚存留令，看著魘璃一大群人前呼後擁地走了，耳中聽到流民們對於明昭帝姬的交口稱讚，心中不免有些茫然，至於她究竟是在收買人心，還是真真切切地想要讓流民脫困，這個他真的不會分。

至少，他的族人真的有救了……。

星海盟

蒯肅挨完那兩百軍棍，腿上臀上早已血肉模糊，無法動彈，被人拖入馬棚之中，扔在一堆草料之上，便再無人照管。他昏過去，又痛醒，醒過來，再暈過去，幾日裡昏昏沉沉，隱隱約約間似乎有人餵水敷藥，但醒過來也只能看到旁邊擺著一些發臭的饅頭和帶著草料屑的冷水，並無人問津。待到勉強能行走了，便被些低階的兵卒呼呼喝喝，打發去餵馬掃馬糞，少不得被作踐一番。

蒯肅心中氣苦，自然恨透了魘璃，即使遠遠看到魘璃的船泊在近海之中，也戾氣橫生。周圍的兵卒皆知他是犯了事被貶下來的驃騎將軍，正是牆倒眾人推，少不得奚落幾句，把他當做笑柄。到後來，就連去營外打草料的粗活累活也多派他去。他也只能到了外面的草場中，才有機會揮舞鐮刀劈砍一人高的牧草，於不見人煙處發洩他的一腔怨憤。

時隔數月，又逢蒯肅領命，遠離軍營，駕驢車去採集草料。他刻意遠離其餘兵卒，駕車到了草場深處去躲清靜，卻不料有人在那裡等他。

那是幾名身裹草色斗篷的蒙面人，一個個身手了得，沒幾個回合，就聯手將他擒下，矇住頭臉，架到一處更為偏遠的所在，方才將他摜在地上，解開矇住他頭面的布袋。

蒯肅原本驚懼交加，以為性命不保，不想一抬眼，便見到一輛四匹駿馬所拉的檀木馬車。馬車不算如何顯貴，但撩起的車廂幕帷裡，兩個正在對弈的人卻是來頭極大。一個是夢川二皇子魘桀，另一個是璐王。

這一認知進入蒯肅腦海，頓時思路清晰了起來。早聽過南川大營旗下有個影子營，都是執行刺探情報、暗殺、貼身保護等特殊任務的好手，之前擒拿自己的想必就是那影子營的人。當初因為兒子長轅曾被這二人抓住痛腳，要挾於魘暝歸國路上暗下殺手。而大戰之後，長轅戰死，就再也跟這二人沒有交集，而今他二人再次找上門來，其意圖卻是不明。而今肉在砧板上，他只好垂首先行向二人問安。

魘桀瞟了一眼蒯肅，口裡嘖嘖有聲：「堂堂驃騎將軍，功高顯貴，怎生讓人折磨成了這等模樣？」

蒯肅垂首不語，半晌才沉聲說道：「蒯肅帶罪之身，不敢勞煩二殿下過問。」

一旁的璐王撚鬚笑道：「將軍桀驁仍在，算是不幸之幸。將軍為人所害，做了人家揚名立品的踏腳石，實在令人扼腕。」

蒯肅心頭血湧，好不容易才強壓憤恨：「蒯肅因醉生事，惹出大禍，而今只是個刷馬的小卒，犬子也已亡故，對二位貴人更沒什麼用處，不知二位今日綁我來此有何用意？」

璐王微微頷首：「不錯，令郎已經戰死，我們從前的協議也就無效了。今日此行，無非是看不慣將軍大好男兒，卻被人拿來作靶子，當眾羞辱，以此彰顯他人的威名。將軍可知當日賦府的金鬃豹案，在夢川引起的軒然大波？」

魘桀歎了口氣：「將軍懲戒賤民，本不是什麼不得了的錯失，結果被人上表彈劾，褫奪功勛，就是一直還算看重將軍的北冥王，也沒為你這有功在身的老臣子說一句好話。這也就罷了，你知道外面現今有這麼一首《璃歌》正時興嗎？澧都的孩童個個耳熟能詳。裡面有一句是這麼唱的……。」他面露譏誚之色，開口哼道：「璃兮灼灼懲強梁，扶弱女兮解民殤；璃兮皎皎碧濤起，澤夢川兮明昭揚……。」

「她不止收留了上次害將軍遭貶的那個雜種流民，還在她的琉璃城中設立豢豹堂，收養懷古道之戰的遺孤或其他殘部的流民孤兒，足有數百之眾，用以彰顯賢名。」璐王繼續說道，「現在不止那些賤民，就是我夢川部眾也有不少愚民，都把明昭帝姬當做夢川大洋上的明月，當做大德大聖，這風頭一時無兩。但明眼人皆知是她收買人心的結果，歌詞裡的那個被懲戒的強梁就是將軍你。她是在拿你的名譽體面作法，才一步登天，成為人人稱頌的大德。而你一直效忠的北冥王，為了得到她的襄助，一直推波助瀾。將軍，你甘心嗎？」

蒯肅身子微微發抖，兩手攥緊，指節咯咯作響。他困於軍營，並不知外面的風向，但周圍兵卒的奚落杯葛卻是每日都揮之不去的折磨。他當然明白魘璃當眾懲罰他是藉機收買人心，心中自然怨憤難平。許久方才沉聲問：「二位今日見我，是希望我怎麼做？」

魘桀答道：「很簡單，本座與皇叔已經暗中說動了一些與你有舊的老臣子，在父皇面前保本。等過段時間，金鬃豹案的風頭過去了，便重新啟用你。你是魘暝舊部，將來他遲早還是會再讓你回他身邊。到那個時候，你須得記住是誰給你鹹魚翻身的機會。」

蒯肅沉聲言道：「此事蒯肅已心中有數。」時至今日，他雖心懷怨恨，但卻不敢去招惹魘璃，而當面回絕眼前的魘桀與璐王，只怕今天就走不出這草場。無論是哪一邊，都得罪不起，唯有虛與委蛇，走一步看一步。

魘桀與璐王交換了一下眼神，皆是得意之色。趁著魘璃整治蒯肅，把這顆放在魘暝身邊的死棋再度盤活了，日後定然用得上。

馬車與身披草色斗篷的蒙面人都隱入無邊草海之中，只餘下蒯肅一人。他默默地拍拍身上的草屑，順著來時的痕跡，回到棄下驢車的所在，就近割取了一車草料，便趕著車回到了驚濤城的北冥大營駐地，已是掌燈時分。周圍的兵卒依舊拿他奚落取笑一番後，各自散去回營房休息。又只剩他一人蜷居馬棚的草料堆上，聊以度夜。

今日之事，氣憤難平，蒯肅必然是睡不著的，正輾轉反側，就聽見啪的一聲，一顆石子落在馬槽上，他頓時警覺起身，只見馬廄外立著一個身穿輕甲的小卒，見他起身，便遠遠地向他招招手，然後飛快地一閃，消失在夜色中。

很明顯，這個人是為引他而來，卻不知道是什麼路數。

蒯肅抓起一把隨身的短刀，快步追了出去，心中尋思若又是魘桀與璐王的人也就罷了，若是奸細，便擒下立功，也早日脫離這骯髒的馬廄。

那人在前面一路快行，步履輕盈，一路將蒯肅引出軍營，一直到了海邊一個僻靜的灣口，便直接閃進了一艘破破爛爛的舊貨船，那貨船上有燈光，映照在近海岸邊、漂浮著無數發著幽藍螢光浮藻的海面上。

蒯肅握緊刀，悄無聲息地上了船，撩開船艙的簾子，只見那個身穿輕甲的小卒背對他而立，而船艙的另一邊則是一片厚重的幕帷，也不知道那一邊有什麼。蒯肅小心地審視著背對他的人，厲聲喝道：「你是誰？引我來這裡有何用意？」

那人轉過身來，是一張陌生的臉，然後蒯肅聽到一個熟悉的聲音：「還不到一年，阿爹就忘記長轅了嗎？」

蒯肅渾身顫抖，手裡的刀啪的一聲掉在地上。這是他兒子的聲音，千真萬確，可是這不可能。他的愛子早已經戰死在風郡的鑾烏城下……然後他看到那人伸手自臉上揭下一張完整的人皮面具，露出一張他無比思念的臉來，細眼長眉，鼻直口方，正是他的獨生子長轅，只是這張臉的右臉上有一條極深極寬的疤痕。

蒯肅嘴在顫抖，半晌說不出話來，只是伸手抱住失而復得的兒子，老淚橫流。在看到長轅之前，他心中滿是怨毒憤恨，而這一刻，卻全部拋到九霄雲外：「……長轅，你真的是長轅嗎？」他伸手擺弄著兒子的臉，生怕會再揭起一張偽裝的人皮面具來。然而手上的觸覺告訴他，這一切都是真的！他的兒子真的沒有死，就活生生地在他面前。

蒯肅喜極而泣，顫聲道：「為什麼……？」

「倘若長轅不死，他的過失就會成為你們兩父子被人脅迫的軟肋，你就不得不背叛我大皇兄魘暝。」一個女子的聲音從帷幕後傳來，隨後帷幕一開，魘璃斜靠在一張椅子上，端著一杯熱茶緩緩地吹了吹，抿了一小口，然後眼皮也沒抬一下，接著說道：「長轅已經死在了鸞鳥城，活著的是我琉璃城中，專司傳遞公函冊錄的近身隨從無昔。蒯將軍，今日你在草場深處見過二殿下與璐王，可還記得當日在忘淵鎏金城的地道中，我曾讓你好好想過的問題。而今，你的回答是什麼？」

蒯肅老淚縱橫，再難自持，噗通一聲跪在魘璃面前，沙啞著嗓子道：「帝姬活命之恩，蒯肅萬死難報。」

魘璃搖搖頭：「我不想要你死，只想要你效忠。」

蒯肅五體投地繼續言道：「是，蒯肅誓死效忠帝姬，如有異心，願死於萬刃之下。」

魘璃歎了口氣：「誰要你效忠於我？救你兒子的是我大皇兄。知道你叛變，體諒你身不由己的是我大皇兄。你犯下重罪仍然留你性命的人也是大皇兄，你需要效忠的是你的北冥王，而不是其他任何人。」

「是！」蒯肅垂首應道，滾滾淚水猶如傾盆，就在不久之前，他還對她心懷怨恨，但現在卻只有信服二字。戎馬半生，也見慣了官場中的爾虞我詐，他明白自己只是一顆棋子，也試過被人玩弄於股掌之間的憋屈滋味。魘璃的恐怖之處他早有體會，她是在利用他，但她也的確信守承諾，想辦法保全了長轅的性命，還解除了二殿下的脅迫和掌控。而她直接把長轅放在了自己身邊聽用，既是保護，也是箝制，他不敢也不能再有二心。

魘璃放下茶杯，朝門口踱去：「這裡僻靜無人，你們父子也當好好聚一聚。過幾日大皇兄會重新啟用你，魘桀那邊你知道如何應對了？」

蒯肅垂首道：「蒯肅定當竭盡所能，不負帝姬厚望。」

魘璃滿意地笑道：「很好，有你作為耳目，我姑且能寬心，不怕小人暗地裡對大皇兄使壞了。以後有什麼消息，便來此處，自然有人與你接頭。」她步出船艙，飛身掠回岸上，沿著飄蕩著無數海藻螢光的海岸線走去。

月明如鏡，逐浪輕疊，這片海靜得異常溫柔。

魘璃遠離了貨船，在月光下朝著更為荒僻的海岸行去，走了半個時辰，轉過一片礁石圍合的海灘，於不見人煙燈火之處，方才低聲說道：「出來吧，我都看到你了。」

鷹隼挺拔的身形從巨大礁石的背後轉了出來，走到她面前：「你是什麼時候發現我的？」他並未像平時一樣身著盔甲，只是一身竹葉暗紋的淺繆色織錦袍，長身玉立。

「我騙你的……。」魘璃笑笑，從海灘上拾起一片貝殼，斜斜地朝海面擲去，貝殼在水面激起四五個水漂，發出啵啵數聲，方才沉入水底，「我並沒有發現你，只是這些日子太忙，少有回澧都，也就不常與你見面。一心惦著你，料想你也想我得緊。再加上最近的動靜，想來你這陣子必然會來覓我。只是我進進出出都有一大群人跟著，所以就趁夜出來等你了。」她回頭對鷹隼笑笑，耳際的髮絲在海邊的微風中輕輕飄動，肌膚白皙得與月光一般無二。

鷹隼心念一動，伸臂摟住她的肩膀，溫柔地歎息一聲：「若是今夜我沒來呢？」

魘璃別過臉，輕輕摩挲著鷹隼的鼻尖：「今夜不來，還有明夜。我知道你必然會出現。」

鷹隼的手臂收緊了幾分，將臉埋在魘璃的肩頭：「是啊，你在等我，我必然來。只是往後的事，可就未必能遂你我之願了。今日璐王在聖上面前進言，催促早日履行你與時羈的婚盟，以安天君之心，明兩國交好之意。」

魘璃搖搖頭：「他所圖的不過是早點將我弄走，以免威脅到他所看重的紫金帝嗣聲名而已。幾個月前，我就魘桀剋扣流民營烈士恩恤，且刻意刁難遺屬一事，與瞑哥哥一起參了魘桀一本。魘桀倒是精乖，直接推了幾個當值的替死鬼出來，先行重刑法辦，名正典刑了。也是父皇護短，就讓他稀鬆平常地過了關。而今他們是巴不得我早點離開夢川，只是今時今日這事要遂了他們的願，可沒那麼容易。」

鷹隼默然，而後鬆開了原本環著魘璃的手臂：「沒錯，你現在是受萬民敬仰的明昭帝姬，一時間風頭無兩。但是你有沒有想過，如此招搖，難免招人嫉恨，為自己樹敵。」

魘璃轉眼看了看鷹隼：「父皇是不是說了什麼？」

「聖上沒說什麼，」鷹隼搖搖頭，「只是我想問了一句，琉璃城的豢豹堂是做什麼的？」

魘璃微笑道：「豢豹堂當然是豢養豹子的，都是些玩意兒，難道我身為帝姬，養幾十頭小豹子玩玩都不可以嗎？」

「只是養豹子嗎？你收養的那一批孤兒，天資都不錯吧。」鷹隼定定地看著她。

「那些孩子都挺聰明的，跟著我在琉璃城豢養豹子，總比一個個慘澹飄零強。」魘璃歎了口氣，「鷹隼，你究竟想說什麼？」

鷹隼搖搖頭：「你動作頻頻，而今聖上那裡已然有不少風聲，有暗示你越俎代庖插手驚濤城的；有怪你不顧惜功臣體面，寒了老臣子心的；有說你廣納門客，驕逸奢侈的……璃兒，眾口鑠金，積毀銷骨，不可不防。更有陰毒之輩，明的誇你賢德，甚至代討封賞，實際上卻一遍又一遍在聖上耳邊提醒，你這明昭帝姬的威望已經蓋過了身為夢川國君的聖上……。」

「是啊，奏我插手驚濤城的是四駙馬，他是璐王門生；嗔怪我懲治蒯肅的是原北冥大營的舊人，早已解甲告老，久不上書的國老；說我廣納門客的是三駙馬和五駙馬，他們曾是魘桀的伴讀……口口聲聲要為我請功討賞的就是璐王，他們沆瀣一氣，捧的捧，摔的摔，欲置我於死地，我又豈會不知？」魘璃笑了笑，「只可惜他們統統都把父皇看輕了，父皇雖然對我這個女兒沒多少情誼，但身處至尊之位，最擅長的就是駕馭和平衡。在有那麼多人彈劾之後，他依舊能不聞不問，放任我代掌驚濤城，褫奪老臣功勛，蓄養門客，就是希望能借助我和瞑哥哥之力，收服諸部流民，大興北冥城，導內亂為羽翼，進而強我夢川國力。我知道你在擔心什麼，不錯，功高震主是大忌……但在沒有完成大業之前，只要沒有觸及底線，就算他有多不喜愛我，都不會對我怎麼樣的。畢竟他得留著我向風郡和天君做交代。所謂鳥盡弓藏，兔死狗烹……在那之後，我的生死他也就不必上心了……其實，應該從來就沒有放在心上過。我回來也有大半年，大大小小的飲宴也有五、六十次，他也是檯面上重我，但私下卻一次都沒有召見過……我想若非我還對他有些用處，他其實並不想我回來。」

鷹隼心中一寒：「原來你是這樣想的……。」他一直擔心魘璃懵然不知自己的處境，不料她非但一清二楚，就連自己的結局都早有預見，只是未免清醒得過頭：「聖上沒有你想的那樣無情。」

魘璃笑笑：「是嗎？我倒希望父皇徹底無情，純功利性地挑選儲君，那樣瞑哥哥安邦定國皆能，一定是首選。只可惜父皇並非無情，只是偏心而已。魘桀在落虎丘和南蜉洲的所作所為，已屬禍國殃民，謀取私利，可偏偏到了他那裡，那都輕描淡寫地放過了。若是毫不偏袒，魘桀應該在你這把無佞劍下死了兩回了。他今天又幹了件想要危害暝哥哥的事，讓他手下的影使綁了蒯肅，意圖策反。」

鷹隼啞然，一時間無言以對，好半天才說道：「二殿下手下有個影子營，所以你也建了個豢豹堂，訓練親兵，坐大勢力，非得與他作對不可，是也不是……？」

「豢豹堂這些孩子年紀尚幼，就算我有這個心，一時半會也派不上用場。他們只是一把種子……。」魘璃緩緩蹲下身，再次撿起一枚貝殼，遠遠地拋向海中，「無論是兩百年後，被送去風郡和親，還是終有一天觸怒天顏……我留在這裡的時間始終有限，我只是想，如果有一天，我不能再留在暝哥哥身邊的時候，至少還能給他留下一批助他穩定北冥城的得力助手。將來的北冥城會是諸部流民共存之地，勢必有紛爭，僅靠律法和兵力，不足以穩固人心，杜絕亂相。那些孩子不是流民遺孤，就是因戰亂而命運多舛，他們雖來自不同的部族，但一起在豢豹堂長大，彼此之間不會有太深的隔閡，且他們飽經憂患，是最渴望安定平穩，對夢川有真正歸屬感的人。好好栽培，日後便是北冥城的根基棟梁。」

鷹隼動容道：「你為大殿下殫精竭慮，可曾為自己想過？那個儲君之位真的比任何事都重要嗎？」

「鷹隼，暝哥哥必須成為夢川的儲君……不然……。」魘璃咬咬嘴唇，最終還是沒有說出來。

當日冰峰之上，那白衣女童的話言猶在耳，但此時卻無法宣之於口。儲君之位對於大皇兄而言，不僅是前程和抱負，也是性命。被檀帝咬傷的創口雖已痊癒，目前暫時是沒有什麼異常，但隨著時間推移，遲早是會出現問題的。

回夢川之後，在朝堂之上她已經見過父親兩次輕描淡寫地放過了魘桀的重罪大過，可見是何等的偏愛。加上問鼎會上，大皇兄為達成三分六部戮原之壯舉頂撞天君使者，已然為未來埋下隱患。如果讓父皇知道大皇兄的身體隱患，在雙重顧慮之下，父皇會當機立斷立大皇兄為太子，以水靈殿中的紫旃果救大皇兄；還是索性立魘桀為儲君，棄大皇兄於不顧……她實在沒把握。

就像當日在懷古道鷹隼曾跟她說過的一樣，寐莊首先是夢川的國君，然後才是父親，他所權衡的，首先還是風險和利弊，至於父子之情那可淡漠多了。所以，即使是鷹隼，也不能走漏風聲，她不能拿這件事來冒險。

因為她輸不起。

鷹隼在等待她的下文，卻見她欲言又止，追問道：「不然怎樣？」

「不然……不然你覺得魘桀何德何能，能居此位？」魘璃走到一旁的礁石上坐下，「如果他為儲君，估計夢川之亂不遠。」

鷹隼默然，許久方才言道：「璃兒，你心裡一定還有事，不然你不會這麼快就拿蒯肅開刀。」

「快與慢由不得我，只是為時事左右而已。」海面的夜風吹亂了魘璃的長髮，她目光遠遠地投向近海之中，像層層光帶一樣泛著藍色螢光的海浪。

風吹，浪不止。

「我們難得見一次面，非得討論這些煞風景的話題嗎？」魘璃抱定雙臂搓了搓，轉頭看了看鷹隼，一雙黑亮通透的眸子印出那片海，星星點點的螢光仿若星空。

鷹隼輕歎一聲，走過去挨著魘璃坐下，伸臂摟住她柔聲道：「我也不是故意要追問你這些事，只是你總在刀尖上遊蕩，我不知道什麼時候你會摔下來，聖上托我無佞劍，我只怕真有那一天，他會……。」

魘璃埋入鷹隼的懷抱喃喃道：「你看那片繽紛亮麗的海域，也只有這個季節的夜晚能看到，若是白天，只是一片密集的海藻而已。說不得就讓人給撈起來，做了飼養牛羊馬匹的食料了。就連眼前的都是亦幻亦真，明天的事，誰知道會怎麼樣呢……？」

鷹隼無言以對，只能緊緊擁住魘璃，心頭一片憂患、迷茫。以魘璃的心性和局勢的發展，她遲早會有與二殿下魘桀、璐王為首的皇室宗親正面衝突的一天。那些人的手段卑劣，什麼事都可能做得出來。明槍易躲暗箭難防，而他，雖立於重臣之位，卻不見得能護她周全。

就在鷹隼心念起伏之時，一隻溫潤的手掌已經輕輕落在了他的臉上，摘下了他臉上的面具，拉低了他的臉，如同蜻蜓點水一樣輕柔的吻落在他額心那隻緊閉眼睛的眼皮上。鷹隼的心跳得很快，近在咫尺的那雙眸子好像兩汪醉人的星海，耳畔聽到她輕聲呢喃：「今晚我不在刀尖之上，只在你懷中可好？」

溫柔的鼻息在耳畔輕搔，愛慾在心中交纏，鷹隼根本無法拒絕，只能沉淪於情人的親暱之中，再無心思去糾結那些未來的憂患。直到魘璃的雙手摩挲到了他的後腰，解開了他的腰帶，只聽得啪嗒一聲，一件物事掉落在礁石上，卻是那枚殷紅如血、可以調動三十萬龍禁衛的血虎符。

一看到這個東西，瞬間將鷹隼的一腔綺念化為烏有，他慢慢直起身子，將魘璃也扶起來，低聲說道：「我們……不可以這樣……。」

魘璃歎了口氣，撿起血虎符：「我想要你，你也想要我，為什麼不可以？如此良辰美景，不及時行樂，難道要等以後真的天各一方了，才彼此惦念，相思入骨嗎？」

鷹隼伸臂抱住魘璃，在她額頭上輕輕一吻：「因為璃兒是我心頭的月亮，萬萬不可如此輕慢辱沒。我以這夢川大洋立誓，要與璃兒長相廝守，絕不分開。」

魘璃抬眼看著他，目光溫柔：「可是……時羈……他會把我們分開的。」

鷹隼的手臂收得更緊，眼中露出肅殺之色：「如果真有那一天，我殺了他。」

「若是要分開我們的人是父皇，是天君呢？」

鷹隼微微遲疑，而後長長吸了口氣：「沒人能把我們分開，就算是聖上或天君也一樣。鷹隼之心，堅若磐石。」

魘璃將額頭頂在鷹隼胸膛，甜甜笑道：「終於你只是心裡有我的鷹隼了……。」

第七話

平亂南蜉北冥興

魚姬的故事說到這裡，便停了下來。

鷹隼與魘璃都是一聲輕歎，沉醉於過往的迤邐回憶中，畢竟那段時間是他們最為快樂的時候，所有的事都在朝著好的方面發展，沒有之前的生死危機，也沒有後面的慘澹收場。

龍涯道：「大皇子存志高遠，但於荒漠立城也絕非易事，何況要化歸流民之心……。」

魘璃淡淡言道：「只有八個字，人心思定，事在人為。接下來的故事，我來說吧。」

南蜉之亂

不知不覺，又是幾個月過去。

北冥城外圍初見規模，以龍隱澤為中心，開溝渠引水環外城。城內以九宮八卦之形規劃，設八門，各自築甕城屯兵。處理軍政要務之所設於龍隱澤之畔，名為龍隱閣，偌大一片行宮府衙用地已然以石灰粉勾勒出立基之位，正在緊鑼密鼓地建造中。周邊設八坊，除有道路相通之外，還有水道相連，四通八達。

最初寐莊賜予魘暝的三萬戶子民已然移入城中，多是些商戶、手藝匠人，分散安置於八坊之中，以北冥城的規模，也不過占四分之一的所在。儘管居屋建造在緊鑼密鼓地進行，城中看來仍然空空蕩蕩，尚待填補。

沅蘿的浮土法也有小成。魘暝命人自赤鄴以牛車拉回數十車紅土，祕密送往北冥城與驚濤城。依沅蘿之法，就在牛車的箱體之中，以赤鄴的土壤分別栽培五穀，經過這一季的嘗試，稻、黍、稷、麥、菽之中黍、稷收成雖不足三成，但稻、麥、菽的收成卻能達八成，其中又以稻的生長最為旺盛，顆粒繁多，這比之在驚濤城附近的耕地來，算是收穫頗豐。經此嘗試，也印證了魘璃設想的可行性，只要有足夠的人力，將貧瘠的荒原轉化為桑田並非不可能。

於是在完成北冥城外城的基本建造之後，魘暝調集了此地北冥大營一半的人手，在城外的荒漠之中繼續開渠引水造田，百餘輛牛車不間斷地往返赤鄴與北冥城之間，運送赤鄴之土，自北冥城開始建造以來，北冥以東已有十里浮土，一眼望去，極目之處皆是暗紅的土地，第一批播下的稻種正在沃土之中發芽，星星點點的綠色生機盎然。

魘璃的璃臺已經完工，豢豹堂也初見規模。最初收留的孤兒有數百之數，在經過層層篩選之後，最終留下的僅僅五十人。這些孩子在豢豹堂與數十頭金鬃豹幼崽為伍，接受訓練，其餘的數百人則分流至琉璃城的百行諸業，因材施教，各自為生。

豢豹堂紀律嚴明，遠勝軍中。這留下的五十人除了每日學習育豹馴化之術外，還有專人教書習文，習武操練。其中以赤鄴子弟數量最多，有二十人之數；夢川與沙幕子弟其次，各有十餘人；便是藤州子弟也有五、六人。他們雖來自不同的部族，但這些時日同吃同住，一起接受訓練教化，彼此默契信賴，遠勝其他。

魘璃對這樣的成績很滿意，這一日得空回城，未歸璃臺，就前往豢豹堂巡視，眼見這些孩子在演武場上練習劍術，一個個英氣勃勃，心中自然歡喜，好像看到種子發芽，長成小樹，進而一天天地越發挺拔一樣。

隨侍的琉璃城長史夜亭山在魘璃被困風郡的七百年間曾多次出使風郡，又曾是魘暝的親隨，原本就與魘璃淵源非淺，而今將這偌大的琉璃城由他打理，自然是盡心盡力。待到魘璃向他垂詢豢豹堂的情形時，便一五一十地說了：「這半年來這五十個孩子的進展都挺不錯，其中最為出類拔萃的，當屬最早入豢豹堂的烈琴。」

魘璃聞言心中更是欣慰：「我記得她，每次回來，還未到琉璃城，就在船上遠遠地看到她在演武場上練劍，一招一式皆有法度，可見是下了一番苦工的。」

夜亭山微微頷首：「在這五十個孩子裡面，烈琴是一個特殊的存在。她待人彬彬有禮，在周圍人群中頗得人心，卻又刻意與人保持著距離。然而論起刻苦來，她又比任何人都要來得努力。教席所安排的訓練她總會額外加碼，就好比現在正在修習的劍道訓練，要求的是每日揮劍千次，唯獨她是力圖完成兩千次，所以在所有受訓的孩子裡，她的劍是最快最穩的。」說著他笑了起來：「這孩子有一點痴處，自打帝姬將她帶回之後，也時常不在琉璃城，上次回來在演武場上傳了她一招半式，她一得閒就在演武場上，朝著驚濤城的方向練劍，說這樣帝姬可以看到。」

魘璃輕輕嗯了一聲，帶笑的雙眼落在演武場中正在練習揮劍的烈琴身上，只見那一頭紅髮飛揚，光澤亮麗，比之當初在賦府之外的乾枯蓬亂來，可以很明顯看到，無論是身體還是精氣神都強壯許多。

對著這個女孩，魘璃總是不由自主地多幾分關心。她能理解烈琴的心態，就好像看到陽光在地面照出自己的影子一樣。

烈琴的血統是造成她和其他人保持一定距離的根本原因，這一段心路歷程，是魘璃自己一千年前曾經在澧都皇城的帝裔司中走過的艱辛。要克服這個，並非易事，當初如果沒有大皇兄魘暝帶她去北冥大營，可能到現在，她也會和而今的烈琴一樣，謹小慎微中帶著防備，彷彿不信真的會有人待她好一樣。

然而也正是因為身世的相似，所以烈琴對於她的認同度和忠誠度必然遠遠超過旁人。若是得閒，她也想親自多多點撥，只是兼顧琉璃城與驚濤城的事務，這時間上難免吃緊。

「他們的兵法策論如何？」魘璃開口問道。

夜亭山垂首道：「不瞞帝姬，策論有兩名教席，都是飽讀之士，時常開思辨之局，這群孩子一個個聰明伶俐，舉一反三，倒是不差。至於兵法戰陣之類的，目前倒是沒有多少進展，這琉璃城中雖有不少北冥大營舊人，但一個個有要職在身，需要維繫琉璃城的運轉，委實無法抽身兼顧此事，故而也只能一月一次，由微臣主理，進展緩慢。」

魘璃點點頭：「夜長史辛苦了，此事甚為重要，也確實難為。我所需要的是文可安邦，武可定國的佼佼之才，而非只是精於武技的勇士，或只會紙上談兵的文人，所以得勞夜長史暫時受累，我會盡快替豢豹堂物色一個教頭，教授這些孩子真正用於戰陣攻防的統軍之術。」

夜亭山點頭稱是：「帝姬可有人選？」

其實人選，魘璃很早以前就已經有了，便是當初在懷古道中率領族人對抗風郡大軍的沙幕遺民烏伮。只是烏伮對夢川皇室心存芥蒂，又是魘桀南川大營旗下的軍戶，礙於形勢，一直未能如願。而今聽得夜亭山詢問，也就轉開了話題：「尚在物色之中，等為這豢豹堂找來這個人，他日北冥城初具規模，再把這些孩子帶到北冥城的軍營之中好好磨練成材。對了，南蜉州那邊有什麼消息？」

其實自打上次納賦之季，她為魘桀剋扣撫卹，變相驅逐沙幕遺屬之事上奏寐莊大帝，卻被魘桀推諉脫身之後，便一直在南蜉州留有眼線，那邊有什麼風吹草動都逃不了她的耳目。雖然上一次魘桀把事情壓了下去，並未動搖他的根本，烏伮等人也從驚濤城的賦府換到了足夠的存留令，暫時解除了沙幕遺民的危機。但對於早已墾為良田萬千的南蜉州而言，已經不再如千餘年前一般依賴善於墾荒的沙幕遺民。南蜉州能開墾耕種的土地，都已經墾為良田，產量恆定。而近七百年間藤州遺民陸陸續續來到南蜉州，因為熟悉植物習性，所以比之沙幕遺民，更能產出糧食。

依夢川律法，田賦為產出的兩成，產量高則田賦也高。田賦所得豐厚，則南川大營的軍餉充裕，因此更能壯魘桀的軍力。以藤州遺民替換沙幕遺民，這的確是目前提高產量最直接的辦法。所以魘桀驅逐沙幕孤寡老幼的心不會死，只是有了上一次的教訓，勢必會另尋途徑。而今見得又是納賦之季，魘璃便尋思這些時日他必有異動。

夜亭山回道：「自從上次二殿下斬了三名賦府官吏，納賦之季已過，也就沒有什麼大事發生。不過在南蜉州的沙幕、藤州遺民則時常為爭奪田間水源而發生械鬥，幾乎每個月都有一兩起。而二殿下似乎並不怎麼約束這兩部流民，聽之任之。」

魘璃笑了笑：「他當然聽之任之，懷古道一戰之後，南川大營也傷亡慘重，沙幕的流民營幾乎被連根拔起，想必又會再行徵兵擴充，這樣留在南蜉州耕作的沙幕遺民自然大減，剩下些老弱婦孺，也沒辦法和藤州遺民相爭。最好是讓藤州遺民自己一步一步將那些沙幕的老弱婦孺擠出南蜉州去，又何必他自己再出面去做這個醜人？」

夜亭山微微頷首：「帝姬言之有理，只是這不像二殿下的作風。」

魘璃歎了口氣：「的確，他上次差一點踢到鐵板，自然有高人會教他學得乖一點。璐皇叔這支『棉裡針』會為他籌謀，保駕護航的。對了，夜長史，你是夢川老臣，聽說是父皇登基之時啟用的第一批臣子。有好些掌故舊事還得煩你提點。」

夜亭山笑道：「提點不敢，帝姬若有什麼想知道的，微臣一定知無不言言無不盡。其實微臣當時只是北冥大營的一名五品校尉，不過遠在聖上成為當時的夢川儲君之前，先父乃三品歸德將軍，頗受當時還是皇子的聖上重用。這北冥大營的構架軍制，也是自聖上年輕時候傳下，很早就交給了北冥王。」

魘璃笑道：「這個我知道，我想問的是南川大營，我聽說更早以前，南川大營的主帥是璐皇叔。」

夜亭山點頭道：「這個不假，那都是天道紀元之前好幾百年的事了。當時的聖上與璐王，就好像今日的北冥王與二殿下一樣，分別掌握北冥、南川兩大營。」

魘璃點點頭：「如此說來，當初璐皇叔也曾像今日的二皇兄一樣，與父皇競爭過儲君之位了？」

夜亭山笑而不語，半晌才道：「微臣不敢議上。不過聖上年少之時就雄才大略，北冥大營遠比南川大營更為鼎盛。南川大營駐紮的南蜉州，那時候的地域還不到現在的一半，也是大浪逐沙，歲歲年年沉積，歷經兩千多年才有今日之規模。所以那個時候，聖上接掌夢川國祚，並無懸念。」

魘璃咯咯笑了起來：「你這個夜亭山啊，說話就是不直截了當。不過我也聽明白了，璐皇叔應該是想的，只是力量懸殊太大，爭也無濟於事。難怪，難怪，我說為什麼璐皇叔老是護著二皇兄，跟大皇兄作對。原來是老樹盤根，難離故地……倒不完全是因為二皇兄紫金帝嗣的出身嘛。」

夜亭山垂首笑道：「帝姬冰雪聰明。」

魘璃笑道：「行了，你也別老誇我了，我是上次過步淼庭之時，見得璐皇叔神情古怪，所以有所懷疑的，而今看來，那日故地重遊，璐皇叔應該是心中唏噓不已了。」

夜亭山微微頷首：「當日帝姬與北冥王過步淼庭的逸事，也早已傳遍夢川。帝姬步步生蓮，雅緻尊貴；北冥王氣定神閒，揮灑自如。兩位心懷慈悲，便是水中小小魚兒的性命也不捨得毀傷，所以夢川子民無不尊崇拜伏。」

魘璃起身踱到演武場看臺的圍欄邊，雙眼投向演武場外的那片蔚藍大海，低笑一聲：「暝哥哥一心為我夢川謀求福祉，受人尊崇是理所應當的。」她長長吐了口氣：「夜長史，下個月納賦之季將至，我要去赤鄴行獵，勞煩你安排一下，人不必太多，兩百人即可，但我要能以一當百、視死如歸的勇士！」

夜亭山聞言，心裡明白了幾分，垂首答道：「微臣會精心挑選，定不負帝姬所望。」

赤鄴行獵

魘璃行獵的隊伍雖只兩百人之數，但都是曾經跟她一起參加過懷古道之戰的年輕戰士，一個個本就驍勇異常。不過這次都換了輕甲就錦袍，偏偏顏色又光鮮亮麗，看起來一個個油頭粉面，就連那些彪悍戰馬，也都一匹匹簪花批錦，恰似一班紈褲子弟出遊一般。魘璃攜了沅蘿一道，隨行的侍女倒是跟了百餘個，一路鮮花拋灑，派頭十足。異常高大的牛車頂如聚塔，是包繡鑲金、嚴嚴實實的二十輛，車轎簷口上掛滿金銀鈴鐺，一路行來，都是叮叮咚咚，異常悅耳。

起初魘桀與璐王還頗為重視，但見這幫人在赤夢關一帶遊獵，還備了美酒佳餚，隨處飲宴，歌舞助興，一個個放浪形骸，倒是心頭暗喜，心想這樣鋪張，待她多逍遙幾日，便可以此為由去聖上面前參她一本，於是安排了些個探子，遠遠監視，隨時上報。

魘璃一行人在赤夢關一帶逗留了一日，放鷹逐兔，而後便直接出了赤夢關，在赤鄴的廢土一帶遊獵，獵殺一種身形似犬，紅嘴紅眼白尾，能在赤鄴廢土之上頑強存活繁衍的猛獸多即。

每每射殺，便只取皮毛，以竹篕繃了，掛於隨行牛車車頂對開、倒翻出內頂的數十根橫槓之上，不知不覺已有百餘張，遠遠望去，就好像那輛碩大的牛車兩側長出來數十副毛茸茸的紅色翅膀。

魘桀派出的探子暗中尾隨了幾日，聽得隨行圍獵的侍女在私下議論，說明昭帝姬要獵滿這二十輛車，足兩千張獸皮，送往北冥城，用於恭賀北冥城中龍隱閣落成之禮。

魘桀聽得發回的回報，這一直懸著的心算是落了地，尋思魘璃既然要湊這兩千張獸皮做北冥城的賀禮，這一出赤夢關，再去北冥城，少不得一個半月行程。既然魘璃不來囉唕，也就相安無事。於是揮揮手，讓手下通知探子繼續監視，如有異動，立即回報。

畢竟納賦之季，南蜉州原本事務繁多，不用再分出心來留意魘璃，那倒省心了。不過對於魘桀而言，南蜉州的事也不甚遂心。璐王回澧都述職之前也曾告誡過魘桀，不可動靜太大，最好採用借劍之法，讓藤州遺民對付沙幕遺民，而他則兩不相幫，自然不會授人以柄。然而沙幕與藤州兩部的遺民雖然時有衝突，但都還算謹慎，有各自的首領約束，並沒有鬧出大的爭端來。眼看著上一季沒能如願將那些沙幕的老弱婦孺驅趕出赤夢關，這一季少收了不少田賦不說，若是那幫黃矬子又故技重施，把糧食運去驚濤城換取下一季的容留令，就連補役賦也難免再吃一次大虧。只因這半年南川大營的帳目已經吃緊，魘架便尋思這樣的局面若是再僵持下去，也不是辦法，說不得只有再推一把，於是招來親信細細吩咐一番。

卻說沅蘿隨魘璃出遊，這十餘日下來，先是隨著獵隊朝赤關方向走了三天，又一路繞行，極目之處只有暗紅土地上的一片荒蕪，時而風起，滿天都是像蓬鬆雪花一樣暗紅的浮塵，飄搖在乾枯暗紅的野草之上。走過廢棄的城鎮市井，破敗落寞，無盡荒涼，觸目驚心。只有偶爾出沒的多即在斷井殘垣之間流竄，悠長而恐怖的嚎叫偶爾妝點這裡的死寂。

沅蘿不想看到這片紅色的廢土，因為這會讓她想起曾經去過的，歸於死寂的藤州。不一樣的顏色，一樣的廢墟。

然而一路上魘璃與侍衛們獵興正隆，她也不好掃興，直到在前路上又看到幾具當初被侍從們獵殺剝皮留下的多即屍首，方才反應過來，這些天兜了個大圈子，又回到了距離赤夢關百里之地。

眼見夜色沉沉，侍衛紮好營帳，升起篝火、火盆，她身體雖比當初在風郡之時健壯許多，但到底畏寒，只得靠到火盆邊，心想若一直朝赤關走，這會兒只怕已出赤關，直接去北冥城了。這赤鄴廢土晝夜溫差頗大，又一片荒涼，不似赤夢關內的風物美景，而魘璃一路行獵，殺生剝皮，也非她所喜，眼見得那二十車獸皮將滿，便開口對魘璃言道：「璃兒，咱們要打的獸皮也快裝滿了，不如早些去北冥城吧。」

魘璃笑著揶揄道：「阿蘿催著出關，想是惦著暝哥哥了。距離上次暝哥哥回澧都述職，也才半月不見，就這麼日思夜想了。」

沅蘿臉上一紅：「那倒不是，只是這裡……過於荒涼，呆久了難免有些不適。」

魘璃眼珠子轉轉，煞有其事地「哦」了一聲：「原來阿蘿並不曾思念暝哥哥，那麼我就叫人快馬加鞭趕去把暝哥哥攔住，就說阿蘿不想見他，叫他不必巴巴地趕過來了。」

沅蘿聽出魘璃在拿她打趣，又羞又急地在魘璃手上拍了一記：「也不知道跟哪個沒正經的傢伙學得這麼壞來。」

魘璃做了個鬼臉：「我跟暝哥哥學的。」

沅蘿失笑，伸手在魘璃鼻梁上刮了一記：「才不是，暝才沒這麼多鬼點子，一定……一定是跟你那風流倜儻的鎮川上卿學的。」

魘璃垂首搖搖頭笑道：「他哪裡風流倜儻了？連情話都只有那兩句，說得都沒多少新意了。」

沅蘿笑笑：「你不是揭開他的面具看過嗎？我記得你跟我說過他很好看的，你說這話的時候，眼睛都在發光。」

魘璃咬咬脣，耳朵微微有點燙：「他啊，什麼都好，就是太過迂腐了……。」她湊到沅蘿耳邊悄悄說了幾句話，沅蘿一下子口吃起來，臉上全紅了：「你……你……哪有女孩家……。」

魘璃臉上也飛起兩團紅雲，伸手把沅蘿差點失口說出來的話給堵了回去，有些慌張地「噓」了一聲，眼見沅蘿眼中也有些促狹之意，回想當日的事情也不由得好笑，兩人同時噗哧一聲，笑作一團，卻是女孩間才有的默契。

魘璃喏喏道：「結果也就……沒怎樣……現在他見我，若是過於親暱了，就開始躲了……好像我會吃了他一樣。」

沅蘿笑得打跌：「你們這對活寶，倒是有趣……。」不過很快，她臉上浮起幾絲憂慮，低聲道：「其實他不是怕你吃了他，只是……他知道你遲早要嫁給……。」她不由自主地哆嗦了一下，還是沒有把那個名字說出來，而是伸手握住魘璃的手：「他怕一時歡愉，反而害你萬劫不復。璃兒，鷹隼是個好男人，不如……你們倆一起跑吧，去一個別人找不到的地方，不就可以長相廝守了。去哪裡都好，只要不落在那個人手裡……。」

魘璃輕輕歎了口氣：「那個人不可怕，做主定下這個婚盟的人才是真的可怕，我想跑去哪裡，都不會是安全的。」她勉力笑笑：「何況我還要幫暝哥哥坐上儲君之位呢。」

沅蘿無可奈何地點點頭，情緒複雜、矛盾且低落。她當然希望魘暝在魘璃的襄助下可以成為夢川的儲君，但她很怕看到魘璃有一天真的落到時羈手裡受盡苦楚。她非常想看到魘璃與她所愛之人終成眷屬，幸福快樂，但得知魘璃並未與他有進一步的親密，內心深處卻又浮起一絲說不清道不明的情緒。

她知道有些東西錯了，但不知是從何處錯起；她也得到了更好的，但是這種好的感覺卻不太真實……好夢易醒，反倒是現在更為真實些。就像只有她和魘璃兩個人守著火盆，此刻的溫暖簡簡單單，是切切實實可以感知的，不夾雜其他。

魘璃看著火光在沅蘿臉上投射出的光影，肩膀碰了碰沅蘿：「你在想什麼呢？暝哥哥嗎？」忽而眯縫著眼壞壞地笑著湊過去悄聲問道：「你們有沒有……。」

沅蘿的臉紅了第二重，口吃著言道：「沒……沒有……。」她伸手推開魘璃的臉嗔道：「沒羞沒臊的死妮子……！」

魘璃正色道：「我是問你們有沒有再去澧都無憂坊喝酒看木人戲，你以為我在問什麼？」

沅蘿漲紅了臉，半晌才從袖子裡摸出一個小木人：「這是上次你回琉璃城後，就我倆去無憂坊做的。」

魘璃笑嘻嘻地看著這個小木人：「唷，雕得真像，這不是暝哥哥嗎？不對，怎麼只有一個，另一個呢？」

沅蘿憋出細如蚊鳴的一聲來：「在他那兒，等過些天去北冥城見到暝，你就看得到了。」

魘璃笑道：「就算我沒看到，也能猜得那個小木人是什麼模樣……。」她話還沒說完，就聽得一陣展翅聲，一隻灰色的鴿子落在了她身後的車轎頂上，展開雙翅，露出腳上束著的一個小小竹管來，也不避人。早有一個近身的侍從上前捉住鴿子取下竹管，抽出一根捻子，直接呈了上來。

魘璃展開捻子，卻是一條輕薄的絲絹，上面密密麻麻寫著幾行小字，是她事先安插在南蚜洲的探子傳來的信息。南蚜洲有變，因為一夜之間沙幕糧倉起火，損失慘重，而藤州遺民首領葉赫的小孫子參摩不明不白地死在了火場之中，被燒為焦炭，沙幕與藤州的遺民即將火拚……。

魘璃自打上次納賦之季見過烏倁，知道魘桀在對待沙幕遺民時的立場是什麼樣子，也就早預料到此番納賦之季必然有事，故而才會有此行的安排，想要在恰當的時機，以北冥城的浮土造田和新政，去吸引一些被魘桀所排擠，換不到容留令，不能再在南蜉州立足的沙幕遺民，以充裕北冥城，卻不料陡然間南蜉州鬧出這麼大的事來。

原本沙幕部族客居南蜉州已有一千七百年，已經形成了一套內部管理的規矩。為了最大程度地保障繳納沙幕部族所持有耕地的田賦，保證每一個族人都有足夠的數量以換取容留令，然後是所有族人半年的口糧，一直以來都是待收穫之後，先行入庫造冊，然後統籌分配，一直以來都是如此。尋常時候，糧倉附近都有專人看守，對於火患一向格外小心，就算是埋鍋造飯，也是遠離糧倉一里開外。按理說是絕無可能起火。

藤州遺民群居之地在南蜉州靠南的部分，原本與東面的沙幕遺民互不侵擾，兩部的邊界是人工開鑿的一條河渠，名為相安，寓意相安無事，互不侵擾。相安河兩邊有無數大大小小的溝渠連通南蜉州的耕地，水網就好似血管一樣，有粗有細，相互關聯，保障著南蜉洲的收成。近百年來，因為藤州部族繳納的田賦更多，所以不知不覺間藤州所持有的耕地範圍已經超過了相安河。關乎各自的生存，所以兩部之間近些年為了爭奪資源，時有摩擦。但有兩部的首領約束，總算也沒有結出什麼大的仇怨來。直到出現這次事件的導火線——藤州首領葉赫的小孫子參摩陡然失了蹤。

參摩還只是個頑童，原本在外胡鬧搗蛋也是有的，可從來沒有夜不歸宿過，所以第二天所有的藤州部族就在南蜉州四處尋找，皆一無所獲。沙幕遺民的首領圖巴出於道義，也派人幫忙尋找，然而依舊徒勞無功。

南蜉洲雖大，一個小小孩童卻不可能一個人跑太遠，也有人懷疑是去海邊玩耍，被浪捲走了。

正到處傳得沸沸揚揚，剛入夜，沙幕的糧倉就莫名其妙地起了火。火隨風勢，燒得沸沸揚揚，夜空都被染紅了半邊天。雖然所有人都趕緊引水救火，撲救及時，可沙幕的糧倉依舊損失過半，這也就意味著待沙幕交清賦稅之後，就沒有辦法維持那麼多人的口糧。

更離奇的是，在半夜裡清理出來的火場中，發現了一具燒焦的童屍，雖然早已面目難辨，身上的衣衫也燒得一乾二淨，但那具童屍脖子上掛的一把鑲嵌金珠綠玉，浮凸藤州蔓藤族徽的火鐮，卻是葉赫之物。如此也就確定了死者是參摩，而他身上並無外傷，身邊還有幾塊火石。看上去似乎是他潛入沙幕糧倉，點火引燃裝著糧食的麻包袋，引發的這場大火，結果火勢太猛，就連他自己也一併燒死在裡面。

這件事情一抖出來，當場就發生了抓扯。沙幕部族責怪藤州部族派小孩燒燬半數糧食，居心叵測；而藤州部族卻覺著參摩死得蹊蹺，口口聲聲要尋沙幕報仇。主理南蜉州的二皇子魘桀卻不願介入這場紛爭，放出話來讓兩部派遣要人，於西面的海祭臺會談，勒令以和為貴。

然而在這樣的局勢下，無人鎮住場面，失去一半糧食，前途未卜的沙幕部族，與被仇恨沖昏頭腦的藤州部族，怎麼可能好好坐下來協商解決？口角是必然的，繼而動武，藤州首領葉赫悲憤之下沒了輕重，與圖巴發生推搡，不料抓扯中，圖巴不慎踩空，摔下了幾丈高的海祭臺，白白送了性命。

魘璃手上雖然是剛剛收到的訊息，但此地離南蜉洲尚有四百里遠，鴿子飛得再快，這也是三、五個時辰以前的消息了。倘若只是死一個孩童，燒掉半倉糧食，這事尚有轉機，然而圖巴一死，沙幕豈可善罷甘休？她沒忘記烏似是圖巴的兒子，雖然只是跟烏似打過兩次交道，但對這個人的瞭解頗深，烏傢是南川大營之中沙幕流民營的首領，就懷古道中的表現而言，他的族人是相當信服於他的，且烏傢善於帶兵，這三、五個時辰可能南蟳州那邊已經出了更大的事……。

一想到這裡，魘璃臉上神情凝重，微微思索轉頭對身邊隨侍的侍衛使了個眼色，手指在咽喉處輕輕劃了一下。

五、六個侍衛轉身離去，沒入周邊的荒草廢丘之後。不久，遠遠聽得幾聲慘呼，就只剩下赤鄴廢土的寒風在夜色中呼嘯了。而後那幾個侍衛已然快速回來覆命，卻是將連日來一直在暗處尾隨隊伍的幾個探子全部格斃。

其實在踏入赤夢關地界的時候，魘璃就已經發現了魘桀派來的探子，這十餘天來她之所以放任不管，也只是為了麻痺魘桀，不讓他發現自己真正的意圖。而今形勢有變，留著這些探子，只會暴露行蹤，她要趕在大亂發生之前趕去南蟳洲，不然之前所籌謀的事可就更難了。

沅蘿也看出事情不對勁，便開口問道：「發生什麼事了？」

魘璃轉頭看著沅蘿，臉上的表情極度認真：「阿蘿，咱們不去北冥城，南蟳州出了大事，咱倆得盡快趕去。」

沅蘿見她說得鄭重，心想她如此緊張，顯然是遇上了棘手的事，然而這裡也就兩百侍衛，其他的都是隨行的侍女，就這點人怕是派不上什麼大用，於是言道：「就我們……可以嗎？不如趕緊通知暝……。」

魘璃搖頭道：「雖然暝哥哥正在趕來的路上，但現在怕是來不及了，我會著人速速去迎他，隨後就到。阿蘿，這件事情，只有你能幫我……。」

沅蘿定定神，深深地吸了口氣：「告訴我，我應該怎麼做才能幫你。」

魘璃點點頭，輕聲說道：「是時候見一見你的藤州子民了……。」

平亂南蜉州

南蜉州的形勢惡化得很快，就在圖巴身亡的四個時辰之後，沙幕與藤州雙方部族中的青壯年耕戶，發生了一場人數達數千的大械鬥，雖然使用的只是釘耙、鏟子、鋤頭等農具，但動亂之中雙方各有死傷，入夜之後視野昏暗，打鬥被迫暫時停止，兩部各自清點傷亡損失，相較而言，沙幕遺民的傷亡更為慘重些。

接下來的局勢則完全失控了，圖巴之子烏攸收到消息，帶領南川大營流民營中的八千沙幕籍士兵闖出軍營，與南蜉洲東面的族人匯合，一夜之間組建了一支人數兩萬的軍隊，約戰西面的藤州部族，只等天一亮，便於海祭臺下決一死戰。

魘桀在得到烏攸帶兵闖出軍營的消息，方才意識到事情的走向已不在他掌控之內。他一向輕視流民，無論是沙幕部族還是藤州部族，在他眼裡也都只是一塊塊可以充裕軍費的田地，藤州部族繳納的賦稅更多，所以才有以藤州部族代替沙幕部族之心。璐王曾獻計要他坐大藤州部族，溫水煮青蛙一樣逐步淘汰沙幕的老弱婦孺。這過程太慢，他只是稍微加了把火，不想這把火一燒起來就出了狀況。圖巴之死是個意外，更在一日之內，將耕農間的械鬥醞釀成一場即將到來的戰爭，到了這個時候，魘桀不得不出兵介入這場戰爭，試圖以五萬兵馬將烏俶領導的沙幕軍隊阻隔於相安河以東。

烏俶善於帶兵，夢川軍隊雖五萬之眾，但平日裡皆是在平原作戰演練，於南蜉洲田間地頭莊稼叢那泥濘又複雜之地形的瞭解，遠不如一直在此地耕作生活的沙幕遺民。膠著的對峙很快打破，夢川軍隊的封鎖被撕開了一道口子，沙幕部眾遁地脫困而出，士氣如虹地衝向了西面剛剛集結的藤州部眾。

魘桀見得夢川軍隊未能困住沙幕軍隊，也震驚不已，而今形勢嚴峻，若是不能阻止這場戰爭，發生大量的人員傷亡，被魘暝、魘璃彈劾事小，南蜉洲耕戶凋敝事小，動搖南川大營軍費根本事大。到了這個時候，他沒辦法再高高在上地端著不理，只能翻身上了金毛犼，一聲呵斥。那金毛犼何等神駿，載著魘桀飛躍而起，朝著正浩浩蕩蕩衝向藤州駐地的沙幕軍隊追了上去。

沙幕族人雖然動作靈敏，但身材矮小，就好比是尋常天人整個均勻地縮小一半，即使發足狂奔，衝鋒陷陣，可一步之距也只有尋常天人的一半，所以金毛犼很輕易就繞到了沙幕軍隊的前面，直奔向那高高的海祭臺。

離海祭臺還有半里地，魘桀已然飛身而起，雙臂一招，那片碧海汪洋之中，一條巨大無比的水龍呼嘯而起，襲向正衝往藤州部眾的沙幕軍隊。

水龍從天而降，沙幕軍隊前鋒首當其衝，被席捲得七零八落，而後面的士兵卻很快又補上了已被瓦解的攻勢。沙幕之民歷來彪悍，當年的天道大劫就是他們與天道戰力最強的赤鄴部眾廝殺火拚的結果。眼看這一股水龍勢必無法阻止沙幕部眾的戰意，魘桀心念急轉，不再留手。

烏伮帶領部下越過水龍席捲的所在，很快發現又一波帶著鹹腥味道的海水鋪天蓋地而來，但最為可怕的是海水裹挾著一股霸道之極的極寒之氣，海水在空中形成一條十餘丈寬的冰河，隨後就垂直地朝著地面上密集的人群重重地壓了下來！

「冰封之術！」烏伮臉色大變，高聲呼喊想讓眾人躲開，但時間倉促，根本就來不及。眼看就有許多人會被從天而降的巨型冰板壓成肉餅，卻驟然聽得一聲清嘯。他看到地面裹挾著稻草縠縠的泥濘汙水中驟然飆升而起形成數丈高，水桶粗的渾黃冰錐，不止一根，是無數根！

只聽到一聲巨響，那片巨大無梱的冰板已被頂得翻轉開去，「轟隆」一聲落在沙幕部眾與藤州部眾之間的空地之上，瞬間裂為數百塊形狀不一的堅冰，剛好形成一片難以踰越的屏障，將即將交鋒的兩族人分隔開來。

「都給我停手！」魘璃促馬飛奔而至，百餘名侍衛緊隨其後，馬蹄錚錚，煙塵滾滾，猶如千軍萬馬之勢！到了戰圈之中，她手挽韁繩，馬蹄淩空而起，落在那堆冰塊的最高處，拔出長劍一揮，隨她而來的百餘民侍衛已然一分為二，快速填補了將要交戰的兩部與中央冰障之間的空隙，紛紛背對冰障，一字排開，兵器出鞘，整齊劃一地遙指各自面前的流民軍隊，虎虎生威，齊聲喝到：「明昭帝姬在此，爾等即刻放下武器，若有造次者格殺勿論！」

魘璃帶來的都是曾在慘烈戰場上身經百戰的勇士，氣勢攝人，雖不到兩百之數，但人人皆是以一當百的血性戰士，其勢不可侵，其令不可違！

沙幕與藤州的部眾先是攝於冰封之術引發的巨變，繼而又被這等氣勢鎮住，均不由而同地朝後退了一步。游吟詩人早已將《璃歌》傳唱遍布夢川，明昭帝姬在懷古道之戰中的戰績也成了天道中的傳說，這裡的每一個人都曾聽過不同的版本，威名深入人心。而今這樣戰神一樣的人物在這裡出現，鋒芒畢現，無人敢逆。

魘桀原本想以冰封之術立威，不想魘璃卻在這個時候殺了出來，不由得又是驚詫又是氣結，雙腿一夾金毛犼，催促它一路狂奔上了冰障，高聲喝到：「沙幕、藤州兩部皆不可異動！吾乃南蜉洲之主，絕不容南蜉洲生亂！」

身處東面陣營中的烏似冷笑道：「既然你是南蜉洲之主，當初禍亂開頭之時就該妥善處理，主持公道，而非放任自流，平白害了我父圖巴的性命！」

魘桀大怒：「大膽！烏似，你身為軍中頭領，無視軍規，私自帶兵出營，挑起戰亂，罪該萬死！」

烏似哈哈大笑，悲滄滿胸：「我父含冤身死，我的族人喪失安身立命之本，我烏似身為人子，身為新的沙幕首領，若是就此啞忍，便枉生為人。今個你們這些高高在上的夢川皇族是要打也好，要殺也罷，也須得等我收拾完葉赫這個老匹夫再說！」

西面的葉赫聽得此話也怒火中燒，高聲喝道：「我那孫兒參摩死得不明不白，不須你這矬子尋我，我也定要跟你們拚個你死我活！」

魘璃微微點頭：「既然如此……都給我拿下！」話一出口，立於冰障兩邊的侍衛中，各自閃出五個劍士，以迅雷不及掩耳之勢朝著烏攸與葉赫襲去。

雖然烏攸與葉赫身邊都有許多親隨，一來不提防會有人在萬軍之中動手，二來這兩組劍士彼此搭配默契，身法極快，劍沉穩，縱然有人見機阻攔，都被一一擋開。轉瞬之間，烏攸與葉赫的脖子上都被五把劍架著，周圍的部眾都只能讓出道來，眼睜睜地看著劍士們押了各自的首領，朝冰障之上而去。

魘桀也吃了一驚，很明顯魘璃是有備而來，這時間掐得極準。然而他才是南蜉洲之主，這南蜉洲之事原本輪不到她來管，正要招呼左右，才陡然想起自己是騎金毛狁飛速趕上，自己的親兵尚在沙幕軍隊後方。魘桀心中懊惱，沉聲喝道：「魘璃，你今天來想幹什麼？」

魘璃轉眼看看魘桀：「二皇兄何出此言？魘璃不過是一路行獵到了此處，見得南蜉洲生亂，總不能袖手旁觀吧。」

魘桀冷哼一聲：「會有如此湊巧？」

魘璃笑笑：「那倒也不是，只因我有位至交好友想過來見見故人，這次過來主要是為了這個。」

魘桀面色很難看：「這裡是南蜉洲，並非澧都，你那是什麼朋友？怎麼可能在此地有故人？」

魘璃笑著朝四面八方看了一圈：「當然有了，這裡有一半人都是我那朋友的故人。你們想不想知道她是誰？」說罷收劍回鞘，拍了拍手。

冰障之下列隊的侍衛們皆齊聲呼喊：「恭迎藤州帝女沅蘿殿下！」聲音整齊劃一，遠遠地傳了出去。

許多人的臉上都露出不可置信的神情，七百年前，藤州覆滅，為魔藤屠戮殆盡，皇室一脈已然斷絕。況且目前寄身南蜉洲的藤州部眾皆是當時遠離藤州都城巒都的尋常天人，所以才有機會逃出藤州，殘留性命，而今驟然聽得藤州皇室尚有滄海遺珠，自然驚詫異常。

一片寂靜之中，遠處響起一串舒緩的馬蹄聲，一匹雪白的駿馬在三十六名侍衛的護衛下施施然而來，馬上端坐著一名身穿翠色藤州國服的美貌女子，正是沅蘿。駝著沅蘿的白馬走過早已被踐踏得面目全非的土地，只見無數嫩綠的纖草自泥土中蔓延而出，繼而花開遍地。沅蘿騎著的白馬走一路，便留下一路盎然生機。

「木靈之力……是木靈之力……！」被扣押的葉赫喃喃言道，難掩狂喜之色。他躬身下拜，喜極而泣，就如其他的數萬藤州部眾一樣。失去故土，失去藤州皇族的庇佑，在異鄉顛沛流離整整七百年，而今終於再見到擁有木靈之力的故國帝女，就彷彿枯萎的植物重新長出了根一樣。

行到近處，一個侍衛將沅蘿抱下了馬背，送上了魘璃所在的冰障之上。魘璃伸手握住了沅蘿的右手，將兩人緊握的雙手高高舉起，對藤州部眾朗聲說道：「藤州的沅蘿帝女是我最好的朋友，我們作為質子，在風郡的囚宮中長大，直到我夢川的大皇子，現在的北冥王攻破囚宮，把我們一起救出。這大半年來，沅蘿帝女無時無刻不在惦記著她的子民們。」

無數個聲音在呼喊沅蘿的名字，就像是無邊的海浪。沅蘿眼中含淚，對著那些歡呼的人群，這七百年來第一次拾回身為藤州帝女的榮耀，她情難自禁，激動得說不出話來，只能揮動著另一隻手。

魘璃依舊高舉著與沅蘿緊緊相握的手，高聲說道：「夢川與藤州世代交好，在我們這一代也是如此，沅蘿帝女是我夢川最尊貴的客人，藤州遺民也在我南蜉洲的地界上安安穩穩地度過了七百個年頭。這樣的靜好生活來之不易，難道你們真的要為了一些不明不白的嫌隙引發禍亂，毀掉所有族人的安穩生活嗎？」

沅蘿與魘璃對望一眼，開口對藤州遺民說道：「明昭帝姬是沅蘿最好的朋友，她的話，就是我想要說的話。萬事以和為貴，請你們放下手裡的武器，回到你們安穩的生活中。」

藤州遺民紛紛扔下兵器，齊齊整整地拜服於地，齊聲說道：「一切聽從帝女吩咐。」

魘桀沒想到沅蘿的出現居然幫魘璃壓制了數萬藤州部眾，這次的事件魘璃處理得即是巧妙，一開始就聲先奪人，牢牢把控著這件事的話語和節奏，就好像預先排演過一樣。而今開戰兩部的領頭人都在她手裡，還有個藤州帝女幫她勸服作亂的藤州遺民。

他雖咬碎鋼牙，卻無可奈何，轉眼看看攜手而立高舉緊握雙手的魘璃與沅蘿，一個念頭浮入腦海，沅蘿這個亡國帝女並非只是一個罕有的絕世美人，也是掌控藤州遺民的關鍵，若是真讓魘暝娶了她，只怕魘暝的手還會伸到南蜉洲來，此消彼長之下，境況就更堪憂了。

魘璃見得眼前的情景，鬆了一口氣，事情很順利，接下來便是解決沙幕的問題了。她看了看被押下的烏姒，開口言道：「又見面了。」

烏姒失手被擒，心頭懊惱，聽得魘璃言語冷笑道：「怎麼？難道明昭帝姬還能再給我沙幕也找出顆滄海遺珠不成？」

魘璃笑道：「那也太強人所難了。我只想問問你，今天算上以前幫過你那兩次，一共是三次，這次我要討點回報，公道不公道？」

烏似冷冷言道：「你要我還命給你，動手就是，想要我偃旗息鼓，恕難從命。」

魘璃搖搖頭：「你現在既然是沙幕的首領，所思所慮怎麼還是匹夫之思、匹夫之慮。你為報父仇死磕也就罷了，為什麼還要拉上所有族人一起？知不知道剛才差點有多少人差點死於冰封之術之下？這麼多的人命給一條人命陪葬值不值得，不是不會算吧？」

烏似沉默不語，許久才恨聲道：「藤州派人燒燬我沙幕糧倉，已斷我沙幕生路。就算不開戰，我沙幕部族也無法在南蜉洲立足了！」

魘璃微微點頭：「好像理由很充分，不過沙幕的生路只在南蜉洲嗎？」

烏似悵然一笑：「我沙幕部族寄居此地已有一千七百年，除了南蜉洲，哪裡還有我這數萬族人容身之所？」

魘璃笑道：「世事無絕對，人總是要存些希望的。倘若我能幫你解決這個難題，是否沙幕與藤州的恩怨就到此為止？」

烏似默不作聲，他根本想不出魘璃提議的可行性。

這時候一個冷冰冰的聲音說道：「烏似帶兵離營起事作亂，干犯律法軍規，明昭帝姬豈能私相授受，視律法軍規如無物？」璐王跨騎駿馬已然到了當前，身後跟隨著黑壓壓的軍隊，卻是南川大營滯後的軍隊終於趕到，將戰場層層包圍。

魘桀見得璐王帶兵出現，心中竊喜，揚聲道：「皇妹，這到底是我南蜉洲的事務，這裡也並非你所執掌的琉璃城，殺伐決斷之權不在你，切勿越俎代庖！」

魘璃見得璐王出現，眉頭微沉，繼而莞爾一笑：「原來是璐皇叔，皇叔也別動不動就這麼大頂帽子扣下來，魘璃可受不起。而今大亂已起，還是盡快息事寧人，以免多生殺伐罪孽的好。」

魘桀冷笑道：「本座已經說過，這是南蚜洲的事務，煩請皇妹將葉赫與烏攸交出來，免得傷了和氣，日後父皇面前不好相見！」

魘璃笑道：「二皇兄何必著急？既然葉赫與烏攸是我的人擒下的，總得把事情說清楚再辦移交，不然別人會說皇妹我有始無終。二皇兄您是知道的，我可是個愛惜名聲的人。」

魘桀不耐煩地說道：「你想說清楚什麼？」

魘璃歎了口氣：「沙幕與藤州兩族人能在這南蚜洲相安無事七百年，這突然兵戎相見，不是很蹊蹺嗎？圖巴死於失足墮亡，這個沒什麼好說的，不過葉赫的孫子參摩燒了沙幕的糧倉，這人蹊蹺，時間蹊蹺，地點也蹊蹺。」她這話一出口，沙幕與藤州的部眾都專注地看著她，四周靜得一根針掉地上也能聽見。

魘璃抄手在冰障之上踱了幾步，方才慢條斯理地說道：「第一，參摩年紀尚幼，這麼一個小小頑童，靠他自個怎麼能潛入沙幕糧倉？光是糧倉那兩扇百斤重的大木門他就不可能推得開。第二，參摩是白日失蹤的，整個南蚜洲的人找了他一天，直到夜裡糧倉起火才發現他的屍體，一個淘氣小子，怎麼可能沉得下心在糧倉裡待那麼久？第三，就算沙幕部族當真謀殺這麼個小兒？這麼幹有什麼好處？就算要殺，幹嘛非得搭進去自己的糧倉？第四，假設藤州真的派了參摩去燒沙幕的糧倉，用火鐮打火而無引火之物，光靠點燃裝滿糧食的麻包袋，而無引火助燃之物，譬如油等等，得點到什麼時候去？咱們就從這第四點開始試試。」說罷拍拍手，一個侍衛從馬背上卸下一個大麻包，送到冰障之上，讓所有人看到。

魘璃頓了頓，繼續說道：「現在咱們就試試，這火怎麼點得起來。」言語之間，那侍衛已經蹲下身，摸出火鐮啪嗒啪嗒地開始打火。他孔武有力，撞擊之下火星四濺，落在麻包袋上，偶爾有煙起，但小小火頭難以為繼，很快就熄滅了。

「繼續啊，大家今天就看看一個小孩有沒有可能比我這位勇士還會點火。」魘璃嘻嘻笑道，揮手讓侍衛繼續。

啪嗒啪嗒啪嗒……。

一炷香時間過去，兩炷香時間過去，這火依舊沒能點得起來，但魘桀已然忍不住了：「夠了！所有人在這裡可不是為了看他玩火鐮的。」

魘璃笑道：「二皇兄，急什麼，咱們不是得一樣樣印證嗎？繼續……。」

璐王看出魘璃是在拖時間，於是開口道：「明昭帝姬盡可直接說出你的推測。」

魘璃心想你這個老雜毛倒是精乖，轉眼看看那個侍衛：「麻袋中的乃是剛收穫的糧食，溼氣頗重，看來沒有助燃之物，這事不好做。」

那侍衛從馬背上取下一個酒壺和一個竹筒，先打開酒壺把酒倒在麻包之上，然後又把竹筒裡的油倒在麻包的另一頭，然後再次擊打火鐮，火星蹦射之中麻袋兩頭都燃了起來。

魘璃繼續說道：「現在大家看到了，有引火助燃之物就不一樣了。可新的問題來了，在火場中可有看到這樣的裝酒或油的容器？沒有吧，難道這東西能自己長腳走嗎。所以說，這放火的方式挺蹊蹺。」

這話一出，人群中頓時像開了鍋的水，人人都在議論紛紛，事實在眼前，的確是個疑點。

「咱們再說說這時間，為什麼參摩白天就失蹤了，火卻入夜燃起來，因為……，」魘璃繼續說道，她指指燃燒的麻袋上的煙霧：「這麼大的煙，火卻不大，若是在白天，早就被發現了，損失不會那麼大。」

璐王臉色鐵青，他幾乎已經確定這是魘璃的緩兵之計，於是虎著臉道：「帝姬請勿再浪費時間，耽誤我南蜉洲處理叛軍。」

魘璃笑道：「這回又輪到璐皇叔趕時間了，咱們何必急呢，時間多的是，能弄清楚的，最好弄清楚，現在最大的蹊蹺還是人。這裡有不少人看過參摩的屍體，它的情況相信大家都還記得。參摩沒有一絲掙扎的痕跡，手指不曾彎曲收緊，一個活著的人被火燒死不會這麼不痛不癢。除非……早就是個死人了。」她抬眼對著魘桀：「試問一個死了的人還怎麼放火，順便帶走裝油或酒的容器？如果二皇兄還不明白，我可以讓人把參摩的屍體帶過來，咱們當著所有人的面驗一驗……。」說罷拍拍手，遠處一輛牛車緩緩而來，牛車還是她當初帶出關的牛車，但那牛車的車廂不見了，平板之上放著個薄皮棺材。

「夠了！」魘桀怒道，「你究竟想鬧到什麼時候？立刻把那兩人交出來！」

魘璃笑道：「二皇兄何必動怒，這裡是南蜉洲，二皇兄說了算，就算二皇兄非要坐實是參摩燒了糧倉，拒絕公開真相，我想沙幕、藤州兩部的民眾也不會說什麼的是吧？」

無數的聲音響了起來，喊的都是：「我們要真相！」

民心所向

璐王心知魘璃是在煽動流民問責，若是如她所願，這場鬧劇再拖下去遲早生變，於是揚聲道：「既然有疑點，可以容後再審。而今烏伮作亂，理當法辦，請帝姬將他交出來。」

魘璃道：「烏伮之罪只是私自帶兵出營，而這仗可沒真的打起來。不知道他犯的事該怎麼罰呢？」

璐王言道：「就算不是死罪，私自帶兵闖出兵營，按律當鞭三百。」

「三百？這是要打成肉醬還是如何？」魘璃歎了口氣，「事有從權，沙幕已經死了一個首領圖巴，現在再搭進去一個，外面的人說起來，怕是要汙了我夢川的聲名。我夢川軍中律法也有明文規定，擅自離營者若有軍功在身，可以功抵過，罪罰減半。烏伮在懷古道一役牽制敵軍，功不可沒，不如把記功牌拿出來抵這一百五十鞭吧。」

烏伮聞言，抬眼看著魘璃，心想她大費周章只為保我性命，看來這位明昭帝姬果然和其他的夢川皇室成員不太一樣。

璐王心想，一百五十鞭照樣能打死人，而今南蜉洲之變若不能拿人立威，只怕日後不好管束這些流民。於是開口道：「如此，帝姬可以交人了嗎？」

魘璃做出一個努力思考的表情：「好像還不行，依我夢川法度，軍中將士犯事者若有重孝在身，又無子女後繼的，可刑罰寄半，分次受刑。烏伮，你剛死了父親，這重孝條件是滿足了，你可有子女？」

烏似垂首道：「烏似尚未有妻室，並無子女。」

魘璃恍然大悟一般一拍手：「這就對了，璐皇叔，只能先打他七十五鞭，待日後再補剩下的七十五鞭。」

魘桀早已怒不可遏：「你這般開脫於他，究竟是何道理？」

魘璃笑笑：「這都是夢川律法中的明文條款，何須我幫他開脫，倒是二皇兄非得殺他立威，這做法似乎……。」

璐王道：「既然帝姬認可，那就先施刑罰，其他的以後再說。」說罷一揮手，數個軍士已經上前拿人，魘璃手下的侍衛未得魘璃許可，一步不讓，氣氛頓時劍拔弩張。

魘桀怒道：「你一心想插手我南蜉洲的事，想來這七十五鞭也是要給他開脫的。」

魘璃搖頭道：「那倒不是，而今大禍未平，沙幕尚未答應退兵解散，就先重懲了他們的頭領，就不怕群情激憤，再出亂子嗎？」

話音未平，沙幕陣營之中果然鼓噪起來。

魘璃歎了口氣：「看吧，別怪我沒提醒你啊，二皇兄。雖說這事的確是烏似一時魯莽，按律當罰，可他手底下的人也是基於義憤和壓力，才會參加此事，若是當初二皇兄早日出面解決，哪裡會有今日之事？」

這話一出，民怨沸騰，竊竊私語之聲匯聚成巨大的嗡嗡聲，響徹天際，的確，南蜉洲之變原本不用演變到如今地步，身為南蜉洲之主的魘桀難辭其咎。

魘桀見得這個情狀，再也難以壓制心中的怒火，心想好你個魘璃，這是一把火燒到我身上來了。老虎不發威，你當我是病貓，你欺上門來，我豈能容你？隨之冷聲道：「看來今日皇妹勢必要干涉我南蜉洲之事了？」

魘璃笑笑：「不敢，不敢，只是希望代這兩族人向二皇兄請命，息事寧人的好。」

「我若是不肯呢？」魘桀瞳孔微縮，臉上戾氣橫生，手指戟張，隱隱有寒氣圍繞指尖。

「二殿下不可！」璐王看出情形不對，魘璃到底只是個天族凡裔，雖然也通冰封之術，但真打起來必然不是魘桀的對手，若是魘桀在眾目睽睽之下傷了魘璃，必然難逃同室操戈，殘暴之名。

魘璃早留意到魘桀的舉動，只是笑笑，反而轉過身，把整個背部都露了出來：「二皇兄若是不肯，我也無可奈何，畢竟這南蜉洲是你的封地，在場的都是你治下之民，你若是以仁愛之心善待他們，那便是他們的運氣，你若是薄涼冷漠視他們如草芥，他們也唯有歎自己命途多舛，另尋安身之地而已。」

魘桀一呆，魘璃故意在眾人眼前空門大開，而不作任何防禦，那便是故意要逼得他不好動手，從背後出手等同偷襲，她這是想向所有人證明他這個夢川二殿下人品卑劣，涼薄冷漠，就連自己的親妹也不放過。此舉果真是毒得很。

璐王揚聲道：「二殿下一向以仁德治理南蜉洲，賢名在外。而今烏伮犯事，如不明正典刑，軍威何在？帝姬百般阻饒，莫不是另有所圖？」

魘璃轉頭看看璐王，忽然露出一副笑臉來：「不錯，烏伮犯事，明正典刑就好，今日這七十五鞭是必受的，但行刑之人若是下手過重要了他的命，這裡的數萬沙幕部眾必然是不依的，就是我，也不知道給父皇的摺子上該怎麼寫了。你們要施鞭刑，就動手吧，我會一下不漏地數著，少一下不行，多一下也不行，打完不會喘氣了，更不行！」說罷揮手示意手下的侍衛撤回兵器，將烏伮交給了璐王手下的兵卒。

璐王心頭一緊，這人是交出來了，但這局勢也讓她給鉗得死死的，若是烏伮死於當場受刑，這沙幕部族勢必無法善罷甘休，這裡的五萬夢川士兵雖可鎮壓動亂，但事情鬧大了，勢必影響聖上對魘桀治下能力的判斷。而今這烏伮當真是殺不得了。他揮手示意兵卒將烏伮綁上海祭臺，對負責行刑的士兵吩咐道：「七分力尚可，莫傷性命。」

皮鞭一下接一下，有條不紊地落在烏伮身上，每一鞭都皮開肉綻，痛徹心扉。但烏伮生性頑強，極是硬氣，即使痛得渾身顫抖，汗流浹背也一聲不吭。所有人都在數著鞭撻的數量，十鞭、二十鞭……七十鞭，烏伮的頭耷拉下去，人已經昏厥。

七十一、七十二、七十三，七十四，七十五！

「打完了！打完了！」所有人都在喊。

行刑的士兵前去探了探烏伮的鼻息，於是向魘桀覆命道：「七十五鞭已畢，人犯一息尚存。」

魘璃鬆了一口氣，轉眼見沙幕部眾無不慶幸，於是開口道：「現在鞭刑也受了，可以放他與族人團聚了吧。」

璐王不情願地點點頭，而魘桀卻抬手阻止道：「且慢，私自出營之罪雖罰，但此人放不得。他聚眾鬧事，導致南蜉洲多處耕地挖空損毀，不少灌溉水系也被破壞，修繕恢復須得大量人力物力。按我夢川律法，破壞耕地者，當受三日曝晒示眾之刑。」

魘璃怒火中燒：「他已身受重傷，怎麼可能挺過三日？」

魘桀笑道：「本座也是依照夢川律法，田地寶貴，豈能如此毀損。當然，皇妹若是能有這個本事三日內修繕田園灌溉溝渠，這三日曝晒之刑也並非不可減免，什麼時候溝渠水系恢復運作，什麼時候放他下海祭臺。」

璐王暗自搖頭，心想這二殿下非要找回場子無可厚非，但給機會讓魘璃對沙幕部眾施恩，實在不智，而今她名頭已經夠響了，若是再讓她做成這件事，不是更滅自己威風嗎？

魘璃已經揚聲道：「好！就此一言為定！」她轉頭對沙幕部眾說道：「你們都聽見了，要救烏攸，就先得修復田地溝渠，你們可願意退回相安河以東，聽我的調度？」

沙幕部眾也看清眼前的形勢，紛紛高聲應道：「仰仗明昭帝姬做主，吾等願聽號令！」而後陣營調轉，朝東面家園而去。

魘璃見能勸退沙幕部眾，心裡懸著的石頭總算落了地。於是示意侍衛放開葉赫：「藤州雖是被迫應戰，但最初是你與圖巴發生抓扯，間接造成圖巴失足墮亡，才有這一場騷亂。若是我二皇兄也要治你的罪，我也不能說什麼。」

葉赫拜伏於地，不敢言語。

璐王言道：「葉赫乃無心之失，並非他直接造成圖巴之死。按律以財帛贖罪，賠償圖巴家人損失即可，日後當吸取教訓，謹言慎行。」

葉赫叩首道：「葉赫知罪，以後不敢再犯。」

魘桀揮揮手：「那就讓你的人都退回去，各自安穩度日。」

藤州部眾開始有序地撤退，但葉赫仍然拜伏於地不肯起來。魘璃握住沅蘿的手道：「阿蘿，你難得重見你的子民，且隨他去駐地與你的子民們聚一聚吧。這三日我都在這附近，助沙幕部眾修復南蛶洲的溝渠田地。」

沅蘿點點頭，隨葉赫而去，那三十六名負責保護她的侍衛也一道隨行。

魘桀見得雙方部眾都各自退走，雖說鬆了一口氣，但南蜉洲之變也使得他的權威大受打擊，對魘璃的恨意自然又深了幾層。眼見魘璃吩咐手下的侍衛在海祭臺下就地紮營，心知她是鐵了心要在此地守著烏叙，避免又有異變。他拿她沒有辦法，也只好就地紮營，靜觀其變。於大帳之中遠遠眺見魘璃展開偌大一張地圖，用極目鏡一看，正是南蜉洲的耕地水利分布圖，這心裡也不由得犯嘀咕，對璐王言道：「這女人來得蹊蹺，就連準備的物事也蹊蹺。」

璐王撚鬚眯眼道：「並非蹊蹺，而是她一早就有插手南蜉洲之心，早有準備。這女人當真是本王所見過、最厲害的人物……有她在北冥王身邊，只怕二殿下的壯志難成，須得儘早把她弄走才行。還有那個藤州帝女沅蘿，今日一見，藤州遺民依舊歸心，若是讓她與北冥王、魘璃三人連成一氣，這日後的局面可就更難掌控了。」

魘桀不由氣結：「她們早就連成一氣了，沅蘿與魘暝有情，與魘璃有舊，魘暝和魘璃更是兄妹情深，牢不可破。」

璐王喃喃道：「這倒不一定……。」

農田水利的重建在緊鑼密鼓地進行，沙幕男女老少數萬之眾，一起動手開渠運土，連夜勞作，在第二天黎明，藤州部眾在首領葉赫的帶領下也加入了修繕，卻是沅蘿勸服了族人，主動修合。

兩部人在南蜉洲共存了七百年，昨日差點走火並釀出大禍，而今攜手合作，各自念起對方的好來，也就將嫌隙拋下，皆慶幸明昭帝姬來得及時，阻止了這場大亂。沙幕、藤州兩部人數合起來超過十萬，人多好辦事，在第二天的下午，所有被毀壞的田地溝渠都恢復了使用。人群再一次聚在海祭臺下，等待魘桀釋放受刑的烏倁。

經過一日的曝曬，烏倁身上的傷口已經流膿潰爛，無數蒼蠅在他四周繞飛。他口脣乾裂，雖然神智尚且清醒，但腫脹的眼皮卻似有千金重，耳邊除了蒼蠅拍打翅膀的嗡嗡聲音，就只能聽見魘璃在與魘桀交涉，要求立即釋放他云云，言辭激烈，寸步不讓。而魘桀則以水系尚未恢復澄清為由，拒絕放人。

烏倁心中感念，用力睜開腫成桃子似的眼睛，看到臺下正在據理力爭的魘璃，他不明白為什麼高高在上的明昭帝姬會為賤民紆尊降貴，就像當初懷古道中，她以自身靈血為他續命；就像賦府前她為了個無親無故的異族賤民，懲戒有軍功在身的夢川將軍。以往他聽到那首廣為流傳的《璃歌》時，總是嗤之以鼻，認為是阿諛奉承的邀寵小調，要不就是苦難深重的無知婦孺用以寄託渺茫希望，而塑造的神祇。而今眼前的一切卻在告訴他，她與許真是個胸懷天下的善人，也可能是一個善於駕馭人心的爭權奪利之徒，但是她所做的事的的確確是以夢川安寧為歸依，也真真正正對夢川的諸部遺民一視同仁。只要能在這個大是大非，事關無數人生命福祉的問題上持肯定態度，那麼她是善是惡，沒有分別。

魘璃與魘桀的爭執已經到了一個不可調和的地步，然而一陣沉重的蹄聲驚破了海祭臺前的喧囂，一隊數百人的軍隊出現在赤夢關方向的地平線上，一頭雪白的麒麟在隊伍的最前方，背上端坐著丰神俊朗的北冥王魘暝，十九輛巨大的牛車搖晃著無數鈴鐺，緊緊地跟隨在軍隊之後。

魘璃面露喜色，心想雖有一日之差，暝哥哥到底是趕上了。揚聲喝道：「列隊恭迎北冥王！」她帶來的侍衛們已經快速奔走，於人群中很快清理出三丈寬的空道來，隨後一個個站姿穩如泰山，齊聲高呼：「恭迎北冥王大駕！」聲震九霄，軍威攝人。

魘桀與璐王皆是心頭一沉，雖然從昨日開始，就覺察魘璃在故意拖延時間，果然是在等他。原本昨日勸退兩族流民而放下的心，又懸了起來，完全猜不到這兄妹倆葫蘆裡賣的什麼藥。

魘璃已然一展大氅，昂首闊步迎了上去：「暝哥哥終於到了。」

魘暝伸臂抱抱魘璃笑道：「聽聞璃兒昨日一番斡旋，將一場兵禍消於無形，機智果敢，為兄心中甚是寬慰。」

魘璃笑著搖搖頭：「璃兒只是幼承兄長之訓，時刻不忘我夢川皇族當以夢川安寧為己任，不願戰火紛飛，毀我夢川樂土而已。而今尚有未了之事，請暝哥哥以沙幕、藤州兩部遺民為念，主持大局。」

魘桀見得魘暝到來，只得沒好氣地上前見禮，而後言道：「今個不知是什麼風，把大皇兄也吹來了。」

魘暝微微一笑：「我本要回澧都述職，中途接到消息，說南蜉州生變，故先來看個究竟。二皇弟與璐皇叔一切可好？」

璐王一面虛與委蛇，一面卻把目光投向魘暝帶來的十九輛牛車，他沒忘記之前曾見過探子傳回的信息，說魘璃要獵滿二十車獸皮送去北冥城，而今魘暝到此，反倒把車帶到了這裡，只怕另有古怪。

魘暝抬眼看看海祭臺上的烏伮，開口問道：「這又是鬧的哪一齣？」

魘璃道：「綁在上面的是沙幕部族首領烏伮，因為損壞南蟳州的耕地水利被判曝晒三日，昨日二皇兄與我有言在先，若是沙幕部族能夠盡快修復耕地水利設施，就可以提前釋放烏伮。而今得藤州部眾相助，已然將耕地水利設施修復，二皇兄正要依照承諾放人，暝哥哥就到了。是吧，二皇兄？」

魘桀冷哼一聲，不置可否。

璐王尋思魘暝畢竟是北冥王，品階已經高魘桀一級，若再與魘璃起爭執，魘暝不會袖手旁觀。而今大部分南蟳州的人都在此地，大亂初定，人心不穩，若是被魘璃挑撥幾句鬧將起來，反而是要吃大虧。於是他上前一步笑道：「的確如此，二殿下正要依約釋放烏伮。」說罷擺擺手，已然有兩名士兵上去海祭臺，將烏伮解綁架了下來，早有沙幕部眾圍了過去，檢視烏伮的傷口，正要將烏伮抬走，卻聽得一聲：「且慢！」

魘桀冷笑一聲：「你們將他抬到哪裡去？」

魘璃心知他不甘心就此折了面子，於是微微一笑：「二皇兄，打也打了，罰也罰了，一切都嚴守我夢川律法。而今塵埃落定，當然是讓他的族人帶他回住地養傷。」

魘桀冷冷言道：「皇妹大概忘記了誰才是南蟳州之主。烏伮雖已受罰，但他所犯之事非同小可，已經不能再留在南川大營。」他走到烏仭面前，自烏仭脖子上扯下那條懸著紅色貝殼的繩子，下一刻，那枚象徵軍戶的貝殼，已經被他捏得粉碎：「非但是南川大營，這南蜉州從此也不再有他的容身之地，本座宣布，自今日起放逐烏仭，有生之年不得再踏足南蜉州！」

魘暝眉頭微皺：「二皇弟有權將他逐出軍營，他不為軍戶，也可依律以耕養賦。」

魘桀笑道：「按我夢川律法，凡滯留我夢川境內的流民，需得先以一戶一丁制，甄選一人入伍，這烏仭為圖巴獨子，家中並無兄弟入伍服役，既然他已被逐出南川大營，那也就不再有資格轉為耕戶留在南蜉州。大皇兄，我這也是依法辦事，不針對任何人。而且時至納賦之季，沙幕糧倉被毀，但凡不能滿額繳納賦稅的沙幕流民，都沒資格再留在南蜉州。而今既然人都在，索性先行商議好去留，也免得再費力氣。」

「我們在這裡一千七百年了，你讓我們去哪裡？」

「糧倉被毀非我等所願，怎麼可以就此放逐我們？」

「我們一家老小十數口人，生生死死都在一處，你讓我們誰走誰留？」

……

沙幕遺民的不忿呼喊之聲交雜在一起，卻無法撼動魘桀的鐵石心腸，他揮揮手，南川大營的士兵已然列隊劍指正在呼喊的沙幕部眾。他做這麼多事，也就是想以藤州代沙幕，提高田賦所得，而今大亂已定，藤州不會生事了，只需要按律法篩除不符合滯留條件的那部分遺民，就算做成此事。

魘暝雙眼注視魘桀，沉聲道：「二皇弟的意思是，今天無論如何都必然要驅逐一批沙幕遺民出南蟳州了，是也不是？」

璐王言道：「這事……其實也不必操之過急。」他深知魔桀是為了在所有遺民面前維持身為南蟳州之主的權威，但很明顯今日魔暝來者不善，完全沒有必要把這件棘手的事情擺到魔暝面前，如此勢必節外生枝。

魔桀擺擺手：「皇叔不必多言，這事早晚要解決，與其拖拖拉拉，還不如早些辦了，也不誤了下一季的耕種。」

魔暝歎了口氣：「既然二皇弟執意如此，我們也不好插手南蟳州事務。不過……。」他緩緩走上海祭臺，提氣高聲喝道：「此處不留人，自有留人處。但凡無法在南蟳州立足的遺民，可以舉家遷往六部戮原之上新建的北冥城！只要嚴守我夢川律法，為我北冥城開荒闢土者，所開之耕地可終身耕種，直至其人身死方才半數收回，餘下半數可由其子女後人繼續耕種。無論之前為何等部族，皆可為我北冥城子民，從軍，從商，務農或各色手藝皆可，諸行各業一切賦稅繳納規定與我夢川國民無異！即入北冥者，永世為夢川國民！」

魔暝的聲音高揚，遠遠地傳播出去，臺下的十萬遺民皆是驚詫，繼而議論紛紛。北冥城是六部戮原上剛剛興起的所在，需要人口充實，這裡很多人都知道，但是眼前這北冥王許下的承諾卻是遷往北冥城者，可以終身耕種自己墾出的耕地，一切賦稅繳納與夢川國民無異，那也就是免除了每一季都很繁重的田賦和補役賦，從而獲取了夢川國民的資格。

魔桀臉色一變，終於恍然大悟，魔暝與魔璃此行，乃是趁他驅逐沙幕遺民，過來搶人了。他將身一縱上了海祭臺，咬牙對魔暝道：「皇兄明目張膽來我南蟳州搶人，未免也太目中無人！」

魘暝微微一笑：「適才是二皇弟你自己要趕人的，為兄不過是不忍見流民流離失所，身無所依，所以才給他們一個選擇。若是他們願意來，願意繁榮我北冥城，我魘暝可指這夢川大洋為誓，絕不待薄、辜負於他們。」他轉身衝著下面黑壓壓的人群高聲呼喊：「入北冥者，永世為夢川國民！」他一連喊了三遍，聲音雄渾有力，直入雲霄。

臺下的十萬遺民聽得分明，也各有思量，長久以來寄人籬下，雖得安身之所，但賦稅沉重，生活艱辛，而今北冥王開出的條件比之滯留於南蛶州，那可謂寬厚許多。但是又有各樣顧慮冒了出來。

葉赫是早已得過沅蘿的授意，於是提聲問道：「北冥王在上，葉赫尚有顧慮。我等藤州遺民信奉木靈，沙幕信奉土靈，夢川信奉水靈，彼此信仰不同，豈可於一城共居？」

魘暝微笑言道：「我北冥城海納百川，以律法治下，無論城民為何等信仰，只需嚴守律法，不越雷池一步，那便與他人無關。我聽聞今日你們藤州部眾不念舊惡，主動與沙幕修好，一起修繕耕地水利，萬眾一心，這說明大家都是以道義與和平為貴，這便是天道部眾所共有之信仰，無論是木靈、土靈、水靈還是火靈，都是導人向善的神祇。只要彼此尊重，求同存異，自然能安享太平。」

璐王見眼前的情形不妙，開口言道：「北冥王雖有海納百川之量，但世人皆知六部戮原之上土質貧瘠，並不適合耕種。就算無法留在南蛶州的流民去了北冥城，也無法餬口，又何必給他們一個假希望呢？」

魘璃笑道：「璐皇叔有所不知，北冥城幅員遼闊，地雖貧瘠，但並非無法耕種，只需移赤鄴之土，浮土一尺，便可耕種收穫，比之驚濤城的耕地產出更為豐裕。」她拍拍手，那十九輛牛車周圍的士兵已然寶劍出鞘，只聽得一片整齊劃一的木器碎裂之聲，籠罩在牛車之上的華美轎廂已然化為碎片，露出牛車車板子上一尺紅土，和紅土之上三尺高的稻穀，長葉蓬勃翠綠，沉甸甸地掛著稻穗，隨風沙沙作響。

無數的驚歎之聲響起，好些急性的遺民已然朝著那十九輛牛車圍了過去，伸出手指擼下稻粒，一切都是真實的，飽滿的稻穀，回甘的穀粒，這是上好的莊稼，甚至比南蚜州的更好。

璐王身子晃了晃，差點沒摔著。他雖然早派人注意著北冥城的動靜，知道魘暝在北冥城以浮土造田，之前和魘桀說起此事時，還曾笑過魘暝妙想天開，這等花費大量人力物力的事，委實是吃力不討好，不可能讓軍隊長時間支撐。直到剛才魘暝喊出「入北冥者，永世為夢川國民」這句話，他才驚覺大事不好。若是北冥城吸引到大量的流民，那麼改荒原為桑田則並非難事。何況他還直接帶來了以浮土種出的莊稼來，這對那些被賦稅所苦的流民而言，就等於大開方便之門。難怪之前魘暝、魘璃兩兄妹多番維護流民，收攬人心，傳下賢名，目的就是為了今天。

魘桀面如死灰，今日之勢他看得分明，那幫賤民的心已然向著北冥城，他心有不甘，開口對魘暝言道：「大皇兄今日當真要拆我南蚜州的立業之基嗎？」言語之間寒氣大盛。

魘暝負手道：「為兄只是多給了他們一個選擇，若是二皇弟善待他們，他們自然不捨得拋棄千百年來在南蚜州存下的基業。何況為兄邀的只是被你驅逐的流民，你既不要他們，難道還能連一條生路都不給他們嗎？」

魘桀氣結，盛怒之下大喝一聲：「少在這裡惺惺作態，真以為我魘桀蠢鈍可欺不成！」話音未定，雙臂一振，一道十丈高的水牆自海中驟然升起，繼而化為一條巨大的水龍，朝著遠處那十九車浮土培植的稻穀而去，完全不曾顧及那周圍的人群。

魔暝見機極快，雙臂一收，那半空的水龍陡然被凌空倒拽回去，重重地攢入海中：「北冥城外已有田園十里，就算你毀了這十九車莊稼也是徒勞。切勿遷怒於這些遺民，多造殺孽，否則，就別怪為兄代父皇教子，半點不留情面！」

魔桀獰笑道：「我倒要看看你如何不留情面！」說罷拔出腰間佩劍，朝著魔暝刺去。魔暝閃身避過，飛身而起，朝著海面飄去：「你我相爭，切勿殃及池魚，有膽隨我來！」

魔桀黑著一張臉，提氣追了出去，兩人在海面上一場激鬥，只見人影翻飛，波浪滔天。驚濤拍岸，岸上的人群紛紛退走，人人皆道如非北冥王顧惜，這一場惡鬥也不知道要毀傷多少人命。

骨肉相殘

魔璃飛身躍上海祭臺，於高處觀戰，只見魔桀出手狠辣，而魔暝則頗為留手，有好幾次魔桀露出破綻，魔暝都不曾下死手，心中不由得焦急萬分，心想這臨陣對敵，並非比試高下，暝哥哥心懷仁慈，念及兄弟之情可是大大地不利。

璐王心中惶然，跟著上了海祭臺急道：「帝姬切莫袖手旁觀，兄弟鬩牆，有什麼事的話，聖上面前不好交代，也會致使我夢川淪為天道笑柄。」

魘璃沒好氣地言道：「是二皇兄挑釁在前，暝哥哥才不得已應戰，皇叔怎麼不去勸二皇兄，反而來勸我？」

魘桀久戰不下，早已失了分寸，負劍躍上高空，空出的左手一招，寒氣森森，那波濤洶湧的大海之中，陡然升起無數明晃晃的冰錐，朝著魘暝頂了上去。魘暝覺察到下方的汪洋中暗藏殺機，只是將身一側，避過冰錐的突刺，倒轉身軀，單掌撐於冰錐之上，大喝一聲「融」！那一片交疊參差的尖銳冰錐頓時化為一片海浪，隨之「轟隆」一聲，一條水龍驟現，自魘暝手中上拔，朝著上空的魘桀飛騰而去。魘桀也驅了一股水龍，兩條水龍於半空中相撞，頓時水花四濺，冰凌四射。魘暝、魘桀人在半空對了一掌，各自朝後漂移了十丈，同時變掌為抓，朝著海面一收，兩道數十丈高的巨浪陡然而起，相互飛速相撞散入水中！只一瞬間，這片海域化為一片起伏的凍丘！

他二人本就在伯仲之間，短時間內無法分出高下，鬥法不成，魘桀手裡的佩劍已然飛快地朝著魘暝絞了過來。魘暝只好拔出佩劍相迎，兩柄劍器相交，火星四濺。兩人動作都很快，轉眼間已經拆了數十招。

魘暝不欲再多做糾纏，遂賣了一個破綻，魘桀果然中計，揮劍便刺，卻被魘暝旋身一腳踢中右腕，那把劍已然脫手而出，在半空轉了幾圈，鏘一聲倒插進了數丈之外的一條冰溝之中，僅露出兩尺長的劍鋒，斜斜地露在外面。

魘暝揮劍逼開魘桀道：「劍都沒了，還打什麼？不如就此收手吧。」

魔桀怒目圓睜：「你趕上門來欺辱於我，我豈能容你！」

魔暝言道：「沒人欺辱於你，只是歷來你順風順水，仗著紫金帝嗣的身分作威作福，稍不合心意便覺著受辱人前，可見是受的教訓少了，今日我便讓你知道，什麼叫適可而止！」說罷還劍入鞘，身形如電，迎上了魔桀的拳腳。

魔暝正當盛年，且在軍中歷練的時間遠比魔桀要長許多，這拳腳功夫自然老道，魔桀年輕氣盛，且此時氣急敗壞，腳步不免虛浮，身形微微遲疑，就已經挨了好幾下，他想要飛身旋踢，卻被魔暝拿住腰腿給重重地摜了出去，頓時摔得頭暈腦脹，面目無光，正要爬起來，就見得先前被魔暝踢飛的劍就在前方一丈開外，於是將心一橫，假做站立不穩，朝前撲倒，一手抓住劍鋒，指尖運力將劍尖給硬掰了下來，將六寸長的一段鋒利劍尖藏於袖中。

由於角度的關係，魔暝並不曾看到魔桀這一舉動，只是停在離他三步之遙的地方道：「還打嗎？」

魔桀滿臉獰笑：「打啊！為什麼不打？你不是要端出大皇兄的架子，來教訓我嗎？」他大喝一聲，合身撲出，再一次與魔暝糾纏在一處，偷得一個破綻，那明晃晃的劍尖朝著魔暝的胸膛捅了過去！

魔暝吃痛，即使架住了魔桀的手臂，使得那劍尖不能再繼續捅下去，但是魔桀已然大吼一聲，彈跳而起撞向魔暝，兩人同時摔倒在地，那六寸長的短劍頓時沒入魔暝胸膛！

魔暝悶哼一聲，雙掌拍在魔桀胸前，魔桀的身體頓時倒飛出去，撞在凍丘之上。魔暝胸口劇痛，只能暫時摀住創口，半跪於地，抬眼看去，只見魔桀已然一個鯉魚打挺，又躍了起來，朝自己衝了過來。

魘暝一手捂胸，一手和魘桀拆了幾招，身形已然很明顯地遲鈍許多，魘桀心中狂喜，招招狠辣無比，心想反正也動手了，就趁此機會結果了魘暝，往後也就無人再來與他相爭。

就在魘桀殺意瀰漫之時，忽而腳下一沉，那原本被冰封之術完全凝固的一片汪洋已然霎時間解凍消融，而後兩條人腰粗的水龍自海中呼嘯而起，正飛速地朝著他席捲而來！魘桀見機極快，雙手一招，兩道水牆自海面驟然升起，瞬間冰封，剛好擋住了兩條水龍的襲擊，這一瞬間也是出了一身冷汗，心想魘暝已傷，就算是他完好無損，也從來只能招出一條水龍來，而今同時攻擊他的是兩條，雖然攻勢不算霸道至極，但這是兩條啊！

然而魘桀抬眼看去，不由得失聲喊道：「這不可能！」

他看到不止兩條，四周的海域之中升起了無數條水龍，雖然不過兒臂粗細，但全都同時朝著他呼嘯而來！

魘桀來不及思考，只能將手一合，那兩幅冰牆已然閉合成一支巨大的冰盾，將他圍合其中。只聽得一陣鏗鏗連響，無數長刺一樣的冰刺出現在「冰盾」之上，卻是那些小小的水龍瞬間化為冰刺，打破了「冰盾」的圍合！其中幾根尖銳粗長的，就近在咫尺，再近得半分，就得在他身上開幾個窟窿！

魘桀面容慘變，他一生之中很少會陷於這樣的局面，彷彿面對著從未見過的洪荒猛獸，似曾相識的恐懼在心頭瀰漫。然而很快，那道巨大的「冰盾」再無法保護他，一片明晃晃的劍光徹底摧毀了那片早被冰刺所破壞的冰牆，無數冰塊分崩離析，掉入波濤洶湧的汪洋之中。

魔桀看到魔璃持劍出現在面前，滿面怒容，卻是魔璃遠遠見得魔桀偷藏斷劍傷了魔暝，人早已飛縱而出撲了過來。

只這對望的一眼，魔桀驟然想起剛才那種似曾相識的恐懼來源於什麼，就在一千年前，烈焰熊熊的暖香池中，是眼前這個兩眼紫紅的怪胎，用手掰斷了他頭上象徵紫金帝嗣尊崇的紫金靈角！

「你……你想幹什麼？」魔桀滿臉慘白，豆大的汗珠順著額角流淌下來，這話問得心虛又多餘。

魔璃也不答話，揮劍便斬，於波濤洶湧的大洋之上一路追砍魔桀。

呲呲數聲，魔桀的袖子被捲下半幅來，裸露的右臂上數道長長的血口，又很快癒合。

「帝姬不可！」隨後趕來的璐王拔劍攔截魔璃，魔璃雙手持劍低叱一聲，璐王手裡的寶劍已被金翎劍齊柄斬斷，乾淨俐落！璐王的一張老臉驚得瞬時間變了顏色。

魔桀倒抽一口涼氣，朝著岸邊飛縱過去。心想好利的一把劍，落在這邪性的女人手裡可不是鬧著玩的。他必須得弄一樣稱手的兵器，不然赤手空拳非吃大虧不可。剛跑出數十丈遠，就聽得後面衣衲破風之聲，一轉頭，魔璃已然一躍而起，金翎劍朝著他的面門劈了下來！

說時遲那時快，只聽得「鏗」一聲，火星四濺，一把寒光凜冽的劍鋒閃了出來，架住了魔璃的劍，兩把劍鋒清冷幽寒，猶如兩道秋水相互映照。

魔璃將臉微側，卻見一張雪亮的鷹面面具劃入眼簾。

攔她的劍，是無佞劍。

攔她的人，是鷹隼。

「讓開！」

「不可。」鷹隼撤劍，人反而挪到了魘桀前面，將他擋在身後。

「他暗算了暝哥哥！」

鷹隼沉聲道：「事情不能再鬧大了。」

「璃兒，夠了……。」魘暝面色蒼白，捂著胸口出現在魘璃身邊。他拔出了嵌在胸口的斷劍，竟然血流不止，無奈之下只好以冰封術暫時封住了創口。他看到魘璃出手追擊魘桀的情景，深知真讓魘璃傷了魘桀，只怕父皇面前難以交代，所以才帶傷趕過來。幸好鷹隼來得及時，總算還未到最壞的情況。

魘璃怒目，以劍指著魘桀定定地看了他許久，方才收劍還鞘，伸手扶住了魘暝：「暝哥哥，你怎樣？」

魘暝勉力笑笑：「沒大礙……。」

鷹隼也收回無佞劍，將劍歸鞘舉起揚聲道：「聖上急召，請北冥王、二皇子、明昭帝姬、璐王即刻隨微臣回澧都見駕！」

天安殿內早已摒退了所有的臣子和侍從，只餘下魘暝、魘璃、魘桀、璐王、鷹隼和寐莊六個人，寐莊端坐在高處的寶座之上，其餘人皆在御階之下垂首而立，在鷹隼將事情經過在寐莊面前陳述一遍之後，氣氛就完全凝滯了，大殿內靜得一根針掉在地上都能聽見聲音。

魘暝有傷在身，精神不濟。

璐王眼見事發，這心裡七上八下，一時也不知如何應對。

魘桀此番相鬥傷了魘暝，料想必然會被父皇嚴懲，說不得儲君之位也就旁落了，心中固然患得患失，但是在天安殿裡，回想起海上的爭鬥，心有餘悸的成分反倒更多一些。

魘璃的雙眼落在御階下那一片空白的白玉磚面上，腦海裡浮起的是，千年前暖香池還沒填起來時，裡頭的驚心動魄，心裡也是一片混亂。

寐莊的震怒是難以言喻的。

起初收到南蜉州之變的消息，他原本只是讓鷹隼前去協助魘桀平亂，安撫流民，並召回魘桀和璐王加以訓斥。不想兩日之後，鷹隼帶回魘暝、魘璃、魘桀、璐王四人，事情的發展也完全超出了他的預計。

寐莊的眼睛順著下面的一干人等一一看了過去，好半響才沉聲說道：「好啊……你們這些人一個比一個能耐，看來是不把我這個夢川國君放在眼裡了……。」

眾人聞言，皆是心驚，一個個整整齊齊地跪了下去：「臣不敢！」

寐莊一拍書案厲聲喝道：「不敢？你……。」他指著魘桀斥道：「朕把南蜉州交給你，是希望你善待流民，歸化降服，不至於集結生亂，毀我夢川安寧。在你治下，居然差點發生兩族火拼的大事來！你處事不當也就罷了，為何還目無尊長，挑起爭鬥，骨肉相殘？」

魘桀渾身發抖，拜伏於地，不敢抬起頭：「父皇息怒，兒臣……兒臣只是為人所欺，憤懣之下失了分寸……。」

「你若持身以正，何人能相欺於你？寐莊的手指轉向璐王：「你……我的好皇弟，朕知你老成持重，所以讓你輔佐二皇子治理南蜉州，縱然他年少氣盛，你也當從旁規勸，斷不至於坐視禍亂發生。」

璐王心驚，立即俯首道：「皇兄息怒，臣弟一直謹記皇兄的囑託，視輔弼二皇子為己任。此番事情過於突然，混亂之中沒能及時阻止此事，臣弟難辭其咎。然而南蜉州之變已定，如非北冥王與明昭帝姬節外生枝，也不至於……。」

寐莊沒有理會璐王，而是指向了魘嗔：「還有你，朕本來覺得你在一干帝裔之中，算是穩重懂事，讓朕少操心的，為何你不好好打理北冥城的諸多事務，反而跑去南蜉州，插手南蜉州之事，致使兄弟鬩牆？」

魘嗔澀聲道：「父皇明鑑，兒臣並未插手南蜉州之事，只是在回澧都述職的途中接到消息，說南蜉州生變，故而一時心急，先趕去了那裡。恰逢二皇弟驅逐沙幕遺民，不忍見流民流離失所，也不願流民被逼再起騷亂，才會開口邀被驅逐的流民前去北冥城……。」

魘桀怒道：「說得大義凜然，你哪裡是一時心急，分明就是故意來我南蜉州收攬人心，那些種在車上的稻子就是鐵證！你們兄妹倆狼狽為奸，處心積慮要陷我於不義……。」

魘璃冷聲道：「好一個惡人先告狀，那些浮土栽培的稻子明明是沅蘿帝女助大皇兄所嘗試培植的物產，預備用於北冥城的荒漠之上，以完成北冥城改荒漠為桑田的民生大業。我只是借行獵之機，將它們帶到赤鄴廢土，想嘗試是否也能存活。中途聽說南蜉州之變，方才前去看個究竟。若是你未曾待薄流民致使禍亂叢生，這會我已經把稻子運到了北冥城。你暗算大皇兄，下手狠毒，狼子野心昭然若揭，倒有臉在父皇面前口舌招搖……。」

「夠了！」寐莊不悅地打斷了魘璃的話，「魘桀失了分寸，傷及魘暝，已經是有違倫常。你的所作所為，也不遑多讓！」

魘璃不敢分辯，只好拜伏於地：「兒臣不敢……。」

寐莊厲聲道：「你還有不敢的時候？你這明昭帝姬的名頭可響得很呢……你挑起事端，興風作浪，朕要將你囚於琉璃城中，以免你再胡作非為！」

魘璃心頭一沉，雖然委屈，但還是硬生生地把淚給憋了回去，心想父皇這心可全部偏到南蜉州去了，此事明明是魘桀的過失更大，卻先拿我開了刀……。

魘桀與璐王私下交換了眼色，皆有慶幸之意。

魘暝雖心中焦急，但此刻寐莊正大發雷霆，若直接替魘璃開脫，只怕弄巧成拙，反而招禍，只好暫不言語。

寐莊負手在寶座前來回走了幾步，忽而心念一動：「魘暝，她剛才所說的浮土栽培是什麼？」

魘暝回道：「浮土栽培是取赤鄴之土，覆北冥城之地，開渠引水灌溉，只需要足夠的人力物力，所得收成比起驚濤城與南蜉州的耕地收成更為豐盛。兒臣已在驚濤城和北冥城以牛車運載，各試種了一批，印證此法可行，故已在北冥城外造田十里。兒臣邀被逐出南蜉州的流民前去北冥城，許諾入北冥者，永為我夢川國民，就是希望解流民之困，也能開荒闢土，興盛北冥城。」

寐莊微微頷首，對魘暝道：「朕記得，這是你前次回澧都述職所提過的北冥新政。不過這浮土栽培之法倒是初次聽聞，可妥當否？」

魘暝垂首言道：「浮土之法近日才有所成，故而沒來得及向父皇稟告。若是以免除田賦與補役賦，吸引流民興盛北冥城，就算是滯留於風郡、忘淵的流民也會陸續歸附，久而久之，流民便可為我夢川子民，既能壯夢川之國勢，也可避免因為處境困窘而集結生亂。」

寐莊思慮片刻，開口問道：「依你所見，興盛北冥需得多久？」

魘暝回道：「千年之計，百年可有小成。」

寐莊回到寶座之上，沉吟片刻道：「很好，那便以此計而行，百年之後，你若能還朕一個興盛的北冥城，朕便不再追究你冒然插手南蜉州，引發爭鬥之事。」

魘暝俯首應道：「兒臣遵旨，謝父王海量汪涵……只是兒臣現今身上有傷，實在難以勝任，故懇求父皇暫緩懲戒明昭帝姬。明昭帝姬及時解除南蜉州危難，為諸多流民所敬仰，人心所向，且熟悉北冥城運作，若是兒臣留澧都養傷期間，北冥城事務暫時交由明昭代理，兒臣便無後顧之憂了……。」

寐莊思慮片刻點頭道：「明昭，既然有你大皇兄的保薦，那便暫時將你所犯之罪記下。此後當盡心輔佐你大皇兄興盛北冥城，戴罪立功，如有懈怠，必受重罰。你……去北冥城吧。」

魘璃俯首謝恩，雖說有魘暝說項，暫時未受責罰，可這心裡也不免落寞。耳邊又聽得寐莊沉聲說道：「至於魘桀，你魯莽行事，鑄下大錯，朕罰你禁足南蜉州百年，這百年之中如非傳召，不得出南蜉州半步，且自修心養性，靜思己過，好好安撫南蜉州流民，不得再生驅逐之念，他們若是要離開，也不得橫加阻攔。若是再生事端，朕絕不相饒！」

魘璃聽得寐莊又一次稀鬆平常地放過了魘桀，心中氣苦，本要開口言語，卻被魘暝一把抓住了手臂，她明白兄長的意思，此時頂撞父皇必然討不了好處，只好忍氣吞聲閉上嘴。

寐莊的目光落在璐王身上：「璐皇弟也去南蜉洲，這百年間魘桀就交由你看管，若是再出紕漏……。」

璐王躬身道：「臣弟不敢辜負聖上之托，鞠躬盡瘁……。」

寐莊微微頷首：「行了，你們少些爭鬥，和睦相處，便是我夢川之福。朕可容你們這一次，卻容不得第二次，都聽清楚了嗎？」

眾人齊聲應道：「聖意昭昭，莫敢有違！」一個個都不由得一頭冷汗。

寐莊拾起書案上的摺子，繼續說道：「都回去吧！」

眾人拜別，依次退出了天安殿，只剩下鷹隼隨侍於寐莊身邊。

寐莊看得眾人去得遠了，方才放下手裡的摺子，長長地歎了口氣：「鷹隼，你心裡可是覺得朕處事不公？」

鷹隼垂首道：「微臣不敢，聖上自有聖上的考量。」

寐莊搖頭歎息，神情無奈而落寞。

魘璃與魘暝回到北冥王府，沅蘿總算鬆了口氣，王府的醫官早已候在這裡等了許久，替魘暝換藥裹傷收拾停當，才退了出去。

魘暝的傷恢復得很慢，從被刺傷到現在，已有兩日，創口仍有三寸深，若是在以前，至少也應該癒合生疤了。

魘暝捂著胸口若有所思，心不在焉。

魘璃卻面色沉重，她原本以為這傷雖重，但對於復原能力驚人的夢川皇族而言，也不過多花些時日，尤其魘暝一向靈力充沛，又留在澧都養傷，應該很快痊癒才是，然而眼前的境況竟然與當日冰峰之上那白衣女童所說的不謀而合。

她最怕的事情，已經開始了……。

沅蘿見魘璃、魘暝兩人都是心事重重，柔聲寬慰道：「剛剛醫官也說了，只需要按時敷藥，以暝的身體，很快就能復原的。」

魘璃勉力笑笑，伸手握住沅蘿的雙手：「很快我便要啟程前往北冥城，我不在的時候，暝哥哥就拜託阿蘿照顧了。」

沅蘿微微頷首：「你放心，待暝大好了，我們就一起來北冥城陪你，大家便可一直在一處了。」

在荒蕪的六部戮原之上，一條長長的隊伍正在緩緩行進，沙幕遺民在遷徙中，帶著他們能帶走的家什物件，拖家帶口地離開他們已經客居了一千七百年的南蜉洲，離開了他們一手開墾出的田地，也脫離了一直為兩重賦稅而疲於奔命的徬徨。

烏伮昏昏沉沉地躺在板車之上，聽著木輪吱吱嘎嘎的聲音，偶爾睜開腫脹的雙眼，看看六部戮原上空的流雲。鞭撻之傷雖在逐漸康復之中，但因傷口灌膿而借傷成毒，這十餘天來一直高燒不退，人也一時昏沉，一時清醒，當他再一次醒來的時候，發現四周不再晃動，也聽不到咯吱咯吱的車輪聲，極目之處是一頂白色帳篷，然後一張面露驚喜之色的臉出現在他面前，火紅的髮，火紅的眉，一雙眼睛明媚透亮，然後他聽到一個女孩的聲音：「你醒了，帝姬給的藥果然管用。」

烏伮撐起身，陡然又是一陣暈眩：「你……你是誰？」

那女孩端過一碗熱氣騰騰的湯藥：「你不記得我了，我是烈琴，金鬃豹案裡，你救過我。」

烏伮努力地想了想，很難把半年前那個瘦骨伶仃的小孤女和眼前這個神采奕奕的女孩聯繫起來：「這是哪裡？我的族人呢？」

烈琴笑道：「先喝了這碗藥，我再告訴你。」

烏伮心想你若有心害我，在我昏迷之時早就下手了，於是接過湯藥咕嘟咕嘟灌了下去，抹抹脣邊的藥湯：「你可以說了。」

烈琴笑道：「這裡是北冥城，你的族人就在這帳篷外面，正在搭建永樂坊的居屋。你們是第一批入北冥城的新城民，帝姬把龍隱閣以北的永樂坊、長安坊一帶劃為你們的安居之地，吩咐我你若好了，就帶你去見她。」

烏伮早已按捺不住，起身跌跌撞撞地撲向門口，剛一撩開門簾，映入眼中的是一個忙碌而熱鬧的世界。

無數的帳篷分布在四周，無數的居屋正在構架梁柱，無數的人在一起構建這個新生的城市，無論是兵卒，還是平民；無論是夢川部眾，還是沙幕部眾，亦或是赤鄴部眾，都在彼此協作，各司其職。

「這……？」烏似的嘴抖了抖，無法言語，耳邊聽得烈琴說道：「這就是明昭帝姬管制的北冥城，以夢川律法為根基，諸部遺民所共存的永安之地。在這裡，所有人皆一視同仁，與北冥城共榮共枯。你說服你的族人，離開南蜉洲，不就是為了追尋這片樂土嗎？」

烏似長長地吸了口氣，勉力控制住自己的情緒：「帝姬在哪裡？我想見她。」

烈琴露出一個明媚的笑臉：「帝姬在龍隱澤垂釣，你隨我來。」

龍隱澤水平如鏡，倒映著藍天白雲，隨風搖曳的蘆葦叢中，魘璃一身布衣，頭戴蓑笠，守著一桿枯釣，聽得腳步聲響，也不轉頭，只是緩緩言道：「你能來這裡，應該已經沒大礙了。」

烏似拜伏於地，沉聲道：「烏似多謝帝姬活命之恩，安身之德。」

魘璃放下釣竿笑笑：「這可不像你，我記得你曾經說過，不會感激我的……。」

烏似一時語塞，半晌才叩首道：「那只是烏似怨懟之語，一時渾話，而今沙幕一族托庇帝姬而得安身立命之所，不再顛沛流離，惶惶不可終日，此等大恩，烏似粉身難報。」

魘璃歎了口氣：「烏似，你說這話，可見尚未歸心。當日北冥王在南蜉洲對兩部遺民許諾，入北冥者，永世為夢川國民。你們既然已經來了，那就已是我夢川國民，所建之屋，所耕之土，皆為你們所有，若是還自認為托庇於此，可見在你心中仍有分別之心。」

烏似伏地三度叩首：「烏似不敢，只是……。」

魘璃拂開一片蘆葦，露出一塊布滿青苔的大石頭：「你也別拜了，過來看看這是什麼。」

烏似起身走到魘璃身邊定睛一看，只見那青苔密布的石頭上有八個大字，上寫著「夢川北冥八百豹營」。烏似遲疑地看著這一行字：「這是……？」

魘璃拍拍石頭：「懷古道之戰之前，在這裡，北冥王的北冥大營與風郡的軍隊也有一場惡戰，風郡戰象所向披靡，是北冥大營中的金鬃豹營力挽狂瀾，將戰象陣摧毀於此地，才使得北冥大營實力得以保存，進而能取得懷古道之戰的勝利，達成三分六部戮原的壯舉，方才有今日北冥城興起之勢。但是八百豹營損失慘重，幾乎連根拔起，這塊碑就是北冥王當日留下，以昭豹營之功。」

烏似微微動容：「北冥王仁義，即使只是來自赤鄴的豹子，也視為同袍，難得，難得。」

魘璃打斷了烏似的話頭：「你錯了，它們不是赤鄴的豹子，自打天道大劫之後，赤鄴已為廢土，這世上再也沒有赤鄴。它們生於夢川，豢養於北冥大營，早已不是赤鄴的豹子。它們為夢川而戰，為夢川而犧牲，便是我夢川的豹子。」

烏似心念一動：「帝姬與北冥王果然與其他的夢川皇室中人不同。」

魘璃笑笑，伸手指指遠處矗立的龍隱閣：「你看那裡有什麼？」

烏似遲疑地言道：「應該是一座宮殿。」

魘璃揚聲道：「不止是宮殿，還有周圍井然有序的八坊，每坊能安兩萬人，有各自的商市、工坊、酒樓……外城八門屯兵，城外萬里沃野，物產豐茂。北冥城的所有人，無論源自何等部族，都能在這片土地上有尊嚴地生活。每年立城的紀念日，會有盛大的歡宴在龍隱閣下的廣場之上舉行，所有子民載歌載舞，歡慶一年的辛勞和收穫，會有高高的篝火，烹煮我夢川的美酒『浮生若夢』，只需要一罈，就可令所有人愉悅沉醉……。」

烏似看著無數蘆葦之外、那片正在興建中的城市，心頭猶如波浪起伏，兩行熱淚簌簌而下，溼潤模糊的雙目中彷彿真的看到了魘璃描述的那一片樂土。他再度拜伏在地，攤開了兩隻手掌，掌心向天，這是沙幕部族朝拜國君的姿勢。

烏似顫聲道：「明昭帝姬在上，烏似願永世效忠，以報帝姬大德。」

魘璃伸手將烏似攙扶起來：「這裡是北冥城，北冥王才是這裡的主人，重現昔日天道盛況是北冥王畢生之願，你要效忠，可別拜錯了主人。」

烏似言道：「帝姬與北冥王都是烏似畢生最為敬重之人，烏似願盡一切可能助二位完成大業，死而後已。如違此誓，願萬刃穿身，永劫不復！」

魘璃微笑頷首：「如此甚好，這北冥城中有一豢豹堂，正差一個精於兵法戰陣的總教頭，我就將那一堂未來的股肱之臣託付於你了。」

烏似就地拜了三拜，正色應道：「烏似必不辱使命！」

第八話

中宵露殘雪傾城

傾城魚館的門外透進來一線天光，漫漫長夜就在這一個接一個故事中漸漸過去。

龍涯思索片刻言道：「帝姬收服了烏似，等於收服了沙幕部族；沅蘿是藤州的帝女，也等於收服了藤州部族；大皇子的驚濤城原本就是安置著赤鄴部族……也就等於大皇子和明昭帝姬實際掌握著夢川境內的絕大部分流民。二皇子鑄下大錯，被禁足南蜉洲，如此形勢……儲君之位應該有結果了吧？」

魘璃搖搖頭：「談何容易？魘桀不會坐以待斃，何況他身邊還有個璐王。身處劣勢，韜光養晦還是會的。只要一天沒有定下儲君，明爭暗鬥就不會結束。相干的不相干的……一旦捲入，皆無退路，最終所有人都回不去了……。」

魚姬言道：「這古往今來多少事，又有幾人能復回當初的？無非是追悔莫及，才奢望一些事不曾發生，然而終是徒勞罷了。」

龍涯道：「明昭帝姬善造時勢，應是雖萬劫中仍力挽狂瀾之豪傑，為何作如此哀歎？」

魘璃搖搖頭道：「沒用的，一子錯，滿盤皆落索。於南蜉洲放走魘桀，是最大的錯誤……。」

情短劫長

北冥城的崛起勢不可擋，隨著城市逐漸興旺，人口日漸繁茂，城郭的沃土逐漸擴展，九十九年間，已經成為夢川境內僅次於澧都的城市，興旺，強盛，富庶。

第一批豢豹堂訓練的少年已經滿師，被分撥至軍中歷練，而後安插至北冥城中各坊，執掌要務。第二批進入豢豹堂的少年們也在烏飒的訓練下一步一步邁向成熟。

魘暝傷癒之後，身體精神大不如前，兼顧鷩濤城與北冥城兩邊的事務，頗為吃力，也自然依仗魘璃之力，更多的時候，魘暝是留於澧都的北冥王府中休養，處理政務。

魘璃事務繁忙，既要替魘暝巡視北冥、鷩濤兩城軍務，又得兼顧琉璃城的事務，三城繫於一身，如非她知人善用，新提拔了一批得力的文臣武將，嚴格依靠律法治下，只怕也難以事事料理得如此妥當。

然而這樣馬不停蹄地東奔西走，與鷹隼見面的機會不免稀少，於是瓊臺之約變成了月下之會，每每明月高掛的夜晚，鷹隼化身的巨虎會跨越千里的遙遠距離，與魘璃相會於遠離北冥城的曠野之中，月下同遊，互訴相思。

這九十九年間，魘桀禁足南蜉洲，倒算安分守己，並未出任何紕漏。對於留於南蜉洲的藤州部眾施以懷柔安撫之計，故而南蜉洲還算風平浪靜。北冥城崛起，魘暝、魘璃得勢，魘桀也不免眼紅心悸，卻一時拿他們沒有辦法。唯有聽從璐王之言，韜光養晦，坐等時機，再謀定而後動。

北冥城的崛起也在影響著天道的格局，沙幕外疆上，忘淵的新城鑄鎔城也在建造之中。風郡的鸞烏城也不再是簡單的屯兵之地，三部都在盡可能地發展，以保障勢力的均衡。商貿的興起，也加深了三部之間的聯繫。

就在三分六部戮原的第一百週年紀念日，早已被送迴風郡的二皇子翺，作為使者再次來到了夢川澧都，卻是押送著數十里長的禮品隊伍，代風郡的太子時羈向夢川下聘，求娶明昭帝姬魘璃為風郡太子妃。雖然兩百年之約才過去百年，但提前下聘，遙定婚期也並無不可。因早有約定，故而寐莊一口應允。於是大婚定於百年之後的天道紀元一千八百年，送婚使也命定長兄魘暝。寐莊設宴款待求婚使和滿朝文武，就連魘桀與璐王也被召回澧都。對於璐王與魘桀而言，至少很快就能去掉魘璃這個眼中釘，這也是件好事。

澧都城外的廣場上，盛大地狂歡七日七夜，通宵達旦。幾乎所有人都在歡慶這一場婚盟的締結，然而對於魘璃、魘暝和鷹隼而言，卻是個避不開的劫數，雖然尚有百年之期，但風郡太子妃這一名分已然是既成的事實。

送走風郡求婚使沒過幾日，忘淵剋王出使夢川，澧都城中又是一番熱鬧，歡宴頻頻。

魘暝在被寐莊單獨召見之後回到北冥王府，滿面疲憊，心事重重。

沅蘿見魘暝神情委頓，開口相問，魘暝只是苦笑著岔開話題，只道是在朝中議事乏了。沅蘿見狀，心知是遇到了棘手的事，朝堂上的事她也不怎麼懂，也就碰了碰魘璃的肩膀，示意她幫忙開解開解，而後尋思著替魘暝調製一盞清心解乏的素心湯，便離了花廳，奔司膳房而去。這近百年來魘暝身體抱恙，都是她親力親為，熬製藥膳助他固本培元，從未假他人之手，而魘暝也只鍾愛她親手製作的美食，往往煩惱之中，一湯解憂，屢試不爽。

魘璃見狀已然明白了七八分，雖然在席間剋王並沒有說什麼，但這個時間太過敏感，風郡求婚使前腳走，剋王後腳到，若是單單只為了促成一筆大額的貿易交易，也不用動用在忘淵一人之下萬人之上的剋王。她眼見沅蘿去得遠了，方才開口問道：「暝哥哥的煩惱可是與剋王有關？」

魘暝歎了口氣：「璃兒猜得不錯，適才父皇單獨召見，就是跟我提……與忘淵銀媄帝姬……聯姻之事。」

魘璃眉間浮起幾分憂思，這件事情在意料之外，卻又在情理之中。誠然，風郡與夢川聯姻既然已經提上了日程，忘淵自然也不願落於人後。

「其實……在過往剋王也曾有信給我，書信之中，也有提過此事，但此番剋王前來，卻是把一切都落到了明面上。」魘璃搖搖頭，「鉞帝心中早有人選，有意將親妹銀媄帝姬許於暝哥哥，一來，年紀相當；二來，戰時有過合作，淵源頗深，暝哥哥人品能力又皆是上上之選；三來暝哥哥統領北冥、鶩濤兩城，賢名遠播，乃是夢川儲君的大熱人選，將來繼承大統，則銀嫊帝姬可為夢川皇后，這樣忘淵與夢川的結盟會更為緊密。」

「鉞帝這如意算盤打得不錯……，」魘暝苦笑一聲，「只是我心有沅蘿，早已互許白首之盟，若非這百年間不是事務繁忙，就是身體不適，始終沒能找到一個合適的機會向父皇言明此事，也不至於……。」

魘璃神情黯然：「暝哥哥答應了嗎？」

魘暝搖搖頭：「我沒答應，父皇當場大發雷霆……讓我回府反省，三日之後再給他一個滿意的答覆……。」

魘璃緩緩地坐在魘暝身邊，低聲道：「這個答覆……如何能盡如人意？」風郡求婚之事剛過去，她這心裡就一直揪著揪著的不舒服，不想現在，這樣的無奈又要落在兄長和沅蘿身上。

魘暝抬眼看著花廳外如煙如霧的軟雲菘，沒有言語。

沅蘿溫婉可人，為他心中所愛，但現在若是繼續與父皇強項，其後果顯然不言而喻。然而，真的要辜負沅蘿的一片深情嗎？

魘璃的心頭也是一片焦灼，沅蘿的心情固然要顧慮，但觸怒父皇，也就等於把之前的所有努力付諸東流。雖然這一百年來兄長政績斐然，但魘桀一直韜光養晦，也在父皇面前攢足了好印象，此消彼長之下，也沒有人能確定儲君之位究竟是傳於誰。更為要緊的是兄長的身體已現頹勢，倘若不能取得儲君之位，拿到那顆救命的紫旃果，日後的光景……。

她想了又想，終於還是開口說道：「此事事關重大，暝哥哥切勿意氣用事……。」

魘暝聞言露出不可置信的神情：「……就連璃兒你……也覺得我應該迎娶銀婊帝姬？」

魘璃長長歎了一口氣：「不是應該，是必須，沒有第二個選擇。我夢川與忘淵為盟國，倘若拒絕聯姻，等同將忘淵推向風郡。若是結為婚盟，也可鞏固暝哥哥的勢力，離父皇屬意的儲君則可以再進一步。我們已經花費了如此多的心力，萬萬不可付諸東流……至於阿蘿……以後暝哥哥你多多疼惜補償也就是了。」

魘暝枯坐良久，他明白魘璃的意思，如若日後真的繼承大統，銀婊帝姬固然為后，後宮三千，當然有沅蘿的一席之位。但是無論多麼疼惜，從迎娶忘淵帝姬開始，就已經是對沅蘿的莫大傷害。

兩人相對無言，花廳中一片寂靜，許久之後，魘暝喃喃道：「璃兒，無論如何疼惜，始終都是辜負。阿蘿……她受不了的……。」

魘璃聞言，兩眼圈不由自主地紅了，她何嘗不知，只是儲君之位事關兄長性命，事有輕重緩急，有些抉擇不得不做。她心中躊躇，要不要告訴兄長冰峰頂上那一夜所發生的事。

「啪」！又是一朵煙花綻放於夜空，這連日來的歡宴，想必澧都外的廣場上又是一片歌舞昇平。

魘璃陡然覺察時間的流逝，忽然說道：「阿蘿也去了好久了。」

魘暝心不在焉地應了一聲，忽然像被燙到了一樣，跳了起來，奔出花廳，繼而人停在門口，肩膀微微發抖。

魘璃覺察有異，跟過去一看，只見門外臺階旁的石燈柱上放著一隻烏木托盤，托盤裡是一碗青白相間的羹湯，沅蘿的素心湯。只是此時此刻，湯已經沒有了熱氣。

魘暝眉宇之間浮起幾分痛楚，澀聲道：「她……都知道了……。」

魘璃心念急轉：「她應該離開了……我們得趕緊找到她，我怕……我怕她會鑽牛角尖……。」

沅蘿在澧都的街道上漫無目的地挪動著沉甸甸的腳步，被周圍熱鬧的人群裹挾著前行。周圍人群的歡聲笑語紛紛煩煩，又好像寂寥無聲。

她就像一個遊魂一樣，不知道從何處來，也不知道往哪兒去，走著，走著，忽然停住了腳步，眼前的門面甚是熟悉，抬眼看去，只見橫額上書「無憂坊」三個字，坊門內的迴廊上懸著無數大大小小，五彩斑斕的木人，再往庭院裡去，是偌大一處戲園子，三層繞臺而起的樓臺是平日裡招待人小酌看戲的若干廊間。

若是尋常時候，這裡非常熱鬧，但這會兒反倒沒有幾個人，因為今夜廣場那邊要精彩許多。

平日裡魘暝也常帶沅蘿來這裡，故而坊裡的夥計大都認得，早殷勤地將沅蘿迎到了三樓上居中的那個廊間，然後快手快腳地上了酒菜。

沅蘿此刻一片混沌，忽然聽得樓下牙板拍響，一臺木人戲已經開了場，這折戲叫《中宵露》。她以前看過，說的是個落魄侯門千金與世家公子相愛，約定夜奔，可是那個女孩在橋上等了整整三天三夜，公子沒有來，女孩等啊等，等到露水沾溼了衣裳，終於等來公子迎娶新娘的花轎路過橋頭，但花轎裡已有玉人……。

沅蘿怔怔地聽著，看著，默默流淚，自斟自飲，酒盡又復上。

她聽見有人在哭，又有人在笑，又好像哭的人，笑的人都是自己。

她不記得自己喝了多少，只是醉步蹣跚之間，無數青蘿在地板上蔓延，花大朵大朵地開，開得綺麗又悲傷。

恍惚之間，她看到魘璃來了，可乍眼看去又像是魘暝，她在哭泣著述說她心裡的怨懟，她在追問魘暝為何要負她，就連一直相依為命的魘璃也一樣。可是對方只是笑著，哄著，一遍又一遍地說著永不相負的情話，相擁與糾纏。

她知道自己醉了，但這樣暈乎乎的感覺，好像擁有一切，比起清醒著難過心碎來，要好過許多。

然而，酒始終還是會醒。

沉蘿的頭依舊昏昏沉沉，但她已經覺察到了異狀。除了下身撕裂的疼痛，她渾身赤裸，像一個剛出生的嬰兒，臥在一張綠蘿青藤纏繞的長躺椅上。這還是無憂坊的廊間，夜未央，靠花窗處的酒桌邊還坐著一個正在自斟自飲的人。

這個人是魘桀。

沉蘿早經人事，自然明白發生了什麼，只能慌亂地拾起身邊的衣物，胡亂蓋住自己的身體，因為悲憤與羞恥，渾身瑟瑟發抖。

魘桀笑嘻嘻地走到躺椅邊坐下，伸手摩挲著沉蘿光潔的脊背：「沉蘿帝女果然名不虛傳，有這一宵香豔入骨，此地無憂之名總算實至名歸了。」

沉蘿顫抖著挪動身子，想要避開，卻被魘桀伸臂摟住不得自由，淚水像珠子一樣跌落摔碎。

魘桀從第一天見她就有覬覦之心，只是忌憚魘暝與魘璃，一直無法得手。璐王也提點過他，要在魘暝魘璃和沅蘿三人之間尋求突破口，分而化之，於是就一直在三人身邊安插有人。偶然得到回報，說沅蘿失魂落魄地流落街頭，入無憂坊買醉，便趕了過來，不想居然真有得償夙願的一天。

他得意之餘湊到沅蘿耳邊喃喃道：「我那個大皇兄最是個假道學偽君子，與帝女相守百年，居然從沒與帝女有過魚水之歡，又讓帝女如此傷心買醉，可見他也不是真心待你，又何必為他傷心難過呢？而我就不一樣了，帝女將清白之軀託付於我，他日我登太子之位，帝女便是我命定的太子妃，魘桀永不相負。」

「你不過是想我幫你控制南蜉洲的藤州部眾而已，我沒有那麼大的用處……，」沅蘿的心猶如沉入泥沼之中，只能徒勞地低聲道，「我也不要做什麼太子妃，你……你放了我吧……。」

魘桀笑了起來：「帝女以為還能回去我大皇兄身邊嗎？」他撩開沅蘿的衣衫：「你看看我送了什麼禮物給你？」

沅蘿羞憤之中低頭看去，只見右髖上有一個銅錢大小的黑色印記，形如虯龍，卻是南川大營的軍徽。沅蘿一聲驚呼，開始用衣衫擦拭，然而那印記就像是長在肌膚裡一樣，完全無法抹去。

魘桀在沅蘿耳垂上輕輕一吻：「不用擦了，這裡的炙墨是最好的，用來給木人點睛，可入木三分，經數千年不褪，弄在肌膚上一旦乾了，便深入肌理骨殖，再也去不掉了。你命中注定是我魘桀的女人，就算只剩白骨，你的髖骨也一樣會留下這個印記，又何必抗拒呢？」

沅蘿閉上雙眼，淚水似已流乾，花窗外透進了一絲晨曦，四周瀰漫的綠蘿上滿是晶瑩的露水。

很快太陽會出來，露水會散盡，只是她再也回不去了……。

一念入魔

沅蘿已經不記得自己是怎麼離開無憂坊的，只是耳邊還不斷迴響起魘桀的笑聲。他沒再攔她，只是篤定說了一句話：你遲早還會回來……。

她只想遠遠地離開，但真正出了澧都，面對著蒼蒼莽莽的六部戮原，才發現原來自己根本就已經無路可走。

藤州，早已經回不去了，夢川也一樣。就算她逃到天涯海角，也逃不掉身上留下的那個印記。

她用一根髮簪換了一匹驢子，任憑驢子帶著自己在荒野間漫遊，一直走，一直走……直到驢子停下來。

面前是赤夢關，這或許就是天意。

赤夢關易出難進，守關的兵卒不會管自願出關的人，但從沒見過這樣一個纖纖弱質的美貌女子孤身一人出關，不免好心提醒她，一入赤鄴，便入死地。

沅蘿悲悵地笑笑，放走了驢子，拋下了所有的物件，包括魔暝送她的首飾髮簪，也包括那個魔暝模樣的小木人，一個人出了赤夢關，踏入那片瀰漫著死亡氣息的廢土。

還是滿天雪花一樣的暗紅浮塵，飄搖在乾枯暗紅的野草之上，無盡荒涼，就如她此刻的心境。

衰草叢中窸窸窣窣，響過不停，沅蘿知道那是什麼。那次隨魔璃行獵，她已經見過不少，雖然跟狗差不多大，卻異常兇猛，是連骨頭都能吃得一乾二淨的紅色多即。

低低的咆哮聲此起彼伏，沅蘿閉上雙眼，張開雙臂，準備擁抱死亡。

但是沅蘿等了很久，都沒有等來多即的利齒，反而在一陣低低的哀鳴中聽到了一個不帶任何感情色彩的聲音：「就這麼去死，划算嗎？」

沅蘿睜開眼，看到了一個身披白裘，腰懸紅色彎刀的美豔少婦，碧泠泠的雙眼微微上挑，整個人就和她的聲音一樣冷。她的右手正扣著一隻多即的喉嚨，多即還未死，卻連掙扎之力都沒有。十餘頭多即立刻作鳥獸散。

「我已經沒路可走了……。」沅蘿轉身準備離開，不速之客已經無法吸引她的注意。

那少婦咔嚓一聲，單手扭斷了多即的脖子，將還未斷氣卻無力動彈的野獸拋到沅蘿腳邊：「知不知道為什麼你會無路可走？因為你弱，因為你既沒有力量，也沒有權力。」

沅蘿沒有說話，耳邊聽得對方繼續說道：「堂堂藤州帝女，現今天道唯一一個入木靈殿接受過傳承的木靈近侍，你的靈力全用來錦上添花，美輪美奐，卻始終不曾體驗過真正的木靈力量，只會托庇於他人。你明明有族人擁戴，與夢川的皇裔走得這麼近，卻不懂得把握機會。甚至你被人所欺，不思報復，反而尋死，實在糊塗之至。」

沅蘿緊咬嘴唇，心頭雜念叢生，那少婦的聲音繼續在左右著她的思路：「你不想看看你自己的真實力量嗎？你不想受人敬畏，不再有人膽敢隨意欺辱於你嗎？你不想位高權重，不再淪落於這等境地嗎？血食可以幫你，咬開它的血管，試試血的滋味……。」

沅蘿痛苦地摀住耳朵，但是那個聲音卻還是在往耳朵裡鑽：「咬它啊！鮮血可以讓你強大，強大可以讓你不再畏懼。那些欺你的，負你的人，不過只是你的盤中餐……你可以以他們的血為食，吸他們的靈氣為滋養，更可以借他們的權勢，作為自己的墊腳石……。」

「不要再說了！放過我吧！」沅蘿尖叫著試圖逃開，但是一切都來不及了，地面蜿蜒出無數細草，絆住了她的腳步，使她摔倒在地，接著無數的草在她身邊糾纏，縛住手腳，而那頭多即被拖到了她身邊，然後無數草葉紛飛，就像薄而鋒利的刀片在多即身上剜割，鮮血飛濺！

腥臭的血液噴了沅蘿一頭一臉，也濺進了她的喉嚨，滾燙的溫度帶起一絲從未有過的悸動，心幾乎要從腔子裡蹦出來！

「啊！」沅蘿尖聲嘶吼著，一頭散髮逆風而起，暴長數丈，化為一大叢藤蔓，將那隻半死不活的多即緊緊縛住，隨後「呲呲」數聲，血雨娑娑，偌大一隻多即變成了無數碎肉皮毛。

沅蘿的長髮很快恢復了原來的模樣，髮絲、肌膚上沾染的鮮血在以肉眼能分辨的速度消散，原本慘白的面容浮現出幾分血色。她從沒試過身體這麼輕鬆有力，就好像一蹬腿就能飛上天一樣。

那少婦依舊面無表情地說道：「感覺到了嗎？是不是從來沒有試過這樣好的感覺？慢慢地，你會有更好的體驗。」沅蘿不可置信地看著衣衫上的血汙，驚懼與作嘔在胸中翻騰，可是什麼也吐不出來。

雖然她懂得不多，但這絕對不是藤州皇室的木靈之力！木靈之力是繁衍生機，發芽、開花、結果……是向生之力，不是這樣恐怖殘忍的死亡之力。她所看到的，就好像當年在藤州廢都所見的那個半人半藤的怪物一樣！

沅蘿抱著頭歇斯底里地尖叫著，她本以為被背叛，被欺凌，已經是最壞的事；縱然孑然一身，無路可走，也有一個「死」字可得解脫，然而現在她連自己究竟是什麼，都不知道。

那個聲音還在耳邊蠱惑：「木已成舟，何必掙扎……回去啊，討還他們欠你的，去爭奪你想要的……。」

沅蘿睜開眼，那個女人已經不見了，就好像從來沒有出現過一樣。

夜色降臨，赤鄴的冷風又一次捲起滿天的紅塵，那隻被撕成碎片的多即就連最後剩下的殘骸都被雪一樣蓬鬆的紅色塵埃覆蓋。

它本來是要吃她的，結果反被她吸盡鮮血，撕作齏粉……她第一次感覺到原來生命的消逝真的只是彈指之間的事。

遠處傳來如同滾雷一樣連續的馬蹄聲，嘈雜的人聲馬嘶，有很多人正在這死地促馬飛奔，無數的燈籠、火把就像是無數隻眼睛，層層疊疊地揚聲呼喊，叫的是她的名字。

「她在這！她還活著！」近處幾個充滿欣喜的聲音在呼喊，越來越多的人圍了過來。

魘璃出現在遠處，飛奔的駿馬載著她以最快的速度來到了沅蘿身邊，飛身下馬，雙膝著地緊緊抱住了蜷坐在地上的沅蘿：「阿蘿，阿蘿，我終於找到你了！」

沅蘿怔怔地看著近在咫尺這張熟悉又陌生、驚喜交加又淚流滿面的臉，沒有言語，心裡又是冷，又是熱，不知所措。她怨過魘璃的無情，但眼前這失而復得的慶幸不是假的。可是真的重視這八百年情義，又為什麼會對她如此無情？

魘璃搖晃著沅蘿，試圖換回她的神識，但很快發現沅蘿一身血汙，又緊張起來：「發生什麼事了？你受傷了？」不久，她也看出來沅蘿似乎並沒有什麼外傷。

沅蘿轉眼看看魘璃，混混沌沌地言道：「是多即……。」

「你這個傻子，為什麼不辭而別？為什麼一個人來這個鬼地方？到底發生了什麼事？你不知道我們有多著急……。」魘璃心頭發顫，以沅蘿的體質，如果遇上多即，怎麼可能保全性命？一想起來，就不由得一陣心悸。

「有個人……殺了多即……多即也殺了她……。」沅蘿說了個像是寓言故事一樣的謊話。的確有個人殺了多即，那個人就是她自己，也的確有人被多即的血殺掉了，那個人也是她。此時此刻，她甚至無法判斷自己是否還是一個人，但有件事是顯而易見的，她已經不再是從前那個人畜無傷的藤州帝女了。

遠處魘暝也騎著吹雪麒奔了過來，飛身而下落到了她們二人身邊，眼見沅蘿無恙，這一直懸著，揪著兩天的心，總算放了下來。他伸臂緊緊地抱住沅蘿，竟然一句話都說不出來。

自從沅蘿出走，他已經派出不少人手尋找，他與魘璃兩天裡不眠不休，幾乎把澧都翻了個底朝天。

去過忘憂坊，得知沅蘿曾經來過此處；出了澧都城，得知沅蘿以釵易驢；再順著蛛絲馬跡，兜兜轉轉找到赤夢關，聽到守關的兵卒說起決絕出關尋死的美貌女子，這一顆心就一直像被尖刀凌遲一樣。

魘暝從來沒試過這樣的心境，內疚、焦慮、悔恨輪番在心頭煎熬，還有失去所愛的痛苦……而今見得沅蘿一身血汙，失魂落魄的模樣，他不敢去想沅蘿一介弱女，怎麼在猛獸橫行的死地存活下來的……上天給了這次機會，不會給下一次。如果得展王圖霸業的抱負，就必須傷害沅蘿，把她逼到如此境地，他真的做不到。

魘暝緊緊抱著沅蘿，沉聲言道：「對不起，阿蘿，之前負你是我的錯，魘暝今日指這赤鄴死地為誓，倘若再有負於你，便陷於此地，永世不得脫離……。」

魘璃聞言緩緩坐回自己的小腿上，長長歎了口氣。兄長的決定她並不意外，她看到過兄長四處尋找沅蘿的憂心如焚，也清楚兄長重視情意的個性，只是做出這個選擇，則不可避免地要付出代價。

沅蘿抬頭看著魘暝，兩行淚水簌簌而下，低聲說道：「可以嗎？和我一起，你可能會失去一切。」

魘暝搖搖頭：「那又如何？我不能再失去你，其他的，不再重要……。」他把沅蘿扶了起來：「不要再胡思亂想，跟我回澧都，明天我就去給父皇答案，我的妻子，只能是藤州的沅蘿！」

沅蘿低低地抽泣，喃喃道：「沅蘿是個不祥人……總有一天你會後悔的……。」如果這番話在無憂坊那夜之前說，她會很幸福，但是一切都回不去了。

「魘暝無悔。」魘暝篤定地看著沅蘿，手指拭去她臉上的淚痕，伸臂將沅蘿抱上了坐騎，隨後自己也落在吹雪麒的背上，環住沅蘿的身體，下巴輕輕地摩挲著沅蘿的額頭，在她的頭頂深深一吻，柔聲道：「我們回家，以後再也不分開。」

沅蘿悲悵一笑，閉上雙眼，魘暝的懷抱很溫暖，只是一切都無法回頭。

魘璃看著吹雪麒載著兄長和沅蘿緩緩起行，迎面撲來的寒風夾雜著暗紅的塵埃，風裡若有若無的血腥味，就好像在警告她，前路有多麼難行。

天安殿中只有魘暝與寐莊兩個人。這是魘暝有生以來第二次不計後果地在父親面前侃侃而談，上一次是他力排眾議，執意去風郡營救魘璃。

魘暝已經預備要承受寐莊的怒火，但是很奇怪的是，當他在天安殿中，對著父親剖白自己的內心和決定時，他的父親並沒有降下雷霆之怒。

寐莊只是靜靜看著自己的嫡長子，一聲歎息：「也罷，你這兩日在灃都鬧出的動靜，天下人人皆知，剋王自然也有所聞。朕已經擬旨，將你的八皇妹魘茱許與忘淵太子鄒為妃，又為你的三皇弟魘哲，定下了剋王之女擷瑜郡主的婚事，只待他們成年。大人做不到的事，只好交給孩子們了……。」

魘暝心中有愧：「兒臣不孝。」他身為皇長子，這些原本是他應該肩負的責任。

寐莊揮揮手：「你要迎娶藤州帝女，這本身也有利於鞏固夢川，但須得等這件事淡了以後。無論如何，不能短了鉞帝的顏面。你且回去，好自為之吧。」

魔暝誠惶誠恐地退出了天安殿，雖然事情遠比他想像的順利，但連累了兩個年幼的弟妹，過早負擔起不該他們負擔的事，他難免滿腹愧疚。

魔璃在殿外等到魔暝，聽到這個消息也不免感傷，尋思身在帝王家，終是難以跳出這個輪迴。只是如此抗命不尊，父皇心中必有芥蒂，對於兄長的前程，必然有影響，更不知道麻煩會出現在什麼時候，什麼境地。

魔桀也收到了風聲，他原本以為魔暝滿城尋找沅蘿，拒婚之事會觸怒剋王與鉞帝，最終導致父皇對魔暝降下雷霆之怒，不想事情就這麼解決了，兀自懊惱不已。

他對沅蘿下手，一方面是滿足慾望，另一方面是為了策反沅蘿，以掌控藤州部眾，還有更為重要的一個用意則是作局，想讓魔暝違抗聖意，觸怒龍顏。不然他也不會暗中留下線索，把魔暝引去赤鄴。結果事與願違，似乎在這件事上，魔暝並沒有失利。

然而在璐王看來，這件事算是一個轉機，畢竟魔暝感情用事，已經令聖上大失所望，以他對這位夢川帝王的瞭解，這個錯誤幾乎是不可挽回的。所以他叮囑魔桀，當把握這個時機，切莫急功近利，只要不再出大紕漏，儲君之位應該贏面頗大。

剋王回返忘淵，一切塵埃落定。

沅蘿雖然回到了北冥王府，但是始終鬱鬱寡歡，很少在外走動，終日流連在花房之中。她並不怎麼想和外面的人接觸，即使對著魘暝，也不過勉力笑笑。和魘璃之間，也疏離了不少。

魘暝雖公務繁忙，也想方設法地討她歡心。在他看來，聯姻之事所產生的嫌隙似乎並不那麼容易消除，就像一道傷口，傷好了留了疤，也只能留待時間平復。

接下來的數月中，皇宮之中也不太平，養在宮院中的珍禽異獸開始丟失，起初只是些鳥雀，到後來，就連放養的鹿都開始漸漸稀少。

鷹隼在整頓過龍禁衛的巡防後，皇宮之中總算太平了，然而澧都尋常百姓家的家畜又開始丟失，沒人知道那些家畜去了哪裡，一時間澧都城中人心惶惶，謠言四起。

自打風郡太子妃的名頭坐實之後，魘璃和鷹隼之間反倒不似過去的一百年那樣，經常說起此事。他們誰也沒有提過，且很默契地避免談及相關的話題。瓊臺相會，也不過一起坐在摩雲殿的頂上看看大海星辰。月下之約，也只是手牽手在荒野漫遊。

這次回澧都，魘璃很明顯地感覺到疲憊，再次在瓊臺見到鷹隼，鷹隼的第一句話是：

「你又瘦了……。」

魘璃靠在鷹隼肩頭，心裡稍稍踏實一些。這段時間發生的事情比過去的一百年都要多，暴風驟雨一樣，讓人猝不及防。

「我想阿蘿大概是怨我了，」魘璃低聲說道，「我也沒想到，自己會說那樣的話，如果與阿蘿易地而處，我也必然難以釋懷。」

鷹隼柔聲道：「可是她還是跟你們回來了，多給她一些時間，總會過去的。」

魘璃輕輕歎了口氣：「我有種很不好的感覺。不僅僅是阿蘿的事，還有暝哥哥和父皇，還有……。」她沒有繼續說下去，她與鷹隼都很有默契地規避著談論那一樁婚事。

鷹隼的目光落在海面倒映的明月上，波瀾使得月影也動盪不安。他低聲道：「你心裡藏的事情太多了，怎麼可能不擾亂心神。其實事情未必那麼糟糕，北冥王頂撞聖上，聖上會氣他一時，不會氣他一世。」

魘璃嗯了一聲：「希望如此吧。」聽得鷹隼如此言語，心裡倒是放寬了三分，鷹隼頗受父皇倚重，每日隨侍，對於父皇心意的揣摩也自然頗有心得。他既然如此說，那麼兄長頂撞父皇的事，也就算過去了。

她抬眼看看鷹隼，見他眉宇之間也有幾分憂思，於是開口道：「這段時間灃都也不太平，你可有頭緒？」

鷹隼的神情頗為凝重：「目前還沒有結果，只是這一系列的事非常蹊蹺，我總覺得，有些可怕的東西已經混進了灃都。」

魘璃心裡咯噔一聲：「如此說來，這個是非之地，恐怕注定要再起波瀾了。」

不久，夢川漁民在遠洋撒網，捕獲了一隻澡盆大的怪鱉，鱉出水不久便死去，屍體瞬間膨脹，化為巨丘，壓碎船隻，植根海底，形成一片冒出水面約三尺，方圓半里地的島嶼。

異聞傳回灃都，不少飽學之士，和上了年紀的老人，都道這是來自浮島碧落州的靈物「嶼團」。

嶼團死，則新陸生。

若是它死於深海，則化為小島，若是歿於淺海，則化為山峰。

朝中也特地派遣官員前去確認過，那裡的確有一處新生的島嶼，傳聞非虛。這條信息再度傳回澧都之後，無論朝堂還是市井，都是傳得沸沸揚揚。

這意味著不只是海中新生的小島，而是碧落州再現夢川！

在先人留下的傳說之中，夢川部族發源自碧落州，那是一片漂浮於無邊大洋之中的浮島。十萬年前，碧落州偶然飄到六部戮原附近的海域，島上之人登陸後不久，碧落州就隨海浪飄走，再也不曾出現過。當時被遺落在這片土地上的人，就在這裡繁衍出夢川一族，才有今時今日這個幅員遼闊的夢川，而碧落州與關於它的一切信息則成了遠古的傳說。

它不僅僅是夢川部族的根源，也關係著夢川的未來，區區一隻嶼團就能在海中造島，若是再度尋找到了碧落州，這也就意味著可以無限制地朝著深海擴充夢川的版圖！

很快，寐莊大帝以探索遠洋，尋找碧落州為名，頒布了詔令，在北冥、南川兩處大營中各篩選五萬精兵悍將，組成十萬鯨吞營，拜龍禁衛大將軍戚風為帥。又令諸侯所掌的數十個城市上交一成的賦稅，作為軍費，以支持遠洋之行。

魘暝、魘璃、魘桀和璐王四人心中都隱隱有些覺察，寐莊一天之內頒布的兩條詔令，對其餘皇室中人影響並不大，頂多只是賦稅上有所損失，但是對於北冥、南川兩處大營而言，則意味著必須將已被剝離篩選過的軍隊打亂重編，如此一來兵不識將，將不識兵。雖然各自的主帥仍然不變，但對於魘暝與魘桀而言，對於兵權的控制實際上是減弱了不少。

魘暝自朝上回來之後，與魘璃商議此事，也不免心有疑慮：「父皇此舉師出有名，但也頗為冒險，倘若天道再有變故，這短時間內只怕北冥、南川都無法恢復戰力。」

魔璃搖搖頭：「自打懷古道之戰後，三部民心思定，咱們的北冥城就不說了，風郡和忘淵也卯足了勁在發展新城。何況父皇許下三樁婚盟穩住了那兩部，這變故麼……不是說百分百不會有，但真的打仗，也不符合三部的利益。」

魔暝沉吟道：「這倒也是，只是那鯨吞營出海尋找碧落州……十萬精兵良將，交由戚風掌管，這戚風雖與鷹隼一樣，是自下界選拔而來，也在夢川效力了千餘年，身居龍禁衛大將軍之位，卻是鷹隼升為鎮川上卿之後補的，雖無錯漏，也並無建樹。我只是不明白父皇選他的用意。」

魔璃思索良久，忽然笑出聲來：「傻哥哥，難道你真的相信鯨吞營是出海去尋找碧落州的嗎？我敢打賭，就算真有此行，父皇也不會真動用這十萬精兵。他的目的不過是箝制諸城，收回兵權而已。戚風不需要有什麼建樹，只需要中規中矩，沒有錯漏，且絕對忠誠即可。他來自下界，與北冥、南川都沒有淵源，這就是最大的優勢。當然，拜帥的儀式還是有的，只是最後這兵權必然還是捏在父皇自己手裡。如果我沒猜錯，他是擔心不久的將來做出什麼決定，而膝下這兩個掌兵的兒子不服生亂……。」

魔暝隱隱約約也有一些揣測，此刻聽得魔璃這麼一說，心中豁然開朗：「你的意思是，他同時削減我和魔桀手裡的兵權，是為了……為平穩立儲鋪路？」

魔璃點點頭：「咱們現在也不用多揣測，他兩邊都動，也就說明他一時間還沒有決定究竟立誰。北冥大營的將士雖有優劣之分，但對於暝哥哥的忠心無可置疑，咱們只需要好好整編軍隊，鐵打的營盤，流水的兵，重鑄虎狼之師其實並不遙遠。而且相對於魔桀，我們在重組軍力上，更具有優勢。暝哥哥放在我琉璃城的老將們可以召回聽用。烏似替北冥城訓練的那批豢豹堂子弟已在北冥城中深入各自部族，打好基礎。要充裕兵源，提拔新人也甚是容易。我有信心比南川更快恢復北冥大營的陣營。」

魘暝沉吟片刻：「言之有理，整軍之後還需得重立軍威……有不少事要做……。」他說到此處，忽然咳嗽了幾聲，這一咳之下，扯得胸口疼痛，下意識地摀住胸口，眉宇之間露出些許痛楚之色。

魘璃見狀伸手在魘暝背心輕撫，助他順氣，這些日子來，魘暝的身體比之前幾個月又差了一些，時常咳嗽，但軍中的醫官也好，宮裡的御醫也好，都看不出什麼所以然來，也不過開一些固本培元的藥物，吩咐要多休息，少操勞而已。

魘璃雖然知道是因為什麼，但現在的環境下就算告訴魘暝，也不過多一個人焦慮，反而無益。既然父皇已經準備立儲君了，想來不久就能聽到消息，只要順順利利拿到那顆紫旃果，就皆大歡喜，然而眼前這段時間，卻尤為關鍵。

寐莊的兩道詔書對於魘桀的影響遠比魘暝要大，畢竟經過這一百年的發展，北冥大營背靠北冥、驚濤、琉璃三城，其實力已經在南川之上，就算經此大變，應該在十數年間就能恢復元氣。雖然南川大營背後也有其餘皇室宗親的支持，但頂多是財力無憂，人力上卻捉襟見肘。思慮至此，不免患得患失。

璐王眉頭緊鎖在書房裡踱了好幾圈，方才開口勸道：「二殿下也不必如此焦慮，之前魘暝抗婚，惹得聖上不悅，此番動作也有敲打之意，所以算一算，而今還不算失利。若是此舉能令得魘暝再出錯漏，倒是省了心了。」

魘桀沒好氣地言道：「皇叔說得輕巧，魘暝也不是個蠢人，他要是沉住氣不出紕漏，咱們也拿他沒轍。而今父皇把這十萬鯨吞營交給戚風掌管，戚風其人名不見經傳，雖非我南川中人，也非北冥中人，但萬一他靠攏魔暝，形勢只會更糟糕而已。皇叔也知道，魔暝的名頭在夢川是如何響亮，朝裡那幫文武百官，還有外面那些愚民，就差沒把他當太子拜了。」

璐王沉聲道：「二殿下又何必長他人志氣，滅自己威風？魔暝再如何功名顯赫，也不過是普通人一個。二殿下你卻不同，你是紫金帝嗣，你的降生就是為了做夢川帝王的。這也就是為什麼魔暝立下無數功勛，聖上依舊將立儲之事一拖再拖的緣由。」

魔桀默然不語，這原本是他有恃無恐的根源，但在過去的一百年間，紫金帝嗣的光環已經完全被北冥王的光芒所掩蓋，就連他自己都不再那麼篤信。

璐王見他這番情狀，繼續言道：「他比你年長，比你多經營了千餘年，有現在的成就並不奇怪。而你，來日方長，怎可因為一點挫折，就墮了志氣！」

魔桀澀聲道：「他不止多經營了千餘年，他身邊還有那個該死的怪物幫他……。」

璐王瞳孔微縮：「魔璃的確是個厲害角色，她若身為男兒之身，恐怕今日夢川的局勢早已不是你我所能左右。幸好她只是個女人，若是沒有魔暝這一張大旗，她也翻不起什麼大浪來。」

魔桀心念一動：「皇叔的意思是……？」

璐王冷笑道：「咱們總是在算計兩方陣營的實力，卻忽略了一件事，南川、北冥兩個陣營的兵力強弱雖重要，但只要不是兵戎相見，那就只是奪儲的砝碼而已。若是這面帥旗倒了，兵再多再強也沒用，他們還能去效忠何人？就算是魔璃，她也只能坐等婚期，乖乖嫁去風郡和親而已。二殿下當年在南蜉州刺傷魘暝，聖上也只是罰二殿下禁足南蜉州，如此看來，就算二殿下當日真的刺死了他，聖上也不過震怒嚴懲一番。聖上膝下算上魘璃這個天族凡裔，也只有三子八女，總不至於廢了二殿下，把夢川國祚傳於老三魘哲這個病懨懨的黃口小兒吧？」

魘桀聞言如醍醐灌頂：「皇叔所言極是，只是此事需做得巧妙，不可落人話柄。」

璐王微微頷首：「然也，最好是眾目睽睽之下的一場意外，不會損及二殿下聲名最好。聖上組建鯨吞營，勢必有大雪山水靈殿前奉旗稟尊之儀，萬民之前金臺拜帥之式，那一天便是大好的時機。」

禍起金臺

金臺拜帥定於三個月後的仲秋朔日辰時。

金臺早已搭建於大雪山之巔，水靈洞天之外，面向夢川大洋。高三丈，象徵天、人、地三才。長寬皆是二十四丈，象徵二十四節氣。三層各具祭器祝文，最中央立著一幅巨大的白色帥旗，上書「鯨吞」二字，字間乃是一條巨鯨的圖案，呈銀紅色。

其外立七十二員武將，各執劍戟，是為七十二侯。臺前從北而南，左右列文臣武將，直至壇下。臺後便是水靈洞天的入口。

祭禮司早已按古制擬定了一應儀式，三層金臺皆有主祭之人，第一層祭土地神祇，由皇族之外最高軍銜的將帥主理，此位擬定鎮川上卿鷹隼，別無異議。第三層祭夢川守護天神水靈尊霽悠，由夢川帝王主理，也是因循舊制。唯獨這第二層，祭歷代先皇聖靈，須得宗室之中久掌兵符之人主理，魘暝、魘桀、璐王都是人選，其中論及長幼品階，則排除魘桀，需在魘暝與璐王之間選任。

魘璃本以為璐王勢必要爭此位，不想璐王只是象徵性地爭取一二，就自動退出，還保本上奏，薦魘暝擔任。於是，這事也就定下來了。

這一天，普通民眾並無入大雪山觀禮的資格，然而大雪山下，面向夢川大洋的偌大海灘之上已然人頭攢動。

卯時，霂莊攙戚風之手，率皇室中人、文武百官及各執事人員出澧都，車輦儀仗繞行半城至大雪山下，循九重白玉禮道而上，到了雪山之巔的金臺下，諸文武將士俱肅靜，拱聽行禮。

一條白玉甬道自水靈洞天而出，貫穿山巔，兩側林立數十尊高十八丈的歷代先皇石像。此道是專用於夢川皇室入水靈洞天，於洞中的水靈殿前祭祀之用。

夢川皇室中人依次淨手，列隊入水靈洞天。

這是魘璃第一次來到這片水靈聖地，只見百丈高的冰窟之中，無數冰掛懸垂，晶瑩剔透。

入洞之後二十丈便有一排頂天立地的巨型冰凌，形如雀屏，上書「水靈洞天」四個龍飛鳳舞的古篆。

繞過這片冰凌，才發現背後是一片至清至淨的水域，一根合抱粗的盤龍柱矗立於水域中央，上達洞頂，一根人臂般粗細的精鋼鎖鏈繞於盤龍柱上，被前方冰凌孔洞所投進來的光照得雪亮。

魘璃看到這個，不由自主地嚥了一口唾沫，心想這個恐怕就是傳說中的輪迴池了，看起來清平素淨，可這古往今來不知道有多少犯下重罪的夢川皇族宗室之人，曾在這裡被處刑。每日午時輪迴池開，經輪迴池墮入塵寰之人萬劫不復。

繞過輪迴池，前方數十丈遠是一處九層高臺，似乎全由美玉雕琢而成，高臺之上是一座飛簷高挑的神殿，就跟她曾見過的木靈殿、金靈殿類似，應該就是傳說中水靈尊霽悠的寓所。水靈殿外一排旗架上已然供奉著北冥、南川、龍禁衛三面帥旗。

離高臺九丈遠處早已設好了祭臺香案，魘璃到了此處，已然微微覺得不適，似乎有一種若有若無的力量在阻止她前行，這種感覺類似於她在鑾都和鎏金城中被結界壓制的感受，但又不完全一樣，在那兩個地方，靠近了就無力癱倒，而這裡目前只是感知到不舒服的程度，只是不知道再近一些會如何。

她偷眼看看周圍的宗室皇親，這眉宇之間都不怎麼舒展。想來只有身為夢川帝王的父親和將來獲取認可，入水靈殿接受考驗的儲君，才能越過這無形結界，進到這高臺之上的水靈殿內。

寐莊於水靈殿前祝禱獻祭，隨後將鯨吞營的帥旗親手送上高臺之上的旗架，供奉於水靈殿前。

一千皇室宗親皆畢恭畢敬地跟隨叩拜，直到禮成，方才列隊退出水靈洞天。

辰時，寐莊傳旨登臺拜帥，三聲禮炮響起，漫天香花飛舞。

引禮官導引戚風上了第一層金臺，鷹隼手捧弓矢肅立於此。

太史官揚聲唸祝文道：「天道紀元一千七百年仲秋朔日辰時，寐莊大帝遣鎮川上卿鷹隼，昭告夢川厚土。嶼團出，碧落州現，夢川部眾之溯源也。特建鯨吞大營，拜戚風為帥，統帥十萬鯨吞，開夢川之疆域，維神其翼，鑑茲在茲。尚饗！」

鷹隼奉弓矢授給戚風：「寐莊大帝有命，賜元帥弓矢，助元帥遠征大洋。」戚風跪接，轉授予左右牙將。

引禮官導引戚風上了第二層金臺，在那裡等著他的是北冥王魘暝。

太史官揚聲唸祝文道：「天道紀元一千七百年仲秋朔日辰時，寐莊大帝遣北冥王魘暝，昭告歷代先皇聖靈。遠征碧落州，覓夢川之根源。竭誠惟享，昭格於斯。尚饗！」

魘暝神情肅然，將手中的斧鉞授給戚風：「寐莊大帝有命，賜元帥斧鉞，以劈風破浪，勇往直前。」戚風跪接，依舊轉授左右。

引禮官導引戚風上了第三層金臺，寐莊立於鯨吞帥旗之下，莊嚴肅穆。

此時魘璃再一次聽到了那一首遠古無憂時代留下的祭歌，聲震九霄，只是這一次她已經能聽懂其中的含義。其實對於傳說中的碧落州，她原本並不怎麼上心，而今見得父皇以如此繁複的禮節來行拜帥之儀，也頗有些意外。

樂畢，太史讀祝文曰：「天道紀元一千七百年仲秋朔日辰時，寐莊大帝昭告水靈尊主霽悠，夢川仰賴尊主之德，為國求賢，是以拜戚風為元帥，尋碧落故地，立萬世之基業。

望尊主庇佑，無往不利，尚饗！」

太史官讀完祝文，寐莊行禮畢，親捧虎符玉節，金印寶劍，授與戚風道：「從此十萬鯨吞盡從元帥節制。兵無強弱，強弱在於元帥；兵無貴賤，貴賤亦在於元帥，兵無忠逆，忠逆也在於元帥。寡人以鯨吞大旗授於元帥，元帥亦當恭肅忠誠以報寡人。民以子弟相托於元帥，元帥自當以勇謀智禮以報夢川子民。」

「余當精誠以報陛下萬民！」戚風跪接，口呼萬歲。

周圍的禮樂再起，這金臺拜帥之禮已成，禮炮連連。雪山之下萬眾高呼，聲震九霄。

就在這個時候，只聽得轟隆一聲，金臺右側最近的一尊先皇塑像已然朝著金臺壓了下來！

金臺以二十四丈為制，一二層環道皆寬四丈，這巨大石像倒下的位置正是魘暝所立之位，如此沉重的巨像陡然傾倒，頓失將面向夢川大洋的正面環道硬生生壓塌！

巨大的撞擊使得大雪山發出一聲震天動地的巨響！爆裂的木碎四射，煙塵滾滾，巨雷一樣的回聲在山間激盪。傾倒的巨型石像順坡勢繼續朝著第一層金臺碾壓過去。金臺下的人群陡然驚叫四散！

「暝哥哥！」魘璃一顆心堵到了嗓子眼，魘暝所立之處已經是一片狼藉。她胳膊上也被飛濺的木屑劃開一道長口，但全副注意力都在塌掉的金臺處，竟無知覺。

但很快，就見得魘暝與鷹隼自煙塵中一躍而出，兩人手中都各自抓了兩個禮官，卻是變故突發之時，他兩人及時躲開，只是木碎爆裂四射，除了鷹隼銅皮鐵骨毫髮無損，其餘幾人都讓爆裂四射的木碎刮了一身血痕，傷勢輕並無大礙，只是一身的傷口也著實嚇人。

巨像滾過山崖，朝著雪山下面密集的人群砸了下去！

此變一生，寐莊警覺，一躍而起，大袖一招，雪山之巔的萬載寒冰已然融化過半，化為一條巨型的水龍衝下山崖，將正墜向山下的巨像裹挾牽引著，附向剝離的冰崖，發出震耳欲聾的一聲巨響，轉瞬之間凍為一體。

危機已解，可是山下的民眾依然尖叫連連。

這個時候魘暝、魘桀、魘璃三人已經掠到了崖邊。兩次震天動地的撞擊非同小可，只見下方的雪山山體已然裂開了好幾條大縫，進而像是瞬間蔓延生長的植物根鬚一樣，崩塌面積越來越大。

魘暝顧不得身上布滿傷口，早已飛身撲了下去，人在半空施展御水之術，自夢川大洋之中汲取一股洪流。就好像一隻巨大的手掌橫貫而去，將崩塌的冰崖牢牢凍住，在沙灘上空十餘丈高的地方，搭建起一座碩大無朋的冰橋來，滾滾而下的冰塊大都順著冰橋滾落海中，只有極少數掉在了地上。

然而僅僅如此並不能阻止崩塌之勢，魘暝只能接連發力，一次又一次地御水冰封，以免夢川子民殞命冰裂之下。

魘桀就在左近，臉上露出幾分得色，雙手一招，混亂之中汲起一道水龍撞向另一片冰崖，一時間，裂縫如同蔓延的樹木根系一樣在那片冰崖之上蔓延，那裡的冰崖也開始簌簌地往下掉，整個面海的雪山就像脫下了一層支離破碎的外殼，下面的民眾根本就無法疏散逃離！

很快，無數條細小的水龍自海中升騰而起，仿若密集的巨網，朝著那片支離破碎，搖搖欲墜的冰層撲了上去！

水網化為冰網，將冰層結為整體，但這片冰層過於巨大，這也只是暫時阻止了碎冰墮下傷人，一整片冰層正在緩緩順著山勢，朝下面的海灘滑落下來。

魘璃見許多人目瞪口呆僵立當場，忙揚聲喊道：「跑！遠離雪山，朝海裡跑！」

民眾原本驚慌失措，見得魘暝、魘璃從天而降，各自施為保護他們的性命，心中稍寬，聽得魘璃呼叫，趕緊相互攙扶，朝海面方向奔去。

魘璃從沒試過同時操控這麼多的水龍，並施展如此大面積的冰封之術，忽然胳膊上劇痛襲來，低頭一看，剛才被木碎劃傷的傷口原本快要癒合，經這一陣超負荷地使用御水冰封兩術，傷口居然撕裂開一條深深的血口！

魘璃心裡浮起幾絲不好的預感，便聽得魘暝大喝一聲，又一條巨型水龍自海中升騰而起，撲向那片正在滑落的巨大冰層。

魘璃深知兄長的御水之術剛猛霸道，甚是消耗體力，何況還要不停地使用冰封之術去穩住如此大面積的冰層坍塌，就算是兄長從前身體無恙之時，也難以為繼，何況現今有傷在身？

這電光火石之間，魘璃已然將身一躍，於半空之中追上那條魘暝喚出的水龍，撚指之間，那一股水龍已經轉化為無數條小龍，撞向滑落的整片冰層，剎時間無數冰錐深入山體，將那冰層與山體焊為一體。

魘璃落在地上，第一時間轉頭去看魘暝，只見他臉上身上的傷口呲呲開裂，鮮血噴湧而出形成一片血霧，隨後挺拔的身形仰天而倒！

魘璃的心頓時沉了下去，兄長身上的小傷並不致命，但是在這樣的情形下，超負荷地使用水靈之力，所造成的傷口撕裂，卻是會引發大量失血，危及性命的！她飛奔過去，只見魘暝已然是一個血人，其他的傷口倒還罷了，脖頸之上那個不規則的撕裂傷正汩汩地朝外流血！

她已經來不及想別的辦法，橫過手臂，創口鮮血噴湧而出，滴落在魘暝脖頸的創口上，一瞬間止住血流。

魘暝已然氣若游絲，周邊無數民眾見得魘暝為救他們性命而重傷至此，一個個哀聲呼喚，一時間哭聲四起。

魘璃心中又驚又痛，抬眼看去，見魘桀落在近處，臉上的表情全無驚訝之色，眼中反倒是藏了幾分快意，目光一對上，就很快地移了開去，竟不敢對視。

就在此時，寐莊也已經趕到，滿面驚愕，他驚的不是魘暝的傷，而是魘暝失血無法自癒。然而此時也無暇追究，便立即下令將魘暝送回宮中，安置在先皇后的寢宮鳳儀殿，讓御醫醫治。

一場轟轟烈烈的金臺拜帥以這樣慘烈的方式收場，幾乎所有人都始料未及。

北冥王為救民眾而生命垂危之事，在一日之間已經傳遍了夢川。無數百姓自發地在家中立下生祠，禱告供奉，祈求北冥王平安，澧都外的廣場上也有無數人焚香禱告，香木焚燒的白煙在澧都城中四處瀰漫。

宮中御醫醫術精湛，經兩日兩夜，魘暝總算暫時保住性命，昏睡之中少有清醒，又開始發起高熱來。就連御醫也不明白，為何他的身體會虛弱至此，幾乎已經沒了夢川皇族那引以為傲的自癒能力。

魘璃雖憂心兄長身體的祕密再也瞞不住，但眼前最大的問題還不是這個。這兩日皇室宗親輪番前探望，她冷眼旁觀，璐王與魘桀也如其他人一樣表現得很是關心，可氣色騙不了人。旁人愁雲慘霧，他們叔侄倆神清氣爽，面露紅光，藏得再嚴實也蓋不住。

事後寐莊命鷹隼徹查金臺之事，一時間尚無結果。

魘璃約鷹隼夜會於瓊臺，希望從他口中得知調查的結果。

鷹隼只得以實相告：「雪山之巔一片狼藉，當時場面混亂，巨像傾覆的原因也難以追查。」

從金臺生變之後，魘璃心中就覺著很多事情不對勁，到此時方才明朗：「好好的先皇塑像，已經在那雪山之上矗立萬餘年，根基扎實，怎麼可能說倒就倒，而且這麼巧就倒向第二層金臺？或者……從金臺修建的時候開始，就把那個位置對準了塑像。」

鷹隼如何不明白她的意思：「金臺由祭禮司定址，工部執行，其中牽涉大大小小官員數十人，沒有真憑實據，可不能……。」

魘璃憤然道：「我是沒有真憑實據，但是主理祭禮司的是四駙馬，他可是魘桀那邊的人。你還記得嗎？當初璐王本來也有機會主持第二層的祭祀，是他自己退出了。」

鷹隼默然，許久才言道：「選址也是因循古制，若先王塑像未倒，這事也不會發生。北冥王的重傷並不是在金臺之上造成，頂多只能算間接受害。如非大雪山遭遇兩次重擊，也不至於大面積的冰層剝落。如果不是救人，北冥王也不會傷口撕裂，導致這樣嚴重的後果。這其中的變數太大，若就此認定是有心為之，也未免武斷了。」

魘璃搖頭道：「瞑哥哥是個什麼樣的人，子民命在旦夕，他絕不會袖手旁觀。這就是意外之中隱藏的必然。我想不明白的只有兩點，第一，先王像是怎麼倒的。第二，那些冰層都是經歷亙古歲月，渾然一體，怎麼會這樣脫殼一樣地分崩離析？當日所見，好像冰層中間早有裂縫，可這個是如何做到的。」

鷹隼皺眉道：「此事干係太大，也過於匪夷所思。若是拿這些在聖上面前說道，只怕難以取信……。」

魘璃恨聲道：「最為奇怪的是那一日魘桀的表情。一個人無論城府多深，陡然之間遇到意外的第一反應是騙不了人的，就算他全無骨肉親情，這等變故之下，也不會是這個表情……就好像他一開始就知道這件事會發生一樣。要說這件事的破綻，最大的破綻就是魘桀，很簡單，倘若此番兄長蒙難，獲利的只有他。他有動機。」

鷹隼歎了口氣，他不是不信，只是任何事情必須有證據支持：「我會再上雪山之巔，看有什麼遺漏的蛛絲馬跡。但在有真憑實據之前，璃兒你得答應我，不要節外生枝，再生事端，不然北冥王傷重，你再有什麼三長兩短，那豈不……。」

魘璃澀聲道：「雖然一時間無法想通他們是怎麼做到的，但幾乎可以肯定此事出於璐王與魘桀的手筆。鷹隼，這跟當年南蚿洲魘桀盛怒之下刺傷兄長的情形不一樣……這一次他們精心布局，是真真正正動了殺心了！」

鷹隼見得魘璃滿眼憤恨，心裡不由得咯噔一聲，快一百年了，沒有再在她眼中看到這樣的神情。當初風郡囚宮裡那個不顧一切的偏激女子，她又回來了……。

空自營營

當魘璃回到鳳儀殿，卻見久不出花房的沅蘿在殿外徘徊，因為有寐莊的旨意，除了魘璃、御醫可出入鳳儀殿，其餘人等只能在特定時辰前來探視，皇室宗親皆不例外，何況只是客居夢川的沅蘿。

自從上次的事後，魘璃與沅蘿之間也有些隔閡，加上沅蘿終日把自己關在花房裡，少有與外界接觸，收到信息也比旁人晚了一步。

「暝……現在怎麼樣了？」沅蘿對著魘璃雖然依舊有些不自然，但她已經在鳳儀殿外苦等許久，這是她唯一想知道的。

魘璃輕輕歎了口氣：「你隨我進去見見他吧。」

沅蘿眼前的魘暝已經不是三天前離開北冥王府、精神抖擻地登上金臺的北冥王了，她只看到一個包裹在白色綳帶裡的人形。

「為……為什麼會這樣……？」沅蘿驚駭地摀住了嘴，淚水在眼眶裡打轉。雖然沒有親眼看見，但她能猜到綳帶裡是怎樣一具傷痕纍纍的身體。魘暝的生氣相當微弱，這個她能很明顯地感知到。

魘璃咬咬唇，低聲道：「金臺拜帥之後發生變故，致使大雪山的冰層崩塌，暝哥哥為了保護夢川子民，竭盡全力使用靈力，致使傷口撕裂，血流不止……。」

「雪山崩塌……！」沅蘿一個哆嗦，兩腿再無力氣，整個人軟倒在地，面色慘白，神情淒苦。

魘璃將她扶了起來：「阿蘿，你別這樣，御醫說他會好起來，只是需要時間……。」

沅蘿渾身發抖：「……可以嗎？暝的身體恐怕早已經不能自癒了……。」

魘璃沉默許久道：「你什麼時候知道的？」

沅蘿含淚道：「自打暝在南蛶洲受傷……上次那一刀養了很久，他已有所覺察，只是不讓我跟你說，怕你擔心。」

魘璃心如刀絞，她本以為這是她守了一百年的祕密，原來兄長早已知道了。她喃喃言道：「阿蘿，你放心，我一定能想到辦法，讓暝哥哥好起來的。」

沅蘿不能長時間留在鳳儀殿，魘璃把她送出殿外，特定點了一隊侍衛，護送她回北冥王府，然後轉身回到魘暝榻前，守著昏睡中的兄長，一夜無眠。

次日，魘璃入昊天殿，請求寐莊下召，不拘部族，廣邀名醫前來澧都，為魘暝療傷。昊天殿上也有朝臣無數，附議者多數。

魘桀這幾天早有風聞，知道魘暝失去自癒能力，心中竊喜，尋思著生平大敵廢了，儲君之位自然是自己囊中之物。待到下朝之後回到居所人傑殿，轉眼見璐王依舊眉頭緊鎖，開口言道：「而今大勢已定，皇叔還在擔心什麼？」

璐王搖搖頭：「二殿下切莫高興得太早，而今之勢，還沒到塵埃落定之時。最近幾日外面的情形可不容樂觀。那些百姓為魘暝立生祠祈福，可想而知是如何擁戴。魘暝還一息尚存，就難保不會有變數。聖上這次留他在鳳儀殿，加派侍衛保護，也是怕他再出意外。他就算只剩一口氣，若是聖上順應民意立他為儲君，再取水靈殿裡的紫旃果救他性命，豈不反而成全了他？」

魘桀心念一動：「皇叔言之有理，看來他一天不死，這事就勢必懸而未決。咱們既然能神不知鬼不覺地動他這一次，就能再加一把火，區區一個病夫，還能讓他飛了不成？」

璐王撚鬚沉吟：「不妥，而今他在聖上羽翼之下，恐怕是動不了他。不過魘璃既然上書要求不拘部族，廣邀名醫，也就是說宮裡和軍中的大夫都束手無策了，才會寄望民間。咱們不必動魘暝本人，只需要動她招進宮的大夫就好。而且，還不能用咱們自己這邊的人，以免授人以柄。總之，還得見機行事方好。」

廣邀名醫的詔書發出不久，就有不少名醫前來應徵，魘璃為防有人招搖撞騙，特地設下三重試題，唯有真正醫術出眾的方能通過，在眾多御醫和侍衛的監督下入鳳儀殿，為魘暝診治。只是這許久，也沒有真正能救魘暝的人出現。

不知何時開始，澧都城中開始流傳著這樣一個傳聞，要治好北冥王的傷，非得當年在天道大劫之後，在戰場上活人無數的神醫白芷不可。

白芷曾是藤州皇室御醫，後來藤州覆滅，也就沒有了她的下落，只是數百年來，民間倒是有過她出現濟世活人的傳說。

不出一個月，北冥城傳出消息，神醫白芷現世，就在北冥城中。

璐王雖然並不盡信，但北冥城一直打著海納百川的旗號，收容各部遺民，神醫隱於其中也並非不可能。直到探子傳回信息，說魘璃暗中至驚濤城密會蒯肅等幾元老將，暗中調動一隊千人的輕騎兵，預備派他們次日趕去北冥城。璐王方才確信白芷在北冥城的消息是真，魘璃調動這批人馬，是前去北冥城迎接神醫白芷，且護送她進澧都。

想通了這一節，璐王反而鬆了口氣，尋思當初盤活的那顆棋子，可以派上用場了！

是夜，影子營的影使出動，夜召蒯肅。在驚濤城的草場深處，璐王與蒯肅見了一面，命他將六十名影子營死士安插進護送白芷的騎兵隊，以方便在中途結果白芷，了斷魘暝的唯一生機！

起初事情進行得很順利，七日之後蒯肅的騎兵隊已經到達了北冥城，但是很快，璐王收到了蒯肅的飛鴿傳書，說北冥城新加了五千騎兵，一同護送白芷的馬車入澧都，是以在六部戮原之上無法下手，尋求進一步指示。

璐王心想這個白芷果然是個舉足輕重的人物，魘璃派出這麼多人保護，看來是真把魘暝的性命押在白芷身上了。不過百密一疏，北冥城的軍隊隸屬於北冥城，並無權限進入澧都，所以這五千人最多只能送到驚濤城境內，就必須折回，而進皇城也不可能太多人，在澧都城中多得是機會下手。璐王打定主意，揮毫寫下「按兵不動，澧都動手」八個字，以飛鴿傳於蒯肅。

十日之後，六千騎兵護送白芷的馬車到了驚濤城，五千北冥城騎兵果然撤回。蒯肅手裡的一千騎兵將馬車護送至澧都城外，也依律多數撤回。果然只剩蒯肅帶領一百人馬進城，那六十死士都在隊列之中。

轉過鬧市，離永安門不到百丈的甬道之中，一場生死廝殺發動！

六十名死士轉眼間斬殺了其餘四十名軍士，紛紛朝著白芷的馬車襲去，馬車瞬間被挑為碎木，同時間，一個嬌小挺拔的身影自馬車上躍身而起，三尺重劍就如摧枯拉朽一般，將團團襲來的兵器一一攪斷。

死士們不可置信地看著持劍傲立，紅髮紅眉的少女劍士，一是驚詫於她重劍青鋒之利，二是意外於她的外表與年紀，青春年少的劍士不可能經歷過天道大劫，而這紅髮紅眉，很明顯是赤鄴遺民，絕非來自藤州的神醫白芷！

任務失敗，近處腳步聲響，黑壓壓一片銀甲的龍禁衛已經圍了上來。

死士們紛紛橫劍自刎，一時間甬道裡血流成河。

鷹隼已經趕到現場，見到屍堆裡的兩個活人，一個是蒯肅，一個是曾經跟隨魘璃的烈琴時，也不由得暗自心驚。厲聲喝道：「爾等於澧都行兇殺之事，可是要反？速速放下兵器就綁！」

魘璃也出現在永安門的城門之上，怒聲喝道：「蒯肅！北冥王待你不薄，為何你要行刺神醫白芷？究竟是何居心？」

蒯肅哈哈大笑，朗聲道：「你曾大加折辱於我，北冥王也曾棄我於不顧，良禽擇木而棲，蒯肅自當另投明主！」

魘璃怒道：「究竟是何人指使你？速速招來，饒你不死！」

蒯肅冷笑：「蒯肅豈是那賣主求生之輩？就是拼得一死，你也休想從蒯肅口中得到一個字！」說罷用盡全力高呼一聲：「蒯肅無能，未替主公清除禍根，唯有以死謝罪！」而後拔劍橫頸，只一劍，一顆人頭已經飛了出去，屍身怦然倒地，又是一片殷紅血流。

鷹隼不是瞎子，這一切發生得太快，雖然蒯肅並沒有說幾句話，但其中的含義非比尋常。

第一，蒯肅是為截殺神醫白芷，斬斷北冥王生機而來。

第二，蒯肅是另投明主，背叛北冥王，此番前來也是受命翦除北冥王而來。

他雖未提一個字，但一切疑點均指向二殿下魘桀。這一環扣一環，滴水不漏，不論魘桀是否是幕後黑手，勢必要惹得一身騷。

就在此時，聽得魘璃揚聲道：「烈琴，你且搜搜他身上，看看可有蛛絲馬跡！」

烈琴聞言早已蹲身提拿蒯肅屍身，很快自蒯肅懷中搜出一頁紙來，展開一看，紙上「按兵不動，澧都動手」八個字，字跡蒼勁有力。

魘璃已然自城樓上飛身而下，落在烈琴身邊，烈琴躬身將這一頁書函雙手呈給了魘璃，魘璃仔細打量片刻，喃喃言道：「此番我可拿住了，如此窮凶惡極，父皇面前須得給我個說法才成！」

此事見證之人極多，光龍禁衛在場就有數百人，她有恃無恐。

唯鷹隼暗自揣度，此事必是魘璃之計，引蛇出洞，以蒯肅的性命，要將對方拉下馬來！事情就在他面前發生，但卻不能算魘璃栽贓嫁禍。挖坑等人跳的事，她以往做過不少，此番也不例外。

朝堂之上，魘璃持書首告，哀聲慟哭，言道：「兒臣收到風聲，有人欲在皇城誅殺神醫，謀害北冥王。於是特地故布疑陣，派侍從冒充神醫入城，果然刺客中計，全部截獲。雖然刺客全都畏罪自殺，但這幕後黑手的密函已被搜到，懇求父皇做主，揪出這十惡不赦之輩……。」

痲莊展開信紙一看，紙是御用的玉淞紙，字就更好辨認，璐王的手書本就是朝中一絕，一筆一劃皆獨樹一幟，不易模仿，最是一眼就能認出的手筆。召來鷹隼與部分在場的龍禁衛問話，情形與魘璃所言一般無二，整件事昭然若揭！

寐莊臉上烏雲密布，手指璐王冷聲道：「好一個璐皇弟，朕平日重你，將紫金帝嗣交於你輔佐，你不盡心盡力也就罷了，竟然教唆挑撥他們兄弟相殘……真是罪大惡極！」

魘桀見得形勢不妙，噗通一聲跪在當場：「父皇明鑑，此事與兒臣無關。兒臣並未讓人去誅殺白芷……。」

魘璃冷冷道：「二皇兄，這殿上可沒有人提過神醫姓名。你若當真不涉此事，怎會對此如此清楚？」

魘桀聞言呆滯片刻，只恨不能把嘴給縫起來，隨後滿頭大汗，帶著哭腔極力撇盡干係：「一切都是璐皇叔所為，兒臣一時豬油蒙了心，未及時阻止，求父皇饒恕！」

早在魘璃手捧密函出現在朝中的那一刻，璐王就隱隱感覺自己好像被蛛網縛住的飛蛾，危險就在眼前，而今直接被魘桀咬了出來，這心裡就好比打翻了五味瓶，原本魘璃手裡不過只有一頁手書，只要抵死不認，最多惹寐莊猜忌，不至於坐實謀害北冥王的重罪。

他苦笑一聲道：「豎子不可與謀。」說罷躬身出列，拜伏於地：「臣弟鑄下大錯，願受皇兄懲罰。」

朝中百官原本就不齒魘桀與璐王的所作所為，一時間出列彈劾者，不計其數。寐莊盛怒之下，褫奪親王封號，命人將他打入天牢，魘桀幽閉人傑殿靜思己過，南川大營兵符即時收回。

從身分尊崇的親王，淪為天牢之中的階下囚，寐璐這一跤摔得極重。他熟知律法，而今這般境況，等待自己的應該是輪迴池中放逐下界的極刑。經過輪迴池後，他可能盲聾啞殘，也可能魂魄不齊，墮落下界之後更會境遇不堪。然而一子錯，滿盤皆落索。

天牢之中暗無天日，不知過了多少天，牢門外傳來一串腳步聲，很快，門開了，一隊侍衛列隊而入，最後兩人搬進來一隻千斤重的銅枷。

「時辰到了？」寐璐歎了口氣，伸出雙手，任由侍衛將銅枷加身，千斤重負，拼全力也只能勉力行走。

寐璐走出天牢，外間已然整整齊齊地列隊數百人，皆身著白袍，戰甲胸口綴巨鯨紋樣，卻是新建的鯨吞營將士。寐璐雖覺奇怪，但人到此時此刻，可謂萬事俱休，也懶得再廢心神。

一行人出了灃都，繞行自大雪山下，卻並未上山，而是朝著海邊而去。離岸百餘丈遠泊著三艘大船，十餘條小船，正在朝大船上運輸物品。海岸邊矗立的觀海亭裡有一人正在淺飲小酌，身後奉酒伺候的，是一個紅髮赤眉的少女，正在飲酒的人，正是魘璃。

寐璐此時見到魘璃頗為意外，但也避無可避，唯有扶住銅枷，隨押送的軍士進入觀海亭，來到魘璃面前，昂首而立。

魘璃抬眼看看寐璐，微微一笑：「皇叔在天牢裡困了兩個月還雄心猶在，佩服佩服。」

寐璐冷哼一聲：「寐璐事敗，無話可說，若是明昭帝姬以為可以耀武揚威……再愚弄折辱於我，可打錯了算盤。」

魘璃歎息一聲：「魘璃向來睚眥必報，原本是打算多踩兩腳的。只可惜……大皇兄宅心仁厚，不忍見皇叔年老遭劫，流放下界，故而病中仍上書求肯，替皇叔討了個從輕發落。」

寐璐聞言，肩膀微微發抖，情難自控。他沒想到魘暝會如此胸懷寬廣，不念舊惡。

魘璃示意軍士打開寐璐身上的千斤銅枷，繼續說道：「父皇擬召，將皇叔下放至鯨吞大營先行營，做一名千夫長，遠征汪洋，行探路之責。那邊三艘破浪艦上的都是你麾下之卒，你若能戴罪立功，尋到碧落州，澧都大門自然會再為你而開，到那時，皇叔依舊是夢川的璐王。若是徒勞無功，此後也不必再回來。」

璐王老淚縱橫，跪倒在地。這已經是天恩浩蕩，即使尋不到碧落州，也只是放逐遠洋，至少不用受輪迴池中的極刑，也不用墮入下界受苦。

他面向澧都的方向，含淚叩首：「謝皇兄恩典，寐璐感激涕零。」

魘璃搖搖頭：「皇叔要謝的，只有父皇嗎？」

寐璐長歎一聲：「北冥王以德報怨，寐璐無地自容。此後也只有早晚焚香祝禱他早沾勿藥，福壽綿長。」

魘璃起身扶起寐璐：「承皇叔此言，也不枉皇兄放皇叔一場。畢竟是骨肉血親，若是早存此心，何至於此？」

寐璐羞愧難當：「寐璐戀棧權位，難捨南川大營兵權，故而棄嫡長，扶幼主，挑動北冥、南川爭鬥，以至於機關算盡，恨錯難返……這千餘年的苦心經營，轉頭成空，實在荒謬至極。」

魘璃輕輕歎息一聲：「皇叔今日大徹大悟，相信大皇兄與父皇都甚是欣慰。既然如此，魘璃尚有疑問，望皇叔解答。當日金臺之事，可是皇叔與魘桀共謀？」

寐璐垂首言道：「事到如今，也不敢欺瞞。金臺之變的確是我等設局，事先毀壞了先任，王像基座，再以冰封之術暫時穩固。待禮畢炮響，人人心外無騖之際，解了冰封之術，任由石像倒向二層金臺……。」

魘璃深深吸了口氣，平復心中的悲憤：「你們早知我大皇兄能躲過巨像碾壓，但是被壓碎擊飛的木碎勢如驟雨勢必難避，所以當時一二層金臺的大皇兄和四個禮官都沒能躲過，渾身都是創口。這只是連環計中的第二環，這個時候你們要的只是大皇兄受傷。」

寐璐抬眼看看魘璃，微微點頭：「帝姬聰慧過人。巨像滾落山崖，砸向百姓，聖上自然不會坐視不理，將巨像推向山壁瞬間冰封，也就將早已空鼓的冰層震裂……。」

魘璃仰天，努力地將要奪眶而出的淚水逼了回去：「這就是連環計中的最後一環，大皇兄愛民如子，他不會眼睜睜看著子民枉死，所以拼盡全力……這就是在千萬人眼皮子下進行的謀殺，意外之中的必然。我只是不明白，那些萬年冰層為何會空鼓？」

寐璐面有愧色：「那些並不是萬年的堅冰，而是金臺修造的三個月來，魘桀每晚汲大洋之水反覆澆鑄冰封的結果，一開始就留下了若干空洞，至於他具體是怎麼辦到的，只有他自己知道。他也並非事事都讓我知曉。」

魘璃閉目強攝心神，許久才言道：「是了，魘桀也只是依仗皇叔籌謀，對付大皇兄。他本身並不希望事事由皇叔把持。倘若此事真遂了他的心願，大皇兄意外亡故，他便順理成章接掌儲君之位，到那個時候，他第一個要對付的，就是明面上早已交出南川大營兵權，實際上卻借他之手，老樹盤根一樣繼續把持南川大營的皇叔你了。」

寐璐悲悵一笑，當日魘桀將一切推在他一人身上，便是已將他視為棄子，他長長歎了口氣：「可笑寐璐一生自命不凡，到頭來才知自己也不過是一顆棋子罷了。」

魘璃眼中流露幾分憐憫之色：「皇叔只是站錯了位置，倘若皇叔輔佐的是大皇兄，便不會落到如此境地。」

寐璐苦笑道：「北冥王宅心仁厚，這是他的好處，也是他不好之處，帝姬一向洞如燭火，難道還沒看清楚形勢嗎？」

魘璃心頭一顫，澀聲道：「你的意思是……？」

寐璐歎息道：「北冥王不可能成為新一任儲君，當今的天道若是大劫之前的無憂樂土，一位正直仁厚的君王會是夢川之福。但是現在並不是太平無憂之時，大劫之後的夢川，上有天君壓制，左右有風郡、忘淵環視，下有黎民生計重負，流民為患，可謂步步荊棘……。」

魘璃驀然出了一身冷汗，站起身來揚聲道：「那又如何……大皇兄在過去的百年之中，已經做到了平定外患，疏導內亂！」

寐璐轉眼看看魘璃：「這些大事是如何辦成的，別人不清楚，難道帝姬還不清楚嗎？真正以非常手段，解非常之困局，於北冥大旗之後與我相爭的人……是帝姬你呀……！」

魘璃啞然，竟無言以對。

寐璐見她這副神情，繼續說道：「今日既然說到這裡，我也有一事相問，一直以來，帝姬所籌謀的，究竟是為北冥王，還是為自己？」

魘璃抬眼看著寐璐：「皇叔何出此言？」

寐璐笑笑：「帝姬身繫三城，呼風喚雨之時，可否有過躊躇滿志之感？倘若從來不曾有北冥王，帝姬會不會還與魘桀相爭？」

魘璃細細思量，微微歎了口氣：「不錯，大權在握的感覺的確很好，倘若只是我與魘桀兩人，勢必也有一番爭鬥。而大皇兄仁德英明，抱負遠大，他所謀的絕非只是區區皇權，相比我等，早已高下立見。」

痳璐微微頷首：「帝姬能坦言說出這話來，可見也是個人物，倘若帝姬身為男兒之身，這儲君之位不作第二人想。只可惜帝姬身為女子，其餘帝裔皆平庸……儲君之位只能在兩位皇子之中挑選。在過去幾次關鍵的抉擇上，北冥王感情用事，已經輸掉了聖上立他為儲之心。第一次，是力排眾議，輕易交出兵權，執意迎回帝姬；第二次，是為兒女私情拒婚忘淵；第三次，是大雪山下不顧生死，力竭救人。何況問鼎會上頂撞天君使者，埋下禍根……一個可以隨隨便便放下兵權、皇權和性命的仁者，就算如何有才幹，他的心不夠狠，是注定無法在這混亂的世道中坐穩皇位的。聖上若是立他為儲君，便是將夢川的重擔懸於刀刃之上，這是不可能的。不然為何至今魘桀還能安然留於人傑殿中？魘桀雖無仁心，可他對權力的重視和自保之念，遠比北冥王要重，在現今的局面下，反倒有一線生機。」

魘璃面色慘白，緩緩坐下，半晌做聲不得，這幾件事，一直是她心頭的顧慮，以往她每每想起，都是自我安慰，再努力幫兄長建功立業，希望能挽回頹勢，但今日被璐王一語道破，心神激盪之後，又浮起一股決然來：「這有何難，大皇兄做不到的事，我會替他做，我不介意為他弄髒雙手，就算怎樣都好，我都會保他坐上儲君之位！」

痳璐搖搖頭：「若是天君要動他呢？」

魘璃咬牙道：「誰都一樣。」

　　寐璐聞言，見魘璃一臉決絕，也不由心頭一震，半晌才開口言道：「帝姬明知不可而為之，勇氣可嘉，既然如此，就必須早做打算了。寐璐言盡於此。」他拱手為禮，轉身離去，攜部下登舟，朝著海中的破浪艦而去。

　　魘璃枯坐亭中，心中紛紛煩煩，猶如置身修羅場中一樣。

傾城雪

　　魘暝的生命就好像在風中搖曳的孤燈，這幾個月來一直反反覆覆。澧都城中一片愁雲慘霧。

　　魘璃已經打定了主意，聯絡百官一起遞上摺子，痛呈魘桀之惡行，懇求寐莊立魘暝為儲君，取水靈殿中的紫旃果，為魘暝脫胎換骨，延續性命。就連原本站在魘桀一方的皇親貴族，此刻唯恐被魘桀連累，也都三緘其口，不再出來作對。於朝堂之上，大臣們侃侃而談，就是在市井阡陌之中，來自民間的呼聲正隆，人人皆稱頌北冥王的功績。

　　然而這一切的一切都無法打動寐莊的心。朝堂上的議題被他喝止，隨後罷朝離去，至今已有三日。皇宮之外民眾呼聲不絕於耳。

　　魘璃求見寐莊，卻被拒於天安殿外。殿外整整齊齊地列著數千龍禁衛，就連鷹隼也矗立當場。

魘璃深知發動此事，等同逼宮，父皇震怒在所難免，但是就如皇叔離去時所說的一樣，魘暝的時間不多了，她必須得快，求得父皇首肯。

她在天安殿外等了兩日兩夜，終於在第三天的清晨，天安殿的大門打開，門外列隊的龍禁衛讓出道來。鷹隼走到她面前道：「聖上召見明昭帝姬。請摘下佩劍再入殿。」

魘璃看著鷹隼，試圖從他臉上看出些端倪，然而鷹隼卻移開了眼睛，收走了金翎劍。

魘璃心頭浮起幾分不好的感覺，整整朝服，穿過林立的龍禁衛隊伍，進入天安殿。

寐莊扶額坐於寶座之上，眉間緊鎖。

鷹隼在魘璃身後掩上殿門，偌大的殿堂之中就只剩父女兩人。

魘璃垂首行至御前躬身參拜，行過君臣之禮。

寐莊右手微握成拳，在額頭輕敲：「明昭，你真是好事多為啊……。」

魘璃拜伏於地：「明昭自知僭越，但要救大皇兄，明昭只有這一個辦法，請父皇看在大皇兄的仁義孝悌和往日的功績，准了明昭所求吧。」

寐莊長歎一聲：「魘暝是個好孩子，你們兄妹情深，朕是他的父皇，也同此心，希望他能痊癒。但是國家大事非同兒戲，儲君之位更關係著夢川未來數千年的福祉。」

魘璃垂淚道：「兒臣知道父皇在顧慮什麼。是，大皇兄他以仁立身治下，有時候的確會感情用事，但經一事長一智，他本就是個極聰慧之人，此後不會再犯同樣的錯誤。至於問鼎會上得罪天君使者之事，只要我們加強戒備，一定能護他周全。」

寐莊苦笑道：「護？你憑什麼護？知不知道倒逼天君，會惹出何等災劫？知不知道這些年來，朕為了護一個紫金帝嗣，有多麼焦頭爛額！知不知道魘暝在喊出三分六部戮原這六個字的那一刻開始，就已經注定不為天君所容！」

魘璃揚聲道：「兒臣相信事在人為！」

痳莊擺擺手：「夠了，收起你那些不知從何而來的自以為是！你小小年紀，哪裡知道這世上真正恐怖的是什麼！」

魘璃搖頭言道：「兒臣只知父皇心意始終放在紫金帝嗣身上，覺得他出身不凡，必有建樹。然而這許多年來所有人都有目共睹，魘桀連區區南蜉洲都難以治理，只會鑽營些陰詭之術，又有何德何能可以承擔夢川國祚？」

痳莊面如寒霜，怒道：「明昭，朕對你一再容忍，並不代表朕對你的所作所為一無所知。蒯肅在永安門前耍的把戲是你授意，什麼神醫白芷……璐王是你一手拉下馬來。你所鑽營的就是光明正大的？」言罷重重地拍了一記桌面：「你糾纏不休，僭越本分，難道真以為朕就辦你不得？」

魘璃打了個哆嗦，閉上雙眼，耳邊聽得痳莊怒道：「你能做的，是勸退朝臣，疏散宮外聚集的民眾！」

魘璃睜眼堅定地平視痳莊：「兒臣可以做這兩件事，但懇請父皇先擬召，立大皇兄為儲君！」

「反了……反了！」痳莊氣得渾身發抖，抓起手邊的鎮紙朝著魘璃擲了過去，正中額角，頓時鮮血淋漓。

痳莊驀然一呆，激怒之下才有所失態，他本以為魘璃會閃避，不料魘璃連衣角都不曾動一下，臉色平靜，臉上的鮮血在迅速地倒灌回創口。

魘璃再一次言道：「兒臣衝撞父皇，是大不敬之罪，只要父皇立大皇兄為儲君，魘璃願以性命贖罪，以平復父皇雷霆之怒。懇請父皇成全。」

寐莊乾指魘璃，氣得半晌說不出話來，隨後揚聲吼道：「來人！將她架出殿去！」大門應聲而開，一隊龍禁衛已然進入殿內，將魘璃團團圍困，拿的拿手，拿的拿腳，舉過頭頂，朝天安殿外而去。

魘璃用力掙扎，揚聲帶著哭腔喊道：「父親，求您救救暝哥哥，不然孩兒便長跪於殿外，不再起來……。」

寐莊心中一痛，捂著胸口緩緩坐回寶座之上，這是第一次有子女叫他父親，而非父皇。魘璃如此求懇，是想以骨肉親情打動他。倘若他只是一個普通的父親，那麼子女的安危是第一位，可是，他是夢川的帝王……。

魘璃被架出殿外，龍禁衛的陣型再次變為一塊鐵板，那高高的殿門已經徐徐關上。侍衛們放開魘璃，躬身退開。魘璃不死心地想要推開眾人，但是鷹隼攔住了她：「聖上心意已定，帝姬還是先回去吧。」

魘璃篤定地言道：「我不會放棄的！」說罷朝後退了幾步，躬身跪倒。

時間在無聲地流逝，太陽下魘璃的影子由長變短，又由短變長。天安殿外的龍禁衛依舊如同一堵厚厚的城牆，天安殿的門，始終不曾開啟過。

魘璃臉上的表情，從堅定到疲憊，再到失望，淚痕已經花了臉，新痕復舊痕。

時值黃昏，天安殿外的天空中看不到夕陽的霞光，只有一團如同螺旋一樣的灰色雲卷，氣溫很明顯在降低。就在最後一縷天光消逝的時候，天空中開始飄搖著無數白絮，急急地隨風打著旋，寒氣森森。

「下雪了！灃都居然這麼早就下雪了！」不知是誰喊了一句。

灃都是水靈之城，即使背靠大雪山，但城中終年都是水氣縈繞，只在年末最尾一夜會有依稀細雪，這般鵝毛般的大雪從來不曾有過。

鷹隼伸手接了一片，只覺得寒徹透骨，他擔憂地看著殿前跪著的魘璃，他想要幫她，但是無能為力。思慮良久，叩開殿門進入天安殿中。

雪在急急地飄著，很快在灃都城中淺淺地覆蓋了一層，隨著時間越來越厚，儼然一座雪城。

魘璃的身上已經覆蓋了一寸厚的積雪，只是她完全感覺不到寒冷，因為心裡更冷。她聽得一陣整齊劃一的腳步聲，眨了眨眼，抖落睫毛上的雪花，卻見眼前如同銅牆鐵壁一樣的龍禁衛列為兩隊，整整齊齊地朝兩邊退走。鷹隼的身影出現在天安殿門口，撐開一把油紙傘，朝著她緩緩而來。

鷹隼蹲下身來，將傘移到魘璃頭上，伸手拂去她肩頭的積雪，低聲道：「別這樣，沒用的。聖上已經擬定了詔書，召二殿下魘桀明日辰時，過步淼庭，登摩雲殿，受封太子……。」

魘璃緩緩地看了看鷹隼，又把目光投向空無一人守衛的天安殿，長長地吐了口氣，低聲喃喃道：「父親……你好狠心吶……。」接下來，她緩緩起身，轉身離去，再也沒有回頭看一眼。

鷹隼在雪地之中看著她漸行漸遠，腳步越來越快的背影，心頭浮起一絲不好的預感，喃喃道：「她這是要去做什麼？」很快，一個念頭突然從腦海裡冒了出去，他奔向高臺處，只見大雪紛飛之中，魘璃一騎出了宮門，沿著雪白的街道飛奔而去！

魘璃縱馬出城，繞行半城至大雪山下，徑直上了雪山之巔。水靈洞天之外林立的先皇塑像，全都白雪皚皚。

魘璃穿過這些巨大的石像，朝著水靈洞天走去，仰天狂笑，卻淚流滿面：「最是無情帝王家，瞑哥哥有情，以仁立身，就注定得不到儲君之位……你、你、你……你們通通都是無情的帝王，所以你們都能立在這裡，受萬世朝拜，而有情有義的，都是棄子……這是什麼狗屁道理！」

她闖入水靈洞天，見數月前擺放在祭臺上的香花祭品依舊色澤鮮亮，芳香撲鼻，越發悲憤：「還有你，水靈尊霽悠，你都已經不在了，還有這許多禮儀規條，憑什麼救命的紫旃果只給儲君，其他人鮮活的生命就得日漸凋零，不值一文，還有這勞什子……明明都是死物，托得此處卻光鮮如舊。」她抓起祭臺上的盤盞擲向水靈殿，索性揮臂將祭臺上所有器物通通掃落在地。隨後直視水靈殿：「我偏偏要取水靈殿裡的紫旃果，有本事，用結界化了我！」

說罷越過祭臺，到了九重高臺之下，開始一步一步走上那登頂的白玉臺階。

四周很靜，只有她的腳步聲，果然，剛剛踏上臺階，那種無形的抗拒之力就很明顯地出現了，並隨著她越走越高，越來越接近高處的水靈殿，抗拒之力就越大。

初時她尚能穩步前行，繼而步履蹣跚，當走到臺階盡頭之時，已然無法站立，寸步難行，只能匍匐於地，攀上那高臺之上。

到了此處，魔璃覺得身上彷彿有一座山壓著，渾身骨骼都格格作響。

她抓住前方的旗架，勉力站起身來，水靈殿的大門就在前方三丈之外！

魔璃費力地喘息著，露出一臉譏諷笑容：「水靈結界嗎？有什麼了不起，連我這個天族凡裔都能走到這裡，可笑那些庸人還以這東西來考驗儲君……。」

她勉力朝前挪動，一丈、兩丈……每進一步，都承受極大痛苦，但是內心之中的信念卻一直在支持著她，她已經走過了那麼長的路，只差眼前這一點，她就可以推開水靈殿的大門，為兄長取到那顆救命的紫旃果。

魔璃的手已經接觸到了水靈殿的大門，卻再也無法站立，只能趴在地上，用盡力氣推開那閉合的大門。

門不重，開啟一條兩寸寬的裂縫，裡面有幽幽的白光，她看到了傳說中那一株紫旃果樹，就在那束白光裡，糾結的樹幹枝蔓，綠葉婆娑中，一顆雞蛋大小的紫色果子正閃著耀眼的點點光芒！

「紫旃果！」魔璃驚喜交加伸出雙手，然而剛剛探進門裡，就有一股無形的巨力驟然間從門中噴湧出來。魔璃只覺得身子一輕，整個人已經被拋甩而出！

魔璃驚叫之中已經摔出數十丈遠，眼看就要撞在地上摔個頭破血流，突然間一雙臂膀已然將她接住，瞬間朝後倒滑數丈方才穩住。

「你要幹什麼？」鷹隼低吼道，彷彿怕驚醒了這水靈洞天之外的若干先王石像。

他一路沿著魔璃的馬蹄印趕來，他猜得沒錯，魔璃是打算硬闖水靈殿，為魔暝取紫旃果，而且，她差一點點就成功了！

魘璃掙扎下地，滿臉狂喜之色：「鷹隼，你看到了，就差一點點！」

鷹隼沉聲道：「你做不到的！」他伸手抬起魘璃的手臂，只見袖子已然不見了，雪白的藕臂上若干崩裂的傷口，鮮紅的血液在倒灌，傷口正在復原。魘璃一心要進水靈殿，就連渾身帶傷都不自覺。他面露不忍之色：「就差一點點，你就被結界撕成碎片了！」

魘璃甩開鷹隼的手臂，轉身再次朝奔水靈殿而去，然而這一次，還沒等她越過祭臺，那股巨力再次出現，這次她被拋得更遠，整個人摔進了輪迴池中，冰涼的水頓時沒過頭頂。

鷹隼並不提防此番她連祭臺都過不了，一時來不及接住她，立即將身一縱躍入水中，將魘璃拉出水面。

魘璃默然不語，渾身傷口刺痛，就連一身朝服也剜得支離破碎，那結界之中似乎有無數把無形的刀，血肉之軀根本進不去。

這才是水靈結界的真實狀態。最初那一次她憑一股孤勇，能推開水靈殿大門，興許只是結界未被真正激發而已。

那個地方，她進不去……。

鷹隼扯下身上的披風，包裹住魘璃的身體，低聲道：「別再做這樣危險的事，你若有什麼三長兩短，我……。」

魘璃怔怔地言道：「原來我真的救不了瞑哥哥……。」

鷹隼默然，許久才道：「你已經盡力了。」

魘璃慘然一笑：「我都到門口了，就差那麼一點點，就一點點。」她鬆開鷹隼的披風，抬腿離開輪迴池，再次朝著水靈殿而去。

鷹隼見她神情不對，也顧不得她衣衫破損，伸臂將她攔住：「你想幹什麼？」

魘璃喃喃道：「既然救不了瞑哥哥，我已一無所有，也不用再出去了。」

鷹隼心頭一顫，伸手拉住她的手臂：「你不是一無所有，北冥王還需要你照顧，聖上也需要你。」

魘璃哈哈大笑，卻淚流滿面：「瞑哥哥已經撐不住了，父皇……父皇只需要他的紫金帝嗣，其他的人他通通可以犧牲掉，我又算什麼東西……？」

鷹隼從沒見過魘璃如此崩潰絕望的模樣，心頭浮起一層難言的恐懼，他怕一鬆手，她就真的自毀於結界之下。

「沒了……什麼都沒了……我還爭什麼……？」

「你還有我！」鷹隼失聲吼道。

魘璃轉頭對鷹隼慘然一笑：「你也不是我的，你曾說你是，可是在天安殿前，是你在攔我。你始終都只是父皇的好臣子，不是我的鷹隼。都是騙我的，你甚至都不肯和我……。」

鷹隼心亂如麻，他不知道怎麼才能向她證明自己的心意，只是清楚地意識到，此時若不能將她留住，此時，此刻，此地，他就會永遠失去她……。

魘璃再次甩開了鷹隼，但是很快，鷹隼手臂一收，已經將她拉入懷中，隨後吻住了她的唇。

這不是恰當的地方，這也不是恰當的時候，但是一切就像放肆燃燒的火，燒起來後就難以平息。

冰窟裡的微光被交疊的影子剪得纏綿萬狀，又飄搖莫測。

輪迴池中，一池煙雨春意濃。

水靈洞天之外，漫天飛雪傾玉城。

窺前緣

鷹隼醒過來的時候，發現自己並不在水靈洞天內的輪迴池中，而是在水靈洞天之外的白玉甬道上，雪已經停了，山巔只剩他一人，赤條條的，後腦還有些痛。

昨夜的一切就好像一場綺麗春夢，夢醒了，就了無痕跡。

他的情人不見了，衣服不見了，盔甲靴子不見了，無佞劍不見了，連兩匹馬都不見了。

周圍林立的先王像，影子在依稀的天光下不甚分明地拉長在雪地上，現在約莫已接近卯時。

鷹隼努力地回想昨晚的情形。

他情難自禁，索求無度。

她媚眼如絲，美如春水。

他們糾纏了一次又一次，即使他對於昨晚最後的記憶，也是她輕蹙的眉頭，香汗淋漓。

她並沒有對他動手。

但是很快，鷹隼發現自己蠢得厲害，她本不用動手，輪迴池中波瀾動盪，她要擊倒一個貪歡索愛的男人，又有什麼可難的？

鷹隼額頭冷汗涔涔，後知後覺地意識到，他不見的東西還有那一枚可以調動三十萬龍禁衛的血虎符！

魘桀做夢都沒想到已經落到被幽閉的地步，居然還有翻盤的一天。

昨夜接到聖旨，駐守在人傑殿外的龍禁衛已經撤了，窗外的雪地被燈光照得亮晃晃的，分外刺眼。他一夜未眠，狂喜和不真實感一直在心頭輾轉。

遠遠的皇城外傳來一片雞鳴之聲，殿外報令官寅時令牌敲響，無數宮人魚貫而入，伺候他沐浴更衣。

卯時更令初唱，他終於在一干侍從的簇擁下，走出了已經困住他兩個月的人傑殿，極目之處，白茫茫的一片，是積雪的宮殿樓臺。

「天有異象，佑我魘桀……。」他喃喃言道，意氣風發地踏出了通往儲君之位的第一步，身後成群的侍從列隊躬身相隨，一行人浩浩蕩蕩地穿行在偌大的皇城宮闕之間。

每每通過一道宮門，都有駐守在此的禮官焚香祝禱，一片肅靜中細碎的祭鈴聲是唯一的聲響。儀式莊嚴而繁瑣，一步一步地將魘槃引向高處的步淼庭和摩雲殿。

越靠近這一片神聖的區域，魘槃身後的隊伍越來越龐大，有列隊尾隨的百官，也有執事護衛的銀甲龍禁衛，一層疊一層。這個時候，聲音有了，整齊的盔甲磨礪聲，和高高低低的步伐聲不絕於耳。

當魘槃穿過一長段開闊大道進入到步淼庭時。他發現耳中聽到的步伐聲突然間統一了，與盔甲磨礪的聲音完全同步，幹練、整齊、充滿力量。

他回過頭去，身後層層疊疊，銀甲反射著雪色，晃得刺眼。那些峨冠博帶的大臣們停留在上一道宮門處，矗立在數百丈長的龍禁衛隊列之後，就像一個個表情模糊的小螞蟻。

他們並沒有跟過來，只是留在原地默默地注視著他。

魘槃心中浮起幾分不安，再將目光投向步淼庭的另一端，只見偌大的池子對面，高高御階之下，一個身著銀甲，面罩鷹面的身影正拄劍而立，雖然相距甚遠，但從這身盔甲，他看出是夢川的鎮川上卿鷹隼。

按禮制，從他踏足之處，橫越步淼庭，乃至於連接摩雲殿的這一條中軸線，都只能是夢川皇族所能駐足的所在，是皇權的表示。其餘大臣，無論多麼位高權重，都只能依班次品階分流至兩邊的迴廊。

鷹隼拄劍而立的地方，不是他應該駐足的所在。

魘槃瞳孔緊縮，揚聲喝道：「鷹隼，你好大膽！」

鷹隼只是立在那裡，沒有動，靜靜地看著他。步淼庭的兩邊迴廊上也整齊地矗立著數排龍禁衛，就好像兩排銅牆鐵壁。

魘桀的心不由自主地狂跳起來，他嗅到了危險的味道。這個時候，遠遠地傳來令牌敲響的聲音，報令官在曼聲唱和：「日始破曉，卯時一刻……。」

卯時的令牌早已響過，這一路行來重重禮節，差不多接近一個時辰，倘若此時是卯時，那他出門之時的令牌聲豈不是錯的？

不對，不是錯的，根本就是假的，有人設計他早到了一個時辰！

魘桀開始慌亂起來，就好像一頭踩入陷阱的野獸，伸手拔出了腰間的佩劍。

一陣低沉、但整齊劃一的聲音響起：「魘桀闖宮，圖謀不軌，放下武器，俯首不死。」

魘桀大喝一聲，轉身揮劍斬向身後的龍禁衛，一時間他面前的所有人都爆發出嘶吼，刀槍劍戟，統統朝著他招呼過去！

魘桀在軍中日子也不淺，雖然龍禁衛個個驍勇，但到了他面前，戰力懸殊太大，一時間鮮血四濺。

不少人倒下，而後面又有無數人人衝了上去，前仆後繼，沒有人退走。

魘桀的臉越來越白，數百丈長的軍隊，密密麻麻地攔住了他的退路，他就算再神勇，也不可能一口氣殺光眼前的士兵，逃出生天。

左右迴廊上的士兵依舊駐守原地，紋絲不動，就好像是一群事不關己的旁觀者，但是無論他朝哪邊迴廊而去，他們都會跟他面前的士兵一樣，拚死相鬥。越來越多的士兵在朝步淼庭裡湧，就像是一層又一層巨浪，逼得他喘不過氣來。

倉皇之中偶然回頭，看見遠處的鷹隼正持劍筆直地朝著他而來，步履邁入水中，一池綠水以肉眼所能見的速度化為堅冰，逐漸朝著他所在的方向蔓延，無數冰凌爆出，發出金石之聲。

冰封之術！

鷹隼不可能會冰封之術，這澧都城中沒有多少人能使用如此霸道的冰封之術，除了他那高高在上的父皇，以前只有魘暝與他旗鼓相當，就算是璐王也稍遜一籌。即使是那個邪性的魘璃，也只能玩一玩零零碎碎的小把戲。

魘桀心念一轉，而今璐王離都，魘暝病骨支離，哪裡還有誰？

要殺他的人就只有那一個，他命中的剋星——魘璃。

她居然一直在隱藏實力！

他鋼牙咬碎，再無心與雜兵廝殺浪費力氣，揮劍殺出一條血路，大吼一聲飛身而起，雙手握劍，朝著魘璃劈了下去！

魘璃閃身躲過，無佞劍劍鋒一側，已經朝著魘桀的脖頸划去。

魘桀見機極快，劍身一翻架住魘璃的劍：「魘璃，事到如今，你還要藏頭露尾嗎？」

魘璃也不答話，無佞劍挽作一片白光，身形騰挪，快如閃電。

此番發動政變，驚動父皇是遲早的事，如不能在父皇介入之前，將魘桀解決掉，勢必功虧一簣。

今時今日，她斷不能輸！

魘桀與魘璃在結冰的水面上一連對了數十招，只覺得劍上傳遞來的力道越來越大，劍招也越來越快，不免暗自心驚，忽然心念一動，將身一晃，藉著冰面滑開三丈，朝著摩雲殿的方向逃逸。他心裡明白，魘璃如此急切的打法，很明顯是怕夜長夢多，他不需要硬碰硬，只需要拖，拖到父皇出現，這困局就可解。

魔璃也看出魔桀的心思，手中的無佞劍飛擲而出，直取他背心。

魔桀聽得背後風響，合身撲倒，無佞劍已捲掉了他頭上的髮冠，頓時髮髻四散，狼狽非常。他回過頭去，只見魔璃自身側又抽出一把明晃晃的寶劍來，卻是當日在南蛶州曾斬斷璐王寶劍的金翎劍！

金翎劍何等犀利無匹，魔桀面色蒼白，長號一聲，撐起身來，朝著摩雲殿繼續奔逃。忽然腳下一空，那三丈寬的水域驟然融化，整個人頓時沒入一片冰水之中，當他冒出水面，只覺得眼前一亮，寒風撲面，他只來得及將頭低得三分，就覺得頭頂劇痛襲來，一對閃耀光芒的紫金角已被齊根斬斷！

魔桀吃痛大吼一聲，水中無數冰錐暴起，魔璃旋身躲避，到底還是遲了一步，一根冰錐自右肩穿入，後背穿出，頓時間肩甲骨碎，被懸於半空之中，金翎劍脫手，頭盔鷹面掉落水中，殷紅的血液順著冰錐朝下流淌。

兩人均受重創，魔桀百骸之中再無力氣，漂浮水中，魔璃懸於冰錐之上，一時間也難以動彈。周圍的龍禁衛皆被這場惡戰驚呆當場，好半天才一聲發喊圍了上來，手裡的刀槍劍戟朝著水中的魔桀招呼過去！

就在此時，水面波瀾爆起，一條碩大無比的水龍自水中呼嘯而起，裹挾著只剩半條命的魔桀在半空迂迴而上，落在高處的瓊臺之上，水退之後，魔桀早已昏迷過去。水流如同巨大的瀑布，從瓊臺的高高御階一層疊一層地垂掛而下。

所有人目瞪口呆，忽而聽得一個聲音：「所有龍禁衛退出步淼庭！」

身著滾龍袍的寐莊從天而降，落在步淼庭中，面露嚴霜。他來得匆忙，就連旒冕都未來得及戴。步淼庭生變的訊息他是剛剛才收到的，心知必然是魘璃不甘魘桀登上儲君之位，而發動政變，只是不知為何鷹隼未能及時阻止，鎮住場面。哪知道匆匆趕來，卻見百官皆停留在外，神情肅靜，方才反應過來這步淼庭之變，並非只是魘璃一個人興風作浪，他的大臣們皆有參與。

步淼庭中猶如修羅場，無數死傷的龍禁衛匍匐在地，到處是觸目驚心的鮮血。他看到鷹隼被冰錐刺穿，懸挑在離冰面一丈高處，這已然匪夷所思，再到近處，才發現這個重傷昏迷的人不是鷹隼，而是魘璃。

這眼前的局面令寐莊又驚又怒，再一次沉聲喝道：「所有龍禁衛退出步淼庭！違令者殺無赦！」

無數士兵聞言躬身退出，寐莊看著腳邊冰面上兩隻帶血的紫金角，心中猶如波濤洶湧，痛不欲生。

眼前的一切就跟一千一百年前，他踏入天安殿所看到的一樣，一雙兒女骨肉相殘，皆是重傷昏迷……即使他想盡辦法，此等慘事終究還是再次發生了。

魘璃與魘桀，注定生而不能共存。

就在此時，魘璃的眼睛突然睜開了，紫紅眼眸，面無表情，雙手抱著冰錐，將身一旋，那冰錐已然被折為兩段，魘璃落在冰面上，緩緩地直起身來，雙手箍住還穿透身體的冰錐，一寸一寸地拔了出來。鮮血泉湧，卻又很快倒灌回傷口。

她的眼睛直愣愣地看著寐莊，接著目光上移，望向高高瓊臺邊上一動不動的魘桀，寒氣大盛，就連她身上的銀甲，都附上了一層嚴霜。

步淼庭迴廊頂上的積雪像是有生命的蝴蝶，開始紛紛飄搖著，追逐而來，很快，不僅僅是步淼庭，就連整個澧都城的積雪都在朝著這個方向彙集。

「雪瀑之術……！」寐莊忽然面色慘變，厲聲呼喊，「魘璃住手！」

世人皆知夢川皇室的冰封之術，那是因為冰封之術曾被用於鎮壓天道洪流，冰封之術瞬間爆發，剛猛霸道，摧枯拉朽只在一瞬間，重在一個「發」字。

而雪瀑之術則是聚水氣為雪片，厚積薄發，主要用於淨化天地，驅瘟逐疫，滋養大地，重在一個「聚」字。本身不是用於殺傷的技能，只是能在聚化飛雪的同時，以外界水氣短時間內增強自身力量。修煉費時，千年也未必有小成。自打天道大劫以來，人人自危，夢川皇室中人幾乎無人修此術，靈力精純的多是花費心血修習冰封之術，力爭上游；資質平庸的，則是把一切寄望於御水之術。

昨夜的雪雖來得蹊蹺，寐莊也沒朝這方面想過，畢竟魘璃年紀尚輕，自小困身風郡，根本沒人教過她。他不知道的是，風郡為嚴控各部質子，把囚宮建於風靈殿附近，魘璃七百年來置身結界鎮壓之下，無時無刻不在生死之間掙扎，下意識地吸收水氣續命，呼吸吐納與雪瀑之術不謀而合。

對此魘璃也不自知，她一向只會「聚」，唯有在昨日心神激盪之下，靈力外洩，不知不覺之間完成了一次雪瀑之術。所以在她第一次闖水靈殿時，能推開水靈殿大門，而第二次，卻連祭臺也過不去。

就在寐莊驚詫與意外交織的同時，那些飄搖而來的飛雪已經在魘璃頭頂形成了一片如同塔香一樣的巨大螺旋狀雪罩，然後在一片密集的「簌簌」聲中，雪罩已然爆開，無數尖銳的冰晶驟現，就像是密集的飛蝗，朝著瓊臺之上的魘桀飛去！

寐莊見事不對，雙臂一揚，原本正順著臺階朝下奔流的水流已然飛昇而起，形成一片厚厚的冰盾。那些飛速襲來的冰晶，衝擊在冰層上，形成一截巨大的冰錐，凸起在那原本光滑的冰面上，隨後冰錐冰盾都同時落地，撞擊在那段高高的御階上，一聲巨響驚天動地，御階已經被砸塌了一半。

魘璃轉過身子面對寐莊，頭頂之上新的螺旋形雪罩又在開始聚合。

寐莊額角一顆冷汗流淌下來，他知道魘璃體質特殊，卻沒想到她已經可以造成這樣大的破壞力。而今她殺氣騰騰而來，他只好捻了個融字訣，一瞬間，腳下的冰池瞬間融化，又一條巨型的水龍盤旋而起，撲向魘璃頭頂聚合的雪罩，呼嘯聲中水龍與雪罩相撞，在半空中激揚開來，在步淼庭之上，形成一大片巨型的冰凌支楞，就連瓊臺上的摩雲殿都被壓得分崩離析！

就在同時，魘璃動了。寐莊只覺得眼前一花，魘璃已經近在咫尺，手指箕張，朝著他的咽喉而來。

寐莊只覺得寒氣逼人，下意識側身避開，轉眼間，兩人已經在冰凌之下，水波之上拆了十餘招。

魘璃的動作極快，寐莊上了年紀，反應自然不如年輕人，漸漸地落了下風。

就在此時，一頭黑色的巨虎從冰凌之上躍了下來，將魘璃撲倒在水中！

鷹隼雖然已經很快地趕回來，但到底還是晚了，只見得兩眼紫紅的魘璃一路猛攻，將寐莊逼得手忙腳亂。

鷹隼曾經在戰場之上見過魘璃重傷失去常性，一路殺戮的恐怖，也是這樣兩眼紫紅泛光，面無表情的模樣。於是也顧不了許多，縱身撲下，將魘璃摁入水中，隨後瞬間化為人形，雙臂收緊，將魘璃牢牢箍住。

魘璃掙扎的力氣很大，兩人一同沉入海底，又瞬間彈出水面，撞向上方的冰凌，這股力量奇大，鷹隼只覺得背心劇痛，冰凌上的一角尖凸正中背心，雖沒有扎進去，但手臂一麻，兩人同時摔了下來，鷹隼跌入水中，魘璃一個翻身落在池邊尚完好的御階上。在冰水中一激，魘璃紫紅的雙眸顏色逐漸轉黑，神智恢復了清明。

她看著水中狼狽不堪的寐莊和鷹隼，沒想過要與鷹隼和父皇生死相拚，她的目標只有魘桀一人，而後她一轉頭縱身朝瓊臺頂掠去。

鷹隼提氣而起，沿著尚且完好的臺階追了上去，但很明顯已經慢了半拍。

寐莊看出她依舊要對魘桀不利，只能躍出水面，一聲長嘯，自水中再度召喚出一條水龍來，朝著半空的魘璃席捲而去。

魘璃只覺得身後寒氣大盛，回頭一看水龍已然追到眼前，且發出金石之聲，無數冰凌從下往上支楞而出，也不由得臉色一變！

這可是冰封之術，凶險非常，可這時候人在半空避無可避，只得仰身倒懸，用盡全力揮出一掌。那半數冰化的水龍此刻化為一片傘狀的冰瀑，朝著下方的寐莊壓了下去！

寐莊臉色慘變，已經來不及躲避，忽然有人抓住他的手臂猛地飛掄出去，倉皇之間只見得一個渾身繃帶的人形，雙手架住那下墜的冰瀑，重重地沉入水中！

只一眨眼間，水中激起三丈高的水花已然凝固，冰瀑所蓄的是包含寐莊與魘璃同時施展的冰封之術，何等剛猛無匹！偌大步淼庭的中庭水域已經化為一整塊綠瑩瑩的堅冰，直通海底！

魘璃突然爆發出一聲撕心裂肺的呼喚：「暝哥哥！」人已經從上面降了下來，落在已經凍結的冰面之上。

寐莊被拋出後滾落在凍結的冰面上，還未起身，便聽得魘璃這一聲呼喚，轉頭看去，只見渾身綳帶的魘暝以防禦的姿勢沉降在冰層之中，似乎還在對抗那極其霸道的冰瀑。

寐莊驚駭之餘心如刀絞。

那是他嫡出的皇長子，他最倚重得力的重臣。沒人比他更瞭解這集合雙人之力使出的冰封之術有多大的力量，何況魘暝的身體已經病骨支離，不可能經受得住這樣的打擊……。

魘璃渾身發抖，趴在冰面上用力錘打著凍得嚴嚴實實的寒冰，她腦子裡一片空白，兄長的身體虛弱，一直都沒有出過鳳儀殿，怎麼會這個時候，出現在這裡……。

魘璃敲不開冰面，煞白著臉強攝心神，口裡喃喃道：「解術……對，暝哥哥，你撐著……我馬上解冰封之術……。」她手裡捻了個融字訣，正要施展，卻被隨後落在她身邊的鷹隼一把握住手掌拉了起來。

「你幹什麼？」魘璃歇斯底里地掙扎著，卻聽得鷹隼沉聲道：「你忘了檀帝的下場了嗎？」

魘璃抽了一口涼氣，繼而全身再無力氣，癱倒在地，欲哭無淚。

鷹隼蹲身趴在冰面上，耳朵貼在接近魘暝的那塊冰面上聽了半晌，方才篤定言道：「北冥王尚有一絲生氣，他的生命停滯在他中冰封之術的那一刻，他沒有死，但是現在解術就等於把他的身體拉回那一刻，以他目前的病體，勢必無法承受這等巨變……。」

魘璃已經聽不進去任何語言，喉頭一甜，一口心血噴湧而出，眼前一黑，澈底昏死過去。之前與魘桀拚鬥本已經受了極重的傷，但一切都不如親手冰封了自己的兄長，置兄長於不生不死之境所帶來的刺激大。除了撕心裂肺之痛，她甚至來不及生出追悔之念來。

寐莊好不容易爬起身來，走到魘璃與鷹隼身邊，老淚縱橫。

這場驚心動魄的宮廷政變就此落幕，但他的三個兒女全都損折當場。

魘暝不生不死冰封步淼庭下，尚不知如何救拔；魘桀折斷紫金角，重傷昏迷；還有魘璃，她身上的傷遲早會自癒，但犯上作亂之罪已經是既成事實，若不依律法懲戒，夢川皇權豈不是人人皆可顛覆？

鷹隼驀然拜伏於地，沉聲道：「微臣斗膽懇求陛下，饒帝姬不死！」

寐莊掩面長歎：「眾目睽睽之下……你讓朕……如何饒她？」

鷹隼仰頭直面寐莊，揚聲道：「帝姬只是想為北冥王求得一線生機，一切皆是不得已為之。陛下駕臨此處，應該已經見過百官對此的態度，二殿下若是真能令百官信服，萬民歸心，這一切都不會發生。步淼庭之變絕非帝姬一個人的選擇，若陛下誅殺帝姬，則百官皆是同謀，是不是也要誅殺滿朝文武？」

寐莊心念一動，轉眼看向步淼庭之外。

鷹隼揚聲喊到：「各位大臣、將士，你們可曾見過明昭帝姬犯上作亂？」

只見無數的龍禁衛皆背過身去，遠遠望去，在前一道宮門處矗立的百官也背過身去，默默無語之中帶著同樣的篤定。

自打金臺封帥發生事故，親眼見到魘暝與魘璃合力拯救百姓，夢川中的朝臣與百姓都甚是敬重他二人，所以才會有百官參與步淼庭之變的事。

他們的立場，早在這轉身之間。

「不曾見！」所有人齊聲答道，聲震九霄。

寐莊仰天深深吸了口氣，如釋重負。

他素知魘璃聲望頗高，卻不知竟然如此歸心。他雖惱魘璃引起事端，但他內心本就想保全魘璃這條血脈，而今群臣都為魘璃背書，酌情輕判也無損皇室威嚴，於是揚聲道：「明昭帝姬擾亂立儲大典，罪不可赦，收入天牢，明日辰時押往大雪山水靈洞天輪迴池中，貶謫下界，以儆傚尤！」

無數人鬆了口氣，貶謫下界雖已屬重刑，但無論如何，一息尚存總比沒了性命強。何況既然主犯都已輕判，其餘的人也就安全了。

魘璃已經不記得囚車是如何載著自己穿過澧都的街道和城外，一路上有無數人在呼喚她的名字，無數伸出的手臂在向她揮動。但是她沒有任何反應。直到行刑官將她鎖在輪迴池中的盤龍柱上，她才有所知覺。

過去這一百年所發生的事在她腦海裡一晃而過，風郡囚宮、藤州廢都、天脈群峰、沙幕關內、忘淵鎏金城、六部戮原、夢川澧都、琉璃城、赤鄴廢土、南蜉洲、北冥城……她去過許多地方，做過許多事，歸根結柢不過只是為了幫兄長拿到那顆救命的果子，結果卻是她親手冰封了兄長，以往種種冒險拚搏，全都成了一場空……。

她聽到腳步聲響，抬眼看去，一干人等都退了出去，看看冰凌的空隙裡透進來的光線，似乎就快到午時了。

午時輪迴開，輪迴一開，她就會墮落塵寰，不再是天道夢川的明昭帝姬，甚至有可能不再是一個完完整整的人。

魘璃自我解嘲地笑笑，她的父皇沒有治她死罪，興許在他看來已是恩典。但她沒辦法感激他的寬宏大量，她只知道，如果不是他使出的那一擊冰封之術，逼得她不得不反擊，根本不會連累兄長落到如斯境地。

冰凌背後一個影子緩緩而來，鷹隼出現在輪迴池邊。

魘璃看了他一眼，將目光移向另一邊：「你還來做什麼？見我最後一面嗎？」

鷹隼沒有說話，只是踏入輪迴池中，蹚過齊腰深的池水，來到魘璃面前：「這不會是你我的最後一面。」

魘璃慘然一笑：「你怎麼知道？說不定等會兒我連魂魄都不齊全了。就算再見，也不會認得。」

鷹隼默不作聲，從脖子上摘下那隻輪迴鎖，掛在了魘璃脖子上，隨後轉身一步一步離開魘璃。他有很多話想說，卻不知道從何說起。

「鷹隼，你站住！」魘璃喊道，「難道你什麼都不打算問我嗎？」

鷹隼停住了腳步，但是沒回頭：「我想問的事，注定讓你我難堪，又何必再問？」

魘璃聞言咬緊嘴唇，許久才譏誚地笑道：「在你心目中早已認定，我是一開始就存心取你的血虎符，才和你……。」她眼圈微紅，隨後倔強地笑道：「沒錯，我就是存心的！我就是利用你！」

鷹隼沒吭聲，頭微微偏了偏：「我明白……。」說罷繼續朝前走。

魘璃看著鷹隼離開，眼淚再也憋不住，喃喃言道：「你什麼都不明白……你什麼都不明白……！」她在懷古道與鷹隼所做的兩個約定，最終是成了空。此番遭貶前路茫茫，此後恐怕再無重逢之日，既然如此，就讓他恨她好了，起碼刻骨銘心。偌大的水靈洞天終於只剩她一個人，去等待即將到來的懲罰。

咯啦咯啦……

一陣細碎的聲音從水靈洞天的頂壁上傳來，小小的冰塊掉落水中，蕩起片片漣漪。

魘璃冷聲言道：「既然來了，下來吧！」

她沒有抬頭，因為水面已經倒映出了一切。在水靈洞天頂部的冰掛之間蜿蜒出無數蔓藤，糾結成一大股，從洞頂垂掛下來，然後約莫四尺長的下端忽然反折，漸漸地顯出一個女人赤裸的上半身來，披散的長髮垂下，遮住乳房和肩部，從脖頸到小腹一片撩人的白，再往下就不再是人的軀體，而是糾結的樹藤。

魘璃抬起頭，眼中露出痛心之色：「阿蘿……你怎麼成了這個模樣……？」

沅蘿臉色青白，兩道細細的淚痕從臉上劃過，掉落輪迴池中，泛起一圈又一圈漣漪。

「我也不想……只是別無選擇，璃兒，你別怪我……。」沅蘿停留在距離魘璃一丈之外，將目光移向一邊，竟不敢與她對視。

魘璃咀嚼著這句話，忽然間心念一動，顫聲道：「原來是你！是你幫魘桀製造了中空的冰層……那些裂紋……你……你為什麼這麼做！你為什麼要害暝哥哥！」

沅蘿掩面泣道：「對不起……對不起，我無心的，是魘桀要挾我……當時我並不知道他是要對付暝。」

魘璃微微發顫，心中如火如荼，澀聲問道：「他……他憑什麼要挾你？」

沅蘿泣道：「無憂坊那一晚，他乘人之危，對我……。」

魘璃背心發寒，淚眼朦朧中長歎一聲：「你為什麼不跟我說，這不是你的錯，暝哥哥他為你連父皇的龍鱗也敢逆，怎麼會怕那些風言風語……。」她的話戛然而止，因為沅蘿微微側身，露出了曲線妙曼的右髖，那個銅錢大小的黑色虯龍標記異常鮮明。

魘璃倒抽一口冷氣，半晌才顫聲罵道：「魘桀這個畜生好生惡毒！早知如此，在南蜉洲那次就不該放過他……。」

沅蘿淚流滿面：「他曾說過，就算我死了，化為一堆白骨，骨頭上也永遠留著這個印記。我與暝在一起，他遲早有一天會看到這個印記，這會一次又一次地提醒他，他喜歡的女人曾經失身於他的親兄弟……從那個時候開始，我就知道，和暝已經不可能了……。」

魘璃長歎一聲：「所以你去了赤鄴……？」

沅蘿咬唇微微點頭：「我本以為死可以一了百了，哪知道這還不是最糟的。我在赤鄴遇到一個帶著紅色彎刀的白衣女人……不對……她不是人，她是惡魔，她把我變成了這個樣子……魘桀派的人看到了一切，也是他的人故意把你和暝引到赤鄴，才有暝拒婚之事……他以血食引我，要挾我，如果不幫他做事，就把一切都爆出來，我已經回不了頭了……。」

魘璃打了個哆嗦，紅色妖刀的白衣女人……那是她在問鼎會上見過的天君使者白隱娘！她一直擔心天君會對兄長下手，卻不料是這樣的方式。還有魘桀，處心積慮地陷害兄長，虧她自以為手眼通天，卻不知道早已陷入圈套而不自知……。

「就算是這樣，你也可以只告訴我一個人，我會安排你遠遠躲開，你不必聽命於魘桀……。」魘璃低聲道。

沅蘿慘然一笑：「可以嗎？我一而再，再而三地背叛暝，你能容得下我嗎？」

魘璃心頭一寒：「原來……通知暝哥哥趕去步淼庭的人……是你！」

沅蘿不敢看魘璃的眼睛，猶自掩面哭泣，耳邊聽得魘璃逼問，字字泣血：「暝哥哥一心待你，你明知道他病體沉痾，為什麼還引他去那險惡之地？」

沅蘿喃喃言道：「暝待我很好很好，只是我再也不能和他在一起了……而且暝已經不可能成為夢川的儲君……他傷得那麼重，面目全非……我得為自己打算……。」

魘璃看沅蘿的表情越來越陌生，淚水已經流乾，忽而哈哈大笑起來：「那魘桀呢？他許諾給你什麼？一個將你如此折辱要挾的惡棍，他能真正給你什麼？」

沅蘿搖頭道：「他說他為太子，我便是他的太子妃……可是我一個字都不信。只是我……已經有了他的骨肉……唯有留在他身邊，等待有一天他登基為皇，我就連本帶利把他虧欠我的一次性討還回來！」

魘璃冷笑道：「原來如此，阿蘿也有如此大志，可見我這雙眼睛早已不中用了……。」

沅蘿臉上露出傷心的表情，伸手抓住魘璃的肩膀：「不！璃兒，你別這麼說！這一切都非我所願，只是形勢逼人，不得不低頭……。」

魘璃搖頭歎息：「那你今天來告訴我這一切，是為了什麼？難道你還指望我可以原諒你嗎？是你，背叛了我們……！」

沅蘿啞然失語，許久又是兩行淚流淌下來：「我不知道……我不知道為什麼事情會變成這樣，當初我們在風郡囚宮之中相依為命，雖然朝不保夕，但都沒陷入如此境地……那時候你保護我，我照顧你，只有我們兩個，沒有其他人，更沒有什麼陰謀陽謀，背叛算計……。」

魘璃冷聲道：「這個容易！」話音未定，輪迴池中騰起一條巨大的水龍，將沅蘿緊緊裹住拉向魘璃，一時間冰凌四起，將兩人緊緊包裹，並順著藤蔓朝著洞頂而去！

今日的沅蘿已非昔日的沅蘿，她不能將她留在夢川，貽害後世。

沅蘿的驚詫與絕望定格於臉龐，而魘璃則是閉目豎眉，一臉決絕。兩人靠得非常近，就像當初她們在囚宮之中相互依靠的樣子。

冰凌外投進的陽光已經很刺眼，輪迴池中的淨水，騰起一個巨大的漩渦，將兩人包裹在一片刺眼的亮光之中。

從此以後天道永訣，塵寰難逢……。

魘璃說完這段往事慘然一笑：「從那以後，我便墮入餓鬼道中，成了九幽極淵之下最惡的鬼……反正前緣盡斷，無牽無掛，那便一惡到底……。」

鷹隼搖頭道：「事情不全是你所想的一樣，聖上並沒有忘記你，北冥王也在步淼庭下的寒冰之中等你，還有我……。」

魘璃一聲歎息：「你不恨我？」

鷹隼搖搖頭：「我為什麼要恨你？我把輪迴鎖給你的時候就說過，我明白……我知道你有你必須要做的事，就算是冒天下之大不韙，你也必定會去做。我若是不能在你冒險之前阻止你，那唯有幫你善後。」

魘璃眼圈微紅，一時哽咽難言，忽而心念一動，伸手摸摸鷹隼乾癟的眼眶：「那……你的眼睛……？」

鷹隼苦笑道：「聖上派我下來尋你，要經過輪迴池，沒有輪迴鎖，就不可能完完整整地下來。這個我早知道了，只是幸好被留在水靈洞天之外的不是我額心的這只天眼，不然我不可能只在這世間蹉跎數十年，就找到你。」說罷額心的皺紋動了動，隱隱透出些紅光來。

魘璃心中一痛，低聲道：「他從來不把我當做兒女，還動過誅殺我的念頭，又派你來找我幹什麼？」

「這你就錯了。」魚姬開口言道，「在你心裡總覺得你的父親視你如無物，其實並非如此。你的父親一直偏向魘桀，看似不公，其實只是一片補償之心。因為這個兒子是注定要被犧牲掉的。」

魘璃露出不可思議的表情：「你這麼說是什麼意思？」

魚姬起身離開，不多時托著一個小木匣子回來：「打開看看，你就明白了。」

魘璃遲疑地打開木匣，不由得呆住，那木匣中有兩粒花生大小的小圓角，紫光四射，恍若星芒。她顫聲道：「這……這是……？」

魚姬緩緩言道：「這是你與魘桀一起降生鳳儀殿時，頭上所帶的紫金靈角。你不是天族凡裔，你的母親是先皇后，魘桀是你一胞所出的孿生兄弟。紫金帝嗣隔數代才會出現，不想一下子來了兩個，你與魘桀注定水火不相容，共生而不能共存。偏偏又是在天君獨攬六道的危亡時刻，出類拔萃的紫金帝嗣注定為他所忌，魘桀之所以安然長大，無非是因為從未加歷練訓導，一味嬌寵成了一個飛揚跋扈，卻無多少真才實幹的莽夫，這讓天君覺得留下他也可，方便日後操控。而你，是被選中，要妥善保護的那一個，所以一出生，就連根摘掉了你的紫金角，讓你以一個卑微的身分得以存活。他安排魘暝將你帶去軍中撫養教育，更讓你入風郡為質子，一是希望你飽經憂患，心智堅韌，二來，所有人都不會想到，他會把真正的繼承人放在敵人的手裡為人質。最危險的地方，往往最安全……他挖空心思，容忍璐王暗中把持南川大營，放任北冥、南川之爭，無非是要讓人以為儲君必然在這兩位皇子中產生，轉移目標。就連貶你下界，也是為了避免你依婚約和親風郡……如此千方百計地要保住你，又怎麼會殺你？」

聲音不大，但在魘璃心中猶如電閃雷鳴，她所憤恨的那些偏心和無情，原來是他的父親身處困局中，不得已的抉擇。她平復下來喃喃言道：「父皇身為夢川帝王，果然無情。他要保一個，就要捨一個，那暝哥哥呢？」

魚姬道：「魘暝也是人中之龍，只是並不適合眼下的時局。他被冰封步淼庭之下，雖僅剩一線生機，卻也延緩了死期。」

魘璃怒道：「難道這樣不生不死的境地反而是好事？」

魚姬道：「對別人是壞事，但對他卻未嘗不是一件幸事。他在巒都被檀帝咬傷中毒，自癒能力受損，才會因傷患而病入膏肓。若是未被冰封，癒合之勢遠不及傷情惡化快，只怕早已不在人世。」

鷹隼頷首道：「此言不差，聖上已經冰封了步淼庭與摩雲殿一帶，設為禁地，布下結界，任何人不得入內。就是保護北冥王在冰中不受打擾，緩慢自癒。」

魘璃聞言眼中露出幾絲希望：「需要多久？幾百年還是一千年？」

魚姬言道：「應有數千年之久，所以這數千年中，能左右夢川未來的，便只有你而已。你可為夢川掃清一切障礙，開啟一個鼎盛的時代，留待北冥王歸來。他的仁愛之心，屬於下一個時代。」

魘璃聞言沉默不語。

旁邊的龍涯滿面不安之色，他聽到沅蘿的遭遇，驀然想起數年前在苗嶺深山的經歷，澀聲道：「那……那個沅蘿……後來怎麼樣了？」

魚姬輕輕歎了一口氣：「你已經猜到了，沅蘿墮天，魂魄不齊，身形散亂，原本是純潔的天道帝女，結果卻成了以色相迷人血食的藤妖。你在苗嶺中見過的那些苗女，都是沅蘿化生。」

龍涯長歎一聲，他還記得那些苗女身上的虯龍印記，果然生生世世糾纏不休……。

魘璃聞言也是一聲歎息，她把沅蘿拉下輪迴，本意是避免她禍害夢川。不想墮入餓鬼道後，各自失散，沅蘿已經淪落至此。正是各有前因，半點不由人。她抬眼看著魚姬：「你知道得如此清楚，你究竟是何人？」

魚姬笑笑：「之前我們見過三次，第一次是你降生之時，取走你的紫金角。第二次是風郡囚宮，第三次，是冰峰之上。」

魘璃心念一動，隨之坦然：「我想我知道你是誰了。」

魚姬微微頷首：「你我淵源絕不止於此。現在，你願意取回紫金角，跟鷹隼回去你的國度，承擔你的責任了嗎？」

魘璃伸手觸摸盒子裡的紫金角：「你怎麼知道我一定會接受？」剛剛觸及就覺得手中一空，繼而頭頂發熱，伸手摸去，一對長角正以能感知的速度，從她頭頂上生長，一時間紫光大盛！

「這才是明昭帝姬……不對，應該是明昭女帝的廬山真面目。你的父皇當年賜你封號的用意皆在於此。」魚姬笑笑，「你一定會回去，因為這是你的職責和宿命。何況你不會捨下你的兄長和子民，更不忍鷹隼老死人間，只要你們回去天道，他可以取回他的雙眼和壽元，恢複本來樣貌。還有孩子……你也不忍心讓自己的女兒生長於餓鬼道這苦厄之地。」

鷹隼心念一動：「女兒？」他的手微微發顫。

魘璃輕輕歎息一聲，對鷹隼說道：「我們的女兒……。」她拉著鷹隼的手，引向一直為高腰襦裙所遮擋的小腹。

鷹隼的手觸碰到了一塊溫暖的隆起，額心的天眼留下一滴滾燙的淚水，他沒想到那一夕之歡，魘璃居然有了他的骨肉，驟然得到這個消息，居然激動得說不出話來，許久手抖了一下：「她……她在踢我……。」

魘璃輕輕嗯了一聲：「餓鬼道中沒吃沒喝，就算吞噬鬼物，也不能飽腹，她長得很慢，我也只有趁每年的今天，來人間尋些像樣的吃食……。」

鷹隼伸臂攬住魘璃低聲道：「你受苦了……。」

明顏歪頭看看魘璃的肚子，心想都道水火不相容，他們倆的女兒不知道會是什麼樣子……。

魘璃轉頭看看魚姬：「我願意回去夢川，可是如何才能回去？」

魚姬從櫃檯後取出一隻暗紅的犀角瓶，微微晃蕩：「幸好還剩得些夢川之水，不然這事還挺麻煩。」說罷走到酒廊之上，扯開瓶塞將瓶傾倒，一股清流汩汩而出，很快就在院子裡形成一灘積水，蔓延至整個後院，形成一片深不見底的水潭。

龍涯嘖嘖稱奇，繞過正撅著屁股暈在酒廊上的三皮，走到酒廊邊：「這又是什麼戲法，且讓我也開開眼。」

魚姬笑道：「那可不行，等會可得把眼睛閉好了，要是看到光，可是會把人扯進去的。這可是輪迴之境，包羅萬象，冒冒失失地捲進去，會被送去哪裡可沒人知道。」

龍涯咋舌道：「得，待會兒把眼閉緊了，免得不知道被捲去哪裡……就喝不到魚姬姑娘的好酒了。」

魚姬掩口一笑，繼而微微思索片刻，自酒廊邊的瀟湘竹上扯下一片青翠欲滴的竹葉，對魘璃和鷹隼說道：「就用這竹葉送你們回去吧。你們只需要閉著眼睛，它會載著你們飄回夢川。」說罷將竹葉拋入後院的無底深潭，只見竹葉入水，帶起一圈圈漣漪，幾乎就在一瞬間，竹葉變得巨大起來，兩丈長二尺寬，彷彿是一葉扁舟。

龍涯和明顏不由自主地鼓起掌來，唏噓不已。魘璃與鷹隼相互攙扶著上了這葉扁舟，躬身拜別眾人。

魚姬還了一禮，提醒眾人：「現在可以閉上雙眼，未等我叫你們睜眼，可千萬別睜眼。明顏也是，要是給拉進去，可不知道怎麼尋你。」

明顏伸伸舌頭，伸出兩手捂住眼睛：「這下可萬無一失了。」

龍涯、魘璃、鷹隼也閉上雙眼。

魚姬自手腕上取下那隻青玉鐲子，拋入水中，小小鐲子一入水，隨即變大，一半沒於水中，另一半像是拱橋一樣露出水面，約有七八丈高。

就在這個時候，原本靜止的水面開始流動起來，水流帶著鷹隼和魘璃的小舟緩緩地朝著鐲子的另一端飄去，且速度越來越快。隨之帶起一陣風聲呼嘯。

就在小舟通過手鐲的圓環區域時，一片耀眼的白光已然照亮了整個後院，隨後漸漸消失。院子還是原來的院子，只餘下地上的一灘清水和一隻隱隱青光的玉鐲子。水潭也好，扁舟也好，鷹隼與魘璃也好，全都已經消失不見。

明顏聽得魚姬說了聲：「可以了。」忙不迭地睜開雙眼，見得空空蕩蕩的院子，一不見那兩人的蹤影，忍不住開口問道：「掌櫃的，他們真的已經回去天道了？」

魚姬點點頭：「這會兒，應該飄在夢川大洋之上，就快接近灃都了。」

明顏露出幾分欣慰之色，正要轉頭召喚龍涯，忽然發出一聲尖叫：「遭了！這兩個傻子也不見了！」酒廊之上只有她和魚姬兩人，龍涯和三皮已經消失了！

魚姬無奈地歎了一口氣：「三皮醒得真是時候。剛才輪迴之境開啟，他就睜了眼，自己給吸進去了不算，連龍捕頭也一起扯進去了……。」

明顏吃了一驚：「那怎麼辦？」

魚姬走進院中，彎腰撿起那隻鐲子，套回自己的手腕上，露出幾分篤定的微笑：「別擔心，他們不過是去了該去的地方，去赴一場命中注定的約會而已。」

國家圖書館出版品預行編目

魚館幽話. 三, 天獄怨 / 瞌睡魚游走著.
-- 初版. -- 新北市：悅智文化館, 2019.03
520面；14.7×21公分. -- (山海；3)
ISBN 978-986-7018-32-8(平裝)

857.7　　108000982

山海 3

魚館幽話之三

天獄怨

作　　者 / 瞌睡魚游走

總 編 輯 / 徐昱
主　　編 / 黃谷光
封面設計 / 古依平
執行美編 / 古依平

出 版 者 / 悅智文化事業有限公司
地　　址 / 新北市板橋區板新路 206 號 3 樓
電　　話 / 02-8952-4078
傳　　真 / 02-8952-4084
電子郵件 / insightndelight@gmail.com
粉絲專頁 / www.facebook.com/insightndelight

戶　　名 / 悅智文化事業有限公司
郵政劃撥帳號 / 19452608

本書中文繁體版由四川一覽文化傳播廣告有限公司
代理，經楊潔授權出版。

2019 年 03 月初版一刷　定價 350 元